mtb

Sarah Morgan

Die Stunde der Inseltöchter

Roman

Aus dem Englischen von
Judith Heisig

mtb

MIRA® TASCHENBUCH

1. Auflage: März 2019
Deutsche Erstausgabe

Originaltitel: »How to keep a secret«
Erschienen bei: HQN Books, Toronto

Published by arrangement with
Harlequin Enterprises II B.V./SARL

Umschlaggestaltung: bürosüd, München
Umschlagabbildung: David R. Frazier Photolibrary, Inc. / Alamy Stock Photos,
www. buerosued.de
Lektorat: Anne Schünemann
Satz: GGP Media GmbH, Pößneck
Printed in Germany
Dieses Buch wurde auf FSC®-zertifiziertem Papier gedruckt.
ISBN 978-3-95649-849-7

www.mira-taschenbuch.de

Denn ob in ruhiger oder stürmischer Zeit,
Keine bessere Freundin gibt's als eine Schwester,
Dich aufzuheitern in des Alltags Plagen,
Dich heimzuholen von verirrten Pfaden,
Dir aufzuhelfen, wenn du strauchelst,
Dir standhaft beizustehen an deiner Seite.

Christina Georgina Rossetti

Prolog

Schwestern

»Was machen wir jetzt? Wir haben hier nichts zu suchen.« Ich zupfte meiner Schwester am Rock, um sie vom Fenster wegzuziehen. »Wenn wir erwischt werden, kriegen wir einen Riesenärger.«

Ich hatte nicht vor, hier abzuwarten, bis es tatsächlich passierte.

Wenn meine Schwester wie jetzt stoßweise atmete, kündigte das meist einen Heulkrampf an.

Ein letztes Mal zerrte ich an ihr, bis ich mich dann auf alle viere fallen ließ. Dankbar für den Schutz der Dunkelheit, huschte ich auf dem Weg, den wir gekommen waren, zurück. Ich wollte aufstehen und wegrennen, aber dann hätte man uns gesehen. Also blieb ich unten und kroch vorwärts. Es war ein langer, heißer Sommer gewesen, und die Erde war trocken und voller Risse. Erst als ich kühle Tropfen auf meinen Handrücken spürte, bemerkte ich, dass ich weinte. Kleine Steinchen bohrten sich mir in die Handflächen und Knie, und ich biss die Zähne zusammen, um einen Schmerzenslaut zu unterdrücken. Ich streifte die wild wuchernden Heckenkirschen, deren lieblicher Duft mich beinahe würgen ließ. Was wir gesehen hatten, war alles andere als lieblich gewesen, und ich wusste, wenn ich erwachsen war und ein eigenes Haus hatte, würde ich niemals Heckenkirschen im Garten anpflanzen.

Hinter mir raschelte etwas. Ich hoffte, dass es meine Schwester war und nicht irgendein Nachtwesen mit scharfen Zähnen und großem Appetit.

Ich konnte das Tor nicht erkennen, aber ich wusste, dass es da war. Hinter der Gartenpforte befand sich der Fußweg. Wenn wir es bis dahin schafften, wären wir durch die hohe Hecke geschützt. Ich hörte das Blut in meinen Adern rauschen, die Wellen, die sich am Ufer brachen. Sie klangen dichter als gewöhnlich, lauter, als wollten die Gezeiten uns helfen, die Geräusche unserer Flucht zu übertönen. Der salzige Wind trocknete meine feuchten Wangen und kühlte meine fieberheiße Haut.

Schließlich erreichte ich das Tor und schlüpfte durch die Lücke. Ich ignorierte die Zweige, die sich in meinen Rücken bohrten. Dort, direkt vor mir, lag der Fußweg. Wenn meine Knie nicht sowieso schon geblutet hätten, wäre ich auf die Knie gefallen und hätte den Boden geküsst. Unsere Fahrräder lehnten an der Hecke, wo wir sie stehen gelassen hatten. Ich wollte meins schnappen und ohne mich umzusehen so schnell wie möglich in die Nacht hinausfahren, doch auf keinen Fall würde ich meine Schwester zurücklassen.

Ich würde meine Schwester niemals zurücklassen.

Wieder raschelte es, ehe sie durch das Tor kam, das Haar zerzaust nach der hektischen Flucht durch den verwilderten Garten.

Jetzt, da unsere Rettung in greifbarer Nähe war, siegte der Zorn über meine Angst.

»Es war deine Idee, hierherzukommen.« Die Wut, die sich in mir aufgestaut hatte, schnürte mir fast die Kehle zu. »Warum tust du immer das, was du nicht darfst?«

»Weil das, was ich nicht tun darf, immer mehr Spaß zu machen scheint.« Das Beben in ihrer Stimme erinnerte mich daran, dass dies alles andere als ein Spaß gewesen war.

Ich spürte, wie sie ihre Hand in meine schob, und vergab ihr sofort. Einen Moment standen wir so da und suchten Trost beieinander.

Meine Schwester drückte sich enger an mich. »Wenn ich mir eine Schwester hätte aussuchen können, ich hätte dich gewählt.«

Ich hätte sie ebenso gewählt. Auch wenn ich in dem Moment wünschte, ihrer Abenteuerlust wären Grenzen gesetzt.

»Ich wünschte, wir hätten das nicht gesehen.«

»Ich auch.« Ausnahmsweise klang meine Schwester kleinlaut. »Wir dürfen es nie jemandem erzählen. Erinnerst du dich, was mit Meredith passiert ist?«

Natürlich erinnerte ich mich. Meredith sollte uns eine Warnung sein.

»Ich hasse es, Geheimnisse zu haben.«

»Es ist ein kleines Geheimnis, das ist alles. Kleine Geheimnisse sind erlaubt.«

Ich schluckte, mein Hals war so trocken, dass er schmerzte. Wir wussten beide, dass dies ein viel größeres Geheimnis war als alle anderen, die wir hatten. Hierbei ging es nicht darum, nach Einbruch der Dunkelheit an den Strand zu schleichen, aus dem Garten von Mrs. Hill Blumen zu pflücken oder Mrs. Maxwells Erdbeerenbeet zu plündern. Das hier war etwas anderes. Was wir gesehen hatten, wog so schwer, dass es mich beinahe erdrückte. Tief im Innersten fühlte ich mich dazu gezwungen, es zu erzählen, aber wenn wir das taten, würde das alles verändern. Wir hatten an jenem Fenster unsere Kindheit zurückgelassen, und es gab keine Möglichkeit, sie zurückzuholen.

»Ich werde nichts sagen. Ich werde dich beschützen. Wir sind Schwestern. Schwestern halten immer zusammen. Ich habe es versprochen.«

Natürlich hatten die meisten Menschen, die so etwas versprachen, nicht so eine Schwester wie ich.

ERSTER TEIL

1. Kapitel

Lauren

Vorahnung: das starke Gefühl, dass etwas geschehen wird, insbesondere etwas Unangenehmes

Man konnte für das, was geschah, nicht die Party verantwortlich machen, auch wenn Lauren sich später wünschte, sie hätte nicht so einen Aufwand dafür betrieben. Wenn sie nicht so sehr mit all den kleinen Einzelheiten beschäftigt gewesen wäre, hätte sie vielleicht bemerkt, dass etwas nicht stimmte. Hätte sie das? Um zu bemerken, dass etwas nicht stimmt, muss man genau hinsehen, und sie hatte nicht hingesehen. Sie hatte sich auf den Moment und den Trubel des großen Tages konzentriert.

Und der Tag hatte früh begonnen.

Noch bevor der Wecker klingelte, wachte sie auf, drehte sich zu Ed und küsste ihn. »Herzlichen Glückwunsch.«

Sollte sie das Wort »vierzig« aussprechen? Wie ging es ihm damit? Wie ging es *ihr* damit?

Ihr blieben noch fünf Jahre bis zu dieser Zahl, was ihr lang genug erschien, um sich noch keine Sorgen darüber zu machen. Und vierzig war schließlich nicht alt, oder?

Vielleicht stimmte das, doch als sie am Tag zuvor den Geburtstagskuchen in Empfang genommen und die vierzig Kerzen gesehen hatte, die nur noch daraufgesteckt werden mussten, war ihr einziger Gedanke gewesen, der Kuchen könnte womöglich zu klein sein.

Ed döste noch im Halbschlaf, also blieb Lauren einen Moment lang still liegen, umhüllt von der friedlichen Ruhe ihres Schlafzimmers. Als sie eingezogen waren, hatte sie diesen Raum zuerst eingerichtet. Sie hatte ihn als Zufluchtsort gestaltet, eine harmonische Oase aus Weiß mit grauen und silbernen Akzenten. Im Sommer flutete das warme Sonnenlicht den Raum, und sie schlief bei offenem Fenster, um die Vögel hören zu können. Jetzt im Januar, da in London eine eisige Kälte herrschte, hatte sie die Fenster fest verschlossen. Ihr Haus, das in einer exklusiven und sehr nachgefragten halbmondförmigen Häuserreihe im angesagten Notting Hill lag, grenzte zur Rückseite an Privatgärten. Schon seit ein paar Wochen waren die Bäume jeden Morgen von einer Frostschicht bedeckt. Wenn man das Fenster öffnete, traf einen die kalte Luft wie eine Ohrfeige, als wolle sie die Menschen davor warnen, die Gemütlichkeit ihres Heims zu verlassen.

Lauren, die auf Martha's Vineyard aufgewachsen war, einer kleinen Insel vor der Küste von Massachusetts, konnte schlechtes Wetter nichts anhaben.

Sie schob die Decke zurück und fuhr Ed mit den Fingern durchs Haar. »Kein einziges graues Haar. Falls es dich tröstet: Du siehst keinen Tag älter aus als sechzig.« Er reagierte nicht, und sie beugte sich vor, um ihn erneut zu küssen. »Ich mache nur Spaß. Du siehst nicht mal wie vierzig aus.« Obwohl er in letzter Zeit zu bestimmten Tageszeiten, wenn das Sonnenlicht hell und hart war, tatsächlich älter aussah. Arbeitete er zu hart? Ed hatte schon immer lange gearbeitet, doch in letzter Zeit war er später und später nach Hause gekommen, und er wirkte ungewöhnlich müde. Sie hatte vorsichtig angedeutet, ob er vielleicht einen Arzt aufsuchen sollte, doch er hatte alle Hinweise ignoriert. Es war leichter, ein Kleinkind davon zu überzeugen, Brokkoli zu essen, als Ed zu einem Arztbesuch zu überreden.

Ein Blick auf ihr Handy verriet ihr, dass es schon nach sechs war, und noch immer gab Ed kein Lebenszeichen von sich.

Lauren stupste ihn sanft an. Ihr Tag war bis auf die Minute geplant, und alles startete um exakt sechs Uhr fünfzehn.

Sie hörte ein Stampfen auf der Treppe. »Mack ist wach. Wie kann ein einziger Teenager nur einen Lärm wie eine ganze Elefantenherde veranstalten?«

Sie fragte sich, ob Mack ins Schlafzimmer kommen würde, doch dann verklangen die Schritte, und sie hörte die Küchentür zuschlagen.

Warum schaute Mack nicht zumindest kurz herein, um ihrem Vater zum Geburtstag zu gratulieren?

Beklommenheit stieg in Lauren auf und trübte ihre Fröhlichkeit. Eine Tochter im Teenageralter brachte ebenso viel Freude wie Leid mit sich. Es war noch nicht lange her, da wäre Mack ins Schlafzimmer gestürzt und hätte ihrem Vater voller Stolz die selbst gebastelte Geburtstagskarte präsentiert. Sie hätte sich in die Mitte des Bettes geworfen, und sie alle drei hätten sich zusammengekuschelt und aufgeregt das Geschenk ausgepackt, bis sie unter Verpackung und Umschlägen begraben gewesen wären. Sogar als sie in die Pubertät kam, war Mack umgänglich gewesen.

Vor einem Monat hatte sich all das verändert. Über Nacht hatte ihre Tochter sich in diese mürrische, launische Karikatur eines Teenagers verwandelt, und Lauren wusste nicht, woran es lag. Soweit sie sich erinnern konnte, war zu Hause nichts vorgefallen. Vielleicht in der Schule?

Während der Weihnachtsferien hatte eine angespannte Stimmung im Haus geherrscht, und Ed, der sich nur selten freinahm, hatte schlecht darauf reagiert. Lauren war in die Rolle der Friedensstifterin geschlüpft und hatte infolgedessen den größten Teil der Feiertage mit einem unguten Gefühl im Bauch verbracht.

Einen Teenager zu ergründen war schwieriger als ein Sudoku, und manchmal ging die Gleichung einfach nicht auf.

»Glaubst du, es ist nur eine Phase, oder bleibt das jetzt einfach so?«

Ed regte sich. »Was bleibt so?«

Die Art, wie sie uns den Rest ihres Lebens behandeln wird.

Sie sprach den Gedanken nicht aus. Es war nicht fair, Ed mit ihren Sorgen zu belasten, erst recht nicht heute.

Er hatte Geburtstag, und sie musste eine Party vorbereiten.

Wenn sie daran dachte, was sie noch alles für die perfekte Feier erledigen musste, wurde sie ganz unruhig.

Da es Freitag war, würde sie ihre Freundinnen Ruth und Helen um zehn Uhr in ihrem liebsten Kaffeeladen treffen, der zufälligerweise nur fünfunddreißig Schritte von dem Friseur entfernt lag, bei dem Lauren genau fünfundvierzig Minuten später einen Termin hatte. Um halb zwölf würde sie beim Floristen sein, und nach einem fünfzehnminütigen Spaziergang nach Hause – womit sie die Punkte Bewegung *und* Sonnenlicht abgehakt hätte – würde sie sich den Rest des Tages den letzten Vorbereitungen für die Party widmen.

»Ed …« Sie stupste ihn wieder an. »Wach auf, Liebling. Ich muss dir dein Geschenk geben, bevor ich runtergehe. Heute wird es stressig. Ich habe jede Minute verplant.«

Ed öffnete schließlich die Augen. »Wann hast du mal nicht jede Minute des Tages verplant? Wenn ich jemals eine Organizer-App erfinde, nenne ich sie *Lauren*.«

War das Kritik?

»Es ist wichtig, die Kontrolle zu behalten, sonst fliegt die Zeit dahin, und bevor du dich's versiehst, ist der Tag vorbei, und du hast nichts geschafft.«

Natürlich hatte Lauren andere Gründe, die Kontrolle im Leben zu behalten, doch sie und Ed sprachen nie darüber. Manchmal fragte sie sich, ob er sich überhaupt daran erinnerte. Die Zeit ließ Ereignisse verblassen, bis sie weit entfernt und verschwommen erschienen. Als hätte man ein Gemälde ins Sonnenlicht gehängt. Die Konturen verblassten, und die Farben verloren ihre Leuchtkraft.

Gelegentlich wanderten ihre Gedanken dorthin zurück, doch meistens gelang es ihr, in der Gegenwart zu bleiben.

In der Hoffnung, dass er sich rührte, schlug sie die Decken um und stand auf. Normalerweise startete sie mit ein paar Yoga-Übungen, doch heute war sie abgelenkt, weil Mack nach unten in die Küche gegangen war.

Warum war sie so früh auf?

Vielleicht bereitete sie ein Überraschungsfrühstück für Ed vor. Jeden Moment würde sie an die Tür klopfen und mit einem Tablett mit frischem Orangensaft, knusprigen Croissants und starkem Kaffee hereinkommen.

Oder vielleicht war das Wunschdenken.

Lauren ging zum Fenster und blickte hinaus auf die Straße.

Mit Glück würde es heute einer dieser perfekten sonnigen Wintertage werden, doch da dies London war, schien es unwahrscheinlich. Solange ihre Gäste sich nicht durch den Schnee kämpfen mussten, würde sie sich nicht beklagen. England, das hatte sie vor Jahren festgestellt, konnte mit Schnee nicht gut umgehen. Zehn große Schneeflocken reichten, um das ganze Land in Panik zu versetzen.

Ed erhob sich schließlich ebenfalls und setzte sich auf.

Lauren drehte sich um und musterte seinen gebeugten Körper. »Ist alles in Ordnung?«

Er wandte ihr den Kopf zu, wirkte aber abwesend. »Was?«

»Du siehst müde aus.«

»Ich bin müde. Ich könnte einen ganzen Monat im Bett liegen bleiben, ohne mich zu rühren.«

Sie entschied, dass die Zeit der zarten Andeutungen vorbei war. »Ich glaube, du solltest zu einem Arzt gehen.« Warum musste man Männern das nur immer wieder sagen?

»Weil ich müde bin? Was wird der Arzt wohl deswegen unternehmen? Sein Rat wird lauten: ›Gehen Sie früher zu Bett.‹ Seine Diagnose liegt auf der Hand, dafür habe ich keine Zeit.«

»Ihre Diagnose.«

»Wie bitte?«

»Wir haben eine Ärztin«, sagte Lauren. »Eleanor Baxter. Wenn du nicht zu ihr gehen willst, lass es wenigstens ein bisschen langsamer angehen. Mach früher Feierabend.«

»Es langsamer angehen lassen? Lauren, hast du eigentlich irgendeine Ahnung, wie mein verdammter Job aussieht?«

Er schloss die Augen und strich mit der Hand über sein Kinn. »Es tut mir leid, Liebling. Ich wollte nicht – nimm es mir bitte nicht übel. Mir geht es nicht gut.«

»Schon in Ordnung.« Aber es war nicht wirklich in Ordnung, oder?

Ed fluchte nie, zumindest nicht in ihrer Gegenwart. Er war immer höflich und zuvorkommend – zu Freunden, zu den Lehrern an der Schule ihrer Tochter und sogar zu dem Postboten, wenn sie sich zufällig über den Weg liefen. Gerade wegen seiner Ausgeglichenheit und seiner unerschütterlichen Ruhe hatte sie sich zu ihm hingezogen gefühlt. Er war absolut verlässlich. Mit Ed hatte sie nie das Gefühl, die Fassung oder die Kontrolle zu verlieren. Sie musste sich keine Sorgen machen, dass er ihr Herz brechen oder ihr die Luft zum Atmen nehmen könnte. Wenn es je einen Teil von ihr gegeben hatte, der sich nach etwas anderem sehnte, war das höchstens ein winziger Fleck in ihrer Vergangenheit, der für das bloße Auge kaum sichtbar war.

»Ich weiß, dass du viel zu tun hast.« Sie versuchte, versöhnlich zu klingen – in erster Linie, weil sie keine Zeit für einen Krach oder eine Wiedergutmachung hatte. Und es stimmte ja, dass er eine Menge Arbeit bewältigen musste.

Ed war ein hervorragender Broker, der in der Stadt mit einem großen Hedgefonds ein Vermögen gemacht hatte und anschließend sein eigenes Portfolio verwaltete. James, ein alter Collegefreund, der das Büro mit ihm teilte, hatte ihn sogar einmal zum Finanzgenie erklärt. Lauren hatte keinen Grund, daran zu zweifeln, da sie umgeben war von den Zeugnissen seines finanziellen Scharfsinns.

Das Haus, Mackenzies Schule, ihr perfektes Leben – all das hatte einen Preis: Eds Bürozeiten waren extrem lang.

Einst hatte sie auch hohe Ambitionen gehabt, aber das war, bevor sie am Strand Sex gehabt hatte und schwanger geworden war. Nicht dass sie den Anteil unterschätzte, den sie selbst für die Familie leistete. Im Gegenteil, sie sah sich in jeder Beziehung als gleichberechtigt und wusste, dass ihre Rolle genauso wichtig war wie die von Ed. Sie war das Öl in seiner Maschine, der Tonic in seinem Gin, der Yorkshire-Pudding zu seinem Roastbeef, um einen britischen Vergleich heranzuziehen. Was sie immer wieder versuchte, um sich bei ihrer furchtbaren Schwiegermutter beliebt zu machen, die selbst nach sechzehn Jahren noch erschüttert war, dass ihr kostbarer einziger Sohn eine Amerikanerin geheiratet hatte.

Ed saß immer noch auf dem Bett und starrte auf den Boden, und Lauren öffnete die Schublade des Nachttisches und holte die Schachtel heraus, die sie sorgfältig eingepackt hatte.

»Herzlichen Glückwunsch.« Sie überreichte ihm das Geschenk und spürte die freudige Erwartung in sich. »Ich wollte es dir jetzt geben, weil es später so hektisch sein wird, wenn das Haus voller Leute ist, die alle etwas von dir wollen.«

Ed öffnete die Schachtel und starrte auf den Inhalt. »Du hast mir einen Regenwald gekauft?«

»Keinen *ganzen* Regenwald. Ein Stück Regenwald. Ich weiß, wie sehr dir der Umweltschutz am Herzen liegt. Du fährst überall mit dem Rad hin, sprichst immer davon, den Planeten zu retten. Ich dachte …«

»Das ist ein Schwindel, Lauren.« Er klang müde. »Ich kann nicht glauben, dass du dafür Geld ausgegeben hast. Dir ist klar, dass du vermutlich die Kokain-Industrie bezuschusst hast?«

»Es ist kein Schwindel. Ich bin nicht blöd.« Und er kannte sie. Er wusste, dass sie die Highschool als Jahrgangsbeste abgeschlossen und einen Platz an einem Ivy League College ergattert hatte, bevor ihre Welt zusammengebrochen war. Ed war derjenige, der sie ermutigt hatte, ihre Träume wieder zu verfolgen, als Mack die Grundschule beendet hatte. »Ich habe es sorgfältig recherchiert. Wir können hinfahren und es uns ansehen, wann auch immer wir wollen.«

»Genau. Weil ein Flug nach Brasilien der Erde so guttut.« Er warf die Schachtel auf das Bett, und Lauren spürte, wie sich ihre Kehle zuschnürte.

»Ich wollte dir etwas Originelles und Besonderes schenken.«

»Es ist etwas Besonderes …« Er fuhr sich mit der Hand über die Brust. »Es liegt nicht an dir, sondern an mir. Beachte mich gar nicht. Ich bin einfach falsch in den Tag gestartet.«

Er hievte sich vom Bett hoch, ging ins Badezimmer und schloss die Tür.

Kurz darauf hörte sie das Wasser rauschen.

Perplex stand sie da.

Hier ging es nicht um ein Stück Regenwald, dessen war sie sicher.

Stand er am Rand einer Midlife-Crisis? Würde er bald enge Jeans tragen und eine Affäre mit einer jungen Frau beginnen, die kaum älter war als Mackenzie?

Während sie versuchte, nicht zu viel darüber nachzudenken, machte sich Lauren auf die Suche nach Mack.

Sie fand ihre Tochter in der Küche. Mack saß an der Kücheninsel und beugte sich über ihr Handy. Ein Paar überdimensionale pinkfarbene Kopfhörer waren über ihre Ohren gestülpt.

Mack hasste Pink. Die Kopfhörer waren ein Versuch, sich der Clique an ihrer Schule anzupassen, die sie gehänselt hatte, weil sie nicht

»mädchenhaft« genug sei. Mack nannte sie »die Prinzessinnen«. Sie schienen beschlossen zu haben, ihr das Leben schwer zu machen.

Falls Mack sie hereinkommen hörte, ließ sie sich jedenfalls nichts anmerken.

Es stand kein Tablett mit Orangensaft bereit und auch kein Kaffee. Keine Anzeichen einer Geburtstagsüberraschung.

Nichts außer einer übervollen Schüssel mit Frühstücksflocken, die Mack in sich hineinschaufelte.

Lauren wischte die Erinnerungen daran beiseite, wie Mack ihr morgens immer entgegengehüpft war, um sie zu umarmen. Stattdessen überlegte sie, was sie sagen konnte, ohne einen Wutausbruch heraufzubeschwören. »Hey, Liebling. Du hast Daddys Geburtstag nicht vergessen?«

Mack sah von ihrem Handy auf und schob mit einer übertriebenen Geste die Kopfhörer zurück.

»Was?«

»Dads Geburtstag. Heute.«

»Ja?«

»Willst du ihm nicht gratulieren?«

»Will er daran erinnert werden? Vierzig ist ziemlich alt. Er gehört zwar noch nicht zur Seniorengruppe, aber sie winkt schon am Horizont.« Mack schaufelte einen weiteren Löffel Frühstücksflocken in sich hinein. »Ich dachte, er würde den Geburtstag vielleicht lieber ignorieren. Jedenfalls würde ich das tun, wenn ich in seinem Alter bin. Und außerdem ist es Viertel nach sechs. Ich bin kein Morgenmensch. Vermutlich hätte ich ihm einen Tee kochen können, aber er kann meinen Tee nicht ausstehen. Er jammert immer, er wäre ihm zu schwach.« Sie schob sich die Kopfhörer zurück auf die Ohren und widmete sich wieder Snapchat. In ihrem Oversized-Shirt sah sie jünger als sechzehn aus. Ihr Haar hatte das gleiche helle, sonnige Blond wie Laurens, doch Mack trug ihres so, dass es ihr ins Gesicht fiel, um die hartnäckigen Pickel auf ihrer Stirn zu verbergen. Vor ein paar Monaten war ihre Zahnspange entfernt worden, doch sie lächelte immer noch mit zusammengepressten Lippen, weil sie vergessen hatte, dass sie sich nicht länger unsicher fühlen musste wegen ihrer Zähne.

Erst als Mack ihre leere Schüssel nahm und in den Geschirrspüler stellte, fielen Lauren die beiden pinkfarbenen Strähnen in ihrem Haar auf.

»Was hast du mit deinem Haar gemacht?«

»Ich bin heute so aufgewacht. Merkwürdig, nicht? Feen oder Gremlins.«

»Mack …«

Ihre Tochter seufzte auf. »Ich habe es gefärbt. Und bevor du ausflippst: Jeder färbt heute sein Haar. Alle anderen Mütter sind damit einverstanden. Abigails Mutter hat ihr sogar dabei geholfen.«

Lauren wusste, dass dies ihr Stichwort sein sollte – wie »alle anderen Mütter« zu sein. Den Test bestand man oder nicht, und Lauren wusste, dass sie heute durchfallen würde. »Warum hast du nicht mit mir darüber gesprochen?«

»Weil du so ein Kontrollfreak bist und Nein gesagt hättest.«

»Du hast so schönes Haar. Willst du dich den anderen anpassen, weil du dazugehören willst?«

»Es ist mir egal, ob ich dazugehöre.«

Sie wussten beide, dass das eine Lüge war.

Lauren wählte ihre Worte sorgfältig. »Liebling, ich weiß, es ist hart, wenn man gehänselt wird, doch das passiert vielen Menschen und …«

»Das hilft mir übrigens kein Stück. Mir doch egal, wie viele andere Menschen das durchgemacht haben.« Mack gelang es in ihrer Lässigkeit nicht, den Schmerz zu überdecken, der in ihren Worten lag, und Lauren spürte ihn, als wäre es ihr eigenes Leid.

»Deine Individualität macht dich zu etwas Besonderem. Und vergiss nicht, dass die meisten Menschen nur an sich selbst denken und sich über andere nicht den Kopf zerbrechen.« Sie entschied, dass dies nicht der richtige Zeitpunkt war, um die Schulangelegenheit erneut anzusprechen. »Ich weiß, dass du sauer bist. Ist noch irgendetwas passiert?«

»Du meinst, abgesehen davon, dass meine Mutter mir Stress macht?«

»Ich mache dir keinen Stress. Ich versuche, dich zu unterstützen. Wir konnten immer über alles sprechen. Das hat sich geändert.«

Mack griff nach ihrem Handy. »Ja, richtig. Über alles. Genau, in *diesem* Haus gibt es keine Geheimnisse.«

Etwas in ihrem Ton bereitete Lauren Unbehagen.

»Mack …«

»Ich muss mich für die Schule fertig machen. Meine Mutter hatte einen Platz an einem Ivy League College, also wird nichts Geringeres als Oxford oder Cambridge gut genug für mich sein. Bildung ist schließlich alles, oder?«

Es war eindeutig zu früh am Tag, um sich mit einem trotzigen Teenager auseinanderzusetzen.

Lauren wollte Mack daran erinnern, ihrem Vater zum Geburtstag zu gratulieren, doch ihre Tochter war bereits aus der Küche gestürmt.

Eine weitere zugeschlagene Tür. Laurens Welt schien voll davon zu sein.

In diesem Haus gibt es keine Geheimnisse.

Mit einer brennenden Unruhe in der Brust ging sie hinunter in den Keller, wo sie sich einen Trainingsraum eingerichtet hatten, und versuchte, ihren Ängsten auf dem Laufband zu entfliehen. Sie schaltete CNN ein, um sich ein kleines Stück Heimat zu gönnen.

Stürme in Alabama. Ein neun Meter langer Alligator in Florida. Eine Schießerei in Brooklyn.

Die Nachrichten gaben ihr ein Gefühl von Verbundenheit und lenkten sie von den Sorgen ab, die sich in ihrem Kopf festgesetzt hatten.

Eine jähe Welle von Heimweh erfasste sie. Sie sehnte sich nach einer morgendlichen Jogging-Runde am Südstrand, nach dem Geruch des Meeres, dem Geschmack von frisch gefangenen Meeresfrüchten, dem Sonnenuntergang in der Nähe des Hauses ihrer Schwester in Menemsha.

Zwanzig Minuten später tauchte Ed wieder auf. Er trug Fahrradkleidung und hielt sein Handy in der Hand.

Lauren atmete erleichtert auf. Es gehörte zu seiner Routine, mit dem Fahrrad ins Büro zu fahren und sich dort umzuziehen. Offenbar war es heute nicht anders, außer dass er etwas später dran war als sonst.

»Hab einen schönen Tag, Geburtstagskind.«

Er antwortete nicht, also schaltete sie den Fernseher aus und stoppte das Laufband. Sie war außer Atem, ihr Herz pochte, doch Lauren vermochte nicht sicher zu sagen, ob das nur ihrem Training geschuldet war.

»Macht es dir zu schaffen, vierzig zu sein?«

»Was?« Er sah von seinen E-Mails auf.

»Vierzig.« Vielleicht hatte sie die ganze Sache zu leichtfertig betrachtet. Sie musste ihm versichern, dass er noch immer gut aussehend und begehrenswert war. Mehr Sex würde nicht schaden. Sie machte sich in Gedanken eine Notiz, das einzuplanen. Manchmal rasten die Tage nur so dahin, und dann bemerkte sie, dass es schon eine Woche her war. Manchmal länger. Tatsächlich war der Sex zwischen ihnen immer eher gemütlich als dringlich gewesen. Etwas, das sie eher genossen hatten, als danach zu lechzen, was bedeutete, dass er zwischen all den Anforderungen des Alltags manchmal vergessen wurde.

War das normal? Sie hatte keine Ahnung. Lauren käme es nie in den Sinn, solche privaten Dinge mit ihren Freundinnen zu diskutieren.

Vielleicht hatte er tatsächlich eine Affäre?

Allein bei dem Gedanken daran beschleunigte sich ihr Puls. Nein, so war Ed nicht. Sie logen einander nicht an. Niemals. Das hatten sie in jener ersten Nacht vereinbart, als sie sich kennenlernten. Lauren vertraute Ed grenzenlos.

Vor allem waren sie glücklich. Glückliche Paare hatten keine Affären.

»Machst du dir Gedanken wegen Mack? Ich weiß, sie ist seit Kurzem sehr schwierig.«

Sie entschied, dass dies nicht der richtige Moment war, um Ed von den pinkfarbenen Strähnen zu erzählen. Sollte er sie später selbst entdecken.

»Alle Teenager sind schwierig. Ich erinnere mich an deine Mutter, die mal meinte, deine Schwester sei ein Albtraum gewesen.«

Lauren fiel ein, dass sie vergessen hatte, am Tag zuvor ihre Schwester anzurufen. Die Vorbereitungen für Eds Geburtstagsparty hatten alles andere verdrängt.

»Meine Mutter wollte immer nur malen und war genervt von allem, das sie dabei störte.« Doch wenn Lauren an die Dinge zurückdachte, die sie mit Jenna unternommen hatte, war sie noch immer entsetzt.

Sie konnten von Glück sagen, dass sie die Kindheit unbeschadet überstanden hatten. *Oder größtenteils unbeschadet.*

»Sie wird erwachsen.« Ed sprach in einem ruhigen Ton. »Sie muss uns nicht jede Kleinigkeit erzählen. Sie möchte ein wenig Unabhängigkeit, und dazu haben wir sie immer ermuntert. Und dass sie momentan etwas schwierig ist, hat die Natur doch so vorgesehen – damit die Teenager flügge werden und die Eltern lernen, sie loszulassen.«

»Sie ist sechzehn, Ed. Es dauert noch ein paar Jahre, bis sie auszieht. Und du weißt, was uns die Lehrer gesagt haben. Mack macht ihre Hausaufgaben nicht und fällt in Englisch durch. Sie war immer eine Einser-Schülerin. Englisch ist ihr bestes Fach.«

Ed runzelte die Stirn. »Physik ist ihr bestes Fach. Letztes Jahr wollte sie Luftfahrtingenieurin werden.«

»Das war, bevor diese Mädchen sie gehänselt und ihr gesagt haben, dass sie wie ein Junge wäre. Erinnerst du dich nicht mehr an die schreckliche Facebook-Seite? Mack, der Mann.« Lauren war so wütend gewesen, dass sie am liebsten in die Schule gestürmt wäre und den Gören mit einer rostigen Schere ihr verdammtes Prinzessinnen-Haar abgeschnitten hätte. Sie hatten lange verhandeln müssen, bis die Seite endlich verschwand, und Mack hatte wochenlang darunter gelitten. »Sie ist klug. Wenn sie hart arbeitet, kann sie alles werden, was sie möchte, aber das ist nicht der Punkt. Sie bemüht sich nicht. Nicht mehr. Wenn sie so weitermacht, wird sie ihre Prüfungen nicht bestehen.« Es sei denn, es würde eine Prüfung in Sarkasmus geben. Die würde Mack mit Bestnote abschließen.

»Es gibt mehr im Leben, als eine Einser-Schülerin zu sein, Lauren.«

»Ich weiß. Aber ich weiß auch, wie leistungsorientiert die Welt heute ist. Wenn du deine Prüfungen vergeigst, erhältst du keinen Platz in einem guten College, und ohne gutes College hast du keine Chance auf eine gute Praktikumsstelle, weil es für jede Stelle Tausende von Bewerbern gibt. Sue Millers Älteste hat letzten Sommer ihren Abschluss gemacht und seitdem hundertfünfzig Bewerbungen geschrieben, ohne zu einem einzigen Vorstellungsgespräch eingeladen zu werden. Hundertfünfzig.«

»Beruhige dich. Sie wird das meistern, Lauren.«

Es ärgerte sie, dass er nicht einmal von seinem Handy aufsah.

»Doch was, wenn nicht? Die Schule hat mir gesagt, dass sie im Unterricht nicht den Mund aufmacht.« Und wann hatte ihre Tochter im Unterricht vorher jemals nicht den Mund aufgemacht? Mack redete, seit sie gelernt hatte, wie man zwei Worte aneinanderreihte. »Und dann war da dieser Vorfall vor einem Monat …«

»Das war ein Ausrutscher.«

»Sie war betrunken, Ed! Unsere Tochter war betrunken, und Tanyas Mutter musste sie nach Hause fahren.« Mack hatte sich geweigert, eine Erklärung dafür abzuliefern. Sie hatte ihre Eltern einfach ausgeschlossen. Das hatte Lauren mehr schockiert als alles andere. War das der Punkt, an dem sich Mack verändert hatte?

»Teenager experimentieren. Sie testen Grenzen aus. Tanyas Mutter hätte besser auf die Wodkaflasche aufpassen sollen.«

»Das war kein Ausrutscher. Was ist mit dem Geld, das sie aus meiner Tasche genommen hat? Unser Kind hat gestohlen, Ed.« Was, wenn Mack mit Drogen experimenticrte? Je mehr Lauren sich die möglichen Horrorszenarien ausmalte, umso überraschender schien es ihr, dass aus den Teenagern heutzutage tatsächlich irgendwann Erwachsene wurden. »Ich glaube, dass sie etwas vor uns verbirgt.« Sie erkannte die Anzeichen wieder, und das gab ihr ein Gefühl des Unbehagens. Ein Geheimnis, das wusste sie, konnte einen innerlich auffressen. Es schuf eine Barriere zwischen einem selbst und den Menschen, die man liebte.

»Seit wann erzählen Teenager ihren Eltern alles? Du musst dich entspannen. Mack geht es gut. Sie ist nicht das Problem.«

Überrumpelt starrte Lauren ihn an.

»Was meinst du damit?«

»Nichts.«

»Du sagtest, sie sei nicht das Problem, was bedeutet, dass es ein anderes gibt.«

»Vergiss es.« Er widmete sich wieder seinem Handy. »Es könnte heute spät werden.«

»Du machst Witze. Heute ist die Party.«

»Die … was?« Er schaute sie verwirrt an, schloss dann kurz die Augen und fluchte leise.

»Deine Party. Hast du das vergessen?«

Die Pause vor seiner Antwort war winzig, aber sie war zweifellos da.

»Nein.«

Er log. Zum ersten Mal.

Wer vergaß die Party zu seinem eigenen vierzigsten Geburtstag?

Was beschäftigt ihn?

»Es kommen dreißig Leute, Ed. Freunde, deine Kollegen, deine Mutter …« Es gelang ihr, nicht zusammenzuzucken, als sie das sagte, und Ed nickte.

»Ich werde da sein. Wir sehen uns später.« Er holte eine Flasche Wasser aus dem Kühlschrank im Trainingsraum. Lauren musterte ihn von hinten und fragte sich, ob enge Fahrradkleidung aus Lycra für einen Mann mit vierzig wirklich noch vorteilhaft war.

Er schlug die Kühlschranktür zu und richtete sich auf.

»Danke für den Regenwald. Das war ein schöner Gedanke, und es tut mir leid, dass ich überreagiert habe.« Er küsste sie auf die Wange. Eine trockene, leidenschaftslose Geste. »Ich liebe dich. Du bist eine gute Frau, Lauren.«

Eine gute Frau? Was sollte das heißen?

»Vielleicht solltest du dir etwas Urlaub nehmen. Mackenzie hat über Ostern drei Wochen frei. Wir könnten uns irgendwo erholen.«

»Lass uns morgen darüber sprechen.«

Lauren sah ihm hinterher.

Sie ist nicht das Problem.

Als sie später das Haus verließ, um sich mit ihren Freundinnen zu treffen, war sie zu dem Schluss gekommen, dass Ed einfach einen schlechten Tag hatte. Sie fühlte sich gestärkt nach ihrem Training, war froh, dass alles für die Party bereitstand, und beruhigt, weil Mackenzie immerhin acht Worte mit ihr gesprochen hatte, bevor sie zur Schule gegangen war. Glücklicherweise lag die Schule, für die sie sich entschieden hatten, nicht weit entfernt. Eine von Macks Freundinnen wohnte nur ein paar Häuser weiter, und die beiden Mädchen gingen gemeinsam zu Fuß zum Unterricht.

An den meisten Tagen widerstand Lauren der Versuchung, Macks Handy zu orten, um sicherzustellen, dass ihre Tochter in Sicherheit war.

Sie knöpfte sorgfältig den Wintermantel zu und schritt rasch die von Bäumen gesäumte Straße entlang.

Bis zu ihrem achtzehnten Lebensjahr hatte sie auf einer Insel gelebt, und die Aussicht auf ein Leben in der Großstadt hatte sie immer abgeschreckt. Doch dieser Teil Londons hatte es ihr sofort angetan, als Ed sie damals herbrachte. Sie liebte die versteckten öffentlichen Gärten, die Eleganz der stuckverzierten Hausfronten und den bonbonfarbenen Charme von Portobello Road. Sie stöberte auf dem Markt gern nach geheimen Schätzen oder suchte in den versteckten Seitenstraßen nach vielversprechenden Souterrain-Restaurants. In diesen frühen Jahren war sie mit der kleinen Mack im Kinderwagen durch die Stadt gebummelt, hatte Galerien besucht und war durch die vielen Parks von London geschlendert. Sie hatte Stunden im Tate und in der Royal Academy verbracht, doch ihr Lieblingsort war zweifellos das Victoria and Albert Museum, das seit über hundertfünfzig Jahren eine Quelle der Inspiration für Designer und Künstler darstellte.

Lauren wäre dort am liebsten eingezogen.

Sie erreichte den Coffeeshop zur gleichen Zeit wie ihre Freundinnen.

Ruth und Helen besetzten ihren üblichen Tisch am Fenster, und Lauren ging zum Tresen, um zu bestellen. Nachdem ihre Kinder auf die gleiche private Mädchenschule gewechselt hatten und sie sich nicht mehr am Schultor miteinander unterhalten konnten, hatten sie angefangen, sich regelmäßig zu verabreden.

Sie bestellte Kaffee und zwei Gebäckstücke für ihre Freundinnen. Dann steckte sie ihre Kreditkarte in die Maschine. Sie wurde prompt abgelehnt.

Mit einer gemurmelten Entschuldigung versuchte Lauren es erneut, doch die Karte wurde ein zweites Mal abgelehnt.

»Ich zahle bar.« Sie steckte die Karte wieder ins Portemonnaie und suchte nach Bargeld. Mit roten Wangen trug sie das Tablett hinüber zum Tisch und stellte es vor ihren Freundinnen ab.

»Danke.« Ruth nahm einen Cappuccino vom Tablett. »Das nächste Mal bin ich dran. Draußen ist es klirrend kalt. Der Wetterbericht meint, wir könnten immer noch Schnee bekommen.«

Lauren ließ sich auf den freien Stuhl sinken und löste den Schal von ihrem Hals.

Als sie zum ersten Mal in London gewesen war, hatte es sie fasziniert, wie ausführlich sich Briten mit dem Wetter beschäftigten. Ganze Unterhaltungen widmeten sich ausschließlich diesem Thema, das – soweit Lauren es erkennen konnte – hier selten eine Nachricht wert war. Auf Martha's Vineyard hatte schlechtes Wetter oft bedeutet, dass man vom Festland abgeschnitten war. Sie fragte sich, was ihre britischen Freundinnen zu einem Hurrikan sagen würden. Er würde vermutlich noch monatelang Gesprächsthema sein.

»Möchtest du die Hälfte von diesem Croissant?« Helen brach es durch, doch Lauren schüttelte den Kopf.

»Nein danke. Ich bleibe bei Kaffee.« Sie holte ihr Handy aus der Tasche und schrieb Ed rasch eine Nachricht.

Kreditkarte funktioniert nicht. Problem?

Vielleicht war der Bank eine außergewöhnliche Transaktion aufgefallen, und sie hatte das Konto gesperrt. Am besten würde sie später dort anrufen.

»Ich wünschte, ich hätte deine Willenskraft.« Ruth aß die andere Hälfte von Helens Croissant. »Gibst du deinen Impulsen nie nach?«

Lauren steckte das Handy wieder in ihre Tasche. »Seinen Impulsen nachzugeben kann katastrophale Folgen haben.«

Beide Freundinnen starrten sie überrascht an, und sie wünschte, sie hätte den Mund gehalten.

»Katastrophal?« Ruth blinzelte. »Du meinst, wenn man nicht in seine Jeans passt?«

»Nein, ich …« Sie schüttelte den Kopf. »Beachtet mich nicht. Ich hatte einen verrückten Morgen. Hektisch.« Es lag an Ed, weil er sie an Dinge denken ließ, an die sie nicht denken wollte.

»Ach ja, der Geburtstag. Wie hat Ed reagiert?« Helen nahm ihren Löffel und malte Kreise in den Schaum ihres Kaffees. »Als Martin vierzig wurde, ist er sofort losgestürmt und hat einen Sportwagen gekauft. So ein Klischee, aber seit ich ihn fahren darf, habe ich aufgehört, mich zu beklagen.«

Lauren nippte an ihrem Kaffee. »Es schien ihm damit gut zu gehen.«

Sie ist nicht das Problem.

»Ich hatte eine Krise, als ich vierzig wurde«, sagte Ruth. »Und Mutter einer sechzehnjährigen Tochter zu sein erinnert einen daran, wie alt man ist. Noch beneide ich meine Tochter nicht um ihr Alter, aber ich kann verstehen, wie es dazu kommt. Du hast dieses Problem ja nicht«, sie sah Lauren an, »weil du Mack bekommen hast, als du noch in der Kinderkarre gesessen bist – oder wie ihr das Ding da drüben nennt.«

Lauren lachte. »Ich war neunzehn. So jung war ich nun auch wieder nicht.«

Allerdings war sie mit achtzehn bereits schwanger gewesen. Damals war sie nur zwei Jahre älter, als Mack heute war.

»Und du siehst immer noch wie einundzwanzig aus, was Mordgelüste in mir weckt.« Ruth machte eine abwehrende Geste. »Immerhin denkt deine Tochter nicht, dass du zu alt bist, um irgendetwas zu verstehen.«

Bei dem Gedanken an einige Gespräche, die sie kürzlich mit Mack geführt hatte, lächelte Lauren verkniffen. »Oh doch, das tut sie.«

»Aber du hast Energie. Ich bin zu müde, um mit einem Teenager fertigzuwerden. Ich dachte, die schrecklichen Zwanziger sollen die schlimmsten Lebensjahre sein, und jetzt entdecke ich, dass sechzehn das furchtbarste Alter ist. Gruppendruck, Pubertät, Sex …«

Lauren stellte ihren Becher ab. »Abigail hat Sex?«

»Es würde mich nicht überraschen. Sie hat einen ›Freund‹.« Ruth malte mit den Fingern Anführungszeichen in die Luft. »Das Handy vibriert die ganze Zeit, wenn er ihr Nachrichten schreibt.«

War das Macks Problem? Ging es um einen Jungen?

»Phoebe ist auch immer an ihrem Handy«, sagte Helen. »Wie kann es sein, dass sie keine Energie zum Abwaschen haben, aber ein Handy halten können? Als ich es ihr gestern Nacht endlich entrissen und ihr gesagt habe, dass ich elektronische Geräte im Schlafzimmer verbiete, hat sie gesagt, dass sie mich hasst. Eine wahre Freude.«

In Laurens Mitgefühl mischte sich Erleichterung. Selbst bei ihren hitzigsten Auseinandersetzungen war Mack niemals über die Lippen gekommen, dass sie sie hasste. Die Dinge könnten schlimmer sein.

»Sie meinen es nicht so«, sagte Ruth. »Das ist einer dieser typischen Sätze aus dem Phrasenbuch für Teenagersprache, genau wie: *Ich hasse mein Leben* oder *Mein Leben ist so scheiße.*«

»Und: *Aber all meine Freundinnen tun das.*«

»*Niemand macht diesen Kram, Mom.* Vor allem ihre Launenhaftigkeit macht mich fertig. Ich weiß, dass es an den Hormonen liegt, aber das nützt mir auch nichts.« Helen trank ihren Kaffee aus. »Es bereitet mir Schuldgefühle, weil ich weiß, dass ich zu meiner Mom genauso war, ihr nicht auch?«

Ruth nickte. Lauren sagte nichts.

Solange sie nichts unternommen hatten, was sie bei ihrer Malerei störte, hatte ihre Mutter sie und Jenna in Ruhe gelassen. Das war einer der Gründe, warum Lauren ihrer Schwester so nahestand.

»Das einzige berechenbare Wesen in unserem Haushalt ist der Hund.« Ruth sah sie an und lächelte verschmitzt. »Habt ihr euch je gefragt, wie euer Leben aussehen würde, wenn ihr euren ersten Freund geheiratet hättet?«

»Ich wäre geschieden«, sagte Helen. »Mein erster Freund war ein kompletter Albtraum.«

Beide schauten zu Lauren, die spürte, wie ihr Gesicht heiß wurde. »Ed war mein erster richtiger Freund.«

Das war keine richtige Lüge, sagte sie sich. Der Begriff *Freund* bezeichnete jemanden, mit dem man eine Beziehung hatte. Das Wort beschwor Bilder von ersten Küssen, Ausflügen ins Kino und peinlichen Fummeleien herauf. Ein Freund war etwas Öffentliches. *Ich gehe heute Abend mit meinem Freund aus.*

Wenn man diese Definition berücksichtigte, war Ed ihr erster Freund gewesen.

»Ernsthaft? Du warst dein ganzes Erwachsenenleben nur mit einem Mann zusammen? Kein Techtelmechtel? Keinen verrückten, unartigen Teenager-Sex?«

Lauren spürte, wie ihr Herz schneller schlug. Das zählte nicht, redete sie sich ein. »Für mich gab es immer nur Ed.«

»Na ja …« Helen wirkte perplex. »In dem Fall sage ich lieber nichts, bevor ich mich selbst belaste.«

»Also ich habe eine Menge Männer gecastet, bevor ich meinem David die Rolle des Ehemanns gegeben habe.« Ruth aß den letzten Bissen ihres Croissants. »Ich gehe jetzt besser. Ich habe das Haus im Chaos zurückgelassen.« Sie griff nach ihrer Tasche. »Wir sehen uns heute Abend bei der Party, Lauren. Bist du sicher, dass wir dir nicht helfen sollen?«

»Es ist alles erledigt.«

»Kommt deine Schwester aus den Staaten herüber?«

»Nein, sie kann im Moment nicht von der Schule weg.«

Lauren verspürte einen Anflug von Schuldgefühlen. Als sie das letzte Mal miteinander gesprochen hatten, hatte Jenna gestanden, dass ihre Periode überfällig war. Lauren hatte die Vorfreude in ihrer Stimme gehört und sich mit ihr gefreut. Sie wusste, wie verzweifelt ihre Schwester sich ein Baby wünschte und wie aufgelöst sie jeden Monat war, wenn es nicht geklappt hatte. Sie hatte Jenna anrufen wollen, doch über die Party-Planung hatte sie es einfach vergessen.

»Was ist mit deiner Mutter? Kommt sie auch nicht?«

Lauren behielt ihr Lächeln bei. »Nein.«

Das hatte natürlich auch damit zu tun, dass sie nicht eingeladen war.

Lauren hatte nie eine enge Beziehung zu ihrer Mutter gehabt, doch bei ihrem letzten Besuch zu Hause war das Verhältnis besonders angespannt gewesen. Ihre Mutter hatte geistesabwesend gewirkt und noch distanzierter als gewöhnlich.

Als ihr Vater vor fünf Jahren gestorben war, hatte Lauren erwartet, dass ihre Mom am Boden zerstört wäre.

Lauren war für die Bestattung nach Hause geflogen und überrascht gewesen, wie stark ihre Mutter sich gezeigt hatte. Ihr Vater war ein sehr beliebtes Mitglied der Ortsgemeinschaft gewesen, und viele Menschen hatten bei der Beerdigung geweint. Ihre Mutter gehörte nicht dazu. Nancy Stewart stand aufrecht wie der Mast eines Schiffs da, mit trockenen Augen, als ob sich ein Teil von ihr an einem anderen Ort befände. Lauren nahm an, dass sie mit der Trauer genauso umging wie mit allem anderen, was das Leben ihr zumutete – indem sie in ihr Atelier verschwand und sich in ihren Bildern verlor.

Sie starrte in ihren Kaffee.

Als Jenna und sie klein waren, hatte ihr Vater immer die Rolle des »lustigen« Elternteils übernommen.

»Lasst uns zum Strand gehen«, hatte er gesagt und sich die Mädchen geschnappt, ohne sich darum zu kümmern, was sie gerade taten, seien es Schulaufgaben oder Hausarbeit. Weit nach ihrer regulären Schlafenszeit brachte er sie zurück, mit sandigen Füßen, verbrannter Haut und salzverkrustetem Haar. Sie hatten sich hungrig und übermüdet gefühlt, und es war ihre Mutter, die diese Folgen ausbaden musste.

Meist wartete Nancy schmallippig am Tisch, vor ihr die Teller, auf denen das Abendessen, das sie vorbereitet hatte, wieder aufgewärmt worden war. Schweigend servierte sie das inzwischen nicht mehr ganz frische Essen und steckte dann beide Mädchen unter die Dusche, wo Jenna schrie und kreischte vor Schmerz, wenn das Wasser auf ihre verbrannte Haut traf.

Am Ende des Sommers waren ihre Haare fast weiß gebleicht von der Sonne, und Jennas Gesicht war mit Sommersprossen übersät. Für Lauren ähnelten sie kleinen Sandkörnern auf ihrer Haut, doch ihre Schwester fühlte sich schmutzig. Jenna schrubbte ihre Haut, bis sie rot und wund war und die Sommersprossen verschwanden.

»Du könntest wenigstens an Sonnencreme denken«, hatte Nancy eines Abends zu Tom gesagt, und Lauren hatte ihn lachen gehört.

»Habe ich vergessen. Entspann dich mal.«

Je öfter ihr Vater zu Nancy sagte, sie solle sich entspannen, desto angespannter wurde sie, schien es Lauren damals.

Seitdem hatte sie es längst aufgegeben, sich ein anderes Verhältnis zu ihrer Mutter zu wünschen.

Sie und Ed kehrten jeden Sommer für zehn Tage nach Martha's Vineyard zurück, doch Lauren fühlte sich dort die ganze Zeit über unruhig. Das war ein Teil ihres Lebens, den sie hinter sich gelassen hatte, und der Aufenthalt dort gab ihr ein unbehagliches Gefühl, als ob sie alte Kleider trug, die nicht mehr passten. Dass ihr Vater mit seinen endlosen Witzen und seiner Energie nicht mehr da war, machte die Besuche noch unangenehmer.

Das einzig Gute daran war, dass sie ihre Schwester sah.

Lauren bemerkte, wie Helen aufstand, und erkannte, dass sie die Hälfte des Gesprächs verpasst hatte.

Ihre Freundin griff nach ihrer Tasche. »Haben eure Mädchen dieses verdammte Vorfahren-Projekt beendet? Martin wünschte sich, wir hätten eine andere Schule für sie ausgesucht. Eine, die Bildung nicht ganz so ernst nimmt.«

Lauren griff ebenfalls nach ihrem Mantel. »Welches Vorfahren-Projekt?«

Helen und Ruth tauschten Blicke.

»Deshalb beneiden wir dich«, sagte Ruth. »Deine Mack ist so klug, dass sie all diese Dinge ohne deine Hilfe erledigt.«

»Mack findet so etwas tatsächlich meist allein heraus.« Trotzdem nahm sie sich vor, ihre Tochter nach dem Projekt zu fragen, nur zur Sicherheit.

»Ist alles in Ordnung mit Mack?« Helen hielt ihr die Tür auf, und sie tauschten die warme, wohlduftende Luft gegen den eisigen Wind, der draußen wehte. »Keinen Ärger mehr mit diesen Zicken aus dem Jahrgang über ihr?«

Lauren war versucht, die pinkfarbenen Strähnen zu erwähnen und den Umstand, dass sich irgendetwas nicht richtig anfühlte, doch sie entschied sich dagegen. Sie hoffte immer noch, dass es keinen Grund zur Sorge gab.

»Es scheint alles in Ordnung zu sein.«

»Abigail hat nichts erwähnt, und sie hatte ja die Facebook-Seite entdeckt, als sie veröffentlicht wurde.« Ruth drückte anteilnehmend ihren Arm. »Ich bin sicher, es ist vorbei und erledigt.«

Das hoffte Lauren inständig. Sie wusste, dass sie dazu tendierte, die Dinge überzubewerten. Ihr Ehemann nannte es einen Hang zur Dramatisierung.

Wenn er damit recht hatte, dann sollten seine Worte zuvor nur ein flüchtiger Kommentar gewesen sein, auf den sie keine Gedanken verschwenden sollte.

Wenn sie ein Problem hatten, hätten sie darüber gesprochen.

Sie sah auf ihr Handy und bemerkte, dass es Zeit für ihren Friseurtermin war. »Ich sehe euch beide später.«

Mit Ed war alles in Ordnung und mit Mack ebenso. Sicher, ihre Tochter verhielt sich merkwürdig, aber vermutlich war das nicht mehr als eine Phase.

Es bedeutete nicht, dass sie Geheimnisse hatte.

Lauren versuchte, die Stimme in ihrem Kopf zu ignorieren, die sie daran erinnerte, dass sie und ihre Schwester immer Geheimnisse gehabt hatten.

2. Kapitel

Schwestern

Loyalität: die Fähigkeit, in einer Freundschaft oder der Unterstützung für etwas oder jemanden beständig zu bleiben

»Bitte tu es nicht.« Ich sah zu, wie sie auf die Reling kletterte. Darunter lag das Wasser, dunkel und tief.

Es war früh am Morgen, und der Strand war leer. Später in der Saison würde es hier vor Touristen wimmeln, die sich alle anstellten, um von der Jaws Bridge zu springen – von allen so genannt, weil sie in Steven Spielbergs Film Jaws – Der weiße Hai *auftauchte. Doch jetzt am frühen Morgen waren wir die Einzigen hier.*

Und wir sollten nicht hier sein.

Unsere Fahrräder lagen einsam am Rand des Weges. Die Strände an beiden Seiten der Brücke waren verlassen. Kein einziges Auto war an uns vorbeigefahren, seit wir vor fünf Minuten angekommen waren.

»Wenn du Angst hast, geh nach Hause.« Sie warf ihren Kopf herausfordernd zurück, und ihre Augen blitzten.

Meine Schwester, die Rebellin.

Sie hatte recht, ich hätte nach Hause gehen können. Aber wer hätte sich dann um sie gekümmert? Was, wenn sie irgendwo aufschlug und bewusstlos wurde oder ins Meer abtrieb? Die Strömung war ziemlich stark, und man musste mit viel Kraft von der Brücke wegschwimmen, nachdem man gesprungen war. Ich lief hinunter an den Strand, weil ich davon ausging, dass ich nur von dort aus in der Lage wäre, sie zu retten.

Das Seegras unter meinen Füßen war rutschig, und der Wind umhüllte mich kalt.

Ich zitterte, auch wenn ich nicht sicher war, ob es an der Kälte oder meiner Angst lag. Ich wollte überall sein, aber nicht hier.

Wie alle Familien hatten wir Regeln.

Meine Schwester hatte sie alle gebrochen.

War ich die Beschützerin meiner Schwester? Nun, ja, das war ich. Zugegebenermaßen eine selbst ernannte Beschützerin. Welche Wahl hatte ich denn? Ich liebte sie. Wir erzählten einander alles. Sie war meine beste Freundin. Ich wäre für sie gestorben, auch wenn es mir lieber war, wenn dies der letzte Ausweg blieb.

Ich versuchte es noch einmal. »Auf den Schildern steht: Springen von der Brücke verboten.«

Sie schaute zu mir herüber und zuckte mit den Schultern. »Dann sieh nicht hin.«

»Mom bringt uns um.«

»Sie wird es nicht erfahren. Sie weiß nichts von den Dingen, die wir tun. Sie interessiert sich nur für ihre Malerei.«

»Wenn es ihr jemand erzählt, wird es sie interessieren.«

»Dann hoffen wir lieber, dass es ihr niemand erzählt.«

Das war ihre Antwort auf alles.

Ich wand mich bei den Mahlzeiten vor Angst, dass Mom fragen könnte, was wir den ganzen Tag getan hätten. Die Schuld klebte so sehr an mir, dass ich sicher war, sie könnte sie sehen. Ich hatte das Gefühl, wie ein Neonschild zu leuchten.

Mein Glück, dass unsere Mutter normalerweise mit anderen Dingen beschäftigt war.

»Es ist nicht sicher. Komm im Sommer zurück, wenn mehr Menschen da sind.«

»Ich hasse die Menschenmengen.« Sie kletterte auf die oberste Strebe der Reling und balancierte darauf wie eine Seiltänzerin mit in die Höhe gereckten Armen. »Bei drei geht's los. Eins, zwei …«

Mit einem schelmischen Grinsen in meine Richtung stieß sie sich ab.

Sie segelte durch die Luft und landete klatschend im Wasser, wo sie verschwand. Einen Moment lang war ich von purem Schrecken erfüllt. Würde ich stark genug sein, sie zu retten, wenn sie in Schwierigkeiten kam? Die Vorstellung in meinem Kopf war so lebhaft, dass ich fast fühlte, wie ihr Körper meinen Händen entglitt. Erst als ihr Kopf auftauchte und ich erleichtert aufseufzte, bemerkte ich, dass ich den Atem angehalten hatte. Meine Zehen schmerzten, weil ich sie in die Schuhe gekrallt hatte, um mich jederzeit von den Felsen ins Wasser stürzen zu können.

Sie schwamm auf mich zu und kämpfte dabei mit der Strömung, die sie ins Meer ziehen wollte.

»Mir ist fast das Herz stehen geblieben.« Ich warf ihr das Handtuch zu, während meine Beine vor Erleichterung zitterten. Ein weiteres wildes Abenteuer meiner Schwester, und wir waren noch am Leben. An manchen Tagen fühlte ich mich eher wie ihre Mutter. »Wir müssen nach Hause, bevor dich jemand mit nassem Haar sieht.«

»Niemand wird uns sehen.« Sie kam aus dem Wasser. Ihre Kleidung tropfte und klebte an ihren dünnen Armen und Beinen. »Dad ist fort, und Mom ist im Atelier.«

»Und was sagen wir, wenn sie uns fragt, was wir heute gemacht haben?«

»Sie wird nicht fragen.« Meine Schwester rubbelte mit dem Handtuch durch ihr Haar und warf den Kopf zurück. Sie wirkte beschwingt und freudig wie immer, wenn wir etwas Verbotenes getan hatten. »Aber falls sie es tut, sagen wir ihr, dass wir eine Radtour gemacht haben.«

Das war Teil unserer Abmachung. Wir stellten immer sicher, dass es keine Fehler in unserer Geschichte gab.

Was auch immer passierte, sie wusste, ich würde sie beschützen.

Sie war meine Schwester.

3. Kapitel

Jenna

Sehnsucht: ein starkes oder übermächtiges Verlangen

Nicht schwanger.

Konnte es zwei niederschmetterndere Worte geben?

In dem kleinen Badezimmer ihres Drei-Zimmer-Cottages auf der Insel Martha's Vineyard ließ Jenna den Schwangerschaftstest auf den Boden fallen und widerstand der Versuchung, ihn unter ihren Füßen zu zermalmen.

Sie wollte fluchen, doch sie versuchte, so etwas sogar in der Ungestörtheit ihres eigenen Badezimmers zu vermeiden, damit es ihr nicht eines Tages vor ihrer Klasse von beeinflussbaren Sechsjährigen entschlüpfte.

Mrs. Sullivan hat Scheiße gesagt, Mommy. SCHEISSE. Es war ihr Wort des Tages.

Erst mussten wir es buchstabieren und dann einen Satz damit bilden.

Nein, fluchen kam nicht infrage, und sie würde keinesfalls anfangen zu weinen. Sie musste sich schon gegen Sommersprossen behaupten. Da konnte sie zusätzlich nicht noch rote Augen gebrauchen.

»Jenna?« Gregs Stimme drang durch die Badezimmertür. »Geht es dir gut, Liebes?«

»Alles in Ordnung. Ich komme gleich raus.«

Sie starrte auf ihr Spiegelbild und verbot sich, auch nur eine der Tränen zu vergießen, die sich in ihren Augen gesammelt hatten.

Es ging ihr nicht gut.

Ihr Körper tat nicht, was er tun sollte. Seine Aufgabe bestand darin, beim ersten Versuch schwanger zu werden oder zumindest beim zweiten, das Baby neun Monate lang sorgsam zu pflegen und es dann ohne Zwischenfälle oder Drama zur Welt zu bringen.

All diese Male, die sie in einer Mischung aus Panik und Hoffnung auf den Streifen gepinkelt und gebetet hatte, dass er nicht »Positiv« anzeigen würde. Als sie das erste Mal mit Greg Sex hatte, beide ungeschickt und unbeholfen am Strand, war sie eher ängstlich als erregt gewesen. *Bitte lass mich nicht schwanger sein.*

Nun wollte sie unbedingt, dass der Test positiv ausfiel, und es geschah nicht.

Sie hatten den ganzen Winter lang Sex gehabt, wobei man fairerweise sagen musste, dass man auf Martha's Vineyard nicht viel anderes machen konnte, wenn die Temperaturen fielen. Sex war eine sinnvolle Alternative zur Verbrennung fossiler Energien. Vielleicht sollte sie das in der Klasse unterrichten. *Hey, Kinder, es gibt Sonnenenergie, Erdwärme, Windenergie und Sex. Fragt eure Eltern danach.*

Sie verbrannte im Schlafzimmer mehr Kalorien, als sie das jemals auf dem Laufband getan hatte.

Sie war zweiunddreißig.

Mit zweiunddreißig hatte ihre Mutter bereits Lauren gehabt.

Jennas Schwester, Lauren, war mit neunzehn schwanger gewesen. Sie hatte zu ihrem frisch angetrauten Ehemann kaum Ja gesagt, da verkündete sie schon, dass sie ein Kind erwartete. Jenna schien es, als wäre ihre Schwester allein durch seine Berührung schon schwanger geworden.

Und ja, das machte sie neidisch. Sie liebte ihre Schwester, doch sie hatte festgestellt, dass Liebe nicht reichte, um sich diese unangenehmen Gefühle vom Leib zu halten.

Seit ihre Mutter ihr zum sechsten Geburtstag eine Kreidetafel geschenkt und Jenna Lauren gedrängt hatte, Schule zu spielen, hatte sie Lehrerin werden wollen.

Jeder wusste, dass es nur eine Frage der Zeit war, bis sie ihre eigene Familie haben würde.

Zuerst war sie ganz entspannt damit umgegangen, doch mit jedem Monat, der verstrich, wuchs ihre Verzweiflung.

Sie hatte alles versucht, um ihre Chancen zu erhöhen – vom täglichen Temperaturmessen bis hin zu der Verordnung, die sie Greg erteilt hatte, nur noch weite Boxershorts zu tragen. Sie hatten Sex in jeder vorstellbaren Stellung gehabt und dazu in einigen nicht vorstellbaren, was zu einer zerbrochenen Lampe geführt hatte und Greg brummeln ließ, dass er sich wie ein Zirkusartist fühle. Nichts hatte funktioniert.

Die Ungerechtigkeit schnitt ihr ins Herz, doch noch schlimmer war das Gefühl von völliger Leere. Sie schämte sich ein bisschen dafür, weil sie wusste, wie viel Glück sie hatte. Sie hatte so viel. Sie hatte Greg, um Himmels willen. Greg Sullivan, den jeder einzelne Mensch auf der Insel liebte, Jenna eingeschlossen. Greg, der als Jahrgangsbester abgeschlossen hatte und bei allem, was er tat, der Beste war.

Sie liebte ihn seit ihrem fünften Lebensjahr, als er sie aus einem Bach gezogen hatte, in den sie tollpatschig hineingefallen war. Er war ihr Held. In der Oberschule saßen sie nebeneinander und brachten zusammen die Schulzeitung heraus. Die Leute sprachen von ihnen, als wären sie eine Person. Sie waren Jenna und Greg.

Bis vor Kurzem hatte sie nichts anderes gewollt, als mit Greg zusammen zu sein.

Plötzlich schien das nicht mehr genug zu sein.

Am schlimmsten war, dass sie mit niemandem darüber sprechen konnte. Das hatte zu einigen fast schon peinlichen Situationen geführt, weil es ihr nicht leichtfiel, Dinge für sich zu behalten. »Geschwätzig« hatte in ihren Zeugnissen gestanden – sehr zur Verärgerung ihrer Mutter. *Du bist dort, um zu lernen, Jenna.*

Sie mochte geschwätzig sein, doch sogar Jenna machte halt davor, zwischen den Regalen im örtlichen Supermarkt über ihr Sexualleben zu sprechen.

Hi, Mary, schön, dich zu sehen. Übrigens, wie oft hattest du mit Peter Sex, bevor du schwanger wurdest?

Hi, Kelly, ich würde ja gern für ein Schwätzchen stehen bleiben, aber ich habe meinen Eisprung und muss rasch nach Hause, um über Greg herzufallen. Bis bald!

»Jenna?« Er rüttelte am Türgriff. »Ich weiß, dass es dir nicht gut geht, also mach die Tür auf, damit wir reden können.«

Was gab es da zu reden?

Sie wünschte sich verzweifelt ein Baby, und darüber zu reden würde keine Abhilfe schaffen.

Sie öffnete die Tür. Sie war »Jolly Jenna«. Eine junge Frau, die immer lächelte. Eine junge Frau, die immer versucht hatte, Dinge, die nicht zu ändern waren, zu akzeptieren. Sie hatte Sommersprossen auf der Nase, Haare, die sich kräuselten, egal, wie sie frisiert wurden, und einen Körper, der keine Babys produzieren wollte.

Greg stand da mit jenem Gesichtsausdruck, den sie heimlich seine Zuhörer-Miene nannte. »Negativ?«

Sie nickte und drückte sich an seine Brust. Er roch gut. Nach Zitronen und frischer Luft. »Sag nichts.« Greg war Therapeut. Er konnte gut mit Menschen umgehen, doch in diesem Moment gab es nichts zu sagen, wodurch sie sich besser fühlen würde, und sie hatte Angst, dass sein Mitgefühl ihre Fassung zum Wanken bringen würde.

Sie spürte, wie er die Arme um sie legte.

»Wie wäre es mit: *Ich liebe dich*?«

»Das funktioniert immer.« Sie liebte die Art, wie er sie umarmte. Ganz fest und nah, als ob er es so meinte. Als ob sich nie etwas zwischen sie drängen könnte.

»Wir sind jung, und wir versuchen es noch nicht so lange, Jenna.«

»Siebzehn Monate, eine Woche und zwei Tage. Meinst du nicht, dass wir allmählich mal mit einem Arzt sprechen sollten?«

»Das brauchen wir nicht.« Er löste sich von ihr. »Denk an all den großartigen Sex, den wir haben können, während wir dieses Baby machen.«

Aber es funktioniert nicht.

»Ich möchte gern jemanden konsultieren.«

Er seufzte. »Du bist die ganze Zeit so angespannt.«

Sie konnte nicht schwanger werden. Was erwartete er?

»Wenn du mir sagen willst, dass ich mich entspannen soll, haue ich dich.«

Er zog sie erneut in seine Arme. »Du arbeitest so viel. Du gibst alles, was du hast, den Kindern in deiner Klasse …«

»Ich liebe meinen Job.«

»Vielleicht könntest du zum Yoga oder so was gehen?«

»Ich kann nicht lange genug still sitzen für Yoga.«

»Dann irgendwas anderes, ich weiß nicht …«

Dieses Mal löste sie sich aus der Umarmung. »Wage es bloß nicht, mir ein Buch über Achtsamkeit zu kaufen.«

»Verdammt, jetzt hast du mein Weihnachtsgeschenk erraten.« Er umfasste ihr Gesicht und küsste sie sanft auf den Mund. »Halte durch, Liebes.« Bei dem Ausdruck in seinen Augen hätte sie am liebsten geweint.

»Wir kommen zu spät zur Arbeit.«

Zwanzig hyperaktive Sechsjährige warteten auf sie. Die Sechsjährigen von anderen Leuten. Sie schlichtete Streitereien, wischte Tränen ab, erzog sie und versuchte, sich nicht vorzustellen, wie es wäre, wenn eines dieser Kinder ihres wäre.

Jeden Tag brachte sie den Kindern in der Schule ein neues Wort bei. Deshalb tauchten gern Definitionen in ihrem Kopf auf, selbst wenn sie es nicht wollte. So wie jetzt.

Enttäuscht: traurig, weil eine Erwartung sich nicht erfüllt hat.

Frustriert: Unzufriedenheit oder fehlende Erfüllung verspüren.

»Es wäre leichter, wenn die Leute mich nicht immer fragen würden, wann ich ein Baby bekommen werde.«

»Tun sie das?«

»Die ganze Zeit.« Sie griff nach ihrem Make-up. »Das muss eine Frauensache sein. Vielleicht sollte ich nicht länger ausweichen. Wenn mich das nächste Mal jemand fragt, sollte ich sagen, dass wir ständig Sex haben.«

»Das wissen sie schon.«

»Woher?«

Er grinste. »Vor ein paar Wochen hast du mir eine Nachricht geschickt, als ich bei der Arbeit war.«

»Viele Frauen schicken ihren Männern bei der Arbeit eine Nachricht.«

»Aber normalerweise steht in diesen Nachrichten nicht: Hey, scharfer Typ. Ich bin nackt und bereit für Sex.«

»Was ist falsch daran?«

»Nichts, außer dass Pamela mein Handy hatte.«

»Nein!« Scham überkam sie. »Warum?«

»Sie ist meine Empfangsdame. Ich war bei einem Klienten. Ich habe es für einen eventuellen Notfall bei ihr gelassen. Ich konnte nicht wissen, dass du ein Sex-Notfall sein würdest.«

»Ich weiß nicht, ob ich lachen oder weinen soll.« Jenna schlug die Hand vor den Mund. »Pamela war mein Babysitter. Sie behandelt mich heute noch, als ob ich sechs Jahre alt wäre.«

»Wir können davon ausgehen, dass sie nun weiß, dass du erwachsen bist.«

»Was hat sie gesagt?«

»Nichts. Sie hat mir das Telefon zurückgegeben, aber ich hege keinerlei Zweifel, dass unser Sexualleben oberstes Gesprächsthema in der Strickgruppe, im Buchclub und bei den Treffen des Naturschutzkomitees sein wird. Wenn wir Glück haben, steht es bei der jährlichen Gemeindeversammlung vielleicht nicht auf der Tagesordnung.«

»Meinst du, sie wird es meiner Mutter gegenüber erwähnen?«

»In Anbetracht der Tatsache, dass deine Mutter sowohl dem Buchclub als auch dem Naturschutzkomitee angehört, ganz zu schweigen von diversen anderen Komitees auf dieser Insel, schätze ich, dass die Antwort Ja lautet. Aber was soll's.«

»Das wird ein weiteres Vergehen auf einer sowieso schon langen Liste sein.«

Jenna hatte einmal zufällig gehört, wie ihre Mutter sagte: »Lauren hat mir nie Ärger bereitet, aber Jenna …« Sie hatte an dieser Stelle innegehalten, als wollte sie bekräftigen, dass es keine Worte gab, um Jennas missratenes Wesen zu beschreiben.

»Wenn ich mit meiner Mutter zusammen bin, habe ich noch immer das Gefühl, ich müsste in der Strafecke stehen.«

Greg lächelte leicht. »Was passiert in dieser Strafecke? Ist da Platz für zwei?«

»Dich findet sie perfekt. Dich zu heiraten ist meine einzige Tat, die je die Zustimmung meiner Mutter erhalten hat. Das macht mich verdammt wütend.«

»Verdammt …« Greg hob eine Braue. »Ist das das Wort des Tages?«

»Wenn du nicht vorsichtig bist, sage ich ihr, welch schlechten Einfluss du auf mich hast.«

»Wir sind verheiratet, Jenna. Wir dürfen Sex haben, wann und wo immer wir wollen, solange wir nicht wegen Erregung öffentlichen Ärgernisses verhaftet werden.«

»Ich weiß, aber – du kennst meine Mutter. Sie wird auf diese Art aufseufzen, wie sie es immer tut, wenn sie an mir verzweifelt. Sie wird sich wünschen, ich wäre mehr wie meine Schwester.« Auch wenn Jenna Lauren bewunderte, hatte sie doch nie werden wollen wie sie. »Meine Mutter ist das pulsierende Herz dieser Insel. Wenn irgendjemand in Schwierigkeiten steckt, ist sie zur Stelle mit ihrem besonders knusprigen Kuchen und ihrer endlosen Unterstützung. Sie steht Betty vom Supermarkt näher als mir.« Es war eine stete Quelle der Frustration und des Schmerzes, dass sie und ihre Mutter kein besseres Verhältnis hatten.

Jenna fand sich selbst recht umgänglich. Sie kam mit so ziemlich jedem gut klar.

Warum war es so schwer, mit ihrer Mutter zu sprechen?

»Eltern-Kind-Beziehungen sind kompliziert.«

Dysfunktional: eine Beziehung oder ein Verhalten, das abweicht von dem, was als normal erachtet wird.

»Das verstehe ich. Was ich nicht verstehe, ist, warum es mich noch immer so stört. Warum kann ich die Dinge nicht so akzeptieren, wie sie sind? Es ist zermürbend.«

»Mmmm.« Greg sah auf die Uhr. »Ich würde dir ja gern einen Vortrag über die neueste Forschung zu Mutter-Tochter-Beziehungen halten, aber ich rechne pro halbe Stunde ab, und du kannst dir mich nicht leisten.« Er küsste sie erneut. »Zieh dich an, oder man wird beim jährlichen Gemeindetreffen darüber sprechen, dass die Grundschullehrerin in ihrem Dinosaurier-Pyjama vor der Klasse stand. Soll ich heute Abend kochen?«

»Ich bin dran. Und wo wir von meiner Mutter reden – ich besuche sie später.«

»Danke für die Warnung. Kauf lieber eine Flasche mit Hochprozentigem, wenn du am Supermarkt vorbeikommst.«

»Die Besuche waren so viel einfacher, als mein Dad noch lebte.«

Greg hob eine Braue. »Er war immer auf dem Golfplatz.«

»Aber er kam normalerweise irgendwann herein, und er freute

sich immer, mich zu sehen. Mom hält mich noch für ein ungezogenes Mädchen.«

»Genau deswegen habe ich dich geheiratet. Wir sehen uns heute Abend, und du kannst so ungezogen sein, wie du möchtest.« Er strich ihr eine Haarsträhne hinters Ohr. »Schreib mir später eine Nachricht, wie es dir geht, ja?«

»Nur wenn du mir versprichst, dass du dein Handy nicht Pamela gibst.«

»Oder du könntest aufhören, Sex-Nachrichten zu schreiben.« Er zog sie an sich. »Aber wenn ich darüber nachdenke – hör nicht auf mit den Sex-Nachrichten. Ich mag sie, und sie sind gut für mein Image.«

»Oh bitte – dein Beliebtheitswert auf der Insel ist sowieso schon unfassbar.« Sie gab ihm einen Schubs gegen die Brust. »Geh.«

»Wir sehen uns später.« Er griff nach seinem Mantel und dem Autoschlüssel und ging zur Tür. »Ach, und Jenna …«

»Was?«

»Versuch, dich zu entspannen.« Er zwinkerte ihr zu und war fort, bevor sie irgendetwas nach ihm werfen konnte.

Sie fröstelte in dem kalten Windstoß, den er ins Haus gelassen hatte, ging zurück ins Schlafzimmer und sah aus dem Fenster.

Trotz allem brachte er sie zum Lächeln. Er brachte sie immer zum Lächeln.

Dann bemerkte sie, dass er neben dem Auto stand, mit gesenkten Schultern, sein Lächeln war verblasst.

Er war immer so optimistisch in allem, doch in diesem Augenblick wirkte er nicht optimistisch. Verstellte er sich um ihretwillen?

Sie wartete, bis er fortgefahren war, und tauschte dann den Pyjama gegen ihre schicke schwarze Hose. Letztes Jahr hatte sie perfekt gepasst, doch jetzt war sie zu eng um die Taille. Leider hatte das nichts mit einer Schwangerschaft zu tun, sondern nur damit, dass sie aus Frust immer mehr aß.

Greg hatte ihr Kaffee übrig gelassen, und sie schenkte sich einen Becher ein. Sie griff nach den Haferflocken, überlegte es sich dann aber anders und nahm einen Cupcake vom Blech. Sie hatte sie am Tag zuvor gebacken und mit Zuckerglasur dekoriert. Die Cupcakes sollten ein Friedensangebot für ihre Mutter sein, etwas, das sie zu ihrem Buchclub mitnehmen konnte. Doch den einen Cupcake würde sie nicht vermissen, oder?

Nicht das gesündeste Frühstück, aber der negative Schwangerschaftstest war Grund genug, sich kopfüber in die nächste Zuckerquelle stürzen zu wollen.

Jenna vergrub die Zähne in dem weichen Gebäckstück und schloss die Augen.

Backen beruhigte sie.

Wenn sie ein Kind hätte, würde sie mit ihm backen. Sie hätte die weichste Buttercreme, den luftigsten Biskuitteig, und um ihre Kekse würde sie jeder beneiden. Sie malte sich aus, wie alle Kinder sagten: *Ich wünschte, meine Mom könnte so gut backen wie deine.*

Doch Jenna hatte keine Kinder, die ihre Cupcakes aßen, die meisten verspeiste sie selbst. Sie aß, um ein großes Loch in ihrer Seele zu füllen, doch unglücklicherweise wurden auch andere Dinge dabei gefüllt, vor allem ihre Fettzellen.

Voller Reue und Selbsthass starrte sie die Krümel auf ihrem Teller an.

Warum hatte sie das getan? Es war ja nicht so, dass sie nicht verstand, was hier vor sich ging. Sie war mit einem Therapeuten verheiratet. Sie war enttäuscht, dass sie sich nicht mehr unter Kontrolle hatte. Wenn sie ihre Gefühle mit Zucker erstickte, würde das gar nichts lösen, das wusste sie, doch sie schien nicht in der Lage zu sein, damit aufzuhören. Ihre verzweifelte Sehnsucht nach einem Baby hatte irgendetwas in ihr zerbrechen lassen.

Sie hatte das Gefühl, als würde ihr das Leben entgleiten, und das machte ihr Angst.

Plötzlich hatte sie das Bedürfnis, ihre Schwester anzurufen, doch dann käme sie zu spät zur Arbeit.

Und würde ihre Schwester sie verstehen? Lauren führte das perfekte Leben. Sie hatte ein schönes Haus, keine Geldsorgen, einen großartigen Ehemann und eine hübsche Tochter.

Genauso wenig konnte Jenna mit ihrer Mutter sprechen.

Nancy Stewart war die Art Frau, die Zeit und Mitgefühl für jeden hatte. Außer man war zufällig ihre Tochter.

Auf dem Weg zur Schule fuhr Jenna durch verlassene Straßen. In den Sommermonaten dauerte die Fahrt mindestens doppelt so lang. Von Ende Mai bis zum frühen September wimmelte es auf Martha's Vineyard vor Touristen, sowohl vor Sommer- als auch Tagesgästen. Sie kamen, um das Aussteigergefühl auf der Insel zu genießen, doch sie reisten in so großer Zahl an, dass sie Martha's Vineyard unabsichtlich zu einer Kopie jener Orte machten, die sie hinter sich gelassen hatten.

Jenna parkte auf dem Schulparkplatz und wurde am Tor von Mrs. Corren abgefangen, die sich Sorgen um Daisy machte, ihre jüngste Tochter.

Andrea Corren lächelte sie unsicher an. »Hi, Jenna. Wie war Ihr Wochenende?«

Ich habe festgestellt, dass ich nicht schwanger bin. »Gut, danke, Andrea. Und Ihres?«

»Nicht gut.« Die Unsicherheit in Andreas Lächeln wanderte in ihre Stimme. »Haben Sie eine Minute?«

Hatte sie nicht. Auf sie warteten zwanzig hyperaktive Kinder, die sie beschäftigen und unterhalten musste. Sie hatte herausgefunden, dass sie nur auf diese Weise eine glückliche, harmonische Klasse hatte.

Zu spät zu kommen war dagegen nicht förderlich.

Aber Jenna sorgte sich auch ein wenig um Daisy.

»Sicher.«

Sie sah, wie sich Andreas Augen mit Tränen füllten.

»Lassen Sie uns irgendwohin gehen, wo wir unter uns sind.« Jenna entschied sich für die Sporthalle, die noch mindestens eine halbe Stunde lang leer sein würde.

»Wie kann ich helfen, Andrea?«

Sie setzte sich auf einen der kleinen Stühle. Ihre Knie ragten dadurch in einem spitzen Winkel nach oben, einer der Gründe, warum sie bei der Arbeit selten Röcke oder Kleider trug. Wenn man Sechsjährige unterrichtete, ging jede Würde flöten. In der merkwürdigen Sitzposition wurde ihr schrecklich bewusst, wie sehr ihr der Hosenbund in den Bauch schnitt.

Warum hatte sie diesen Cupcake gegessen?

Andrea setzte sich neben sie. »Zu Hause ist es etwas unruhig. Angespannt. Wir … die Dinge sind im Moment ein bisschen … rau zwischen Daisys Vater und mir. Unsere Ehe läuft nicht sehr gut.«

Jenna vergaß jeden Gedanken an Cupcakes. Meinte sie mit *rau* etwas Körperliches? Dies war eine kleine Gemeinde. Jeder wusste, dass Todd Corren vor Weihnachten seinen Job verloren hatte und seitdem arbeitslos war. Und jeder wusste, dass er am Neujahrstag Lyle Carpenter bei einem Streit geschlagen hatte.

»Glauben Sie, dass die Probleme in Ihrer Ehe Auswirkungen auf Daisy haben?«

»Er hat eine Affäre.« Andrea platzte mit den Worten heraus. »Er leugnet es, aber ich weiß, dass es stimmt.«

»Das tut mir leid.« Und das tat es. Eine zerbrochene Ehe war für die ganze Familie wie eine offene Wunde. Die Kinder schlichen verletzt in ihren Klassenraum und versuchten, die Veränderung in ihrer Welt zu begreifen, während Jenna als Lehrerin alles Menschenmögliche tat, um eine Umgebung zu schaffen, die sich sicher und geborgen anfühlte.

»Ich habe den Kindern gegenüber nichts gesagt, und ich versuche wirklich, mir nicht anmerken zu lassen, wie wütend ich bin, weil ich sie nicht verwirren möchte. Sie wissen nicht, was vor sich geht, und ich habe Angst, dass er mir die Schuld gibt, wenn ich etwas sage. ›Mom hat wieder eine ihrer Launen‹, so was in der Art. Ich möchte die Kinder da nicht mit hineinziehen. Wie wirkt Daisy auf Sie?«

»Sie ist ein bisschen stiller als gewöhnlich, doch sie hat nichts Bestimmtes gesagt.« Jenna gab Andrea ein paar Ratschläge und achtete darauf, dass sie nur über das Kind redete. Es gehörte nicht zu ihren Aufgaben, fremde Ehen zu retten oder einen Kommentar abzugeben, auch wenn man als Lehrerin unausweichlich mit der ganzen Familie zu tun hatte. Dass sie mit den Müttern von etwa der Hälfte der Kinder ihrer Klasse gemeinsam zur Schule gegangen war, in manchen Fällen auch mit den Vätern, machte die Sache gelegentlich noch komplizierter.

Andrea holte ein Taschentuch aus ihrer Tasche. »Ich möchte nicht, dass all das meinen Kindern schadet. Wenn er es jetzt beendet, können wir es vielleicht schaffen. Vielleicht müssen sie es nie erfahren. Aber ich bin nicht gut darin, ein Geheimnis für mich zu behalten. Ich bin ein ehrlicher Mensch und habe sie ebenfalls dazu erzogen, immer die Wahrheit zu sagen. Indem er mir das antut, vergiftet er unsere Familie. Es geht nicht nur um seinen Verrat, sondern auch um meinen, weil ich meine Kinder jetzt anlüge.«

Jenna wusste, wie schwer ein Geheimnis auf einem lasten konnte, vor allem, wenn man es lange Zeit mit sich herumtrug. »Ich hoffe wirklich, dass Sie Ihre Probleme klären können, Andrea.«

»Wir waren uns früher so nah. Wir kennen uns, seit wir Kinder sind, wie Sie und Greg. Vielleicht ist das das Problem. Wir sind schon so lange zusammen, dass er sich nie austoben konnte.«

Jenna hatte sich auch nie ausgetobt. Soweit sie wusste, auch Greg nicht.

»Haben Sie daran gedacht, mit jemandem zu sprechen?«

Andrea stiegen wieder die Tränen in die Augen. »Ich gehe zu Greg.«

Das war keine Überraschung. Die Hälfte der Insel hatte bereits in Gregs Sprechzimmer gesessen. Die andere Hälfte war bei seiner Praxis-Kollegin gewesen, Alison.

»Ich bin froh, dass Sie mit jemandem sprechen.«

»Greg ist wunderbar. Sie haben Glück, mit ihm verheiratet zu sein.« Andrea griff nach ihrer Tasche. »Er hat diese besondere Art zu reden, irgendwie ruhig, aber nachdrücklich. Er lässt einen glauben, dass Hoffnung besteht und dass man jedes Problem schon irgendwie lösen kann.«

Diese ruhige Stimme hatte allerdings nicht das Problem gelöst, dass Jenna nicht schwanger wurde.

»Er ist gut in seinem Job.« Das stimmte. Greg bewirkte etwas auf der Insel. Ebenso wie sie. Für sie beide war Gemeinschaft wichtig. Jenna fragte sich oft, wie ihre Schwester in einer großen anonymen Stadt leben konnte. Sie wusste, dass sie damit nicht glücklich wäre. Abgesehen von einigen Ferien und ihrer Collegezeit hatte Jenna immer hier gelebt. Sie hatte Greg am Altar der Old Whaling Church in Edgartown in Anwesenheit der halben Gemeinde geheiratet. Ihre älteste Freundin hatte den Kuchen gebacken, und Lauren hatte sich um ihr Make-up gekümmert. Die meisten Gäste kannte sie schon ihr ganzes Leben.

Jenna stand auf. »Ich werde ein Auge auf Daisy haben.«

»Danke. Daisy bewundert Sie. Sie spricht immer nur von Ihnen. Mrs. Sullivan sagt dies, Mrs. Sullivan sagt das.«

Gott sei Dank hatte Mrs. Sullivan nicht das böse Wort gesagt.

»Daisy ist klug.«

»Manchmal zu klug. Ich mache mir Sorgen, dass sie Dinge bemerkt, die sie nicht bemerken soll.« Andrea erhob sich ebenfalls. »Sie machen Ihre Arbeit sehr gut, Jenna. Sie werden eine wundervolle Mutter sein, wenn Sie sich irgendwann dafür entscheiden, Kinder zu haben.«

Jenna schaffte es, ihr Lächeln im Gesicht zu behalten.

Sie begleitete Andrea zurück zum Schultor, versprach erneut, Daisy im Blick zu behalten, und machte sich dann auf den Weg zum Klassenzimmer.

Der Wind war beißend kalt, und die meisten Inselbewohner sehnten sich nach dem Frühling. Jenna nicht. Frühling bedeutete Knospen an den Bäumen und Lämmer, die auf den Feldern herumtollten. Wohin man auch sah, gab es neues Leben. Letztes Jahr um diese Zeit war sie sicher gewesen, dass sie inzwischen einen Kinderwagen durch die Straßen schieben würde. Stattdessen war sie wieder in ihrem Klassenraum, um die Kinder anderer Eltern zu unterrichten.

Natürlich war es noch möglich, dass der Frühling auch für sie eine glückliche Zeit werden würde.

Wenn sie und Greg in den nächsten paar Wochen ständig Sex hatten, könnte sie vielleicht im April oder Mai schwanger sein. Das würde ein Weihnachtsbaby bedeuten.

Sie erlaubte sich einen Moment des Träumens und zwang sich dann zurück in die Wirklichkeit.

Sie dachte immer nur an Babys.

Obsession: sich obsessiv oder krankhaft mit etwas beschäftigen.

Ihre Obsession war sogar ins Schlafzimmer eingedrungen. Wenn sie und Greg miteinander schliefen, ertappte sie sich bei dem Gedanken: *Bitte lass mich schwanger werden.*

Vielleicht würde sie heute Abend etwas Besonderes kochen. Eine Flasche Wein aufmachen. Versuchen, sich ein bisschen zu entspannen. Sie könnte ihn an der Tür empfangen, während sie nichts trug außer einem Lächeln, und hoffen, dass Mrs. Pardew von gegenüber nicht gerade aus dem Fenster sah.

Sie stand vor der Klassenzimmertür und zuckte zusammen angesichts des Lärms, der von innen zu ihr drang.

Sie wappnete sich, stieß die Tür auf, und der Lärm ebbte zu seinem Summen ab.

»Guten Morgen, Mrs. Sullivan.« Der Chor der Stimmen vertrieb die dunkle Wolke über ihr.

Vielleicht hatte sie keine eigenen Kinder, doch sie hatte diese. Sie liebte ihre Spontaneität und ihre Unschuld, ihre fröhlichen Augen und lächelnden Gesichter. Sie liebte sogar die unartigen Kinder. Wie Billy Grant, der gerade auf seinem Tisch stand und auf ihre Reaktion wartete.

Er war ein kleiner Rebell mit einem ausgeprägten Hang zu Abenteuern und zum Risiko. Glücklicherweise kannte niemand diesen Instinkt besser als Jenna.

»Billy, unsere Klassenregel lautet, dass wir nicht auf dem Tisch stehen.«

Billy verschränkte die Arme und bewegte sich nicht. »Sie sind nicht mein Boss.«

Jenna hob eine Augenbraue.

Er hielt zwei Sekunden stand, krabbelte dann vom Tisch und ließ sich auf seinen Stuhl sinken.

Jeder wusste, wenn Mrs. Sullivan einem *diesen Blick* zuwarf, sollte man besser das tun, was von einem erwartet wurde, oder man bekam ernsthafte Schwierigkeiten. Er wagte noch einen Versuch, die Schuld abzuwälzen. »Bradley hat gesagt, dass ich das machen soll.«

»Wenn er dir sagt, du sollst von einer Brücke springen, tust du das dann auch?« Sie straffte die Schultern und wandte sich an die ganze Klasse. »Eine unserer Klassenregeln besagt, dass wir nicht auf die Tische steigen.«

»Regeln sind langweilig«, murrte Bradley. »Warum müssen wir die haben?«

Damit wir sie brechen können.

»Bradley möchte wissen, warum wir Regeln haben«, sagte sie. »Wer kann ihm die Antwort geben?«

Jede Menge Hände schossen in die Höhe, und sie wählte das Mädchen in der ersten Reihe. Die kleine Stacey Adams, deren Vater kürzlich mit einem anderen Mann durchgebrannt war und der Insel damit genug Klatsch für ein ganzes Jahrzehnt beschert hatte.

»Damit wir sicher sind.«

»Das ist richtig.« Jenna lächelte. »Einige Regeln sind dazu da, uns zu schützen.« Und wenn man die Regeln ignorierte, konnte man mit einem Geheimnis und einem schlechten Gewissen zurückbleiben.

Vielleicht lag es an ihr, dass sie ihrer Mutter nicht näherstand, dachte sie. Sie wusste Dinge, die sie nicht wissen sollte, und das machte die Angelegenheit heikel.

Sie behielt diesen Gedanken für sich und trat nach vorn vor die Klasse. »Alle setzen sich im Kreis hin.«

Es gab eine Riesendrängelei, bis alle einen Platz auf dem Boden gefunden hatten.

»Erzählen Sie uns eine Geschichte, Mrs. Sullivan?«

»Eine von Ihren besonderen selbst erfundenen.«

Als alle um sie herumsaßen und sie erwartungsvoll ansahen, spürte sie Stolz und Zuneigung in sich aufsteigen. Der Winter würde bald dem Frühling weichen und der Frühling dem Sommer, und dann würde diese Gruppe von Kindern zum letzten Mal durch die Tür ihres Klassenzimmers gehen.

Als sie in der Klasse ankamen, waren sie ein wilder, ungezogener Haufen gewesen, doch jetzt bildeten sie ein Team. Freundschaften waren gewachsen. Manche Freundschaften mochten vielleicht bis ins Erwachsenenalter halten wie bei ihr und Greg. Andere würden zerbrechen.

Nicht alle Beziehungen waren einfach.

Sie stürzte sich in ihren Tag, kam vom Geschichtenerzählen zum Rechnen. Anders als einige ihrer Kollegen unterrichtete sie gern Erstklässler. Sie waren neugierig und begeistert. Sie liebten es, zur Schule zu gehen, und sie liebten sie. Kaum betrat sie den Klassenraum, war sie eingehüllt in Wärme und Zuneigung.

Am meisten genoss sie es, ihren Fortschritt zu sehen. Sie erlebten so viele Dinge zum ersten Mal.

Normalerweise blieb sie nach Unterrichtsende noch im Klassenraum, räumte auf und bereitete den nächsten Tag vor, doch heute fuhr sie direkt zum Haus ihrer Mutter.

Es war ein kalter, nebliger Januartag, und die Straßen waren fast leer.

Ihre Mutter wohnte am unteren Ende der Insel in Edgartown. Mit seinem Hafen und der Küste wirkte das Städtchen fast schon lächerlich pittoresk. Es gehörte zu den belebteren Gegenden der Insel, weshalb Jenna sich für den oberen Inselteil entschieden hatte, mit seinen schönen Stränden und spektakulären Sonnenuntergängen.

Sogar im Winter, wenn es in der Stadt ruhig war, bevorzugte Jenna die Wildnis ihres Teils der Insel. Die Autofahrt führte sie vorbei an hügeligen Feldern, Steinmauern und Stränden. Wo auch immer man sich auf Martha's Vineyard befand, man war nie weit entfernt vom Strand. Und wenn man das Meer nicht sehen konnte, konnte man es in den meisten Fällen zumindest hören.

Zu dieser Jahreszeit konnte sie ohne Probleme die engen Straßen von Edgartown durchfahren.

Das Kapitänshaus, in dem ihre Mutter wohnte, lag direkt an der Küste, in der Nähe des Hafens und des Leuchtturms. Das Haus befand sich seit Ewigkeiten im Besitz ihrer Familie, seit Captain William Stewart es für angebracht gehalten hatte, sein Haus auf dem vermutlich besten Stück Land von ganz Martha's Vineyard zu bauen. Als die Eltern ihrer Mutter bei einem Unfall ums Leben kamen und Nancy im Alter von acht Jahren als Waise zurückließen, hatte sie mit ihrer Großmutter weiter in dem Haus gewohnt.

Sie hatten wenig Geld gehabt und Zimmer vermietet, um über die Runden zu kommen.

Das Haus galt als historisch, und gelegentlich führte Nancy Studenten oder Geschichtsenthusiasten herum und sprach über die Bedeutung von Martha's Vineyard in der Walindustrie. Jennas Vater hatte man oft sagen hören – vor allem, wenn er in seinen Mantel gehüllt vor einem lodernden Feuer saß –, dass das Interesse an

Geschichte noch längst nicht bedeutete, dass man sie aus erster Hand erleben wollte. Und die antiquierte Heizung des Kapitänshauses zählte Toms Meinung nach zur Geschichte. Mitten im Winter hatte es viele Nächte gegeben, in denen Jenna zu ihrer Schwester ins Bett gekrabbelt war, um sich zu wärmen.

Im Zuge einer Restaurierung und Modernisierung waren vor zwei Jahren die Heizung und die Elektrik erneuert worden.

Jenna hatte sich damals gefragt, warum ihre Mutter damit bis nach dem Tod ihres Vaters gewartet hatte.

Die Tür stand offen, und sie ging durch den holzgetäfelten Flur mit seinem breiten Dielenfußboden. Hier standen Regale, die mit Büchern vollgestopft waren und neben denen sich weitere Bücher auf dem Boden stapelten. Jede Oberfläche war bedeckt mit den Besitztümern und Errungenschaften früherer Generationen.

Ihre Mutter war eine Sammlerin. Jenna hatte sie nie auch nur eine einzige Sache wegwerfen sehen.

Es gab Gegenstände im Haus, die ihrer Urgroßmutter gehört hatten und niemals benutzt worden waren. Einige dieser Dinge waren hässlich, doch Nancy wollte nichts davon hören, sie loszuwerden.

Sie sah sich selbst als Hüterin des Familienerbes.

Jenna wusste, dass oben ein ganzes Zimmer mit den Sachen ihres Vaters gefüllt war. Pokale, die er beim Golf gewonnen hatte, seine Modellboot-Kollektion, seine Kleidung. Ging ihre Mutter je dort hinein? Weinte sie inmitten all dieser Dinge?

Jenna fand Nancy in der Küche, wo sie ihre Post erledigte. »Hi, Mom. Ich habe Cupcakes für deinen Buchclub gemacht. Niedlich, findest du nicht?« Sie lüftete mit einer großen Geste den Deckel.

»Sehr hübsch! Danke.« Nancy nahm ihr die Dose ab und stellte sie auf den Tisch neben die Papiere. »Wie war dein Tag?«

Einen kurzen Augenblick erwog Jenna, ihr die Wahrheit zu erzählen.

Nicht schwanger. Fühle mich beschissen deswegen. Irgendeine Aussicht auf eine Umarmung?

Sie konnte sich nicht daran erinnern, wann ihre Mutter sie zum letzten Mal umarmt hatte.

»Mein Tag war gut.« Sie ging zum Fenster, um ihre Gefühle zu verbergen, und blickte über den Rasen hinweg zum Meer. »Es ist heute kalt draußen. Windig.« Konnten sie wirklich nur übers Wetter sprechen?

»Wie geht es Greg?«

»Bestens.« Sie drehte sich um. War es Einbildung oder sah ihre Mutter älter aus? Die Falten um ihre Augen wirkten tiefer, und ihr Haar schien seinen Glanz verloren zu haben.

Jenna hatte Fotos von ihrer Mutter als junge Frau gesehen. Ihre Gesichtszüge waren zu ausgeprägt, um sie als hübsch zu bezeichnen, doch sie war apart gewesen und hatte ihren individuellen Stil. Dieser Stil schien in den letzten Jahren verloren gegangen zu sein. Die farbenfrohen Outfits, die bei den wenigen Malen, die sie Jenna von der Schule abgeholt hatte, für erhobene Augenbrauen gesorgt hatten, waren verschwunden. Heute kleidete sie sich meist in Schwarz und Dunkelblau, als ob ihr Leben alles Helle aufgezehrt hätte.

Nancy unterschrieb einen Brief und schob ihn in einen Umschlag. »Er ist ein besonderer Mann. Es ist schön, dich glücklich und versorgt zu sehen, Jenna.«

Der Kommentar kam ihr ungewöhnlich vor. Er grenzte an Persönliches, und Persönliches war ein Gebiet, das ihre Mutter nur selten betrat.

Sie hätte beinahe gefragt, ob irgendetwas nicht in Ordnung war, entschied dann aber, dass es keinen Sinn hatte. Stattdessen führten sie ein unpersönliches Gespräch über den Plan, bezahlbare Häuser zu bauen, und über die Herausforderung, angesichts der gestiegenen Zahl der Sommergäste den ländlichen Charakter der Insel zu bewahren.

»Die Schule ist ausgelastet. Wir können keine weiteren Kinder aufnehmen, ohne unsere Erziehungsstandards zu gefährden.« Jenna setzte sich an den Tisch. Er hatte ihrer Urgroßmutter gehört, was die Kerben und Schrammen im Holz bezeugten. Jenna wusste, dass sie irgendwo unter der Tischplatte ihren dort eingeritzten Namen finden würde.

»Irgendwelche lustigen Klassengeschichten für mich? Ich könnte etwas fröhliche Unterhaltung gebrauchen.«

Jenna unterhielt sie oft mit Geschichten, auch wenn sie darauf achtete, dabei nichts Persönliches von den Kindern zu erzählen.

Die meisten Eltern wären entsetzt, wenn sie erfuhren, wie viel ihre Sechsjährigen gegenüber ihrer Lehrerin ausplauderten.

Sie erzählte ihrer Mutter von dem geplanten Schulausflug ins Naturschutzgebiet und von der Stunde über Aggregatzustände, in der die Kinder im Klassenzimmer Eiscreme hergestellt hatten. Sie hatte zeigen wollen, dass aus etwas Flüssigem etwas Festes werden konnte, doch zwei Kinder hatten es geschafft, sich komplett mit Sahne zu beschmieren.

»Und Lily Baker hat eine wunderschöne Karte gebastelt.« Sie holte sie aus ihrer Handtasche und reichte sie über den Tisch. »Schüttel sie nicht. Sie ist voller Glitzer.«

»Sie ist wieder in der Schule?« Ihre Mutter schob die Gläser zurück, damit sie sich die Karte anschauen konnte. »Ich habe sie im Krankenhaus besucht. Habe ihr ein Exemplar von ›Malen mit Nancy‹ mitgebracht und ein paar Buntstifte.«

Als ihre Mutter früher fast so etwas wie eine internationale Berühmtheit gewesen war und ihre Arbeiten sehr gefragt waren, hatte jemand vorgeschlagen, ein hochwertiges Anleitungsbuch für werdende Künstler herauszubringen – *mit anderen Worten: ein Malbuch*, hatte Jenna zu Lauren gesagt. Es sollte Kindern die Gelegenheit geben, mit Nancy zu malen.

Das Projekt war kein Erfolg gewesen, sodass nun in einem der ungenutzten Räume im Kapitänshaus Kisten voller Malbücher lagerten und verstaubten.

»Woher wusstest du, dass Lily im Krankenhaus war?«

»Ihre Großmutter ist in meinem Buchclub.«

»Natürlich. Ja, Lily war ein paar Tage mit Fieber im Krankenhaus. Gott sei Dank ist sie wieder ganz gesund.«

Sie redeten noch eine Zeit lang, bis Jenna ins Badezimmer gehen wollte und ihr auf dem Weg etwas auffiel.

»Hey, Mom.« Sie hielt inne. »Was ist mit dem Bild an der Wand passiert?« Es war eine schöne Meereslandschaft, die ihre Mutter früh in ihrer Karriere gemalt hatte, und eines der wenigen Bilder, die niemals zum Verkauf gestanden hatten. Man konnte die Malkarriere ihrer Mutter in zwei unterschiedliche Phasen einteilen. Ihr früheres Werk war hell und fröhlich, ihr späteres dunkel und stürmisch. Lauren nannte es ihre »depressive Phase«. Das fehlende Bild gehörte zu ihren früheren Werken, sie hatte es vor ihrem großen Erfolg gemalt. Jenna liebte die wilden Wirbel von Blau- und Grautönen.

Ihre Mutter hatte es doch wohl nicht verkauft?

Nancy trat aus der Küche. »Ich …« Sie starrte auf den leeren Platz an der Wand, als hätte sie ihn vergessen. »Ich habe es abgenommen. Ich dachte, ich könnte … neu dekorieren.«

»Brauchst du Hilfe? Ich könnte am Wochenende rüberkommen.«

Ihre Mutter verbarg ihre Beunruhigung nicht. »Lieber nicht. Ich erinnere mich immer noch an die Schweinerei mit dem Teppich, als ihr Laurens Zimmer hellblau gestrichen habt. Ich kam damals gerade aus dem Atelier zurück und musste die nächsten zwei Tage statt einer Leinwand mein eigenes Haus bemalen.«

Jenna erinnerte sich ebenfalls an den Vorfall.

Lauren hatte ihr Zimmer mindestens alle drei Monate umgestaltet. Alles Geld, das sie hatte, gab sie für Inneneinrichtungszeitschriften aus. Sie studierte sie eingehend und griff dann die Ideen auf, die ihr am besten gefielen, wobei sie Jenna als Hilfe einspannte, um ihr Zimmer so zu verwandeln, dass es ihrer neuesten Vision entsprach. Sie schoben Möbel von einer Seite des Raums zur anderen, strichen Wände und tauschten Stoffe aus.

Bei einer Gelegenheit war Jenna, ebenso verträumt wie tollpatschig, über eine Dose mit blauer Farbe gestolpert, die sich dann über den ganzen Boden ergossen hatte.

Mit ihrem künstlerischen Talent hatte ihre Mutter den verschmierten Boden in eine meerblaue Oberfläche verwandelt. Dann verdünnte sie die Farbe für die Wände, bis das Zimmer wie ein Aquarium aussah, komplett mit kleinen Fischen und Pflanzen.

Jenna liebte das neu gestrichene Zimmer so sehr, dass sie sich hineinschlich und auf Laurens Boden schlief, wo sie es sich zwischen einem freundlich dreinblickenden Oktopus und einem Seepferdchen gemütlich machte. Sie und Lauren kicherten und redeten bis tief in die Nacht hinein in ihrem Unterwasser-Paradies, und als ihre Schwester drei Monate später das Zimmer veränderte, hatte sich Jenna beraubt gefühlt.

Die Geschichte mit der Farbe lag mindestens zwanzig Jahre zurück, und dennoch sprach ihre Mutter davon, als wäre es erst gestern geschehen.

»Ich habe mich seitdem gebessert«, sagte Jenna. »Den größten Teil der Innendekoration in unserem Haus habe ich übernommen.« Doch ihre Mutter war schon wieder in die Küche gegangen und hörte sie nicht.

Verärgert ging Jenna ins Badezimmer.

Als sie zurück in die Küche kam, starrte ihre Mutter gerade auf einen weiteren Stapel Papiere, den sie aber rasch zur Seite schob.

»Hast du kürzlich mit deiner Schwester gesprochen?«

»Letzte Woche. Ich dachte, ich könnte heute Abend anrufen, aber dann fiel mir ein, dass heute ja die Party zu Eds Vierzigstem stattfindet. Sie hat ein Catering gebucht und ein Geigenquartett.« Jenna versuchte, etwas auf den Papieren zu entziffern, doch Nancy hatte sie umgedreht hingelegt. »Wenn sie noch auf der Insel leben würde, könnte ich ihr meine Blockflötengruppe ausleihen. Da würden allen die Trommelfelle platzen.« Sie bemerkte, dass ihre Mutter nicht zuhörte. »Mom?«

Ihre Mutter schreckte zusammen. »Bitte? Was hast du gesagt?«

»Ich sprach über Laurens Party. Sie hat sich Sorgen gemacht, dass etwas nicht klappen könnte.«

»So wie man Lauren kennt, wird alles perfekt laufen. Ich weiß nicht, wie sie das alles schafft.«

Jenna verzichtete auf den Hinweis, dass Ed wirklich reich war und sie sich jede Hilfe kaufen konnten, die sie brauchten.

In den letzten Jahren hatte Lauren für ein Diplom in Inneneinrichtung studiert, doch studieren war ein Kinderspiel im Vergleich dazu, sich jeden Morgen aus dem Bett zu quälen, um eine Bande von Kindern mit Rotznasen zu bändigen.

Das Leben ihrer Schwester wirkte so mühelos.

»Mack hat im nächsten Sommer ihre großen Prüfungen.«

»Die wird sie mit links bestehen, genau wie Lauren damals.«

»Vermutlich.« Musste ihre Schwester so perfekt sein? So sehr sie Lauren liebte, gab es doch Tage, an denen Jenna sie hätte umbringen können. Und dann fühlte sie sich schuldig, weil sie sich so fühlte, denn so wie Lauren perfekt in allem anderen war, war sie auch eine perfekte Schwester, war es immer gewesen.

Es war nicht Laurens Schuld, dass sie nicht schwanger werden konnte.

Mit einem Gefühl der Leere griff Jenna nach der Dose auf dem Tisch. Der Buchclub würde doch einen Cupcake nicht vermissen, oder?

In ihrem Inneren lieferten sich Verlangen und Willenskraft einen erbitterten Kampf.

Die Willenskraft hätte gewinnen können, doch gerade als sie ihre Hand zurückziehen wollte, sah ihre Mutter sie missbilligend an.

»Bist du sicher, dass du das brauchst?«

Nein, sie brauchte es nicht. Aber sie wollte es. Und wenn sie es verdammt noch mal wollte, würde sie es sich nehmen. Sie war zweiunddreißig Jahre alt. Sie brauchte nicht die Erlaubnis ihrer Mutter, um zu essen.

Sie griff sich einen Cupcake aus der Dose und war so wütend, dass sie einen größeren Bissen nahm als geplant. Einen zu großen. Verdammt. Jetzt konnte sie nicht einmal mehr sprechen. Stattdessen kaute sie langsam und kam sich vor wie eine Python, die ihr Opfer komplett verschlungen hatte.

Ihre Mutter fing wieder an, Papiere zu ordnen. »Mack geht es gut. Wie Lauren ist auch sie sehr diszipliniert.«

Was bedeutete, dass sie, Jenna, überhaupt keine Selbstdisziplin zeigte.

Sie schluckte.

Endlich. Im Kampf Frau gegen Cupcake hatte sie gesiegt.

»Gut zu wissen.«

»Lauren hat Glück, dass Mack nicht so ein wildes Kind ist wie …« Ihre Mutter machte eine flüchtige Handbewegung. »Wie einige andere.«

»Du meinst mich.« Jenna sagte es leichthin. »Danke, Mom.«

»Du musst zugeben, du hast nicht rumgesessen und auf Ärger gewartet. Du hast ihn gesucht und hast deine arme Schwester mit reingezogen. Du, Jenna Elizabeth Stewart, warst Grund genug, einer Mutter graue Haare zu verschaffen.«

»Ich bin seit mehr als zehn Jahren eine Sullivan, Mom.«

»Ich weiß.« Nancys Gesicht wurde weicher. »Und du hast Glück, dass dieser Mann an deiner Seite steht.«

Gereizt: verärgert oder ungehalten.

»Er hat ebenfalls Glück, mich an seiner Seite zu haben.«

»Ich weiß. Aber lass uns ehrlich sein – mit dem Tag, an dem du Greg geheiratet hast, hast du aufgehört, den Ärger anzuziehen.« Sie sah auf die Uhr. »Es wird bald dunkel. Du solltest besser fahren.«

»Ich kann im Dunkeln fahren, Mom. Da gibt es diese tolle Erfindung, die man Scheinwerfer nennt.«

»Ich möchte nicht, dass du im Dunkeln fährst. Erinnerst du dich, als du den Wagen in den Graben gelenkt hast?«

Sie erinnerte sich, doch selbst der Stoß mit dem Kopf gegen die Windschutzscheibe war nicht so unangenehm gewesen wie dieser Ausflug in die Vergangenheit. »Ich war einundzwanzig. Meine Fahrkünste haben sich seitdem verbessert.« Jenna stand auf. »Aber du hast recht. Ich sollte gehen. Ich muss im Laden noch einige Sachen für das Abendessen einkaufen. Pass auf dich auf, Mom. Viel Spaß im Buchclub.«

»Den habe ich. Danke, dass du vorbeigekommen bist.«

Als ob sie eine Fremde wäre und nicht Teil der Familie.

An manchen Tagen fragte sich Jenna, ob sie ihrer Mutter nur näherkommen konnte, indem sie dem Buchclub beitrat.

4. Kapitel

Nancy

Geheimnis: eine Tatsache, von der nur wenige Personen wissen und die niemand anderem erzählt werden darf

Kaum war die Tür hinter ihrer Tochter zugefallen, griff Nancy nach ihrem Mantel.

Sie war so erpicht darauf gewesen, Jenna wieder fortfahren zu sehen, dass sie sie beinahe aus dem Haus geschubst hätte.

Sie zog sich den Mantel über und trat hinaus in den Garten.

Um diese Jahreszeit wirkte er traurig und müde. Ein Garten an der Meeresküste stellte immer eine Herausforderung dar, und dieser lag an einer Stelle, die den Böen besonders ausgesetzt war.

Nur der schmale Streifen windgepeitschten Landes trennte das Kapitänshaus vom Meer. Sie hatten diesen Blick zu jeder Jahreszeit und in jeder Stimmung gesehen. Heute war das Meer glatt, fast wie Glas, doch sie wusste, dass es innerhalb eines Augenblicks von täuschender Ruhe zu brodelnder Wut wechseln konnte. Ihre Vorfahren, die einst zur See gefahren waren, hätten gesagt, dass man dem Meer niemals trauen durfte.

Wie den Menschen, dachte sie. *Denen sollte man auch nicht trauen.*

Es war Vertrauen, das sie hierhergeführt hatte. Zu diesem Moment, den sie gefürchtet hatte.

Sie hatte alle im Stich gelassen.

Sie konnte natürlich einfach nicht an die Tür gehen. So tun, als ob sie nicht zu Hause wäre. Doch was wäre damit gewonnen? Sie würde das Unvermeidliche nur hinauszögern. Und sie war es gewesen, die ihn angerufen hatte, weshalb es lächerlich wäre, nicht an die Tür zu gehen.

Sie hatte Angst gehabt, dass er kommen würde, solange Jenna da war, doch glücklicherweise war sie nicht lange geblieben und schien nicht bemerkt zu haben, dass Nancy sie fast aus dem Haus drängte.

Das gehörte zu den wenigen Momenten, in denen sie erleichtert war, keine besonders enge Beziehung zu ihren Töchtern zu haben.

Nancy würde ihnen irgendwann die Wahrheit sagen müssen, sicher, aber noch nicht.

Am schlimmsten war das Warten, und dabei sollte ihr die Fähigkeit zu warten doch in den Genen liegen. Vielleicht hatte ihre Ururgroßmutter vor zweihundert Jahren an exakt derselben Stelle gestanden und darauf gewartet, dass ihr Mann nach zwei langen Jahren auf See heimkehrte. Was musste sie sich vorgestellt haben, wenn sie an die großen Rahsegler dachte, die dort draußen gegen berghohe Wellen und arktisches Eis kämpften? Und wie musste sich der Kapitän gefühlt haben, als er nach Jahren des Kampfes gegen die Elemente schließlich nach Hause kam?

Er würde beim Anblick des Hauses, das er gebaut hatte, Stolz empfunden haben.

Nancys Wangen waren eiskalt, und sie bemerkte, dass sie weinte. Wann hatte sie das letzte Mal geweint? Sie konnte sich nicht erinnern. Es war, als ob der gnadenlose Wind, der vom Meer kam, ihre robuste äußere Schicht erodiert und ihre Verletzlichkeit aufgedeckt hätte. Sie bröckelte innerlich und war nicht sicher, ob sie stark genug sein würde, um mit dem Kommenden fertigzuwerden.

Im Laufe der vergangenen siebenundsechzig Jahre sollte sie Wissen und Weisheit angehäuft haben, doch in diesem Moment fühlte sie sich wie ein kleines Kind, verloren und allein. Die Furcht war ein eisiges Loch in der Magengrube, ein kalter Hauch auf der Haut. Sie war der Boden, der unter den Füßen schlingerte wie ein Schiffsdeck in einer Sturmbö, bis man sich an etwas festhalten wollte, um nicht das Gleichgewicht zu verlieren.

Sie schloss die Hand um das Holz des Adirondack-Gartensessels, ein Geburtstagsgeschenk ihrer Töchter. In den Frühlings- und Sommermonaten saß sie mit ihrem Kaffee hier draußen, beobachtete die Schiffe, die Möwen und die Gezeiten.

An diesem kalten Januarnachmittag, an dem die Dunkelheit allmählich hereinbrach, war es zu kalt zum Sitzen. Ihre Hände waren schon eisig, die Fingerspitzen taub. Sie hätte Handschuhe anziehen sollen, aber sie hatte nur für einen kurzen Augenblick rausgehen wollen. Für einen tiefen Atemzug frischer Luft, der ihr hoffentlich die Inspiration brachte, die bislang ausgeblieben war.

Sie hätte zu gern jemanden gehabt, der ihr sagte, was zu tun sei. Jemanden, der sie in den Armen hielt und der ihr sagte, dass alles gut werden würde.

Erbärmlich.

Es gab niemanden. Die Verantwortung lag bei ihr.

»Nancy!«

Nancy erblickte ihre Nachbarin Alice, die ihren massigen Körper vorsichtig durch das Gartentor manövrierte. Zwei kaputte Hüften und eine Vorliebe für Doughnuts hatten ihrem schmalen Körperbau genug Fettpolster aufgebürdet, um sogar kurze Fußwege zu einer Herausforderung für sie zu machen.

Sie waren ihr Leben lang Nachbarinnen gewesen und fast genauso lange Freundinnen.

Als Alice den Rasen überquert und Nancy erreicht hatte, war sie außer Atem.

»Ich habe Jennas Wagen gesehen. Heißt das, du hast es ihr gesagt?«

»Nein.«

»Gütiger Gott, worüber habt ihr zwei dann eine Stunde lang gesprochen?« Alice hakte Nancy unter, wie sie es immer getan hatte, wenn sie zusammen zur Schule gingen.

Nancy hätte sich am liebsten losgemacht. Sie hatte gedacht, dass sie sich Unterstützung wünschte, erkannte jetzt aber, dass dem nicht so war.

»Ich weiß es nicht. Manchmal frage ich mich, wie man eine Stunde lang reden und dabei nichts sagen kann.«

»Du wirst es ihr irgendwann sagen müssen. Unsere Kinder glauben, dass wir kein Leben haben, das ist das Problem. Meine Marion spricht immer nur von den Kindern. Glaubt sie, dass in meinem Leben nichts geschieht? Meine *Rosa rugosa* interessieren sie vielleicht nicht, aber mir sind sie wichtig.«

Nancy und Alice teilten die Liebe zum Gärtnern. Bevor Nancy Ben eingestellt hatte, hatten die beiden Frauen sich gegenseitig im Garten geholfen. Sie wussten, welche Pflanzen dem rauen Inselwetter und der Meeresgischt widerstanden.

»Ich war nicht da für meine Mädchen«, sagte Nancy. »Wie kann ich sie da bitten, für mich da zu sein?«

»Nancy Lilian Stewart, würdest du dir mal zuhören? Wenn du nach all den Opfern, die du gebracht hast, solche Dinge sagst, möchte ich dir am liebsten eine verpassen, das meine ich ernst. Du solltest ihnen alles erzählen.«

Alles?

Selbst Alice wusste nicht alles. »Es ist zu spät, um die Dinge zu ändern.«

»Das ist Unsinn.«

»Ich fühle mich wie eine Versagerin.«

»Du gibst alles, was du hast. Was du hast, ist nicht genug, das ist alles. Nicht weil du eine Versagerin bist, sondern weil das Leben einem Schläge versetzen kann, die auch einen Berg zum Einsturz brächten.«

Seite an Seite standen sie still da.

»Ich habe diesen Ort im Stich gelassen.«

»Es ist ein Haus, Nancy.«

»Nicht für mich.« Das Kapitänshaus war eine Verantwortung, die ihr die Familie übertragen hatte. Es war der Ort, an dem sie aufgewachsen war und an dem sie sich verliebt hatte. Das Haus war groß, doch Tom hatte es mit seiner Persönlichkeit und seiner Wärme gefüllt. Er hatte Licht in dunkle Ecken gebracht, und sein Lachen hatte Staub und Spinnweben weggeblasen. Ihre beiden Kinder waren hier geboren. Und nicht nur das Haus selbst war voller Erinnerungen, auch das Innenleben. In jedem Raum gab es Gegenstände, die von Generation zu Generation weitergereicht worden waren. Diese Gegenstände hatten eine Bedeutung. Diese Gegenstände waren wichtig. Sie war ihre Hüterin. Eine armselige Hüterin, wie sich herausgestellt hatte.

Alice stupste sie leicht mit dem Ellbogen an. »Ich freue mich auf den Buchclub.«

Trotz allem musste Nancy lächeln. »Warum? Du liest das Buch nie.«

»Ich weiß. Ich komme wegen des Kuchens und der Gesellschaft. Zwei der besten Dinge in meinem Leben. Du bist eine gute Freundin, Nancy Stewart, warst du immer.«

Nancy sagte nichts.

Alice seufzte. »Du warst für mich da, als ich meinen Adam verloren habe und als meine Mutter starb. Wenn ich dieses Problem für dich lösen könnte, würde ich es tun, und das würde jeder in unserem kleinen Buchclub. Manchmal sind diese Frauen so nervig, dass ich sie mit bloßen Händen erwürgen könnte, aber ich weiß auch, dass sie alles stehen und liegen lassen würden, wenn sie von deinen Schwierigkeiten wüssten.«

Nancy spürte, wie sich ein Kloß in ihrem Hals bildete. »Ich sollte weitermachen. Ich muss noch einiges erledigen. Danke, dass du vorbeigekommen bist.«

»Ich bin nicht vorbeigekommen. Ich habe mich durch das Gartentor gezwängt, genau wie damals als Vierjährige durch das Loch im Zaun, aber ich gehe, wenn du das möchtest. Du weißt, wo ich bin.«

Nancy stand noch lange gedankenverloren da, nachdem Alice auf ihrem Rückweg das Gartentor passiert hatte.

Sie musste so viele Entscheidungen treffen. So viele Dinge erledigen.

So viel Bedauern.

Sie drehte sich um und blickte zurück zum Haus.

Das weiße Schindelhaus war 1860 erbaut worden und gehörte seitdem ihrer Familie.

Sie kannte jede Schindel und jede Fensterscheibe.

Das Haus hatte viel gesehen und sie ebenfalls.

Ihr Ururgroßvater war Kapitän eines Walfängers gewesen, ein großer Seemann mit viel Erfahrung, der sein Schiff in- und auswendig gekannt hatte. Den Berichten zufolge war er ein schwieriger Mann gewesen. Sie wusste, dass manche dachten, sie hätte diesen Charakterzug geerbt.

Auf ihre Weise war sie auch ein Kapitän, nur dass ihr Schiff die

Familie war. Und sie konnte sich des Gefühls nicht erwehren, dass sie das Schiff gegen einen Felsen gesteuert hatte.

Was war geblieben? Tom war fort. Ihre zwei Kinder brauchten sie nicht mehr, und sie hatte aufgehört zu hoffen, ihr Verhältnis könnte ein anderes sein. Das hielt sie nicht davon ab, sich Sorgen um sie zu machen.

Sie hatte sich Sorgen gemacht, als Lauren entschied, Ed zu heiraten und nach England zu ziehen, statt ihren Collegeplatz anzutreten. Doch Liebe bewirkte bei den Menschen die merkwürdigsten Dinge. Nancy hatte sich oft gefragt, ob Lauren bereits schwanger gewesen war, als sie Ed heiratete. Doch sie schienen glücklich, was spielte es also für eine Rolle?

Ihre jüngere Tochter hatte ihr mehr Grund zur Besorgnis gegeben. Jenna war mit fast schon beängstigender Begeisterung durchs Leben gesprungen. Als die beiden Kinder waren, hatte sie Lauren in alle möglichen Abenteuer mit hineingezogen, doch sie hatten irgendwie überlebt, und Nancy vermutete, dass dies ihrer ältesten Tochter zu verdanken war, die immer auf ihre Schwester aufgepasst hatte.

Sie hörte den Motor eines Autos und dann Schritte.

Mit einem letzten Blick auf das Meer ging sie zurück ins Haus. Jeder Schritt kostete Anstrengung. Sie hatte das Gefühl, als blicke das Haus sie anklagend an. Sie roch das Meer, spürte, wie Panik sie überwältigte, und fragte sich, ob sich Ertrinken so anfühlte.

Sie trat durch die Tür, und das Haus erschien ihr wie eine fremde Macht, geschlagen und kampfesmüde, jede Narbe und Wunde sichtbar.

Die Zimmer waren vollgestopft mit Möbeln, Zierrat, Büchern, alten Landkarten.

Nancy konnte sich nicht überwinden, irgendetwas davon wegzuwerfen.

Einige Fenster waren morsch, im Flur blätterte die Farbe ab, und an der Wand befand sich eine riesige leere Stelle, wo zuvor die verdammte Meeresansicht gehangen hatte.

Sie hatte Jenna erzählt, dass sie es heruntergenommen hätte, um neu zu dekorieren. In Wahrheit aber verabscheute sie das Bild. Vielleicht wäre es richtiger zu sagen: Sie verabscheute, wofür es stand. Sie hätte es verbrannt, wenn es möglicherweise nicht doch noch einen Zweck erfüllen würde.

Sie öffnete die Tür und betrachtete den Mann, der vor ihr stand. Sie musste ihren Kopf zurücklegen und nach oben schauen, weil er über einen Meter achtzig groß war und ihren Türrahmen ausfüllte.

Das erste Mal hatte sie mit ihm vor fünf Jahren gesprochen, in jener Nacht, die man, ohne zu dramatisieren oder zu übertreiben, als die schlimmste ihres Lebens bezeichnen konnte. Die Jahre seitdem hatten sie gezeichnet. Ihn, wie es schien, nicht.

Sie hatte keine Ahnung, wie alt er war, aber sie schätzte ihn auf Mitte dreißig.

Seine Augen waren von einem kühlen Blau und blickten leicht verhangen. Sein wohlgeformter, fester Mund verzog sich nur selten zu einem Lächeln. Er war unrasiert, und die Farbe seines Pullovers war vermutlich irgendwann einmal ein Blau gewesen, doch nun zu einem grauen Farbton ausgewaschen.

Hatte sie wirklich erwartet, dass er in Anzug und Krawatte auftauchte? Nein. Er sah genauso aus, wie sie es erwartet hatte. Warum sollte er sich rasieren, bevor er an ihre Tür klopfte? Er war nicht der Typ Mann, der sich auch nur ansatzweise um Konventionen oder die Meinung anderer scherte. Er lebte das Leben nach seinen eigenen Regeln, und das war, wie sich herausgestellt hatte, ein Glück für sie, denn vor fünf Jahren hatte er ihr geholfen, als niemand anderes es tun wollte.

Sie verspürte einen Stich von Neid. Wie würde ihr Leben jetzt aussehen, wenn sie mehr wie er gewesen wäre? Wenn sie mutiger gewesen wäre?

»Danke, dass Sie gekommen sind.«

Es lag eine gewisse Ironie darin, dass ausgerechnet er ihr aus der jetzigen Situation heraushelfen sollte.

Sie brauchte ihn und hasste ihn doch zugleich, weil er ihr das eine nahm, was ihr in der Welt geblieben war. Und ehrlicherweise hatte sie keine Ahnung, wie er auf das reagieren würde, was sie sagen wollte. Er war unberechenbar, ein Mann, dessen man sich nie sicher sein konnte.

Fast hätte sie laut aufgelacht. Gab es überhaupt einen Mann, dessen man sich sicher sein konnte?

»Mrs. Stewart.« Seine Stimme lag zwischen der rauen, sexy Heiserkeit eines Whiskeytrinkers und dem leisen Grollen einer Dschungelkatze. Wenn diese Stimme nicht zu einem Mann gehört hätte, dem sie vertraute, hätte sie ihr ein unbehagliches Gefühl vermitteln können, genau wie seine schmalen, wachsamen Augen.

»Danke fürs Kommen. Das war nett von Ihnen.«

»Ihr Anruf hat mich überrascht. Ich dachte, es könnte sich um einen Irrtum handeln.« Sein Händedruck war fest, aber das überraschte sie nicht. Es war unter anderem seine körperliche Stärke gewesen, die sie beide in jener Nacht gerettet hatte.

»Kein Irrtum.« Die Irrtümer, dachte sie, waren lange zuvor begangen worden. »Sie kommen besser herein. Da gibt es etwas, das ich Ihnen sagen muss.«

5. Kapitel

Lauren

Party: eine gesellschaftliche Versammlung zum Vergnügen, oft als Feier abgehalten

Lauren überprüfte ihre Liste und machte einen letzten Rundgang durch das Haus.

Sie wusste, dass es gut aussah.

Sie hatte ihr Interesse an Inneneinrichtung in ihrem eigenen Haus ausgelebt, und wenn Mack in der Schule war, hatte sie handwerkliche Fähigkeiten wie spezielle Farbeffekte oder Polsterei erlernt. Sie füllte ganze Notizbücher mit Fotos und Skizzen und kaufte gezielt Stoffe und Deko-Objekte. Mit der Zeit hatte sie ihr Londoner Zuhause in einen eleganten Wohnraum verwandelt, der sowohl familiär als auch repräsentativ war.

Gelegentlich baten Freundinnen sie um Rat bei der Inneneinrichtung, und Lauren half immer gerne. Sie hatte ein Auge für Räume und Farben und erkannte das Potential der meisten heruntergekommenen Häuser. Es war kein Glück oder harte Arbeit, warum sie sehen konnte, was andere nicht sahen. Es war ein künstlerisches Talent, das sie zweifellos von ihrer Mutter geerbt hatte. Vielleicht das Einzige, was sie von ihrer Mutter geerbt hatte.

Und endlich hatte sie einen Abschluss und konnte zahlende Kunden annehmen.

Ihr Zuhause war die beste Werbung für ihre Fähigkeiten und ihr Können, und heute Abend würden einige Leute auf Eds Party sein, die ihr unter Umständen einen Auftrag verschafften.

Sie hatte sich schon entschieden, ihre eigene Firma zu gründen, musste sich aber noch für einen Namen entscheiden.

City Chic?

Urban Chic?

Ein letztes Mal blickte sie im Wohnzimmer um sich, zufrieden, dass alles so war, wie es sein sollte.

Sie hörte, wie die Haustür zuschlug, was Macks Heimkehr von der Schule ankündigte, und wappnete sich unwillkürlich.

Ihre Tochter schlenderte ins Zimmer. Mack war groß und tat alles in ihrer Macht Stehende, um diese Tatsache zu verbergen. Sie war in einem Alter, in dem alles, was Aufmerksamkeit erregte, als peinlich galt und unter allen Umständen zu vermeiden war. Also ließ sie die Schultern hängen, um kleiner zu wirken.

Lauren hatte grüne Augen, doch die von Mack waren blau. Ihre Haare, die selbst mit den pinkfarbenen Strähnen einen Ton von Honig und Karamell besaßen, waren am auffälligsten.

Lauren sah Mack plötzlich vor sich, wie sie in der Wiege lag und ihre dicken Ärmchen hochstreckte.

»Hast du deinen Rock gekürzt?«

Als sie ihre Mutter bemerkte, schob Mack den Kopfhörer nach hinten. »Was?«

»Ob du deinen Rock gekürzt hast?« Sofort bereute sie, dass sie das gleich zur Begrüßung gesagt hatte.

»Nein. Ich bin gewachsen. Ich könnte aufhören zu essen, aber dann würdest du auch deswegen an mir rumnörgeln.« Mack öffnete den Kühlschrank und starrte hinein, als ob irgendetwas darin sie persönlich angegriffen hätte. »Hier ist nichts drin.«

Wie konnte in einem gefüllten Kühlschrank »nichts« drin sein?

»Die Caterer bauen noch auf. Es sind Bagels da.« Lauren wollte ihrer Tochter sagen, dass die Kühlschranktür nicht so lange offen stehen sollte, ließ es dann aber. Nörgelte sie? »Wie war dein Tag?«

»Ich habe ihn in der Schule verbracht. Das ist alles.« Mack schnitt einen Bagel in zwei Hälften und toastete diese.

»Ich war heute mit Ruth und Helen Kaffee trinken. Sie erwähnten ein Vorfahren-Projekt, an dem ihr arbeitet. Das klingt interessant.«

»Interessant?« Mack verteilte Frischkäse auf den Bagelhälften. »Ich schätze, so kann man es auch nennen.«

Was war aus ihrer eifrigen, begeisterungsfähigen Tochter geworden?

»Brauchst du Hilfe? Du weißt, dass unsere Vorfahren aus meiner Familie Kapitäne auf Walfängern waren? Martha's Vineyard spielte eine wichtige Rolle in der Walindustrie. Die meisten Schiffe lieferte Nantucket, doch von Vineyard kamen die Kapitäne, die Besatzungen und andere Helfer.«

Da Mack sich wenig für das Gespräch zu interessieren schien, hielt Lauren inne. Sie wusste, dass sie sich zu sehr bemühte. Vielleicht sollte sie es persönlicher angehen. »Edgartown, wo deine Großmutter lebt, war einer der wichtigsten Häfen an der Küste. Das Kapitänshaus wurde im neunzehnten Jahrhundert erbaut. Deine Großeltern haben viel Zeit damit verbracht, es zu restaurieren …« Sie merkte, dass sie ihre Zuhörerin verloren hatte, und brach ab. Sie hätte genauso gut mit dem Kühlschrank reden können.

Mack aß weiter, ohne zu reagieren.

Lauren setzte sich auf den Stuhl neben sie. »Ist heute etwas passiert?«

»Nein.«

Lauren spürte eine Welle von Frustration. Damit verbunden fühlte sie Traurigkeit, denn sie erinnerte sich an Tage, an denen Mack strahlend nach Hause gerannt kam und unbedingt etwas erzählen wollte, das an dem Tag geschehen war. *Schau, Mommy, schau dir das an.*

Diese Tage waren vorbei.

»Mrs. Hallam hat gestern angerufen.«

»Ach ja? Ich wette, das war ein aufregendes Gespräch.« Mack gab sich sorglos, doch Lauren bemerkte, dass ihre Wangen sich röteten.

»Sie macht sich Sorgen um dich. Um deine Noten. Sie möchte, dass wir uns alle zusammensetzen.«

»Noten. Darum geht es hierbei?«

»Hierbei?«

»Wenn du mich in der Küche überfällst, weiß ich, dass etwas anliegt. Ich weiß nicht, warum du nicht gleich damit rausrückst.« Mack legte das Messer auf den Tresen, wo es einen Fettfleck hinterließ.

Lauren setzte sich auf ihre Hände, um es nicht wegzunehmen und den Fleck wegzuwischen. »Ich habe dich nicht überfallen. Ich möchte dich wissen lassen, dass du mit mir sprechen kannst, das ist alles.«

»Nein, du möchtest, dass ich mit dir über ein Thema deiner Wahl spreche, egal, ob ich das möchte oder nicht. Das ist etwas anderes.«

Elternteil eines Teenagers zu sein war, als irrte man durch ein heimtückisches Sumpfgebiet. Man machte einen Schritt und hoffte, festen Boden unter sich zu haben, doch es konnte ebenso gut sein, dass man einsank.

»Ich sorge mich um dich, Mack. Du nimmst mündlich nicht am Unterricht teil? Du redest mehr als jeder, den ich kenne. Und du bist klug, und trotzdem gehen deine Noten in den Keller.«

»Ich bin gelangweilt, okay? Ich habe Englisch satt. Und Geschichte. Wozu soll das gut sein? Warum unterrichten sie nicht Programmieren oder irgendetwas, das ich am Ende vielleicht sogar für einen Job brauchen kann?«

Lauren blieb ruhig. »Vielleicht können wir einen Wochenendkurs im Programmieren für dich finden, wenn du das möchtest. Aber die Schule ist auch wichtig. Und das Lernen. Unsere Entscheidungen haben Konsequenzen.«

»Ja, das ist wahr.« Mack sah sie eindringlich an. »Das haben sie.«

Etwas an der Art, wie ihre Tochter sie ansah, fühlte sich nicht richtig an.

»Mack …«

Mack glitt vom Stuhl und schob sich ihre Schultasche über die Schulter. »Sind wir hier fertig? Ich habe nämlich jede Menge Hausaufgaben.«

»Wir sprechen ein anderes Mal darüber.«

»Großartig. Etwas, worauf ich mich freuen kann.«

Ich habe nicht die Geduld hierfür, dachte Lauren. »Die Gäste kommen um acht. Dad wird gegen sieben hier sein, deswegen dachte ich, dass wir vor der Party noch unter uns feiern können.«

»Ich muss lernen. Und wir wissen beide, dass er nicht um sieben zu Hause sein wird. Das ist er nie.«

»Am Tag seiner Party wird er nicht so lange arbeiten.« Sie sagte es mit mehr Überzeugung, als sie tatsächlich verspürte, und Mack zuckte mit den Schultern.

»Wie auch immer.« Sie schlenderte mit einer Gleichgültigkeit und Lässigkeit davon, die Lauren in keinem Alter erreicht hatte – und sicher nicht mit sechzehn.

Ein Mädchen im Teenager-Alter. Wie schwer konnte es sein, damit umzugehen?

Lauren ging nach oben, um sich umzuziehen. Sie schminkte sich und versuchte, nicht an die Zeiten zu denken, als Mack mitten auf dem Bett gesessen und ihre Mutter aus neugierigen, bewundernden Augen beobachtet hatte.

Offenbar hatte die Idealisierung der Mutter ein Ablaufdatum.

Bevor sie das Schlafzimmer verließ, überprüfte sie ihr Aussehen in dem großen Spiegel.

Das Kleid war neu und schmeichelte ihrer schmalen Figur. Sie trug die gleiche Größe wie mit zwanzig. Viermal die Woche ging sie laufen, ohne Ausnahme. Außerdem machte sie Yoga und Pilates und achtete auf ihre Ernährung.

Es war wichtig, immer einen Plan zu haben und sich daran zu halten. Sie wünschte, Mack könnte das einsehen.

Sie versuchte, die Stimme in ihrem Kopf zu ignorieren, die sie daran erinnerte, wie sie mit sechzehn gewesen war.

Sie musste sich auf die Party konzentrieren.

Was man bei einer Party zum vierzigsten Geburtstag am dringendsten brauchte, war natürlich die Person, die Geburtstag hatte, doch um halb acht gab es noch immer kein Zeichen von Edward.

»Habe ich doch gesagt.« Mack ging in einer knallengen Jeans an ihr vorbei, an den Füßen ein Paar derber Stiefel, von denen Ed sagte, sie ließen sie wie einen Bauarbeiter aussehen.

Sag kein Wort, Lauren. Kein Wort.

»Vermutlich wurde Dad im Büro aufgehalten.« Doch sobald Mack im Hobbyraum verschwunden war, um einen Film zu sehen, holte Lauren ihr Handy heraus und schrieb Ed rasch eine Nachricht: *Bist du auf dem Weg?*

Es klingelte an der Tür, und Erleichterung durchströmte sie. Vielleicht hatte er seinen Schlüssel vergessen.

Aber nein, es war das Geigenquartett, das früh eintraf.

Sie ließ die vier Musiker herein, zeigte ihnen, wo sie spielen sollten, und ging zurück in die Küche, wo die Caterer alles unter Kontrolle zu haben schienen.

Der Champagner war kalt gestellt. Die Gläser waren fertig. Die Kanapees im Ofen. Alles war perfekt.

Wieder klingelte es an der Tür, und als Lauren diesmal öffnete, sah sie ihre Schwiegermutter vor sich.

Vielleicht nicht ganz perfekt.

Wenn es jemanden auf dieser Welt gab, den sie auf keiner Party dabeihaben wollte, dann war es ihre Schwiegermutter. Doch wie konnte sie sie am vierzigsten Geburtstag ihres einzigen Sohnes nicht einladen?

»Gwen! Wunderbar, dich zu sehen.« Lauren übertrieb die Begrüßung immer, um ihre wahren Gefühle zu kompensieren. Bei einer Gelegenheit hatte sie sich vorgebeugt, um Gwen zu küssen, doch die hatte ihren Kopf rasch zur Seite gedreht, sodass Lauren ihr schließlich an den Hals gepickt hatte wie ein betrunkenes Huhn.

Dennoch, Gwen liebte ihren Sohn, und das war etwas, das Lauren respektierte.

Gwen hielt ein Päckchen umklammert. »Wo ist mein Junge?«

Er ist vierzig, dachte Lauren. *Kein Junge.*

»Er ist auf dem Weg nach Hause.«

Gwen reichte ihr ihren Mantel. »Er ist noch bei der Arbeit? An seinem Geburtstag?«

Ihr Ton war spitz, und Lauren spürte, wie ihr Gesicht heiß wurde.

Gwen schien Lauren persönlich dafür verantwortlich zu machen, dass ihr Sohn lange arbeitete. Nicht dass sie ihre Missbilligung direkt aussprach, doch ihre zusammengepressten Lippen, die Seufzer und das Augenrollen drückten die Nachricht mit großer Klarheit aus.

Ed sagte gerne, dass seine Mutter die Körpersprache fließend beherrsche.

Insgeheim hatte sich Lauren schon oft gefragt, ob sie Ed geheiratet hätte, wenn sie vorher Gwen kennengelernt hätte.

»Komm und erzähl ein wenig mit Mack, ich weiß, dass sie sich freuen wird, dich zu sehen. Sie ist im Fernsehzimmer.« Lauren ging die Treppe zum Keller hinab, und Gwen folgte ihr.

»Sie sieht amerikanisches Fernsehen?« Sie sagte es in dem gleichen Ton, in dem sie hätte sagen können: *Sie nimmt Drogen und hat Sex?*

Warum konnte sie nie etwas Nettes sagen?

Hübsches Kleid, Lauren.

Das Haus sieht wunderbar aus.

Hast du das alles selbst eingerichtet?

Mein Sohn hat solch ein Glück, mit dir verheiratet zu sein.

»Sie könnte Pornos sehen. Ich habe gelesen, dass alle Teenager Pornos sehen.«

»Sie sieht keine Pornos, Gwen.« *Ed, wenn du nicht innerhalb der nächsten fünf Minuten hier bist, bringe ich dich um.*

Mack erschien im Türrahmen. »Mom, dieser amerikanische Pornofilm, den du mir empfohlen hast, ist …« Sie brach ab und setzte ein breites Lächeln auf. »Hallo, Nana, ich habe dich gar nicht gesehen.«

Gwen schwankte und streckte die Hand nach der Wand aus, um sich abzustützen.

Lauren verspürte den unpassenden Impuls, laut loszulachen. Früher hätte sie es nicht vermeiden können, aber inzwischen hatte sie sich fest im Griff. Nur hier und da schien diese andere Seite von ihr sich befreien zu wollen.

Sie wagte es nicht, Mack anzusehen, obwohl sie in Gwens Beliebtheitsskala wohl kaum weiter nach unten rutschen konnte, da diese sie bereits für die schlimmste Mutter der Welt hielt.

»Mack, kommst du bitte rauf und hilfst, die Gäste zu begrüßen?«

So, wie Mack seufzte, hätte man glauben können, dass Lauren sie gebeten hätte, eine Niere zu spenden.

»Könnt du und Dad das nicht machen?«

»Dad ist noch nicht zu Hause.« Wie konnte es ausgerechnet heute so spät werden? Während sie auf das Geräusch seines Schlüssels im Schloss wartete, mischte sich Sorge in ihre Verärgerung. Es sah ihm nicht ähnlich, zu spät zu kommen, wenn zu Hause etwas anlag, und es sah ihm nicht ähnlich, nicht ans Telefon zu gehen, doch bisher hatte er keine ihrer Nachrichten beantwortet. Vielleicht war sein Akku leer. »Ich wüsste ein wenig Hilfe zu schätzen.«

»Sicher. Das wäre großartig, Mom.«

Lauren zuckte zusammen. Gwen hasste das amerikanische Wort Mom, und Mack wusste das.

Sie bemerkte ein Funkeln in den Augen ihrer Tochter, und für einen Moment fühlte sie sich an alte Zeiten erinnert, wenn sie beide über einen Witz lachten.

Und dann kündigte das Klingeln an der Tür die ersten Gäste an, und der Augenblick war vorüber. Lauren öffnete den Nachbarn, die mit Champagnerflaschen bewaffnet waren und mit Ballons, auf denen in schwungvoller Schrift die Zahl 40 stand.

In stetiger Folge trudelten die anderen Gäste herein. Das Geigenquartett spielte tapfer gegen das Gelächter und das Stimmengewirr an. Champagnergläser wurden angestoßen und funkelten im Licht. Das ganze Haus strahlte vor Feierlichkeit. Nur einer fehlte.

Ed.

Um neun Uhr war Laurens Verärgerung der Sorge gewichen.

Sie hatte acht Nachrichten auf Eds Handy hinterlassen, eine verzweifelter als die andere. Ihr morgendliches Gespräch ging ihr im Kopf herum.

Sie ist nicht das Problem.

War das Problem verantwortlich dafür, dass er zu spät kam?

Ein Bild tauchte unwillkürlich in ihrem Kopf auf. Ed, mit heruntergelassener Hose, mit einem unbekannten Mädchen auf dem Schreibtisch unter sich. *Warum musste sie ausgerechnet jetzt daran denken?* Sie drückte die Finger gegen die Schläfen und schloss die Augen, um das Bild auszublenden.

Sie fragte sich gerade, wann man einen Geburtstagskuchen anschneiden durfte, wenn das Geburtstagskind nicht anwesend war, als es an der Tür klingelte.

Alle Gäste waren da, also musste es Ed sein.

Voller Erleichterung riss sie die Tür auf und sah zwei Polizeibeamte vor sich.

Was jetzt?

Es hatte in der Straße eine Reihe von Fahrzeugbeschädigungen gegeben, und bei den Wrights, die vier Häuser weiter wohnten, war letzten Sommer eingebrochen worden, doch insgesamt war dies eine ruhige und sichere Gegend in London, die von Anwohnern und Touristen gleichermaßen geschätzt wurde. Es hatte noch nie ein Uniformierter auf ihrer Türschwelle gestanden. »Mrs. Hudson?«

»Ja.« Lauren setzte ihr schönstes Gastgeber-Lächeln auf. »Wie kann ich Ihnen helfen?«

Der jüngere Officer wirkte elend, als ob er sich plötzlich wünschte, er hätte einen anderen Job gewählt als ausgerechnet diesen. Und da begriff sie, dass es hier nicht um ein Verbrechen in der Nachbarschaft ging.

Ihre Knie wurden weich. »Was ist passiert?«

Die ältere Kollegin übernahm das Antworten, sah sie freundlich an. »Können wir irgendwo sprechen, wo es ruhig ist?«

Ruhig? Lauren lachte leicht hysterisch auf. »Ich habe dreißig Gäste im Haus, die alle den Geburtstag meines Mannes feiern, insofern: nein, nicht wirklich. Ich warte darauf, dass er nach Hause kommt.«

Ein Blick in ihre Gesichter sagte ihr alles, was sie wissen musste.

Ed würde heute Abend nicht nach Hause kommen, und auch an keinem anderen Abend. Er würde weder seinen Kuchen essen noch mit Champagner anstoßen.

Ed hatte sich nicht verspätet.

Er war tot.

6. Kapitel

Jenna

Neid: der Wunsch, etwas, das andere haben, selber zu besitzen

Auf der Suche nach Zutaten für ein romantisches Dinner legte Jenna auf dem Heimweg einen Stopp beim Supermarkt ein. Während des Einkaufs hielt sie bei den Zeitschriften inne und studierte die Cover.

Die besten Wege zur Bikinifigur.

Naschen erfolgreich bekämpfen.

Den Titelblättern nach zu urteilen war sie nicht die Einzige mit einem Problem.

Sie blickte kurz über ihre Schulter, um sicherzugehen, dass niemand sie sah, und legte zwei Zeitschriften in ihren Wagen.

»Jenna? Jenna! Ich dachte doch, dass du das bist.«

Jenna drehte die Zeitschriften mit dem Titelbild nach unten. »Hallo, Sylvia.«

Sie war mit Sylvia zur Schule gegangen, doch ihre Leben hatten sich unterschiedlich entwickelt. Jenna war fürs College fortgegangen, und Sylvia war auf der Insel geblieben und hatte unaufhörlich Kinder bekommen, als hätte sie eine persönliche Mission, die Zahl der Bewohner zu erhöhen. Jenna war stets erleichtert, wenn die Sommergäste die Insel verließen. Die Straßen waren ruhiger, die Strände leerer, und man musste in der Bäckerei nicht ewig lange Schlange stehen.

Sie legte Feldsalat, Tomaten und Paprika in ihren Wagen. »Wie geht es den Kindern?« Warum hatte sie das gefragt? Die Dentons hatten sechs Stück. Das konnte möglicherweise Stunden dauern.

Sie hörte nur halb hin, als Sylvia erzählte, wie stressig es sei, die Kinder mit der Fähre zu ihren Klavier- oder Schwimmstunden zu bringen, zu ihren Kunstkursen und zum Football-Training.

Mir würde diese Art von Stress gefallen, dachte Jenna.

Sylvia erzählte noch immer. »Und die arme Kaley war wieder mit ihrem Asthma im Krankenhaus. Deine Mom war so nett. Hat sie jeden Tag besucht. Sie ist toll mit den Kindern. Und sie liebt Babys. Ist es für dich und Greg nicht an der Zeit, eine Familie zu gründen?« Die Art, wie Sylvia es sagte, klang, als wäre das Kinderkriegen etwas, das Jenna im Stress des Alltags vielleicht vergessen hätte.

Jenna befühlte eine überreife Tomate und fragte sich, ob das Vergnügen, sie an Sylvias strahlend weißem Shirt zu zerdrücken, die unvermeidlichen negativen Konsequenzen aufwiegen würde.

Vermutlich nicht.

Sie legte die Tomate in ihren Wagen und machte eine vage Bemerkung, dass sie viel zu tun hätte.

»Ich muss nach Hause.« Sie griff nach einer Flasche Wein. Sie sollte vermutlich nichts trinken, doch sie wusste, dass sie nicht schwanger war, warum also nicht? Greg wollte, dass sie sich entspannte, oder? Sie würde lieber Wein trinken, als zum Yoga zu gehen, und nach dem Besuch bei ihrer Mutter heute hatte sie ihn nötig.

»Meine Alice liebt diese Geschichten, die du ihnen vorliest. *Abenteuer mit meiner Schwester.* Kannst du mir sagen, wer sie geschrieben hat? Ist es eine Serie? Ich möchte ihr die Bücher zum Geburtstag schenken. Ihre Lieblingsgeschichte ist die, in der sie die Hummer befreien.«

»Sie sind nicht veröffentlicht«, sagte Jenna. »Ich denke sie mir aus. Als meine Nichte klein war, habe ich ihr immer Geschichten erzählt, und irgendwie habe ich das in die Klasse mitgenommen.«

»Nicht möglich! Wirklich? Also, du solltest Bücher schreiben, statt zu unterrichten. Wo nimmst du all diese wundervollen Ideen her? Du musst eine unglaubliche Fantasie haben.«

»Danke.«

Das und eine bewegte Kindheit, die ihr als Inspirationsquelle diente.

»Wenn du diese Geschichten aufschreiben würdest, würde die ganze Klasse sie kaufen, so viel ist sicher.«

Schreib die Geschichten auf.

Warum hatte sie nie daran gedacht?

Autor: eine Person, die ein Buch, einen Artikel oder ein anderes schriftliches Werk hervorbringt.

»Übrigens …« Sylvias Ton klang beiläufig. »Ich fuhr vor einer halben Stunde durch Edgartown und sah zufällig einen Pick-up-Truck vor dem Haus deiner Mutter parken. Rate mal, wer drin saß? Scott Rhodes.« Sie senkte die Stimme, als könnte sie allein bei der Erwähnung seines Namens verhaftet werden. »Er sah so böse und gefährlich aus wie eh und je. Ich schwöre dir, der Mann lächelt nie. Was hat er für ein Problem? Ich wusste nicht, dass er deine Mom kennt.«

Das hatte sie ebenfalls nicht gewusst. Die Bilder von einem neuen Leben als Autorin verflogen.

Warum besuchte er ihre Mutter? Und wenn Sylvia ihn vor einer halben Stunde gesehen hatte, bedeutete das, dass Jenna ihn nur um Minuten verpasst hatte.

Scott Rhodes?

Sie erinnerte sich an den Sommer, als sie ihn zum ersten Mal gesehen hatte. Sein Oberkörper war nackt gewesen, und quer über der kräftigen Wölbung seiner Schultern hatte sie das unverwechselbare Tattoo gesehen. Dieses Tattoo hatte sie fasziniert. Ihre Mutter würde ihr nicht einmal erlauben, sich ihre Ohren durchstechen zu lassen.

Scott schien sich nicht darum zu kümmern, was andere Leute dachten, und das war für Jenna das Größte von allem.

Sie wusste, dass sie sich viel zu viele Gedanken machte. Sie wollte es allen recht machen, doch in der kleinen Inselgemeinschaft, die nur mit Wohlwollen funktionierte, wusste sie nicht, wie sie sich anders verhalten könnte.

Scott Rhodes andererseits fühlte sich nur für sich selbst verantwortlich, und darum beneidete sie ihn. Schon wenn sie ihn ansah, hatte sie das Gefühl, als ob sie etwas täte, das sie nicht tun sollte. Als ob man, wenn man in sein Blickfeld geriet, eine Erklärung über sich und sein Inneres abgab. Ein gefährlicher Umgang. Fast erwartete sie, jeden Moment die Hand ihrer Mutter auf ihrer Schulter zu spüren.

Nicht dass sie auf diese Weise an Scott interessiert war. Sie liebte Greg. Greg, den sie so gut kannte, dass er fast wie eine Verlängerung ihrer selbst schien. Greg, der fast die ganze Zeit lächelte.

Scott Rhodes lächelte selten. Es war, als ob er und das Leben auf unterschiedlichen Seiten stünden.

Sie hatte damals mit hingebungsvoller Aufmerksamkeit seine Muskeln und die tief gebräunte Brust gemustert, als er aufsah und ihren Blick bemerkte. Kein Lächeln, kein Blinzeln, kein bedeutungsvoller Blick. Nichts. Seine Miene war undurchdringlich.

Scott arbeitete an der Werft und erledigte die gelegentlich anfallenden Tischlerarbeiten für die Leute. Er schlief auf seinem Boot, ankerte vor der Küste, als hielte er sich bereit, jeden Moment loszusegeln.

Warum sollte Scott Rhodes ihre Mutter besuchen?

Hallo, Mom, ich höre, du hattest den Teufel in deinem Haus …

In dem Bewusstsein, dass Sylvia auf eine Antwort wartete, zuckte Jenna mit den Schultern. »Meine Mutter kennt jeden. Und sie spielt in der Seglergemeinschaft noch immer eine Rolle. Scott kennt sich mit Schiffen aus.«

Sylvia nickte. »Das wird es vermutlich sein.« Ganz offensichtlich glaubte sie nicht für eine Sekunde, dass dies der Grund war, und auch Jenna tat das nicht.

Der Gedanke beschäftigte sie, als sie den kurzen Weg nach Hause fuhr und dabei die letzten Reste des schwachen Tageslichts bewunderte.

Das Cottage, das sie mit Greg bewohnte, lag zwischen Chilmark und dem Fischerdörfchen von Menemsha. Von den oberen Fenstern aus konnte man das Meer sehen, und es hatte einen kleinen Garten, der im Sommer blütenübersät war.

In ihren Augen der perfekte Ort, um Kinder aufzuziehen.

Natürlich hatte sie keine Kinder zum Aufziehen.

Vielleicht sollten sie sich einen Hund anschaffen.

Sie schob den Gedanken beiseite, zusammen mit all den Fragen, die Scott Rhodes' Besuch bei ihrer Mutter in ihr aufgeworfen hatte, und parkte den Wagen.

Im Sommer wimmelte es in diesem Teil der Insel vor Touristen, doch in den Wintermonaten traf man eher auf Eiderenten, die sich in der Nähe der Landungsbrücken sammelten und im Schutz der Fischerboote auf den Wellen schaukelten. Der Himmel war kalt und bedrohlich, und der Wind fuhr durch jede Lücke, die er in der Kleidung finden konnte.

Sie liebte den Ort zu jeder Jahreszeit – egal, ob sie sich im Winter in mehrere Lagen dicker Pullover hüllte oder im Sommer bei Sonnenuntergang am Strand eine warme Hummerrolle aß.

Heute schien keine Sonne.

Jenna eilte ins Haus, dankbar für die Wärme.

Sie entzündete den Kamin im Wohnzimmer, packte die Einkäufe aus und bereitete eine Schmorpfanne vor. Greg aß am liebsten Fleisch, doch sie hatte irgendwo gelesen, dass rotes Fleisch die Fruchtbarkeit beeinträchtigte, deswegen nahm sie Huhn.

Während die Schmorpfanne im Herd vor sich hin köchelte, schnitt sie Gemüse klein.

Dann putzte sie das Cottage, ging unter die Dusche und schlüpfte in ein Wollkleid, das sie vor zwei Jahren gekauft hatte, um es Weihnachten zu tragen. Damals hatte es gut an ihr ausgesehen. Jetzt saß es an einigen Stellen eng, an denen es nicht eng sitzen sollte. Sie nahm eine der Zeitschriften, die sie gekauft hatte, und starrte düster auf die schlanke, wohlgeformte Blondine in Leggings und bauchfreiem Top.

»Du bist doch gephotoshopt.« Sie schleuderte die Zeitschrift zur Seite und griff nach der anderen.

Diese empfahl eine Diät mit rohen Nahrungsmitteln und langen Fastenperioden dazwischen.

»Wenn ich faste, werde ich ohnmächtig.« Was sie wirklich brauchte, war die Frustesser-Diät. Oder die Gestresst-weil-ich-versuche-ein-Baby-zu-bekommen-Diät.

Und bis dahin würde sie figurformende Unterwäsche bestellen müssen.

Sie stopfte beide Zeitschriften unters Sofa und bemerkte das Notizbuch auf dem Couchtisch, das Greg für die Einkaufsliste benutzt hatte.

Vielleicht sollte sie tatsächlich einige ihrer Geschichten aufschreiben. Warum nicht?

Sie riss eine leere Seite heraus und zeichnete zwei kleine Mädchen mit einer Ziege, doch die Ziege sah am Ende eher wie ein Schwein aus.

Sie tippte auf den viel zu großen Bauch des Tieres. »Du brauchst eine Bikini-Diät.«

Jenna warf den Stift zur Seite und steckte das Blatt zu den Zeitschriften unters Sofa. Vielleicht würde sie ein anderes Mal darüber nachdenken. Oder vielleicht wollten ihre Geschichten lieber an einem Lagerfeuer erzählt als niedergeschrieben werden.

Ihr Kleid fühlte sich unangenehm eng an, weshalb sie ins Schlafzimmer ging, um sich umzuziehen.

Sie wählte ihre Lieblings-Stretchjeans und einen Pullover, den ihr Greg zum Geburtstag geschenkt hatte. Er hatte einen hübschen Blauton und war mit silbernen Fäden durchwebt. Der Stoff fiel weich und weit bis auf ihre Oberschenkel und verdeckte jeden Beweis ihrer Essenssünden.

Sie sah gerade nach der Schmorpfanne, als sie den Schlüssel im Schloss hörte.

»Hier riecht es aber gut.« Greg trat ins Haus und ließ seine Schlüssel auf den Tisch fallen. »Wie geht es meiner grünäugigen Meerjungfrau?«

Seit dem Sommer, in dem sie acht geworden war und beinahe nie das Meer verlassen hatte, nannte er sie so.

»Meerjungfrauen haben keine Locken und Sommersprossen.« Sie lächelte, als er hinter sie trat und sie auf den Nacken küsste.

»Du solltest dein Bild von Meerjungfrauen nicht so reduzieren. Du siehst großartig aus. Ist der Pullover neu?«

»Du hast ihn mir gekauft.«

»Ich habe einen tollen Geschmack. Wie war es bei deiner Mutter? Brauchst du eine Therapie?« Er schlang die Arme um sie, woraufhin sie ihren Bauch einzog, um dünner zu wirken. Sie mochte es, dass er sie küsste, bevor er überhaupt seinen Mantel auszog. Andrea hatte recht – sie konnte von Glück sagen, dass sie Greg hatte. Warum also fühlte sich das nicht genug an?

Was stimmte nicht mit ihr?

»Ich habe mich für die Therapie entschieden, die man in ein Glas füllen kann. Ich hatte die Wahl zwischen dem oder Eiscreme mit Schokoladenstückchen.«

»Das nenne ich ein Dilemma.« Greg ließ sie los und hängte seinen Mantel auf. »Erzähl mir von deiner Entscheidungsfindung.«

»Wein wird aus Trauben gemacht, und Trauben sind Früchte, womit Wein zu einer der empfohlenen fünf Handvoll Früchte oder Gemüse am Tag zählt. Also ist er gesund.« Sie reichte ihm ein Glas Wein. »Und wenn ich nicht schwanger bin, kann ich genauso gut trinken. Wie war dein Tag?«

»Wenn ich dir sage, dass er gut war, entreißt du mir dann dieses Glas?«

Sie grinste. »Nein, denn bis ich aufgehört habe zu weinen, wirst du es brauchen.«

»Wein gegen Weinen, das klingt nach einem vernünftigen Deal.« Greg nahm einen Schluck. »Ich bin gewappnet. Leg los. Was war der Knaller des heutigen Tages?«

»Nichts Neues. Meine Mutter hat mich an den Vorfall mit der Farbe erinnert und mich persönlich für ihre grauen Haare verantwortlich gemacht.«

»Ihre grauen Haare verleihen ihr ein vornehmes Aussehen. Sie sollte dir dankbar sein.«

»Dich hat sie natürlich gelobt.« Sie hob ihr Glas zu einem ironischen Toast. »Du, Greg Sullivan, bist der alles erobernde Held. Ein Gladiator unter den Männern. Ein Ritter in schimmernder Rüstung. Ich hatte Glück, dass du mich aus meinem üblen Lebenswandel gerettet hast.«

»Das hat sie gesagt?«

»Nicht in so vielen Worten, doch das dachte sie.«

Greg stellte sein Glas ab. »Hast du ihr gesagt, dass es dir schlecht geht wegen der ganzen Baby-Sache?«

»Nein. Unsere Gespräche sind ein reiner Austausch von Fakten.«

Er sah sie unverwandt an. »Du bist unglücklich. Das ist ein Fakt.«

»Nicht diese Art von Fakten. Jeder andere scheint mit meiner Mutter sprechen zu können, nur ich nicht.«

Was spielte es für eine Rolle. Sie hatte Greg. Mit Greg hatte sie immer reden können. Wenn andere davon erzählten, dass man an einer Ehe »arbeiten« müsse, verstand sie nicht, was sie meinten. Sie und Greg waren einfach nur da. Sie passten zusammen wie Hand in Handschuh oder Fuß in Schuh. Sie mussten an gar nichts arbeiten.

Sie aßen am Tisch ihrer gemütlichen Küche zu Abend, während der Wintersturm um das Haus fegte und an den Fenstern rüttelte. Nachdem sie fertig waren und aufgeräumt hatten, machten sie es sich auf dem Sofa gemütlich.

Jenna schenkte Greg nach, und er sah sie fragend an.

»Versuchst du, mich betrunken zu machen?«

»Ich bin ein ungezogenes Mädchen, du erinnerst dich? Diesem Ruf will ich gerecht werden.« Sie streifte ihre Schuhe ab, zog die Beine unter sich und rückte an ihn heran, presste sich dicht an seinen festen, starken Körper.

Anders als bei ihr hatte sich sein Körper in den letzten zehn Jahren kaum verändert. Greg glaubte daran, dass Training half, die Stimmung zu kontrollieren, und war der Gemeinde ein Vorbild, indem er im Fitnessstudio trainierte und am Strand joggte. Resultat war ein Körper, der genauso in Form war, als wäre Greg noch immer achtzehn.

Sie dachte daran, was Andrea gesagt hatte.

Wäre ihre Ehe mit Greg anders, wenn sie zuvor andere Beziehungen gehabt hätten? »Wünschst du dir manchmal, du hättest dich damals ausgetobt und deinen Samen verstreut?«

»Wie bitte?« Er rückte leicht von ihr ab, um sie anzusehen. »Du willst, dass ich unter die Bauern gehe?«

Sie lachte und nahm noch einen Schluck Wein. »Du bist kein Morgenmensch. Du wärst ein schrecklicher Bauer.«

»Warum dann die Frage?«

»Nicht wichtig. Ignorier mich. Lass uns ins Bett gehen.«

Er sah sie fragend an. »Es ist nicht der richtige Zeitpunkt in deinem Zyklus, um schwanger zu werden, oder?«

Sie fühlte sich schlagartig schuldig, und ihr Schuldgefühl wurde verstärkt durch den Umstand, dass sie diese Berechnungen ebenfalls angestellt hatte. »Es ist nicht der richtige Zeitpunkt, um schwanger zu werden, aber das ist ja nicht der einzige Grund, um Sex zu haben.«

»Ist es nicht?«

»Was soll das heißen?«

»Nur, dass es in letzter Zeit der einzige Grund zu sein schien, warum du mit mir ins Bett wolltest.« Er stellte sein Weinglas ab, umfasste ihr Gesicht und küsste sie.

Greg war der einzige Mann, den sie je geküsst hatte, wenn man das eine Mal mit Will Jones hinter dem Fahrradschuppen nicht zählte. Was sie nicht tat, weil das Teil einer Wette gewesen war. Ihr Liebesleben hatte sich mit der Zeit verändert. Der Sex mit Greg war nicht mehr so schwindelerregend und aufregend wie beim ersten Mal – *Nimm das Mom: Der heilige Greg und ich hatten schon vor der Ehe Sex* –, doch in vielerlei Hinsicht war er besser. Vertrauter. Intimer.

Als er seinen Kuss vertiefte, legte er auch seinen anderen Arm um sie. Jenna rückte näher an ihn heran und fühlte etwas Hartes an ihrer Hüfte. »Ist das etwa dein Handy?«

»Nein, das ist mein riesiger Penis und der Grund, warum du mich geheiratet hast.« Er küsste ihren Hals, doch sie schob ihn von sich und stellte ihr Glas neben seines auf den Tisch.

»Warte! Greg – warum ist das in deiner Hosentasche?«

»Mein Penis?«

»Dein Handy!«

Er seufzte. »Weil ich mein Handy immer dort habe. Wo sollte es sonst sein?«

»Überall anders! Du sollst deine Hoden kühl halten und das Handy nicht in der Hosentasche tragen. Darüber waren wir uns einig.«

Greg fluchte leise und ließ sie los. »Das ist verrückt, Jenna. Du bist besessen.«

»Ich bin fokussiert. Fokussiert ist gut. Fokussiert sorgt dafür, dass man die Dinge schafft.«

»Du denkst nur daran, schwanger zu werden. Wann haben wir zum letzten Mal über etwas gesprochen, das nichts mit Sex oder Babys zu tun hatte? Und Gespräche über deine Mutter zähle ich nicht dazu.«

»Beim Abendessen.« Sie lächelte triumphierend. »Wir haben darüber geredet, das Schlafzimmer oben zu renovieren.«

»Weil du es in ein Kinderzimmer verwandeln willst, obwohl du nicht schwanger bist.«

Ups. »Letzte Woche hatten wir eine ausgiebige Diskussion über Politik.«

»Und die Auswirkungen, die sie auf unsere möglichen Kinder haben könnte.«

Das stimmte.

»Möglich, dass ich ein bisschen zu sehr auf eine Schwangerschaft fokussiert bin. Das passiert eben, wenn man etwas möchte, das man nicht haben kann. Als ob man auf Diät ist. Wenn man keinen Schokoladenbrownie essen darf, denkt man nur noch daran, einen Schokoladenbrownie zu essen. Man träumt von Brownies. Und die Brownies bestimmen das ganze Leben. Du bist Psychologe. Du solltest das wissen!«

Greg atmete langsam durch. »Liebling, wenn du dich einfach nur …«

»Sag mir nicht, dass ich mich entspannen soll, Greg. Und nenn mich nicht in diesem Ton Liebling. Das macht mich fuchsteufelswild.«

»Ich weiß, aber Jenna, du musst dich wirklich entspannen. Wenn dich etwas zu sehr beschäftigt, dann ist die Lösung dafür, sich auf andere Dinge zu konzentrieren. Um den Brownie zu vergessen, musst du an etwas anderes denken.«

»Cupcakes?«

Seine Miene war ebenso amüsiert wie verzweifelt. »Eine meiner Klientinnen eröffnet ein neues Yoga-Studio in Oak Bluffs. Vielleicht solltest du dorthin gehen. Du würdest es bestimmt entspannend finden.«

»Ich würde es enervierend finden.« Sie dachte an die Frau auf dem Zeitschriftencover. »Dort werden lauter abgeklärte Leute mit perfekten Körpern sein, die ihr Leben alle unter Kontrolle haben. Ich müsste sie umbringen, und das wäre für niemanden entspannend.«

Greg griff nach seinem Weinglas. »Okay, kein Yoga. Tai-Chi? Kickboxen? Buchclub?«

»Meine Mutter leitet den Buchclub, und angesichts der Tatsache, dass ich zuletzt nach dem Buchtitel *Wie man es schafft, seine Mutter nicht umzubringen* gesucht habe, glaube ich, dass ich als Mitglied nicht willkommen wäre.«

»Geh in einen anderen Buchclub. Gründe deinen eigenen. Tu irgendetwas. Irgendetwas, das dich von Babys ablenkt.«

»Du meinst, du willst keine Babys haben?«

»Das meine ich nicht.« Er trank seinen Wein aus. »Ich möchte Babys, aber ich glaube, dass diese ganze Panik nicht hilfreich ist.«

Sie erinnerte sich, wie er ausgesehen hatte, als sie ihn am Morgen vom Fenster aus beobachtet hatte: völlig niedergeschlagen.

Sie wollte ihn gerade fragen, wie er sich wegen der ganzen Sache fühlte, als ihr Handy klingelte.

Sie ignorierte es.

Natürlich wollte Greg Babys. Oder?

Er blickte von ihr zu dem Handy. »Willst du nicht drangehen?«

»Dieses Gespräch ist wichtiger als mein Telefon.« Das Handy hörte auf zu klingeln, und Greg beugte sich vor, um zu sehen, wer sie angerufen hatte.

»Es war Lauren.«

Jenna sah ihn verständnislos an. »Was?«

»Deine Schwester.« Er warf ihr das Handy zu. »Wir können Ed zum Geburtstag gratulieren.«

Warum hatte sie das Gefühl, dass er erleichtert war über die Unterbrechung des Gesprächs?

»Aber ist es in London nicht mitten in der Nacht?«

»Es war offenbar eine großartige Party.« Er erhob sich und ging zur Tür.

»Wo gehst du hin?«

Er lächelte. Ein normales, Greg-typisches Lächeln. »Ich packe. Wenn du mit deiner Schwester sprichst, bedeutet das, dass ich mir sechs Monate freinehmen kann. Eure Gespräche sind nicht gerade kurz.«

»So schlimm sind wir auch wieder nicht.«

»Nein, du hast recht. Ein zweiwöchiger Urlaub würde reichen. In der Zwischenzeit mache ich uns Kaffee.« Greg ging in die Küche, und Jenna sah ihm nach.

Alles würde gut werden. Natürlich würde es das.

Sie war mit Greg verheiratet, und Greg wusste in jeder Situation, wie man mit Problemen umging.

Wer brauchte Yoga, wenn man mit seinem eigenen Therapeuten verheiratet war?

Sie nahm ihr Weinglas, streckte die Beine auf dem Sofa aus und machte es sich gemütlich für ein langes Gespräch mit ihrer Schwester. Es stimmte, dass ein Telefonat mit Lauren im letzten Monat fast zwei Stunden gedauert hatte, doch sie lebten schließlich Tausende von Meilen auseinander! Was erwartete er? Und sie freute sich, dass Lauren anrief. Sie könnte ihr von dem Schwangerschaftstest erzählen. Schnell wählte sie die Nummer ihrer Schwester. »Hallo, Lauren! Herzlichen Glückwunsch an Ed! Wie war die Party? Ich wollte dich morgen anrufen. Ist unser Geschenk angekommen?« Weil sie davon ausging, dass alles perfekt war, brauchte sie ein paar Minuten, um das zu begreifen, was ihre Schwester sagte. »Was? Lauren, ich kann dich kaum verstehen. Weinst du?« Sie setzte sich unwillkürlich auf und verschüttete dabei den Wein über ihre Jeans. »Sag das noch mal!«

Als Jenna das Telefonat beendet hatte, stand sie unter Schock.

Ihre Hände zitterten so sehr, dass sie das Handy beinahe fallen gelassen hätte.

Greg kam zurück ins Wohnzimmer und stellte zwei Becher auf den Couchtisch. »Ist die Verbindung unterbrochen oder so was?«

»Nein.«

»Warum dann nur so kurz? Ich wollte mit Ed sprechen.«

»Das kannst du nicht.« Ihre Lippen fühlten sich merkwürdig an, als wollten sie sich nicht bewegen. »Ed ist …« Sie brach ab, und er sah sie an.

»Ed ist was?«

Jenna fühlte sich zitterig und ganz taub. Ihre Augen füllten sich mit Tränen. »Er ist tot. Heute war sein vierzigster Geburtstag. Er wurde von einer der Reinigungskräfte an seinem Schreibtisch gefunden. Sie glauben, dass es ein Herzinfarkt war. Meine arme Schwester.« Sie erinnerte sich an die Qual in der Stimme ihrer Schwester und versuchte nicht einmal, die Tränen zurückzuhalten. Wie würde Lauren ohne Ed leben? Was würde sie tun? »Ich muss zu ihr.« Sie spürte den Verlust, den ihre Schwester erlitten hatte, so intensiv, als wäre es ihr eigener.

Greg wirkte erschüttert. Er nahm ihr das Glas aus der Hand und zog sie auf die Füße. »Ich buche ein Ticket, während du packst.«

Ihr Gehirn arbeitete in Zeitlupe. »Wir können nicht … ich kann nicht …« Sie konnte nicht klar denken. »Es ist Schule und …«

»Ich sag ihnen Bescheid. Ich kümmere mich um alles.«

»Was ist mit dem Geld? Wir haben schon entschieden, dass wir uns keinen Sommerurlaub leisten können.«

»Manche Dinge sind wichtiger als Geld.«

Sie widersprach nicht. Ausgeschlossen, dass sie nicht zu ihrer Schwester reiste.

Nur wenige Stunden zuvor hatte sie Lauren beneidet, und nun lag Laurens Leben in Scherben.

Es war nicht zu glauben. Ungerecht.

Und sie hatte noch daran gedacht, die eigenen Probleme bei ihr abzuladen.

Jenna ging halb benommen ins Schlafzimmer und holte ihren Koffer hervor. Ohne darüber nachzudenken, was sie zusammenpackte, stopfte sie ein paar Sachen hinein. Sie konnte nur an ihre Schwester denken, ihre große Schwester, die immer für sie da gewesen war und sie durch dick und dünn begleitet hatte.

Es gab nichts, was ihre Schwester nicht von ihr wusste.

Absolut nichts.

»Es ist alles gebucht.« Greg tauchte im Türrahmen auf, das Telefon in einer und seine Kreditkarte in der anderen Hand. »Nimm Pullover mit. Und einen Mantel. Es ist kalt in England. Und einen Schirm, denn es wird vermutlich regnen. Und vergiss nicht, dein Handy aufzuladen, damit ich dich erreichen kann.«

»Was? Oh ja.« Sie warf ein paar dicke Socken in den Koffer, hilflos und voller Angst. Sie fühlte sich unzulänglich. »Was soll ich tun, Greg? Was sagt man einer Schwester, die ihren Ehemann verloren hat? Ich wünschte, du würdest mitkommen.«

Doch sie wussten beide, dass er das nicht konnte. Es gab Menschen, die sich auf ihn verließen, und niemand konnte für ihn einspringen.

»Ich rufe dich jeden Abend an. Und du kannst mir Nachrichten schreiben. Ich verspreche, dass ich mein Handy nicht bei Pamela lasse.«

Es schien eine Ewigkeit her zu sein, dass sie darüber gelacht hatten.

Jenna sah sich im Schlafzimmer um und versuchte, sich darauf zu konzentrieren, was sie noch mitnehmen musste. Lauren hätte eine Liste gemacht. Sie hatte vermutlich bereits eine Liste für Notfall-Reisen auf ihrem Laptop. Alles würde geprüft werden. Rote Häkchen für die Hin-, blaue Häkchen für die Rückreise.

Jenna hatte keine Liste abzuarbeiten.

Sie war die Unorganisierte. Lauren war die Perfekte.

Doch das perfekte Leben ihrer perfekten Schwester war nicht länger perfekt.

7. Kapitel

Lauren

Witwe: eine Frau, deren Ehemann verstorben ist

Sie hatte nie erwartet, sich mit achtzehn zu verlieben. Das gehörte nicht zu ihrem Plan. Sie hatte ihr Leben bereits klar vor sich gesehen. Sie würde zum College gehen und danach einen Job in New York City bekommen. Sie würde den Glanz und die Geschäftigkeit des Großstadtlebens aufsaugen und alles lernen über Design, bis sie bereit wäre, ihr eigenes Geschäft zu gründen.

Das war immer ihr Traum gewesen.

Und dann war sie ihm begegnet.

Ihre Beziehung begann mit einem Blick. Bis zu diesem Tag hatte sie nicht gewusst, dass man so viel ohne Worte kommunizieren konnte. Es war mehr als Interesse. Zwischen ihnen bestand eine Verbindung.

Es war der Sommer, bevor sie für das College fortgehen wollte, und sie verbrachte die langen, heißen Monate mit dem, was all die anderen Teenager auch taten: hart arbeiten, um Geld für den Winter zu verdienen. Sie hatte drei Jobs, einer davon bestand darin, in einem Fischrestaurant die Tische sauber zu halten.

Sie räumte gerade auf der Sonnenterrasse einen der Tische ab und zählte die Stunden bis zum Schichtende, als ein Mann zum Selbstbedienungstresen schlenderte.

Etwas an der Art, wie er sich bewegte, erregte ihre Aufmerksamkeit. Er hatte etwas Ruhiges an sich, ein unaufdringliches Selbstvertrauen, das vielen Jungen ihres Alters fehlte, weil sie noch unbeholfen mit ihrer eigenen Identität kämpften.

Er trug schwarze Jeans und ein schwarzes T-Shirt und hatte sein Cap tief ins Gesicht gezogen.

Als er ein Bündel Geldscheine aus der Tasche zog, fiel sein Blick auf Lauren.

Sie hatte lange Beine und blondes Haar. Sie war es gewöhnt, dass Jungs sie ansahen. Sie hatten ein Alter erreicht, in dem sich alles um Sex drehte, wer »es« getan hatte und wer nicht.

All ihre engen Freundinnen hatten Sex und prahlten mit ihrer Erfahrung. Cassie hatte ihre Jungfräulichkeit in einem Feld in der Nähe von Chilmark verloren und ihren Eltern irgendwie erklären müssen, warum sie einen Ausschlag vom Giftsumach hatte. Kellys erste Erfahrung hatte auf dem Rücksitz des Cadillacs ihres Vaters stattgefunden, auf einem verlassenen Parkplatz.

Auch Lauren gab vor, dass sie Sex gehabt hätte, denn sie wollte ihre geheimsten Ängste nicht preisgeben. Sie bezweifelte, dass sie die Einzige war, doch ihre Gründe, damit zu warten, unterschieden sich vermutlich von den meisten.

Sie befürchtete, dass sie eine Phobie haben könnte. Bei dem Gedanken an Sex fing ihr Herz an zu rasen, und ihre Handflächen wurden feucht. Das war nicht normal, oder? Die anderen Mädchen sprachen über nichts anderes, weshalb sie davon ausging, dass es aufregend und schön sein sollte und nicht Angst einflößend.

Weil sie nicht wusste, wie sie reagieren würde, wollte sie sich auf keinen Fall auf jemanden aus ihrer Schule einlassen. Was, wenn sie durchdrehte und sich lächerlich machte? Innerhalb von Stunden wüsste jeder auf der Insel, dass Lauren Stewart frigide war.

Dieser Mann war anders. Zunächst mal war er älter, und er war ein Fremder. Eindeutig niemand von der Insel. Aber er sah auch nicht wie ein Tourist aus. Seine Hände waren ölbefleckt und seine Stiefel abgestoßen. Ein Saisonarbeiter, entschied sie und fragte sich, warum er sie so sehr beschäftigte.

Sie hatte keine Ahnung, wie lange der Blick dauerte und wie er geendet hätte, weil ihre Fantasie ihr in genau diesem Augenblick eine verstörend lebhafte Vorstellung davon lieferte, wie es wohl wäre, von ihm geküsst zu werden. Sie war real genug, dass ihr die Luft wegblieb und tief in ihrem Bauch Hitze aufloderte – ein Gefühl, das sie nie zuvor verspürt hatte. Was dazu führte, dass sie über einen Stuhl stolperte und eine Flasche Bier umwarf.

Ihr Gesicht brannte vor Scham, und als sie alles wieder aufgeräumt hatte und es wagte, in seine Richtung zu sehen, war er verschwunden.

Er hatte weder gelächelt noch ihr zugenickt. Der Unbekannte hatte sie in keinster Weise gegrüßt. Doch sie wusste, dass er sie in allen Einzelheiten beschreiben könnte, würde man ihn fragen.

Sie überlegte, ob sie erleichtert oder erschrocken sein sollte, dass sie tatsächlich die gleichen Gefühle wie ihre Freundinnen empfinden konnte.

Bis ihr der Mann in Schwarz, der nicht lächelte, aufgefallen war, hatte sie keinerlei Drang verspürt, herauszufinden, ob sie wirklich ein Problem hatte. Sie hatte sich sogar gefragt, ob sie vielleicht ganz ohne Sex durchs Leben gehen würde.

Doch jetzt konnte sie an nichts anderes mehr denken.

Sie arbeitete noch immer daran, unauffällig etwas über ihn zu erfahren, als sie ihn wiedersah.

Sie hatte sich am späten Abend aus dem Haus geschlichen und war am Strand spazieren gegangen.

Nur ein anderer Mensch war dort zu sehen, und schon aus der Ferne erkannte sie, dass er es war.

Sie hatte sich entscheiden müssen. Sie hätte weitergehen oder umkehren können.

»Danke, dass ihr alle hier seid.« Ihre Stimme hallte in dem riesigen Raum wider.

Eine Woche zuvor hatte sie Eds Geburtstagsparty geplant. Jetzt sprach sie auf seiner Beerdigung.

Sie konzentrierte sich auf das fleckige Fenster im hinteren Teil der Kirche, denn das war einfacher, als die Menschen in den Sitzreihen anzusehen. Es war bitterkalt. Lauren hörte nicht auf zu zittern.

Nur verschwommen erinnerte sie sich an den Abend der Geburtstagsparty. Sie erinnerte sich, wie die Polizeibeamten ins Haus traten, wie Gwen wimmerte, wie die gaffenden Gäste aus dem Haus schlichen und Beileidsbekundungen statt Geburtstagsglückwünsche murmelten.

Und nun sollte sie etwas Sinnvolles sagen, wo doch in alldem kein Sinn lag.

»Ich bin Ed mit achtzehn zum ersten Mal begegnet, und ich wusste sofort, dass er der perfekte Mann für mich war.«

Das stimmte doch, oder nicht? Der Umstand, dass sie auf ihrer Liste der idealen Eigenschaften eines Lebenspartners ein Kästchen nicht hatte abhaken können, bedeutete nicht, dass er nicht perfekt war.

»Wir trafen uns zufällig am Strand in Martha's Vineyard, wo ich aufgewachsen bin, und es bestand sofort eine Verbindung zwischen uns.«

Ich weinte, Ed war betrunken.

Wir waren beide untröstlich.

Wir waren beide verliebt, aber nicht ineinander.

Entscheidungen, hatte sie erfahren müssen, brachten Konsequenzen mit sich.

Voller Angst, dass ihr übermüdetes Hirn ihre Rede mit ihren Gedanken verwechselte, blickte sie zu Boden. Was, wenn sie einen Fehler machte und die falschen Dinge aussprach?

Was, wenn sie zum ersten Mal in ihrem Leben die Wahrheit aussprach?

»Ed und ich wussten, dass wir für immer zusammenbleiben würden.« Nur dass Ed dieses Versprechen gebrochen hatte und gestorben war. *Warum?* Er achtete auf sein Gewicht und trainierte. Menschen wie er starben nicht zusammengesunken über ihrem Schreibtisch. Sie fühlte sich betrogen. Wütend. Am Boden zerstört. Erst ein Schluchzer in der ersten Reihe erinnerte sie wieder daran, dass sie eine Rede halten sollte. »Es war romantisch.«

Es war ganz und gar nicht romantisch gewesen.

Es war praktisch gewesen. Vernünftig. Eine Entscheidung von zwei Menschen, die lieber planten, als impulsiv zu handeln.

Sie blickte auf das extravagante Blumengesteck mit Lilien hinten in der Kirche und wusste, dass sie nie wieder Lilien im Haus haben konnte.

»Ed machte mir am Strand beim Sonnenuntergang einen Antrag.«

Es gab zustimmendes und mitfühlendes Gemurmel von den Trauergästen, die aufmerksam zuhörten. Sie fragte sich, was sie sagen würden, wenn sie ihnen die Wahrheit erzählte.

Es hatte keinen Antrag gegeben. Zumindest nicht im ursprünglichen Sinn.

Ed hatte den Arm um sie gelegt.

Du steckst in Schwierigkeiten. Ich stecke in Schwierigkeiten. Wir haben beide eine schlechte Wahl getroffen, was eben passiert, wenn man seine Gefühle entscheiden lässt. Lass uns heiraten. Ich mag dich. Du magst mich. Das ist eine bessere Grundlage für eine Ehe als Liebe. Liebe ist für Dichter und Künstler. Aus Liebe zu heiraten ist, als baute man sein Haus auf Treibsand. Du weißt nie, wann das Ganze zusammenbricht.

Sie hatte dem nicht widersprechen können.

Sie war emotional taub gewesen und hatte Angst vor der Zukunft gehabt.

Lauren erinnerte sich, wie Ed sie umarmte, ihr sagte, dass alles gut werden würde, dass sie einander retten würden, und der Schmerz in ihrer Brust wurde fast unerträglich.

Das hatten sie getan. Sie hatten einander gerettet. Doch nun hatte er sie verlassen.

Was sollte sie ohne ihn tun?

Sie hatten einen Deal gehabt …

»Wir haben gleich geheiratet …« Ihre Stimme brach leicht, und sie räusperte sich. »Ich erinnere mich, dass ich bei Macks Geburt dachte, jetzt ist unsere Familie komplett. Perfekt. Unser Leben war perfekt.«

Sie blickte zu Mack, die neben Jenna saß, das Gesicht zu einer Maske erstarrt. Lauren brach es bei ihrem Anblick das Herz. Sie hatte alles getan, um Mack ein stabiles, sicheres Familienleben zu geben, doch sie hatte sie nicht vor dem hier bewahren können.

Sie brachte ein paar weitere Sätze hervor. Wie großartig Ed seine Familie stets mit allem versorgt hatte, was sie benötigen könnten, was für ein guter Freund er war und wie sehr er vermisst werden würde.

Während sie dort vorn in der Kirche stand und versuchte, nicht in die vielen Gesichter zu sehen, fühlte sie sich einsamer als je zuvor in ihrem Leben.

Sie sehnte sich plötzlich nach ihrem Zuhause, nach der Gemeinschaft, in der sie aufgewachsen war.

Als ihr Vater gestorben war, hatte Lauren sofort einen Flug nach Martha's Vineyard gebucht und war drei Wochen lang dortgeblieben. Der Kühlschrank war so voll gewesen, dass sie sich während des gesamten Aufenthalts keine Gedanken ums Einkaufen oder Kochen machen musste. In der Küche standen Aufläufe und selbst gebackene Kuchen. Die Nachbarn bildeten einen Hilfsdienst. Ihre Mutter sollte alles aufschreiben, was getan werden musste, vom Rasenmähen bis zum Müllrausbringen, und dann wurden die Aufgaben unter ihnen verteilt. Sie hatten sich von der Gemeinschaft getragen gefühlt.

Lauren fühlte sich nicht getragen. Sie fühlte sich allein und ungeschützt.

Sie registrierte eine Bewegung und sah, wie ihre Schwester Macks Hand ergriff.

Jenna, die den ersten möglichen Flug genommen hatte, um an ihrer Seite zu sein. Sie trug einen dunkelblauen Mantel, und durch den gnadenlosen englischen Regen kräuselte sich ihr Haar rebellisch. Jenna, deren Liebe und Loyalität außer Zweifel standen.

Und die Lauren daran erinnerte, dass sie nicht allein war.

Ein Gefühl der Dankbarkeit stieg in ihr hoch. Dass ihre Schwester dort saß, half ihr, die letzten Sätze ihrer Rede durchzustehen, ohne mit etwas Unpassendem herauszuplatzen.

Sie dachte noch immer an das letzte Gespräch mit Ed.

Sie ist nicht das Problem.

Was hatte er ihr sagen wollen? Sie wusste es nicht und würde es nun nie erfahren.

Sie nahm am Sarg Abschied und ging dann zurück auf ihren Platz.

Sie spürte, wie Jenna die Hand in ihre schob, so wie sie es getan hatte, als sie Kinder waren.

Schwestern halten immer zusammen.

Lauren versuchte, nicht daran zu denken, wie sie mit allem fertigwerden sollte, wenn Jenna wieder fort war. Vielleicht konnte sie sie überreden, bei ihr einzuziehen. Es gab genug Schulen in London.

Jenna konnte überall arbeiten, und Greg hätte auch keine Schwierigkeiten, Arbeit zu finden. Fast alle, die sie kannte, brauchten einen Therapeuten, auch wenn es ihnen nicht immer bewusst war.

Aber sie wusste, dass Jenna niemals von Martha's Vineyard fortgehen würde.

Vielleicht könnte Lauren in diesem Sommer länger dortbleiben. In der Vergangenheit war ihr Aufenthalt begrenzt gewesen, weil Ed wieder in London sein musste, doch Ed musste nun nirgendwo mehr hin. Und wenn Greg arbeitete, konnten sie, Jenna und Mack Zeit miteinander verbringen.

Sie wollte sich gerade hinüberbeugen und Mack sagen, dass sie nichts sagen musste, wenn sie das nicht wollte, als ihre Tochter aufstand.

Sie ging nach vorne. Ausnahmsweise hielt sie sich gerade, als hätte sie ihre Größe endlich akzeptiert.

Seit dem Partyabend war sie sogar noch wortkarger geworden.

Lauren sagte sich, dass es ganz natürlich war, dass Mack sich zurückzog. Sie hatte ihren Vater verloren. Lauren hatte schon eine Trauerbegleiterin speziell für Teenager gefunden. Sie wollte sie anrufen, sobald die Beerdigung vorbei war, und konnte diesen Moment kaum erwarten.

Lauren wünschte ihrer Tochter, dass sie die Kraft hatte, die nächsten Minuten zu überstehen.

Die erwartungsvolle Stille wurde nur von einem gelegentlichen Räuspern und ersticktem Schluchzen unterbrochen.

Mack sagte nichts.

Das Schweigen dauerte so lange an, dass die Leute begannen, unruhig zu werden. Aus Erwartung wurde Ungeduld.

Lauren verspürte einen starken Beschützerdrang.

Warum hatte sie Mack erlaubt, das zu tun? Sie war sechzehn Jahre alt. Es war zu viel für sie.

Sie wollte gerade nach vorne gehen wie eine Henne, die ihr Küken zurückholt, als das Küken den Mund öffnete.

»Ich soll ein paar Worte über meinen Vater sagen.« Macks klare und feste Stimme durchschnitt die angespannte Atmosphäre in der Kirche.

Lauren entspannte sich.

Ihre Tochter hatte offenbar Sinn für Dramatik. Sie würde es schaffen.

»Das Problem ist«, sagte Mack, »dass ich nicht genau weiß, wer mein Vater ist. Das müssen Sie meine Mutter fragen. Ich weiß nur mit absoluter Sicherheit, dass Ed es nicht war.«

8. Kapitel

Jenna

Aufschrecken: von etwas überrascht werden oder vor etwas Angst haben

»Wo hast du Becher?« Jenna strich durch Laurens Küche. Jeder Schrank war sauber und aufgeräumt. Sie versuchte, nicht an ihre Küche zu Hause zu denken, wo unterschiedliche Teller neben nicht zueinanderpassenden Bechern einsortiert waren, die ihre Schüler bemalt hatten. Auf den Bechern standen Dinge wie »Weltbeste Lehrerin« oder »Superwoman«. Es war, als tränke sie ihren Kaffee mit Untertiteln.

Laurens Becher waren weiß und passten alle zusammen. Kein Sprung. Keine abgestoßene Stelle. Nicht eine einzige Aufschrift oder ein Bild. Ihr Heim sah aus, als wäre es einem dieser Hochglanzmagazine entsprungen, denen Lauren als Jugendliche verfallen war.

Jenna blickte zu ihrer Schwester. Sie trug jetzt schwarze Yoga-Hosen und einen schwarzen Rollkragenpullover. Ihr Haar hatte sie zu einem strengen Knoten am Hinterkopf gebunden, und die Blässe ihrer Haut unterstrich die dunklen Schatten unter ihren Augen.

Ihre Schwester könnte in einem Horrorfilm mitspielen, ohne vorher in die Maske zu müssen, dachte Jenna. Sie nahm an, dass Lauren den größten Teil der Nacht weinte, auch wenn sie es schaffte, tagsüber die Fassung zu bewahren.

Nach Macks Enthüllung war die Zusammenkunft eher eine Farce als eine Beerdigung gewesen. Ihre Worte hatten die Atmosphäre so dramatisch erschüttert, dass die Schockwellen eigentlich auf der Richterskala hätten messbar sein müssen.

Jedem stand der Mund offen, außer Mack. Im Nachhinein wünschte Jenna, ihre Nichte hätte ihn erst gar nicht aufgemacht.

Zuerst war sie davon ausgegangen, dass nur die Trauer aus ihr sprach, doch dann hatte sie das erstarrte Gesicht ihrer Schwester gesehen und Zweifel bekommen. Sie kannte diesen Ausdruck. Den gleichen Gesichtsausdruck hatte Lauren als Kind, wenn sie bei etwas erwischt worden waren, das sie nicht tun sollten. Wie damals, als William Foster sie angezeigt hatte, weil sie seine Hühner rausgelassen hatten.

Jenna überlegte, was sie über die Beziehung ihrer Schwester wusste.

Lauren und Ed waren sich am Strand begegnet und hatten einen Monat später geheiratet. Das war stürmisch, doch jeder, der Ed kennenlernte, konnte verstehen, warum Lauren sich in ihn verliebt hatte, sodass niemand viele Fragen stellte.

Als Mack kaum neun Monate später geboren wurde, hatte Jenna sich gefragt, ob Lauren schon bei der Hochzeit schwanger gewesen war, doch warum auch nicht?

Jetzt fühlte sie sich wie eines ihrer Schulkinder, das eine einfache Rechenaufgabe lösen sollte. *Wenn Jane vier Äpfel hat und Mary einen wegnimmt, wie viele Äpfel bleiben Jane dann noch?*

Konnte sie eine Affäre gehabt haben? Nein. Lauren war schon schwanger gewesen, als sie aus den Flitterwochen zurückkam.

Wie konnte Ed nicht Macks Vater sein?

Genau wie Mack und alle anderen Gäste bei der Beerdigung wollte Jenna die Antwort auf diese Frage wissen.

Lauren hatte nicht ein Wort gesagt, seit sie von der Beerdigung zurückgekehrt waren.

Jenna wollte Greg anrufen und um Rat bitten, doch seit wann brauchte sie Gregs Hilfe, um mit ihrer Schwester zu sprechen, jemandem, den sie fast so gut kannte wie sich selbst?

Sie holte zwei perfekt aufeinander abgestimmte Becher aus dem Schrank, setzte Wasser auf und kochte Tee.

Das war doch das, was die Briten in einer Krise taten, oder nicht? Sie tranken Tee. Lauren lebte seit sechzehn Jahren hier, was sie einer Britin so ähnlich machte wie nur möglich für jemanden, der nicht hier geboren war. »Hat Mack die Wahrheit gesagt?« Jenna schob einen Stapel Papiere zur Seite und stellte die beiden Becher auf den Tisch.

Lauren starrte auf den Tee, nahm den Becher jedoch nicht. »Ja.«

Jenna setzte sich neben sie und nahm ihre Hand. »Warum hast du mir das nicht gesagt?«

»Ich habe es keinem Menschen gesagt.«

Ich bin nicht irgendein Mensch. Ich bin deine Schwester. »Seit wann sprechen wir nicht miteinander?«

»Ich wollte meine Tochter schützen. Ich hatte immer vor, es ihr zu sagen, doch ich wollte warten, bis ich sicher sein konnte, dass sie alt genug ist, es zu verstehen. Ich wollte, dass sie in einem sicheren, stabilen Zuhause aufwächst und weiß, dass sie geliebt wird. Ich wollte, dass sie keine Zweifel oder Ängste haben muss. Ich wollte nicht, dass sie …« Sie sah Jenna aus wunden, erschöpften Augen an. Ein Meer von Erinnerungen tat sich zwischen ihnen auf.

»Du wolltest nicht, dass sie wie wir wird.«

Laurens Augen glänzten. »Du bist vermutlich der einzige Mensch, der das versteht.«

Jenna spürte, wie sich Schweißtropfen in ihrem Nacken bildeten. »Möchtest du darüber sprechen?«

Bitte lass sie nicht darüber sprechen wollen.

»Nein. Es ist nicht wichtig.«

Es war schon komisch, dachte Jenna, wie sie es beide geschafft hatten, die Vergangenheit zu ignorieren. Als ob man mit einem wilden Raubtier in einem Raum wäre und hoffte, dass es einen nicht anfallen würde, wenn man es nicht ansah.

»Wenn es deine Entscheidungen beeinflusst, ist es wichtig.«

»Hat es deine nicht beeinflusst?«

Jenna spürte, wie ihre Wangen heiß wurden. »Hier geht es um dich, nicht um mich. Du hast etwas sehr Wichtiges vor deinem Mann und deiner Tochter geheim gehalten.«

»Nein, das habe ich nicht. Ed war einverstanden, dass wir warten sollten, bis Mack älter ist. Wir hatten vor, uns bald mit ihr zusammenzusetzen und es ihr zu sagen.«

»Was – du sagst, Ed wusste davon?«

»Von Anfang an.«

»Und er hat dich trotzdem geheiratet?«

»Er hat mich deswegen geheiratet.« Lauren ließ Jennas Hand los und griff nach einem Becher Tee. »Es ist kompliziert.«

Das konnte man so sagen.

Jenna verarbeitete noch immer die Tatsache, dass es einen wichtigen Teil im Leben ihrer Schwester gab, den Lauren vor ihr verborgen hatte. »Hast du ihm alles erzählt? Er wusste also auch von …«

»Nein. Das nicht. Nur von Mack. Und nur um sie geht es jetzt. Sie hat ihren Vater verloren und kann nun nicht einmal richtig trauern, weil sie so verwirrt ist.« Laurens Stimme zitterte, und sie blickte zu der Tür, die Mack sofort nach ihrer Heimkehr zugeschlagen hatte.

»Wird es ihr wieder gut gehen? Bitte sag mir, dass alles wieder in Ordnung sein wird.«

»Es wird ihr wieder gut gehen«, sagte Jenna und hoffte, dass dies der Wahrheit entsprach. »Mack wird natürlich Zeit brauchen, aber sie wird darüber hinwegkommen und du ebenfalls. Und ihr habt einander.«

»Im Moment ist ihr das, glaube ich, kein Trost. Sie ist so wütend auf mich.« Lauren putzte sich die Nase. »Sie weiß offenbar schon seit einer ganzen Zeit, dass Ed nicht ihr Vater war. Es erklärt so vieles. Sie ist seit Kurzem so schwierig. Launisch. Ich dachte, da könnte etwas sein, das sie mir nicht erzählt …« Sie sah Jenna an, die mit den Schultern zuckte.

»Niemand weiß besser als die Stewart-Schwestern, woran man erkennt, dass jemand etwas verbirgt, nicht wahr? Weißt du, wie sie es herausgefunden hat?«

»Sie hat als Teil ihres Geschichtskurses an einem Vorfahren-Projekt gearbeitet. Ich schätze, dass es damit zu tun haben muss. Die Einzelheiten habe ich noch nicht geklärt. Aber warum ist sie nicht zu mir gekommen? Warum hat sie mich nicht gefragt?«

»Ähm – haben wir je mit Mom über Dinge gesprochen?«

»Nein, aber wir haben mit Mom über gar nichts gesprochen. Mack und ich haben aber über alles miteinander geredet.«

Fast alles, dachte Jenna.

»Hat Ed Mack adoptiert?«

Lauren starrte in ihren Tee. »Nein. Wir haben darüber beraten, aber zum einen hätte das bedeutet …«, sie atmete tief durch, »… den Vater zu kontaktieren, und das wollten wir beide nicht. Später hätte es Besuche von Sozialarbeitern bedeutet, die darauf bestanden hätten, dass wir es ihr gleich sagen. Wir hatten immer vor, es ihr zu sagen, doch wir wollten es tun, wenn wir das Gefühl hatten, dass sie damit umgehen könnte. Und ich wollte nicht, dass das schon in so jungen Jahren wäre. Außerdem war da noch Eds Mom.«

»Was ist mit seiner Mom?«

Lauren schüttelte den Kopf. »Es spielt keine Rolle.«

»Sie wusste das mit Mack nicht?«

»Ed wollte nicht, dass sie es erfährt.« Lauren spielte mit ihrem Becher. »Er wusste, dass Gwen es auf keinen Fall akzeptieren würde, dass er das Kind eines anderen Mannes großzog.«

Jenna dachte an die Frau, der sie bei der Beerdigung begegnet war. »Ist sie immer so?«

Lauren nahm schließlich einen Schluck Tee. »So was?«

»Furchterregend. Wütend. Drachenmäßig.« *Unbarmherzig*. Die Unfreundlichkeit ihrer Schwester gegenüber hatte sie schockiert. »Beachte gar nicht, was sie gesagt hat. Sie ist verzweifelt, und die Leute sagen unter solchen Umständen Dinge, die sie nicht so meinen.« Sie war ziemlich sicher, dass sie das Greg irgendwann mal hatte sagen hören.

»Sie mag mich nicht.«

»Was hast du ihr je getan? Vor heute, meine ich …«

»Ich habe ihren Sohn geheiratet.«

»Das macht dich zu ihrer Schwiegertochter, nicht zu ihrem Feind.«

»Ich war nicht das, was sie sich für Ed gewünscht hat.«

»Aber du bist wunderschön, liebenswürdig, loyal …«

»… und Amerikanerin. Es war wie eine Neuauflage von Edward und Mrs. Simpson.« Lauren stellte den Becher ab. »Ed war vor mir mit jemandem zusammen. Sie war diejenige, die seine Mutter sich als Schwiegertochter gewünscht hat.«

»Aber offenbar wollte er sie nicht heiraten.«

»Tatsächlich wollte er das, doch sie … Die Situation war ebenfalls kompliziert.« Lauren klang erschöpft. »Sie war bei der Beerdigung. Caroline Fordyce Smith. Sie saß in der Kirche neben Gwen.«

Jenna hatte die ganze Veranstaltung nur noch verschwommen vor Augen. »Die Blonde mit dem toten Vogel auf dem Kopf?«

Lauren lächelte schwach. »Ich glaube, das sollte ein Hut sein.«

»Ach ja? Wenn das auf meinem Kopf gelandet wäre, hätte ich einen Kammerjäger gerufen. Ed hatte Glück, dass er ihr entkommen ist.« Erleichtert, dass ihre Schwester fast lächelte, fuhr Jenna fort. »Warum ging es zu Ende zwischen ihnen?«

Eine lange Pause entstand.

»Ed kann keine Kinder zeugen.« Laurens Augen füllten sich mit Tränen, und sie schüttelte den Kopf. »Ich mache das immer noch. Ich spreche von ihm in der Gegenwart und begreife dann, dass er tot ist.«

Jenna wusste nicht, was sie sagen sollte, und nahm deshalb einfach die Hand ihrer Schwester.

Lauren blinzelte, um die Tränen zurückzuhalten. »Niemand weiß das. Außer Caroline natürlich. Ed wollte nicht, dass die Leute es erfahren. Ich sage es dir nur, weil er tot ist …« Ihre Stimme zitterte. »Und weil ich dir vertraue. Seine Mom weiß es nicht. Mack weiß es ebenfalls nicht. Sie hat sich immer einen kleinen Bruder oder eine kleine Schwester gewünscht, aber natürlich konnte das nie Wirklichkeit werden.«

»Warum konnte er keine Kinder zeugen?« Jenna fröstelte. Allein der Gedanke an jemanden, der keine Kinder haben konnte, beunruhigte sie.

»Es hatte etwas mit einem Unfall während seiner Collegezeit zu tun.«

Jenna entspannte sich leicht. Das war nichts, was auf ihre Situation zutraf. Das konnte sie von der Liste streichen.

»Und dann hat Toter-Vogel-Caroline ihn sitzen lassen?«

»Ja. Und sie sagte ein paar schreckliche Dinge. Ich schätze, sie war ebenfalls verstört und enttäuscht, aber ihre Worte haben sich Ed eingebrannt. Seine Mutter glaubt, dass sie Schluss gemacht haben, weil Ed mich traf, und Ed wollte ihr nicht die Wahrheit sagen. Er hasste es, dass er nie Vater werden würde.« Lauren umschloss den Becher mit beiden Händen. »Ich glaube, die meiste Zeit hat er sich selbst vorgemacht, dass Mack sein Kind sei.«

»Warum saßen sie zusammen in der Kirche? Weiß sie nicht, dass Caroline ihn sitzen gelassen hat?«

»Nein. Sie sind befreundet geblieben. Bizarr.«

Was für ein Durcheinander. »Ich weiß, dass du betroffen bist wegen dem, was gerade passiert ist, aber die Leute werden das rasch vergessen.«

»Die Tatsache vergessen, dass Ed nicht Macks Vater ist? Das glaube ich nicht.«

»Es geht sie nichts an. Die einzigen Menschen, die hier wirklich zählen, seid ihr zwei, du und Mack.«

Lauren massierte sich mit den Fingern die Schläfe. »Ich rede hier die ganze Zeit nur über mich, wie egoistisch. Wie geht es dir? Du hast vermutet, du könntest schwanger sein.«

Jenna fühlte sich, als hätte ihr jemand einen Schlag in die Magengrube versetzt. »Dieses Mal hat es nicht geklappt.«

Lauren sah sie mitfühlend an. »Es tut mir leid …«

»Keine große Sache.« Sie fing den zweifelnden Blick ihrer Schwester auf und zuckte mit den Schultern. »Okay, es ist eine große Sache. Lass uns ein anderes Mal darüber sprechen. Im Moment seid ihr wichtiger, du und die arme Mack. Du solltest zu ihr gehen. Trinkt sie Tee?« Mack war eher Britin als Amerikanerin, oder? »Du könntest ihr einen bringen.«

Die Erwähnung von Mack schien Lauren aufzuscheuchen. »Ich sollte noch mal versuchen, mit ihr zu reden, aber ohne Tee. Sie würde ihn mir vermutlich ins Gesicht schütten.« Sie atmete tief durch. »Ich dachte, der Tag, an dem Ed starb, sei der schlimmste Tag meines Lebens, aber dieser kommt nah an ihn heran.«

Jenna wusste nicht, was sie sagen sollte. »Ich fühle mich hilflos, aber ich bin für dich da.«

»Ich bin dankbar, dass du hergekommen bist.« Lauren lächelte schwach. »Wenn ich mir eine Schwester hätte aussuchen können, ich hätte dich gewählt.«

Diese Worte aus ihrer gemeinsamen Kindheit zu hören ging Jenna ans Herz. »Wir stehen das hier durch.«

»Ich hoffe.« Lauren rührte sich nicht. »Da ist noch etwas. Bevor Ed an dem Morgen aus dem Haus ging, hat er sich merkwürdig verhalten. Wir haben uns über Mack unterhalten, und er sagte: ›Sie ist nicht das Problem.‹ Was bedeuten sollte, dass wir ein anderes Problem haben.«

»Welches?«

Lauren schüttelte den Kopf. »Keine Ahnung.«

»Vergiss es. Ich bin sicher, dass es nichts war.« Ihr Handy klingelte, und Jenna griff danach in der Erwartung, Gregs Nummer auf dem Display zu sehen. »Oje – es ist Mom.«

»Ich kann jetzt nicht mit ihr reden.« Lauren stand so abrupt auf, dass sie ihren Becher umwarf. Der restliche Tee ergoss sich über den Tisch und die Papiere, die darauf lagen.

»Ich mach das …« Jenna, die es gewohnt war, mit übereifrigen Kindern umzugehen, hob die Papiere hoch und warf ein Küchentuch auf die sich ausbreitende Lache.

Sie schüttelte die Flüssigkeit von den Dokumenten. »Ist das etwas Wichtiges?« Sie sah auf die verwischte Schrift. »Sieht wie eine Liste aus.«

»Ich habe sie in der Nacht von Eds Tod geschrieben. Ich wollte nichts vergessen.«

Ed war gestorben, und ihre Schwester hatte Listen geschrieben? »Die ist vier Seiten lang.«

»Es gibt vieles, woran man denken muss, wenn jemand stirbt.«

Jenna legte die Zettel in sicherer Entfernung von dem feuchten Fleck ab. »Wenn du etwas vergisst, wird dir das sicherlich niemand vorwerfen.« Das Handy klingelte noch immer, und Jenna beugte sich vor, um es stumm zu stellen. »Ich rufe sie später zurück.«

Lauren warf ihr einen dankbaren Blick zu. »Danke. Sie hat angeboten, herzukommen, aber ich habe abgelehnt. Ich habe ihr gesagt, dass es zu weit sei. Ich … ich konnte damit nicht umgehen. Erbärmlich, ich weiß.«

»Du musst mir das nicht erklären.« Ihre Mutter war großartig in einer Krise, vorausgesetzt, die Krise betraf nicht ihre eigene Familie. »Ich rufe sie an, wenn ich mich gewappnet habe. Hast du irgendwas

Stärkeres als Tee? Wein vielleicht? Wenn ich mit Mom über etwas Ernsthaftes sprechen soll, muss ich betrunken sein oder Pillen nehmen.«

Lauren schien sie nicht zu hören. Sie schlafwandelte durch die Küche, als wäre sie ferngesteuert.

»Ich werde nach Mack sehen. Ich weiß, dass sie jetzt nicht mit mir sprechen will, aber sie muss viele Fragen haben.«

Sie alle hatten Fragen. Zum Beispiel: *Wer ist Macks Vater, wenn Ed es nicht war?*

Lauren hielt im Türrahmen inne. »Ich bin froh, dass du hergereist bist.«

»Ich auch.« Plötzlich überkam Jenna eine Welle der Zuneigung für ihre Schwester. »Wir werden all das durchstehen, ich verspreche es. Komm mit mir nach Hause.«

»Nach Martha's Vineyard? Das kann ich nicht machen. Mein Leben ist jetzt hier. Und Mack hat hier ihre Schule und ihre Freundinnen …«

»Ist das wirklich der Grund?«

»Was meinst du?«

Jenna zuckte mit den Schultern. »Ich hatte immer das Gefühl, dass es einen Grund gibt, warum du so wenig Zeit dort verbringst.« Und es hatte ihre Gefühle verletzt, dass ihre Schwester, die über unbegrenzte finanzielle Mittel zu verfügen schien, nicht öfter in ihre alte Heimat geflogen war. Sie war nicht zur Party anlässlich Gregs dreißigstem Geburtstag erschienen und auch nicht zu der Hochzeit einer ihrer Schulfreundinnen. Es war, als ob etwas auf der Insel sie abschreckte.

Nun fragte sich Jenna, ob es etwas mit Macks wirklichem Vater zu tun hatte.

»Ed hatte immer zu tun.«

Aber du hättest ohne ihn kommen können. »Sicher. Vergiss es.«

Lauren umklammerte den Türgriff. »Erzähl Mom nicht das von Mack. Noch nicht. Ich muss mir noch überlegen, wie ich damit umgehe.«

»Es gibt niemanden, der ein Geheimnis besser bewahren kann als ich. Das solltest du wissen.«

Aber vielleicht, dachte Jenna, hatten sie gelernt, ihre Geheimnisse ein bisschen zu gut zu bewahren.

Sie wartete, bis Lauren die Treppe halb hinaufgegangen war, bevor sie Greg anrief.

Später Abend in London bedeutete, dass es auf Martha's Vineyard später Nachmittag war. Vermutlich verabschiedete er gerade seinen letzten Klienten, doch sie verspürte ein verzweifeltes Verlangen, mit ihm zu sprechen. Wenn es eines gab, dass einen den eigenen Ehemann garantiert wertschätzen ließ, dann war es mit anzusehen, wie eine andere Frau den ihren verlor.

Dankbarkeit: ein Gefühl von Erkenntlichkeit oder Wertschätzung.

»Hey, Liebling.« Der Klang seiner Stimme fühlte sich an wie eine kühle Brise an einem Sommertag.

»Hey, du. Ich liebe dich.«

»Ich dich auch. Wie läuft es?«

»Furchtbar.« Sie brachte ihn auf den neuesten Stand, wobei sie den Teil, dass Ed keine Kinder zeugen konnte, wegließ.

»Du wusstest es nicht? Aber ihr zwei sprecht doch über alles.«

»Offenbar nicht.« Und das sollte sie nicht bekümmern, oder? Ein Mensch musste nicht jede kleine Sache über einen anderen wissen, auch nicht, wenn diese andere Person die eigene Schwester war. »Lauren redet jetzt mit Mack.«

»Das wird kein leichtes Gespräch. Schließlich ist das nicht gerade die Neuigkeit, die man hören möchte, wenn man an der Schwelle zum Erwachsenwerden steht.«

»Lauren ist eine großartige Mutter. Was auch immer du von ihrer Entscheidung hältst, sie hat das getan, von dem sie aufrichtig glaubte, dass es das Beste für Mack sei.« Während sie ihre Schwester verteidigte, fragte sie sich, was sie wohl in der gleichen Situation getan hätte.

»Niemand bezweifelt ihre Absichten. Aber zu entdecken, dass deine Eltern nicht das sind, wofür du sie gehalten hast, ist eine schwierige Sache, wenn ein Kind so alt ist wie Mack.«

Jenna spürte einen Anflug von Gereiztheit. »Könntest du mal fünf Minuten aufhören, Therapeut zu sein? Wir sprechen hier über meine Schwester. Meine Familie. Lauren hatte ihre Gründe.«

Und sie wusste, welche Gründe das waren.

Ein kalter Schauer durchfuhr sie.

Verdammt, Lauren, warum hast du nicht mit mir darüber gesprochen?

Aber es klang, als hätte Ed es Mack ebenfalls nicht sagen wollen.

Weil sie plötzlich den Jetlag spürte, streifte sie sich die Schuhe ab und wollte sich auf dem Sofa ausstrecken. Dann entschied sie aber, dass es zu makellos aussah, um darauf herumzulümmeln, und zog ihre Schuhe wieder an. Sie dachte an ihr eigenes gemütliches Wohnzimmer mit dem Sofa, das Gregs Eltern ihnen vermacht hatten, und den Esstisch, den sie von seiner Großmutter hatten. Sie überkam ein so starkes Heimweh, dass sie einen Moment lang nicht atmen konnte. »Tut mir leid, dass ich so gereizt bin. Ich vermisse dich. Ich wünschte, du wärst hier. Ich wusste nicht, dass mich ein solches Drama erwartet.«

»Mir tut es leid. Es war ein langer Tag. Ich schätze, ich habe vergessen, den Therapeuten im Sprechzimmer zu lassen, als ich durch die Tür nach Hause gegangen bin. Du wirst das hinkriegen, Liebling, ich weiß, dass du das schaffst.«

Ihre Beziehung mit Greg war nichts, was sie näher untersuchte oder worüber sie überhaupt nachdachte. Andere Leute sagten, sie hätte Glück, und sie wusste, dass dem so war, doch sie wachte morgens nicht auf und dachte: *Ich Glückliche, ich bin mit Greg Sullivan verheiratet*. Doch heute Abend dachte sie genau das. Heute Abend fühlte sich das, was sie hatten, kostbar an. Als hätte sie seit Jahren ein wertvolles Stück aus Chinaporzellan in ihrem Haus und verstünde erst jetzt seinen wahren Wert.

Sie umklammerte das Handy fester und warf einen raschen Blick zur Tür, um zu überprüfen, dass sie noch allein war. Sie fühlte sich schuldig, weil sie an ihre eigenen Probleme dachte, während ihre Schwester durch die Hölle ging. »Es tut mir leid, wenn es so wirkt, als wäre ich von der Sache mit dem Baby zu besessen. Ich verspreche, mich mehr zu entspannen. Wenn ich zurück bin, werde ich zum Yoga gehen. Und ich werde mir ein Buch über Achtsamkeit kaufen. Ich verspreche, dass ich es dir nicht an den Kopf werfe.«

Sie redeten noch etwas länger und verabschiedeten sich dann.

Jenna ging in den Flur und blickte die Stufen hinauf, wo Lauren vor einer Stunde verschwunden war.

Die Erkenntnis, dass sie und Lauren sich nicht mehr so nahestanden wie einst, erschütterte sie.

Aber vielleicht war das unvermeidlich.

Sie ging zurück ins Wohnzimmer und starrte hinaus auf die Straße. Das Haus ihrer Schwester war groß, aber dennoch von anderen Häusern umschlossen. Am Gebäude gegenüber wurde gerade bis zum Keller gegraben, man hörte Baulärm und sah Staubwolken.

Sie hatte vergessen, wie es sich in einer Stadt lebte, mit dem Lärm, den Menschenmengen und dem vielen Verkehr, der das Überqueren einer Straße gefühlt zum Extremsport machte.

Es erinnerte sie an ihre ersten Monate am College in Boston. Zuerst war es aufregend gewesen, von der Insel fort zu sein, doch mit der Zeit war der Glanz verblasst, und sie hatte Martha's Vineyard vermisst. Sie vermisste es, zum Strand hinunterzugehen und mit den Fischern über ihren Fang zu sprechen. Sie vermisste es, Bekannte zu treffen, wenn sie losging, um Brot zu kaufen. Sie vermisste die Sonnenaufgänge und die salzige Luft, das Gefühl von Sand unter ihren Füßen und wie der Wind in ihr Haar fuhr. Am meisten hatte sie Greg vermisst, der auf ein College in New York City gegangen war. Es hatte sich angefühlt, als hätte jemand einen Teil von ihr fortgerissen.

Fühlte sich Lauren ohne Ed auch so?

Schon ein paar Tage in der Gesellschaft ihrer Schwester ließen sie erkennen, wie falsch sie damit gelegen hatte, sie zu beneiden.

Man konnte nie sicher sein, was im Leben eines anderen vor sich ging.

Gerade sie hätte das wissen müssen.

9. Kapitel

Mack

Demütigen: etwas sagen oder tun, wodurch sich der andere schämt oder sich dumm vorkommt

Ich hasse mein blödes Leben.

Mack lag in der Dunkelheit und wünschte, das Haus würde zusammenfallen und sie unter Trümmern begraben.

Sie hatte nicht damit herausplatzen wollen. Sie hatte ein paar nette Dinge über ihren Dad – Ed? Wie sollte sie ihn überhaupt nennen? – sagen und sich dann hinsetzen wollen, doch was dann aus ihrem Mund kam, war nicht das, was sie geplant hatte. Ein gewaltiger Fehler. Und jetzt wusste sie nicht, was sie tun sollte. Sie hatte endlos geweint und nicht gewusst, ob sie um sich selbst oder um Ed weinte.

Sie wusste, dass sie sich verrückt aufführte.

Sie fühlte sich verrückt, seit sie entdeckt hatte, dass ihr Dad nicht ihr Dad war.

Das war der schlimmste Tag ihres Lebens gewesen. Sie hatte angefangen zu zittern wie ein kleines Kind an seinem ersten Tag im Kindergarten. Sie hatte Panik gehabt, dass jemand es herausfinden könnte, und nun hatte sie den Albtraum wahr werden lassen.

Abigail, Phoebe und Tracy hatten bei der Beerdigung in der letzten Reihe gesessen, vermutlich, um sie moralisch zu unterstützen. Und David war auch da gewesen. David von der benachbarten Jungenschule, mit dem sie eine Zeit lang Blicke getauscht hatte. Normalerweise schauten Jungs sie nicht an, doch sie hatte insgeheim gehofft, dass er sie ins Kino einladen würde oder so etwas. Sie hatte sogar versucht, sich »mädchenhafter« zu geben, doch es hatte alles nichts genützt.

Es würde in der ganzen Schule rumgehen, dass Mackenzie nicht wusste, wer ihr Vater war. Einige Kinder in ihrer Klasse hatten geschiedene Eltern, doch zumindest wussten sie, wer sie waren. Niemand hatte Probleme, was seine Identität anging. Sie würde in die Klasse kommen, und jeder würde sie anstarren. Sie stünde auf dem Präsentierteller, wie ein Ausstellungsstück im Museum.

Ihr kam eine Idee. Wild, verzweifelt, aber möglich.

Sie konnte fortlaufen.

Niemand konnte sie anstarren, wenn sie nicht da war, oder? Sie müsste nie wieder zur Schule gehen. Sie hatte ein bisschen gespart, und wenn sie einen Push-up trug und eine Tonne Make-up auflegte, würde sie für achtzehn durchgehen. Sie könnte einen Job bekommen. Würde sie dafür ihren Pass brauchen? Ihre Geburtsurkunde?

Stöhnend rollte sie sich auf den Rücken und starrte an die Decke. Sie war noch immer mit diesen winzigen fluoreszierenden Sternen bedeckt, mit denen ihre Mutter sie geschmückt hatte, als Mack sechs gewesen war. An der Wand über ihrem Bett hingen Bücherregale, sodass sie nur den Arm nach einem Buch ausstrecken musste, wenn sie nicht schlafen konnte, was deprimierend oft vorkam. Am dichtesten stand ihre zerfledderte Ausgabe von *Moby Dick* und daneben *Der alte Mann und das Meer*. Ihre Mutter hatte sie einpacken und auf den Speicher bringen wollen, doch Mack wollte sich nicht von ihnen trennen.

In der Schule mochte sie Englisch oder das Schreiben von Essays nicht besonders, doch sie las gern, und diese Bücher verbanden sie mit ihrer Vergangenheit. Sie gaben ihr das Gefühl, irgendwohin zu gehören. Nicht nach London, wo sich die Autos und die Menschen so dicht drängten, dass man meinen konnte, zu ersticken, sondern irgendwo ans Meer, wo es Luft und Raum zum Atmen gab. Ihr liebster Ort auf der ganzen Welt war das Kapitänshaus auf Martha's Vineyard, in dem ihre Großmutter lebte. Dort gab es ein Zimmer im ersten Stock, in dem Mack immer schlief, wenn sie zu Besuch war. Wenn man seine Augen halb schloss, konnte man sich vorstellen, auf einem Schiff zu sein.

Vielleicht konnte sie einen Job auf einem Boot ergattern und so wie ihre Vorfahren Monate auf dem Meer verbringen.

Nicht auf Walfang wie damals, so etwas Grausames würde sie nie tun, aber irgendetwas, das dafür sorgte, dass sie mindestens ein Jahr nicht an Land sein würde.

Wenn sie richtig Glück hatte, würde sie wie Robinson Crusoe Schiffbruch erleiden.

Alles war verlockender, als am Montag wieder in die Schule zu gehen.

Sie wünschte, es hätte dieses blöde Vorfahren-Projekt nie gegeben, dann hätte sie niemals ihre Geburtsurkunde ausgegraben und die Wahrheit herausgefunden.

Statt eines Eintrags, der den Namen des Vaters angeben sollte, war dort nur ein Strich gewesen. Ein *Strich*. Als ob sie aus dem Nichts aufgetaucht wäre.

Sie hatte ihn mindestens eine Stunde lang angestarrt und war sicher gewesen, dass dies ein Fehler war.

Ihre Eltern mussten die Urkunde falsch ausgefüllt haben. Irgendein blöder Behördenmensch musste schwerhörig gewesen sein. *Hallo? Warum hat da jemand einen Strich gemacht? Der Name des Vaters ist Edward Hudson. Hudson wie der Fluss.*

Sie hatte eine Suchmaschine mit Fragen bombardiert.

Was bedeutet es, wenn der Name des Vaters nicht auf der Geburtsurkunde steht?

Kann auf einer Geburtsurkunde etwas Falsches stehen?

Sie wollte, dass es eine andere Erklärung dafür gab, irgendetwas Simples, doch die simple Wahrheit war, dass sie keine Ahnung hatte, wer ihr Vater war, und ihr die Geburtsurkunde kein bisschen half.

Jedes Mal, wenn sie das Dokument ansah, verspürte sie eine Welle von Scham.

Und fast so schlimm wie die Tatsache, dass sie die Identität ihres Vaters nicht kannte, war der Gedanke, dass ihre Mutter Sex mit jemandem gehabt hatte. Wenn es eines gab, woran Teenager niemals denken wollten, dann daran, dass Eltern Sex hatten.

Sie schüttelte den Kopf, um das Bild rasch loszuwerden.

Sie war ihrer Mutter immer nah gewesen, doch jetzt konnte sie nicht einmal in einem Zimmer mit ihr sein, ohne sie sich mit einem Mann vorzustellen. Es war widerlich.

Sie hatte Angst gehabt, dass ihr Dad es herausfinden und sie verlassen könnte. Dann müsste sie wie einige Kinder in ihrer Klasse zwischen sich bekämpfenden Eltern hin- und herpendeln.

Doch nun würde Ed es niemals herausfinden.

Er würde niemals wiederkommen.

Es war, als hätte jemand ihre Gefühle in einen Mixer geworfen. *Ein Teil Elend, zwei Teile Furcht, ein Teil Wut und eine Handvoll frisch geernteter Verbitterung. Alles auf höchster Stufe so lange vermengen, bis man keine einzelne Zutat mehr identifizieren kann, und dann hat man ihn – den Psycho-Smoothie. Trink ihn in einem Zug und frag dich, ob du dich je wieder normal fühlen wirst.*

Ihr Handy leuchtete auf, und sie las Phoebes Namen auf dem Display.

Phoebe die Träumerin. Phoebe, die – wenn sie wüsste, was Mack durchmachte – vermutlich sagen würde: *Bist du sicher, dass du nicht eine heimliche Prinzessin bist?*

Wusste ihr echter Dad überhaupt von ihrer Existenz? Würde er plötzlich auftauchen und versuchen, sie in ein völlig anderes Leben zu ziehen? Sie wollte wissen, wer sie war und was als Nächstes geschehen würde, doch offensichtlich war ihre Mutter am Ausrasten, sodass keine Aussicht auf ein richtiges Gespräch bestand. Und ehrlich gesagt war Mack auch nicht sicher, ob sie selbst darüber sprechen wollte. Was, wenn die Wahrheit noch schlimmer war? Vielleicht war ihr Dad ein Axtmörder oder so etwas. Vielleicht hatte er alte Damen zerstückelt oder kleine Kinder missbraucht.

Vielleicht war ein Strich auf ihrer Geburtsurkunde sogar besser.

Sie vernahm ein sanftes Klopfen an der Tür, stopfte rasch das Handy unters Kopfkissen und rollte sich auf die Seite, sodass sie der Tür den Rücken zukehrte.

»Mack?«

Immerhin sprach ihre Mutter wieder. Als sie in der Kirche verstummt war, hatte Mack Angst gehabt, dass sie sie umgebracht hätte oder so etwas.

Sie hörte, wie die Tür aufging, dann Schritte. Das Bett sank ein, als ihre Mutter sich neben sie setzte. Sie strich ihr übers Haar, wie sie es immer getan hatte, als Mack klein gewesen war. Mack hätte am liebsten wieder geweint. Sie war so wütend auf ihre Mutter, und dennoch brauchte sie sie mehr als je zuvor.

Immer wenn Mack ein Problem hatte, sprach sie mit ihrer Mutter darüber. Sie rastete nie aus wie all die anderen Mütter, die sie kannte. Phoebes Mutter hielt ihr Vorträge. Abigails Mutter kreischte, manchmal auch in Macks Anwesenheit, was superpeinlich war. Ihre Mutter hörte zu. Sie hatten immer zusammen gelacht. Weil ihre Mutter jünger war als die anderen Mütter, schien sie manchmal mehr wie eine ältere Schwester zu sein. Und ihre Freundinnen hatten sie alle beneidet. Aber jetzt nicht mehr.

Dieses Mal stellte ihre Mutter selbst das Problem dar. Sie hatte gelogen. Wie konnte Mack ihr je wieder vertrauen?

Mit einer ruckartigen Kopfbewegung entzog sie sich der liebkosenden Berührung, auch wenn ein Teil von ihr sich verzweifelt danach sehnte.

»Sprich mit mir, Mack. Du bist sehr wütend, und das verstehe ich.«

»Du bist diejenige, die sprechen sollte.« Sie fühlte körperliche Übelkeit. Was, wenn sie sich wie ein kleines Kind auf ihr Bett übergab?

»Könntest du dich wenigstens umdrehen, damit ich dein Gesicht sehen kann?«

»Warum?« Mack drehte sich um, wobei ihr die Haare ums Gesicht flogen. »Suchst du nach Ähnlichkeiten? Versuchst du herauszufinden, wer mein Vater ist?« Sie hatte gedacht, sie könnte sich nicht schlechter fühlen, als sie es schon tat, doch sie sah den Schmerz in den Augen ihrer Mutter und begriff, dass es doch möglich war.

Wie konnte man auf jemanden wütend sein und sich zugleich schuldig fühlen?

Ihre Mutter atmete tief durch. »Ich muss nichts herausfinden. Ich weiß genau, wer dein Vater ist, Mack.«

10. Kapitel

Lauren

Verzweiflung: völliger Verlust von Hoffnung

Lauren sah auf ihre Tochter hinab. Wie sollte sie damit am besten umgehen?

So hatte sich der heutige Tag nicht entwickeln sollen.

Sie hatte einen Plan gehabt für die Beerdigung. Vierundsechzig sorgfältig aufgelistete Punkte, alle mit einem roten Häkchen versehen. Nirgendwo auf der Liste stand: *Mack von ihrem echten Vater erzählen.*

Sie hatte immer vorgehabt, das zu tun, wenn der richtige Zeitpunkt da war, und dieser Zeitpunkt war nicht jetzt. Mack war verletzt und verwirrt, und genau das hatte sie vermeiden wollen.

Sie hatte nicht einmal die Gelegenheit gehabt, ihre eigenen Gefühle zu sortieren, und nun musste sie sie zurückstellen, um sich auf die Gefühle ihrer Tochter zu konzentrieren. Sie musste eine Mutter sein, nicht eine hinterbliebene Ehefrau. Und eine bessere Mutter, als sie es bisher gewesen war. Wie hatte alles nur so schiefgehen können, wo sie doch so angestrengt versucht hatte, es richtig zu machen?

»Wir hatten immer vor, es dir zu sagen, aber wir haben auf den besten Zeitpunkt gewartet.«

Mack setzte sich ruckartig auf. Ihre Wimperntusche war unter den Augen verschmiert, und ihre Haare waren zerzaust. »Der beste Zeitpunkt war bereits vor langer Zeit.«

»Vielleicht. Ich weiß nicht. Ich wollte, dass du mit einem Gefühl der Sicherheit und des Vertrauens aufwächst. Wir haben gewartet, dass du alt genug bist, um es zu verstehen, bevor wir es dir sagen wollten. Ed war in jeder Hinsicht, die von Bedeutung ist, dein Vater. Ich wollte nicht, dass du es so herausfindest.«

»Dass ich was herausfinde? Dass du eine Affäre hattest? Das ist *widerlich*.«

Es hatte ihr ganzes Leben verändert. In den seltenen Momenten, in denen sie sich die Erinnerung gestattete, spürte sie noch immer die Berührung seiner Hände und die Wärme seines Mundes. Den Sand an ihrem nackten, bebenden Körper. Als sie mit ihm zusammen gewesen war, hatte sie den elektrisierenden Kitzel gespürt, am Leben zu sein.

»Ich hatte keine Affäre. So war es nicht. Ich war deinem Va… war Ed immer treu.«

»Ich kann rechnen! Wie auch immer du es rechnest, du warst bereits mit mir schwanger, als du Ed geheiratet hast.«

»Ja«, sagte Lauren, »das war ich.«

»Also was? Hattest du in den Flitterwochen Sex mit einem anderen Mann?«

Lauren verschränkte die Finger im Schoß, um das Zittern ihrer Hände zu verbergen. Sie hatte seit einer Woche nicht geschlafen. Sie verbrachte die Nächte weinend, bestürzt von ihrer eigenen Trauer. Sie hatte nicht gewusst, dass ein einzelner Mensch so viel Wasser verlieren konnte. Tagsüber behielt sie meist die Fassung, doch es war eine solche Anstrengung, dass sie nichts essen konnte. Ihr Kopf fühlte sich an, als wäre er mit Wolle ausgestopft, und ausgerechnet in diesem Zustand musste sie das schwierigste Gespräch ihres Lebens hinter sich bringen. Sie war kaum in der Lage, Worte zu finden, geschweige denn die richtigen. »So war es nicht.«

»Wie war es dann? Bist du gestolpert und auf einen Typen gefallen und warst – ups! – plötzlich schwanger? Wie?«

Daran zu denken gehörte zu ihren verbotenen Beschäftigungen. Es führte nur allzu leicht zu dem Gedanken: *Was, wenn*? Doch nun musste sie nicht nur daran denken, sondern auch darüber sprechen, und nicht nur mit Mack.

Sie fragte sich, wie viel sie sagen sollte. »Bevor ich Ed kennenlernte, war ich … in jemand anderen verliebt.«

»Du machst Witze.« Macks Augen weiteten sich und zeigten jene teenagertypische Ungläubigkeit, die immer dann zutage trat, wenn die Eltern sich auch nur als menschlich offenbarten. »In wen?«

Musste sie wirklich darüber sprechen? Was für ein Beispiel würde sie ihrer Tochter geben? »Er war jemand … Unpassendes.«

»Was soll das denn heißen?«

»Er war älter als ich. Erfahrener.« Was nicht allzu schwer war, da sie überhaupt keine Erfahrung gehabt hatte. »Nicht der Typ Mann, der sich niederlässt. Er lebte für den Augenblick. Er liebte Boote und das Meer, weshalb er manchmal Rundfahrten für Touristen anbot. Und er baute Boote. Er hatte geschickte Hände.« Sehr geschickte Hände. Sie erinnerte sich, wie sie ihn bei der Arbeit auf dem Bootsdeck beobachtet hatte. So jemanden wie ihn hatte sie noch nie zuvor gesehen. Sie hatte ihren Blick nicht von seinem Körper abwenden können. Breite muskulöse Schultern, die vor Schweiß glänzten. Dunkles gelocktes Haar bedeckte seine Brust. Ein mächtiger Bizeps, der sich bei der Arbeit wölbte. Sein Anblick ließ sie auf eine Art an Sex denken, bei der sich ihre Haut ganz heiß und prickelnd anfühlte. Und dann hatte er bemerkt, dass sie dort am Dock stand, und hatte ihr einen Blick zugeworfen, der ihr den Atem verschlagen hatte. »Manchmal verbrachte er den Tag am Strand beim Surfen. Er lebte auf einem Boot …« Sie räusperte sich. »Manchmal auf einem, das jemand anderem gehörte und für das er keine Genehmigung besaß. Wenn der Eigentümer ihn erwischte, musste er am Strand schlafen. Er hatte es nicht so mit Verantwortung.« Das war die Untertreibung des Jahrhunderts.

»Wow …« Mack riss die Augen auf. »Dann hattest du also einen One-Night-Stand mit einem Bad Boy?«

Es war schon merkwürdig, was einen Teenager beeindruckte.

»Ich würde nicht sagen …« Ihr wurde das extreme Unbehagen bewusst, das damit verbunden war, einer leicht zu beeindruckenden Teenagertochter die eigenen Fehler zu beichten. *Tu, was ich sage, aber tu nicht, was ich getan habe.* »Wir waren nicht … ich weiß nicht, wie ich es beschreiben soll.«

Mack stand der Mund offen. »Aber du bist perfekt«, platzte sie heraus, und Lauren lachte freudlos auf.

»Du hast keine Ahnung, wie sehr ich davon entfernt bin.«

»Wie hast du ihn kennengelernt?«

»Er kam in das Restaurant, in dem ich gearbeitet habe.«

»Und ihr kamt ins Gespräch?«

»Nein, nicht bei diesem ersten Mal.«

Es war mehr als sechzehn Jahre her, und noch immer erinnerte sie sich, wie sie sich an jenem Tag gefühlt hatte. Der köstliche Kitzel. Die rauschhafte Aufregung. Das unglaubliche Hochgefühl, weil er sie bemerkt und wahrgenommen hatte.

»Und dann hattet ihr einen One-Night-Stand. Hat Grams davon gewusst?«

»Nein.«

»Du hattest Angst, was sie sagen würde?«

»Ich habe nie viel mit Grams geredet. Nicht so, wie du und ich es tun.« Oder es zumindest getan hatten. Sie wusste jetzt, warum Mack sich über Nacht so verändert hatte.

Mack schlang die Arme um ihre Knie. Ihr Gesicht war blass. »Wie lange hat es gedauert?«

»Den ganzen Sommer, bevor ich zum College gegangen wäre.«

Es war der beste Sommer ihres Lebens gewesen. Der Sommer, an dem sich alle folgenden Zeiten des Glücks messen lassen mussten und an dem sie alle scheiterten. Sie hatte Jahre gebraucht, um zu erkennen, dass nichts davon real gewesen war. Selbst wenn ihre Beziehung angedauert hätte, würde sie nicht so sein, wie sie damals gewesen war.

»Und als Grams es schließlich herausfand, ist sie ausgerastet?«

»Ich habe nie darüber gesprochen, ich habe ihn nie mit nach Hause gebracht, und sie hat uns nie zusammen gesehen.« Sie sah Macks Verblüffung. »Ich weiß, ich bin eine Heuchlerin, weil ich von dir erwarte, mir alles zu erzählen. Ich möchte dir das Gefühl geben, dass du das kannst. Aber dieses Gefühl hatte ich bei Grams nicht.«

»Du hast ihn geliebt?«

»Ja.« Hätte es gehalten, wenn sie zusammengeblieben wären? Sie hatten nie die Gelegenheit gehabt, voneinander gelangweilt zu sein oder sich zu streiten. »Er hat mich auch geliebt, doch er war nicht der Typ Mann, der Verantwortung übernehmen will. Er hatte eine schwierige Kindheit. Ich möchte nicht, dass du glaubst, ich wäre mit jemandem zusammen gewesen, der keine Gefühle für mich hatte. Und ich möchte nicht, dass du meine Erfahrung als Ermunterung für sexuelle Abenteuer siehst.«

Mack schnaubte vor Lachen. »Eine Beziehung mit achtzehn ist nicht unbedingt ein sexuelles Abenteuer, auch wenn der Typ kein Haus hat. Also hast du gemerkt, dass du schwanger bist, und hast Panik bekommen, weil du mich nicht wolltest.«

Lauren spürte die Verletztheit ihrer Tochter. »Ich wollte dich. Ich wollte alles. Ihn, dich, ein Zuhause auf der Insel – ich wollte ein gemeinsames Leben.« Sie war naiv gewesen. Sie hatte versucht, das Leben in ein ordentliches Päckchen zu quetschen, ohne zu begreifen, dass es so nicht funktionierte.

Sie hatte nicht geschlafen. Nicht gegessen. Sie hatte kein Leben ohne ihn gewollt. Und weil ihre Beziehung geheim war, musste sie Gefühle verbergen, die zu groß waren, um sie zu verstecken.

Das war das einzige Mal in ihrem Leben, dass sie nicht mit ihrer Schwester geredet hatte.

Mack zupfte an der Bettdecke. »Wusste er, dass du schwanger bist?«

»Ja. Ich fand es nicht richtig, ihm das zu verschweigen. Jeder Mann hat das Recht zu erfahren, dass er Vater wird.«

»Also ist er ausgerastet, und du hast ihn nie wieder gesehen?«

»Nein. Er war geschockt, das stimmt, weil wir verhütet hatten.« Sie betonte das, woraufhin Mack mit den Augen rollte.

»Vergiss es, Mom. Du wirst mir bitte nie wieder einen Vortrag über dieses Thema halten.«

Lauren entschied, dass dies keine Angelegenheit für diesen Moment war. »Aus irgendeinem Grund hat es nicht funktioniert. Er fragte mich, was ich tun wollte.«

»Er wollte, dass du mich abtreibst?«

»Nein. Über diese Möglichkeit haben wir nie gesprochen. Keiner von uns wollte das. Er sagte, dass er mich heiraten würde, wenn ich das wollte.«

Mack verdrehte die Augen. »Herrje. Romantisch. Nein. Als ob du das tatsächlich in Betracht gezogen hättest.«

Sie hatte es in Betracht gezogen.

»Genau. Ich war verliebt und schwanger, doch ich hatte genug Grips, um zu wissen, dass eine Hochzeit mit einem Mann, der sich nicht niederlassen wollte, todsicher in einem Desaster enden würde.«

Verlässlichkeit. Das war das Wichtigste für sie gewesen.

»Also hast du abgelehnt.«

»Ja.« Und sie hatte die Erleichterung in seinem Gesicht gesehen.

»Und du hast entschieden, mich allein aufzuziehen. Das war ganz schön mutig. Und bestimmt ziemlich Angst einflößend. Und hat er nicht versucht, es dir auszureden? Ist er einfach fortgegangen?«

»Er ist fortgesegelt.«

Mack schnaubte abfällig. »Männer. Was hat Grams gesagt? Für sie war es okay, oder?«

»Ich habe es ihr nicht gesagt.«

»Warte ... du hast ihr nie gesagt, dass du schwanger bist?«

»Ich wollte es. Aber bevor ich es tun konnte, traf ich Ed.«

»Wo? Wie?«

»Am Strand. Ich saß dort eines Abends und überlegte, was ich tun sollte.« Atemlos vor Angst, das Leben in Scherben, hatte sie überlegt, ob sie ins Wasser gehen, einfach schwimmen und niemals wiederkommen sollte.

»Also hast du am Strand gesessen und Dad – ich meine Ed«, sie stolperte über seinen Namen, »... Ed kam daher, und ihr seid zusammen losgezogen?«

Der freundliche, geduldige Ed, der sie gelehrt hatte, dass das Leben der Menschen selten so war, wie es den Anschein hatte. Dass jeder einen Teil in sich trug, den er nicht nach außen zeigte.

Ed, der ebenfalls Liebeskummer und seine eigenen Probleme gehabt hatte.

»Wir haben miteinander gesprochen. Es stellte sich heraus, dass er dort Urlaub machte, um über eine zerbrochene Beziehung hinwegzukommen.«

»Mit dieser Caroline? Nana spricht manchmal von ihr.«

»Sie hat ihn verlassen.«

»Nana erzählt das anders.«

»Nun, so war es aber. Ed war am Boden zerstört. Vielleicht hat es deshalb gleich zwischen uns gepasst, zumindest am Anfang. Wir waren beide verletzt und bauten eine Freundschaft auf. Ed erzählte mir von seiner Beziehung, ich ihm von meiner. Und ich sagte ihm, dass ich schwanger sei.«

»Er wusste es?«

»Ja. Ich erzählte es ihm. Ich überlegte gerade, wie ich es Grams sagen könnte. Er war derjenige, der vorschlug, dass wir heiraten.«

Mack wirkte verdutzt. »Aber ihr hattet euch gerade erst kennengelernt.«

»Ich weiß, dass es verrückt klingt, aber ich mochte Ed sehr. Ich wusste, dass wir zusammen glücklich sein könnten.«

»Aber du warst nicht irrsinnig verliebt wie in den anderen Typ?«

Wie sollte sie das beantworten? »Ich liebte Ed. Unterschied sich das Gefühl von dem, was ich für deinen Vater empfand? Ja, aber das machte es nicht weniger real. Ed und ich mochten und respektierten einander. Freundschaft und Respekt können eine wunderbare Basis für eine Ehe sein. Und wir waren von Beginn an ehrlich miteinander. Darin besteht wahre Intimität. Wir haben einander alles erzählt.«

Oder zumindest hatte sie das geglaubt. *Sie ist nicht das Problem.*

Draußen war es dunkel geworden, und Lauren beugte sich vor, um die Nachttischlampe anzuknipsen.

»Es tut mir leid, dass ich vor allen damit herausgeplatzt bin.« Macks Stimme war kleinlaut und voller Schuldbewusstsein.

»Es tut mir leid, dass wir es dir nicht gesagt haben. Das alles ist unser Fehler. Als Eltern haben wir versucht, das zu tun, was wir für das Beste hielten, doch vielleicht haben wir uns geirrt.«

»Warum hat Ed mich nicht adoptiert?«

Bedauern erfasste sie. Sie wünschte nun, sie hätten dieses Thema schon vor Jahren gemeinsam angepackt. »Er hatte es immer vor, doch es hätte bedeutet, deinen leiblichen Vater kontaktieren zu müssen, und das wollte keiner von uns. Deshalb haben wir es vor uns hergeschoben und …« Sie schluckte. »Irgendwie ist es dann einfach nicht passiert.« Sie entschied, nicht zu erwähnen, dass Ed keine Kinder zeugen konnte, oder Mack von seinen Befürchtungen zu erzählen, dass Gwen eine Enkelin, die nicht ihr Fleisch und Blut war, ablehnen könnte. Sie musste Mack nicht noch weitere Unsicherheiten aufbürden. »Aber du musst wissen, dass Ed dich geliebt hat. Er hätte dich nicht mehr lieben können, wenn du tatsächlich seine Tochter gewesen wärst oder er dich adoptiert hätte.«

»Ja, okay. Und was passiert jetzt?«

Als sie das unsichere Zittern in der Stimme ihrer Tochter hörte, entschied Lauren, dass Ehrlichkeit vermutlich die beste Strategie war. »Nana ist sehr wütend, doch ich werde später versuchen, mit ihr zu sprechen, und …«

»Ich meine, was passiert jetzt, wo wir nur noch zu zweit sind? Was werden wir tun? Wie werden wir leben?«

Sie hatte keine Ahnung, und das machte ihr Angst. Doch sie war eine Mutter. Es war ihre Aufgabe, ihr Kind zu beruhigen und ihm zu sagen, dass alles gut werden würde. *Wie konnte es ohne Ed gut werden?*

»Ed hat in seinem Testament für dich vorgesorgt, sodass du dir keine Sorgen um die Zukunft machen musst. Wir werden hier weiter in unserem Zuhause wohnen und das tun, was wir die ganze Zeit getan haben.«

»Ohne Ed.«

»Ohne Ed.« Ihr Magen zog sich zusammen. Lauren fühlte sich, als hätte man sie ohne Landkarte und ohne jede Fähigkeit zu überleben in der Wüste ausgesetzt. »Uns ist diese schreckliche, schreckliche Sache zugestoßen, Mack, und wir werden traurig sein, und es wird schwierig werden, doch mit der Zeit wird es irgendwann besser.« *Bitte lass es besser werden. Bitte lass das keine Lüge sein.* Sie wünschte sich verzweifelt, dass es ihrer Tochter gut ging. Auch ihr selbst sollte es gut gehen, denn der Gedanke, dass dieses momentane Gefühl für immer andauern könnte, war entsetzlich. »Wir müssen stark sein, Mack, und einen Tag nach dem anderen bewältigen. Wir schaffen das gemeinsam. Wir sind Kämpferinnen.« Sie wünschte, sie könnte das glauben. Sie beugte sich vor und umarmte ihre Tochter, doch Mack schob sie zurück.

Diese Zurückweisung fühlte sich schlimmer an als alles andere.

Sie fragte sich, was Jenna gerade tat. Hatte sie ihre Mutter angerufen? Das war ein weiteres Gespräch, auf das sich Lauren nicht gerade freute. »Ich werde jetzt mal nach Tante Jenna sehen. Möchtest du dich zu uns setzen?«

»Vielleicht später.« Mack rollte sich unter der Bettdecke zusammen. »Hast du ihn je wiedergesehen? Meinen echten Dad?«

Lauren spürte, wie ihr Herz schneller schlug. »Nein. Wir haben uns nicht wiedergesehen.«

»Dann weißt du also nicht, wo er ist und was er tut? Er könnte verheiratet sein und sechs Kinder haben.«

Beim Gedanken daran fiel ihr das Atmen schwer. »Das glaube ich nicht.«

Eine kurze Stille folgte. »Bin ich ihm ähnlich?«

»In mancherlei Hinsicht ja. Er war ziemlich klug, wie du. Er liebte das Meer …«

»Ich liebe das Meer.«

»Ich weiß.« Lauren erinnerte sich, wie Eds Mund ein bisschen schmaler wurde, als sie ihm erzählt hatte, dass Mack sich ein Zimmer wie eine Kajüte wünschte. Das war eine unangenehme Mahnung, dass Macks DNS nicht von ihm stammte. Unwillkürlich griff sie nach der zerschlissenen Ausgabe von *Moby Dick* auf dem Regal. »Das hier hat ihm gehört.«

»Meinem echten Vater?« Mack nahm es ihr aus der Hand und blätterte suchend darin herum. »Sein Name steht nicht darin.«

»Er hat es mir am Anfang unserer Beziehung gegeben. Es war sein Lieblingsbuch.«

»Es ist auch mein Lieblingsbuch.«

»Ich weiß.« Lauren sah, wie Mack das Buch mit beiden Händen umklammerte. »Gibt es noch etwas, das du mich fragen möchtest?«

»Ja …« Mack rieb sich mit der Handfläche über die Wange. »Der Mann, den du geliebt hast – mein richtiger Dad –, wie hieß er?«

Jemand klopfte an die Tür, und Jenna steckte kurz ihren Kopf herein. »Tut mir leid, euch zu stören, aber draußen ist ein Freund von dir. James? Er sagt, es sei dringend. Er sagte, er sei euer Anwalt und der Vollstrecker von Eds Testament.«

Lauren saß einen Augenblick wie erstarrt da. In ihren Ohren summte es.

Sie ist nicht das Problem.

Sie erhob sich und spürte, wie sich ihr der Magen umdrehte. Ihr Instinkt sagte ihr, dass sie nun erfahren würde, was das Problem war.

Hatte Ed Geld veruntreut? Hatte er sein ganzes Vermögen einem Tierheim hinterlassen? Hatte das hier irgendwas mit Mack zu tun?

Was auch immer es war – sie hatte das deutliche Gefühl, dass der schlimmste Tag ihres Lebens noch nicht vorbei war.

ZWEITER TEIL

11. Kapitel

Nancy

Dilemma: eine schwierige Situation, in der man zwischen zwei oder mehr Möglichkeiten abwägen muss

»Die Leute haben Ihren Wagen vor meinem Haus parken sehen. Es gab Tratsch. Ich hoffe, das kümmert Sie nicht.« Sie reichte ihm einen Becher Kaffee. Für ihren Geschmack viel zu stark, doch er mochte ihn so. Ihr fiel auf, dass sie viele Kleinigkeiten über ihn wusste – dass er seinen Kaffee schwarz trank und das Bier kalt, dass er Pilze hasste, dass er selten einen Pullover anzog, egal, wie stark der Wind blies, dass er lieber bei geöffnetem Fenster arbeitete –, aber nichts von den großen Dingen.

»Warum sollte es mich kümmern?«

»Die meisten Menschen machen sich Gedanken darüber, was andere denken.«

Er nahm einen Schluck Kaffee und ließ den Becher langsam sinken. Seine Miene zeigte deutlich, dass er nichts darauf gab.

Das gehörte zu den vielen Dingen, die sie an ihm mochte und bewunderte. »Sie kümmert es nicht. Das habe ich vor fünf Jahren begriffen.« Damals hatte sie es seltsam gefunden, dass ausgerechnet er kam, um sie zu retten. Sie hatte nie von einem Helden zu Pferd geträumt, der einer Dame in Nöten zu Hilfe eilte, doch selbst wenn sie das getan hätte, hätte sie niemals Scott Rhodes in der Hauptrolle gesehen. Es schien viel wahrscheinlicher, dass er derjenige war, der die Dame überhaupt erst in Not brachte.

Und doch …

»Ich habe es niemandem gegenüber erwähnt. Sie sind der Einzige, der es weiß. Wirklich unglaublich, dass Sie, ein Fremder, mein intimstes Geheimnis kennen. Meine Familie habe ich vor dem Ganzen beschützt.« Sie hatte sie immer beschützt. Das war die eine Sache, die sie als Mutter richtig gemacht hatte.

Er stellte den Becher ab und begab sich wieder an die Arbeit, an die Restaurierung ihrer Fensterrahmen.

Auf der Insel lebten Menschen, die so viel redeten, dass man sich fragte, ob einen der Tod wohl noch vor dem Ende des Gesprächs einholen würde. Und dann gab es Scott.

Er war immer eher ein Zuhörer als ein Erzähler gewesen.

Sie hatte in den letzten Wochen fasziniert beobachtet, wie er die Sprossenfenster auseinandernahm und wieder zusammensetzte. Er hatte Farbe und Kitt aus den Rahmenschlitzen gegraben, das Holz eingeölt und das Glas wieder eingesetzt. Ein Chirurg, der ein Kind operierte, hätte nicht sorgfältiger arbeiten können.

Nicht dass sie je an seinen Fähigkeiten gezweifelt hätte. Er kannte sich mit Holz genauso gut aus wie sie mit Farbe.

Er hatte vor einigen Sommern das Boot der Mortons gebaut und eine Bibliothek für Sandra Telford. Sie hatte nicht aufhören können, damit zu prahlen, auch wenn sie hinter vorgehaltener Hand flüsterte, dass sie das Silber während seiner Arbeit versteckt hätte.

Der Kommentar hatte Nancy verärgert. Soweit sie wusste, hatte es nur diesen einen Vorfall gegeben, vor vielen Jahren, als Scott mit einem Boot gefahren war, das ihm nicht gehörte. Das Boot wurde ohne einen Kratzer zurückgegeben, doch man hatte die Polizei eingeschaltet.

Jeder machte Fehler, oder? Sie hatte gewaltige Fehler gemacht.

Damals hatte sie Sandra zurechtgewiesen, was diese mit einem neugierigen Blick quittierte.

Wenn Sandra sich daran erinnerte und zufällig Scotts Pick-up vor dem Haus parken sah, würde sie vermutlich eins und eins zusammenzählen und die völlig falschen Schlüsse daraus ziehen.

Schon ein lustiger Gedanke, dass sie und Sandra mal eng befreundet waren. Sie hatten in der Schule nebeneinandergesessen und sich alles erzählt – zwei Menschen, die naiverweise dachten, sie würden sich einander anvertrauen, aber tatsächlich nichts Wichtiges zu enthüllen hatten. Dann hatte Sandra Bill geheiratet und Nancy Tom, und sie hatten sich auseinandergelebt.

»Ich erwähne es jetzt nur deshalb, weil Dinge geschehen sind, die bedeuten, dass es nicht mehr viel länger ein Geheimnis bleibt. Ich habe Ihnen nie richtig gedankt für das, was Sie getan haben …« Sie hielt inne. »Oder für Ihr Schweigen. Sie hätten die Sache sehr peinlich für mich machen können.«

Er griff oben ans Fenster, wobei sich das T-Shirt über seinen Arm- und Schultermuskeln spannte. »Warum hätte ich das tun sollen?«

»Weil die meisten Menschen so etwas tun würden. Einer erzählt es dem anderen, dann tröpfelt es durch die Gemeinde, und bevor man sichs versieht, ist aus dem Tröpfeln ein Fluss geworden, und der Fluss fließt immer schneller, bis er die Ufer überschwemmt. Auf einer Insel von dieser Größe ist Privatsphäre nicht leicht zu bewahren.« Auch wenn es möglich war, wenn man daran arbeitete. »Das ist vermutlich der Grund, warum Sie auf dem Wasser leben und nicht an Land.«

Er sagte nichts dazu, doch in seinen Augen glomm etwas auf, das vielleicht ein Funken Humor war.

In all den Wochen, seit er am Haus arbeitete, hatte sie seine Anwesenheit nie als störend wahrgenommen. Sie wusste nicht genau, wann er auftauchen würde, doch sie beklagte sich nie, wenn er es tat. Und das lag nicht nur daran, dass die Arbeit, die er erledigte, so dringend nötig war. Es war vor allem der Tatsache geschuldet, dass sie ihn gern um sich hatte. Er gab ihr das Gefühl, weniger allein zu sein. Was absolut keinen Sinn ergab, weil sie eine intelligente Frau und sich sehr wohl bewusst war, dass sie in ihrem ganzen Leben nie mehr allein gewesen war als jetzt.

Vielleicht fühlte sie sich mit Scott wohl, weil er bereits alles wusste, was es über sie zu wissen gab – all das, was sie vor allen anderen erfolgreich verborgen hatte. Er kannte ihre Fehler und ihre Schwächen. Nichts mehr verbergen zu müssen war überraschend befreiend.

Sie starrte auf die Wand des Zimmers, an dem sie arbeiteten. »Die Wände in diesem Haus haben so viele Macken.«

»Nicht jede Macke muss beseitigt werden.« Er wischte seine Hand an der verblichenen Jeans ab. »Manchmal muss man einen Makel akzeptieren und damit leben.«

Sprachen sie immer noch über das Haus?

Einer der Gründe, warum sie ihn beschäftigte, bestand darin, dass er den Unterschied zwischen Restaurierung und Renovierung kannte. Er respektierte die einzigartigen Details des ursprünglichen Gebäudes.

»Es ist alt, aber es hat gute Knochen. Wie ich.« Sie war etwas verlegen nach dem Witz.

»Wenn Sie sich Sorgen wegen der Wände machen, könnten Sie etwas malen, um es dorthin zu hängen.«

Ihr Herz schlug heftig. »Ich habe seit jener Nacht nicht mehr gemalt.« Noch etwas, das sie ihren Töchtern nicht erzählt hatte. Gelegentlich verschmierte sie Farbe an ihren Fingern, damit Jenna keine Fragen stellte. Tatsächlich war sie seit fünf Jahren nicht mehr in ihrem Atelier gewesen. Der Antrieb, der ihr ganzes Leben, ihre Existenz bestimmt hatte, war fort. Und sie vermisste ihn. Sie vermisste seine heilende Kraft, seine Fähigkeit, sie an einen anderen Ort zu transportieren. Malen war eine Zuflucht für sie gewesen, und nun fühlte sie sich nackt und kalt.

Sie wandte sich ihm wieder zu. »Ich habe mich oft gefragt, warum Sie mir in jener Nacht geholfen haben.« Sie wusste, dass sie sie nie vergessen würde. Keinen einzigen furchtbaren Moment davon. Es war eine Nacht voller Überraschungen gewesen, und jede davon war schlecht.

Er wischte seine Hände an dem Tuch ab, das er sich in die Jeans gesteckt hatte. »Ich habe ein Boot gesteuert. Ich habe nicht die Welt gerettet.«

Er hatte ihre Welt gerettet.

»Sie haben ein Boot durch den Hurrikan gesteuert. Es gab niemand anderen in der Luft oder auf dem Wasser.«

»Wenn ich es nicht getan hätte, hätten Sie jemand anderen gefunden, der Sie hinübergebracht hätte.«

Sie war verzweifelt gewesen.

Scott Rhodes war ihr letzter Ausweg gewesen, und trotz seiner beiläufigen, wegwerfenden Erwähnung des Themas vermutete sie, dass er es wusste.

»Warum haben Sie das getan?« Das hatte sie sich schon mehrfach gefragt, meistens, um sich von all dem abzulenken, was geschehen war. Sie dachte an die berghohen Wellen und das furchtbare Heulen des Windes. Damals schien es, als würde die Natur ihre eigene Stimmung widerspiegeln. »Warum haben Sie in jener Nacht Ihr Leben für mich riskiert?«

»Sie haben mich bezahlt.«

»Wohl kaum genug, dass Sie Ihr Leben riskieren würden.« Sie musterte den Riss in seiner Jeans. »Und Geld motiviert Sie nicht. Sie haben keine Verpflichtungen. Zahlen keine Miete. Haben keine Familie.«

»Sie brauchten Hilfe.« Er wandte sich wieder dem Fenster zu und strich mit langsamen, sicheren Bewegungen über das Holz.

In jener Nacht war er genauso gewesen. Alles an ihm hatte eine Ruhe und Gefasstheit ausgestrahlt. Sie hatte Angst gehabt, nicht nur vor dem Sturm draußen, sondern auch vor dem Sturm, der in ihr tobte – entfacht durch das Wissen, dass die Wahrheit trotz all ihrer Bemühungen enthüllt werden würde. Etwas an seiner beruhigenden Art hatte ihr geholfen, die Emotionen nicht überkochen zu lassen.

»Sie sind ein freundlicher Mensch, aber lassen die Leute lieber glauben, Sie wären launisch und ein bisschen gefährlich. Das ist eine Art, andere auf Distanz zu halten.« Und sie verstand das. Es gab jede Menge Leute, die sie gern auf Distanz halten würde. Vielleicht sollte sie damit anfangen, weniger zu reden und häufiger böse dreinzuschauen.

Sie ließ sich in den Sessel sinken und registrierte sein sorgenvolles Stirnrunzeln.

Da war sie wieder, die Freundlichkeit, die er verbergen wollte.

»Wir müssen vielleicht einen Teil der geplanten Arbeiten verschieben. Meine Tochter kommt bald.« Und weil sie niemand anderen hatte, dem sie sich anvertrauen konnte, vertraute sie sich ihm an. »Ich muss ihr die Wahrheit sagen. Ich habe diesen Moment gefürchtet. Ich hatte wirklich gehofft, dass er nie käme.«

Er legte den Hobel beiseite und straffte sich. »Ich nehme an, Sie sprechen nicht von dem Zustand Ihrer Fensterrahmen.«

»Ich spreche von dem Zustand meines Lebens. Es wird ein Schock für meine Töchter sein, vor allem für Lauren. Sie hat sechzehn Jahre lang in England gelebt.« Es tat ihr im Herzen weh, wenn sie daran dachte, was ihre älteste Tochter im Moment durchmachen musste. »Das ist ironisch, finden Sie nicht? Gerade als ich dachte, ich hätte einen Abschnitt im Leben erreicht, in dem ich mich um niemanden mehr sorgen muss, bricht die Welt meiner Tochter zusammen.«

Wie viel sollte sie den Mädchen erzählen? Wie viel konnte sie verschweigen?

Die Wahrheit gab es in unterschiedlichen Größen, oder? Sie konnte eine besonders kleine Wahrheit erzählen, sozusagen die Size Zero der Aufrichtigkeit. Oder sie konnte vielleicht die Größe Medium anbieten. Denn die ganze Wahrheit und nichts als die Wahrheit – eine XL-Version mit einer Portion Unverblümtheit – würde jeden überfordern.

Scott hielt mit der Arbeit plötzlich inne und zog seine Stirn in Falten. »Was heißt, ihre Welt ist zusammengebrochen?«

Sie spürte, dass sie seine ganze Aufmerksamkeit hatte, und fragte sich, warum.

»Ihr Mann ist vor ein paar Wochen gestorben. Ganz plötzlich. Es ist kompliziert. Es stellte sich heraus, dass er vielen Leuten eine große Summe Geld schuldet.« War ihre Familie verflucht? Erst war sie Witwe geworden und jetzt Lauren? Wie viel sollte sie preisgeben? Was, wenn Lauren nicht wollte, dass die ganze Gemeinde von diesen Details erfuhr? Nicht dass man Scott auch nur im Entferntesten als geschwätzig bezeichnen konnte.

»Kommt sie für immer nach Hause?« In seiner Stimme schwang eine Rauheit mit, die zuvor nicht da gewesen war.

»Sie braucht Unterstützung.« Hätte sie darauf bestehen sollen, zur Beerdigung zu gehen? Lauren hatte abgewunken, und Nancy war nicht sicher gewesen, ob ihre Anwesenheit die Dinge besser oder schlechter machen würde. Sie hatte sich gequält mit der Entscheidung. »Sie hat ein Kind. Meine Enkelin ist sechzehn. Das ist ein schreckliches Alter, um den Vater zu verlieren.«

Er presste die Kiefer zusammen und schien etwas sagen zu wollen.

Verblüfft von seiner Reaktion, wartete sie, doch statt zu sprechen, wandte er sich plötzlich ab, was ihr das Gefühl gab, das Falsche gesagt zu haben.

Wenn man jemanden nicht gut kannte, bestand das Problem darin, dass man nicht wusste, welche Themen man anschneiden und welche man vermeiden sollte.

Sie wusste wenig über Scotts Familiengeschichte, auch wenn sein Lebensstil nicht darauf schließen ließ, dass dort draußen eine warmherzige, liebevolle Familie auf ihn wartete. Sie hatte Gerüchte über Pflegefamilien und eine bewegte Jugend gehört.

Vielleicht hatte er ebenfalls seinen Vater verloren. Vielleicht lag es daran.

»Meine Tochter kommt heute Nachmittag mit der Fähre an. Könnten Sie mich hinfahren? Ich weiß, es ist viel verlangt, aber mein Wagen ist noch in der Werkstatt.« Vielleicht überschritt sie eine Grenze, aber es schien ihr die beste Lösung zu sein. Greg arbeitete, und Jenna konnte sich nicht noch mehr Zeit freinehmen. »Sie wird Gepäck dabeihaben, und Sie haben viel Platz in Ihrem Pick-up. Ich bezahle Sie natürlich. Oder vielleicht sollte ich ein Taxi …«

»Ich mache es.« Er hob seinen Werkzeuggürtel auf. »Ich will keine Bezahlung.«

»Ich bestehe darauf, dass …«

»Ich will keine Bezahlung.« Etwas in seinem Tonfall ließ sie einlenken.

»In dem Fall danke ich Ihnen.«

Erneut würde Scott an ihrer Seite sein, während Nancy etwas in Angriff nahm, vor dem sie sich fürchtete.

Dieses Mal segelten sie nicht durch einen Hurrikan, doch sie wusste, dass das, was auf sie zukam, ihre Lebenslandschaft komplett verändern konnte.

12. Kapitel

Lauren

Zufluchtsort: ein Ort, an den man sich flüchtet

Lauren stand auf dem Panoramadeck der Fähre und starrte auf die kabbelige See. Das Wasser, das unermüdlich gegen das Schiff schlug und wilde Wirbel zeichnete, erinnerte sie an ihren Kummer.

Die anderen Passagiere, die weniger mit ihren eigenen Problemen beschäftigt waren, hatten der Aussicht die Wärme vorgezogen und waren schon lange unter Deck zur Snackbar entschwunden, um den eisigen Böen zu entkommen.

Der Wind peitschte ihr wie eine Ohrfeige entgegen, und Lauren brauchte das.

»Die Ehe kann alles sein, was wir uns von ihr wünschen«, hatte Ed einst zu ihr gesagt. »Es gibt Menschen, die an Märchenromanzen glauben und die ein paar Jahre später, niedergeschmettert durch das Gewicht ihrer zerbrochenen Erwartungen, vor dem Scheidungsrichter stehen. Und es gibt Menschen wie uns, die ehrlich sind mit dem, was sie wollen.«

Was ist mit den Schulden, Ed? Warum hast du die nicht erwähnt?

Wie konnte kein Geld mehr da sein? Ed war in seinem Job gut gewesen. Manche sagten, der Beste, und doch hatte er es irgendwie geschafft, alles zu verlieren, das er sich je erarbeitet hatte.

Sie hatte versucht, sich zu konzentrieren, als die Worte und Sätze an ihr vorbeizogen. Auch wenn der Ausdruck in James' Gesicht ihr bereits gereicht hatte, um zu ahnen, wie schlecht die Neuigkeiten waren.

Versuch, höhere Einkünfte für das Vermögen zu erzielen.

Hat mehrere Privatfirmen gekauft.

Keine liquiden Mittel.

Das ganze Geld in der Firma gebunden.

Hat all sein Kapital verloren.

Jenna hatte darauf verwiesen, dass sie ja noch das Haus hätten, und Lauren musste gestehen, dass Ed darauf eine weitere Hypothek aufgenommen hatte. Er hatte einen vorübergehenden Engpass an flüssigen Geldern erwähnt. Wie ernst die Lage war, hatte er nicht eingeräumt.

Laut James war es unwahrscheinlich, dass nach Zahlung der Schulden noch irgendetwas übrig blieb. Es würde eine Zeit lang dauern, um alles zu ordnen, doch im Moment schien es, als könnten sie froh sein, keine Insolvenz anmelden zu müssen.

Abgesehen von jenem letzten Tag hatte es keinerlei Anzeichen gegeben, dass irgendetwas nicht stimmte.

Sie hatte den Mann, mit dem sie seit mehr als sechzehn Jahren zusammengelebt hatte, nicht gekannt.

Der kalte Wind zerzauste ihr Haar und fuhr zwischen den abstehenden Mantelkragen und ihren Hals, doch sie bemerkte es nicht. Auf der langen Liste dessen, was in ihrem Leben alles falsch lief, stand Frieren an letzter Stelle. Das Gefühl von Taubheit, das sich in ihr ausbreitete, hatte nichts mit dem Wetter zu tun.

Sie hatte sich Geld von Jenna leihen müssen, um ihre Reise von England nach Martha's Vineyard zu bezahlen, und im Moment hatte sie keine Mittel, es ihrer Schwester zurückzugeben.

Das Auf und Ab ihrer Emotionen machte sie schwindlig. In der einen Minute war sie wütend, in der nächsten verzweifelt. Beklemmung legte sich wie ein enges Band um ihre Brust.

Sie vermisste Ed schrecklich, doch sie hatte kaum Zeit, ihren Gefühlen nachzugeben. Das Leben trieb sie voran wie in einem Fluss mit Hochwasser. Sie schnappte nach Luft, wirbelte herum, griff nach allem, was sich bot, und konnte doch die Sicherheit des rettenden Ufers nicht erreichen.

Ihr waren nicht nur Ed und das Haus und ihr altes Leben entrissen worden, sie hatte auch ihre Vorstellung von der Zukunft verloren.

Erst jetzt wurde ihr klar, wie sehr sie sich auf die neue Phase in ihrem Leben gefreut hatte.

Um ihre Tochter zu ernähren, musste sie nun einen Job finden, der sofort Geld brachte. Aber was konnte sie tun?

»Müssen wir bei Grams bleiben?« Mack hatte sich über die Reling gebeugt und beobachtete das aufgewühlte Meer unter ihnen. »Wie lange?«

Bis ich es nicht länger aushalte.

Sie stoppte den Gedanken, denn sie war aufrichtig dankbar, dass sie irgendwohin gehen konnte. Bei ihrer Mutter zu wohnen mochte sie in den Wahnsinn treiben, aber es gab ihr die Möglichkeit, sich neu aufzustellen und ihre Zukunft zu planen.

»Ich dachte, du liebst das Kapitänshaus und Martha's Vineyard?«

»Das hier ist anders. Das hier sind keine Ferien.«

Als ob sie das nicht wüsste.

»Ich weiß, dass du gerade mit vielem fertigwerden musst. Zuerst Dad …«

»Ed.« Seit dem Tag der Beerdigung hatte Mack sich geweigert, ihn anders als Ed zu nennen. Lauren war beinahe krank vor Schuldgefühlen.

»Er war dein Vater.«

»Ich habe kein Stückchen seiner DNS.« Mack sah verbittert aufs Wasser. »Hat er blaue Augen?«

»Wie bitte?«

»Mein echter Vater. Blaue Augen?«

Lauren schluckte. »Ja, aber zum Vatersein gehört mehr als DNS. Ed war dein Vater in jeder Hinsicht, die wichtig ist.« Sie war zu müde für dieses Gespräch. Ihr Kopf schmerzte von den vielen Tränen, dem Schlafmangel.

»Eilmeldung: Die ganze Ei-wird-befruchtet-Sache ist wichtig, Mom, denn sonst würde der Rest gar nicht stattfinden.«

»Dein Dad hat dich geliebt. Liebe heißt, für jemanden da zu sein. Anteil zu nehmen.« *Hörst du das, Ed? Es geht darum, da zu sein. Sein Herz checken zu lassen, ob es gesund ist. Zum Arzt zu gehen.* Sie wusste, dass es völlig irrational war, Ed seinen Tod vorzuwerfen, doch das änderte nichts. Die Worte *wenn er nur* tönten in ihrem Kopf wie ein Ohrwurm. »Er war da, als ich mit dir schwanger war, als du geboren wurdest, wenn du nachts geschrien hast. Er saß beim

Schulkonzert im Publikum, wenn du dein Solo hattest, und er war immer da, um mit deinen Lehrern zu sprechen.«

Mack schob das Kinn vor. »Ich nenne ihn Ed.«

Lauren fühlte sich hilflos. Sie hatte Angst, dass sie etwas sagen würde, das die furchtbare Situation noch schlimmer machen würde. »Ich weiß, dass es schwierig für dich ist, London zu verlassen, und das in der Mitte eines sehr wichtigen Schuljahrs …«

»Machst du Witze? Das ist das einzig Gute an der ganzen Sache. Ich muss diese blöden Prüfungen nicht schreiben.«

Aber die »blöden Prüfungen« waren wichtig.

Was, wenn sie das Leben ihrer Tochter ruinierte? »Du wirst hier zur Schule gehen. Es gibt gute Schulen auf der Insel.«

»Aber sie wissen es nicht, oder? Sie wissen doch nicht alles von der Sache, oder?« Macks entsetzter Ton zeigte deutlich, wie sie sich fühlte.

»Nein. Du entscheidest, wie viel du erzählst.«

»Ich werde niemandem etwas sagen. Es wird ein Geheimnis bleiben. Das sollte kein Problem für mich sein. Schließlich habe ich von der Besten gelernt.«

Lauren hatte das Gefühl, als zerspringe ihr Herz in tausend Stücke. »Sag das nicht. Es ist wichtig, dich den Menschen, die du liebst, anzuvertrauen.«

»Das sagst ausgerechnet du zu mir? Wenn Tante Jenna jetzt hier wäre, würde sie diese Wörter-Sache machen, bei der sie Definitionen formuliert. Heuchelei – wenn deine Mutter dich dazu bringen will, etwas zu tun, das sie selber nicht tut.«

Es erforderte unmenschliche Geduld, sich zu beherrschen. Unter anderen Umständen hätte sie Mack wegen ihres ungezogenen Verhaltens zurechtgewiesen, doch sie wusste, dass ihre Tochter verwirrt und elend war und ihren Kummer an der Person ausließ, die ihr am nächsten stand.

Sie griff nach der Reling. Ihr war schwindlig, und sie war nicht sicher, ob es daran lag, dass sie zu wenig gegessen hatte, oder ob sie etwas ausbrütete. *Konnte Heuchelei Schwindel erzeugen?*

Sie hatte all das sein wollen, was ihre Mutter nicht war. Fürsorglich, interessiert, loyal und – das Allerwichtigste – präsent. Warum hatte ihr niemand gesagt, dass es schwerer war, als es aussah? Warum hatte ihr niemand gesagt, dass das, was »gute« Eltern ausmachte, nicht immer offensichtlich war? Sie hatte ihre Mutter als Beispiel genommen und sich geschworen, dass sie alles anders machen würde. Letztlich hatte sie ihre eigenen Fehler gemacht.

»Ich weiß, du denkst, ich hätte das Falsche getan. Ich habe Entscheidungen getroffen, mit denen du nicht einverstanden bist, aber ich möchte, dass wir weiter miteinander reden. Ich möchte wissen, wie du dich fühlst, auch wenn es schwerfällt, mir das anzuhören.«

»Ich fühle mich beschissen, okay? Und ich will nicht reden.« Macks Miene war aggressiv. So benahm sie sich seit dem Tag der Beerdigung.

Lauren wollte ihre Tochter in die Arme schließen und sie festhalten, während sie weinte und alles rausließ, doch Mack hatte sich in ein Stachelschwein verwandelt. Wenn Lauren sie jetzt umarmte, würde sie vermutlich noch den ganzen nächsten Monat Stacheln aus sich herausziehen müssen.

»Mack …«

»Ein Mensch hat das Recht auf seine Privatsphäre, oder?«

»Es gibt einen Unterschied zwischen Privatsphäre und Geheimnissen, Mack. Wenn du neue Freunde findest …« – *bitte lass sie neue Freunde finden* – »… dann könnte es hilfreich sein, dich ihnen anzuvertrauen.«

»Ach, so wie du das gemacht hast? Du hast nicht einmal Tante Jenna von meinem richtigen Dad erzählt. Ich hab ihr Gesicht bei der Beerdigung gesehen.«

»Nimm dir nicht mich als Vorbild. Ich glaube allmählich, dass ich eine komplette Grunderneuerung brauche.«

Eine lange und anstrengende Woche lag hinter ihr. Der größte Teil hatte aus einer nicht enden wollenden Reihe von Meetings mit Anwälten und Eds Buchhaltern bestanden. Die Liste der Menschen, denen er Geld schuldete, wuchs von Tag zu Tag. Sie kam sich dumm vor, weil sie sich nicht mehr dafür interessiert hatte, doch sie wusste, dass sie nicht dumm gewesen war. Sie hatte ihrem Mann vertraut. War es naiv, dem Mann zu trauen, den man geheiratet hatte?

Wie hatte er etwas so Gravierendes vor ihr verbergen können? Warum? Wie lange schon hatte er geschäftliche Probleme gehabt? Wann hatte alles angefangen? Was war schiefgegangen?

Verdammt, Ed.

Sie sah über die bewegte See hinweg zur Insel. Etwas stieg in ihr auf, ein tiefes Unbehagen, als ob ein Teil von ihr spürte, dass dieser Ort die Macht besaß, die Grundpfeiler ihres Lebens zu erschüttern. Sie hatte immer gemischte Gefühle gegenüber Martha's Vineyard gehegt. Ihre Besuche zu Hause lösten eine Flut von Erinnerungen aus, von denen sie die meisten nur zu gern aus ihrem Gehirn löschen würde. Sie verband den Ort mit Teenagergefühlen und schlechten Entscheidungen.

Vor allem aber verband sie die Insel mit ihm und jenem außergewöhnlichen Sommer, an den nichts herankam und der sich nie wiederholen würde. Innerhalb weniger Monate hatte sie Herzschmerz und Liebeskummer und viele andere quälende Gefühle durchlebt und sich für immer verändert.

Jenna hatte recht gehabt, als sie fragte, ob Lauren einen Grund hatte, nicht so oft zurückzukehren.

Er war der Grund.

Sie hatte Angst gehabt, mit Erinnerungen konfrontiert zu werden. Angst, mit ihm konfrontiert zu werden.

In London war sie ein anderer Mensch. Sie hatte sich neu erfunden. Ein Teil von ihr war immer ein bisschen ängstlich gewesen, dass sie sich in ihr ursprüngliches Selbst verwandeln würde, wenn sie die Fähre verließ und die Insel betrat.

Lauren starrte hinunter auf das strudelnde, wirbelnde Wasser. Einen kurzen Moment dachte sie daran zu springen. Bei ihrer derzeitigen Glückssträhne würde sie auf einem Felsen landen.

Sie wandte den Blick ab und fühlte sich schuldig, dass sie überhaupt ans Springen gedacht hatte. Sie hatte Verantwortung, und die trug sie nun ganz allein. Es gab niemand anderen.

War die Ehe mit Ed ein feiger Ausweg oder die richtige Entscheidung gewesen? Sie konnte es nicht mehr mit Sicherheit sagen.

»Bei Grams zu sein wird Spaß machen.«

»Für zwei Wochen im Sommer, ja. Aber für immer?« Mack drehte ihr langsam den Kopf zu, in ihren Augen lag die Verachtung eines Teenagers. »Du hast versprochen, ehrlich zu sein. An dem Abend in meinem Zimmer hast du versprochen: ›Keine Lügen mehr.‹«

»Du hast recht, das habe ich.« Sie bekämpfte den Instinkt, ihre Tochter vor der Wahrheit zu schützen. »Vielleicht macht es nicht so viel Spaß, aber wir haben keine große Wahl.« Was sollte sie sagen? Dass sie sich auch nicht gerade darauf freute? Dass eine erwachsene Frau von fünfunddreißig Jahren nicht gezwungen sein sollte, zu ihrer Mutter zu ziehen, zumal sie sowieso nie eine besonders gute Beziehung gehabt hatten? Dass sie keine Ahnung hatte, wie sie mit ihrer Mutter über das, was in ihrem Leben passierte, sprechen sollte? »Es ist schwer, aber wir müssen weitermachen.« Sie versuchte, ein bisschen Normalität heraufzubeschwören. »Wir werden ein paar der Dinge unternehmen, die wir immer tun. Strandtage, Fahrradausflüge, vielleicht gehen wir shoppen …«

»Soweit ich weiß, kann man sich kein neues Leben kaufen.«

Man hatte ihnen ein neues Leben zugeteilt – ob sie es wollten oder nicht. Und sie konnten gar nichts kaufen, solange Lauren nicht einen Weg gefunden hatte, ein Einkommen zu generieren. Das stand auf ihrer Liste der zu lösenden Probleme ganz oben.

»Wir haben Glück, dass Grams ein so großes Haus hat und uns einfach unterbringen kann.«

Lauren liebte ihre Mutter, doch der Gedanke, nach so vielen Jahren in ihrer nächsten Nachbarschaft zu wohnen, ließ sie hyperventilieren. Ihre Mutter kannte sie nicht wirklich, auch wenn das zugegebenermaßen ebenso an Lauren wie an Nancy lag.

Abgesehen von ihrer Schwester gab es nur einen Menschen, der sie wirklich gekannt hatte, und der war vor langer Zeit aus ihrem Leben entschwunden.

Als die Fähre anlegte und die Leute ausstiegen, war Lauren versucht, an Bord zu bleiben, doch sie wusste, dass sie sich den Problemen stellen musste. Sie musste sie eines nach dem anderen anpacken, so gut sie es eben konnte. Listen. Pläne. Kontrolllisten.

Ihre Mutter hatte versprochen, sie abzuholen.

Lauren wäre es lieber gewesen, wenn Jenna das getan hätte, doch ihre Schwester unterrichtete und hatte bereits mehr als genug Stunden versäumt, um nach London zu fliegen und Lauren zu unterstützen.

Sie streckte die Hand aus, doch Mack warf ihr einen entsetzten Blick zu und senkte den Kopf.

»Ich bin keine sechs. Bitte zerstöre meine Glaubwürdigkeit nicht, bevor ich diesen Ort überhaupt betreten habe. Man kann nicht ständig umziehen, weißt du?«

Lauren fragte sich, wie sie beide über dies alles hinwegkommen sollten. Eds Tod hätte sie zusammenschweißen sollen, doch er hatte sie entzweit.

Zeit und Geduld, dachte sie. Das war alles, was sie besaß.

Zumindest konnte nichts Schlimmeres mehr geschehen.

Vielleicht war das der einzige Vorteil, wenn man ganz unten war: dass es nur bergauf gehen konnte.

Sie schleppten ihr Gepäck von der Fähre hinunter, und Lauren erblickte die vertraute Gestalt ihrer Mutter, die den gleichen wenig schmeichelhaften grauen Mantel um sich geschlungen hatte, den sie seit zehn Jahren trug. Es hatte Lauren immer gewundert, dass ihre Mutter, deren Einsatz von Farbe immer gepriesen wurde, nun so wenig Interesse für ihre Kleidung zeigte. Obwohl ihre Bilder immense Summen kosteten, schien sie nichts für sich selbst auszugeben. Ihr einst blondes Haar war jetzt von einem einheitlichen Grau, und auf ihrer Nasenspitze trug sie eine Brille.

Neben ihr stand ein Mann. Er hatte die breiten, mächtigen Schultern zum Schutz gegen den unbarmherzigen Wind leicht hochgezogen. Seine Beine waren lang und kräftig, und sein Haar hatte die Farbe des Mitternachtshimmels. Auch wenn er zu weit entfernt war, um seine Augen zu sehen, wusste sie, dass sie blau waren. Eisblau wie der Frost auf dem Wasser oder wie ein blasser Winterhimmel.

Lauren blieb abrupt stehen, und Mack lief in sie hinein, wobei sie fast das Gleichgewicht verlor.

»Hey! Wenn du bremsen willst, wäre eine Warnung ganz hilfreich.« Mack fing sich wieder, trat hinter ihrer Mutter hervor und küsste ihre Großmutter. »Hi, Grams. Ja, ich bin gewachsen. Ja, ich bin größer. Das ist eine verblüffende Leistung der Natur.«

Nancy schenkte ihr ein abwesendes Lächeln. Entweder sie bemerkte den Teenager-Sarkasmus nicht, oder er beeindruckte sie nicht. »Wie war die Überfahrt? Lauren, ich hoffe, es macht dir nichts aus, dass ich nicht selbst gefahren bin. Mein Wagen ist in der Werkstatt. Du erinnerst dich an Scott Rhodes? Er erledigt einige Arbeiten am Haus und hat mich hergebracht.« Sie deutete in Richtung des Mannes, der neben ihr stand, und Lauren versuchte, gegen den immer stärker werdenden Schwindel anzukämpfen.

Scott Rhodes.

Tatsächlich war sie also noch nicht ganz unten aufgeschlagen. Der Fall ging weiter.

Es war mehr als sechzehn Jahre her, dass sie ihn das letzte Mal gesehen hatte, doch sie erkannte ihn sofort und instinktiv. Hitze versengte ihre Haut und schoss in ihren Unterleib. Ihre Beine zitterten.

Ihre Blicke trafen sich, und sie hatte das Gefühl, als knallte sie mit dem Kopf voran gegen eine Wand.

Ihre Sinne schienen aus einem langen Schlaf zu erwachen.

Durch einen Nebel hörte sie Mack sagen: »Warten Sie, haben Sie gesagt, Ihr Name sei Scott Rhodes?«

Alles begann, sich zu drehen. Wie sehr sie auch nach Atem rang, sie schien keine Luft mehr zu bekommen. Etwas Schweres drückte auf ihre Brust. Ein Herzinfarkt?

Wie in Zeitlupe spürte sie, wie ihr die Tasche aus den Fingern glitt und ihre Beine unter ihr nachgaben.

Ich werde ohnmächtig, dachte sie. *Vielleicht schlage ich mir den Kopf auf, und all das hier ist vorbei. Vielleicht falle ich ins Wasser und ertrinke …*

Doch das durfte sie nicht geschehen lassen, oder?

Mack brauchte sie …

Sie fiel zu Boden, und durch die Schatten und den wabernden grauen Nebel hindurch hörte sie Macks entsetzten Aufschrei.

»Sie haben meine Mom umgebracht!« Ihre Stimme war hoch und schrill und klang wie aus weiter Ferne.

13. Kapitel

Lauren

Flashback: eine Szene aus der Vergangenheit, die sich wiederholt

Das Mondlicht ergoss sich über den Strand. Sie lag an ihn geschmiegt da, er hielt sie schützend in seinen Armen, und sie sah zu den Sternen hinauf. Der Sand an ihrem Rücken war warm, und sie hörte das leise Rauschen der Wellen, die auf Land trafen.

Gab es einen schöneren Ort auf Erden?

Falls ja, dann brauchte sie ihn nicht zu sehen. Das hier war genug.

»Ich liebe dich.«

»Ich liebe dich auch.« Er zog sie enger an sich. »Ich habe diese Worte noch nie zu jemandem gesagt.«

Aber er hatte sie zu ihr gesagt.

Sie gaben ihr das Gefühl, unbesiegbar zu sein, als könnte sie übers Wasser gehen oder von einem Gebäude springen und fliegen.

Die Zukunft, die sie sich vorgestellt hatte, veränderte sich. Sie war sich nicht sicher, wie das College zu dem passen konnte, was sie für Scott empfand. Sie versuchte, sich vorzustellen, wie sie zu den Kursen ging und ihn nie sah. Wie konnte diese Aussicht sie auch nur ansatzweise glücklich machen?

»Du könntest mit mir kommen, wenn ich gehe.« Sie hatte darüber nachgedacht und versucht, Lösungen zu finden.

»Und was soll ich tun?« Er lag ruhig da. »Ich segele Boote. Dafür gibt es keinen allzu großen Bedarf in der Stadt.«

»Du würdest es hassen, in der Stadt zu leben. Vergiss es, das würde nicht funktionieren.« Aber was würde funktionieren? Die Suche nach einer Lösung bereitete ihr Kopfschmerzen. Auf welche Weise sie die Puzzlesteine auch zusammenfügte, sie passten einfach

nicht. »Ich könnte mit dir gehen. Wir könnten auf einem Boot leben.«

»Ich besitze kein Boot, Laurie. Ich segele die Boote von anderen. Ich repariere die Boote von anderen.«

»Aber Joshua sagt, du wärst der Beste, der je für ihn auf der Werft gearbeitet hätte. Er sagt, du hättest ein Gespür für das Meer und ein Gespür für Holz. Er hat mehr als genug Arbeit für dich. Du musst nicht fortgehen.« Sie versuchte verzweifelt, ihn zu überzeugen.

»Ich kann nicht an einem Ort bleiben.« Er löste sich von ihr und setzte sich auf. Er presste die Kiefer zusammen, als er aufs Meer starrte. »Ich muss weiterziehen.«

»Warum? Weil du das vorher auch getan hast? Vielleicht ist es an der Zeit, das zu ändern.« Sie war so verzweifelt, dass sie entschied, ganz direkt zu sein. »Ich weiß, dass dir das als Kind wieder und wieder passiert ist. Ich weiß, dass sie dich von Pflegeheim zu Pflegeheim gebracht haben, oft ohne Ankündigung …«

»Laurie …«

»Und ich weiß, dass du nicht darüber sprechen willst«, redete sie weiter. »Aber nun tust du dir das Gleiche an! Du musst nicht weiterziehen, Scott. Du kannst bleiben. Du kannst dich niederlassen.«

»Du musst damit aufhören.« Er klang müde. »Du musst aufhören, eine Zukunft zu planen.«

»Nur weil du als Kind nie gewagt hast, eine Zukunft zu planen, bedeutet das nicht, dass du es jetzt nicht kannst.«

»Die Dinge ändern sich, Laurie.«

Sie war sich nicht sicher, was er damit meinte. »Ich werde mich nicht ändern. Meine Gefühle für dich werden sich nicht ändern.«

»Es geschehen Dinge, die nicht in unserer Macht liegen.«

»Aber wir haben Kontrolle über das hier. Über uns. Wir finden einen Weg.« Als er sie nicht einmal ansah, packte sie Verzweiflung. »Ich weiß, dass du nicht jedem traust, aber ich bin nicht jeder.« Er war wie ein streunender Hund, der davor zurückschreckte, sich Menschen zu nähern.

»Was du brauchst, ist das College und danach ein schicker Job in Manhattan und Dates mit smarten Anwälten oder Ärzten.«

»Nur weil jemand Anwalt oder Arzt ist, ist er noch lange nicht smart.«

»Du bist so jung, Laurie.«

»Bin ich nicht!« Sie spürte, dass er ihr entglitt. Sie hatte das Gefühl, ihn zu verlieren, und das wollte sie nicht, dessen war sie sich sicher. Sie wollte Liebe, und sie wusste, dass sie nie wieder eine Liebe wie diese finden würde. Sie beugte sich vor und küsste ihn auf die Wange, spürte seine Bartstoppeln unter ihren Lippen. »Du bist der erste Mann, den ich je geliebt habe.«

»Ich bin der erste Mann, mit dem du Sex hattest.« Seine Stimme war rau, und sie wusste, dass er daran dachte.

Sie dachte die ganze Zeit daran. An seine Hände. Seinen Mund. »Das hat nichts mit meinen Gefühlen zu tun.«

»Bist du sicher? Sex hat auf manche Menschen eine starke Wirkung.«

»Bevor ich dir begegnet bin, wollte ich niemals Sex haben. Du weißt, warum.« Und es überraschte sie noch immer, dass sie ihm so viel hatte erzählen können. Er war der einzige Mensch, dem sie es je erzählt hatte.

Seine Stärke und seine ruhige Selbstgewissheit hatten sie angezogen.

Sie wusste, dass manche Inselbewohner sich vor ihm in Acht nahmen, doch mit ihr war er sanft und geduldig gewesen.

Er verstand sie. Er hörte ihr zu. Er sorgte sich um sie. Ihm fühlte sie sich näher als jedem anderen in ihrer Familie, sogar näher als ihrer Schwester. Sie vertraute ihm bedingungslos.

Dass ihre Beziehung geheim war, machte sie noch intensiver und persönlicher. Sie teilte ihn mit niemandem.

Manchmal sah sie ihn tagsüber, wenn sie auf dem Weg zu oder von ihrem Job im Strandcafé war. Ihr Blick traf seinen, und es kostete sie viel Mühe, nicht hinüberzulaufen und sich in seine Arme zu werfen.

Nur das Wissen, dass sie später zusammen sein würden, konnte sie davon abhalten. Sie traf ihn jeden Abend nach Anbruch der Dunkelheit an einem privaten Strandabschnitt, der zu einem unbewohnten Strandhaus gehörte. Sie hatten dort einen Platz am entfernten

Ende des Strands, zwischen zwei Dünen, wohin andere Leute sich so gut wie nie verirrten.

Manche Menschen hatten eine Bar oder ein Restaurant als Treffpunkt.

Für Lauren war es ein Fleckchen Strand, umgeben von Dünen und Seegras.

»Lass uns aufhören, über die Zukunft zu reden.« Je mehr Zeit sie miteinander verbrachten, sagte sie sich, desto schwerer würde es ihm fallen, sie zu verlassen. »Wir haben den ganzen Sommer vor uns. Mir ist nur die Gegenwart wichtig.«

14. Kapitel

Mack

Reue: ein Gefühl von tiefem Bedauern und von Schuld wegen einer Missetat

»Mom, wach auf.« Sie spürte den harten Betonboden des Kais unter ihren Knien und den kalten Wind in ihrem Nacken, doch sie sorgte sich in diesem Moment nur darum, dass ihre Mutter sich nicht bewegte. »Bitte sei nicht tot.« Sie konnte doch nicht ausgerechnet jetzt sterben und sie verlassen, wo Macks Leben eine Katastrophe war und ihr Hirn so vollgestopft mit verworrenen Gefühlen, dass sie nicht einmal anfangen konnte, sie zu sortieren.

Die Tränen, die sie zurückgehalten hatte, stiegen wie die Flut in ihr auf und schnürten ihr den Hals zu.

»Mom!« Warum war sie so ekelhaft gewesen? Sie hatte gemeine und gehässige Dinge gesagt, und nun würde ihre Mom sterben, und Mack wäre allein mit einem kolossal schlechten Gewissen, das noch zu dem ganzen unangenehmen Gefühlswirrwarr in ihr hinzukäme.

Am schlimmsten war die Tatsache, dass sie keine Chance hätte, sich zu entschuldigen.

Der Gedanke daran erschreckte sie so sehr, dass sie das Gefühl überkam, gleich zusammenzubrechen und vor allen schluchzen zu müssen.

Ihre Mutter war blass. Die dunklen Ringe unter ihren Augen ließen sie aussehen wie jemanden aus diesen Zombie-Filmen, die Abigail ihr gezeigt hatte.

Mack hatte das Gefühl, als würde sich ihr etwas um den Hals legen. Sie bekam keine Luft, und ihre Brust schmerzte. Hatte sie einen Herzinfarkt? *Sie würde ebenfalls sterben.*

Sie warf ihrer Großmutter einen Hilfe suchenden Blick zu, doch Nancy stand unbeweglich da.

Es schien, als wäre sie zu Stein geworden.

Mack versuchte die Tatsache zu begreifen, dass sie nun direkt neben ihrer Mutter sterben würde, als sich eine starke Hand um ihre Schulter schloss.

»Atme langsam aus …« Die Stimme war tief und beruhigend. »Es geht dir gleich wieder gut.«

Es ging ihr nicht gut.

»Sterben …« Als sie das Wort hervorstieß, hockte er sich neben ihr nieder. Seine Hand auf ihrem Rücken fühlte sich warm und zuverlässig an.

»Du stirbst nicht. Es ist alles in Ordnung.«

In Ordnung? Wie konnte er glauben, dass alles in Ordnung war?

Und warum sagte oder tat ihre Großmutter nichts?

Doch die Hand auf Macks Rücken entspannte sie allmählich. Sie wirkte beruhigend und tröstend. Er redete nicht die ganze Zeit, sondern war ruhig und gleichmütig. Vielleicht starb sie doch nicht. Sicherlich konnte niemand so gleichmütig sein, während er Zeuge einer Katastrophe wurde?

»Atme langsam weiter. Ich lasse nicht zu, dass dir etwas geschieht.« Irgendetwas an seiner rauen, festen Stimme machte es unmöglich, nicht darauf zu reagieren.

Ihr Herzschlag beruhigte sich allmählich. Das kribbelnde Gefühl verblasste.

»Meine Mom …«

»Ihr wird es auch gut gehen. Sie ist in Ohnmacht gefallen, das ist alles. Ich werde sie mir jetzt ansehen, also atme ganz ruhig weiter für mich.« Er rückte ein Stück zur Seite, und sie widerstand der Versuchung, sich an ihn zu klammern und zu schreien: *Lass mich nicht los!*

»Bist du ein Arzt oder so was?«

»Nein.«

Er sah sie an, und sie blickte in Augen, die exakt wie ihre eigenen aussahen.

Sie schluckte.

Wusste er es? Sah er, was sie sah?

Sie wartete darauf, dass er etwas sagen würde, doch das tat er nicht. Stattdessen legte er ihrer Mutter zwei Finger aufs Handgelenk und prüfte ihren Puls.

Dann ließ er die Hand ihrer Mom los und strich ihr das Haar aus dem Gesicht. »Laurie …«

Laurie?

Mack sah ihn entgeistert an. Niemand hatte ihre Mutter je Laurie genannt. Sie war immer Lauren. Und sie hatte niemals zuvor jemanden in diesem Ton mit ihr sprechen hören. Nicht einmal ihren Dad. Scotts Ton war sanft. Persönlich. Eher ein Schnurren als ein Bellen. Als ob er sie wirklich *kennen* würde.

Unsicher blickte sie erneut zu ihrer Großmutter.

Ihre Mom hatte ihr gesagt, dass Grams nichts von Scott gewusst habe, doch sie musste es wissen, denn warum sollte sie ihn sonst hierher mitgebracht haben? Vielleicht hatten sie am Telefon gesprochen, und ihre Mutter hatte vergessen, es ihr zu erzählen. In den letzten Wochen hatte es viele Situationen gegeben, in denen ihre Mutter versucht hatte, mit ihr zu reden, und Mack sie zurückgewiesen hatte.

Natürlich hätte sie sich nicht so abweisend verhalten, wenn sie gewusst hätte, dass ihre Mom *sterben* würde.

»Sollen wir einen Krankenwagen rufen?« Die Stimme ihrer Großmutter war unsicher und schwach, und sie sah Scott Rhodes auf eine Weise an, als hätte er für jedes Problem eine Lösung.

Mack war überrascht von dem Vertrauen, das sie in ihren Augen las.

Warum standen sich ihre Großmutter und dieser Mann so nah? Warum schrie sie ihn nicht an, dass er ihre Tochter umgebracht hatte? Oder sie geschwängert hatte? Es war schwer zu sagen, was ein Erwachsener wohl schlimmer fand.

»Es geht ihr gleich wieder gut. Bringen wir sie ins Haus.« Er schob seine Arme unter Laurens schlaffen Körper und hob sie problemlos hoch.

Mack wusste, dass ihr der Mund offen stand, doch sie konnte nicht anders.

Nicht in einer Million Jahren hätte Ed ihre Mom hochgehoben. Tatsächlich hatte Mack noch nie gesehen, dass ein Mann eine Frau auf den Armen trug, außer in einem Film. Sie war immer davon ausgegangen, dass man sich dabei im realen Leben den Rücken verrenkte. »Wohin bringst du sie?« Was, wenn er ihre Mom ins kalte Wasser fallen ließ oder so etwas? Vielleicht war er sauer, weil sie Ed geheiratet hatte.

»Ich bringe sie zum Wagen.«

Mack hörte mit Erleichterung, dass ihre Mutter protestierend aufstöhnte, als Scott sie auf den Sitz legte. Wenn sie stöhnte, bedeutete das, dass sie lebte, oder?

Vor Erleichterung bekam sie weiche Knie.

Sie sah, wie ihre Mutter die Augen aufschlug und Scott ansah.

In diesem Moment schien der Rest der Welt nicht länger zu existieren.

Sie blickten einander so lange an, dass Mack rufen wollte: *Ich bin auch noch da!*

Sie hätte am liebsten geweint und war nicht sicher, ob es an der Erschöpfung nach dem Flug lag oder an der Erleichterung, dass ihre Mutter nicht tot war.

Sie wollte beim Kapitänshaus sein, bevor sie zusammenbrach und sich blamierte. Schließlich hatte sie längst das Alter überschritten, in dem es noch in Ordnung war, in der Öffentlichkeit zu weinen.

Scott dagegen schien es nicht eilig zu haben. Er machte alles in seinem eigenen Tempo. Er beugte sich vor, um ihrer Mutter den Sicherheitsgurt anzulegen, und Mack bemerkte, wie ihre Mom den Kopf wegdrehte, als wagte sie es nicht, sein Gesicht so dicht vor ihrem zu sehen.

Mack war erleichtert, als Scott eine weitere Wagentür öffnete und in Richtung Pick-up deutete.

Sie stieg ein, nicht ohne das Kinn trotzig zu heben, als hätte sie sich an der Anlegestelle eben nicht fast übergeben und wäre nicht beinahe gestorben vor Angst. Wenn der erste Eindruck zählte, hatte sie es vermasselt. Vermutlich dachte er, dass sie nicht so ein Weichei geworden wäre, wenn er sie aufgezogen hätte.

Glücklicherweise war die Fahrt zum Kapitänshaus relativ kurz. Ihre Großmutter fragte Mack nach der Schule, den Prüfungen und ihren Freunden – normale Sachen. Sie erwähnte mit keinem Wort, dass Ed gestorben war und dass ihre Mom am Hafen gerade ohnmächtig geworden war.

Hallo, können wir hier über echte Probleme sprechen?

Das Verquere dieser ganzen Situation ließ sich kaum in Worte fassen, doch ihr ganzes Leben war jetzt merkwürdig.

Sie vermisste Ed so sehr, dass ihr Herz schmerzte, und sie begriff nicht, wie es möglich war, jemanden zu lieben und gleichzeitig wütend auf ihn zu sein.

Mack sah verstohlen zu ihrer Großmutter hinüber und überlegte, warum sie wohl Scott mitgebracht hatte.

Vielleicht dachte ihre Großmutter, dass ihre Mom einen Ersatz für Ed brauchte, auch wenn das ein bisschen sehr schnell war, oder? Und außerdem hatte ihre Mom gesagt, dass Scott keine Verpflichtungen hatte eingehen wollen. Falls sich nicht irgendetwas komplett verändert hatte, wäre er wahrscheinlich nicht daran interessiert, sich einer ohnmächtig werdenden, superdünnen Frau und ihrer verkorksten Teenager-Tochter anzunehmen.

Mack wusste nicht viel über Beziehungen, aber sie hatte den Verdacht, dass sie kein guter Fang waren.

Als sie am Haus ankamen, bestand ihre Mutter darauf, ohne Hilfe auszusteigen.

»Bist du sicher, dass das eine gute Idee ist?« Mack wich ihr nicht von der Seite und versuchte zu demonstrieren, dass sie nicht der herzlose Teenager war, für den Scott sie zu halten schien. »Ich möchte nicht, dass du wieder ohnmächtig wirst. Lass ihn dich tragen.«

»Ich brauche niemanden, der mich trägt.«

Das musste ein gutes Zeichen sein, oder? Ihre Mutter war immer stark, ruhig und kompetent gewesen. Selbst als Mack bei der Beerdigung mit der Wahrheit über ihren Dad herausgeplatzt war, hatte sie ruhig und gelassen die Fassung gewahrt. Sie war ruhig und gefasst gewesen bis zu dem Moment, als sie die Fähre verließ und Scott erblickt hatte.

Jetzt im Moment sah sie blass und zerbrechlich aus. Scott dachte das offenbar ebenso, denn er hielt sich dicht neben ihr, wohl für den Fall, dass er sie auffangen musste.

Es war eine Erleichterung, als sie schließlich ins Haus traten.

Das Kapitänshaus wirkte wie ein alter Freund und sah genauso aus, wie Mack es in Erinnerung vor sich sah.

Im Gegensatz zu dem, was sie ihrer Mutter gesagt hatte, war sie voller Begeisterung, wieder hier zu sein. Sie hatte einmal eine Gruppe Touristen über seinen »historischen Charme« sprechen hören, doch das war nicht der Grund, warum sie das Haus liebte. Sie liebte es, weil man das Meer buchstäblich riechen konnte. Nicht nur weil es gleich da draußen vor der Tür wartete, sondern weil es die Wände des Hauses durchdrungen zu haben schien. Es gab Winkel, geheime Türen und Balkone, und alle Räume waren vollgestopft mit Kram. Da lagerten Bücher, alte Marinekarten, Gegenstände, die seit mehr als einem Jahrhundert vollstaubten. Ihre Großmutter warf niemals irgendwas weg, was Mack ziemlich cool fand, auch wenn sie wusste, dass es ihre Mutter und Tante Jenna zur Verzweiflung trieb.

Der Außenanstrich und der Schriftzug über dem Eingang zeigten Risse. Wie bei einem alten Menschen, dachte Mack, der viel Lebenserfahrung und jede Menge Geschichten zu erzählen hat.

An den Wänden des Flures hingen alte Schwarz-Weiß-Fotos und eines der Bilder ihrer Großmutter. Doch … das Bild war nicht mehr da.

Sie blickte erstaunt auf die verblasste Tapete.

»Wo ist das Bild, Grams? Das hübsche blaue?« Es war das einzige Bild ihrer Großmutter, das sie mochte. Die anderen waren düster. Wenn sie sie ansah, überkam Mack das Bedürfnis, sich wärmer anzuziehen.

Ihre Großmutter wirkte nervös. »Ich habe es weggestellt.«

Scott schleppte ihre Taschen vom Pick-up herbei und stapelte sie im Flur.

»Ihr müsst erschöpft sein nach eurer Reise«, sagte ihre Großmutter. »Ich habe etwas zu essen gemacht.«

In Macks Magen rumorte es noch. »Das ist nett, aber ich habe keinen großen Hunger, Grams.«

»Du musst was essen, bevor du ein Nickerchen machst.«

Mack wollte gerade klarstellen, dass sie sechzehn und keine sechs war und sie es normalerweise ohne ein Nickerchen durch den Tag schaffte, als ihr einfiel, dass sie auf diese Weise all dem Stress entkommen und allein sein könnte. Sie könnte Phoebe Nachrichten schreiben.

Irgendetwas anderes machen, um von ihrer verrückten Familie wegzukommen. Und von Scott.

»Das wäre schön, danke.« Sie spürte, wie Scotts Blick auf ihr ruhte. Sie hatte das Gefühl, als ob er ihre Gedanken lesen könne, was ein bisschen verunsichernd war.

Erschöpft ließ sie sich auf einen der Küchenstühle sacken, Schlafmangel und Jetlag holten sie ein.

»Toast«, sagte ihre Großmutter. »Ich mache Toast.«

»Klasse.« Sie würde vermutlich ein paar Bissen hinunterwürgen, um ihre Großmutter zufriedenzustellen.

»Du hast Scott nie kennengelernt, deswegen sollte ich ihn dir richtig vorstellen.«

»Wir haben uns nicht persönlich kennengelernt.« Mack sah Scott an. »Falls du dich fragst, ja, ich weiß, dass du mein richtiger Vater bist. Und ich weiß, dass du schon vor Jahren von dem Job zurückgetreten bist, weshalb ich sauer auf dich sein sollte, aber in Anbetracht der Tatsache, dass ich gerade nicht viel Familie habe und es mir nicht leisten kann, wählerisch zu sein, brauchst du dir keine Sorgen zu machen, dass ich Ärger machen könnte.«

»Mackenzie!« Ihre Großmutter ließ die Tasse zu Boden fallen, wo sie in Scherben zersprang, sodass Tee über den Boden und auf die Schränke spritzte. »Wovon redest du da?« Sie wandte sich an Lauren. »Ist das der Kummer, der da aus ihr spricht? Ich verstehe nicht.«

Lauren schloss die Augen. »Mom …«

Oh, verdammter Mist. In Mack stieg Entsetzen auf, als sie ihre Mutter ansah. »Warte. Willst du sagen, Grams wusste es nicht? Ich dachte, du hättest es ihr schon gesagt!«

Ihre Mutter sah wie ein Geist aus. »Wann hätte ich es ihr sagen sollen?«

»Am Telefon oder so! Ich habe gehört, dass du mit ihr gesprochen hast.«

»Über die Reise. Nicht über … irgendwas anderes. Ich wollte es ihr von Angesicht zu Angesicht erzählen.«

Ihre Großmutter hatte es nicht gewusst?

»Aber warum hat sie ihn dann mit zur Fähre gebracht?«

Diese ganze Situation trieb sie in den Wahnsinn. Es war schlimmer als die Shakespeare-Stücke, die sie in der Schule bearbeiteten und in denen die Charaktere sich als unterschiedliche Personen verkleideten.

Ihre Großmutter hatte sich nicht gerührt. Tee tropfte von den Schränken. »Was wolltest du mir von Angesicht zu Angesicht sagen? Dass Scott Macks Vater ist? Wo nimmst du denn eine solche Idee nur her, Mack?«

Mack sagte nichts. Von jetzt an würde sie den Mund halten.

Erst die Beerdigung, nun das.

Sie würde nie wieder etwas sagen.

Stattdessen griff sie nach einem Geschirrtuch und hielt den Kopf gesenkt, während sie den Tee aufwischte und die Scherben beseitigte.

»Scott, ich muss mich für meine Enkelin entschuldigen.« Nancy klang schwach. »Ich habe keine Ahnung, warum sie so etwas sagen sollte. Es ist lächerlich.«

Scott rührte sich. »Hat Lauren weitere Kinder?«

Nancy wirkte überrascht. »Nur Mack.«

»In dem Fall ist Mack meine Tochter.«

Ihre Großmutter umklammerte eine Stuhllehne und starrte Scott an. »Sie haben das die ganze Zeit gewusst und mir nicht gesagt? Warum?«

»Es war Laurens Entscheidung.«

»Doch wenn es stimmt, dass Mack Ihre Tochter ist, würde das bedeuten, dass Sie und Lauren …«

»Sag's nicht!«, unterbrach Mack. »Wir können es uns vorstellen.« Sie sah, wie ihre Großmutter sich an den Hals fasste, und fühlte plötzlich eine tiefe Besorgnis.

Was jetzt?

Sie stand langsam auf und näherte sich ihrer Großmutter wie jemandem, der gleich irgendwo hinunterspringen wollte. »Grams …«

»Aber wir reden hier von Lauren. Wenn es Jenna wäre, würde ich es verstehen, weil sie immer eine Wilde war, aber Lauren?« Nancy schüttelte nachdenklich den Kopf. »Das ist nicht die Tochter, die ich kenne!« Sie sah Scott an, der ihren Blick erwiderte, ohne eine Miene zu verziehen.

»Dann, schätze ich, kennen wir einen anderen Menschen.«

Scott, dachte Mack, schien der einzige vernünftige Mensch im Raum zu sein.

Nancy wandte sich Lauren zu. »Aber du hast Ed geheiratet und – warum solltest du so etwas vor mir verbergen?«

Mack verdrehte die Augen. »Mom ist wie ein großer Brunnen voller Geheimnisse – sie ist wie das MI5 oder die CIA.«

»Mackenzie«, erklang die erstickte Stimme ihrer Mutter. »Geh in dein Zimmer. Du solltest bei diesem Gespräch nicht zuhören.«

»Kommt nicht infrage. Jedes Gespräch findet nur direkt vor mir statt, denn sonst kommt bestimmt irgendwas auf den Tisch, was ich die nächsten zehn Jahre nicht rauskriege, und bis dahin habe ich einen psychologischen Schaden fürs Leben.« Vielleicht hatte sie den schon. Manchmal bereitete ihr das, was in ihrem Kopf vor sich ging, wirklich Angst. »Was ist aus der guten alten Wahrheit geworden? Im Moment habe ich echt genug von meiner völlig verkackten Familie.«

Lauren atmete scharf ein. »Nicht diese Sprache.« Sie nahm ihre Tasche vom Tisch und holte ihr Handy heraus. »Ich lasse Tante Jenna wissen, dass wir gut angekommen sind.«

Das wird eher ein SOS, dachte Mack.

Ihre Großmutter schien aus ihrer Starre zu erwachen. »Tante Jenna unterrichtet heute in der Schule.«

Mack teilte die Verzweiflung ihrer Mutter. »Sie muss herüberkommen, sobald sie fertig ist. Und sie muss Kekse mitbringen oder Cupcakes – am besten beides. Und außerdem Onkel Greg, weil der weiß, wie man vertrackte Situationen bewältigt, und diese Situation braucht eindeutig eine Lösung.«

Sie bemerkte, dass ihre Mutter nicht einen Satz zu Scott gesagt hatte. Nichts. Kein Wort hatten sie gewechselt. Nur diesen einen

Blick, der so hitzig war, dass man sich verbrannt hätte, wenn man zwischen ihnen gestanden hätte.

Die Atmosphäre war so angespannt, als hätte jemand alle Luft aus dem Raum gesaugt.

»Scott?« Die Stimme ihrer Großmutter klang schwach. »Ich frage mich, ob es Ihnen etwas ausmachen würde, uns allein zu lassen? Ich glaube, meine Familie und ich haben einiges nachzuholen. Es scheint, als hätten wir ziemlich viel zu besprechen.«

Scott löste sich von dem Tresen, an den er sich gelehnt hatte, und sah Lauren an.

»Du weißt, wo ich bin.«

Es war Nancy, die antwortete. »Danke, Scott.«

Mack fragte sich, warum ihre Großmutter Scott dankte, wenn er doch irgendwie derjenige war, der für dieses ganze Chaos verantwortlich war.

15. Kapitel

Jenna

Enthüllung: eine überraschende oder interessante Tatsache, die Leuten bekannt gemacht wird

»Bist du sicher, dass es eine gute Idee ist, wieder zu deiner Mutter hinüberzufahren? Seit Lauren und Mack angekommen sind, warst du jeden Tag dort.« Greg verschloss die Tür des Cottages, und sie gingen gemeinsam zum Auto. »Vielleicht brauchen sie Raum für sich.«

»Sie brauchen keinen Raum für sich.« Jenna dachte an die Nachricht, die Lauren ihr am Morgen auf dem Handy hinterlassen hatte. »Lauren braucht Unterstützung.«

»Und das bist du?«

»Ja. Ich bin ihre Schwester. Sie erzählt mir weiterhin, dass es ihr gut geht, doch wie kann das stimmen?«

»Ich schätze, sie tut alles, um sich zusammenzureißen.«

»Und das kann nicht leicht sein. Sie hat mir gestern gesagt, dass die Todesursache Herzversagen war. Eine kaputte Herzklappe oder so etwas. Kannst du dir das vorstellen? Ed war vierzig. Die ganze Sache ist schrecklich für sie, und sie bekommt weiter diese Anrufe aus London von dem Anwalt, den ich kennengelernt habe, sodass es auch nie aufhört.« Jenna warf ihre Tasche auf den Rücksitz des Wagens und schlüpfte hinters Steuer. »Und bei Mom zu wohnen kann auch nicht einfach sein. Sie spricht nicht über die großen Sachen.«

Greg schnallte sich an. »Wir haben das eine Million Mal besprochen. Wir wissen beide, dass es deiner Mutter schwerfällt, Gefühle zu zeigen.«

»Ich weiß, aber ich dachte, sie würde es bei Lauren vielleicht ein bisschen mehr versuchen. Hast du nicht gesehen, wie sie am ersten

Abend beim Essen mit Lauren umgegangen ist? Sie hat Ed kaum erwähnt.« Jenna winkte einem Nachbarn zu, der mit dem Hund unterwegs war.

»Weil sie nicht weiß, was sie sagen soll. Viele Menschen wissen in schwierigen Situationen nicht, wie sie reagieren sollen, Jenna. Sie ist nicht allein damit. Es liegt nicht daran, dass es diesen Menschen egal ist. Sie haben Angst, etwas Falsches zu sagen. Dass sie es schlimmer machen könnten. Und vermutlich hat die Enthüllung um Scott ihr die Sprache verschlagen. Ich weiß, dass es mir jedenfalls so ging.«

»Ich kann immer noch nicht glauben, dass sie Scott Rhodes mitgenommen hat, um Lauren abzuholen.«

»Was ich schwerer zu begreifen finde, ist die Tatsache, dass er Macks Vater ist. Wenn du mich gebeten hättest, alle Möglichkeiten zu notieren, hätte er es nicht einmal auf die Liste geschafft.«

Auf ihrer Liste hätte er ganz oben gestanden, dachte Jenna. Warum war sie nicht schon früher darauf gekommen?

Sie fuhr vom Strand weg, bog nach links und dann nach rechts ab.

»Wenn ich jetzt darüber nachdenke, da war etwas …« Sie umklammerte das Lenkrad fester. »Sie haben einander wahrgenommen.«

»Offensichtlich. Kannst du ein bisschen langsamer fahren? Es hilft deiner Schwester nicht, wenn du uns in den Graben lenkst.«

»Tut mir leid.« Jenna nahm den Fuß vom Gas. »Ich mache mir Sorgen um sie. Glaubst du, dass Scott der Grund ist, warum sie nicht oft nach Hause gekommen ist?«

»Ich weiß es nicht. Fahr langsamer!«

Jenna bremste abrupt. »Vielleicht hatte sie Angst, dass sie ihm über den Weg laufen würde.«

»Und ich habe Angst, dass wir die Insel mit Leichen pflastern. Soll ich fahren?«

»Nein. Tut mir leid. Ich fahre langsamer. Ich bin gespannt. Dem zufolge, was Lauren mir erzählt hat, muss sie sich einen Job besorgen.« Jenna fuhr vorsichtig durch West Tisbury, wo jeden August vier Tage lang das jährliche Volksfest und die Viehauktion stattfanden. Sie fragte sich, ob ihre Schwester die Stadt vermisste, und entschied, dass dies vermutlich ihr geringstes Problem war. »Immer wenn wir Zeit miteinander verbracht haben, schienen sie und Ed glücklich zu sein, fandest du nicht?«

»Von außen kann man nie beurteilen, wie es in einer Ehe aussieht. Wir sehen vermutlich auch glücklich aus.«

Ihr Herz setzte kurz aus. »Wir sind glücklich.«

»Du hast in letzter Zeit nicht sehr glücklich gewirkt.«

Warum hatte sie dieses Gespräch angefangen, während sie am Steuer saß? »Ich will ein Baby, das stimmt, aber das bedeutet nicht, dass ich nicht glücklich bin.«

Wollte er sagen, dass er nicht glücklich war?

Ein Anflug von Panik erfasste sie. Greg war die eine sichere Sache in ihrem Leben. Verlässlich und vertrauenswürdig. Sie hatte ihre Zukunft mit ihm auf festen Grundmauern errichtet, und plötzlich schwankten diese Grundmauern warnend.

Die restliche Fahrt über schwiegen sie, und als Jenna schließlich vor dem Kapitänshaus anhielt und Greg ansah, waren seine Augen geschlossen.

»Greg?«

»Mhm?« Er öffnete die Augen. »Sind wir da?«

»Ja. Warte …« Sie legte die Hand auf seinen Arm, bevor er sich abschnallen konnte. »Bist du glücklich? Du redest über jeden, aber nicht über dich selbst. Sag mir, wie du dich fühlst.«

»Ich bin müde. Es ist viel zu tun in der Praxis.«

Sie wollte nicht über die Arbeit sprechen. Sie wollte über sie beide sprechen.

»Du willst doch ein Baby, oder nicht?«

Er zögerte. »Natürlich.«

»Manchmal glaube ich, dass ich es mehr möchte als du.«

»Ich möchte eine Familie. Aber das ist nicht das Einzige, woran ich denken kann.«

War sie so schlimm?

Von jetzt an würde sie nicht mehr die ganze Zeit darüber reden, zumindest mit Greg nicht. Nun, da Lauren zurück war, konnte sie mit ihr sprechen.

Spontan griff sie nach ihm und zog ihn zu sich. »Ich liebe dich, Greg Sullivan.« Sie drückte ihre Lippen auf seine und spürte die vertraute Kontur seines Mundes.

Er umfasste ihren Nacken und erwiderte den Kuss. Er begann langsam, aber niemand wusste ihr Feuer besser zu entfachen als Greg. Mit jedem Kreisen seiner Zunge und jeder Berührung seiner Finger verwandelte er den Kuss in ein schwindelerregendes Vorspiel. Ein Versprechen noch intimerer Nähe. Sie wusste genau, wie sich diese Nähe anfühlte, und Begehren stieg in ihr auf. Sie spürte ein begehrliches Ziehen in ihrem Unterleib und wünschte, sie wären zu Hause.

Er ließ seine Hand unter ihren Pullover gleiten und umschloss ihre Brüste. Sie fühlte, wie sich ihre Nippel unter den kundigen Liebkosungen seines Daumens zusammenzogen.

»Greg!« Sie keuchte es an seinem Mund, und er löste sich so weit von ihr, dass er sprechen konnte.

»Was?« Seine Stimme war belegt, seine Augen wirkten verhangen und sexy.

»Wir können nicht. Nicht jetzt.«

»Du sprichst lieber mit deiner Mutter, als das hier zu tun?«

»Ich möchte nicht verhaftet werden für die Erregung öffentlichen Ärgernisses.« Aber sie war versucht. Dies hier fühlte sich gut an. Und die Spontanität gefiel ihr. Davon hatten sie in ihrem Leben zuletzt wenig gehabt.

»Ich schätze, du hast recht.« Er ließ sie los, und sofort fühlte sie sich beraubt.

»Ich liebe dich.«

»Ich liebe dich auch.« Die Aufrichtigkeit in seiner Stimme beruhigte sie.

Es gab nichts Besseres auf der Welt als das Wissen, geliebt zu werden, und nichts ließ einen dieses Geschenk so sehr wertschätzen, wie mit anzusehen, wenn es jemand anderem entrissen wurde.

»Lass uns meine Schwester retten.«

Während sie zum Haus gingen, nahm sie Gregs Hand, um ihm weiter nah zu sein. Wie musste Lauren sich gefühlt haben, als sie Ed geheiratet hatte, obwohl sie in Scott verliebt war? Sie konnte es sich einfach nicht vorstellen.

Als sie das Haus betraten, bemerkte Jenna einen vorzüglichen Duft. »Da riecht etwas gut.«

So hoffnungsschürend der Geruch auch war, als sie in die Küche kamen, spürte Jenna die angespannte Stimmung sofort. Ihre Mutter holte eine Kasserole aus dem Ofen, und Lauren deckte den Tisch. Der Blick, den sie Jenna zuwarf, zeugte von großer Erleichterung.

»Hi.«

Jenna ging quer durch die Küche, um sie zu umarmen, und runzelte die Stirn, als sie dabei Laurens Hüftknochen spürte. Sie könnte vermutlich die Hälfte ihres Gewichts an ihre Schwester abgeben, und Lauren wäre immer noch nicht dick.

Lauren schloss die Arme ganz fest um sie, und Jenna erinnerte sich an die Male, wie sie das als Kinder getan hatten.

Wenn eine in Schwierigkeiten steckte, war die andere für sie da.

Jenna bemerkte, dass Mack zusammengesunken am Tisch saß. Sie war ganz und gar auf ihr Handy fokussiert, als wollte sie sich von dem, was im Raum geschah, abkoppeln. Genau wie bei ihrer Mutter lagen dunkle Ringe unter ihren Augen, und sie sah erschöpft aus.

»Wie geht es dir?« Jenna löste sich von ihrer Schwester, nachdem sie sichergestellt hatte, dass diese nicht das Gleichgewicht verlor.

»Gut.« Laurens Augen blickten unruhig, und sie zitterte.

Lüge: eine falsche Aussage, die bewusst in die Irre führen soll.

»Ist dir kalt? Hier kann es zugig sein.«

Irgendwie war der Winter in dem Haus so viel härter. Der Sommer brachte Licht in die dunklen Ecken, doch jetzt, mitten im Februar, wirkten die Räume müde und ungeliebt. Oder vielleicht lag es an der Atmosphäre. Ein Haus konnte nur so glücklich sein wie die Menschen, die dort wohnten.

»Scott hat die Fenster repariert«, sagte Nancy leise. »Kein Zug mehr.«

»Scott?« Jenna blickte sich argwöhnisch um, als würde er an einer Wand lehnen und sie alle in brütendem Schweigen betrachten.

»Er war vorhin hier, um die Arbeit an einer der Türen zu beenden, aber er ist gegangen.«

»Was nicht überraschen sollte …« Mack blickte von ihrem Handy auf. »Angesichts seiner Vergangenheit.«

Lauren errötete. »So war es nicht.«

Warum sollte ihre Schwester einen Mann verteidigen, der sie schwanger verlassen hatte?

Jenna wünschte sich nun, sie hätte einen Weg gefunden, ihre Schwester hier rauszuholen, sodass sie jetzt mit ihr allein sein könnte.

»Setz dich. Lass uns essen.« Nancy stellte Teller auf den Tisch.

Wollte ihre Mutter wirklich so tun, als ob nichts von dem hier geschah?

Und dann sah sie Nancy tief durchatmen.

»Da wir alle zusammen am Tisch sitzen, dachte ich, dass dies ein guter Zeitpunkt für ein aufrichtiges Gespräch sei.«

Tatsächlich? dachte Jenna. Wusste irgendjemand in der Familie, wie man ein aufrichtiges Gespräch führt?

»Das klingt gesund«, sagte Greg, und Jenna runzelte die Stirn.

Es klang untypisch.

Nancy füllte Schmortopf auf die Teller und reichte sie herum. »Nun, da Lauren Zeit gehabt hat, sich vom Jetlag zu erholen, müssen wir darüber sprechen, was als Nächstes geschieht.«

Abgestoßen von der Taktlosigkeit ihrer Mutter, füllte sich Jenna Reis auf den Teller. Da sie gerade den Löffel in der Hand hatte, häufte sie auch einen Berg Reis auf Laurens Teller. Ihre Schwester musste essen. »Es ist noch genug Zeit, an die Zukunft zu denken.«

»Nein«, sagte Nancy. »Tatsächlich ist nicht genug Zeit.«

Es folgte ein betretenes Schweigen, und Jenna spürte einen Anflug von Verärgerung.

Konnte ihre Mutter nicht einmal beruhigende Plattitüden von sich geben, wie es von ihr erwartet wurde?

»Mom?«

»Wir müssen Lauren helfen, einen Plan zu erarbeiten.«

»Plan?« Jenna gelang es nicht, ihre Verärgerung zu verbergen. »Du meinst wegen Scott?«

»Nein. Ich gehe davon aus, da ist nichts zu machen, sonst hätte sie es schon Jahre zuvor getan.«

»Ich bin hier.« Lauren hatte ihr Essen nicht angerührt. »Ich sitze direkt hier am Tisch. Und ich weiß, dass ich Entscheidungen treffen muss. Ich muss einen Job finden und eine Unterkunft.«

»All das hat doch noch viel Zeit, oder Mom?« Jenna versuchte zu lächeln, schaffte es aber nur, die Zähne zu entblößen. »Du hast zehn Schlafzimmer, insofern ist das Haus nicht gerade überbelegt. Lauren kann hier wohnen, während sie entscheidet, was für sie und Mack am besten ist. Der Rest kann warten.«

Nancy setzte sich auf den nächstbesten Stuhl. »Er kann nicht warten.«

»Es ist nur so lange, bis ich wieder Boden unter den Füßen habe«, sagte Lauren. »Wir kommen dir nicht in die Quere. Du wirst uns kaum zu Gesicht bekommen, wenn du das nicht möchtest, und wir werden dich sicherlich nicht vom Malen abhalten.«

Und da war sie: die Wahrheit.

Weil sie beide wussten, dass dies das Einzige war, was im Leben ihrer Mutter zählte. Malen.

»Das hat nichts mit dem Malen zu tun«, sagte Nancy. »Ihr habt keine Ahnung, wie lange ich damit gerungen habe, aber ich weiß, dass es die richtige Entscheidung ist.«

»Was? Was ist die richtige Entscheidung?« Jenna begriff mit einem flauen Gefühl im Magen, dass es hier nicht darum ging, die falschen Dinge zur falschen Zeit zu sagen. Hier ging es um mehr.

Ihre Mutter umklammerte die Ecke der Tischplatte. »Ich verkaufe das Kapitänshaus.« Es lag ein Beben in ihrer Stimme, das fast nach Emotionen klang. »Es ist jetzt zu groß für mich. Ich brauche keine zehn Schlafzimmer.«

Jenna wäre nicht geschockter gewesen, hätte ihre Mutter ihr mit der Bratpfanne eins übergezogen.

»Du hast gesagt, du würdest es nie verkaufen. Du hast gesagt, deine Vorfahren würden sich im Grab umdrehen.«

»Dinge ändern sich.«

Lauren war so bleich wie ein Krankenhaus-Bettlaken. »Wem verkaufst du es?«

Nancy musterte eingehend ihre Hände und sah dann auf.

»Das ist der Teil, der vielleicht ein bisschen merkwürdig ist. Ich verkaufe es an Scott Rhodes.«

16. Kapitel

Nancy

Reflexion: sorgfältiges Nachdenken über ein bestimmtes Thema

Nancy und Tom hatten sich seit exakt drei Monaten getroffen, als er sie bat, ihn zu heiraten. Es war ein glühend heißer Tag im August des Jahres 1970, und sie beobachteten, wie die *Island Queen* in Oak Bluffs anlegte.

Obwohl sie verliebt war, hatte Nancy keine Ahnung, dass Tom vorhatte, ihr einen Antrag zu machen. Wie sollte sie? Sie hatte wenig Erfahrung mit Beziehungen. Im Alter von acht Jahren hatte sie ihre Eltern verloren, was sie gelehrt hatte, dass nichts von Dauer war. Als Folge hielt sie stets einen Teil von sich versteckt.

Tom dagegen hatte keine Probleme mit Beziehungen. Er arbeitete als Vertreter, was, wie sich herausstellte, der perfekte Job für jemanden mit seinem Charme und seinem Charisma war. Die Firma, bei der er angestellt war, hatte ihren Sitz in Boston, und so war er oft wochenlang auf Reisen.

Wenn er auf die Insel zurückkehrte, schien es, als hätte jemand das Licht angeschaltet.

Er richtete diesen Schein auf Nancy, die davon geblendet war.

Vor Tom hatte sie sich mit einem anderen Mann getroffen, und der hatte behauptet, sie trotz ihrer Leidenschaft fürs Malen zu lieben. Tom hatte gesagt, dass er sie genau deswegen liebte, und als er an jenem sonnigen Tag vor blauem Himmel und ruhiger See um ihre Hand anhielt, sagte sie natürlich Ja.

Sofort streifte er ihr einen Ring über den Finger. Sie hätte es bevorzugt, wenn er es nicht vor all den Passagieren getan hätte, die von der Fähre strömten, um den Tag auf der Insel zu verbringen, doch Tom war schon immer impulsiv gewesen.

Es war auch Tom, der vorgeschlagen hatte, den Moment ihrer Verlobung zu malen, damit sie ihn für immer in Erinnerung behalten konnten. Sie hatte die Szene voller Begeisterung in jedem Detail eingefangen und sie auf Toms Bitten in den Flur gehängt.

Dort hing sie während ihrer ganzen Ehe, der blaue Himmel und die glitzernde See als Andenken an jenen Tag.

Sie war erleichtert und auch ein bisschen überrascht gewesen, dass Tom ihren Vorschlag, im Kapitänshaus zu wohnen, begeistert aufgriff.

Er war hungrig, ungeduldig, immer auf der Suche nach der nächsten Sensation. Er konnte kaum still sitzen, wohingegen Nancy beim Malen stundenlang in einer Position verharrte und Zeit und Ort um sich vergaß. Sie hatte erwartet, dass er versuchen würde, sie von einem Umzug nach Boston oder sogar New York zu überzeugen, doch das tat er nicht.

»Du bist eine Stewart«, sagte er und schwang sie herum, als wären sie in einem Tanzsaal und nicht am Strand. »Die Stewarts haben schon immer im Kapitänshaus gewohnt.«

Das war richtig.

Nachdem ihre Eltern gestorben waren, hatte Nancy dort mit ihrer Großmutter gelebt, einer Frau, die wenig Sinn für Humor, aber viel Sinn für Besitztümer hatte.

Jede Generation ihrer Familie hatte etwas zu dem Haus hinzugefügt, bis es vollgestopft war mit Erinnerungen an die Vergangenheit. An manchen Tagen fühlte es sich an, als lebte sie in einem Museum.

»Eines Tages wird dieses Haus dir gehören«, hatte ihre Großmutter gesagt, und Nancy hatte sich gefragt, was sie mit zehn Schlafzimmern und siebenhundert Spinnweben anfangen sollte. Die Last der Verantwortung drückte sie nieder, doch zugleich fühlte sie sich verpflichtet.

Es war ihre Aufgabe, das Haus für zukünftige Generationen zu erhalten, und es war eine Erleichterung, dabei jemanden an ihrer Seite zu haben.

Doch nach kurzer Zeit erkannte sie, dass Tom ihre emotionale Bindung an das Haus nicht teilte.

»Es ist eiskalt«, sagte er, als sie noch eine Schicht Kleidung überzogen und im Esszimmer ein weiteres Feuer entzündeten. »Wir sollten die alten Fenster durch etwas Modernes ersetzen und die Heizung reparieren.«

Er machte noch weitere Vorschläge, die Nancy erkennen ließen, dass er das Haus überhaupt nicht verstand. Ihre Aufgabe bestand darin, es zu bewahren, und nicht, sein Herz herauszureißen. Mal abgesehen davon, dass sie gar nicht das Geld dazu hatten, wollte sie nichts von diesen Dingen wissen.

Doch das war das Einzige, worüber sie sich stritten. Ansonsten waren sie glücklich.

Wenn Tom fort war, was oft vorkam, hatte sie ihre Kunst und das Haus.

Die Künstlerin in ihr schätzte die Architektur mit den erhabenen Konturen, die Frau in ihr liebte den Raum und das Licht, und das Kind in ihr fühlte sich getröstet, weil hier Generationen ihrer Familie bei ihr zu sein schienen. Trotz der Größe des Hauses war es unmöglich, sich allein zu fühlen, wenn die eigene Geschichte in jedem Riss der Wand eingegraben war. Es war die Art von Haus, das einer Familie nicht nur gehörte, sondern selbst zu einem weiteren Familienmitglied wurde. Und vielleicht hatte ein Teil von ihr geglaubt, dass eine Familie mit einem Heim wie diesem geschützt war.

Es stellte sich heraus, dass sie damit falschlag, so wie sie mit vielen Dingen falschgelegen hatte.

Sie lebten von Toms Gehalt. Ein großer Teil davon ging für die Instandhaltungskosten des Kapitänshauses drauf, die einem die Tränen in die Augen trieben. Sie hatte Glück, dass Toms Vertreterkarriere genug einbrachte, um zumindest einigermaßen über die Runden zu kommen. Er reiste viel, doch das war der Preis, den sie für die finanzielle Sicherheit zahlten. Und angesichts der Tatsache, dass das Haus Geld verschlang und es ihre Idee gewesen war, dort zu wohnen, war sie nicht in der Position, sich zu beklagen.

Nancy verkaufte gelegentlich ein Bild, doch diese Erlöse trugen nicht viel zu ihrem Haushaltseinkommen bei.

Hätte sie für Geld gemalt, hätte sie wohl aufgegeben, doch sie malte nie um des Geldes willen. Sie malte, weil es sie glücklich machte. Wenn sie malte, dachte sie an nichts anderes. Es war Kunst, aber zugleich auch eine Form der Meditation. Sie konnte die Malerei ebenso wenig aufgeben wie das Atmen.

Ihr plötzlicher und unerwarteter Erfolg fiel zufällig mit der Geburt ihres ersten Kindes zusammen.

Lauren war zwei Wochen alt gewesen, als ein vermögender Sommerbesucher eines von Nancys Bildern in einem Café vor Ort sah. Er besaß eine Galerie in Boston und kannte einen Käufer, von dem er wusste, dass er begeistert sein würde von Nancys stimmungsvollen Meereslandschaften.

Er hatte alles mitgenommen, was in ihrem Atelier stand, und war zurückgekehrt, um noch mehr Bilder abzuholen.

Ihre Arbeit wurde nicht länger weitgehend ignoriert, sondern wurde zu sehr gefragten Kunstobjekten.

Bald war sie diejenige, die reisen musste. Sie hatte Ausstellungen in New York, Paris, Genf, London.

Mit zwei kleinen Kindern wäre das unmöglich gewesen, doch damals verlor Tom seinen Job und bekam keinen anderen, was bedeutete, dass er, wenn er nicht gerade auf dem Golfplatz stand, zu Hause war. Er war den Mädchen ein wunderbarer Vater, spielte immer mit ihnen und brachte sie zum Lachen. Er bezauberte sie mit jenem strahlenden Leuchten, das alle zu ihm zog, während Nancy im Schatten stand.

Sie versuchte, Dankbarkeit statt Kränkung zu empfinden. Sie führte sich vor Augen, dass sie nur auf Tour gehen konnte, weil Tom so gut mit den Kindern umging.

Oft kam sie erschöpft nach Hause und fühlte sich wie eine Fremde in ihrem eigenen Haus.

Ohne die Struktur, die sie dem Tag gab, waren die Mädchen fast verwildert, und jeder Versuch ihrerseits, für Disziplin zu sorgen, schien die Kluft zu vergrößern.

Je mehr sie sich bemühte, desto fremder fühlte sie sich ihnen.

Tom schnappte sich die Mädchen einfach und sagte: »Die drei Musketiere gehen jetzt zum Strand. Bis später.«

Nancy fühlte sich ausgeschlossen, und sie hatte keine Ahnung, wie sie in ihr gemütliches Triumvirat eindringen konnte. Sie liebte ihre Töchter. Sie liebte Tom. Was war los mit ihr? Warum hatte sie immer das Gefühl, als stünde sie am Rand und sähe nur zu?

Und dann kam jener Tag im Juni, als sie von einer Ausstellung in Europa früher zurückkehrte und Tom mit einer jungen Frau im Bett fand, die er am Strand kennengelernt hatte.

Nancy starrte auf das Gewühl von Laken und nackten Gliedmaßen und wusste, dass ihre Welt nie wieder die gleiche sein würde.

»Es hatte nichts zu bedeuten, Nancy.« Während er die junge Frau aus dem Haus schickte, warf er seiner geschockten Ehefrau hundert Entschuldigungen an den Kopf.

Er wäre einsam. Sie wäre immer am Malen oder auf Reisen.

Sie hörte eines heraus …

Es war ihre Schuld.

Sie war nicht gut mit Beziehungen. Sie konnte ihren Mann nicht halten, und ihre Kinder zogen ihren Vater vor.

Es war schlimmer, als verlassen zu werden, denn immer wenn sie ihn sah, erinnerte sie sich daran, dass sie nicht genug war. Jene junge Frau sollte nur die erste von vielen sein. Tom wurde geschickter darin, es zu verbergen, doch Nancy wusste es immer. Es gab Telefonanrufe am späten Abend. Nächte, in denen er verschwand, ohne ihr zu sagen, wo er hinging. Es wurde so schlimm, dass sie es kaum ertrug, im gleichen Haus mit ihm zu sein, und eines Tages ging sie die Sache direkt an.

»Ich denke, du solltest ausziehen.«

»Warum? Du bist sowieso nie hier. Ich bin derjenige, der für die Mädchen da ist, während du um die Welt fliegst und den großen Star gibst.«

Nancy verbarg den Schmerz. »Ich ernähre meine Familie.«

»Richtig, nur zu, betone es noch. Gib mir das Gefühl, kein ganzer Mann zu sein, weil ich nicht das Geld verdiene. Dort draußen gibt es viele Frauen, die mich schätzen.«

Sie wusste von diesen Frauen, und sie hatte zugesehen, wie er sich mit den Händen durchs Haar fuhr, mit denselben Händen, die die Haut einer anderen gestreichelt hatten.

»Ich glaube, du solltest zu ihnen gehen.«

Dieses Mal stand Angst in seinen Augen. »Meine Kinder verlassen? Nein. Ich liebe sie, und sie lieben mich. Wir haben Spaß miteinander. Sie brauchen ihren Vater.«

Was implizierte, dass sie langweilig war und sie sie nicht brauchten.

Meine Kinder. Als ob Nancy keine Rolle in dem Stück hätte.

»Sie brauchen Stabilität. Sie brauchen keinen Vater, der sein Leben mit Rumvögeln verbringt.«

»Sie werden es nicht erfahren, wenn du es ihnen nicht erzählst.« Er blickte sie herausfordernd an. »Sie haben die perfekte Kindheit. Willst du ihnen das nehmen?«

Sie dachte daran, wie es gewesen war, ohne ihren Vater aufzuwachsen.

Im besten Fall würden sie ihr grollen. Vielleicht würden sie sie sogar hassen.

Nancy konnte den Gedanken nicht ertragen.

Während sie sich die Schrecken dieses Szenarios ausmalte, versetzte Tom ihr den entscheidenden Schlag.

»Wenn du mich fortschickst, werden sie dir die Schuld geben.« Und sie wusste, dass er in Wirklichkeit meinte: *Ich werde dafür sorgen, dass sie dir die Schuld geben.*

Stück für Stück wurde ihr klar, dass sie ihren Ehemann würde behalten müssen, wenn sie eine Beziehung mit ihren Töchtern erhalten und sie vor Schmerz bewahren wollte.

Es fühlte sich an, als würde sie einen Pakt mit dem Teufel schließen.

17. Kapitel

Mack

Druck ausüben: jemanden überreden oder zwingen, etwas zu tun

Mack knallte ihren Spind zu und wünschte zum millionsten Mal, dass sie London nie verlassen hätten. Die anderen Kinder hinter ihr strömten in die entgegengesetzte Richtung, sodass sie sich fühlte wie ein einzelner Lachs, der flussabwärts schwamm.

Wenn sie sich eine Superkraft aussuchen könnte, würde sie Unsichtbarkeit wählen.

Sie befand sich in der dritten Woche an ihrer neuen Schule, und bislang war es ein Desaster gewesen. In London war es ihr gelungen, sich wie ein Chamäleon an ihre Umgebung anzupassen, doch hier kannte sie weder die Menschen noch die Regeln gut genug, um das zu schaffen. Sie hatte panische Angst, dass sie etwas falsch machen könnte und damit zur Zielscheibe wurde.

Sie lernten hier ganz anderen Stoff, und die anderen hatten alle schon ihren Freundeskreis. Sie wusste aus Erfahrung, dass es ein Albtraum wäre, in diese Kreise aufgenommen und akzeptiert zu werden. Das Mädchen, das sie herumführen und ihr helfen sollte, war zurück zu ihren Freunden verschwunden, sobald sie den Auftrag ausgeführt hatte.

Das Schlimmste war das Mittagessen in der Cafeteria. Sie war ein riesiger offener Raum, in dem die Starken erfolgreich und die Schwachen und Verletzbaren ungeschützt waren. Mack fühlte sich wie eine Gazelle, die in der Savanne graste, beobachtet von einer Herde Löwen.

Ihre Mutter hatte sie ermuntert, Nachmittagskursen beizutreten, um Leute kennenzulernen, doch bislang hatte sie noch mit niemandem mehr als ein paar Worte gewechselt und wollte nach Unterrichtsschluss nur nach Hause, um sich in ihr Zimmer zu flüchten. Der Gedanke an eine Verlängerung der Qual war nicht verlockend.

Gegenüber brachte ein schlaksiger, dunkelhaariger Junge ein Poster an, das einen Programmierkurs ankündigte.

Dienstags und donnerstags von 14:30 bis 16 Uhr.

Freudige Erwartung stieg in ihr auf. In London hatte der Schwerpunkt nur auf traditionellen Fächern und Prüfungsvorbereitungen gelegen. Da hatte es keinen Programmierkurs gegeben.

Mack prüfte, ob auch niemand zu ihr hinsah, und betrachtete das Plakat.

Konnte sie hingehen?

Nein. Die Freude wich der Schwermut. Sie wusste aus Erfahrung, dass ein öffentliches Interesse am Programmieren sozialer Selbstmord war, vor allem, da sie so neu war.

Der erste Eindruck zählte.

Sie wandte sich wieder ihrem Spind zu und ignorierte die Sehnsucht in sich. Welches Etikett man ihr in diesen ersten Tagen auch gab, es würde hängen bleiben. Und sie wollte nicht, dass es Nerd oder Streberin lautete. Nerds und Strebern geschahen üble Dinge.

Sie trödelte auf dem Weg zum Englisch-Unterricht. Sie las gern, doch die Aufsätze, die sie schreiben sollten, waren so langweilig.

Wenn sie Lehrer wäre, würde sie es lustiger gestalten.

Auf einer Skala von eins bis zehn – wie stark ist dein Wunsch, Anna Karenina zu erwürgen?

Sie grinste in sich hinein und bemerkte dann einen Schüler, der sie beobachtete. Rasch ließ sie das Lächeln verschwinden.

Sie versuchte, nicht an Phoebe daheim in England zu denken.

Ohne jemanden anzusehen, schlüpfte sie auf einen freien Platz und holte ihre Bücher heraus.

Sie kannte das Buch bereits, das in der Klasse gelesen wurde. Sollte sie das sagen? Oder sollte sie sich lieber dumm stellen?

»Hi.« Das Mädchen neben ihr schenkte ihr ein strahlendes Lächeln, das sie fast blendete. »Ich bin Kennedy. Und du bist neu. Ich habe dich in einigen meiner Kurse gesehen.«

Mack war so erleichtert, dass endlich jemand mit ihr sprach, dass sie vor Dankbarkeit fast dahinschmolz. »Ich bin Mack.«

»Du bist Britin? Oh mein Gott.« Kennedy fasste sich ans Herz. »Ich liebe deinen Akzent. Wo kommst du her?«

»Ich habe in London gelebt, aber meine Mom ist von hier. Ich bin nur eine halbe Britin. Sie wurde auf Martha's Vineyard geboren.« Und falls es sie beliebter machen sollte, würde sie so britisch wie möglich sein.

»Aber jetzt seid ihr zurückgezogen? Von London? Warum?« Ihr Tonfall legte nahe, dass sie sich nicht vorstellen konnte, warum jemand so etwas tun sollte.

»Mein …« Mack hielt inne. Auf keinen Fall war sie bereit, persönliche Details auszuplaudern. »Mein Vater ist gestorben.«

»Oh, das ist sehr schlimm.« Kennedy wirkte betroffen. »So hart.«

»Ja.« Mack spürte, wie die Gefühle sie übermannten, und senkte voller Panik den Kopf. Wenn sie jetzt weinte, wäre alles vorbei. Sie beugte sich hinunter, um ihre Stifte aus der Tasche zu holen und sich einen Moment zu beruhigen. *Atme, Mack, atme.*

»Wollen wir vielleicht mal was zusammen machen?« Kennedy war offen und freundlich, und Mack musste die Tränen noch mehr zurückhalten, doch diesmal waren es Tränen der Erleichterung.

Sie schaffte es gerade noch, Kennedy nicht zu umarmen.

Sie hatte gehofft, mit der Zeit Freunde zu finden, doch sie hatte es nicht so bald erwartet. Und sie hatte nicht erwartet, dass das Angebot von jemandem wie Kennedy kommen würde, dem coolsten Mädchen an der Schule.

»Danke.« Sie versuchte, das Wort ohne Schluchzen rauszubringen. »Das würde ich gern.«

»Großartig.« Kennedys Lächeln wurde breiter. »Ein paar von uns gehen nach der Schule meistens an den Strand. Im Sommer baden wir und so, aber wenn es kalt ist, hängen wir meistens rum, reden und machen Dinge, um uns warm zu halten.«

Mack fragte sich, was das für Dinge waren. »Ich habe kein Auto oder so etwas.«

»Keine Sorge. Mein Bruder und einige seiner Freunde haben ein Auto. Wir können dich mitnehmen.«

Mack rutschte unbehaglich auf dem Stuhl umher. Auf keinen Fall würde ihre Mutter wollen, dass sie mit einem Haufen älterer Jungs, die sie nicht kannte, in einen Wagen stieg.

»Ich bin mit dem Fahrrad da.«

»Mitch fährt den Pick-up seines Vaters, also kannst du das Fahrrad auf die Ladefläche legen. Komm heute Nachmittag. Wir treffen uns am Haupteingang. Es wird gut für dich sein, ein paar Leute kennenzulernen.« Kennedy runzelte die Stirn. »Es sei denn, du musst das mit deiner Mom oder so absprechen.«

Mack war hin- und hergerissen. Nun, da die erste Begeisterung nachließ, begann sie sich etwas unbehaglich zu fühlen. Aber Kennedys Lächeln war wie ein flackerndes Licht in einem dunklen Tunnel, und Mack wollte nicht, dass dieses Licht erlosch.

Sie hatte den Eindruck, dass dies eine Art Test war, und sie war entschlossen, ihn zu bestehen.

Es schien nicht wahrscheinlich, dass ihre Mutter sie kontrollieren würde. Sie hatte zu viel im Kopf, um gerade jetzt eine Glucke zu sein. Und sie wollte schließlich, dass Mack Freunde fand, oder?

»Meine Mutter ist mit allem einverstanden, was ich tue«, sagte sie.

»Großartig.« Das Lächeln hatte wieder seine volle Wattzahl. Kennedy hatte perfekte Zähne, blaue Augen und diesen gepflegten, typisch amerikanischen Look, von dem Mack wusste, dass sie ihn nie erreichen würde.

Gegenüber im Raum bemerkte Mack den schlaksigen dunkelhaarigen Jungen, der das Plakat für den Programmierkurs aufgehängt hatte. Ihre Blicke trafen sich. Er lächelte ungeschickt, und sie sah betreten weg.

»Ignorier ihn«, riet Kennedy ihr. Sie warf ihre Haare zurück, holte ihr Buch aus der Tasche und knallte es auf den Tisch. »Vermutlich hat er gerade von seiner Tastatur aufgesehen und bemerkt, dass es Mädchen gibt. Aber er hat sicher keine Ahnung, was man mit ihnen anstellt, also mach dir keine Gedanken. Das ist so ein Programmier-Wurm.«

Mack fand nicht, dass er wie ein Wurm aussah, aber das auszusprechen würde sie zu einem Leben im Teenager-Exil verdammen, weshalb sie still blieb.

In dem Moment betrat der Lehrer den Klassenraum, und ihre Aufmerksamkeit konzentrierte sich auf den Unterricht.

Mack hielt den Kopf gesenkt und sagte wenig.

Als sie zum Mittagessen in die Cafeteria gingen, saß sie dieses Mal bei Kennedy und ihren Freundinnen.

Offensichtlich waren sie die goldene Gruppe, die Elite, die die anderen voller Neid beobachteten.

Sie lachten laut und waren selbstbewusst.

Mack sah ein paar Schüler alleine sitzen und war erleichtert, nicht dazuzugehören.

Während der Pause schickte sie ihrer Mom eine Nachricht.

Bin nach der Schule mit Freunden unterwegs. Komme später.

Die Antwort traf nach wenigen Sekunden ein.

Bin so stolz, dass du so schnell Freunde gefunden hast. Viel Spaß! Xx

Mack verspürte einen Anflug von Schuldgefühlen, überzeugte sich aber selbst, dass es hier nur um ein bisschen unbeschwerten Spaß mit einem Haufen cooler Leute ging.

Was sollte schon schiefgehen?

Während der Fahrt zum Strand saß sie eingequetscht zwischen zwei Mädchen, die sie nicht kannte, und einem Jungen, der Duschen offenbar für uncool hielt. Es gab nicht genug Sicherheitsgurte für alle, doch sie witzelten, dass sie im Fall eines Unfalls viel zu eingequetscht saßen, um hinausgeschleudert zu werden.

Mack lachte ebenfalls, auch wenn es sie Mühe kostete. Einige Straßen auf der Insel waren schmal und holperig. Sie hätte sich mit einem Sicherheitsgurt besser gefühlt.

Kennedys Bruder Nick saß am Steuer, und während des allgemeinen Geredes erfuhr Mack, dass er im Abschlussjahrgang war und im Herbst nach Harvard gehen würde, um Medizin zu studieren.

Medizin. Er würde Arzt werden. Das musste heißen, dass er vernünftig und verantwortungsbewusst war, oder? Mack entspannte sich ein wenig. Das Gefühl dauerte an, bis sie den Strand erreichten, er den Kofferraum öffnete und sie den Alkohol sah.

Panik erfasste sie.

Wenn es eine Sache gab, die ihre Mutter ausrasten ließ, war es Alkohol bei Minderjährigen. In Großbritannien waren die Gesetze milder, doch das hatte ihr nicht geholfen, als sie ihren Vorfall mit dem Wodka hatte.

Die anderen Jugendlichen wirkten alle so selbstsicher und ungezwungen, und sie fühlte sich auf schreckliche Weise fehl am Platz. Sie wollte nicht hier sein. Sie wollte das hier nicht tun.

Sie sah zu, wie Nick einem seiner Freunde ein Bier zuwarf und sich selbst eines nahm.

Ihre Mom hatte ihr eingeschärft, dass sie niemals zu jemandem in den Wagen steigen sollte, der getrunken hatte, doch die Heimfahrt abzulehnen würde bedeuten, ihre neuen Freunde vor den Kopf zu stoßen. Es würde außerdem bedeuten, dass sie am Strand festsäße.

Sie hatte keine Ahnung, wie sie von hier zum Kapitänshaus zurückkam, und es würde bald dunkel werden.

Anscheinend war sie auf ihre neuen Freunde angewiesen.

Sie blickte verzweifelt zu Kennedy, doch die war damit beschäftigt, zu lachen und mit einem der älteren Jungen zu flirten.

»Dann bist du Mack?« Einer von Nicks Freunden schlenderte zu ihr. Er sah gut aus und lächelte freundlich. »Ich bin Mitch, und du musst neu hier sein. Ich habe dich noch nie gesehen.«

Mack entspannte sich ein wenig. »Ich bin gerade von London hierhergezogen.«

Sie gestattete sich ein kleines Lächeln. Mack und Mitch? Das würde nie funktionieren.

»London in England?« Er nahm einen Schluck Bier. »Hast du mal die Queen gesehen?«

Das würde definitiv nie funktionieren.

»Nein«, sagte sie. »Die Queen habe ich nie gesehen.« *Sie wohnt in einem Palast, du Trottel.*

Sie blickte über den Strand und sah Nick mit einem Mädchen rummachen, das sie aus ihrem Englischkurs kannte, sie hatte neben Kennedy gesessen. Obwohl Mack gerade zu ihnen herübersah, fummelte das Mädchen am Reißverschluss von Nicks Jeans herum, und Mack schaute rasch wieder weg.

»Ignorier sie«, riet Mitch. »Sie sollten sich ein Zimmer nehmen. Machen sie vermutlich später. Nimm dir ein Bier.«

Mack zögerte. Wenn sie ablehnte, riskierte sie, aufgezogen zu werden, und wenn sie akzeptierte, riskierte sie, erwischt zu werden, und das war auch nicht gut.

Schließlich akzeptierte sie und wollte versuchen, einen Teil heimlich auszuspucken.

Fast wünschte sie, ihre Mom würde anrufen, um nachzufragen, wo sie war, doch ausnahmsweise blieb ihr Handy still.

Mitch zündete sich eine Zigarette an, nahm einen tiefen Zug und bot sie ihr dann an.

Mack schüttelte den Kopf. Nicht einmal, um dazuzugehören, war sie bereit, dieses widerliche Zeug anzurühren.

Er zuckte mit den Schultern und rauchte weiter.

Sie sah sich um und versuchte herauszufinden, wo Kennedy geblieben war, und erhaschte einen Blick auf ihren blonden Schopf in einem der Autos. Die Fenster waren beschlagen, sodass man nicht hineinsehen konnte.

Mack entschied, dass dies vermutlich nur gut war.

Sie hätte nicht mitfahren sollen.

Sie hätte eindeutig nicht mitfahren sollen.

Der Wind war kalt, und sie zitterte.

»Ist dir kalt?« Mitch drückte die Zigarette unter seinem Stiefel aus und zog sie an sich. »Ich wärme dich.«

Sie wollte ihn fortstoßen, doch ihr war so kalt, dass sie dankbar war für jede Wärme, die sie kriegen konnte.

»Wie lange bleiben wir hier?«

»Wir sind doch gerade erst gekommen.« Er presste seinen Mund auf ihren, und sie schmeckte Zigaretten und würgte beinahe.

Das war eklig. Wie konnte das irgendjemand gut finden?

Sie versuchte, ihn von sich zu schieben, aber seine Arme waren wie Stahlseile.

Zum ersten Mal, seit sie sich auf diesen blöden Ausflug eingelassen hatte, verspürte sie echte Furcht.

Mitch grinste von oben auf sie herab. »Du könntest ein bisschen freundlicher sein.«

»Ich muss nach Hause.« Sie versuchte wieder, ihn fortzustoßen, doch je mehr sie sich wehrte, desto enger schlossen sich seine Arme um sie.

»Hey, entspann dich. Wir haben ein bisschen Spaß, das ist alles.«

Sie wusste, dass dies kein Spaß war, und sie wusste auch, dass sie in ernsthaften Schwierigkeiten steckte. Falls sie je aus dieser Situation herauskam, würde sie nie, nie wieder so eine schlechte Entscheidung treffen. »Lass mich los!«

»Du hast sie gehört.« Die Stimme war tief und kam von rechts hinter ihr.

Sie erkannte sie sofort. Sie gehörte zu demselben Menschen, der sie schon einmal gerettet hatte.

Scott Rhodes.

Erleichterung durchflutete sie. Sie wusste, dass sie später Scham und noch eine Menge anderer unangenehmer Gefühle empfinden würde, doch im Moment ging es ihr nur darum, dass sie in Sicherheit war. Es kam ihr gar nicht in den Sinn, dass Scott mit dieser Gruppe Menschen vielleicht nicht fertigwurde. Er sah wie ein Typ aus, der mit allem fertigwurde.

Mitch stimmte dem offenbar zu. Er erkannte Scott und stieß Mack so kräftig von sich, dass sie gefallen wäre, wenn Scott sie nicht aufgefangen hätte.

Er hielt sie fest, und seine Hände ruhten auf ihrer Schulter. »Bist du okay?«

Sie hatte einen großen Kloß im Hals, aber sie schaffte es zu nicken.

Scott verzog den Mund zu einem schmalen Strich. Mack sank das Herz in die Hosen. Er war offenbar richtig wütend auf sie.

Mitch musste es ebenfalls bemerkt haben, denn er trat einen Schritt zurück.

»Hey, sie ist in den Wagen gestiegen. Sie wollte mitkommen. Das ist nicht gegen das Gesetz.«

Scott überlegte. »Das vielleicht nicht, aber es gibt Gesetze gegen Alkohol bei Minderjährigen, gegen Alkohol am Steuer und gegen das Fahren ohne Sicherheitsgurt. Ganz abgesehen von den Vorschriften zu gegenseitigem Einvernehmen. Sie hat dir gesagt, du sollst sie loslassen. Du solltest besser zuhören.« Gefährlich ruhig sah er Mack an und machte eine Kopfbewegung Richtung Wagen. »Steig ein. Ich bin gleich bei dir.«

Mit gesenktem Kopf ging sie zu Scotts Pick-up und schlüpfte auf den Beifahrersitz. Es hatte angefangen zu regnen, und durch die beschlagene Windschutzscheibe konnte sie nur erkennen, dass Scott mit Mitch sprach. Der Junge ließ den Kopf hängen, sodass Mack sein Gesicht nicht erkennen konnte, doch seiner Körpersprache nach zu urteilen, war es kein angenehmes Gespräch.

Plötzlich leckte etwas an ihrer Hand, und sie schreckte zusammen.

Sie drehte sich auf ihrem Sitz um und erblickte einen Hund auf dem Rücksitz.

Sie hätte nicht gedacht, dass irgendetwas ihr wieder ein gutes Gefühl geben könnte, doch der Anblick des Hundes hob ihre Laune.

Die Autotür öffnete sich, und Scott stieg auf den Fahrersitz.

Mack schluckte. »Ich wusste nicht, dass du einen Hund hast. Der ist toll.«

»Schnall dich an.« Er sah in den Spiegel und setzte auf dem Weg zurück, bis er eine Gelegenheit zum Wenden erreicht hatte.

Mack hielt ihre Hand wieder dem Hund hin, der sich nach vorne streckte und sie ableckte.

»Wie heißt er?«

»Captain. Er ist ein Chesapeake Bay Retriever.«

Es wurde rasch dunkel. Die Schweinwerfer beleuchteten den Weg vor ihnen, während sie zur Hauptstraße holperten. Die Landschaft um sie herum war kaum zu erkennen. In London waren die Straßen immer so hell erleuchtet, als schliefe man bei Licht. Hier auf Martha's Vineyard gab es nichts außer den Sternen.

Voller Erleichterung, dass sie in Sicherheit war, schloss Mack für einen Moment die Augen.

Sie würde sich morgen Gedanken um die Folgen machen. Im Moment brauchte sie eine Pause von dem allen.

»Danke, dass du mich gerettet hast. Woher wusstest du, wo ich bin?«

»Ich war mit Captain am Strand und sah die Autos vorbeifahren.

Ich habe den Jungen wiedererkannt, mit dem du da warst.« Er umfasste das Lenkrad fester. »Du hast nicht lange gebraucht, um schlechte Gesellschaft zu finden.«

»Ich wusste nicht, dass sie schlechte Gesellschaft sind.« Eigentlich hatte sie es doch geahnt, oder? Tief im Inneren hatte sie es gespürt, doch sie war so dankbar gewesen, aufgenommen zu werden, dass es ihr egal gewesen war.

Sie war erbärmlich.

Scotts Blick war starr auf die Straße gerichtet. »Hier drüben ist Alkoholgenuss von Minderjährigen ein Vergehen.«

»Ich weiß.«

»Dieser Typ, der dich angefasst hat …«

»Ich habe ihn vor einer Stunde kennengelernt. Er ist ein Freund von Kennedys Bruder.« Sie sah zu ihm und bemerkte, wie sich sein Kiefer anspannte.

»Du weißt, was er wollte, oder?« In dem schwachen Licht sah er ruppig und ein bisschen gefährlich aus. Sie konnte verstehen, warum Mitch sich kampflos zurückgezogen hatte.

»Ja. Ich bin nicht blöd.« Oder vielleicht war sie es doch. Sie ließ sich in ihren Sitz sinken. »Es ist okay, wenn du wütend auf mich bist. Das ist das zweite Mal, dass du mich retten musstest.«

»Ich bin nicht wütend. Ich bin beunruhigt, dass du nicht wusstest, wie du mit ihm fertigwerden sollst.«

»Ich wäre da schon rausgekommen.« Sie versuchte, nicht an den ekelhaften Kuss zu denken oder diese Arme, die sie wie in einer Schraubzwinge festgehalten hatten. Sie versuchte auch, nicht daran zu denken, welche Gerüchte Kennedy und die anderen in der Schule über sie verbreiten würden, doch das fiel ihr schwerer.

»Du musst lernen, auf dich selbst aufzupassen, und darum werden wir uns kümmern, doch die erste Regel der Selbstverteidigung lautet, dich gar nicht erst in üble Situationen zu bringen.«

Mack starrte ihn staunend an. »Du wirst mir zeigen, wie man kämpft?«

»Kämpfen und dich wehren zu können sind nicht das Gleiche. Hast du jemals Kampfkunst gemacht? Selbstverteidigung?«

»Ich bin nicht gerade das, was man einen sportlichen Typ nennt.«

Mack streckte ihre Hand zwischen den Sitzen noch ein Stückchen weiter nach hinten, um Captain zu streicheln. »Wenn ich das wäre, hätte ich keine Probleme. Sportliche Menschen werden normalerweise nicht gemobbt. Du warst bestimmt Captain des Football-Teams.«

Sein Mundwinkel zuckte ein wenig. »Keinerlei Ballsport-Talent.« Es war nur die Andeutung eines Lächelns, doch es reichte, damit sie sich besser fühlte.

»Ich wette, du hast fünfzehn verschiedene schwarze Gürtel und kannst mit deinem kleinen Finger einen Zehn-Tonnen-Mann umwerfen.«

»Keine Gürtel, egal von welcher Farbe. Und ich war ein dürres Kind.«

Mack beäugte die Wölbung seiner Schultermuskeln unter der Jacke. »Jetzt bist du nicht mehr dürr.«

»Ich habe etwas draufgepackt, stimmt. Doch nicht dein Äußeres verhindert, dass du gemobbt wirst, es kommt auf dein Inneres an.«

»Mein Inneres ist auch ein Chaos, also schätze ich, bin ich verdammt.«

»Es fängt mit deinem Kopf an. Denk immer erst nach. Ist dies eine gute Situation? Fühlt es sich richtig an?«

Mack kauerte sich auf ihrem Sitz zusammen. Nichts an dieser Situation hatte sich richtig angefühlt. »Bei dir klingt es leicht, aber es ist nicht so leicht, wenn du keine Freunde hast.«

»Ein Freund ist jemand, dem etwas an dir liegt. Was du dort hattest, war ein Haufen Teenager, denen du scheißegal bist.« Angesichts seiner Direktheit füllten sich ihre Augen mit Tränen.

»Danke, dass ich mich jetzt kein bisschen besser fühle.« Wenn es eine andere Möglichkeit gegeben hätte, nach Hause zu kommen, hätte sie diese jetzt in Anspruch genommen. Sie fühlte sich sowieso schon wund. Sie brauchte keine weiteren Verletzungen.

»Soll ich lügen und so tun, als wären diese Leute deine Freunde?«

»Okay, es reicht! Hör auf! Ich brauche das hier nicht.« Mack hielt sich die Ohren zu und ließ die Hände dann in den Schoß sinken. »Alle hassen mich. Jetzt werde ich nie Freunde finden und für den Rest meines Lebens allein sein.«

Er runzelte die Stirn. »Ich sage doch nur, dass …«

»Ich weiß, was du sagst! Es ist nicht nötig, darauf herumzureiten. Wärst du so also gewesen, wenn du damals hiergeblieben wärst?«

»Meinst du *ehrlich*?«

»Ich wollte *taktlos* sagen. *Unfreundlich*.«

»Wir haben unterschiedliche Vorstellungen von unfreundlich.«

»Egal.« Sie lehnte ihren Kopf gegen den Sitz und fragte sich, ob das Leben eigentlich noch schlimmer werden konnte. »Erzählst du meiner Mom von heute?«

Er fuhr langsamer, als sie sich einer Kreuzung näherten. »Warum sollte ich das tun?«

»Weil ich eine dumme Entscheidung getroffen habe. Du denkst vermutlich, dass ich eine Strafe brauche.«

»Ich glaube, dass du einen schlechten Moment hattest, und der wird dir länger nachhängen als alles, was ich oder deine Mom sagen können. Wenn du es deiner Mom erzählen willst, ist das deine Entscheidung.« Sie hatten Edgartown erreicht, und er fuhr langsam durch die engen Straßen.

Mack war so erleichtert, sicher und zu Hause zu sein, dass sie beinahe geweint hätte. Stattdessen streichelte sie Captain. Er leckte wieder und wieder über ihre Handfläche, als wüsste er, dass sie Trost brauchte. »Ich mag deinen Hund. Wie lange hast du ihn schon?« Sie hoffte, er würde auf das Hundethema eingehen. Es schien der sicherste Gesprächsstoff zu sein.

»Zwei Jahre. Ich habe ihn am Strand gefunden, wo er angespült worden war.«

»Angespült?«

»Jemand hatte versucht, ihn zu ertränken, doch Chesapeake Bay Retriever sind gute Schwimmer. Er hat es geschafft, sich bis zum Dock zu schleppen, und ist dann mit dem halben Ozean in seinen Lungen zusammengebrochen.«

»Das ist furchtbar.« Mack war entsetzt. »Wie können Menschen so grausam sein? Er hat das netteste Gesicht, das ich je bei einem Hund gesehen habe.«

»Du hast keinen Hund?«

»Nein. Ich hätte gern einen gehabt, aber wir haben in London gewohnt, und unser Haus war nicht gerade hundefreundlich. Wir hatten keinen großen Garten oder so etwas.« Aber wenn sie auf der Insel blieben, konnte sie sich vielleicht einen Hund anschaffen. Der Gedanke stimmte sie so lange fröhlich, bis sie sich daran erinnerte, dass ihre Großmutter das Haus verkaufte. An Scott. Das war ein Thema, das sie nicht ansprechen wollte. Sie hatte genug Ärger gehabt für einen Tag, mehr konnte sie nicht verkraften. »Hunde freuen sich immer, wenn sie einen sehen. Man muss nicht so tun, als sei man cool. Man muss sich nicht bemühen dazuzugehören. Man kann einfach man selbst sein. Vermutlich hast du keine Ahnung, wovon ich spreche.«

»Ich weiß genau, wovon du sprichst.«

Er hielt vor dem Haus ihrer Großmutter, und Mack wünschte sich plötzlich, ihre Fahrt hätte länger gedauert. Noch vor ein paar Augenblicken war sie bereit gewesen, aus dem Wagen zu springen, doch seit sie die warme Hundeschnauze spürte, die mitfühlend gegen ihre Hand stupste, hatte sie es nicht eilig auszusteigen.

»Als du in meinem Alter warst, musstest du da umziehen und die Schule wechseln?«

Er starrte geradeaus. »Die ganze Zeit.«

»Wie hast du neue Freunde gefunden?«

»Ich habe gelernt, meine eigene Gesellschaft zu mögen.« Er drehte den Kopf, um sie anzusehen. »Das ist meistens besser als die falsche Gesellschaft.«

»Ich weiß, dass ich es zu sehr versuche, aber ich möchte mich akzeptiert fühlen. Vermutlich, weil die Dinge zu Hause gerade ein bisschen schwierig sind.« Sie lehnte sich mit dem Kopf an die Lehne des Sitzes und wappnete sich dafür, dass er etwas sagte, wodurch sie sich noch schlechter fühlte.

»Hast du deiner Mom erzählt, wie es dir geht?«

»Nein. Sie würde sich Sorgen machen, und glaub mir, sie hat genug, worum sie sich Sorgen machen muss. Ich bin vielleicht nicht die Tochter ihrer Träume, aber selbst ich werde sie nicht noch mit weiterem Mist belasten. Soll ich dir was Verrücktes sagen? Manchmal liege ich in der Nacht da und stelle mir vor, dass ich Superkräfte habe, wie in den Filmen.«

»Belastbarkeit ist eine Superkraft.« Er beugte sich über sie und öffnete die Wagentür. »Die hast du.«

»Meinst du?« Mack war sich dessen nicht so sicher. Sie hätte gern noch länger darüber gesprochen, doch er hatte die Tür geöffnet, also war das wohl ein eindeutiges Zeichen, dass er ihr nichts mehr zu sagen hatte. »Bist du sicher, dass du nicht mit hereinkommen willst? Es verschafft dir wahrscheinlich jede Menge Pluspunkte, dass du mich gerettet hast. Ich bin diejenige, die Ärger bekommt, nicht du.« Sie zuckte mit den Schultern und tat so, als wäre es ihr egal, auch wenn es das ganz und gar nicht war.

»Ich halte das für keine gute Idee.« Er stieg aus dem Wagen, und Captain sprang hinter ihm heraus. Der Retriever wedelte aufgeregt mit dem Schwanz, während Scott ihr Fahrrad ablud. »Hast du ein Handy?«

»Ich bin ein Teenager. Mein Handy ist meine Nabelschnur zur Welt.«

Er streckte die Hand aus. »Gib es mir.«

Wollte er es konfiszieren? Argwöhnisch reichte sie es ihm. Er tippte auf dem Display herum und gab eine Nummer ein.

»Du gibst mir deine Nummer?«

»Falls du in Schwierigkeiten gerätst und nicht deine Mom anrufen willst.« Er reichte ihr das Handy zurück. »Ich kann dir nicht versprechen, dass ich immer das Richtige sagen und dich nie verärgern werde, aber ich kann dir garantieren, dass ich zu dir komme, wenn du anrufst.«

Sie hatte das Gefühl, als hätte ihr jemand eine warme Decke um die Schultern gelegt.

Zum ersten Mal, seit sie auf der Insel angekommen war, fühlte sie sich nicht allein. Da gab es jemanden, den sie anrufen konnte. Da sie befürchtete, sie könnte in Tränen ausbrechen, beugte sie sich hinunter, um Captain auf den Kopf zu küssen, und straffte sich dann wieder. »Danke.«

Scott tätschelte ihre Schulter. »Mach dich deswegen nicht fertig. Es gibt keinen Menschen, der nicht schon das ein oder andere Mal eine schlechte Entscheidung getroffen hat.«

»Du auch?«

»Ich noch öfter als die meisten.« Mit einem kurzen Lächeln pfiff er den Hund zu sich, kletterte wieder in seinen Pick-up und fuhr fort.

18. Kapitel

Lauren

Wiedersehen: ein Treffen von Menschen, die für einige Zeit getrennt waren

Lauren parkte den Wagen ihrer Mutter und ging hinunter zur Werft.

Es war früh am Morgen, und alle hatten noch geschlafen, als sie aufgebrochen war. Seit ein Uhr in der Nacht hatte sie wach im Bett gelegen, was sechs Uhr morgens in London entsprach. Schon seit einigen Wochen waren sie auf der Insel, und dennoch konnte sie nicht schlafen. Sobald sie die Augen schloss, überschlugen sich ihre Gedanken. Ihre Brust schien von Metallbändern eingeschnürt zu werden, und Panik durchflutete sie.

Erst Ed, dann das Geld, der Umzug aus London, ihre Mutter, die das Kapitänshaus verkaufte …

Lauren atmete tief durch, um jene Ruhe zu finden, die früher so selbstverständlich gewesen war.

Am frühen Morgenhimmel hingen schwere Wolken, das Meer schimmerte in einem metallenen Grau. Ihr Mantel, der in London für die morgendlichen Treffen im Coffeeshop absolut ausgereicht hatte, versagte kläglich gegen die beißende Kälte des Windes, der ihr ins Gesicht blies und ihr Haar zerzauste. Sie schlug den Kragen hoch und fragte sich, ob ihr je wieder warm sein würde.

Nach allem, was geschehen war, sollte sie nichts mehr erschüttern können, doch als Mack ihr von dem Vorfall am Strand berichtet hatte, war ihr übel geworden.

Ein Teil von ihr war erleichtert, dass Mack sich ihr anvertraut hatte, doch angesichts ihres derzeit schwierigen Verhältnisses wusste sie, dass Mack sehr verstört gewesen sein musste, um so offen zu ihr zu sein.

Und egal, wie wenig sie Scott Rhodes wiedersehen wollte, sie schuldete ihm Dank.

Auf der anderen Seite war es vielleicht verrückt, sich dies anzutun.

Lauren war schon fast wieder bei ihrem Wagen, als sie seinen Pick-up auf der unbefestigten Straße auf sich zurumpeln sah.

Er hatte sie bereits erblickt, also war es zu spät, um wegzulaufen.

Sie war sich bewusst, dass nur sie beide an diesem kalten Morgen hier waren, und fühlte sich schuldig wie eine Ehefrau, die an ihre Affäre dachte.

Es tut mir leid, Ed, es tut mir leid.

Und dann erinnerte sie sich, dass Ed der Grund war, warum sie wieder nach Martha's Vineyard zurückgekehrt war.

Wenn er nicht gestorben wäre, würde sie hier jetzt nicht stehen, um auf ihren Exliebhaber zu warten.

Ihre Exliebe.

Sie hatte Scott so sehr geliebt, dass sie nicht in der Lage gewesen war, über ihre Gefühle hinauszusehen.

Ihr Herzschlag beschleunigte sich, als er die Wagentür zuwarf und auf sie zukam.

Ein Hund sprang ihr schwanzwedelnd entgegen. Sie wäre vielleicht nervös geworden, wenn Mack nicht ständig von dem Hund gesprochen hätte.

Es hatte sie überrascht, dass Scott einen Hund besaß. Schließlich war ein Haustier eine Verpflichtung.

Sie bückte sich, um das Tier zu streicheln, was ihr einen Vorwand lieferte, nicht den Mann vor ihr ansehen zu müssen, auch wenn sie schon genug gesehen hatte.

Er war kräftiger geworden. Breitere Schultern, breitere Brust. Ein völliger Gegensatz zu Ed, der von seiner gluckenhaften Mutter verhätschelt worden war. Scott sprach selten über seine Vergangenheit, doch er hatte genug erzählt. Die Altlasten seiner harten Kindheit zeigten sich in der Art und Weise, wie er sich sein Leben gestaltet hatte. Er hielt sich fit, um für alles bereit zu sein. Er war autark und nur auf sich selbst angewiesen.

Scott Rhodes brauchte niemanden.

Und doch hatte er sie auf eine Art verstanden, wie es bis dahin und seitdem niemand anders getan hatte.

Sie straffte ihren Rücken und zwang sich, seinem Blick zu begegnen. Die Vergangenheit, die durch die Zeit verschwommen und undeutlich geworden war, wurde plötzlich wieder lebendig.

Das gefährliche Knistern der Anziehung regte sich in ihr.

Sie versuchte, es zu unterdrücken, doch ein Blick auf ihn reichte, um zu spüren, wie sie ins Wanken geriet. Seit jener schicksalhaften Geburtstagsparty war sie gefasst geblieben und hatte gegen jedes Hindernis, das das Leben ihr in den Weg stellte, angekämpft. Sie war am Rande eines tiefen Sees von Emotionen entlangbalanciert und hatte zu viel Angst gehabt, sich hineinfallen zu lassen, weil sie vielleicht nicht wieder herausgekommen wäre. Aber jetzt wollte sie sich am liebsten einfach in seine Arme werfen. Sie hatte sich seit Langem nicht mehr sicher gefühlt, und sie wusste, dass diese kräftigen Arme ihr dieses Gefühl geben konnten. Und sie wusste, dass sie ihr auch andere Gefühle geben konnten, weshalb sie ihrem Impuls nicht nachgab.

Sie ignorierte das Pochen ihres Herzschlags und lächelte. »Ich wollte dir für gestern Abend danken. Für das, was du für Mack getan hast.«

»Sie hat dir davon erzählt?«

Seine Haare waren sehr dunkel, seine Gesichtszüge markant. Das Blau seiner Augen war das einzig Weiche in seinem Gesicht, das man sonst auch als hart hätte bezeichnen können.

»Sie war sehr aufgewühlt. Und dankbar, dass du da warst.«

»Mir kam es so vor, als hätte ich sie verärgert. Ich bin es nicht gewöhnt, mit Kindern zu sprechen. Ich weiß nicht, was dabei der richtige Ton ist.«

»Sie ist ein Teenager. Der richtige Ton für heute ist morgen schon der falsche.« Ihr Mund war so trocken, dass sie kaum sprechen konnte. Im Moment fühlte sie sich selbst wie ein Teenager. »Sie ist dankbar, und ich bin ebenfalls dankbar. Wenn ihr irgendetwas zugestoßen wäre, hätte ich …«

»Ich glaube nicht, dass sie es wieder tut.« Er wandte sich seinem Wagen zu und zerrte ein paar Tüten vom Rücksitz, wobei seine

Schultermuskeln hervortraten. »Fühlst du dich besser? Ich habe dich seit dem Tag an der Fähre nicht mehr gesehen.«

Warum betrachtete sie seine Muskeln? Was stimmte nicht mit ihr? »Es tut mir leid, dass Mack so damit herausgeplatzt ist. Ich meine, dass du ihr Vater bist.«

»Ich bin ihr Vater.«

Sie hatte so lange versucht, diesen Umstand zu vergessen, dass es wie ein Schock für sie war, ihn diese Worte so ruhig sagen zu hören. »Ich hätte einen anderen Weg gewählt, um die Neuigkeit zu verbreiten.«

»Neuigkeiten verbreiten sich. Die Art und Weise spielt meistens keine Rolle.«

Sie wusste, dass es nicht lange dauern würde, bis die Neuigkeit auch bei den Einheimischen ankam, doch der Tratsch der anderen Leute hatte ihn noch nie gekümmert. »Ich hätte nicht gedacht, dass du hier noch wohnst. Ich war überrascht, dich zu sehen.«

»Das habe ich gemerkt, als du am Anleger umgekippt bist.«

Normalerweise hätte sie vor Scham im Erdboden versinken können, doch Laurens Körper kämpfte gerade mit anderen Gefühlen. »Ich nahm an, du wärst irgendwohin gesegelt, weit weg von der Insel.«

Seine Miene war undurchdringlich. »Nein.«

»Mom erwähnte, dass du einige Arbeiten an dem Haus durchgeführt hast. Ist das hier dein Vollzeitjob?« Die Werft gehörte der Island Marine Company und war in dieser Ecke des Hafens angesiedelt, seit sie denken konnte. Der Eigentümer Joshua Roper war vor ein paar Jahren gestorben und hatte die Firma seinem Sohn Charlie hinterlassen, der in der Schule zwei Jahrgänge über Jenna gewesen war. »Du arbeitest mit Charlie zusammen?«

»Manchmal.«

Manchmal. Wenn es ihm passte. Ein Leben zu seinen Bedingungen.

Einige Dinge hatten sich nicht verändert.

Doch er hatte ihre Tochter gerettet.

»Es ist kalt. Lass uns drinnen weitersprechen, bevor du dir eine Lungenentzündung holst.« Er nahm die Tüten in eine Hand, sodass er die Tür zum Büro aufschließen konnte, und lud sie dann auf dem Tisch ab.

Der Hund sprang in den Raum und legte sich auf ein großes Kissen vor dem Kamin.

Lauren blickte sich um und wünschte, sie könnte aufhören zu zittern.

Eine Hälfte des Raums wurde als Büro genutzt. Dort standen Aktenschränke, ein Schreibtisch und ein Computer. Die andere Hälfte des Zimmers war als Küche ausgestattet. Sie war überraschend aufgeräumt, jede Oberfläche glänzte vor Sauberkeit. Sie erinnerte sich, dass sie als Kind ein paarmal mit ihrem Vater hier gewesen und der Raum damals in einem einzigen Durcheinander versunken war. Offenbar hatte Charlie seines Vaters Hang zur Unordnung nicht geerbt.

Die Wände waren mit Landkarten bedeckt, von denen manche mit dicken, schwarzen Strichen markiert waren.

Sie trat näher. »Was bedeuten diese Linien und Pfeile?«

»Das sind die Routen, die ich gesegelt bin.« Er holte eine Packung Milch aus der Einkaufstüte und stellte sie in den Kühlschrank.

Erleichtert, einen Vorwand zu haben, um ihn nicht anzusehen, musterte sie die Karte. »Du bist ja praktisch um die ganze Welt gesegelt.« *Allein.*

»Es gibt viel zu entdecken.«

»Hast du je gefunden, was du gesucht hast?« Ihre Frage wurde mit Schweigen beantwortet, sodass sie den Kopf zu ihm wandte und ihre Blicke sich trafen.

»Du etwa?« Seine Stimme war rau.

Wonach hatte sie gesucht?

Zuerst war es Liebe gewesen, dann Sicherheit und Stabilität.

Sie hatte alles drei verloren.

Weil es ihr unmöglich war, klar zu denken, wenn er sie ansah, blickte sie wieder auf die Karten.

Sie hatte nicht gedacht, dass es so schwer wäre, mit ihm allein zu sein.

Ihre Gefühle verwirrten sie. Sie wollte nicht die Art von Frau sein, die an einem Tag ihren Ehemann verlor und am nächsten einem anderen Mann die Kleider vom Leib reißen wollte.

Ihre Gefühle brodelten so dicht unter der Oberfläche, dass sie sich wie eines dieser Vulkan-Experimente fühlte, die Mack für die Schule gemacht hatte. Alles stand kurz davor überzukochen.

Sie musterte die Linien auf der Landkarte. Er musste ein Jahr fort gewesen sein. Oder sogar länger? »Wo wohnst du?«

»Auf dem Boot.«

Einige ihrer glücklichsten Momente hatte sie auf dem Boot erlebt. Es hatte sogar Augenblicke gegeben, in denen sie geglaubt hatte, dass sie eine Zukunft haben könnten.

Entschlossen, nicht daran zurückzudenken, drehte sie sich um. »Mack sagte, du hättest sie nach Hause gefahren. Du hättest hereinkommen sollen.«

Er sah sie an. »Die Dinge waren ein bisschen angespannt, als ich das letzte Mal im Haus war. Ich war nicht sicher, ob ich willkommen wäre.«

»Du hast meine Tochter aus einer schwierigen Situation befreit. Natürlich wärst du willkommen gewesen.«

Er sah sie unbeirrt an. »Geht es ihr gut?«

»Im Moment ist sie sehr durcheinander.« Sie wünschte sich verzweifelt, darüber zu reden. Die alleinige Verantwortung lastete auf ihr wie ein Gewicht. »Ich weiß nicht, warum sie das gestern getan hat.«

»Hast du in ihrem Alter nie etwas Unbesonnenes getan?«

Lauren spürte, wie sie rot wurde. Sie beide kannten die Antwort darauf.

»Es ist schwer für sie. Sie versucht, dazuzugehören. In ihrer alten Schule hatte sie damit auch schon Probleme.« Sie fragte sich, warum sie ihm das erzählte. Wenn er an Elternschaft interessiert gewesen wäre, würden sie heute vielleicht ein anderes Gespräch führen.

»Zu versuchen, dazuzugehören, funktioniert nie. Man ist, wer man ist.«

Was der Grund war, warum es nie eine Hoffnung für sie beide gegeben hatte.

»Ich bin nicht nur hergekommen, um dir zu danken. Mom sagt, du würdest das Kapitänshaus kaufen.« Sie hatte ein paar Wochen gehabt, um die Information zu verdauen, und konnte es immer noch nicht glauben. »Warum solltest du das tun?«

Als ihre Mutter es zum ersten Mal verkündet hatte, ließ sich schwer sagen, wer geschockter war, sie oder Jenna. Selbst der ruhige, unerschütterliche Greg schien überrascht.

Sie hatte sich vieles in ihrem Leben vorstellen können, aber nicht, dass ihre Mutter das Haus der Familie verkaufen würde. Nancy würde nicht einmal ein Foto wegwerfen. Wie sollte sie sich von ihrem ganzen Zuhause trennen?

Ihr Gerede, dass es so schwierig sei, die Instandhaltungskosten aufzubringen, ergab für Lauren keinen Sinn. Schließlich wusste sie, dass ihre Mutter mit ihren Bildern ein Vermögen gemacht hatte.

Lauren hoffte, dass das alles ein Irrtum war. Vielleicht hatte ihre Mutter eine späte Midlife-Crisis. Bei dem Gedanken, dass Scott ihr Haus kaufen könnte, stand sie kurz vorm Hyperventilieren.

»Das Haus steht nicht länger zum Verkauf.« Ihr lagen die Worte *vor allem für dich nicht* auf den Lippen. »Ich weiß nicht, was du zu ihr gesagt hast, um sie von einem Verkauf zu überzeugen, doch das wird nicht geschehen. Und auch meine Dankbarkeit dafür, dass du meine Tochter gerettet hast, wird nichts daran ändern.«

Er legte Obst in die Schale auf dem Tisch. »Also sprichst du noch immer nicht mit deiner Mutter.«

»Was soll das heißen?«

»Wenn ihr miteinander sprechen würdet«, sagte er, »würdest du hier nicht stehen und nach Antworten auf Fragen suchen, die du ihr stellen solltest. Du wohnst in dem Haus und nicht bei deiner Schwester?«

»Ja.«

»Wenn du in deinem alten Zimmer wohnst, wovon ich ausgehe, weil es den besten Blick hat und das Fenster dicht ist, bist du nur fünf Schritte von dem Zimmer deiner Mutter entfernt.«

»Ich sehe nicht, was …«

»Statt an ihre Tür zu klopfen, um mit ihr zu sprechen, kommst du im Morgengrauen hierher und stellst einen Mann zur Rede, von dem du gehofft hast, ihn nie wiederzusehen.«

Sie versuchte, das Tor zu ihren Gefühlen geschlossen zu halten, doch sie schlichen sich irgendwie durch die Ritzen. Ihr Herz schlug schneller und klopfte wie eine Warnung gegen ihre Rippen.

»Das habe ich nicht gehofft.«

Ironie schimmerte in seinen Augen. »Du hast mich am Hafen gesehen und bist dann ohnmächtig geworden.«

»Ich hatte nicht geschlafen oder gegessen …«

»Und der letzte Mensch, den du sehen wolltest, war der Mann, den du mit jeder Faser deines Herzens hasst.«

»Ich hasse dich nicht.« Ihre Stimme ließ sie im Stich und kam nur noch als Krächzen heraus. »Ich habe dich nie gehasst.« Kannte er sie nicht besser?

Er wandte sich ab und packte die letzten Einkaufstüten aus. »Ich würde es dir nicht vorwerfen, wenn du es tätest. Ich habe dir allen Grund dazu gegeben.«

Er stieß gegen das Tor zu ihren Gefühlen, und sie hatte keine Kraft mehr, es geschlossen zu halten.

Sie fühlte sich wund und verletzlich. So hatte dieses Gespräch nicht verlaufen sollen. Es hatte nicht um sie beide gehen sollen. »Was ist mit dir?« Sie hatte gesehen, welche Wirkung er auf Frauen hatte. Hatte gesehen, wie sie sich nach ihm umsahen. Nachdem sie sich getrennt hatten, hatte sie ihn sich gelegentlich mit einer dieser Frauen vorgestellt, doch das Bild war so schmerzhaft gewesen, dass sie es ausgeblendet hatte. »Gab es jemand von Bedeutung für dich?«

»Nein.«

»Du willst mir erzählen, dass du keine andere Beziehung hattest?«

»Nein, das erzähle ich dir nicht.« Er blickte sie an. »Ich erzähle dir, dass es niemanden von Bedeutung gab.«

Wärme breitete sich in ihrem Bauch aus. »Ich dachte, du würdest mich vergessen.«

»Dich vergessen? Wie?« Er lachte freudlos auf. »Du warst der eine Mensch, der mich verstanden hat. Mit Sicherheit der einzige Mensch, dem ich vertraut habe. Es bestand nie die Möglichkeit, dass ich dich vergessen würde, Laurie.«

Der Kosename fühlte sich vertraut an. Intim.

Sie dachte daran, wie er ihn an ihrem Ohr geflüstert hatte, wenn sie nackt nebeneinandergelegen hatten.

Sie hatte eigentlich von Anfang an gewusst, dass alles, was zwischen ihnen war, nicht von Dauer sein würde. Wenn überhaupt, hatte das die Intensität ihrer Gefühle noch verstärkt.

Es war Jahre her, dass sie ihn das letzte Mal gesehen hatte, doch es hätte gestern sein können. Sie wusste, wie es sich anfühlte, von ihm geküsst zu werden. Von ihm berührt zu werden. Sie kannte seine Lippen, seine Hände, seine Gedanken, und dieses Wissen schürte die Anziehung, die noch immer zwischen ihnen bestand.

»Ich bin nicht hergekommen, um über die Vergangenheit zu sprechen. Ich möchte über die Gegenwart reden.« Und die Zukunft. Wenn er vorhatte, ein Haus zu kaufen, bedeutete das, dass er sich für immer auf der Insel niederlassen wollte. Sie würde das nicht aushalten. »Warum solltest du unser Haus wollen? Du bist der Mann, der keine Bindungen oder Verpflichtungen eingehen möchte. Du lebst auf einem Boot, damit du von jetzt auf gleich in den Sonnenuntergang segeln kannst …« Sie bemerkte, dass sie ein Gespräch von vor sechzehn Jahren wiederholte, und würgte fast bei den Worten. »Ich verstehe nicht, warum du dir jetzt einen Besitz aufbürden willst, wenn du damals kein …« Sie brach ab, und er sah sie unverwandt an.

»Wenn ich damals kein Kind wollte? Wolltest du das sagen?«

»Ich habe verstanden, warum du es damals nicht wolltest. Ich verstehe nur das hier nicht.« Sie betrachtete den Riss in seiner Jeans und die zerschlissene Jacke, die offenbar schon viele Winter gesehen hatte. Sie hatte keine Ahnung, was das Kapitänshaus wert war, doch sie war sich ziemlich sicher, dass es ihrer Mutter ein kleines Vermögen einbringen würde. Wie konnte er das nur ansatzweise bezahlen? »Du hattest nie ein Interesse daran, dich niederzulassen.«

»Das ist mehr als sechzehn Jahre her. Willst du mir erzählen, du seist der gleiche Mensch wie vor sechzehn Jahren?«

In diesem Augenblick fühlte sie sich, als wären sie wieder dort, wo sie begonnen hatten.

»Was willst du damit sagen? Dass du plötzlich ein Haus möchtest, eine Hypothek und einen Garten, in dem du dein eigenes Gemüse anbauen kannst? Ich kenne dich besser, Scott.«

Er ignorierte ihre Frage und löffelte Kaffeepulver in die Maschine.

»Wann hast du zuletzt etwas gegessen?«

»Was?«

»Du hörst nicht auf zu zittern. Ich fragte, wann du das letzte Mal etwas gegessen hast.«

Ihr Kopf schmerzte, und sie strich sich über die Stirn. Sie wünschte, sie hätte ein bisschen länger geschlafen. Es war ein Fehler gewesen, hierherzukommen. Sie hätte einen Brief schicken sollen. »Ich weiß nicht …« Sie massierte ihre Schläfen. »Gestern Abend.«

»Nichts zu essen löst keine Probleme.« Er musterte sie von oben bis unten. »Du wiegst fast nichts.«

»Du weißt nicht, was ich wiege.«

»Ich habe dich getragen, erinnerst du dich?«

Sie versuchte, sich nicht daran zu erinnern. Im Moment sehnte sie sich zurück nach jenem halb bewusstlosen Zustand.

Sie erinnerte sich auch an das sanfte Flüstern seiner Stimme an ihrem Ohr. *Ich hab dich*.

In diesen wenigen Augenblicken hatte sie sich sicher gefühlt. Bei ihm hatte sie sich immer sicher gefühlt, was pure Ironie zu sein schien angesichts der Tatsache, dass er sie mehr verletzt hatte als irgendjemand sonst.

»Es war eine schwierige Zeit.«

»Ich habe davon gehört. Es tut mir leid wegen deines Mannes. Möchtest du Frühstück?« Er öffnete den Kühlschrank und holte Eier und Schinken heraus.

»Macht es Charlie nichts aus, wenn du dich hier häuslich einrichtest?«

»Du kannst ihn ja das nächste Mal fragen, wenn du ihn siehst.« Er briet Schinken und Eier in einer Pfanne. Der verführerische Duft kitzelte sie in der Nase, und sie merkte, wie hungrig sie war.

Als er ihr knusprigen Schinken und ein perfektes Rührei mit Champignons vorsetzte, runzelte sie die Stirn.

»Du hast Champignons immer gehasst.«

»Tue ich immer noch. Das hier ist für dich.« Er zog einen Stuhl hervor. »Setz dich.«

Sie war nicht sicher, ob sie etwas essen konnte, doch das Rührei sah so gut aus, dass ihr Magen gemischte Signale sandte.

Scott füllte sich selbst einen Teller auf und stellte ihn zusammen mit zwei Bechern heißen Kaffee auf den Tisch.

Sie knabberte an einem Stück Schinken. »Du hast schon immer gewusst, wie du für dich sorgst.«

»Es gab niemand anderen, der es für mich getan hätte.«

»War es ein Schock, deine Tochter zu sehen?«

Er löffelte Zucker in seinen Kaffee. »Ich denke, für sie war es der größere Schock.«

»Sie hat erst kürzlich von dir erfahren.«

»Das habe ich vermutet.«

»Ich wollte sie beschützen. Ich wollte nicht, dass sie mit einem Gefühl der Unsicherheit aufwächst.« Zum millionsten Mal wünschte sie sich, sie könnte die Zeit zurückdrehen und die Dinge anders machen. »Ich weiß nicht, warum ich dir das erzähle.«

»Weil es hilft, mit jemandem zu sprechen.« Er rührte seinen Kaffee um. »Und du kennst mich.«

Scott wusste um ihre Vergangenheit. Vermutlich würde er noch besser als Ed verstehen, warum sie die Entscheidungen ihres Lebens so getroffen hatte. Die Tatsache, dass Scott sie so gut kannte, bereitete ihr ein unbehagliches Gefühl. Es schien nicht richtig zu sein, eine solche Nähe mit einem Mann zu teilen, mit dem sie nicht verheiratet war. »Ich war entschlossen, eine gute Mutter zu sein. Bei jeder Entscheidung habe ich sie an die erste Stelle gesetzt.«

»Sie hat Glück, dich zu haben.«

»Das sieht sie nicht so.« Lauren legte ihre Gabel ab. »Sie ist wütend auf mich.«

»Du kannst auf jemanden wütend sein und ihn dennoch lieben.«

Aus irgendeinem Grund fand sie das tröstlicher als alles, was andere ihr gesagt hatten. »Die einzige Sache, die ich wirklich richtig machen wollte im Leben, habe ich falsch gemacht.«

»Du hast die Entscheidung getroffen, die dir zu dem Zeitpunkt richtig erschien. Mehr können wir alle nicht tun.«

»Hast du je eine Entscheidung bereut?«

Ein langes Schweigen folgte. »Ja.«

Die Art, wie er sie dabei ansah, ließ keinen Zweifel daran, von welcher Entscheidung er sprach.

Es hatte eine Zeit gegeben, in der sein Geständnis sie hätte schwindlig werden lassen vor Hoffnung und Sehnsucht.

Aber jetzt? Sie wusste es nicht. In den letzten paar Wochen hatte sie so viel ertragen müssen, dass sie sich fast taub gefühlt hatte, doch nun erwachte irgendetwas in ihr zum Leben. Da waren ein Prickeln auf ihrer Haut und ein flaues Kribbeln in ihrem Magen.

»Iss.« Er reichte zu ihr hinüber und drückte ihr die Gabel zurück in die Hand. »Bevor du für jemand anderen verantwortlich sein kannst, musst du für dich selbst sorgen.« Die Fürsorge in seiner Stimme ließ einen Kloß in ihrem Hals aufsteigen.

Seit Ed gestorben war, hatte sie sich immer um andere gekümmert – ihre Mutter, ihre Tochter –, aber nie um sich selbst.

Lauren hatte keine Zeit gehabt, sich ihren eigenen Gefühlen hinzugeben. Vielleicht hatte sie es auch nicht gewollt. Sie hatte den Moment hinausgeschoben, in dem sie der Tatsache ins Auge sehen musste, dass Ed nicht mehr zurückkam. Dass er sie belogen hatte.

Bei dem Gedanken wurde ihr eng um die Brust.

»Sag mir, warum du das Haus kaufen möchtest.«

Scott erhob sich und räumte die Teller ab. »Statt mich zu fragen, warum ich es kaufe, solltest du deine Mutter fragen, warum sie es verkauft.«

Es klang so offensichtlich und leicht, wenn er es vorschlug, doch er hatte recht gehabt mit dem, was er zuvor gesagt hatte. Mit ihrer Mutter zu sprechen war immer die schwerste Sache auf der Welt gewesen.

Lauren stand auf und nahm ihre Tasche. »Danke für das Frühstück und dass du meine Tochter gerettet hast. Und dass du mich an jenem Tag vom Anleger gekratzt hast.«

»Jederzeit gern.«

»Es wird kein weiteres Mal geben. Ich habe nicht vor, das Ohnmächtigwerden zur Gewohnheit werden zu lassen.«

»Iss mehr. Das hilft.« Er schenkte ihr eines seiner seltenen Lächeln, und das fühlte sich wie Balsam an.

Manche Menschen lächelten nie, und andere lächelten ständig. Scott Rhodes lächelte, wenn er es meinte, und genau jetzt meinte er es.

Das Lächeln bewirkte, dass sie sich stärker fühlte.

»Wir sehen uns, Scott.« Sie ging zur Tür und fragte sich, warum er so früh zur Arbeit gekommen war, wenn Charlie nicht einmal hier war, um es zu bemerken.

Sie war mit einem Fuß schon zur Tür hinaus, als er den Mund aufmachte.

»Laurie …« Sie hörte die Dringlichkeit in seinem Ton und fuhr sofort herum.

Sie sah ihn an, benommen von dem eisklaren Blau seiner Augen und seinem dunklen Bartschatten.

Ihr Herz schlug gegen ihre Rippen. »Was?«

»Nichts.« Er schüttelte den Kopf. »Vergiss es.«

Die unbesonnene, wilde Seite in ihr, die sie vor langer Zeit begraben hatte, dachte daran, nachzuhaken, was er hatte sagen wollen. Doch welchen Sinn hatte das? Sie kannte ihn gut genug, um zu wissen, dass er ihr nicht sagen würde, was in seinem Kopf vor sich ging, bis er bereit dazu war.

Sie wusste außerdem, dass es auf keinen Fall »nichts« gewesen war, was er hatte sagen wollen. Ob es etwas war, das sie hören wollte, war allerdings eine andere Frage.

19. Kapitel

Jenna

Konfrontation: ein Disput, Streit oder Kampf zwischen zwei Gruppen von Menschen

Jenna trat in die Küche des Kapitänshauses und sah, dass der Inhalt der Schränke auf dem Boden ausgebreitet lag. Dort standen Pfannen und Töpfe, Schüsseln, Krüge, verschiedenstes Geschirr, das nicht zusammenpasste – es sah aus wie bei einem Flohmarkt, und in der Mitte von allem saß ihre Schwester in einer schwarzen Jeans und einem schwarzen Pullover. Jenna konnte Laurens Anspannung förmlich spüren.

»Hi.« Jenna stellte die Tüte, die sie mitgebracht hatte, auf den Tisch. »Ich habe deine Nachricht erhalten. Eine tolle Idee, miteinander zu quatschen, während Mom fort ist. Was machst du da?«

»Aufräumen. Kannst du dir die Menge an Gerümpel vorstellen, die Mom angehäuft hat? Ich bekomme nicht einmal die Hälfte dieser Schränke zu.« Der panische Ton in ihrer Stimme wirkte alarmierend auf Jenna.

Jedes Mal, wenn sie ihre Schwester sah, stand diese ein Stück näher davor, die Nerven zu verlieren.

»Mom schmeißt niemals etwas weg, das weißt du.« Sie war erleichtert, dass Lauren kurz lächeln musste.

»Alles in diesem Haus hat eine Geschichte«, deklamierten sie im Chor, und auch Jenna grinste.

»Hey, ich habe eine Idee.« Sie fragte sich, warum sie nicht schon eher daran gedacht hatte. »Lass uns das hier stehen lassen und zum Strand gehen, wie früher.«

Laurens Lächeln erlosch. »Ich habe keine Zeit, zum Strand zu gehen.«

»Du liebst den Strand. Du hast die Schule geschwänzt, um zum Strand zu gehen.«

»Das war vor langer Zeit. Und es ist Winter. Draußen friert es.«

Jenna setzte neu an. Vielleicht war dieser Vorschlag zu viel gewesen, zu früh.

»Komm wenigstens her und setz dich mit mir hin. Ich packe das Gerümpel – oh, ich meine natürlich die Familienerbstücke – zurück in die Schränke und mache dann Kaffee. Hast du gefrühstückt?«

»Ich weiß nicht. Nein, ich glaube nicht. Es bleibt keine Zeit, mich hinzusetzen. Ich habe so viele Dinge zu tun, dass ich gar nicht weiß, wo ich anfangen soll.«

Jenna bemerkte den Papierstapel auf dem Tisch.

Wieder Listen, dachte sie, während sie auf das oberste Blatt sah.

Und dann bemerkte sie, dass die Lokalzeitung auf der Seite mit den Stellenangeboten aufgeschlagen war. Einige waren rot umkringelt worden.

Kellnerin für den Abend und für Wochenenden gesucht.

Zimmermädchen für die Sommersaison gesucht.

»Ist das für Mack?«

Lauren packte einige Pfannen zurück in den Schrank. »Für mich. Ich brauche einen Job.«

»Aber das sind Sommerjobs.«

»Ich nehme, was ich kriegen kann.«

»Warum tust du das jetzt? Hast du Neuigkeiten aus London?«

»Ich kenne ein paar mehr Einzelheiten. Nicht, dass es einen großen Unterschied machen würde.« Lauren nahm einen Krug. »Meinst du, Mom würde es bemerken, wenn wir den wegwerfen?«

»Vermutlich. Du hast Einzelheiten gehört, wie es dazu kam?«

Lauren stellte den Krug ab. »Ed hat den Hedge-Fonds vor zehn Jahren aufgelegt. Das weißt du ja bereits.«

»Ja. Ich erinnere mich, dass du uns erzählt hast, er hätte einige große Investoren aus Russland und den Arabischen Emiraten ausgewählt.«

»Das stimmt. Nun, der Fonds ist ziemlich schnell gewachsen, und daraufhin hat er sich entschieden, einen anderen Weg zu beschreiten. Er hat in ein paar Privatfirmen investiert, eingeschlossen ein Freizeitunternehmen. Sie verschuldeten sich.« Sie starrte ins Leere, der Krug war vergessen. »James hat mir erzählt, dass die ersten Investoren ihr Geld zurückhaben wollten, und da brach dann alles zusammen. Fast das ganze Geld war gebunden, und Ed hatte seit mehr als einem Jahr kein Gehalt mehr herausgenommen – ein Umstand, den er mir verschwiegen hat. James glaubt, dass er wirklich dachte, er würde alles wieder hinkriegen, ohne mir etwas sagen zu müssen …« Sie sah Jenna an. »Deshalb brauche ich einen Job.«

»Was ist mit deinem Plan, dich als Innenarchitektin selbstständig zu machen? In den letzten Jahren hast du über nichts anderes gesprochen.«

»Das war ein Traum. Das wirkliche Leben gründet nicht auf Träumen.«

»Sag so was nicht. Wo wären wir ohne Träume?«

»Im Land der Realität.«

Jenna dachte an das Baby, das sie sich so sehr wünschte. »Manchmal wird ein Traum Realität.«

»In Büchern und Filmen ist das so.« Laurens Ton war freudlos, und Jenna hatte das Gefühl, als würde ihr das Herz aus der Brust gerissen.

Wenn ihre Schwester nicht zu ihr kam, würde sie eben zu ihrer Schwester kommen.

Sie schob die Töpfe beiseite, setzte sich neben Lauren auf den Boden und schlang die Arme um sie.

»Ich werde nicht einer dieser furchtbaren Menschen sein, die dir sagen: ›Ich weiß, wie du dich fühlst.‹ Ich kann überhaupt nicht wissen, wie du dich fühlst. Aber ich kann dir sagen, dass ich hier bin und dass ich dich liebe. Wir werden das irgendwie zusammen durchstehen.«

»Aber wie?« Lauren lehnte ihren Kopf an Jennas Schulter. »Ich brauche einen Job, Jenna. Das ist das Allerwichtigste. Und ich darf nicht wählerisch sein.«

»Du bist die klügste Frau, die ich kenne. Wir finden einen Weg, wie du dennoch dein eigenes Geschäft starten kannst.«

»Um das zu tun, bräuchte ich Geld. Und Kunden. Ich habe immer gewusst, dass es Zeit brauchen würde. In England hatte ich Kontakte und ein Netzwerk. Hier kenne ich niemanden.«

»Aber ich. Und Mom auch. Mom kennt jeden.«

»Niemand wird eine Innenarchitektin engagieren, deren Arbeit sie nicht gesehen haben. Mein Haus in London war mein Showroom.«

»Vielleicht könntest du mein Haus als Showroom nehmen. Es könnte die Aufmerksamkeit gebrauchen. Herrje, ist dieser Boden hart. Seit wann sitzt du hier?« Jenna stand auf und zog Lauren hoch auf die Füße. »Mach es dir auf dem Stuhl dort am Tisch bequem. Ich setze den Kessel auf. Wann kommt Mom zurück?«

»Ich weiß nicht. Sie hat ein Treffen des Naturschutzkomitees.« Lauren stapelte Pfannen. »Ist sie in jedem Komitee?«

»So ziemlich. Möchtest du Eier essen? Ich mache großartiges Rührei. Wenn es das Naturschutzkomitee ist, haben wir jede Menge Zeit.« Sie schlug Eier in eine Schüssel, verrührte sie mit dem Schneebesen und schmolz Butter in einer Pfanne. »Eine von Gregs Klientinnen bietet einen Yoga-Kurs an. Ich dachte, wir könnten zusammen hingehen.«

Lauren lachte. »Yoga? Du hasst Yoga.«

»Aber du liebst es.« Jenna goss die Eier in die Pfanne. »Dass ich bereit bin, mich in unbequeme Positionen zu quälen, zeigt, wie sehr ich dich liebe. Es gibt niemand anderen, der mich überzeugen könnte, an einem Yoga-Kurs teilzunehmen.«

Lauren schüttelte den Kopf. »Für mich brauchst du nicht zum Yoga zu gehen.«

»Es würde mehr Spaß bringen, wenn wir es zusammen machen würden. Wir könnten in der letzten Reihe kichern wie Teenager und den ganzen Kurs stören.« Sie verrührte die Eier und drehte die Hitze herunter. »Wir könnten Klatsch-und-Tratsch-Thema sein. Ich kann es mir schon vorstellen. ›Diese Stewart-Schwestern.‹«

Lauren blickte wehmütig. »Es ist eine Weile her, dass man uns so genannt hat.«

Zu lange, dachte Jenna.

Nostalgie: eine Sehnsucht nach vergangenen Lebensumständen.

»In deiner Nachricht hast du geschrieben, dass du über Mom reden willst.«

»Ja. Ich möchte mit ihr über alles sprechen, und ich dachte, es wäre gut, wenn wir das zusammen täten.«

»Mit allem meinst du das Haus oder …« Jenna zögerte. Es gab einige Dinge, über die selbst sie beide nicht sprachen. »Andere Sachen?«

»Was? Nein! Das Haus. Darum geht's.« Der alarmierte Gesichtsausdruck ihrer Schwester beantwortete die Frage.

»Okay. Ich wollte das nur klären, weil wir eine gemeinsame Strategie brauchen, und normalerweise hat unsere Strategie darin bestanden, nichts zu sagen.« Sie gab das Rührei auf den Teller und schmierte Butter auf eine Scheibe Toast.

»Ich möchte wissen, was hinter dieser Verkaufsentscheidung steckt, du nicht? Sie plant es offenbar seit einer ganzen Zeit, weil sie Scott all diese Arbeiten an den Fenstern machen ließ und zwei Schlafzimmer renoviert hat.«

»Ich weiß.« Jenna stellte den Teller vor ihrer Schwester auf den Tisch. »Iss. Keine Ausreden.«

»Warte …« Lauren sah verwirrt drein. »Du wusstest, dass sie Scott beschäftigt, und hast nicht daran gedacht, es mir gegenüber zu erwähnen?«

»Ich wusste nicht, dass es wichtig war. Du vergisst, dass ich kürzlich erst erfahren habe, dass Scott Rhodes von Interesse ist.«

Ihre Schwester wurde rot. »Hier geht es nicht um ihn.«

»Wenn Mom an jemand anderen verkaufen würde, wärst du dann auch so angespannt?«

»Ich bin nicht angespannt.«

Jenna blickte auf die Pfannen, die noch immer auf dem Boden verteilt waren, und auf die Listen auf dem Tisch. »Okay.«

Lauren aß langsam, als müsste sie sich zu jedem Bissen zwingen.

Als der Teller leer war, griff Jenna nach ihrer Tüte. »Ich habe Kekse gebacken.«

»Ich kann nichts mehr essen. Ich hebe sie für Mack auf.«

»Haben sich die Dinge an der Schule beruhigt?« Jenna wusste von dem Vorfall am Strand und auch davon, dass die anderen Mitschüler nicht mit Mack gesprochen hatten.

»Nicht wirklich. Ich wollte mit den Lehrern reden, aber sie hat es nicht zugelassen. Sie sagte, das würde die Sache schlimmer machen.«

»Das ist der Grund, warum ich die erste Klasse unterrichte. Die Kleinen sind einfacher im Umgang.«

Lauren stand auf und ging zum Fenster. »Ich hatte ganz vergessen, wie sehr ich diesen Ort liebe.«

»Ich dachte, du liebst London.«

»Das tue ich, aber das hier ist anders. London ist wie eine oberflächliche Bekanntschaft, von der du weißt, dass du viel Spaß mit ihr haben wirst, wenn ihr abends ausgeht. Aber Martha's Vineyard ist, als ob man einen alten Freund trifft, den man schon ewig kennt, und feststellt, dass die Zeit, die man fort war, keine Rolle spielt, weil man sich so gut kennt. Hat Mom noch Hilfe im Garten?«

»Ja. Ben kommt im Sommer mehrere Male die Woche. Im Winter seltener. Er pflegt die Hälfte der Gärten in der Stadt. Er ist Mom immer ein guter Freund gewesen.«

»Erinnerst du dich, als sie den Baum gepflanzt haben?« Lauren sah über den Rasen hinweg hinaus in den Garten mit den kargen Blumenbeeten, die geduldig darauf warteten, dass der Winter dem Frühling wich.

Ihr Baum war ein direkter Abkömmling des historischen und inzwischen berühmten japanischen Schnurbaums in der South Water Street. Dank der Bemühungen eines Seefahrers, der den Setzling während des ganzen Weges von China nach New England gepflegt hatte, war der Baum seit fast zweihundert Jahren ein Bestandteil von Edgartown.

»Ich erinnere mich.« Der Vater eines Kindes in ihrer Klasse bekleidete das Amt des offiziellen Baumhüters.

Auf Martha's Vineyard bildeten die Bäume eine Gemeinschaft. Manche waren sogar verwandt.

Lauren drehte sich um. »Warum hat sie mit dir bislang nicht über ihre Verkaufspläne gesprochen? Du besuchst sie jede Woche.«

»Was willst du damit andeuten?«

»Ich deute gar nichts an. Ich dachte, du hättest etwas davon mitbekommen, das ist alles.«

»Seit wann ist Mom leicht zu durchschauen, und seit wann ist es meine Schuld, dass sie Dinge vor uns verbirgt?« Jenna wusste, dass sie defensiv klang, und fühlte sich schuldig. Ihre Schwester ging durch die Hölle, und sie sollte sie unterstützen und nicht mit ihren eigenen Problemen belästigen. »Tut mir leid. Ich versuche, auf Zucker zu verzichten, und das macht mir schlechte Laune.«

»Du hast schlechte Laune, weil wir beide Mutterprobleme haben, und ich versuche, einen Teil meiner furchtbaren Schuldgefühle auf dich abzuladen. Es ist mein Fehler, nicht deiner.« Lauren schüttelte den Kopf. »Mir tut es leid. Ich hätte nachdrücklicher versuchen sollen, in einem unserer Telefongespräche mit Mom zu reden.«

»Das hätte keinen Unterschied gemacht, das weißt du. Falls du dir Sorgen machst, wo du unterkommen sollst – ihr könnt bei mir wohnen.« Doch selbst sie wusste, dass dies keine praktikable Lösung auf Dauer war. Sie und Greg hatten ein zweites Schlafzimmer, doch es war klein und nicht gerade passend für ihre Schwester und ihre Teenager-Tochter.

»Danke, aber ich hoffe, wir werden das nicht brauchen. Was wir brauchen, ist ein ehrliches Gespräch mit Mom.«

»Viel Glück dabei.« Jenna hatte den Versuch schon lange aufgegeben, irgendwas Wichtiges mit ihrer Mutter zu besprechen. »Da ist noch etwas anderes, das mich verwirrt.«

»Was?«

»Wie kann Scott es sich leisten, dieses Haus zu kaufen?«

»Ich weiß es nicht. Ich habe mit ihm gesprochen, aber es nicht herausbekommen.«

»Warte …« Jenna setzte sich aufrecht hin. »Du hast ihn gesehen? Du bist zu deiner großen Liebe gegangen und hast es mir nicht erzählt?«

»Ich wollte mich bedanken, weil er Mack geholfen hat. Er hat mir Frühstück gemacht.«

Jenna bemerkte, dass ihre Schwester den Ausdruck »große Liebe« nicht abstritt.

Das Geräusch der Eingangstür unterbrach sie.

»Verdammt«, murmelte Jenna. »Es wurde gerade interessant. Glaub nicht, dass dieses Gespräch vorbei ist.«

Nancy kam in den Raum. In der kurzen Sekunde, bevor sie ihre Töchter dort sitzen sah, wirkte sie müde und abgeschlagen.

Jenna gab es einen Stich ins Herz.

Wie lange schon sah sie so müde aus? Lauren hatte recht. Sie hätte ihrer Mutter mehr Aufmerksamkeit schenken sollen. Es mochte sein, dass sie einander nicht sehr nahstanden, doch Nancy war immer noch ihre Mutter. Jenna hatte sich aus Selbstschutz von ihr zurückgezogen, nicht, weil sie sie nicht liebte.

Der müde Ausdruck verschwand, kaum dass Nancy ihre Töchter erblickte. »Jenna! Ich wusste nicht, dass du heute vorbeikommst.«

»Ich habe sie gebeten, herzufahren«, sagte Lauren. »Wir wollten mir dir sprechen, Mom.«

Nancy stellte ihre Taschen ab und setzte sich, ohne ihren Mantel abzulegen. »Worüber?«

»Das Haus.« Jenna bemerkte, dass die Hände ihrer Mutter zu Fäusten geballt waren.

Lauren zog einen leeren Stuhl heran und setzte sich. »Warum hast du uns nicht vorher erzählt, dass du an einen Verkauf denkst?«

»Das habe ich erst kürzlich überlegt. Ich brauche kein Haus dieser Größe.«

Jenna dachte, dass ihre Mutter mit all dem Gerümpel im Haus vermutlich jedes einzelne der zehn Schlafzimmer benötigte. Sie musterte ihre Mutter und bemerkte, dass ihr Lächeln starr und angestrengt war. Sie fragte sich, ob Lauren es auch bemerkte.

»Du liebst dieses Haus«, platzte Lauren heraus. »Du liebst es mehr als … alles andere.«

Jenna wusste, dass ihre Schwester es gerade noch vermieden hatten zu sagen: *Du liebst es mehr als uns.*

»Es ist ein Haus«, sagte Nancy. »Man kann keine Gefühle für ein Gebäude haben.«

»Aber du hast Gefühle für dieses Haus. Die ganze Zeit haben dich Menschen gedrängt, es zu verkaufen, und du wolltest es nie. ›Nur über meine Leiche‹, hast du mal gesagt.«

»Wie dramatisch. Ich weiß, dass der Zeitpunkt sehr unpassend ist für Lauren, aber …«

»Hier geht es nicht um mich, Mom«, sagte Lauren. »Es geht um dich.«

Jenna verspürte einen Anflug von Frustration und zugleich Mitgefühl. »Warum kannst du nicht mit uns reden, Mom? Du sprichst mit deinen Freunden, mit den Menschen, die du im Krankenhaus besuchst, mit dem Postboten, dem Gärtner, aber nicht mit deinen eigenen Töchtern?«

Nancy saß ganz still da. »Ich weiß nicht, was du meinst. Wir sehen uns jede Woche. Wir reden die ganze Zeit. Und Ben ist mehr als ein Gärtner. Er ist ein treuer Freund.«

»Wir reden nicht über die Dinge, die wichtig sind. Wie reden über deinen Buchclub, meine Klasse und das Wetter.«

»Das liegt daran, dass in unserem Leben nicht viel passiert.«

»Es passiert eine Menge in unserem Leben!« Jenna platzte fast damit heraus, dass sie nicht schwanger werden konnte, doch etwas hielt sie davon ab. Sie war nicht bereit, etwas so Privates mit ihrer Mutter zu teilen.

Lauren griff über den Tisch, nahm ihre Hand und drückte sie. Jenna war ihrer Schwester dankbar.

»Rede mit uns, Mom. Wir wollen die Wahrheit erfahren.«

Ein langes Schweigen folgte. Nancy räusperte sich. »Seid ihr sicher?«

Jenna ahnte Unheil. »Ja.«

Nancy stand auf und ging zum Fenster, wo sie mit dem Rücken zu ihnen stehen blieb. »Ich verkaufe das Haus, weil ich es mir nicht länger leisten kann.«

»Falls das Geld knapp ist, dann kann …«

»Das Geld ist nicht nur knapp, Jenna. Es ist fort. Ich bin pleite – und das schon eine ganze Zeit lang.«

Pleite?

Jenna sah Lauren an, die ebenso überrascht schien wie sie.

»Aber – wie? Du hast ein Vermögen mit deinen Bildern gemacht, und es ist ja nicht so, dass du eine Verschwenderin wärst.« Sie konnte sich nicht erinnern, wann sie ihre Mutter zuletzt in einem neuen Kleidungsstück gesehen hätte.

Nancy umklammerte das Fensterbrett. »Euer Vater war ein großer Verschwender.«

»Großer Verschwender? Wie groß?« Wie viel Geld konnte ein Mann auf dem Golfplatz ausgeben?

»Er verbrauchte das Geld wie Wasser, und unglücklicherweise hat er in den letzten Jahren unserer Ehe selbst keines mehr verdient. Ich habe das nicht begriffen, bis es zu spät war. Ich überließ ihm die Geldangelegenheiten, so wie ich ihm die Kinderbetreuung überließ. Ich dachte, wir wären ein ungewöhnlich modernes Paar, doch es stellte sich heraus, dass ich mir Illusionen machte – etwas, das ich viel zu oft tat. Ich weiß seit mindestens einem Jahr, dass ich verkaufen muss, doch ich war feige. Ich schob das Unausweichliche auf. Ich wollte mir nicht eingestehen, eine Versagerin zu sein.«

Jenna konnte sich nicht erinnern, ihre Mutter je so niedergeschlagen gesehen zu haben. »Du bist keine Versagerin, Mom. Warum solltest du das von dir denken?«

»Seit es erbaut wurde, befindet sich dieses Haus im Besitz meiner Familie. Meine Vorfahren haben es bewahrt, und ich bin diejenige, die es verkauft. Ich habe jeden enttäuscht, eingeschlossen meine Töchter.« Sie blickte Lauren an. »Das eine Mal, wo du etwas von mir brauchst, kann ich es dir nicht geben. Das ist kein schönes Gefühl.«

»Ich bin erwachsen«, sagte Lauren. »Es ist nicht deine Aufgabe, mich zu unterstützen. Aber willst du damit sagen, dass Dad all dein Geld ausgegeben hat?«

»Ich hielt es für unser Geld, aber ja. Er hat es ausgegeben.«

»Das ist furchtbar. Aber sicher könntest du wieder etwas verdienen. Du bist eine großartige Künstlerin.« Jenna suchte nach Optionen. »Könntest du nicht etwas Neues malen und das Bild für ein kleines Vermögen verkaufen?«

Nancy nahm ein herumliegendes Geschirrtuch und faltete es. »Es ist fünf Jahre her, dass ich zuletzt etwas gemalt habe.«

Jenna traf die Nachricht wie ein Blitz. Fünf Jahre? Nein. Das war unmöglich. »Mom?« Wie konnte sie das nicht mitbekommen haben? »Du hast aufgehört, als Dad starb? Du warst untröstlich.«

Nancy legte das Geschirrtuch beiseite. »Ich war nicht untröstlich. Ich war wütend. Zum ersten Mal in meinem Leben so wütend, dass es alles überschattete. Ich konnte mir nicht vorstellen zu malen. In meinem Kopf war nichts anderes als Wut.«

Jennas Erstaunen wich nun der puren Verblüffung.

Lauren ergriff als Erste das Wort. »Wir machen dir keine Vorwürfe, dass du wütend warst, Mom. Dad hat dich finanziell in einer üblen Lage zurückgelassen. Ich bin aus dem gleichen Grund auf Ed wütend. Es bringt mich um, weil ein Teil von mir um ihn trauert und eine anderer ihn anschreien will. Du musst dich ähnlich gefühlt haben.«

»Ich war nicht wütend wegen des Geldes. Zumindest nicht an diesem Punkt. Ich dachte, ich wäre in der Lage, alles am Laufen zu halten, wie ich es immer getan hatte. Das war die einzige Sache, die ich konnte. Meine Aufgabe war es, das Geld zu verdienen. Ich dachte, ich könnte mich aus den finanziellen Nöten herausmalen. Ich rede mir ein, dass das zuversichtlich war und nicht arrogant.«

Jenna war verwirrt. »Aber …«

»Ich war wütend darauf, wie er das Geld ausgegeben hat. Mein Geld. Euer Geld.« Sie griff nach einer Schürze, die an der Tür hing. »Ich sollte lieber kochen, statt zu reden. Mack kommt aus der Schule und wird hungrig sein. Ihr wisst, wie Teenager sind.«

»Warte, Mom, setz dich.«

Doch ihre Mutter kramte in der Küche herum, holte Schüsseln und eine Waage hervor. »Ich dachte, ich mache eine Gemüsequiche zum Mittag. Mag Mack das, oder?«

»Ja, aber das kann warten.« Lauren erhob sich. »Wie hat Dad das Geld ausgegeben?«

Nancy stellte die Tüte Mehl auf den Tresen. »Er verschwendete es, um Frauen zu beeindrucken.«

»Frauen?«

Nancy schien in sich zusammenzusinken. Es war, als entwiche einem Ballon die Luft. »Ich wollte es euch Mädchen nie sagen. Ich weiß, dass ihr euren Vater vergöttert habt. Er hatte einige wunderbare Eigenschaften.«

»Warte mal kurz …« Jenna wagte es nicht, Lauren anzusehen. »Du willst sagen, dass Dad eine andere Frau hatte?«

»Nicht eine Frau. Eine Frau wäre niemals genug gewesen für euren Vater. Natürlich gab er mir die Schuld. Er sagte, dass ich das Geld verdiene, würde ihn ›entmannen‹ und ihn unter seinen Freunden dumm dastehen lassen. Offenbar hat seine Fähigkeit, Frauen aufzureißen, dieses Problem irgendwie gelöst, auch wenn ich nie verstanden habe, wie diverse Affären ihn männlicher gemacht haben sollen.«

Jenna bemerkt, dass Lauren ihr einen Blick zuwarf.

Da sie genau wusste, was ihre Schwester dachte, schüttelte Jenna nachdrücklich den Kopf. Alarmsirenen schrillten in ihrem Kopf, und sie fragte sich, ob ihre Schwester sie nicht auch hörte.

Sprich nicht aus, woran du gerade denkst.

»Warum hast du ihn nicht verlassen?«

Nancy lächelte wehmütig. »Wegen euch Mädchen. Vor allem du, Jenna, hingst immer an ihm, sobald er von der Arbeit kam.«

Jenna erinnerte sich. *Daddy, Daddy, Daddy …*

»Ich konnte euch das nicht wegnehmen«, sagte Nancy. »Jeder, der euch drei sah, hätte das verstanden. Die drei Musketiere. So nannte er euch. Jedermann sagte, was für ein guter Vater er sei. Ich durfte euch das nicht verderben. Und ich wollte diese Erinnerungen an ihn nicht trüben, doch das habe ich jetzt, und es tut mir leid. Ich möchte, dass ihr das vergesst.«

Es vergessen?

»Wir wussten es«, sagte Lauren. »Wir wussten, dass er eine andere Frau hat.«

Jenna wünschte, sie hätte ihre Schwester geknebelt.

»Das ist nicht möglich.« Jede Farbe wich aus Nancys Gesicht. »Ich war so vorsichtig. Ich habe nie darüber gesprochen, wenn ihr im Haus wart.«

»Es lag nicht an dir, dass wir es wussten.«

Jenna wusste nicht, wie sie es verhindern konnte. »Lauren, nein …« Würde sie das wirklich tun, nach all diesen Jahren, in denen sie es für sich behalten hatten? Ausgerechnet jetzt, wo ihre Mutter offenbar so verletzlich war? Was, wenn sich ihre Mutter durch die Wahrheit noch schlechter fühlte? Doch dann sah sie, wie Lauren das Kinn vorschob, und wusste, dass nichts, was sie sagte oder tat, sie aufhalten könnte. Sie erkannte diesen Gesichtsausdruck wieder.

Es war ein Gesichtsausdruck, den sie seit Langem nicht mehr bei ihrer Schwester gesehen hatte.

Sie wusste nicht genau, ob sie erleichtert oder nervös sein sollte.

»Wir haben ihn gesehen, Mom.«

»Ihr habt ihn mit einer Frau gesehen?« Ihre Mutter verzog schmerzhaft das Gesicht. »Er hat mir nach jenem ersten Mal geschworen, sie nie wieder ins Haus zu bringen …«

Ihre Mutter hatte ihren Vater mit einer Frau im Haus erwischt?

In Jennas Kopf überschlugen sich die Gedanken.

»Nicht im Haus«, sagte Lauren. »Es war in deinem Atelier. Du warst in Europa. Wir dachten, Dad würde schlafen, und haben uns aus dem Haus geschlichen. Das taten wir dauernd. Und dann haben wir ihn durch das Fenster gesehen.«

Wie konnte ihre Schwester so ruhig sein?

Jenna zitterte, als hätte sie einen Grippeanfall.

Sie versuchte, niemals an diesen Tag zu denken.

Sie hatte ihre Nase an die Scheibe gepresst, um herauszubekommen, was geschah. Sie hatte ihren Vater nackt gesehen, haarige Gliedmaßen, verschlungen mit denen einer Frau. Für einen Moment hatte sie geglaubt, sie würden miteinander ringen, und hatte nicht verstehen können, warum ihr charmanter, umgänglicher Vater mit jemandem stritt. War die Frau ein Eindringling? Aber warum war ihr Vater nackt?

Und dann hatte sie etwas anderes gesehen, das sie niemals vollständig aus ihrer Erinnerung hatte tilgen können.

Ihr wurde auf einmal heiß und dann wieder kalt.

Nancy umklammerte die Stuhllehne, um sich Halt zu geben. »Was genau habt ihr gesehen?«

Bitte lass Lauren nicht die Einzelheiten beschreiben.

»Viel zu viel«, sagte Lauren. »Es hat uns für eine lange Zeit von Sex abgeschreckt, nicht wahr, Jenna?«

»Hier geht es nicht um uns.« Jenna würgte es fast. »Es geht um Mom. Ich kann den Gedanken kaum ertragen, dass du das durchgemacht und uns nie etwas erzählt hast. Hast du dich Alice anvertraut? Weiß sie es?«

Ihre Mutter blickte sie nicht an. »Ich … ich habe mit niemandem darüber gesprochen.«

Sie hatte es nicht einmal ihrer engsten Freundin gesagt?

»Mit wem hast du gesprochen? Wer war für dich da?«

»Niemand. Es war beschämend genug, ohne es jemandem zu sagen, obwohl ich sicher bin, dass einige auf Martha's Vineyard es wussten. Angefangen bei denen, mit denen er schlief.«

»Wer?«

Ihre Mutter schüttelte den Kopf. »Es spielt jetzt keine Rolle. Aber die Tatsache, dass ihr ihn gesehen habt …« Ihre Stimme zitterte vor Wut. »Wenn er nicht schon tot wäre, würde ich ihn umbringen. Dieser nichtsnutzige Weiberheld …« Sie brach ab und atmete tief durch. »Wie alt wart ihr?«

»Elf«, sagte Lauren. »Jenna war damals acht. Es war das Jahr, in dem Meredith Painter ihren Dad erwischte, wie er Sex mit der Frau hatte, die den Segelclub leitete. Sie erzählte ihrer Mutter davon, und die Ehe zerbrach. Meredith war verzweifelt. Ihr Vater gab ihr die Schuld, dass sie die Familie zerstört habe, und die ganze Sache war furchtbar. Sie erzählte uns wieder und wieder, dass sie wünschte, sie hätte nichts gesagt. Wir wollten nicht, dass uns das auch passiert. Wir dachten, wir würden dich beschützen.«

Kleine weiße Lügen, dachte Jenna. *So viele kleine weiße Lügen.*

»Acht und elf.« Nancy schloss die Augen, als könne sie das Bild vor ihren Augen nicht ertragen. »Babys. Meine armen Mädchen.«

Jenna konnte sich nicht erinnern, wann ihre Mutter je in diesem Ton gesprochen oder solche Worte verwendet hätte. Sie wusste nicht, wie sie reagieren sollte.

Sie hatte erwartet, dass sie getadelt wurden, weil sie das Haus verlassen und zu dem alten Segelhaus gegangen waren, in dem ihre Mutter ihr Atelier hatte, doch daran schien Nancy gar nicht zu denken.

»Wie viele Affären hatte er, Mom?«

Ihre Mutter sah müde aus. »Ich weiß nicht. Es gibt Dinge, bei denen ist es besser, man weiß sie nicht. Ich weiß von drei Frauen. Eine von ihnen tauchte hier eines Tages auf, um nach ihm zu suchen. Am Anfang habe ich mich sehr bemüht, die Dinge wieder in Ordnung zu bringen. Ich wollte ihn auf keinen Fall verlieren.«

»Wegen uns?«

»Nicht nur euretwegen. Ich habe ihn ebenfalls geliebt. Verzweifelt. Tom hatte diese Gabe, Menschen anzuziehen. Die gleichen Eigenschaften, die euch blendeten, blendeten auch mich. Ich schäme mich, wenn ich an die Dinge zurückdenke, die ich toleriert habe. Die Demütigungen, dich ich durchlitten habe.«

»Ich weiß nicht, wie du das durchgestanden hast.« Jenna versuchte sich vorzustellen, wie es ihr gehen würde, wenn Greg eine Affäre hätte, geschweige denn mehrere. »Ich hätte ihn rausgeworfen.«

»Ich hoffe, dass du das getan hättest. Ich habe es einmal versucht, und er sagte mir, ihr Mädchen würdet es mir für immer übel nehmen, dass ich euer Zuhause zerstört hätte. Ich wusste, dass er recht hatte.« Sie hielt inne. »Tom war der spaßige Elternteil von uns. Euer Vater hatte so viel Charisma, dass die einfachsten Momente bei ihm magisch wirkten. Ihr drei wart eine Einheit, und ich gehörte nicht dazu. Aber ich konnte zumindest sicherstellen, dass gut für euch gesorgt war.«

Jenna war entsetzt. »Warum dachtest du, dass das Geldverdienen deine Aufgabe sei?«

»Ich war gut darin. Und weniger gut darin, eine Mutter zu sein.« Nancy sprach leise. »Ich war gern mit euch beiden zusammen, aber Tom unterbrach uns immer mit einer Idee, die noch lustiger, noch einfallsreicher, noch verrückter war, und schon wart ihr weg, alle drei. Das hat mein Selbstvertrauen erschüttert. Das passiert, wenn man in etwas nicht besonders gut ist.«

Jenna hatte das Gefühl, ihr Herz würde zerbrechen. »Mom …«

»Es war meine Schuld. Ich habe zugelassen, dass Tom mir das Gefühl gab, nicht auszureichen – und darin war er brillant. Es fühlte sich an, als würde er ständig sagen: ›Sieh mal, wie viel besser ich das mache als du.‹ Es war offensichtlich, wie gern ihr mit ihm zusammen wart, und statt Möglichkeiten zu finden, wie wir unseren eigenen Spaß haben konnten, zog ich mich zurück und ließ ihn damit weitermachen.« Nancy blinzelte, und Jenna begriff, dass ihre Mutter sich bemühte, nicht zu weinen.

Nie in ihrem Leben hatte sie ihre Mutter Tränen vergießen sehen, und der Anblick fegte sämtliche Barrieren zur Seite, die sie zwischen ihnen errichtet hatte.

Jenna sprang so rasch auf, dass der Stuhl umkippte. Mit drei Schritten hatte sie den Raum durchquert und schlang die Arme um ihre Mutter. »Es tut mir leid. Es tut mir so leid.« Sie dachte an all die Male, die sie mit ihrem Vater gespielt hatten. Sie hatte angenommen, dass ihre Mutter es missbilligte und keinerlei Wunsch verspürte, daran teilzunehmen. Es war ihr nie in den Sinn gekommen, dass Nancy nicht daran teilnahm, weil sie nicht wusste, wie. Und Jenna hatte schon gar nicht vermutet, dass ihr Vater manipulativ war. Dass er seine Kinder benutzte, um seine Frau zu verletzen.

Halb erwartete sie, dass ihre Mutter sie fortstoßen würde, doch als Nancy Jenna fest umklammerte, konnte sie ihre Tränen nicht mehr zurückhalten.

Wie hatte sie so blind sein können?

»Ich bin diejenige, der es leidtut.« Nancy tätschelte ihr die Schulter. »Ich wollte nie, dass ihr es erfahrt.«

Jenna blickte zu ihrer Schwester und sah, dass diese ebenfalls weinte. Es war das erste Mal, dass sie ihre Schwester weinen sah, seit sie Ed verloren hatte.

Lauren räusperte sich. »Wir sind froh, dass du es uns gesagt hast.«

»Ihr glaubt vermutlich, dass ich dumm war.« Nancy fummelte in ihrer Tasche herum und holte ein Taschentuch hervor. »Wenn einer von euch beiden das Gleiche geschehen sollte, wäre ich die Erste, die euch sagen würde, dass ihr ihn verlassen solltet. Fortgehen. Ihr verdient nur das Beste. Ihr verdient, mit Liebe und Respekt behandelt zu werden. Für weniger als das lohnt es sich nicht, bei jemandem zu bleiben. Aber es ist zu spät, mir zu wünschen, dass ich andere Entscheidungen getroffen hätte. Ich kann nur noch jetzt den richtigen Weg wählen. Das Kapitänshaus zu verkaufen bedeutet, dass ich genug haben werde, um mir etwas Kleines zu kaufen und euch Mädchen den Rest zu geben.« Sie putzte sich die Nase und sah dann Lauren an. »Ich kann dich nicht vor dem schützen, was du durchmachst, aber ich sollte zumindest in der Lage sein, dir finanziell zu helfen.«

Ihre Mutter hatte all dies hinter sich und sollte dann ihr Zuhause verkaufen?

Jenna würde das nicht zulassen. Es musste einen anderen Weg geben.

Lauren stimmte dem offenbar zu. »Du verkaufst dieses Haus nicht, Mom, und damit Schluss. Dieses Mal bist du nicht die Versorgerin.«

Nancy schluckte sichtlich gerührt. »Wir haben keine andere Wahl.«

Jenna konnte sich nicht erinnern, dass ihre Mutter je zuvor »wir« gesagt hatte.

Zum ersten Mal bat sie ihre Töchter um Hilfe bei einem Problem.

Sie fühlte eine Wärme in sich, die sie noch nie zuvor gespürt hatte. Ausnahmsweise schien ihre Familie eine Einheit zu sein statt einer Summe einzelner Teile.

Es war schon komisch, dass sich ein solcher Tiefpunkt zugleich wie ein Hoch anfühlen konnte.

»Vielleicht haben wir die doch.« Sie ließ ihre Mutter los und griff nach Laurens Schreibblock und einem Stift, der auf dem Tisch lag. »Wir werden uns etwas einfallen lassen. Setz den Kessel auf, Lauren. Lasst uns anfangen.«

20. Kapitel

Mack

Rebellion: organisierter Widerstand oder Opposition gegenüber einer Autorität

Mack saß auf dem Anlegesteg im Bootshafen, die Arme um die Knie geschlungen. Ihr Fahrrad war an eine Mauer im Hafen gelehnt.

Sie wusste nicht einmal, was sie hier tat. Sie wusste nur, dass sie nicht noch ein Wochenende im Haus verbringen wollte, eingeschlossen mit ihrer Familie. Sie konnte mit ihren eigenen Gefühlen nicht umgehen, geschweige denn mit denen der anderen. Es war, als würde man von einer Sturzflut überrascht. Es gelang ihr einfach nicht, den Kopf über Wasser zu halten, um zu atmen. Noch etwas war geschehen, auch wenn sie keine Ahnung hatte, was es genau war. Als sie vor ein paar Tagen von der Schule nach Hause kam, hatten ihre Mutter, ihre Tante und Großmutter dicht aneinandergedrängt um den Küchentisch gesessen. Mack konnte sich nicht erinnern, sie jemals so eng auf einem Haufen gesehen zu haben. Sie hatte nicht darauf gewartet, dass jemand ihr all das erklärte, denn niemand in ihrer Familie war gut in Geständnissen. Stattdessen hatte sie die Milch aus dem Kühlschrank genommen und war direkt in ihr Zimmer gegangen.

Ausnahmsweise war ihre Mutter ihr nicht gefolgt. Mack hatte sich eingeredet, froh darüber zu sein, doch in Wahrheit hatte sie sich furchtbar einsam gefühlt.

Kennedy ignorierte sie seit dem Vorfall am Strand, und da die anderen alle Angst vor Kennedy hatten, ignorierten sie sie ebenfalls.

Während des Unterrichts spielte das keine große Rolle, doch mittags saß sie allein an einem der Tische in der entferntesten Ecke der Cafeteria und wünschte sich, sie könnte die Zeit zurückdrehen.

Alle Teile ihres Lebens schienen zur gleichen Zeit zerbrochen zu sein.

Die Schule war ein Albtraum. Ihr Zuhause war ein Albtraum. Sie hatte keine Freunde. Niemanden, mit dem sie reden konnte. Weshalb sie jetzt auch hier war, an einem Samstagmorgen, auf einem Anlegesteg, wo es nach Salzwasser und Fisch roch.

Sie vermisste ihren Dad. Ed. *Sie sollte ihn als Ed in Erinnerung behalten.* Sie vermisste ihre Fahrradtouren am Samstagmorgen, ihre Besuche im Museum und die Art, wie er es immer geschafft hatte, ihre Mutter zu beruhigen.

Mack fühlte sich unsagbar traurig und hatte keine Ahnung, was sie mit all diesen Gefühlen in sich anfangen sollte. Und was die Schule betraf – in dem Versuch, beliebt zu sein, hatte sie sich so oft neu erfunden, dass sie gar nicht mehr wusste, wer sie eigentlich war.

Sie bemerkte Scott, bevor er sie sah. Er ging mit entspannten, weichen Schritten, als wäre er an Deck eines Schiffs. Bepackt mit Tüten und Segelausrüstung, steuerte er auf das große, schwarze aufblasbare Boot zu, das direkt neben ihr festgemacht war. Captain trottete schwanzwedelnd neben ihm her.

Scott hielt an, als er sie erblickte, doch Captain sprang auf sie zu und begrüßte sie wie einen lange verlorenen Freund.

Dankbar, dass zumindest einer sie liebte, vergrub Mack Hände und Gesicht in seinem warmen Fell.

Als sie zu Scott hochsah, klopfte ihr Herz vor Aufregung.

Sie hätte vermutlich nicht herkommen sollen. Nur weil er ihr zweimal geholfen hatte, bedeutete das nicht, dass er sie in ihrem Leben haben wollte.

Es war, als bettele man um eine Zurückweisung.

Weil sie nicht zeigen wollte, wie verwundbar sie sich fühlte, versuchte sie es mit Gleichgültigkeit.

»Hi, Dad.« Sie sagte es in dem Mir-doch-egal-Ton, der ihr eine scharfe Rüge ihrer Mutter einbringen würde, doch Scott Rhodes reagierte gar nicht. Er schien nie so zu reagieren, wie andere Menschen es taten.

»Du bist früh auf.«

»Trotz des allgemein verbreiteten Glaubens gibt es so etwas wie einen typischen Teenager nicht. Wir sind alle individuell. Manche von uns sind groß, manche klein, manche lieben Taylor Swift und manche lieben Rock oder Rap.« Sie kam auf die Füße. »Ich dachte, wir könnten etwas gemeinsame Zeit als Vater und Tochter verbringen. Bindung ist wichtig, meinst du nicht?« Weil sie gestresst war und Angst hatte, suchte sie Zuflucht im Sarkasmus, doch Scott schien nicht bereit, das Spiel mitzuspielen. Stattdessen warf er ihr einen kurzen Blick zu und ließ die Taue und die Tüten, die er trug, ins Boot fallen.

Seine ausbleibende Reaktion gab Mack das Gefühl, sich kindisch aufgeführt zu haben.

»Fährst du damit raus? Kann ich mitkommen?« Jetzt benahm sie sich wirklich wie ein kleines Kind, das um Aufmerksamkeit bettelte.

»Warst du jemals auf einem Boot?«

Die Tatsache, dass er ihr nicht sagte, sie solle verschwinden, machte ihr Hoffnung.

»Zählt ein Tretboot im Hyde Park? Wenn nicht, dann nein, aber ich lerne schnell. Was soll ich tun? Ich weiß nicht viel über Segeln in der Praxis, nur aus Büchern. Wenn du mich auf dieses Boot mitnimmst, ist es möglich, dass ich es zum Sinken bringe. Ich habe *Moby Dick* gelesen.« Sie bemerkte, dass sie viel mehr sprach als er, und wurde verlegen. »Mom hat mir dein Exemplar gegeben.«

»Du hast es gelesen?«

»Ja. Warum so überrascht? Ich hasse das meiste von dem Kram, den die anderen in meinem Alter so lesen. Meistens geht es um Teenager, die die Welt retten, was für mich keinerlei Sinn ergibt. Die meisten Teenager dürfen nicht einmal allein ins Badezimmer gehen, ohne einem Erwachsenen Bescheid zu sagen. Wir müssen ankündigen, wo wir hingehen, wann wir zurückkommen und berichten, welche Noten wir bekommen haben. Regeln, Regeln, Regeln. Wer würde Teenagern schon Verantwortung für die Welt übertragen? Das wird in allzu naher Zukunft wohl kaum passieren. Ich kann meinen Sinn für Realismus nicht genug verleugnen, um so etwas zu lesen. Aber *Moby Dick* war echt. Ich meine, die *Essex* ging unter, das weiß ich. Grams hat mir davon erzählt.«

Er sortierte die Sachen im Boot. »Es wird nicht so wie bei *Moby Dick*.«

»Weil es hier keine Wale gibt, ich weiß. Es ist tragisch. Ich bin dagegen, irgendetwas zu töten. Ich bin Vegetariern, was Grams auf die Nerven geht, weil sie diese großartigen Fleischpasteten macht. Wegen mir hat sie gelernt, die Pasteten mit Käse und Porree zu backen. Sie sind ziemlich gut.« Sie blickte zum Boot und dann auf die Wellen. »Ich möchte nicht beleidigend sein oder deine Fähigkeiten in Zweifel ziehen, aber das sind große Wellen da draußen. Nicht dass ich Expertin wäre, aber ich habe jede Menge gelesen und kann dir sagen, dass etwas Robusteres wohl sicherer wäre. Da wir uns auf Martha's Vineyard befinden und jeder weiß, dass hier *Der weiße Hai* gefilmt wurde, wäre Vorsicht wohl besser als Nachsicht.«

»Wir haben etwas Robusteres gefunden.«

»Haben wir das?« Mack war überrascht, wie sehr ihr das »Wir« in diesem Satz gefiel.

Er nickte mit dem Kopf kurz zur Seite, und zum ersten Mal bemerkte sie die Jacht, die in der Bucht auf und ab schaukelte.

»Das ist deine? Die große weiße? Wofür ist dann das hier?«

»Das ist ein Beiboot. Ich benutze es, um von der Jacht zum Ufer zu kommen.«

Es war ihr noch nie in den Sinn gekommen, sich zu fragen, wie die Leute von den Booten, die außerhalb des Hafens ankerten, an Land kamen. »Fährst du an den meisten Tagen raus zur Jacht?«

»Jeden Tag. Ich wohne dort. Sie ist mein Zuhause.«

»Cool. Wenn dich jemand nervt, kannst du einfach fortsegeln oder ihn über Bord werfen. Kann ich mitkommen und bei dir wohnen?« Sie bemerkte, wie sich seine Miene veränderte, und ihr Magen zog sich zusammen. »Nur ein Witz. Ich weiß, dass ich so willkommen wäre wie ein Hai in einer Seehundkolonie. Wenn du mich in deinem Leben hättest haben wollen, wärst du vor sechzehn Jahren drangeblieben. Mach dir keine Vorwürfe deswegen. Im Moment will mich niemand, du bist also nicht allein.« Am gegenüberliegenden Anleger sah sie, wie ein großer, schmaler Junge einen Sack in ein Boot warf und dann hinterhersprang. Sie kannte ihn. Er war der

Junge, der das Plakat für den Programmierkurs aufgehängt hatte. Saul noch irgendwas. Nein, Sam. Das war's. Sam.

Während sie nach dem Namen suchte, blickte der Junge auf und sah sie.

Mack spürte, wie sie rot wurde. Das war peinlich.

Doch zu ihrer Überraschung hob er grüßend die Hand und lächelte sie an.

Zum ersten Mal seit ihrer Ankunft auf der Insel schien sich jemand aufrichtig zu freuen, sie zu sehen.

Sie zögerte und hob dann die Hand, um seinen Gruß zu erwidern.

Scott blickte über die Schulter zu dem Jungen in dem Boot. »Du kennst Sam Tanner?«

»Er ist in meiner Klasse. Er leitet den Programmierkurs, der nach dem Unterricht stattfindet. Nicht dass wir miteinander gesprochen hätten.«

»Vielleicht solltet ihr. Er ist ein guter Junge.«

»Das ist er vermutlich, aber ehrlich gesagt gehört er nicht zu den Coolen. Mit ihm befreundet zu sein würde mich zu einem Ziel machen.« Doch dieser Gruß und Sams Lächeln hatten sie mehr gefreut, als sie für möglich gehalten hatte. Vielleicht war das Leben doch nicht so furchtbar. »Selbst wenn ich das Risiko eingehen würde, weiß ich nicht genug über Computer.«

Scott wickelte die letzte Tüte in Plastik ein und verstaute sie unter dem Sitz. »Ich weiß ein bisschen über Computer. Wenn du etwas wissen möchtest, kannst du mich fragen.«

»Du kannst programmieren?«

»Ich werde keine Rakete ins Weltall schicken können, aber ja, ich kann es ein bisschen.«

»Und du würdest mir helfen?«

»Ja, obwohl dir der Programmierkurs vermutlich mehr Spaß bringen würde.«

Sie war ziemlich sicher, dass dem nicht so war. Auf jeden Fall würden ihr die negativen Konsequenzen keinen Spaß bereiten.

»Was ist mit dem Boot? Bringst du mir auch das Segeln bei?«

Er richtete sich auf und nahm sie mit seinen eisblauen Augen wie mit einem Laser ins Visier. »Weiß deine Mom, dass du hier bist?«

»Nicht genau. Als ich das Haus verließ, hatte ich kein bestimmtes Ziel. Ich musste nur raus. Meine Familie macht mich wahnsinnig. Ich meine, ich liebe sie natürlich, aber sie machen verrückte Sachen. Sie sind nicht gerade gut darin, über Dinge zu sprechen, also gibt es eine Menge Missverständnisse.«

»Wenn du mit an Bord kommen willst, musst du deiner Mom sagen, dass du hier bist.«

»Ich glaube nicht, dass …«

»Ruf sie an«, sagte er, »sonst macht sie sich Sorgen.«

Sie hatte nicht erwartet, dass er ihrer Mutter gegenüber so fürsorglich sein würde. Er hatte sich nicht wirklich um sie gekümmert, oder? Aber er hegte offenbar noch Gefühle für sie.

Mack war nicht sicher, wie sie das fand.

Aber sie wusste, dass sie bleiben wollte.

Sie holte ihr Handy heraus, obwohl sie keinerlei Absicht hatte, mit ihrer Mutter zu telefonieren. »Kein Empfang.«

»Ich nehme dich nicht mit aufs Boot, solange du deiner Familie nicht sagst, wo du bist.«

Wenn sie anrief, würde ihre Mutter ihr vermutlich verbieten, aufs Boot zu gehen, aber wenn sie nicht anrief, würde Scott sie nicht mitnehmen.

Sie wedelte mit dem Handy in der Luft herum und ging ein Stück am Anleger entlang. »Oh, warte – Erfolg.« Sie hielt das Handy ans Ohr und wartete einen Moment. »Hi, Mom, ich bin mit Scott am Hafen, du brauchst dir also keine Sorgen zu machen. Bis später. Bye.« Sie beendete das vermeintliche Gespräch rasch, weil sie befürchtete, dass Scott das Handy nehmen und versuchen könnte, selbst mit ihrer Mutter zu sprechen. Das wäre peinlich angesichts der Tatsache, dass sie niemanden angerufen hatte. »Alles in Ordnung. Kann ich also mit zum Segeln kommen?« Sie bemerkte, wie er zögerte, und die Enttäuschung war wie ein Schlag ins Gesicht. »Du willst mich nicht. Mich will im Moment niemand.«

In seinen Augen glomm etwas auf. »Versuchst du, mich zu manipulieren?«

»Nein. Ich sage nur, wie es ist. Ich mache den Leuten wirklich keinen Vorwurf. Ich bin launisch und gemein, aber ich kann tatsächlich nicht anders. Ich versuche, nicht so zu sein, aber es ist schwer. Ich fühle mich nicht mehr wie ich selbst. Es ist hart.«

»Das ist das Leben meistens.«

Sie war überrascht, dass er nicht mehr Mitgefühl zeigte. »Wenn ich wie du auf dem Wasser leben würde, wäre es vielleicht leichter.«

»Das Leben wird nicht leichter, weil du auf einem Boot bist. Es ist feuchter und kälter, das ist alles.« Er reichte ihr die Hand, und sie stieg ins Boot, bevor er es sich anders überlegen konnte und ihre Mutter anrief.

Sie umklammerte seine Hand, als das Boot auf dem Wasser schaukelte. »Wir werden doch nicht untergehen, oder?«

»Nein. Zieh die an.« Er gab ihr eine Schwimmweste.

»Ich brauche keine …«

»Zieh sie an.«

»Orange ist nicht wirklich meine Farbe …« Ihre Stimme versiegte, als sie seinen Blick auffing. »Okay. Orange ist gut. Super, orange. Absolut meine Lieblingsfarbe. Ich wünschte, alles in meinem Leben wäre orange.« Sie zog die Schwimmweste an, und er beugte sich vor, um die Gurte festzuzurren.

Zumindest hatte er nicht vor, sie ertrinken zu lassen. Das war ein Anfang.

»Setz dich in die Mitte und beweg dich nicht so viel.«

»Aye-aye, Captain.« Sie lachte, als der Hund schwanzwedelnd ins Boot sprang. »Nicht du. Der andere Captain.« Sie salutierte und sah zu, wie Scott auf den Steg sprang und irgendetwas mit den Tauen machte.

Jemand rief ihm etwas zu, und er hob als Reaktion die Hand, und dann tuckerten sie durch den Hafen aufs Meer hinaus.

Die ganze Woche war der Himmel grau und verhangen gewesen, doch jetzt endlich lugte die Sonne zwischen den Wolken hervor. Das Wasser glitzerte, während sie Fahrt aufnahmen, und Mack keuchte auf, als die Gischt sie im Gesicht traf.

Sie bemerkte, dass sie zum ersten Mal seit Monaten lachte, und sie lachte noch immer, als er das Boot neben die Jacht manövrierte.

»Das war so cool. Darf ich das nächste Mal steuern?«

»Nein.« Er stellte den Motor aus.

Sie wartete auf seine Ermahnung, dass sie vorsichtig auf die Jacht klettern sollte, doch er sagte nichts, sondern hielt nur das Boot ruhig, während sie die Leiter hinauf aufs Deck kletterte. Der Wind blies ihr das Haar ins Gesicht, und sie verspürte eine plötzliche Leichtigkeit. Die einzigen Geräusche kamen von den Wellen, die an den Schiffsrumpf schlugen, dem Klirren der Leinen am Mast und dem klagenden Ruf einer Seemöwe. Die Dunkelheit, die sie umhüllt hatte, hob sich. Der Schmerz in ihrer Brust war verschwunden. Hier auf dem Boot fühlte sie sich von allem weit entfernt. Von ihrer Trauer. Ihrem Zuhause. Der Schule. *Von sich selbst.*

Zum ersten Mal seit langer Zeit hatte sie das Gefühl, dass alles gut werden würde. Nicht gleich, aber vielleicht eines Tages.

Dankbar für die Atempause, wischte sie sich mit der Hand übers Gesicht und band ihr feuchtes Haar dann zu einem Pferdeschwanz, den sie unter ihrer Mütze verstaute.

»Mack …« Er rief ihren Namen, und sie ging zurück zur Reling, um die Tüten entgegenzunehmen, die er ihr reichte.

»Wo soll ich die hintun?«

»In die Hauptkajüte.« Er bedeutete ihr, nach unten zu gehen, und sie sprang die Stufen in die Kajüte hinunter.

Dort hielt sie ihm die Tüten wieder entgegen und sah zu, wie er den Inhalt verstaute. »Ich würde lieber hier als in einem Haus leben. Es macht Spaß.«

»Im Winter macht es nicht so viel Spaß.«

»Ist das der Grund, warum du das Kapitänshaus kaufen wolltest? Ich kann mir nicht vorstellen, warum du einen solchen Ort haben wollen würdest, wenn du doch das hier besitzt. Aber du musst nicht darüber reden«, fügte sie rasch hinzu. »Es gibt nichts Schlimmeres als Menschen, die einen dazu bringen wollen, über etwas zu sprechen, über das man nicht reden will. Ich verstehe dich. Im Moment passiert mir das dauernd. Mom möchte, dass ich rede, und ich weiß, dass ich ihr sagen sollte, was sie hören will, aber das kann ich einfach nicht, also verbringe ich viel zu viel Zeit allein in meinem Zimmer mit dem Handy.«

Er öffnete den Reißverschluss seiner Jacke. »Du scheinst viel zu reden.«

»Mit dir fällt es einem auch leicht. Du hörst zu.« Sie musterte die Navigationskarten an der Wand. »Bist du um die ganze Welt gesegelt? Ich würde gerne reisen. Ich möchte gerne nach Kalifornien, weil es dort so viele Techfirmen gibt. Warst du schon mal in Kalifornien?«

»Ja.«

»Es ist toll, dass du einfach so lossegeln kannst. Hast du keine Bindungen? Niemanden? Ich meine, bis deine lang verlorene Tochter auftauchte.« Sie versuchte, sein Gesicht zu sehen, doch er stand mit dem Rücken zu ihr.

»Möchtest du heiße Schokolade?«

»Ich bevorzuge Wodka.« Ihre flapsige Bemerkung brachte ihr einen seiner ernsten Blicke ein, und sie seufzte. Sie fragte sich, was an ihm ihren Drang, sich abscheulich zu benehmen, besänftigte. »Gibt es irgendjemanden auf der Welt, der heiße Schokolade nicht mag? Das wäre toll, danke.« Die Gischt von der kurzen Bootsfahrt hatte ihren Mantel durchnässt, und sie stellte fest, dass ihr kalt war.

Scott öffnete einen Schrank, holte ein sauberes Handtuch hervor und warf es ihr zu. »Zieh deinen Mantel aus. Trockne dein Haar. Ich hol dir einen Pullover.«

»Mir geht's gut.«

»Wenn du an Bord dieses Schiffes bist, tust du, was ich sage.« Er verschwand durch eine Tür und kam einen Moment später mit einem weichen Pullover zurück, der aussah, als hätte man ihn schon tausendmal gewaschen.

Dankbar für die Wärme, zog sie ihn widerspruchslos über. Die Ärmel reichten ihr bis über die Finger. Sie krempelte sie auf und nahm den Becher mit heißer Schokolade entgegen, den er ihr reichte.

»Danke.« Sie schlang die Hände um das warme Porzellan. Heiße Schokolade. Sie erinnerte sich, wie Ed ihr immer heiße Schokolade gemacht hatte, als sie noch klein gewesen war. Der Schmerz in ihrer Brust kehrte plötzlich zurück. »Also, dieses Boot hat Segel, aber auch einen Motor? Du kennst dich aus mit Motoren?«

»Ausreichend.«

»Ich mag Physik. Und ich bin ziemlich gut darin. Letztes Jahr wollte ich Ingenieurin werden, aber jetzt bin ich nicht mehr sicher. Vielleicht sollte ich Informatikerin werden, doch das meiste von dem, was ich kann, habe ich mir selbst beigebracht. Ich schätze, ich weiß nicht wirklich, was ich werden möchte. Ich sollte mir bereits über meine Zukunft im Klaren sein, aber es ist schwer, sich mit sechzehn schon über alles im Klaren zu sein. Warst du es?«

»Ich bin mir bis heute nicht über alles im Klaren.«

Das fand sie ermutigend. Sie nahm einen Schluck und entdeckte, dass heiße Schokolade mit sechzehn ebenso köstlich sein konnte wie mit sechs. Die cremige Hitze breitete sich in ihr aus und wärmte sie von innen. »Bislang habe fast nur ich geredet. Erzähl mir etwas von dir.«

»Was willst du wissen?«

»Hast du andere Verwandte? Cousins? Tanten?«

»Nein.«

»Niemanden?« Sie war bestürzt. »Ich bin die Einzige, die du hast? Das ist schlecht.«

Ein schwaches Lächeln spielte um seinen Mund. »Ich werde es dich wissen lassen, ob das der Fall ist.«

»Jetzt lastet auf mir eine riesige Verantwortung, perfekt zu sein. Das ist ziemlich viel Druck für eine Person.«

»Den perfekten Menschen muss ich erst noch kennenlernen.«

»Du musst dir jedenfalls keine Sorgen machen. Ich habe keine Erwartungen. Was Väter angeht, habe ich bislang nicht unbedingt das große Los gezogen.«

»Dem würde ich widersprechen.« Er ging nach oben aufs Deck, und sie folgte ihm neugierig, nachdem sie die Schokolade ausgetrunken hatte.

Etwas an der Art, wie er auf dem Boot herumging, ließ sie glauben, dass er gereizt war.

Vermutlich wegen ihr. Menschen zu reizen war ihre Spezialität.

»Du meinst, du könntest Vater des Jahres werden?«

»Nicht ich. Ed.«

Diese Antwort hatte sie am wenigsten erwartet. »Ed?«

Er hob den Deckel einer Kiste und holte ein Tau heraus. »Weißt du, wie man ein Boot festmacht?«

»Was? Nein, natürlich nicht.« Der Wind hatte für unruhige See gesorgt, und sie stand breitbeinig da, um das Schwanken des Schiffes auszugleichen. »Du glaubst, dass mein Da…, ich meine, dass Ed ein guter Vater war?«

»Vergiss es.«

»Ich will es nicht vergessen. Ich möchte wissen, warum du das gesagt hast. Du hast ihn nicht einmal gekannt.«

»Wie steht es mit Knoten? Kannst du einen Palstek? Einen Achterknoten? Einen Kreuzknoten?« Er schloss den Deckel mit solcher Wucht, dass sie zusammenfuhr.

»Ich bin in London geboren und aufgewachsen. In der Stadt gehört das nicht gerade zum Überlebenstraining. Er hat gelogen, weißt du.«

»Hast du nie gelogen?«

Mack wurde rot. Sie hatte vor ein paar Minuten gelogen, am Anleger. Aber das war etwas anderes. Das war eine kleine Lüge. »Er und meine Mom haben praktisch mein ganzes Leben lang gelogen.«

Scott reagierte nicht darauf. »Du solltest es lernen. Wie man einen sicheren Knoten bindet, könnte eines Tages nützlich sein.«

Mack versuchte sich vorzustellen, wann. Vielleicht konnte sie einen Knoten in Kennedys Hals machen.

»Hast du Ed gekannt?«

Er umfasste das Seil fester. »Nein.«

»Warum sagst du dann, dass ich das große Los gezogen hätte? Und wie hättest du dich gefühlt, wenn du herausgefunden hättest, dass der Mann, den du für deinen Vater gehalten hast, gar nicht dein Vater war?«

»Ich habe meinen Vater nie kennengelernt, deshalb kann ich das nicht beantworten.«

»Oh.« Sie starrte ihn an. »Er starb, als du klein warst?«

»Ich weiß nichts über ihn. Ich bin als Pflegekind aufgewachsen.«

Mack war beschämt. Schon wieder ihre große Klappe. »Es tut mir leid.«

»Es muss dir nicht leidtun. Du kannst nichts dafür.«

»Aber ich habe etwas Falsches gesagt. Ich habe deine Gefühle verletzt.«

»Meine Gefühle sind nicht so leicht zu verletzen. Und jeder sagt mal etwas Falsches. Das ist einfach menschlich.«

Ihre Gefühle *waren* leicht zu verletzen. Viel zu leicht. »Ich fühle mich gerade merkwürdig. Ed ist tot, und ich werde ihn nie nach den Dingen fragen können, die ich wissen will.«

»Was möchtest du wissen?«

Mack spürte das Schaukeln des Bootes und setzte sich auf die Kiste. »Ich möchte wissen, warum er es mir nicht gesagt hat. Herauszufinden, dass es keinen Weihnachtsmann und keinen Osterhasen gibt, war schlimm genug, aber das hier ist viel schlimmer, meinst du nicht?«

»Ich habe nie an den Weihnachtsmann oder den Osterhasen geglaubt.« Er warf ihr einen Blick zu. »Entscheidungen sind nicht immer einfach. Das Leben ist oft zu kompliziert, um die Dinge zu durchschauen.«

Ja, das stimmte wohl.

Scott hatte etwas Ruhiges an sich, dass es einfach machte, mit ihm zu reden. Er sagte ihr nicht, was sie denken oder fühlen sollte, und er meckerte nicht an ihr herum oder gab ihr das Gefühl, dumm zu sein. »Ich möchte wissen, ob Ed mich wirklich geliebt hat.«

»Das ist relativ einfach zu beantworten.«

»Was meinst du damit?«

Scott fasste das Seil fester. »Hat er dich verlassen? Ist er fortgegangen?«

»Nein. Er hatte einen Herzanfall.« Und sie bekam es einfach nicht aus ihrem Kopf. Hatte er gewusst, dass er sterben würde? Hatte er Schmerzen gehabt? Was war das Letzte, was sie zu ihm gesagt hatte? Sie konnte sich nicht einmal erinnern und fühlte sich furchtbar deswegen.

»Er war sechzehn Jahre lang an deiner Seite.« Scott legte das Seil in ihren Schoß und ging neben ihr in die Hocke. »Ich würde sagen, das ist ein eindeutiges Zeichen dafür, dass er dich sehr geliebt hat.«

Sie nahm das Tau. »Ich wünschte, ich hätte gewusst, dass ich nicht seine Tochter bin, das ist alles. Es wäre für mich gut gewesen, wenn sie es mir gesagt hätten, als ich klein war.«

»Das weißt du nicht. Niemand weiß sicher, wie er unter anderen Umständen reagiert hätte.«

»Du bist auf Moms Seite.«

»Ich bin auf gar keiner Seite.« Er nahm ihre Hand und platzierte sie auf dem Tau. »Dies ist ein sogenannter Festmacher. Du wirst lernen, ihn aufzurollen, damit er beim Anlegen bereit ist. Bist du Rechts- oder Linkshänderin?«

»Rechts.«

»Dann leg die Schlingen mit der rechten Hand und halt sie in der linken.« Er zeigte es ihr und gab ihr dann das Seil zurück. »Mach die Schlingen gleich groß.«

Sie versuchte es, doch ihre Hände waren kalt. »Das Seil ist so sperrig …«

»Dreh die Hand nach außen, wenn du die Schlinge machst. Dann geht es leichter. Das ist gut …« Er sah zu, wie sie das ganze Tau aufrollte. »Und jetzt verstauen wir es in der Kiste.«

Sie reichte ihm den Festmacher und fragte sich, wieso das Aufrollen eines Seiles sich wie eine Errungenschaft anfühlen konnte. Sie pickte jeden Krümel Anerkennung auf wie ein verhungernder Vogel. »Dann macht mich das zu deiner Mannschaft?« Sie sah, wie es um seine Mundwinkel zuckte, und fühlte sich plötzlich gut. »Kann ich dich etwas fragen?«

»Wenn ich Nein sage, würde dich das aufhalten?«

»Vermutlich nicht. Und wir sind uns beide wohl einig, dass du es bislang leicht hattest, eine Elternfigur für mich zu sein.«

»Wenn du eine Elternfigur brauchst, solltest du mit deiner Mom reden.«

Wie konnte sie ihm erklären, dass es im Moment unmöglich war, mit ihrer Mom zu sprechen? »Ich rede lieber mit dir.«

»Ich weiß nichts über Kinder.«

»Ich bin kein Kind. Ich bin ein Teenager. Wir sind viel komplizierter. Und mach dir nicht die Mühe, im Internet nach Ratschlägen zu suchen.«

»Ich gehe davon aus, die Ratschläge sind nicht sehr gut?«

»Da stehen Sachen wie ›Versuchen Sie, im Gespräch zu bleiben.‹« Sie imitierte eine Fernsehmoderatorin. »Versuchen Sie, eine konfrontative Wortwahl und absolute Verbote zu vermeiden. Ermutigen Sie zum Dialog.«

»Klingt kompliziert.«

»Du hast ja keine Ahnung.« Sie atmete tief durch. »Hast du Mom geliebt?«

Er wurde so ruhig, dass sie wünschte, sie hätte nicht gefragt.

Es war, als hätte sie eine Kiste geöffnet und jemandem etwas Furchtbares gezeigt.

»Es tut mir leid«, sagte sie. »Vergiss, dass ich gefragt habe. Danke für die Schokolade und die Lehrstunde mit dem Tau.« Sie ging die Stufen zur Kajüte hinunter, nahm seinen Becher und wusch ihn ab.

Sie war erleichtert, als er ihr nach unten folgte. Zumindest ignorierte er sie nicht.

»Danke, dass du mich mit aufs Boot genommen und mir meine erste Segelstunde gegeben hast.« Was, wenn Scott ihre Mom tatsächlich geliebt hatte? Was, wenn das hier auch für ihn schwierig war? »Scott …«

»Wir sollten zurückfahren.« Er verließ die Kajüte mit zwei langen Schritten, und sie wünschte wieder einmal, sie hätte ihren Mund gehalten.

Mack hoffte, sie hatte damit nicht das ruiniert, was für sie der beste Tag seit Langem gewesen war.

21. Kapitel

Lauren

Ängstlichkeit: ein Gefühl der Nervosität oder Sorge

Lauren trat in das Gartenzimmer, wo ihre Mutter gerade las. »Hast du Mack gesehen?«

Ihre Mutter sah von dem Buch auf. »Nicht seit gestern Abend. Warum?«

»Ich kann sie nirgends finden.«

»Hast du in ihrem Zimmer nachgesehen?«

»Ja. Sie ist nicht dort.« Unter normalen Umständen würde sie sich keine Sorgen machen, doch die Umstände waren schon seit einiger Zeit nicht mehr normal.

»Vielleicht ist sie spazieren gegangen.«

»Es ist Wochenende. Normalerweise kommt sie nicht vor elf aus dem Bett, doch ich habe um acht in ihr Zimmer geschaut, und es war leer.« Wo sollte ihre Tochter um acht Uhr morgens an einem Samstagvormittag hingehen?

Nancy legte das Buch zur Seite. »Ruf sie an. Einer der Vorteile der heutigen technikverliebten Jugend besteht darin, dass du sie jederzeit erreichen kannst.«

»Das habe ich versucht. Ihr Telefon ist aus.« Und sie versuchte, nicht in Panik zu verfallen.

Es gab keinen Grund zur Besorgnis.

Vermutlich war Mack bei einer Freundin.

Allerdings hatte sie keine Freundinnen.

Laurens Sorge wurde jetzt stärker. Hartnäckiger.

Mack war unglücklich. Sie hatte niemanden, an den sie sich wenden konnte. Und Lauren war es nicht gelungen, sie dazu zu bringen, sich ihr zu öffnen und mit ihr zu reden. Ihre Gedanken rasten.

Was, wenn sie etwas Furchtbares getan hat?

Nancy setzte die Brille ab. »Könnte sie zu Jenna gefahren sein?«

Lauren runzelte die Stirn. »Wie?«

»Genau so, wie sie überallhin fährt. Mit dem Fahrrad.«

»Das wäre eine lange Fahrt. Sie würde Stunden brauchen.« Dennoch schrieb sie ihrer Schwester eine Nachricht. »Kam sie dir gestern Abend ruhiger vor als sonst?«

»Nicht, dass es mir aufgefallen wäre. Sie sagt nie viel.«

Früher hat sie die ganze Zeit geredet.

Laurens Handy vibrierte kurz. »Sie ist nicht bei Jenna. Ich gehe nachsehen, ob ihr Fahrrad weg ist.« Sie eilte nach draußen und versuchte, sich innerlich zu beruhigen.

Macks Fahrrad war fort.

Sie machte einen Fahrradausflug. Das war gut.

Aber warum hatte sie niemandem gesagt, wo sie hinfuhr?

Lauren versuchte wieder, sie anzurufen, doch es meldete sich nur die Mailbox.

»Was kann ich tun?« Nancy stand im Türrahmen. »Soll ich sie suchen?«

»Wo?« Laurens Kopf war wie leer gefegt. Sie hatte keine Ahnung, wo ihre Tochter war.

Sie könnte angefahren worden sein.

Sie könnte tot in einem Graben liegen.

Warum hatte sie nicht zumindest einen Zettel hinterlassen, auf dem stand, wo sie hinwollte?

Das war alles ihre Schuld. Sie wusste, dass Mack unglücklich war, und hatte es nicht geschafft, zu ihr durchzudringen. Sie hätte es auf andere Art versuchen müssen. Sie hätte es auf Millionen unterschiedliche Arten versuchen müssen.

»Ich bin eine schlechte Mutter.« Warum hatte sie nie jemand vorgewarnt, dass es so hart war, ein Kind großzuziehen?

»Hör auf«, sagte Nancy. »Hör auf, dir Vorwürfe zu machen. Du bist die beste Mutter, die ein Kind nur haben kann.«

»Meine Tochter hat das Haus verlassen, ohne mir zu sagen, wo sie hingeht. Ich habe keine Ahnung, wo sie sein könnte. Was sagt das über mich aus?«

»Es sagt gar nichts über dich aus. Es sagt aus, dass sie ein Teenager ist, der eine schwierige Zeit durchmacht.«

Lauren dachte an all die Dinge, die sie und Jenna als Kinder angestellt hatten.

Aber sie hatten sie zusammen getan.

Das war etwas anderes. Mack war allein. Sie trauerte. War verwirrt. Deprimiert?

»Ich werde nach ihr suchen.«

»Wo?«

»Ich weiß nicht, aber ich kann hier nicht herumsitzen und nichts tun. Kann ich deinen Wagen nehmen?«

»Ja. Aber, Lauren …«

»Achte darauf, dass dein Handy eingeschaltet ist. Und wenn sie kommt, ruf mich an.«

Sie versuchte, sich an all die Orte auf der Insel zu erinnern, die Mack mochte. Da war diese kleine Boutique in der Nähe. Und sie liebte den Strand. Aber welchen Strand?

Sie fuhr die Straße entlang, die an den Fahrradweg grenzte, und suchte nach Anzeichen ihrer Tochter. Es war noch immer kalt, und abgesehen von einem Paar, das seine Hunde ausführte, waren die Strände leer.

Sie fuhr langsamer, als sie die Einfahrt zu einem der großen Häuser passierte.

Konnte Mack an einem der Privatstrände sein?

Die Häuser wurden im Sommer für exorbitante Summen vermietet, standen um diese Zeit des Jahres aber oft leer.

Sie fuhr weiter und sah gelegentlich zum Strand, wenn die Straße es erlaubte.

Die leichte Beunruhigung verdichtete sich zur Furcht.

Sollte sie die Polizei rufen?

Was würde sie sagen? *Meine Tochter ist ungewöhnlich früh aufgestanden; ich glaube, da stimmt etwas nicht.*

Sie würden glauben, sie hätte ihren Verstand verloren. Und dann würden sie wissen wollen, warum sie solche Angst um ihre Tochter hatte, und Lauren würde den Horror der letzten Wochen erneut durchleben müssen.

Aber das wäre immer noch besser, als Macks an den Strand gespülte Leiche zu finden.

Sie redete sich selbst gut zu, während sie fuhr. Mack würde sich nichts antun. Wenn sie so unglücklich wäre, hätte sie das gesagt.

Hätte sie?

Wie gut kannte sie ihre Tochter inzwischen eigentlich noch?

Sie wusste nicht, ob sie aus einer Ahnung oder einem Impuls heraus zum Hafen fuhr, doch als sie sich näherte, sah sie als Erstes Macks Fahrrad, das an einer Mauer lehnte. Sie bremste und sprang aus dem Wagen.

Das Fahrrad war da, doch kein Anzeichen von Mack.

Ihre Fantasie war sowieso schon überhitzt, und sie blickte aufs Wasser, voller Angst, dass dort Kleider schwammen oder – noch schlimmer – ein lebloser Körper.

Und dann hörte sie das Geräusch eines Motors.

Ein Boot tuckerte in den Hafen. Scott saß an der Pinne, und vor ihm saß Mack und lachte, als hätte sie keinerlei Sorgen auf der Welt.

Die Erleichterung, die sie durchflutete – *danke, danke* –, verwandelte sich in Ärger.

Während sie zum Steg lief, waren ihre Beine so zittrig, dass sie zweimal stolperte.

Als Mack sie sah, hörte sie sofort auf zu lachen.

Lauren hatte Mühe zu sprechen. Sie bekam kaum Luft.

Schließlich brachte sie einen Laut heraus. »Hast du eigentlich eine Ahnung, wie viel Sorgen ich mir gemacht habe?«

Mack stieg vorsichtig aus dem Boot. »Sorgen?«

»Du warst nicht in deinem Zimmer. Du hast nicht gesagt, wo du hingehst. Du bist nicht ans Telefon gegangen.«

»Okay, beruhige dich.« Mack wich zurück, doch ihr Fluchtweg wurde von Scott blockiert.

»Sie hat dich angerufen, Lauren. Ich habe es gehört.«

»Hat sie dir das erzählt?« Lauren streckte die Hand aus. »Gib mir dein Handy, Mack.«

»Aber …«

»Jetzt.«

Mack reichte es ihr. Lauren prüfte die Anrufliste und hielt das

Handy dann zum Beweis hoch. »Sie hat heute Morgen niemanden angerufen.«

Mack zuckte die Achseln. »Ich wollte mit Scott Boot fahren und dachte, du könntest Nein sagen.«

»Hast du irgendeine Ahnung, wie viel Sorgen ich mir gemacht habe?« Sie schrie. Sie wusste, dass sie schrie, doch sie konnte es nicht kontrollieren. Die Angst hatte die letzten Schichten ihrer Selbstkontrolle zerstört und alles entblößt, was sie fühlte.

Mack verlagerte unbehaglich ihr Gewicht. »Beruhige dich.«

»Ich bin wütend, Mack.«

»Ja, das merke ich.«

»Sprich nicht in diesem Ton mit mir. Das darfst du nicht tun! Du darfst nicht einfach weggehen, ohne nach Hause zu kommen und Bescheid zu sagen, wo du bist, ohne anzurufen, ohne eine Nachricht zu schicken …« Sie schnappte nach Luft. »Es ist egoistisch und gedankenlos und … grausam.«

»Grausam?« Mack stand wie erstarrt da. »Warum ist das grausam?«

»Ich dachte, dir wäre etwas passiert, Mack. Ich dachte, du könntest tot in einem Graben liegen oder ertrunken sein oder …«

»Tot?« Mack starrte sie mit offenem Mund an. »Warum sollte ich tot sein?«

»Du bist unglücklich. Ich weiß, dass du unglücklich bist.«

»Das stimmt vielleicht, aber ich möchte nicht tot sein. Das weißt du.«

»Nein, das weiß ich nicht, weil du nicht mit mir sprichst. Ich weiß nur, dass du jeden Tag in dein Zimmer verschwindest und die Tür zuknallst. Du bist aufgewühlt wegen Dad – Ed –, aber du willst nicht darüber sprechen. Ich weiß, dass du die Schule hasst, aber auch darüber willst du nicht reden. Du sprichst über gar nichts. Wenn ich mehr Informationen gehabt hätte, wäre ich vielleicht nicht so verängstigt gewesen, doch du gibst mir keine Informationen, also bleibt mir nur meine Fantasie.«

»Ich habe nicht nachgedacht.«

»Dann ist es an der Zeit, dass du anfängst nachzudenken, Mackenzie!«

Mack drängte sich an Scott. »Okay, aber könntest du dich beruhigen? Dir wird noch ein Blutgefäß platzen oder so etwas.«

Sie wollte sich beruhigen, doch es ging nicht.

Scott trat vor und legte seine Hände auf ihre Oberarme. »Es ist meine Schuld. Ich hätte dich selbst anrufen sollen. Ich hätte es wissen sollen.«

»Warum hättest du es wissen sollen? Du hast keine Erfahrung mit Teenagern.«

»Es geht ihr gut, Lauren. Und sie hat ihre Lektion gelernt. Genug jetzt.«

»Ich entscheide, wann es genug ist. Sag mir ja nicht, wie ich mein Kind erziehen soll.« Sie machte sich von ihm los und sah Mack an. »Ich weiß, dass du traurig bist. Verwirrt. Dass du trauerst. Aber es muss noch immer Grenzen geben, und heute hast du sie überschritten. Von jetzt an will ich jederzeit wissen, wo du bist und mit wem du zusammen bist. Wenn du zu spät von der Schule kommst, will ich das wissen. Ist das klar?«

Macks Augen waren voller Tränen. »Klar ist jedenfalls, dass mein Leben ätzend ist.«

»Mag sein, aber es wird ab jetzt an einem Ort ätzend sein, an dem ich dich sehen kann.« Sie wandte sich an Scott. »Und das Kapitänshaus steht nicht länger zum Verkauf.«

»Weil ich mit deiner Tochter segeln war?«

»Weil wir andere Pläne damit haben.«

Er hob erstaunt eine Augenbraue. »Wir?«

»Die Stewart-Familie.« Sie wandte sich wieder an Mack. »Pack deine Sachen zusammen.«

»Ich fahre mit dem Fahrrad nach Hause.«

»Ich lade dein Fahrrad in den Kofferraum.« Sie machte eine Kopfbewegung Richtung Wagen. »Beweg dich!«

22. Kapitel

Jenna

Anspannung: mentale oder emotionale Belastung

»Das war unglaublich.« Greg senkte den Kopf und küsste sie.

»Das war es.« Jenna schlang die Arme um seinen Hals. Erhöhte unglaublicher Sex die Chancen auf Empfängnis? *Bitte lass uns ein Baby gemacht haben.*

Greg strich über ihren Rücken. »Gib mir fünf Minuten zur Erholung, und wir wiederholen das.«

Jenna war in großer Versuchung – und nicht nur, weil sie schwanger werden wollte. »Wir haben keine Zeit.«

Er rollte sich zur anderen Seite und zog sie mit sich. »Wir brauchen nicht lang.«

»Es wird zwei Stunden dauern.«

»Wir könnten dieses Mal einen Quickie daraus machen.«

»Ich rede von der Zeit, die wir benötigen werden, um uns für das Abendessen vorzubereiten. Meine Familie kommt. Hast du das vergessen?«

»Wenn du nackt unter mir liegst, verschwende ich merkwürdigerweise nicht einen Gedanken an deine Mutter.«

Jenna grinste. »Gut zu wissen.« Sie sah auf die Uhr und schrak zusammen. »Ist es wirklich so spät?« Sie sprang so rasch aus dem Bett, dass sie Gregs Gesicht streifte. »Wir müssen los.«

Er setzte sich auf und rieb sein schmerzendes Kinn. »Warum? Deine Mutter kommt zum Abendessen, das ist alles.«

»Alles? Greg, meine Mutter kommt zum Abendessen!« Und meine Schwester, dachte sie, deren Haus in London ausgesehen hat, als wäre es einem Designermagazin entsprungen.

»Ich habe keine Zeit zu duschen.« Sie zog ihre Sachen an und hüpfte dabei wie eine Zirkusartistin durch das Zimmer. »Steh auf, Greg. Warum lächelst du?«

»Weil ich dein Haar liebe, so wie es jetzt gerade sitzt.«

»Wie sitzt es denn?« Sie sah in den Spiegel. »Ich sehe aus, als ob ich gerade wilden Sex gehabt hätte.«

»Das ist meine Lieblingsfrisur.«

Jenna nahm eine Haarbürste, gab es aber schließlich auf und band ihr Haar zu einem Pferdeschwanz. »Zieh dich an. Ich brauche Hilfe mit dem Wohnzimmer.«

»Was stimmt mit dem Wohnzimmer nicht?«

Unter leisem Protestgemurmel schlüpfte er in eine Jeans und ein frisches Hemd und folgte ihr. »Ich habe verstanden, dass deine Mutter zum Abendessen kommt. Was ich nicht verstehe, ist, warum das eine komplette Hausrenovierung erfordert.« Er sah zu, wie Jenna Kissen aus einer Tüte holte und die Preisschilder entfernte. »Sind das neue Kissen?«

»Das sind sie.«

Ihre Schwester hatte Kissen, und die sahen nie aus, als hätte jemand darauf gelümmelt, um Hausarbeitshefte durchzusehen und am Ende eines langen Tages ein Glas Wein zu trinken.

»Ich hasse Kissen. Kissen wurden erfunden, damit Männer etwas durch das Zimmer werfen können.«

»Sie wurden erfunden, damit das Haus gemütlich und kuschelig aussieht. *Angezogen* lautet der Begriff dafür, den ich in einem edlen Einrichtungsmagazin gelesen habe.«

»Das erklärt es. Ich mag meine Häuser, wie ich meine Frauen mag – ausgezogen.«

Jenna ging auf die Knie, um unter das Sofa zu schauen. »Sag so etwas nie in der Öffentlichkeit. Du klingst dann wie …«

»Wie klinge ich dann?«

»Ich weiß nicht …« Jenna setzte sich auf, wobei ihr Haarsträhnen ins Gesicht fielen und ihr die Sicht versperrten. »Unverbesserlich.« Sie schob ihr Haar zurück, von dem sie wünschte, es wäre so glatt wie das ihrer Schwester.

»Ich Tarzan. Du Jenna.« Greg schenkte ihr ein vielsagendes Lächeln. »Und wenn ich mich wie ein moderner Mann verhalten soll, darfst du dich mir nicht zu Füßen werfen, Frau.«

»Ich habe mich dir nicht zu Füßen geworfen. Ich suche meinen Tanga. Erinnerst du dich an den Abend, als wir Sex auf dem Sofa hatten?«

»Nein.« Gregs Gesicht war ausdruckslos. »Keine Ahnung, wovon du redest.«

Sie stand auf und warf ein Kissen nach ihm.

Er fing es mit einer Hand auf. »Danke, dass du einen Beweis für meine Theorie lieferst. Kissen sind zum Werfen da. Sie sind das weiche Einrichtungsäquivalent zu einem Stressball. Und natürlich erinnere ich mich an deinen Tanga. Ich habe ihn dir ausgezogen.«

»Und jetzt kann ich ihn nicht finden.« Sie fuhr mit der Hand in die Lücke zwischen Sitzfläche und Lehne. »Wenn meine Mutter den Tanga findet, ist mein Leben vorbei.«

»Wenn sie den Tanga findet, weiß sie, dass du ein Leben hast. Ein Sexualleben. Und ich dachte, du würdest jetzt besser mit deiner Mutter auskommen.«

»Das tue ich, aber ich bin nicht in dem Stadium, wo ich über mein Sexualleben diskutieren möchte. Hast du einen Farbpinsel?«

Greg blinzelte. »Bevor ich das beantworte, muss ich fragen, was du damit willst. Ich habe seltsame Fantasien.«

»Da ist ein Fleck an der Küchenwand, wo ich mit dem Glas Wein gestolpert bin.«

Er schüttelte ungläubig den Kopf. »Dann nimm ein Tuch und wisch ihn weg.«

»Das habe ich versucht! Es blieb ein Fleck an der Wand.«

»Lass mich das klarstellen – deine Mutter kommt zum Abendessen, und du möchtest, dass ich das Haus neu streiche. Meinst du nicht, dass du diese ganze Sache vielleicht ein bisschen zu ernst nimmst? So oder so, du bist die Malerin in der Familie.«

Jenna arrangierte die Kissen so, wie sie es bei Lauren gesehen hatte, doch irgendwie fehlte dem Haus immer noch diese selbstverständliche Eleganz, die ihrer Schwester so mühelos zu gelingen schien. »Wann sind meine Mutter und meine Schwester zuletzt bei uns zum Abendessen gewesen?«

»Ich erinnere mich nicht.« Greg schüttelte den Kopf, als sie ein weiteres Kissen auf das Sofa warf.

»Ich möchte, dass es hier gut aussieht.«

Greg seufzte. »Das ist verrückt. Das hier ist unser Zuhause. Magst du dein Zuhause nicht?«

»Natürlich.« Und das tat sie. Es war ihres. Ein gemütliches Nest, das sie sich über die Jahre aufgebaut hatten mit Dingen, die sie zusammen ausgesucht hatten. »Aber Lauren ist Innenarchitektin. Sie erzählte mir, dass ihr Haus praktisch ihr Showroom war.«

»Du bist Grundschullehrerin.« Greg nahm eines der Bilder, die ein Kind aus ihrer Klasse für sie gemalt hatte. »Dein Zuhause ist auch dein Showroom, nur dass du andere Dinge zeigst.«

Sie nahm es ihm weg und versteckte es in einer Zeitschrift. »Wir haben nicht einmal Kinder, und unser Zuhause ist voll mit Kinderzeichnungen.«

»Ich mag sie. Wir könnten einige dieser Bilder über den Fleck in der Küche hängen.«

»Oder du könntest die Wand streichen. Es ist immer noch Zeit.«

Er zog sie an sich und küsste sie. »Ich streiche die Wand nicht.«

»Wenn meine Mutter den Fleck bemerkt, gebe ich dir die Schuld.«

»Ich sage ihr, dass du in deinem Tanga in die Küche kamst und ich gegen die Wand gelaufen bin.« Sein Blick war sanft. »Deine Mom hat im Moment viel zu verarbeiten. Sie hat ihren Töchtern gestanden, dass sie kein Geld mehr hat und dass ihre Ehe furchtbar war. Ich denke, sie hat wichtigere Dinge im Kopf als den Zustand unserer Sofakissen oder einen Fleck an der Wand. Das gilt auch für Lauren.«

»Lauren ging in den letzten Tagen kaum ans Telefon. Es war immer die Mailbox dran, und wenn sie mich anruft, scheint sie immer bemüht, es möglichst kurz zu halten. Sie und Mack hatten einen Riesenkrach. Lauren hat sie angeschrien und ist ganz aufgewühlt deswegen. Ich mache mir Sorgen um sie. Ich hoffe, Moms Geständnis bringt sie nicht endgültig aus der Fassung. Es war schon ein kleiner Schock.«

»Da bin ich sicher. Ihr beide habt erfahren, dass euer Dad Affären hatte. Das muss man erst einmal verdauen.«

Jenna spürte, wie ihr die Hitze in die Wangen stieg. »Tatsächlich war dieser Teil nicht so schockierend. Davon wussten wir bereits. Also, wir wussten zumindest von einer.« Sie spürte, wie er erstarrte und sie dann leicht von sich schob.

»Wovon sprichst du?«

»Wir wussten das mit Dad.«

»Was? Wie?«

Es hatte nicht mehr viel Sinn, es jetzt noch geheim zu halten, oder? »Lauren und ich haben ihn gesehen …«

»Mit einer Frau?« Er ließ sie plötzlich los und fuhr sich mit der Hand durchs Haar. »Wann?«

»Vor vielen Jahren. Mom war fort. Wir sind zum Segelhaus gefahren, und er war da – mit ihr.« Und selbst jetzt, nach so vielen Jahren, sah sie die Szene vor sich, als wäre sie gestern geschehen. Sie beide hatten durch das Fenster gelugt, schockiert und ungläubig.

»Wer war es?«

»Ich weiß nicht. Wir haben ihr Gesicht nicht gesehen. Nur … na ja, du brauchst keine Einzelheiten.« Sie wollte nicht an die Einzelheiten denken.

Greg schwieg eine ganze Minute lang. »Wie alt wart ihr?«

»Ich war acht.« Sie bemerkte, wie er die Kiefer anspannte.

»Du hast mit acht Jahren gesehen, wie dein Vater eine andere Frau gevögelt hat, und du hast mir nichts gesagt?«

»Ich habe es nie irgendjemandem gesagt.«

»Ich bin nicht irgendjemand, Jenna.«

»Ich weiß, und du hast keine Ahnung, wie sehr ich es dir erzählen wollte, doch wir mussten es geheim halten. Wir wussten, dass wir keine Familie mehr sein würden, wenn jemand es herausbekäme. Sie hätten sich scheiden lassen, und es wäre wie bei Meredith gewesen.« Zumindest hatten sie das damals geglaubt, doch heute war sie nicht mehr sicher. Was, wenn sie sich in dem Punkt geirrt hatten?

Greg fuhr sich mit der Hand übers Gesicht. »Das ist eine große Sache, Jenna.«

»Deshalb haben wir es Mom nicht erzählt. Wir wussten nicht, was wir tun sollten. Ich schätze, wir haben gehofft, dass es eine einmalige Sache war. Wie sich herausstellte, war es das nicht, aber das konnten wir nicht wissen.«

»Ich meine nicht die Affäre. Ich meine die Tatsache, dass du es in all diesen gemeinsamen Jahren nicht einmal erwähnt hast.«

Ihr Herz begann, stärker zu schlagen. Verflucht seien Lauren und ihre plötzlichen Enthüllungen. »Jeder hat Dinge, über die er nicht gerne spricht, Greg.«

»Nicht du. Du bist ein offenes Buch, oder zumindest dachte ich das.«

»Willst du mir sagen, es gibt nicht eine einzige Sache in deiner Vergangenheit, die du mir nicht gesagt hättest?«

»Du hast fast meine gesamte Vergangenheit miterlebt. Du warst Augenzeugin.« Er sah zutiefst erschüttert aus. »Unsere Leben sind miteinander verwoben, seit ich denken kann, weshalb ich eben nicht verstehe, warum du es nicht erwähnt hast. Ich dachte nicht, dass wir Geheimnisse voreinander hätten, und jetzt erfahre ich, dass du seit einer langen Zeit ein großes Geheimnis mit dir herumträgst.«

Ihre Handflächen wurden feucht. »Bitte mach keine große Sache daraus.«

»Es ist eine große Sache, Jenna.«

»Ist es nicht! Es …«

»Für mich ist es eine große Sache.« Seine Stimme klang erstickt. »Eine sehr große Sache. Du hast mir nicht genug vertraut, um es mir zu sagen.«

Hilflos starrte sie ihn an. Noch vor ein paar Minuten waren sie nackt und intim gewesen, und jetzt fühlte es sich an, als würde sie einen Fremden ansehen. »Sei nicht sauer. Ich kann nicht glauben, dass du gerade so reagierst. Es ist eine Million Jahre her. Warum kümmert es dich überhaupt?«

Ausnahmsweise lächelte er mal nicht. »Entschuldige, dass ich menschlich bin.« Er lief in die Küche und knallte die Tür zu.

Jenna zuckte zusammen.

So hatte sie ihn noch nie gesehen. Wenn sie mal einen Streit hatten, blieb er sachlich und ruhig. Sie hatte nie erlebt, dass er sich von ihr zurückzog.

Was sie gesagt hatte, hatte ihn aufgewühlt, das verstand sie, doch sie hatte ihr ganzes Leben versucht zu vergessen, dass sie ihren Vater an jenem Tag gesehen hatte. Sicher konnte Greg das verstehen.

Zögernd öffnete sie die Küchentür. »Greg …«

»Ich koche.«

Ablehnung: eine Person zurückweisen.

Sie biss sich auf die Lippen. »Ich könnte helfen.«

»Ich brauche keine Hilfe.«

»Aber …« Der Klang der Türglocke unterbrach sie, und Jenna hätte am liebsten geschrien vor Frust.

Wo sie schon bei schlechtem Timing waren: Vielleicht hätte sie den Besuch absagen sollen. Sie hätte irgendeine Übelkeit vorschützen können. Aber dann hätte sie sich nicht davon überzeugen können, wie es Lauren ging.

Nach einem letzten Blick auf Gregs abweisenden Rücken ging sie zur Tür.

»Da riecht etwas ganz wunderbar.« Lauren hatte eine große Aktentasche dabei. »Du bist so eine großartige Köchin.«

»Danke.« Jenna war erleichtert, dass zumindest ihre Schwester gut gelaunt zu sein schien. Eine Sorge weniger. »Was ist in der Tasche?«

»Das Ergebnis meines Augenblicks der Erleuchtung. Ich zeige es dir gleich.« Lauren zog den Mantel mit einer dieser eleganten Bewegungen aus, die sie bei allem an den Tag legte.

»Ist das der Grund, warum es in den letzten Tagen so schwierig war, dich zu erreichen?«

»Ich war beschäftigt, das stimmt. Wo ist Greg?«

»Er ist in der Küche.« Jenna hoffte, dass ihr Lächeln nicht so falsch aussah, wie es sich anfühlte. Vermutlich würde sie ihre Schwester nicht täuschen können, doch hoffentlich reichte es für ihre Mutter.

Nancy trat hinter Lauren durch die Tür. Nach einem kurzen Zögern streckte sie die Arme aus und umarmte Jenna ebenfalls. »Es ist nett von dir, uns einzuladen, zumal du den ganzen Tag gearbeitet hast.«

Eingehüllt von ihrer Wärme, schloss Jenna die Augen und war froh, dass sie den Abend nicht abgesagt hatte.

Dann löste sie sich und stellte fest, dass ihre Mutter müde und kaputt aussah. Sofort hörte sie auf, an ihre eigenen Probleme zu denken.

Sie hatte ihre Mutter nie anders als sehr kontrolliert erlebt, doch nun war es, als hätte ihr Geständnis einen Faden durchtrennt, der alles zusammengehalten hatte.

»Kann ich dir deinen Mantel abnehmen, Mom?« Als Jenna den grauen Mantel ansah, wurde ihr bewusst, dass ihre Mutter ihn nur deshalb nicht ersetzt hatte, weil sie sich keinen neuen hatte leisten können.

Wie hatte ihr so vieles entgehen können?

Sie hatte sich aufgeregt, dass ihre Mutter die entscheidenden Dinge über sie nicht wusste, doch sie hatte die entscheidenden Dinge über ihre Mutter ebenfalls nicht gewusst.

Mack stand hinter den beiden.

»Hi, Süße. Wie läuft es so?«

»Gut.« Mack klang ungewöhnlich gedämpft. Jenna umarmte sie fest und war überrascht, als ihre Nichte die Umarmung erwiderte, sich fast an sie klammerte.

Sie wusste, dass Mack Schwierigkeiten an der neuen Schule hatte, und vor Kurzem hatte Lauren sie angerufen – von Schuldgefühlen gepeinigt –, um ihr zu erzählen, dass sie vor ein paar Tagen wegen Mack »ausgerastet« war.

Insgeheim war Jenna ein bisschen erleichtert gewesen, dass Lauren explodiert war. Die fast schon unnatürliche Selbstkontrolle ihrer Schwester hatte ihr allmählich Sorgen bereitet, und ihrer Meinung nach hatte Mack ihre Grenzen zu sehr ausgetestet.

»Kommt herein. Ich habe euer Lieblingsessen zubereitet.«

»Das Zimmer sieht gemütlich aus, Jenna«, sagte ihre Mutter, und Lauren nickte.

»Es entspricht dir einfach.«

»Unordentlich, meinst du?«

»Gemütlich.« Lauren blickte sich um. »Ein Haus sollte sich bewohnt und geliebt anfühlen. Bei deinem möchte ich sofort meine Schuhe ausziehen und mich mit einem Buch aufs Sofa lümmeln.«

Jenna wollte gerade antworten, als Greg aus der Küche kam. Seine Gefühle verbarg er sorgfältig hinter seinem Charme und seiner Warmherzigkeit.

Sie versuchte, seinen Blick einzufangen, doch er sah sie nicht an.

Er goss allen etwas zu trinken ein, und nach einem kurzen Small Talk setzten sie sich an den Tisch.

Jenna servierte die Suppe und dazu knusprige Brötchen mit Meersalz und Rosmarin, die sie selbst gebacken hatte. Sie wollte mit Greg allein sein, um über alles zu reden, doch das war jetzt nicht möglich.

»Habe ich dir schon gesagt, dass mein Buchclub begeistert war von deinen Cupcakes?« Nancy griff nach einem Brötchen. »Sie waren im Nu weg. Alle haben davon gesprochen.«

»Da bin ich froh. Und ich habe vergessen zu erwähnen, dass ich zufällig Sheila getroffen habe. Sie sagte mir, dass du Kaley im Krankenhaus besucht und ihr eines deiner Malbücher und Stifte mitgebracht hast. Das war nett von dir.«

Nancy lachte kurz auf. »Ich habe noch Kisten davon, alle voller Staub.«

Lauren nahm ihren Löffel. »Du hast viele Dinge voller Staub in dem Haus, Mom.«

»Wie meine Großmutter sagte: Man weiß nicht, wann eine Sache noch mal nützlich sein kann. Ich bin nicht gut darin, Dinge wegzuwerfen.«

Jenna hatte gelernt, die Weisheiten ihrer Urgroßmutter nicht anzuzweifeln, zumal sie nicht mehr da war, um sie zu verteidigen. Sie war vor Laurens Geburt gestorben und hatte die Verantwortung für das Haus, seinen Inhalt und das ganze Stewart-Erbe Nancy übertragen.

»Du wirst es vielleicht lernen müssen.« Lauren legte ihren Löffel beiseite und holte einen Stapel Papiere aus ihrer Tasche. »Seht her.«

Jenna war verwirrt. »Was ist das?«

»Als ich neulich durch die Gegend fuhr, habe ich diese riesigen Strandhäuser bemerkt, die zu vermieten sind. Das hat mich auf eine Idee gebracht«, sagte Lauren. »Ich möchte wissen, was ihr denkt.«

Nancy sah sie erstaunt an. »Seit wann arbeiten wir beim Essen?«

»Seit wir eine Familienkrise haben. Wenn das hier so funktioniert, wie ich es hoffe, werden wir jede Minute jedes einzelnen Tages beschäftigt sein.« Lauren zog ein Blatt Papier mit einer Tabelle voller Zahlen hervor und legte es auf den Tisch. »Ich habe mit ein paar Leuten in der Stadt gesprochen und die Zahlen überschlagen.«

Jenna sah auf die Tabelle und die Grundrisse. »Du warst fleißig.« Sie nahm die Blätter, die neben ihr lagen. Jedes Zimmer im Kapitänshaus war auf Millimeterpapier sorgfältig gestaltet. »Kannst du das nicht am Computer machen?«

»Ja, aber ich bevorzuge die altmodische Art.«

Es musste Stunden gedauert haben, aber das war gut, oder? Endlich hatte ihre Schwester ein Ziel und eine Beschäftigung.

Jenna schaute zu Greg, doch der blieb still.

Sie war überrascht, dass niemand die Spannung zwischen ihnen spürte. Oder vielleicht achtete auch niemand darauf.

Jenna sah sich einen der Pläne genauer an. »Was bedeutet diese lange Linie?«

»Das ist das Gartenzimmer, und die Linie ist das Fenster.« Lauren drehte den Plan um. »Du kannst sehen, wohin sich die Türen öffnen und wie man das berücksichtigen muss.«

Jenna hatte bei der Planung ihrer Inneneinrichtung noch nie daran gedacht, wohin sich eine Tür öffnete. »Und diese kleinen Quadrate?«

»Beistelltische. Dieses Zimmer hat den schönsten Ausblick im Haus. Die Leute werden dort sitzen wollen mit einem Getränk.«

»Leute?«

Lauren atmete tief ein. »Das ist der Teil, über den ich sprechen wollte. Sieh dir das hier an, Mom.« Sie reichte die Tabelle ihrer Mutter, die jedoch kaum einen Blick daraufwarf.

»Ich weiß deine Bemühungen sehr zu schätzen, aber ich kann es mir nicht leisten, das Haus zu behalten, Lauren.«

»Das kannst du, wenn du es vermietest.«

Nancy blickte auf das Papier vor sich. »Was soll das bringen? Wir würden doch noch immer nicht darin wohnen.«

»Aber es würde dir gehören. Du wärst die Besitzerin.« Lauren lehnte sich vor und deutete auf eine Zahl. »Sieh dir das an. Das könnten wir bei einer langen Sommervermietung einnehmen, vorausgesetzt, wir peilen die Luxuskategorie an.«

Jenna dachte an die klapprigen Fenster und den Luftzug im Winter. Sie dachte an die abblätternde Farbe und wie im unteren Badezimmer das Wasser stoßweise aus dem Hahn kleckerte, als hätte die Leitung Husten. Sie dachte an die Besitztümer, die ihre Vorfahren über die Jahre angehäuft hatten.

»Bist du sicher, dass wir die Luxuskategorie wären? Vielleicht sollten wir ein bisschen weiter unten ansetzen.«

Lauren schüttelte den Kopf. »Das würde nicht genug Geld einbringen. Das Haus braucht eine Renovierung, wohl wahr, doch die Lage ist unschlagbar. Das ist unser entscheidender Vorteil gegenüber den anderen. Das und die Geschichte des Hauses. Wir müssen diese Geschichte zu unserem Vorteil nutzen.«

»Nur weil Leute sich für Historisches interessieren«, sagte Jenna, »bedeutet das nicht, dass sie darin wohnen wollen. Heißes und kaltes Wasser ist ein Muss.«

Nancy richtete sich auf. »Scott hat zwei der oberen Badezimmer modernisiert.«

»Wenn du das ganze Haus vermietest, müssen alle Badezimmer funktionieren.«

Lauren kritzelte »Klempner anrufen« auf ein weiteres Blatt Papier. »Das ganze Haus muss renoviert werden, aber vieles davon ist Dekoration. Wir haben zehn Schlafzimmer …«

»Neun«, sagte Jenna, während sie einen Blick auf ihre Mutter warf. »Dads Hobbyzimmer ist vollgestopft mit Sachen. Dort stehen Modellboote, seine Golfschläger und all diese Pokale, die er gewonnen hat. Niemand würde darin schlafen wollen.«

Nancy nahm den letzten Löffel Suppe. »Er hätte mich nicht einmal zum Staubwischen in das Zimmer gelassen.«

»Das muss wie etwas aus Charles Dickens' *Große Erwartungen* sein«, sagte Mack. »Alles bedeckt mit Spinnweben.«

Es war das Erste, was sie sagte, seit sie sich hingesetzt hatten, und Jenna bemerkte, wie Lauren ihr ein warmes Lächeln schenkte.

»Ich wette, da hast du recht.«

Greg stand auf und räumte die Teller ab.

Jenna schaute ihm nach, während er in der Küche verschwand. Sie wäre ihm gerne gefolgt, doch sie wusste, dass ihre Probleme bis später warten mussten. »Ich nehme an, wir könnten die Tür abschließen.«

Lauren tippte mit dem Stift auf den Tisch. »Lasst uns später darüber nachdenken. Wir haben drei Monate, um aus dem Kapitänshaus eine Luxusunterkunft zu machen, für die die Leute bereit sind, eine hohe Miete zu bezahlen.«

»Drei Monate sind nicht viel«, sagte Nancy. »Ist das überhaupt möglich?«

»Ja. Ich muss mit den Planungsleuten und all den Offiziellen sprechen, um sicherzugehen, dass wir das Haus vermieten dürfen, aber ich habe mir einiges überlegt und ein paar Pläne gezeichnet …« Lauren griff nach unten in die Aktentasche. »Dank Scotts Arbeit während des Winters ist das Haus von der Substanz her intakt. Wir können die Raumaufteilung nicht ändern, also müssen wir sicherstellen, dass die Dekoration das Beste daraus macht. Wir werden alle Vorteile und guten Seiten des Hauses betonen und seine Küstenlage zur Geltung bringen. Ich habe da ein paar Ideen.«

Sie legte einen Stapel Moodboards auf den Tisch.

»Das hier versetzt mich zurück in unsere Kindheit, als du mein Zimmer umgestaltet hast.« Jenna nahm eines von den Boards. Es war mit Bildern und Stoffmustern bedeckt. Sofort erkannte sie die Umrisse des Hauptschlafzimmers wieder, aber nicht den Stil. »Das gefällt mir. Aber wird das nicht ein Vermögen kosten?«

»Nein. Ich habe vor, alles selbst zu machen.«

»Alles? Wir brauchen neue Sofas im Wohnzimmer.«

»Das können wir uns nicht leisten. Wir werden die alten aufpolstern. Ich kann das übernehmen.«

Jenna sah sie an. »Du kannst ein Sofa aufpolstern?«

»Ich kann vieles. Ich hatte nur noch nicht die Gelegenheit, es zu machen.« Lauren reichte das Board an ihre Mutter weiter, die es einen Moment lang musterte.

»Das gefällt mir.« Nancy holte ihre Brille aus der Tasche und sah genauer hin. »Die Farben sind hell und frisch. Du hast ein gutes Gespür dafür.«

»Wir müssen ein paar der Schlafzimmer neu ausstatten. Wir brauchen mehr Schrankraum, vielleicht ein paar Bücherregale. Und ich habe ein paar Ideen für die Küche, deren Umsetzung nicht allzu teuer sein sollte. Eines der unteren Zimmer soll außerdem ein Medienzimmer werden.« Lauren nahm ihr Handy und zeigte ihnen einige Fotos.

Nancy betrachtete sie nacheinander. »Ich habe nicht das Geld für so etwas Aufwendiges.«

»Ich habe mir die Kosten angesehen, und ich glaube, wir kriegen das hin.« Laurens Wangen waren heiß vor Eifer. »Ich bin in letzter Zeit zu so etwas wie einer Geldexpertin geworden. Ich hatte eine Feuertaufe. Vorausgesetzt, dass wir das Haus eine ganze Sommersaison vermieten können, machen wir Gewinn. Genug, dass du im Winter davon leben kannst, obwohl ich auch dafür noch Ideen habe. Und was ich mir vorstelle, wird nicht so viel kosten. Aber es würde erfordern, dass du dich mit deinem Pinsel an die Arbeit machst.«

Jenna fragte sich, ob es hier nur um Kostenersparnis ging oder ob ihre Schwester ihre Mutter wieder dazu bringen wollte zu malen.

»Wo finden wir die Menschen, die es mieten? Werden wir es über jemanden auf der Insel vermitteln lassen? Brauchen wir keine Website?«

Lauren holte ihr Handy heraus. »Ja, und das ist eins der Dinge, die ich nicht selbst machen kann.«

»Ich könnte es machen«, sagte Mack. »Ich könnte eine Website bauen, wenn ihr mir sagt, was sie alles können soll.«

Jenna fühlte, wie sehr sich ihre Schwester freute.

»Das wäre großartig. Bist du sicher?«

»Ja. Ich kriege raus, wie das geht.« Mack spielte mit dem Brot auf ihrem Teller. »Vielleicht trete ich dem Programmierkurs an der Schule bei. Irgendjemand dort kann mir sicherlich helfen.«

Lauren nickte. »Das klingt super. Danke.«

»Vermutlich ist es Selbstmord, aber jeder muss mal sterben, oder?« Sie errötete. »Tut mir leid, Mom. Das wollte ich so nicht sagen.«

»Es ist okay.« Lauren tätschelte Macks Hand. »Ich möchte nicht, dass du das Gefühl hast, du müsstest darauf achten, was du sagst.«

Jenna wünschte, sie selbst hätte darauf geachtet, was sie sagte.

Sie blickte zur Küchentür und fragte sich, warum Greg so lange brauchte. »Wenn das funktioniert und ihr es für den Sommer vermietet, habt ihr noch immer keinen Platz zum Wohnen.«

Lauren ließ Macks Hand los. »Den gibt es, aber ich weiß nicht, wie du darüber denkst, Mom.«

Nancy straffte ihren Rücken. »Erzähl.«

»Das Segelhaus.« Lauren reichte ihr ein weiteres Moodboard über den Tisch. »Wir könnten dort wohnen.«

Jenna war erleichtert, dass sie nicht gerade etwas zu essen im Mund hatte, denn sie hätte sich verschluckt.

Das Segelhaus, in dem das Atelier war?

Lauren fing ihren Blick auf und sah dann wieder fort. Auf ihren Wangen bildeten sich rote Flecken, doch sie hatte ihr Kinn auf eine Art vorgeschoben, die Jenna sagte, dass sie sich nicht würde beirren lassen.

»Dort gibt es nur zwei Schlafzimmer.« Jenna versuchte es zuerst mit Logik.

»Ja, aber das eine ist riesig. Ich dachte an den vielen Platz, und es wäre ein Leichtes, eine Trennwand einzuziehen und so zwei Zimmer zu haben, zumindest vorübergehend. Sie wären klein, aber ich denke, es würde funktionieren.«

Jenna fragte sich, warum ihr übel war. Es war ja nicht so, als sollte sie dort wohnen.

»Warum können wir nicht das Obergeschoss nutzen?«

»Weil das Moms Atelier ist. Sie braucht es, wenn sie wieder anfängt zu malen.«

Sie setzt das einfach voraus, dachte Jenna. »Wenn«, nicht »falls«.

Nancy runzelte die Stirn. »Ich war seit dem Tod eures Vaters nicht mehr dort.« Ihre Stimme klang fremd. »Soweit ich weiß, könnte es überflutet und voller Wasser sein.«

Jenna wusste, dass ihre Mutter nicht mehr gemalt hatte, doch sie hatte nicht geahnt, dass sie sich vom Segelhaus ferngehalten hatte.

»Ich wünschte, du hättest mit mir gesprochen. Ich hätte dich unterstützen können.«

»Du unterstützt mich jetzt.«

»Ja.« Laurens Vorschlag würde bedeuten, dass sie zum Segelhaus zurückgehen musste. Sie würde diesen Weg entlanglaufen und durch das Fenster sehen müssen.

»Ich hätte es euch nicht sagen können, ohne alles andere zu erzählen.« Nancy warf einen Blick in Richtung von Mack.

»Alles, worüber du sprechen möchtest, kannst du auch vor Mack erzählen«, sagte Lauren.

Nancy wirkte nicht überzeugt. »Ich weiß nicht, ob es ich passend finde …«

»Mom …« Laurens Tonfall war scharf. »Wir haben alle versucht, Dinge für uns zu behalten, um die anderen zu beschützen, und wo hat es uns hingebracht? Von jetzt an kommt alles auf den Tisch, und wir kümmern uns gemeinsam darum.«

Jenna wusste, dass Lauren noch immer Anrufe aus London wegen Eds Nachlass erhielt. Jedes Mal war sie danach blasser als zuvor. Sie wusste, dass ihre Schwester gehofft hatte, Ed hätte etwas Geld, von dem sie nichts wusste, zur Seite gelegt, doch bislang gab es keine guten Neuigkeiten.

Nancy blickte zwischen ihnen hin und her. »Ihr wisst gar nicht, wie sehr ich mir wünschte, ihr hättet mir gesagt, dass ihr das von eurem Vater wusstet.«

»Wir haben ihn nur das eine Mal gesehen«, sagte Lauren. »Wir hatten keine Ahnung, dass er mehr als einmal fremdgegangen ist.«

Einmal war schon schlimm genug, dachte Jenna. »Könnten wir die Heckenkirsche rausreißen? Ich kann Heckenkirsche nicht ausstehen.«

Ihre Mutter sah sie forschend an. »Ich plane das schon eine ganze Weile. Es ist eine invasive Pflanzenart und verdrängt die einheimischen Gewächse. Das wird das Erste sein, was erledigt wird.«

»Wartet mal …« Mack starrte sie an. »Gramps hatte eine Affäre, und ihr habt ihn gesehen?« Ihr Gesichtsausdruck war so komisch, dass selbst Jenna lächeln musste.

»Damals dachte ich, dass Erwachsene es nur tun, um ein Baby zu bekommen. Eine Zeit lang hatte ich Angst, ich könnte eine kleine Schwester bekommen.« Es war das erste Mal, dass sie einen Witz darüber machte, und es hätte ein großer Schritt nach vorne sein können, wenn nicht in ausgerechnet diesem Moment Greg mit dem Hauptgang ins Zimmer gekommen wäre.

Als Einziger stimmte er nicht in das hilflose Gelächter mit ein.

Seine Miene bereitete Jenna ein unbehagliches Gefühl. Greg war der Meister der Emotionen, doch im Moment schien er seine Gefühle nicht so gut beherrschen zu können.

Mack schauderte, und Nancy schüttelte den Kopf.

»Es ist ein Wunder, dass ihr zwei nicht für den Rest des Lebens von Sex abgestoßen wart. Ich hasse den Gedanken daran, dass ihr es mit ansehen musstet. Sicher, wenn Jenna ein bisschen weniger abenteuerlustig gewesen wäre, statt euch ständig in Schwierigkeiten …« Nancys Blick wanderte zu Jenna, während Lauren aufstand, um Greg beim Servieren zu helfen.

»Es war nicht Jenna, ich war es.«

Nancy blickte verwirrt. »Du warst an ihrer Seite, egal, was sie getan hat, Lauren. Ich wusste, dass du sie nie allein lassen würdest, wie abenteuerlustig sie auch war.«

»Das war sie nicht«, sagte Lauren. »Ich war die Abenteuerlustige.«

Es schien so lange her, dachte Jenna. Sie hatte diese Seite ihrer Schwester lange nicht mehr erlebt. Nicht, seit sie ihr Zuhause verlassen hatte.

Von dem Moment, als sie nach London zog, war Lauren wie verwandelt gewesen.

Es war, als sei sie entschlossen gewesen, ihr früheres wildes Ich auszumerzen.

»Du hast dich neu erfunden«, sagte sie, als Lauren ihr einen Teller reichte.

»Ich schätze, mein letztes Abenteuer war die Schwangerschaft, und das hat mir Angst gemacht. Es ist ziemlich ernüchternd, festzustellen, dass man Verantwortung für ein anderes Leben besitzt.«

»Warte …« Nancys Stimme war schwach. »Ich dachte immer, es sei Jenna gewesen. Ich dachte, du würdest sie beschützen.«

Lauren schüttelte den Kopf. »Beim nächtlichen Nacktbaden, wenn wir von der Jaws Bridge gesprungen oder in der Nacht, als wir Dad gesehen hatten, zum Segelhaus geschlichen sind – es war immer ich. Ich war die Anführerin. Und nicht ich habe sie beschützt, sondern sie mich.«

»Meine Nerven wurden ständig strapaziert«, gestand Jenna.

Mack starrte ihre Mutter an. »Ihr wart nackt baden? Du meinst, ohne Kleider?«

»Ja.«

»Und du bist von der Jaws Bridge gesprungen? Du sagst mir immer, ich dürfe das nicht!«

»Was mich zu einer gewaltigen Heuchlerin macht, ich weiß. Meine einzige Entschuldigung ist, dass ich einschlägige Erfahrungen habe, in was für Schwierigkeiten sich Teenager bringen können. Da gibt es einen Teil in deinem Hirn, der keine guten Entscheidungen trifft.«

»Ja«, murmelte Mack, »ich glaube, den Teil habe ich schon gefunden.«

Nancy war verblüfft. »Ich kann nicht glauben, dass ich so falschlag.«

»Ich war nicht gerade eine Heilige«, sagte Jenna. »Und ich war ziemlich unfallträchtig. Der Vorfall mit der Farbe, das war wirklich ich.«

»Und die Ziege«, sagte Lauren.

Jenna runzelte die Stirn. »Das mit der Ziege warst du. Du hattest Mitleid mit ihr. Du dachtest, sie müsste von dem Pfosten, an dem sie die ganze Zeit angebunden war, befreit werden.«

Mack verschluckte sich fast. »Die Geschichte mit den Schwestern und der Ziege ist wahr? Ich dachte, sie wäre erfunden.«

»Ich dachte auch, sie wäre erfunden.« Nancy schüttelte den Kopf. »Ich kann nicht glauben, dass ich das nicht gewusst habe.«

»Mütter wissen nie alles über ihre Töchter«, sagte Mack sanft. »Mach dir keine Vorwürfe, Grams. Und es gibt einige Dinge, die man besser nicht weiß.«

Stimmte das?

Jenna blickte zu Greg, doch er sah sie nicht an.

Sie hatte den Eindruck, dass er dem nicht beipflichtete.

23. Kapitel

Nancy

Großreinemachen: sich unerwünschter Dinge zu entledigen

»Danke, dass du mitgekommen bist.« Nancy stand auf dem überwucherten Weg vor dem Segelhaus.

Sie wollte wirklich nicht hier sein.

Hinter sich konnte sie das Meer hören. Jetzt im März war der ungepflegte Garten eine einzige Wildnis, doch sie erkannte die Möglichkeiten, die hier lagen.

»Dafür sind Freunde da. Ich kann nicht glauben, dass du seit fünf Jahren nicht hier warst, und ich kann nicht glauben, dass du es mir nicht gesagt hast.« Alice legte eine Hand auf Nancys Arm.

»Nach Toms Tod hat sich etwas für mich verändert. Ich nehme an, ich habe mich von dem Leben abgewandt, das ich kannte, als er noch am Leben war.«

»Ich verstehe. Du musst nicht reingehen, Nancy. Sag ihnen, dass du es nicht willst. Komm und wohn stattdessen bei mir.«

Das kam nicht infrage, doch der Vorschlag gab ihr die nötige Kraft. »Ich muss das tun. Lauren hat recht, es ist vernünftig.«

»Nicht, wenn es dich aufregt.«

Wie viel sollte sie ihr erzählen? »Wenn es bedeutet, dass ich das Kapitänshaus nicht verkaufen muss, dann ist es das wert.« Warum hatte sie nicht selbst an diese Möglichkeit gedacht? Weil sie ein Feigling war. »Meine Töchter sind klug, beide.«

Und mutig.

Sie konnte den Gedanken daran kaum ertragen, was die beiden in jener Nacht vermutlich gesehen hatten. Verdammter Tom mit seiner Casanova-Art.

Alice sah das Segelhaus schweigend an. »Bist du dir sicher?«

Nancy hielt inne. »Man könnte denken, du bist es, die nicht hineingehen möchte.«

Alice lächelte matt. »Ich hasse es, dich verletzt zu sehen, das ist alles.«

Nancy klopfte ihr auf die Schulter und ging voraus. Sie hätte dies auch allein tun können, doch Alice einzuladen war richtig gewesen.

Wenn sie wirklich vorwärtskommen wollte, brauchte sie Alice hier.

Der Schlüssel ließ sich nicht leicht umdrehen, doch sie war nicht sicher, ob das daran lag, dass er rostig geworden war oder dass ihre Hand zitterte.

Schließlich öffnete sie das Schloss und stieß die Tür auf.

Die Fensterläden waren geschlossen, und es roch nach Staub und Farbe, dabei war es ihr schleierhaft, wie nach so langer Zeit noch immer der Geruch von Farbe in der Luft hängen konnte. Laken bedeckten die Sofas, und oben an der Decke hingen Spinnweben. Davon abgesehen hatte sich nicht viel verändert.

Ein Bild tauchte in ihrem Kopf auf, verstörend klar.

Sie sah Tom, wie er sich über eine Frau beugte, wie seine lachenden blauen Augen sie ebenso entzückten, wie sie Nancy entzückt hatten. Hatte er Versprechungen gemacht? Hatte er gelogen? Oder hatte er ihr gesagt, dass er nun mal so war, dass er das mit allen machte und dass – auch wenn sie sich als etwas Besonderes fühlte – er sie morgen vergessen haben würde?

Sie wandte sich um und sah, dass Alice auf dem staubigen Sofa saß. »Alice? Geht es dir gut?«

Alice erhob sich plötzlich. »Ich mache mir Sorgen um dich. Lass uns gehen.«

»Wir sind gerade erst gekommen. Warum sollten wir gehen?«

Alices' Augen füllten sich mit Tränen. »Du bist meine beste Freundin. Ich mag nicht mit ansehen, wie du dich hier durchquälst.«

Nancy spürte eine Regung in sich.

Sie traf eine Entscheidung.

»Lass ihn uns rauswerfen, Alice. Wir machen es zusammen.« Es war an der Zeit, den Mann loszuwerden, angefangen mit seinen

Sachen. Nancy ging zu einem der Schlafzimmer und zog eine Kiste mit Toms Sachen heraus. »Wir sollten das durchsortieren.«

Im Gästezimmer stand eine Kiste mit seiner Kleidung, und sie nahm sie und warf sie in den Garten. Das Gefühl der Befriedigung war erstaunlich. Es war wie ein Adrenalinstoß.

Alice zuckte zusammen, als wäre sie getroffen worden. »Willst du sie nicht durchsehen? Hier sind vielleicht Sachen dabei, die du behalten möchtest.« Sie ging in den Garten und griff nach einer Jacke, die in das hohe Gras gefallen war. »Bist du sicher, dass dies das Richtige ist? Willst du nicht an ein paar Erinnerungen festhalten?«

Nancy wünschte, sie könnte sich so leicht von den Erinnerungen befreien wie von der Kleidung. »Das ist eine Jacke, und sie nimmt Platz weg. Er ist tot, Alice. Seine Kleidung zu behalten ändert nichts daran.«

Sie riss die Fensterläden und die Fenster auf, um die frische Meeresluft hereinzulassen. Der Wind zog durch die Räume und wirbelte ein paar vereinzelte Papiere über den staubigen Boden.

Der Himmel war heute blau und trug ein Versprechen von Sommer, und Nancy erinnerte sich, wie gern sie einst hier gewesen war, an ihrem Zufluchtsort am Strand.

Warum sollte Tom weiterhin einen Ort vergiften, der ihr einst wichtig gewesen war?

Sie würde das ganze Haus entkernen, bis es wie eine leere Muschel war, und es dann so wieder aufbauen, wie sie es wollte.

Sie holte einen Schal aus ihrer Tasche und band ihn sich um die Haare, um sich vor Staub und Spinnweben zu schützen. Dann machte sie sich an die Arbeit.

Sie leerte Schränke, stopfte Kleidung in Tüten und kippte den Inhalt von Schubladen aus. Wie ein Wirbelwind bewegte sie sich durch die Räume, gefolgt von Alice, die wie ein erschrecktes Kaninchen Dinge sagte wie: »Nancy, bist du sicher?«, oder: »Du wirfst das wirklich weg?«

Nancy häufte immer mehr im Garten an.

Als das Erdgeschoss schließlich ausgeräumt war, rollte sie die Ärmel hoch und griff nach der Tasche, die sie mitgebracht hatte. Es würde mehr als einen Eimer Bleiche brauchen, um Tom aus ihrem Leben zu tilgen, aber zumindest war es ein Anfang.

Das Saubermachen erwies sich als therapeutisch. Sie schrubbte und wischte, bis sie schweißgebadet war.

Sie warf die alten Matratzen raus und schrubbte den Boden und die Wände.

Hier war dringend Farbe nötig. Vielleicht könnte sie das erledigen. Sie hatte seit fünf Jahren nicht mehr gemalt, aber eine Wand zu streichen war etwas anderes, oder?

Als die unteren Räume so sauber waren, wie es eben möglich war, wandte sie sich dem Obergeschoss zu.

Nancy hatte das Haus wegen der oberen Galerie mit den riesigen Glasfenstern und dem Nordlicht gekauft. Nur das hatte sie daran interessiert. Sie hätte es nicht mitbekommen, wenn in den unteren Schlafzimmern ein ganzes Football-Team gewohnt hätte. Dort mussten die Mädchen Tom gesehen haben, als sie durch das Fenster gelugt hatten. Was für ein dummer Kerl er doch gewesen war, vor seinem Betrug nicht die Fensterläden zu schließen.

Aber immerhin bedeutete es, dass ihr kostbares Atelier nicht vergiftet war.

Sie ging die Stufen langsam nach oben, fast schon ängstlich vor dem, was sie oben erwartete. Als sie das Haus zum ersten Mal besichtigt hatte, hatte sie laut nach Luft geschnappt und dann bemerkt, dass der Makler gar nicht zu wissen schien, welche Kostbarkeit er da im Angebot hatte. Weil sie nicht wollte, dass er den Preis anhob, meckerte sie viel wegen verfaulter Dachsparren und der vielen toten Mäuse und machte dann ein niedriges Angebot. Der Vorbesitzer war gestorben, und glücklicherweise war die Familie an einem raschen Verkauf interessiert.

Inzwischen wäre das natürlich eine ganz andere Sache. Jedes Stück Land in dieser Nähe zum Strand war ein Luxusgrundstück.

Kaum hatte Nancy ihren Fuß auf die breiten Holzdielen gesetzt, verspürte sie die gleiche Aufregung und Freude wie bei der ersten Besichtigung. Wie hatte sie so lange fortbleiben können? Sie hatte das Gefühl, als hätte sie einen alten Freund vernachlässigt.

Es tut mir leid, dass ich dich im Stich gelassen habe.

Seit ihrem letzten Besuch hatte niemand mehr das Atelier betreten. Ihr Wasserkessel stand noch immer auf dem Tisch in der Ecke, daneben ein halber Becher Kaffee, der inzwischen eine feste Konsistenz angenommen hatte. Wenn sie malte, hatte sie stundenlang keine Pause gemacht und die Welt um sich herum gar nicht wahrgenommen. Sie hatte aufgehört, sobald das Licht schwächer wurde, hatte sich dann etwas zu trinken gemacht, sich in den Garten auf ihren Lieblingsliegestuhl gesetzt und dem Meer gelauscht.

Die Flut kam und ging, spülte die Überbleibsel des vergangenen Tages fort und lagerte Neues an, leckte am Sand und veränderte die Landschaft.

Sie stellte sich vor, sie selbst wäre die Flut, die Tom aus ihrem Leben spülte. Das war eine überraschend befriedigende Übung.

Alice war ihr nach oben gefolgt, doch Nancy, die im Augenblick versunken war, ignorierte sie.

Ihre Schritte hallten durch das Haus, als sie die Länge des Ateliers abschritt. Der Raum erstreckte sich nach oben bis zu den Dachsparren, was ihm Weite und Helligkeit verlieh. Sie blickte hinauf, um zu überprüfen, ob das Dach noch dicht war. Es gab keine Anzeichen eines Wasserschadens. Keine verdächtigen Flecken an den Wänden, die auf ein größeres Problem hinweisen könnten.

Ihre Farben waren dort, wo sie sie zurückgelassen hatte. Sie prüfte sie und sah, dass zwar einige Wasserfarben eingetrocknet, die Ölfarben jedoch noch gut waren. Mit der Distanz von heute konnte sie sich kaum an das brennende Verlangen und die elementare Freude erinnern, die sie angetrieben hatten, Farbe auf Leinwand aufzutragen.

Das Feuer war erloschen, und es gab keine Notwendigkeit mehr, der Realität zu entfliehen, aus welchem Grund also sollte sie einen Pinsel in die Hand nehmen?

Sie hörte das Geräusch eines Wagens. Dann folgte das Schlagen einer Wagentür und weibliches Gelächter.

Lauren und Jenna.

Jenna hatte unterrichtet, und Lauren hatte den Tag damit verbracht, die Insel nach Materialien und Fundstücken abzusuchen, die sie zur Verwandlung des Hauses gebrauchen konnten.

Nancy trat näher ans Fenster und sah zu, wie die beiden den überwucherten Weg entlanggingen. Sie sah, wie Lauren innehielt, um auf etwas zu deuten, und Jenna zustimmend nickte.

Schwestern.

Wäre das Leben einfacher gewesen, wenn sie eine Schwester gehabt hätte? Es wäre gut gewesen, jemanden zu haben, mit dem sie die Dinge hätte teilen können. Jemanden, dem man unter allen Umständen vertrauen konnte. Jemanden, der durch dick und dünn mit einem ging.

Es war falsch gewesen, sich so viele Sorgen um sie zu machen. Sie hatten einander, und das würde immer so sein. Wer hätte gedacht, dass Lauren die Anführerin war? Die Abenteuerlustige?

Hast du das gewusst, Tom?

Sie war sicher, dass er es nicht gewusst hatte. Er hatte sein ganzes Leben nur über sich selbst nachgedacht.

Sie sah, wie ihre Töchter auf der Türschwelle innehielten, als ob sie Angst hätten, einzutreten.

Jenna sagte etwas, und Lauren verzog das Gesicht. Dann nahm sie ihre Schwester bei der Hand, und sie verschwanden außer Sichtweite, als sie ins Haus gingen.

»Mom?« Jennas Stimme schallte von unten hoch.

»Hier oben.« Nancy räusperte sich und riss sich zusammen. Wenn die Mädchen schlechte Erinnerungen an dieses Haus hatten, würde sie einen Weg finden, diese durch neue zu ersetzen.

Sie hörte das Getrappel ihrer Schuhe auf den Stufen, und dann waren sie im Atelier – einander so ähnlich und doch so unterschiedlich.

Ihre Mädchen.

Jahrelang hatte sie sie mit Tom in einen Topf geworfen. Weil die drei so viel Zeit miteinander verbrachten, war sie nicht in der Lage gewesen, sie gedanklich voneinander zu trennen. Sie hatte es zugelassen, dass ihr Gefühl des Ausgeschlossenseins noch anhielt, als die beiden schon erwachsen waren. Doch jetzt erkannte sie, dass, falls es einen Graben zwischen ihnen gegeben hatte, sie die Ursache dafür gewesen war. Sie hatte Angst gehabt, dass das Eingeständnis der Wahrheit sie weiter voneinander entfernen würde. Doch stattdessen hatte es sie einander nähergebracht.

»Du solltest doch warten, damit wir es gemeinsam machen können«, sagte Jenna, während Lauren ihre Tasche auf den Boden stellte.

»Du hättest es nicht allein tun sollen.« Dann bemerkte sie Alice. »Oh, Alice war bei dir. Das ist gut.«

Es war gut, dachte Nancy. *Alice mitzubringen war die richtige Entscheidung gewesen.*

»Es gibt immer noch viel zu tun«, sagte sie. »Dieses Haus bewohnbar zu machen wird nicht leicht sein. Dabei haben wir mit dem Kapitänshaus noch gar nicht angefangen.« Der Gedanke daran hätte sie ermüden müssen, doch sie fühlte sich beschwingt. Anstatt sich niedergeschlagen zu fühlen, war sie voller Hoffnung.

Am liebsten hätte sie die Fenster geöffnet und gerufen: *Siehst du mich, Tom? Du hast mich nicht kleingekriegt!*

Lauren holte ein Skizzenbuch hervor. »Du hast beim Ausräumen unten tolle Arbeit geleistet. Das macht es einfacher, alles zu visualisieren. Wenn wir hier zu dritt wohnen, werden wir Schrankraum brauchen, aber ich möchte die Zimmer nicht vollstellen.«

»Wenn du einen Tischler suchst, dann solltest du Scott fragen.« Jenna schlenderte zu den Bildern, die an einer Wand lehnten. »Er hat im Kapitänshaus einen guten Job gemacht.«

Lauren sagte nichts.

Nancy musterte ihre Tochter, registrierte die Schatten unter ihren Augen.

Natürlich war es noch recht früh, aber sie mussten versuchen, diese Schatten verblassen zu lassen. »Ich kann Scott nicht um einen weiteren Gefallen bitten.«

»Du meinst, weil Lauren ihm gesagt hat, dass du das Haus doch nicht verkaufst?« Jenna blickte von den Bildern hoch. »Hausverkäufe platzen alle naselang, Mom. So ist das Leben. Ich bin sicher, dass er es versteht.«

»Nicht deswegen. Weil ich bereits genug in seiner Schuld stehe.«

Lauren nahm eine Tüte, warf den alten Kaffeebecher hinein und den anderen Müll, auf dem sich der Staub von Jahren abgelagert hatte. »Womit genau stehst du in seiner Schuld?«

Sie zögerte. Sie könnte es abtun. Scott würde nichts sagen, dessen war sie sicher, doch es war, als hätte ihr erstes Geständnis eine Tür geöffnet, die sie nicht so leicht wieder schließen konnte.

Da konnte sie auch gleich alle Leichen aus dem Keller hervorholen, dachte sie.

Machte es etwas aus, dass Alice es hören würde?

Nein. Vermutlich war es eine gute Sache, wenn sie die Wahrheit kannte.

»Ich stehe in Scotts Schuld«, sagte sie, »weil er in jener Nacht, in der euer Vater starb, da war. Er half mir. Riskierte sein Leben.«

Jenna, die gerade nach einem der Bilder greifen wollte, hielt mitten in der Bewegung inne. »Wie hat er sein Leben riskiert?«

»Es gab einen Hurrikan …«

»Das wissen wir. Deshalb ist der Baum auf den Wagen gestürzt.«

Nancy starrte aus dem Fenster, überrascht, wie lebhaft eine Erinnerung sein konnte. »Der Anruf kam am späten Nachmittag. Zu der Zeit war niemand mehr auf dem Wasser. Häuser und Geschäfte waren verbarrikadiert. Die Fähre hatte ihren Dienst schon Stunden zuvor eingestellt, und der Flughafen war geschlossen. Es gab keine Möglichkeit, zum Festland zu gelangen. Ich fragte ein paar Leute, ob sie mich hinüberfahren würden, doch sie lehnten ab.« Sie erinnerte sich, wie sie am Hafen entlanggelaufen war und der Sturm an ihr gezerrt hatte. Sie hatte zuvor nichts Vergleichbares erlebt. »Dann sah ich Scott. Ich kannte ihn vom Sehen. Wir hatten nie miteinander gesprochen. Doch jeder wusste, dass er der beste Seemann in der Gegend war. Ich fragte ihn, ob er mich zum Festland bringen würde, und er willigte ein.«

Lauren war verblüfft. »In einem Hurrikan?«

»Ich hatte erwartet, dass er ablehnen würde. Ich war nicht sicher, wer von uns verrückter war. Ich werde diese Überfahrt nie vergessen.«

»Ich erinnere mich an jene Nacht«, sagte Jenna. »Es war entsetzlich. Als ich anrief, um zu hören, wie es dir geht, sagtest du mir, du seist in Sicherheit. Ich nahm an, dass du damit zu Hause meintest. Dann hat Scott dich also hingebracht und fuhr dann zurück nach Martha's Vineyard?«

»Nein. Als wir ankamen, war der Sturm viel stärker geworden. Vielleicht dachte Scott, dass er den Tod für eine Nacht genug herausgefordert hatte, aber ich glaube nicht, dass es daran lag. Ich glaube, er wollte mich nicht allein lassen. Seine Freundlichkeit werde ich nie vergessen.« Nancy blickte auf das Meer. Heute war es ruhig. Man konnte sich kaum vorstellen, dass es je so aufgewühlt sein konnte wie in jener Nacht. »Scott fuhr mit mir im Taxi zum Krankenhaus, und ich fühlte mich zu elend und war zu dankbar für die Unterstützung, um ihn zurückzuschicken.«

»Warum hast du mich nicht angerufen?« Jenna lehnte das Bild wieder gegen die Wand. »Ich finde es furchtbar, dass du das alleine durchgemacht hast. Ich wäre für dich da gewesen, Mom. Ich wäre mitgefahren.«

»Und hättest dein Leben in dem schrecklichen Sturm riskiert? Ein totes Familienmitglied war genug. Außerdem hatte die Polizei mir schon mitgeteilt, dass euer Vater nicht allein im Wagen saß. Ich wollte nicht, dass ihr das erfahrt.«

Sie hörte, wie Alice einen erstickten Ton von sich gab. Überraschung? Schock?

Jenna war mit zwei großen Schritten bei ihrer Mutter und schlang die Arme um sie. »Mom …«

Alice sackte auf einen der Stühle im Raum. »Oh, Nancy …«

Nancy lehnte sich gegen Jenna und sog den weichen Blumenduft ein, den ihre Tochter immer trug.

Sie war so herzlich, so warm. *Wie Tom.*

Nein, nicht wie Tom. Tom hatte seine Wärme als Falle eingesetzt und Herzlichkeit als Währung.

Jenna gab aus freien Stücken.

»Warte …« Lauren fuhr sich mit den Fingern über die Stirn. »Dad war in der Nacht, in der er starb, mit einer Frau zusammen?«

»Ja.« Nancy tätschelte Jennas Schulter und löste sich aus der Umarmung. »Sie arbeitete in dem Hotel, in dem er oft übernachtete, wenn er nicht auf der Insel war. Eine aus der langen Reihe an Frauen, die mit ihm in diesem Wagen fuhren.« Sie bemerkte, dass Alice ganz blass geworden war. »Bist du überrascht? Solltest du nicht sein. Das war mein Tom. So war er eben, auch wenn natürlich nicht viele Menschen diese Seite von ihm kannten. Was vermutlich mein Fehler war.«

Es war ihre persönliche Beschämung und Demütigung gewesen.

Vielleicht hätte sie ihn sitzen lassen und alle Konsequenzen selbst tragen lassen sollen, doch wenn sie das getan hätte, wären ihre Mädchen verletzt gewesen.

Sie fühlte Laurens Hand auf ihrem Arm. »Scott blieb in jener Nacht bei dir?«

»Er stand alles mit mir durch. Den Hurrikan, das Krankenhaus, die Polizei, die Vorkehrungen, um die Leiche nach Martha's Vineyard zu überführen – wir blieben in einem Motel, und er hörte meinem Wüten und Klagen zu. Er wich nicht von meiner Seite. Dann brachte er mich nach Hause, und wir haben es nie wieder erwähnt.«

»Und du hast es niemandem gesagt.«

»Nein. Tom starb am Abend des Hurrikans in dem Wagen. Soweit alle anderen wissen, war er allein. Es galt allgemein als Tragödie, und die halbe Insel war bei seiner Beerdigung zugegen, aber das wisst ihr natürlich.«

Sie bemerkte, dass Alices' Wangen feucht waren.

Jenna musste es auch gesehen haben, denn sie eilte mit Taschentüchern zu ihr. »Ach, Alice, du bist so eine gute Freundin. Mom ist so froh, dich zu haben. Und Scott …« Sie drehte sich zu ihrer Schwester um. »Kannst du dir vorstellen, dass er das für Mom getan hat?«

Lauren starrte gedankenverloren ins Leere. »Ja«, sagte sie. »Ja, das kann ich.«

Nancy wünschte, sie wüsste, was ihre Tochter dachte. »Ohne ihn hätte ich jene Nacht nicht überstanden.«

Lauren atmete tief durch. »Ist das der Grund, warum du Scott das Haus verkaufen wolltest? Weil du das Gefühl hast, in seiner Schuld zu stehen?«

»Ich wollte es verkaufen, weil ich das Geld brauchte und er bereit war, meinen Preis zu bezahlen. Scott hatte niemals ein eigenes Zuhause. Es fühlte sich an, als würde ich ihm etwas zurückgeben.« Doch letztendlich hatten sich ihre Gefühle für das Haus als mächtiger erwiesen. Offenbar war es doch nicht so leicht, sich über Pflicht und Verantwortung hinwegzusetzen. Sie spürte einen Anflug von Schuldgefühlen. Scott war gut zu ihr gewesen.

Familie mochte kompliziert sein, aber keine zu haben schien ihr die schlechtere Option zu sein.

Lauren war plötzlich sehr still. Es war Jenna, die das Wort ergriff.

»Wird es dir hier gut gehen, Mom? Ich mache mir Sorgen, dass es schwer für dich sein könnte, hier zu wohnen. Nicht nur wegen des begrenzten Platzes, sondern wegen der Erinnerungen.«

Es hätte sich schwer anfühlen sollen, doch das tat es nicht.

Die Geheimnisse loszuwerden hatte die Last, die sie trug, leichter gemacht. Sie fühlte sich bereit, in ihrem Leben nicht mehr weiter voranzutrotten, sondern zu rennen.

»Es wird nicht schwer.« Nancy blickte hinunter in den Garten. Sie hatte schon Pläne dafür. Sie würden Pflanzen brauchen, die an Wind und Salz angepasst waren. Statt eines Rasens würde sie eine Wildblumenwiese säen. Cosmea, Mohnblumen, Gänseblümchen und Lupinen. Sie wollte beim Blick aus dem Fenster Vögel und Schmetterlinge sehen. Sie würde Ben anrufen und ihn um Hilfe bitten. Er wusste mehr über Küstenpflanzen als jeder andere, abgesehen vielleicht von ihr. Gemeinsam konnten sie dieses kleine perfekte Stück Land in etwas so Spektakuläres wie den Garten beim Kapitänshaus verwandeln. Es würde natürlich anders werden, aber anders war gut. Der Gedanke, Seite an Seite mit ihm zu arbeiten, hob ihre Stimmung. Sie genoss seine Gesellschaft, seine ruhige Art.

»Ich kann nicht glauben, wie viel Kram draußen vor dem Haus liegt«, sagte Jenna. »Ich dachte schon, wir müssten uns streiten, um dich zu überzeugen, irgendetwas wegzuwerfen. Hat Alice das für dich übernommen?«

»Nein, das war ich.« Nancy lächelte. »Wie sich herausstellt, ist es nie zu spät, neue Fähigkeiten zu erlernen.«

24. Kapitel

Lauren

Fortschritt: sich in Richtung eines Ortes oder einer Sache fortzubewegen

Die Wochen vergingen in einem Rausch von Aktivität, und während Lauren mit Putzen, Nähen und Malen beschäftigt war, schüttelte die Insel den eisigen Mantel des Winters ab, und der Frühling hielt Einzug. Die Forsythien blühten und schmückten die Gärten mit goldenen Farbtupfern, die Straßen zeigten sich belebter, und die Luft wurde wärmer.

An einem sonnigen Mittwoch Mitte April war sie früh aufgewacht und nähte Kissen für eines der oberen Schlafzimmer, als sie hörte, wie sich die Küchentür öffnete.

Jenna kam in Shorts und Laufschuhen herein. »Bist du bereit?«

»Bereit für was?« Lauren legte den Stoff nieder und rollte die Schultern nach hinten, um den Schmerz zu lindern. Ihr Kopf und ihre Finger taten weh. »Ich bin bereit für schwarzen Kaffee, eine heiße Dusche oder vielleicht sogar Wein.«

»Um sechs Uhr morgens?«

»Ist es so spät? Die Stunden rasen.« Und sie nutzte jede einzelne. Zum Teil, weil es ihr half, ihre Gefühle unter der vielen Arbeit zu begraben, doch vor allem, weil sie es genoss, über etwas anderes als ihre eigenen Probleme nachzudenken. »Warum hast du Laufsachen an?«

»Weil ich bereit bin für unseren Lauf.« Jenna griff nach dem Stoff. »Ich liebe diese Farbe. Passt gut zum Strand.«

»Das ist für das Hauptschlafzimmer. Welchen Lauf?«

»Den, den wir gleich machen. Ich muss mir meinen Stress vom Leib rennen.« Sie spielte mit dem Stoff. »Ist Mom da?«

»Oben. Schläft vermutlich noch. Sei vorsichtig damit. Da sind Nadeln drin. Was ist los?« Sie kannte ihre Schwester gut genug, um zu bemerken, wenn etwas nicht stimmte.

»Ich konnte nicht schlafen.« Jenna gab ihr den Stoff zurück. »Ich denke immer an Dad und all diese Frauen.«

»Ich auch.« Lauren fädelte ein Stück Garn in die Nadel. »Ich versuche, es aus meinem Gedächtnis zu verbannen.«

»Glaubst du, es hätte einen Unterschied gemacht, wenn wir Mom damals erzählt hätten, was wir gesehen haben?«

Lauren schüttelte den Kopf. »Keinen.«

»Ich hoffe, du hast recht.«

»Ich weiß, dass ich recht habe.« Sie stach die Nadel in den Stoff. »Dad konnte nicht anders. Zu erwarten, dass er Frauen ignorierte, wäre so, als würde man einen Alkoholiker als Barkeeper beschäftigen und ihn bitten, nicht zu trinken.«

»Wusstest du, dass er andere Affären hatte?«

Lauren konzentrierte sich auf das Nähen. »Nein. Ich wusste es nicht sicher. Ich habe es vermutet. Ich sah ihn ein paarmal, wie er bei Sommerpicknicks mit Frauen sprach und lachte. Er war ein Charmeur.«

»Das ist mir nie aufgefallen.«

»Du warst jünger als ich. Vermutlich hast du es deshalb nicht bemerkt.«

»Hat es deine Gefühle und Gedanken über ihn verändert?«

Lauren schnitt den Faden ab. »Ihn in jener Nacht, in der wir zusammen am Segelhaus waren, zu sehen hat meine Einstellung zu ihm verändert. Wenn er nicht bei uns war, blieb ich immer skeptisch. Ich habe ihm nie richtig vertraut. Aber wenn er Zeit mit uns verbrachte, sorgte er für so viel Spaß, dass ich vergaß, dass ich ihm nicht vertraute.«

»Mir ging es genauso. Und ich fühle mich schuldig«, gestand Jenna. »Ich habe das Gefühl, als wäre ich illoyal gegenüber Mom, weil ich ihn nicht hasse.«

»Er war unser Dad. Kleine Mädchen dürfen ihren Dad lieben, selbst wenn er Fehler macht. Mom würde nicht wollen, dass wir ihn hassen.«

Jenna setzte sich auf den Stuhl neben ihr. »Du wirkst erschöpft. Um wie viel Uhr bist du aufgestanden?«

»Um fünf.« Und sie hatte bis Mitternacht ein Sofa aufgepolstert. »Seit wann bist du so eine eifrige Morgen-Läuferin?«

»Ich werde nie eine eifrige Läuferin sein, zu keiner Tageszeit, aber das bedeutet nicht, dass ich nicht laufen kann, wenn ich muss. Ich laufe für Kekse, ich laufe für Eiscreme, und ich laufe für meine Schwester.« Jenna wedelte mit der Hand Richtung Tür. »Ich gebe dir vier Minuten zum Umziehen. Ich darf nicht zu spät in die Schule kommen.«

Lauren war gerührt. »Ich weiß das zu schätzen, aber ich habe jede Menge zu tun, um dieses Haus für die Vermietung herzurichten.«

»Eine Stunde weniger wird keinen Unterschied machen. Was ist das alles?« Jenna blickte in Richtung einiger Kisten, die an der Küchenwand gestapelt waren.

»Das«, sagte Lauren, »ist nur ein Teil des Mülls, den Mom gestern aussortiert hat.«

Jenna öffnete die oberste Kiste und lugte hinein. »Dads Pokale?«

»Sie bringt sie zum Wohltätigkeitsladen.«

»Sie hat seine Männerhöhle betreten?«

»Sie hat sie nicht nur betreten, sie hat sie ausgeräumt.«

»Und sie wirkte nicht mitgenommen?«

»Sie war voller Energie. Nachdem sie angefangen hatte, gab es kein Halten mehr. Ich habe ihr dabei geholfen. Ich glaube, sie fand es befreiend.«

»Vor einem Monat hätte ich das nicht für möglich gehalten.« Jenna schloss die Kiste wieder. »Dann haben wir jetzt also ein zehntes Schlafzimmer.«

»Ich muss es noch sauber machen und einrichten, aber ja. Mit der Zeit.« Würden sie es alles rechtzeitig schaffen? Seit sie sich auf ihren Plan geeinigt hatten, hatte sie ohne Unterlass gearbeitet.

Sie hatte sich der Neueinrichtung des Kapitänshauses verschrieben und setzte dabei mehr auf Kreativität als auf Geld. Sie streifte durch Trödelläden und Gartenflohmärkte und war immer wieder überrascht, was die Leute wegwerfen wollten.

Sie hatte Holzkisten günstig gekauft, sie angemalt und benutzte sie nun als Tischchen im Kinderschlafzimmer. Für die Betten hatte sie aus Stoffresten hübsche Patchworkdecken in Küstenfarben genäht. Aus einem alten blau-weiß gestreiften Strandkleid hatte sie Vorhänge für das Gartenzimmer geschnitten. Für den perfekten Teppich im Wohnzimmer hatte sie mehr bezahlen müssen als geplant, doch sie fand günstige Lampen, sodass die Mehrausgabe wieder ausgeglichen wurde.

Jeden Abend beim Essen zeigte sie ihrer Mutter die Stoff-Fundstücke, und sie besprachen Farben und Formen. Ihre Mutter strich die Zimmer, die meisten in Weiß, um Licht und Größe zu betonen. Mit den Möbeln brachte Lauren Farbe hinein.

Sie nähte bis spät in die Nacht und begann erneut früh am Morgen. Die Zeit saß ihr im Nacken. Sie wusste, dass sie einige Räume fertigstellen mussten, um sie zu fotografieren und das Haus anzubieten, doch sie hatte unterschätzt, wie lange es dauerte, ein so großes Haus zu verwandeln. Schließlich mussten sie sich auch noch um das Segelhaus kümmern.

»Du bist sehr beschäftigt«, sagte Jenna, und Lauren nickte, während sie die Decke faltete.

»Es hält mich davon ab, an Ed zu denken – und an Scott. Und es hält mich davon ab, mir Sorgen um Mack zu machen.«

Jenna nahm sich einen Apfel vom Tisch. »Wie geht es ihr?«

»Besser, glaube ich.« Was eine Erleichterung war. Lauren wusste nicht genau, was den Wandel bewirkt hatte, aber sie nahm an, dass es mit der Schule zu tun hatte. Sie war so froh darüber, dass sie es nicht zu sehr infrage stellen wollte. »Wir sprechen nicht viel miteinander, aber sie hat offenbar aufgehört, mich als ihre Feindin zu betrachten.«

»Das ist ein Anfang.« Jenna nahm einen letzten Bissen von dem Apfel. »Komm jetzt. Wir haben Ebbe. Wir können am Strand joggen.«

Es war Jahre her, dass sie am Strand gelaufen war.

Lauren war versucht. »Ein kurzer Lauf.«

Sie nahmen den Fahrradweg, der zwischen Edgartown und Oak Bluffs verlief, und rannten dann hinunter zum Strand.

Kaum berührten ihre Füße den Sand, fand Lauren ihren Rhythmus. Sie fragte sich, warum sie das nicht früher gemacht hatte. Sie hatte es vergessen. Vergessen, wie sehr sie es liebte.

Ihre Schritte wurden länger, und ihre Laufschuhe verursachten auf dem Sand beinahe kein Geräusch.

Der Nebel in ihrem Kopf lichtete sich. Ihre düstere Stimmung hob sich.

Ihr Geist konzentrierte sich auf das Laufen … und nur auf das Laufen, sodass sie erst nach ein paar Minuten daran dachte, über die Schulter zu schauen, und sah, dass sie ihre Schwester hinter sich gelassen hatte.

Sie drehte sich um, bis Jenna sie schließlich eingeholt hatte.

»Wie kannst du so fit sein, wenn du monatelang gesessen hast?« Jenna beugte sich keuchend vor. »Ich hasse dich.«

Lauren grinste. »Ich habe alle Räume mit Schritten abgemessen.« Sie nahm einen Schluck aus ihrer Wasserflasche. »Das war eine großartige Idee.«

»Schön, dass du das so siehst.« Jenna pumpte Luft in ihre Lungen. »Ich hasse laufen. Es ist langweilig.«

»Nicht, wenn du mit jemandem zusammen läufst.«

»Vielleicht, aber ich bin nicht mit dir gelaufen. Ich war in deinem Windschatten.«

Lauren spürte, wie der Wind ihr Gesicht kühlte und sanft mit ihrem Haar spielte.

Konnte es wirklich schon fast Mai sein? Es kam ihr vor, als wäre es erst gestern gewesen, dass die Polizei bei ihr geklingelt hatte. Und zugleich schien es eine Ewigkeit her zu sein. Ein anderes Leben.

Die Tage waren vorbeigezogen, eine schmerzerfüllte Stunde nach der anderen, und während sie sich in warme Kleidung und ihre Trauer eingehüllt hatte, war es irgendwie freundlicher geworden. Der Wind hatte seinen Biss verloren, und auf der Wasseroberfläche funkelte das Sonnenlicht. Es war Vorfrühling, und die Luft hielt bereits das Versprechen wärmerer Monate und eines üppigen heißen Sommers, als würde sich die Insel nach ihrer Winterruhe noch schläfrig rekeln.

Jenna dehnte ihre Muskeln. »Wir sollten zurücklaufen, sonst komme ich zu spät zur Schule, und meine kleinen Monster sind außer Rand und Band. Ich muss ihnen zuvorkommen.«

»Du liebst es, oder?«

»Das Unterrichten? Ja. Es gibt nichts, was ich lieber tue. Wenn ich die Tür des Klassenzimmers schließe, fühlt sich meine Welt einfach richtig an.«

Lauren blickte den Strand entlang in die Richtung, in die sie gelaufen waren. Weitere zwanzig Minuten und sie wäre beim Segelhaus, wo Scott arbeitete. »Wäre es schlimm, wenn du ohne mich zurückgehst?«

Jenna folgte ihrem Blick und lächelte. »Nein. Geh schon.«

»Sag mir erst, wie es dir geht.« Sie wusste nie, ob sie das Baby erwähnen sollte oder nicht. »Wie stehen die Dinge?«

»Ich bin nicht schwanger, wenn du das wissen willst.« Jenna zuckte die Achseln. »Ich muss zurück.« Sie wandte sich um, doch Lauren ergriff ihren Arm.

»Ist alles in Ordnung zwischen dir und Greg?«

»Was meinst du?«

»Die letzten paar Male, die du vorbeigekommen bist, warst du allein da.«

Jenna machte sich los und bückte sich, um ihre Schuhe nachzuziehen. »Er hat viel zu tun, das ist alles. Und wir arbeiten an dem Haus und halten keine Familientreffen ab, deswegen schien es mir nicht sinnvoll, ihn mitzubringen.«

»Richtig.« Entwickelte sich diese ganze Baby-Sache zu einem Problem für sie? Lauren machte sich im Geiste eine Notiz, mehr auf ihre Schwester zu achten. »Danke, dass du mich hierzu überredet hast. Ich schulde dir was.«

»Das ist nur der Anfang. Heute ein geruhsamer Lauf am Strand, morgen ein Sprung von der Jaws Bridge.«

Lauren lachte. »Es ist Ebbe, also nein danke. Einen Schritt nach dem anderen.«

Sie sah zu, wie ihre Schwester langsam über den Strand zurücktrabte.

Wenn sie sie mit ihrer Willenskraft schwanger machen könnte, würde sie das tun.

Als sie damals entdeckte, dass sie Mack erwartete, hatte sie nur Entsetzen empfunden. Sie hatte sich denkbar wenig bereit gefühlt, Mutter zu werden.

Jenna war mehr als bereit, und sie und Greg würden großartige Eltern abgeben.

Als der Sand weicher und körniger wurde, kehrte Lauren zum Fahrradweg zurück und lief im Schatten der Bäume in gleichmäßigem Tempo Richtung Hafen.

Als sie ihn erreicht hatte, war sie außer Atem.

Und verschwitzt.

Na großartig. Warum hatte sie daran nicht gedacht?

Scott strich gerade die Unterseite eines Bootes, während im Hintergrund Musik spielte. Kaum hatte er sie gesehen, hielt er inne. Die Entfernung zwischen ihnen schrumpfte zu einem Nichts, bis sie die Schreie der Möwen und das Surren des Bohrers nicht mehr hörte. Es gab nur noch das intensive Blau seiner Augen, das verrückte Rasen ihres Herzens und die Gefühle, die er in ihr auslöste. Es war, als ob eine Art Magnet sie verband, der sie jederzeit zusammenführen konnte, wo auch immer sie sich befanden.

Er kam auf sie zu und wischte sich mit einem Lappen das Öl von den Händen.

Er trug ausgeblichene Levi's, die seine muskulösen Beine betonten, und hatte die Ärmel seines Hemds bis zu den Ellbogen hochgekrempelt. Sie erhaschte einen Blick auf seinen gebräunten Hals und dank einiger offener Knöpfe auch auf das dunkle Haar auf seiner Brust. Seine Haut glänzte vor Schweiß, und die öligen Streifen auf seiner Wange ließen sie an eine Kriegsbemalung denken.

Sechzehn Jahre, und er war noch immer der attraktivste Mann, den sie je gesehen hatte.

Heiße Schuldgefühle überkamen sie. Sie sollte andere Männer nicht sexy finden, doch ihr Körper hatte diese Nachricht wohl nicht erhalten. Sexuelle Anziehung nahm keine Rücksicht auf gesellschaftliche Konventionen.

Ihr Mund war trocken, und ihr wurde plötzlich flau im Magen.

Wie? Wie konnte nach so vielen Jahren noch so viel da sein?

Sie verstand es nicht. Und mit Sicherheit wollte sie nicht, dass es so war.

Er musterte sie für einen langen Moment. Ohne den Blick von ihr zu wenden, sagte er zu dem Teenager, der neben ihm gearbeitet hatte: »Cal?«

»Ja, Boss.« Der Junge stand sofort neben ihm, seine Körpersprache zeigte seinen Eifer und seinen Respekt.

»Würdest du uns einen Kaffee holen?«

Cal sah ihn verständnislos an. »Kaffee?«

»Heiß. Flüssig. Voll mit Koffein. Du wirst ihn erkennen, wenn du ihn siehst.« Noch immer den öligen Lappen in der einen Hand, holte Scott mit der anderen ein paar Scheine aus der Hosentasche. »Geh zum Hafencafé. Du wirst dreißig Minuten brauchen.«

Cal blickte zum Büro. »Aber da ist ein Kessel im …«

»Hafencafé. Dreißig Minuten.«

»Dreißig …« Cal öffnete den Mund und schloss ihn dann wieder. »In Ordnung, Boss.« Er nahm die Geldscheine und flitzte davon, sodass sie allein waren.

Lauren fühlte sich lächerlich verlegen. »Du hast einen Lehrling angenommen?«

»Er hilft manchmal aus.«

»Ein Junge aus der Gegend?«

»Ja. Sein Leben lief zuletzt nicht wie geplant.«

Und er wusste schließlich alles über ein solches Schicksal. Niemand kannte die Herausforderungen, die das Leben bereithalten konnte, besser als Scott. Was sie über seine Vergangenheit erfahren hatte, hatte ihr das Herz gebrochen, und als sie begriff, dass seine Vergangenheit eine gemeinsame Zukunft verhindern würde, war ihr Herz erneut gebrochen.

»Was passiert, wenn du weiterziehst?«

»Wer sagt, dass ich weiterziehe?«

»Das ist doch das, was du tust.«

Er rieb an einem hartnäckigen Fleck an seiner Hand herum. »Wenn das geschieht, schätze ich, dass er jemand anderen finden muss, dem er zuarbeiten kann.«

»So wie er dich angesehen hat, glaubt er, dass du ein Held bist.«

Sein Mund verzog sich zu einem Lächeln. »Wir wissen beide, dass es nicht lange dauert, bis er das überwunden hat.«

Dieses Lächeln machte ihr noch immer weiche Knie. Als verletzliche Achtzehnjährige hatte es ihr das Gefühl gegeben, etwas Besonderes zu sein, und das tat es noch immer.

Sie hätte nicht kommen sollen. Es war zu schwer, hier vor ihm zu stehen, als wäre er nicht mehr als ein Bekannter. Als hätte es nicht einst eine ganze Welt von Gefühlen zwischen ihnen gegeben.

Sie waren ein gutes Paar gewesen. Mehr als gut.

Hoffnung und Möglichkeiten hatten wie ein Festmahl vor ihnen gelegen, doch anstatt sich daran zu bedienen, waren sie fortgegangen und hatten alles verschenkt.

Sie hatte versucht, ihn loszulassen und ihr Leben ohne ihn zu führen.

»Als ich dich das erste Mal sah, bist du auch den Strand entlanggelaufen.«

Sie runzelte die Stirn. »Wir haben uns das erste Mal in dem Café gesehen. Du kamst an dem Tag herein, während ich die Tische abräumte.«

»Ich hatte dich davor schon gesehen«, sagte er. »Jeden Morgen habe ich dich beim Laufen beobachtet. Du warst schnell. Und leichtfüßig. Du läufst wie eine Sportlerin. Heute habe ich dich zum ersten Mal seit deiner Rückkehr laufen sehen.«

»Es fühlte sich gut an. Ich muss Jenna dafür danken.« Sie bemerkte, dass er hinter sie blickte. »Jenna ist wieder umgekehrt. Sie unterrichtet. Es sind keine Ferien.«

Er nickte. »Wie geht es Mack?«

»Es läuft besser, denke ich.« Sie wünschte, sie wüsste es genau, doch sie und Mack hatten noch nicht zu ihrer alten Beziehung zurückgefunden. Die Atmosphäre war weniger angespannt, doch Lauren hatte so eine Ahnung, dass es eher daran lag, dass Mack die meiste Zeit in der Schule oder in ihrem Zimmer verbrachte.

»Sie ist klug. Ich bin froh, dass sie schließlich doch dem Programmierkurs beigetreten ist.«

»Du weißt davon?«

»Ja. Sie sagte etwas von einer Website für das Kapitänshaus, deswegen nahm ich an, dass sie beigetreten ist. Sie musste erst den Mut dazu aufbringen. Sie hatte Angst, sie würde verspottet werden.« Er fuhr sich mit den Fingern über das Kinn. »Anscheinend ist sie das einzige Mädchen in dem Kurs, doch ich glaube, sie kommt damit klar.«

»Du weißt viel über das, was in ihrem Leben passiert.« Die Tatsache, dass Mack ihm mehr erzählte als ihrer eigenen Mutter, schmerzte Lauren. »Du siehst sie oft?«

»Ihr Fahrradweg von der Schule nach Hause führt sie an der Werft vorbei. Sie kommt manchmal rein. Das weißt du. Nach der letzten Geschichte habe ich dafür gesorgt, dass sie es dir erzählt.«

»Sie sagte, sie würde dir helfen. Mir war nicht klar, dass ihr beide lange, bedeutsame Gespräche führt.«

»Ist das ein Problem?« Er stopfte den Lappen in die Gesäßtasche seiner Jeans, während sie nach einer Antwort rang.

»Was soll ich dazu sagen? Dass es meine Gefühle verletzt, dass sie mit dir spricht, während ich mich die letzten sechzehn Jahre um sie gekümmert habe und sie immer an erste Stelle gesetzt habe? Ja, es tut weh. Und ich hasse mich selbst dafür, weil ich mir Sorgen um sie mache und weiß, dass es gut ist, wenn sie überhaupt mit jemandem spricht.«

»Aber es wäre dir lieber, dass nicht ich das wäre.«

»Sie hat kürzlich jemanden verloren, den sie sehr geliebt hat, auch wenn sie das im Moment vergessen hat.« Sie hörte die Schärfe in ihrer Stimme und rügte sich selbst dafür. »Was passiert, wenn sie eine Bindung zu dir aufbaut, aber du dann weiterziehst?«

»Du gehst da von vielen Annahmen aus.«

»Ich kenne dich, Scott.«

Er sah sie lange an. »Ich gehe nirgendwohin.«

»Nicht heute, aber wir wissen beide, dass du irgendwann weiterziehst.«

»Vielleicht tue ich es nicht.«

Auf keinen Fall würde sie sich erlauben, zu glauben, dass er sich verändert haben könnte. »Lass uns nicht darüber sprechen.«

»Wenn du das so willst.« Er hielt ihrem Blick stand. »Jetzt, wo es wärmer wird, dachte ich, ich könnte sie zum Segeln mitnehmen. Hättest du etwas dagegen?«

»Nein. Wenn sie auf das Boot will, dann solltest du sie mitnehmen.« Sie wollte Mack keinen weiteren Grund liefern, sauer auf sie zu sein, und sie brauchte sich um Mack keine Sorgen zu machen. Niemand wusste mehr über die See als Scott.

»Du könntest mitkommen.« Etwas in seinem Tonfall sorgte dafür, dass sich ihr Herzschlag beschleunigte.

»Keine Zeit. Wir arbeiten hart daran, das Kapitänshaus für die Vermietung umzubauen.« Kaum hatte sie es gesagt, fühlte sie sich wie ein Feigling.

Sie wussten beide, dass ihre Absage nicht nur damit zu tun hatte, dass sie beschäftigt war.

»Wie geht es voran?«

»Es ist viel Arbeit, aber wir werden es schaffen. Den Sommer über ziehen wir ins Segelhaus.«

»Und das ist okay für dich?«

Es war nicht okay für sie. Jedes Mal, wenn sie den überwucherten Weg betrat, sah sie den weißen, behaarten Hintern ihres Vaters vor sich und wie er gerade in eine Frau hineinstieß. Das Bild verursachte ihr körperliche Übelkeit, aber das war nichts, was sie ihrer Mutter sagen würde. Es gab eine Grenze, wie viel man miteinander teilen konnte.

Sie lächelte und war sich bewusst, dass es ein wenig überzeugender Versuch war. »Das ist okay für mich.«

Scott erwiderte das Lächeln nicht. »Bist du sicher? Denn du hattest eine ziemliche Phobie wegen …«

»Das ist lange her. Du hast mich davon geheilt.« Sie unterbrach ihn, bevor Cal wiederkehrte und die Einzelheiten ihrer sexuellen Blockade sich über die ganze Insel verbreiten konnten. »Und wenn ich mit dem Haus fertig bin, wird es komplett anders aussehen. Mom hat es ausgeräumt, aber wir haben noch nicht damit angefangen, es bewohnbar zu machen. Wir brauchen eine neue Küche und eine Trennwand im Hauptzimmer.«

»Ich könnte euch die Küche bauen.«

Als ihre Schwester es vorgeschlagen hatte, hatte sie abgelehnt, weil sie nicht unbedingt auf so engem Raum mit ihm zusammenarbeiten wollte, doch nun schien es eine Überlegung wert zu sein.

Wenn er sofort mit der Arbeit begann, wäre er fertig, bevor sie sich um die Möbel kümmern konnte. »Hättest du Zeit?«

»Ich müsste hier mit ein paar Sachen jonglieren, aber ja, das ginge.«

Wie durcheinander sie sich auch gerade fühlte, sie erkannte die Großzügigkeit seines Angebots. »Du warst sehr freundlich zu meiner Mutter. Ich habe dir dafür noch nicht gedankt.«

»Ich habe es nicht getan, um mir deinen Dank zu verdienen.«

»Warum hast du es getan?« Das hatte sie sich schon mehrmals gefragt.

»Sie brauchte Hilfe.«

Er hatte eine Schwäche für Menschen in Schwierigkeiten, das wusste sie. Das war ein Charakterzug, der es lästigerweise schwer machte, ihn zu hassen.

Sie fragte sich, warum er nicht bemerkt hatte, dass auch sie hilfsbedürftig gewesen war, als sie ihre Schwangerschaft entdeckt hatte.

»Ich bin froh, dass du für sie da warst.« Sie hielt inne. »Da war so viel, das ich nicht verstand. So vieles, das ich nicht wusste. Ich wünschte, sie hätte es uns gesagt.«

»Ich denke, die meisten von uns tragen Dinge mit sich rum, die sie lieber für sich behalten.«

Sie wusste, dass dies auf ihn zutraf. »Ich sollte gehen …«

»Du siehst besser aus. Du hast ein bisschen zugenommen, seit ich dich das letzte Mal gesehen habe.« Sein Blick wanderte von ihrem Gesicht über ihren Körper, und sie verspürte sofort eine innere Anspannung.

Er hatte sie nicht berührt, und doch prickelte ihre Haut.

»Willst du mir sagen, ich bin dick?«

»Nein, aber es ist gut zu wissen, dass der Wind dich nicht fortwehen wird. An jenem ersten Tag an der Fähre – da habe ich mir Sorgen um dich gemacht.«

»Ich hatte meinen Mann verloren und mein Zuhause.«

Eine lange Pause entstand. »War er gut zu dir?« Seine Stimme klang rau. »Hast du ihn geliebt?«

Mit achtzehn hätte sie gedacht, dass es auf diese Frage nur ein Ja oder ein Nein als Antwort gab. Nun wusste sie es besser.

Es gab so viele unterschiedliche Arten von Liebe. Da war die Liebe, die sie für ihr Kind empfand, so stark, dass sie wusste, sie würde für Mack sterben, wenn es nötig war. Dann war da die Liebe zu ihrer Schwester, ein Band, das so kräftig war, dass nichts es zerstören konnte, und die Liebe zu ihrer Mutter.

Ihre Liebe zu Scott war wiederum etwas ganz anderes gewesen. Heftig, hitzig und alles verschlingend, sie hatte alles in ihrem Weg in Brand gesetzt. Es war, als ob all ihre Gefühle in diese eine Beziehung mündeten, und als sie zerbrach, war sie leer gewesen.

Sie war völlig benommen in der Ehe mit Ed gelandet, dankbar für die Sicherheit und Geborgenheit. Am Anfang hatte sie ihn nicht geliebt, weil ihr jenseits von Vertrauen und Freundschaft keine Gefühle mehr geblieben waren. Mit der Zeit heilte sie innerlich, und diese Gefühle waren tiefer geworden.

Ihre Liebe zu Ed war mit der Zeit gewachsen wie eine Pflanze, die erblühte, wenn man ihr Wasser und Pflege gab. Sie war nicht das, was sie für Scott gefühlt hatte, doch sie war das, was sie gebraucht hatte. Sie verspürte keinerlei Wunsch, diese Tiefe und Intensität von Gefühlen noch einmal zu empfinden.

»Ich habe ihn geliebt.«

Er strich ihr sanft eine Haarsträhne aus dem Gesicht. »Du hast es früher offen getragen.«

»Ich habe früher vieles getan, was ich jetzt nicht mehr tue.« *Wie dich zu lieben.* »Ich muss gehen.«

»Warum? Wozu die Eile?« Er sah sie unverwandt an. »Wovor hast du Angst, Laurie?«

Sie hätte fast aufgelacht.

Sie hätte darauf alles Mögliche antworten können, doch sie erkannte, dass sie es leid war, mit diesem Gefühl zu leben. Sie hatte Angst, seit die Polizei vor der Tür gestanden hatte, seit Mack herausgefunden hatte, wer ihr Vater war, seit sie entdeckt hatte, dass kein Geld mehr da war. Und vielleicht hatte sie schon Angst gehabt, bevor all das geschehen war. Angst, dass sie nicht das Leben führte, das sie leben könnte.

So oder so, sie war es leid, sich zu fürchten, auch davor, zu sagen, was sie sagen wollte. »Zumindest weiche ich nicht aus, wenn ich

Angst habe. Du bist vor der Vaterschaft weggelaufen. Weil deine eigene Kindheit so schwierig war, hast du befürchtet, dass du nicht die nötigen Fähigkeiten hättest. Du hattest Angst, du würdest Mack enttäuschen. Alles falsch machen. Und ich habe versucht, dich zu verstehen. Ich habe mir eingeredet, dass du selbstlos wärst, aber mit den Jahren bin ich zu dem Schluss gekommen, dass du nicht selbstlos, sondern egoistisch warst.« Es fühlte sich gut an, es auszusprechen. Ihn nicht mehr zu entschuldigen, so zu tun, als akzeptiere sie etwas, das sie nie richtig akzeptiert hatte.

Sie bemerkte, wie ihr Herz pochte, und hörte, wie das Wasser leise gegen das Hafenbecken schlug.

Eine Möwe flog mit einem kräftigen Flügelschlag und einem klagenden Schrei über sie hinweg.

Scott war so lange still, dass sie schon dachte, er würde nicht mehr antworten. Schließlich rührte er sich.

»Ich bin schon lange vor dir zu diesem Schluss gekommen.«

Sie hatte nicht erwartet, dass er das sagen würde. »Du hattest Angst, ein Vater zu sein, aber ich hatte auch Angst, Scott. Ich war voller Panik, und du hast mich damit allein gelassen.«

Emotionen zeichneten sich in seinem Gesicht ab.

Er öffnete den Mund, um darauf zu reagieren, doch dann wanderte sein Blick von ihrem Gesicht über ihre Schulter. »Cal kommt zurück.« Enttäuschung lag in seiner Stimme. »Wir müssen dieses Gespräch irgendwo unter uns fortsetzen. Mein Boot ist auf dem Wasser.«

»Du lädst mich zum Segeln ein? Jetzt?«

»Ja, es gibt Dinge, die ich dir erzählen muss.«

Einen Moment lange sehnte sie sich danach. Wieder auf dem Wasser zu sein, zu spüren, wie das Boot über das Wasser glitt, den Wind in ihrem Haar, die Freiheit. Und Scott, der – sein Cap tief ins Gesicht gezogen – breitbeinig dastand, um das Schwanken auszugleichen. Segeln würde bedeuten, mit ihm auf dem Boot zu sein. Nur sie beide.

Das würde nicht geschehen. In seiner Nähe fühlte sie Dinge, die sie nicht fühlen wollte, und nichts, was er sagte, konnte die Vergangenheit ändern.

»Wir können die Uhr nicht zurückdrehen, Scott. Wir können nicht ungeschehen machen, was geschehen ist.«

»Nein, aber wir können voranschreiten. Falls es dir bei deiner Entscheidung hilft, verspreche ich, dich nicht anzufassen.«

Sie erinnerte sich noch ganz genau, wie es sich angefühlt hatte, als er sie berührt hatte.

Ihre Knie wurden weich bei dem Gedanken daran.

Er fing ihren Blick auf, und die Spannung zwischen ihnen raubte ihr beinahe den Atem.

Dann sah sie aus dem Augenwinkel eine Bewegung. Cal näherte sich. Sie dachte, dass sie dieses Gespräch nicht führen sollten, wenn sie gleich unterbrochen würden. Dabei wäre doch der richtige Gedanke, dass sie dieses Gespräch überhaupt nicht führen sollten.

Was dachte sie sich nur?

»Mein Mann ist gestorben, Scott. Und ob du es glaubst oder nicht, ich habe ihn geliebt.«

Bevor er antworten konnte, trat Cal mit zwei Kaffeebechern zu ihnen.

»Ähm – hier.« Er gab sie beide Scott, warf Lauren ein kurzes Lächeln zu und verschwand wieder außer Hörweite beim Boot.

Scott reichte ihr einen der Becher. »Wenn du deine Meinung wegen des Segelns änderst, lass es mich wissen.«

Sie spürte, wie sie in Versuchung geriet, und straffte die Schultern.

Die Spannung zwischen ihnen hatte nachgelassen, und sie fühlte sich wieder gefasst.

»Ich werde meine Meinung nicht ändern.«

»Du hast früher nie Angst vor deinen Gefühlen gehabt.«

»Wir wissen beide, dass meine Gefühle mich immer nur in Schwierigkeiten gebracht haben.« Mit dem Kaffee in der Hand drehte sie sich um und ging zurück in Richtung Strand.

25. Kapitel

Mack

Tapferkeit: Mut, Entschlossenheit oder Wagemut haben oder zeigen

Mack hielt den Kopf gesenkt, als sie in die Cafeteria ging.

Es fühlte sich an, als würde sie in ein Haifischbecken springen.

Hallo, hier kommt euer Futter.

Sie nahm ihr Essenstablett und ging zu einem leeren Tisch, wobei sie versuchte, so auszusehen, als sei das Alleinsein eine Wahl und nicht eine Strafe.

Sie bemerkte, dass Kennedy sie beobachtete. Dann murmelte sie dem Mädchen neben ihr etwas zu und erhob sich.

Mack spürte, wie ihr flau wurde.

Als Kennedy zu ihr herübergeschlendert kam, musste sie gegen den Impuls ankämpfen, aufzustehen und wegzulaufen.

Stattdessen dachte sie an Scott.

Ein Freund ist jemand, dem etwas an dir liegt.

»Hi, Kennedy.« Sie setzte ein Lächeln auf, das Kennedy nicht erwiderte.

Stattdessen stützte sie die Hände auf den Tisch, beugte sich vor und sah sie unfreundlich an. »Wie fühlt es sich an, mit den Losern abzuhängen?«

Die Loser.

Das war ihr Name für die Schüler, die am Programmierkurs teilnahmen.

Der Kurs fand im IT-Raum statt, der sich am anderen Ende der Schule befand.

Als Mack den Raum das erste Mal betreten hatte, wäre sie fast umgedreht und wieder hinausgegangen.

Zehn Jungen drängten sich um einen Laptop und stritten um etwas, das sich Java nannte. Mack hatte immer geglaubt, das sei eine Insel von Indonesien, doch es stellte sich heraus, dass Java auch eine Programmiersprache war.

Sie fühlte sich, als hätte man sie mit dem Fallschirm über einem fremden Land abgeworfen, ohne Wörterbuch, und machte sich an den raschen Rückzug Richtung Tür. Sie hatte mit einem Schild gerechnet, auf dem stand »Mädchen bitte draußen bleiben«, das sie auf dem Weg übersehen haben musste, doch da war nichts. Bevor sie es in den Flur schaffte, tauchte Sam plötzlich vor ihr auf.

Sie hatte ihn in der Gruppe nicht einmal bemerkt, bis er nun vor ihr stand.

»Hi. Schön, dich zu sehen.« Sein Lächeln war freundlich. Mack war seit ihrem Start in der Schule so selten freundlich angelächelt worden, dass sie fand, sie könne sich nicht leisten, es zu ignorieren.

»Hi.«

»Du bist Mack. Ich habe dich am Hafen mit Scott gesehen.«

Es lag ihr auf der Zunge, »das ist mein Dad« zu sagen, doch dann entschied sie, dass es keinen Sinn hatte, noch mehr Beleidigungen herauszufordern. Vielleicht hatte Sam ja irgendeinen Grund, Scott nicht zu mögen.

»Ja, er ist eine Art Freund der Familie.« Sie hoffte, ihre Mom würde ihr diesen Satz verzeihen. Ehrlich gesagt hatte sie keine Ahnung, was Scott wirklich war, doch es freute sie, dass er da war. Nachdem er sie das eine Mal mit zum Segeln genommen hatte, war sie dazu übergegangen, auf dem Nachhauseweg bei ihm vorbeizuschauen. Manchmal ließ er sie in der Werft helfen, weshalb sie eine alte Jeans und ein T-Shirt dortgelassen hatte.

»Er ist cool. Er repariert das Boot von meinem Dad.« Sam kratzte sich am Kopf. »Was machst du hier?«

»Ich muss eine Website bauen. Ich dachte, ich könnte es mit Programmieren versuchen«, sagte Mack verlegen. »Das hier ist doch der Programmierkurs, oder?«

Sam starrte sie an.

»Hallo?« Mack wedelte mit der Hand vor seinem Gesicht herum. »Programmierkurs? Dienstags und donnerstags?«

»Tut mir leid. Hier kommen nicht so viele Mädchen zum Programmieren vorbei, wie wir es gerne hätten.«

»Wie viele sind es?«

»Du bist die Erste. Aber das ist cool«, schob er rasch nach. »Wirklich toll.«

Für Mack klang es weder cool noch toll. Es machte ihr nichts aus, in der Minderheit zu sein, aber wollte sie wirklich die Einzige sein? »Vielleicht funktioniert das doch nicht.«

»Hey, viel mehr Mädchen sollten programmieren können. Warum nicht? Das ist die Zukunft, und in der Computerwelt gibt es eine riesige Kluft zwischen den Geschlechtern. Das ist verrückt. Programmieren ist eine grundlegende Fähigkeit des modernen Lebens. Ich meine, du könntest dir doch auch nicht vorstellen, in einer Welt zu leben, in der du nicht lesen könntest, oder?«

Etwas beunruhigt von dieser fast schon religiösen Predigt, drückte Mack sich an die Wand. »Na ja, ich …«

»Genau. Lesen ist etwas, das jeder können sollte. Es gewährt dir Zugang zu Möglichkeiten. Und genauso ist es mit dem Programmieren. Überall ist Technologie. Willst du nicht ein Teil davon sein?«

Sie wollte ein Teil von etwas sein, so viel stand fest.

Sie hatte keine Freunde an der Schule, und zu Hause war die Stimmung noch immer ziemlich angespannt. Ihre Mom nähte die ganze Zeit, oder es gab ein neues Drama. Mack konnte schon mit ihrem eigenen Drama nicht umgehen, geschweige denn mit anderen. Manchmal blieb sie für ein paar Minuten in der Küche, wobei sie Fragen auswich wie zum Beispiel: »Wie war dein Tag?« Antwort: »Totaler Mist.« Doch meistens ging sie direkt in ihr Zimmer, wo sie auf dem Bett saß und an ihrem Handy rumspielte oder aus dem Fenster starrte.

Sie vermisste die Zeit, als sie mit ihrer Mom über alles hatte sprechen können.

Sie vermisste ihre alte Schule und ihre Freundinnen.

Sie wollte dazugehören.

»Ich werde darüber nachdenken.«

»Wenn du jetzt gehst, fallen dir Millionen Gründe ein, es nicht zu tun. Und wenn du bleibst, könnten dir andere Mädchen folgen.«

Mack fragte sich, ob sie ihm gestehen sollte, dass ihr Einfluss nicht gerade eindrucksvoll war. An den meisten Tagen aß sie ihr Sandwich allein in der Cafeteria. Die Zahl der Menschen, die Zeit mit ihr verbringen wollten, lag bei null. Wenn sie ein Rollenvorbild war, wusste sie nichts davon, und sie sah sich keineswegs als Vorreiterin.

Diese ganze Sache war eine schlechte Idee. Eine weitere schlechte Entscheidung neben den vielen, die sie kürzlich getroffen hatte.

Sie hätte versuchen sollen, sich den Bau einer Website über ein Video auf YouTube beizubringen.

»Ich glaube nicht, dass das was für mich ist.«

»Eine Sitzung«, bettelte Sam. »Bleib für eine Sitzung, und wenn du es nicht magst, bitte ich dich nie wieder.«

»Ich muss eine Website bauen.«

»Nicht heute.«

»Wie bitte?«

»Wenn ich nur eine Sitzung habe, um dich zu überzeugen, wirst du sie nicht damit verschwenden.«

»Aber …«

»Wenn du nicht wiederkommen willst, verspreche ich dir, dass ich dir beim Bau der Website helfe. Das ist leicht. Heute machen wir was viel Aufregenderes.«

Mack sah zu den Jungs, die sich um den Laptop drängten. »Was?«

»Heißt das, du bleibst?«

Tat sie das?

Zumindest wirkte Sam aufrichtig. Er versuchte nicht, ihr ein Bier in die Hand zu drücken oder ihr seine Zunge in den Hals zu stecken.

»Ich denke, ja.«

»Super. Komm und sieh dir das an.« Er zog sie halb durch den Raum, bevor sie ihre Meinung ändern konnte. »Jungs, das hier ist Mack. Macht ihr ein bisschen Platz.«

Die Jungs rückten verlegen zu einer Seite, sodass ihr Blick auf einen Bildschirm mit unverständlichen Buchstaben und Symbolen fiel.

Sie hatte keine Ahnung, worum es hierbei ging. Sie würde sich lächerlich machen, und alle würden sie auslachen.

Sie war gut in Mathe, aber das hier war nicht Mathe.

»Setz dich.« Sam zog einen Stuhl hervor. »Ich werde dir etwas zeigen.«

Er tippte auf der Tastatur herum und bedeckte den Schirm mit unverständlichen Zeilen. Dann drückte er auf *Enter*, und ein Roboter auf dem Schreibtisch bewegte sich auf Mack zu.

Sie lachte. »Ernsthaft? Das hast du ihm befohlen?«

»Ich kann ihn so programmieren, dass er dir die Fernbedienung bringt. Oder dein Handy. Was du willst.«

Wie wäre es mit einem neuen Leben? Kannst du ihn programmieren, mir eins zu bringen?

»Das ist cool. Das macht ihr hier also?«

»Wir machen alles Mögliche. Manchmal arbeiten wir an einer App, manchmal entwickeln wir ein neues Spiel. Und wir haben ein bisschen White-Hat-Hacking gemacht.«

»White-Hat-Hacking?«

»Hey, wir sind die Guten, wir halten uns an die Gesetze. Aber heute bringe ich dir bei, den Roboter so zu programmieren, dass er dir etwas bringt. Danach sprechen wir über diese Website, die du willst.«

Das war vor Wochen gewesen.

Mack hatte seitdem nicht eine Sitzung des Programmierkurses versäumt.

Sie kannte jetzt die Namen von allen. Da waren Tyler, dessen jüngere Schwester in die erste Klasse ihrer Tante Jenna ging, Max, der schlecht in Englisch war, aber alles programmieren konnte, und Mack hatte eingewilligt, ihm zu helfen, wenn er dafür die Bilder auf ihrer Website zum Drehen brachte. Curtis, Bradley, Sam – sie kannte sie alle.

Noch besser, sie betrachtete sie als ihre Freunde, und sie liebte alles an dem Kurs.

Ihre Begeisterung hatte sogar Sam überrascht. »Ich war nicht sicher, ob du nach dem ersten Mal wiederkommen würdest.«

»Ich war auch nicht sicher, aber hier bin ich.«

Er grinste. »Viele Leute wissen es nicht, aber Programmierer beherrschen die Welt.«

Sie begann, ihm zu glauben.

Sie verspürte eine Aufregung, die sie nie fühlte, wenn sie ein Essay in Englisch begann.

Sie würde die Welt verändern. Vielleicht würde sie einen Job bei der NASA bekommen. Sie fand es so aufregend, was sie mit Computern tun konnte, dass sie das auf keinen Fall aufgeben würde.

Sie waren normale Menschen, dachte sie. *Keine Freaks oder Nerds.*

Normale Menschen.

Unglücklicherweise wagten sie sich selten zum Mittagessen in die Cafeteria, weshalb sie immer noch allein aß.

Mack zwang sich, Kennedys Blick zu erwidern.

Ihre Handflächen waren feucht, und das Herz schlug ihr bis zum Hals. »Ich kenne keine Loser. Nur einen Haufen echt schlauer Jungs.«

»Du bist neu hier, und du hast deinen Dad verloren.« Kennedy sagte es mit übertriebener Freundlichkeit. »Deshalb werde ich dir zu deinem eigenen Besten helfen. Vielleicht erkennst du es nicht, aber diese Jungs, mit denen du rumhängst, sind Nerds. Freaks. Sie sind und werden niemals zu den coolen Typen gehören.«

»Verstanden.« Vielleicht konnte sie einen Roboter so programmieren, dass er Kennedy auf den Kopf schlug.

Kennedy kniff den Mund zusammen. »Weißt du, was das für dich bedeutet, wenn du weiter mit ihnen rumhängst?«

Mack musterte Kennedy und sah, dass ihr Make-up so dick aufgetragen war, dass es wie Plastik aussah.

Aus dieser Nähe konnte sie die Pickel auf der Haut sehen, die das Mädchen zu verdecken versuchte.

Jeder hat seine Unsicherheiten, dachte sie.

Sie stand auf, sodass sie ihrer Nemesis Auge in Auge gegenüberstand. Sie behielt die Hände auf dem Tisch, falls ihre zitternden Beine nachgeben sollten. »Das bedeutet, dass ich gute, aufrichtige Freunde habe.«

»Ach bitte …« Kennedy starrte sie an und schnaubte verächtlich. »Dann bist du also auch ein Nerd.«

»Nein.« Mack entdeckte, dass ihre Beine nicht mehr zitterten. »Ich bin ein Mädchen, das programmieren kann. Und weißt du, was das bedeutet? Dass ich schlau bin, Kennedy.«

26. Kapitel

Nancy

Absicht: ein klares Ziel haben und entschlossen sein, es zu erreichen

In den folgenden Wochen nahm Nancys Leben eine Richtung, die sie nicht erwartet hatte.

Ermutigt von Lauren, machte sie Termine mit einem Immobilienmakler, der sich auf Vermietungen im Luxusbereich spezialisiert hatte. Lauren begleitete sie zu den Treffen, und Nancy war beeindruckt von dem klugen, geschäftsmäßigen Auftreten ihrer Tochter.

Nancy selbst notierte auf langen Listen, welche Dinge erledigt werden mussten und welche Leute sie kontaktieren wollte. Es war hilfreich, dass sie fast jeden auf der Insel kannte. Wenn sie den richtigen Ansprechpartner nicht persönlich kannte, gab es unter ihren Freunden zumindest jemand anderen, der es tat.

Sie erwachte mit einem Gefühl in sich, an das sie sich nicht einmal erinnerte.

Es war Aufregung. Freudige Erwartung der Zukunft. Das Gefühl war so frisch und neu, dass sie es kaum wiedererkannt hatte.

Sie fühlte sich in ihrem eigenen Leben nicht länger als Passagierin, die sich auf dem Rücksitz eines außer Kontrolle geratenen Wagens verzweifelt festhielt. Sie war nun diejenige, die am Steuer saß, und im Moment beschleunigte sie die Fahrt und spürte den Wind in ihrem Haar. Es wartete noch immer ein Problem, das gelöst werden musste, sicher, doch sie war noch nicht bereit, es jetzt anzupacken.

Summend ging sie mit Lauren im Haus von Zimmer zu Zimmer, machte Pläne. Gemeinsam befreiten sie das Gebäude von Altlasten und erschufen es neu. Schon nach kurzer Zeit erkannte Nancy, dass ihre Tochter ihr Gespür für Farben geerbt hatte.

Es war Laurens Idee, Tinten- und Kobaltblau mit mediterranen Tönen zu kombinieren. Jedem Raum hatte sie mit Küstenmotiven einen besonderen Charakter gegeben, mit schönen Muscheln und Treibholz, das sie gefunden hatte. Manches davon kostete ein bisschen, manches war kostenlos, und dennoch mischte es sich nahtlos. Ergebnis war ein Haus, das wie ein Teil der Landschaft wirkte.

Eine der größten Veränderungen, die sie vornahm, fand in dem Zimmer statt, das sie immer »das Gartenzimmer« genannt hatte und von dem aus man übers Wasser sehen konnte.

Lauren hatte die alten ausgeblichenen Vorhänge entfernt und die Fenster geputzt, sodass die Sonne hineinströmte.

»Das Zimmer sieht dadurch viel größer aus.« Nancy begutachtete die Veränderungen in ihrem Zuhause. »Diese elenden Dinger haben seit Jahren Staub angesammelt und das Licht gedimmt. Ich wollte sie abnehmen, aber Tom sagte, das Sonnenlicht würde die Möbel ausbleichen.«

Lauren füllte eine große Glasvase mit Muscheln vom Strand. »Er ist tot, Mom. Du kannst alles tun, was du tun willst.«

Alles, was sie tun wollte.

Nancy war nicht sicher, ob der Gedanke begeisternd oder Angst einflößend war, und begriff, dass ihre Tochter in fast der gleichen Situation steckte.

»Auch du kannst alles tun, was du willst.«

»Nicht ganz.« Lauren stellte das Glas auf den niedrigen Tisch. »Ich muss an Mack denken.«

Lauren setzte ihre Tochter instinktiv an die erste Stelle, dachte Nancy.

Wenn sie noch einmal die Zeit hätte, würde sie andere Entscheidungen treffen?

»Du bist eine wunderbare Mutter.«

Lauren lächelte müde. »Ich glaube nicht, dass Mack dem zustimmen würde.«

»Kinder stimmen ihren Eltern nie zu. Das ist Teil ihrer Entwicklung. Man schwört, die Dinge anders zu machen, wenn man einmal selber Kinder hat, und dann begeht man seine eigenen Fehler. Aber zweifellos bist du eine viel bessere Mutter, als ich es war.« Sie hielt inne. Warum nur fand sie diese Art von Gespräch so schwierig? Vielleicht weil ihre Mutter gestorben war, als Nancy noch so jung war. Und niemals hätte sie mit ihrer Großmutter gesprochen. »Es tut mir leid. Es tut mir leid, dass ihr das von eurem Vater wusstet und nicht das Gefühl hattet, es mir anvertrauen zu können. Es tut mir leid, dass du, als du schwanger warst, nicht das Gefühl hattest, mit mir sprechen zu können.«

Lauren legte noch eine Muschel in das Glas. »Es muss dir nicht leidtun. Ich wünschte, du hättest uns gesagt, was du durchstehen musstest.«

»Ich dachte, ich beschütze euch. Ich dachte, das wäre das Richtige.«

Lauren atmete tief durch. »Ich wünschte, ich hätte gewusst, wie es dir geht. Du hast dich so selten zu uns gesellt. Ich glaube, Jenna und ich nahmen beide an, dass du es gar nicht wolltest. Wir dachten immer nur im Familienkontext an dich. Du warst unsere Mutter. Ich habe nicht über dein Leben jenseits dessen nachgedacht, wer du wirklich warst und was du vielleicht gewollt hast. Und ich habe bestimmt nicht gesehen, welche Opfer du gebracht hast.«

»Ich bezweifele, dass irgendein Kind das tut.« Nancy sehnte sich danach, Lauren zu umarmen, doch sie wusste nicht, ob es die richtige Geste war oder nicht.

Jenna war die Verkuschelte in der Familie. Lauren war reservierter.

Schützte sie sich wieder? Nancy wusste es nicht.

Doch sie wollte es wissen. Sie wollte ihre Tochter kennen.

»Eine meiner glücklichsten Kindheitserinnerungen ist die Zeit, als ich Windpocken hatte«, sagte Lauren. »Erinnerst du dich?«

»Dir war ganz elend mit den Pickeln und dem Jucken. Wie kann das eine glückliche Erinnerung sein?«

»Weil du immer kamst und bei mir gesessen hast. Dad hatte kein Interesse, wenn wir nicht rumrannten und verrückte, außergewöhnliche Dinge machten. Wenn wir krank waren, ignorierte er uns, aber du bist mit Papier und Farben und Buntstiften gekommen, und wir haben gezeichnet und gemalt. Ich weiß noch, wie du mir beigebracht hast, eine Katze zu zeichnen.«

»Daran erinnere ich mich.« Nancy spürte heiße Tränen aufsteigen. Es war schon merkwürdig, wie falsch man liegen konnte. »Ich dachte, all eure Kindheitserinnerungen würden nur euren Vater betreffen.«

»Nicht alle.« Lauren ließ sich auf dem Sofa nieder und nahm den Quilt, an dem sie nähte. Immer wenn Nancy sie sah, schien sie irgendwas zu nähen. Dieses Stück war für eines der Schlafzimmer bestimmt.

»Wie geht es dir? Nicht mit der Arbeit hier, sondern mit allem anderen.«

»Mir geht es gut, danke.«

Sie hätte es dabei belassen können. Bis vor Kurzem hätte sie nicht einmal die Möglichkeit erwogen, nachzuhaken. Doch das war kürzlich, und dies war jetzt.

Entschlossen trat Nancy einen Schritt vor und legte eine Hand auf Laurens Schulter. »Geht es dir wirklich gut? Ich möchte es wissen.«

Lauren hielt beim Nähen inne. »Mal geht es besser, mal schlechter. Manchmal fühlt es sich an, als würde all dies jemand anderem geschehen, und ich sehe zu.«

»Du musst wütend sein.« Sie erinnerte sich an das Gefühl. Wie die gleißende Hitze der Wut in ihr gebrannt hatte.

»Wegen des Geldes?« Lauren rammte die Nadel in den Stoff. »Das war ich, doch vor allem, weil er mir nicht die Wahrheit gesagt hat. Als wir zusammenkamen, haben wir vereinbart, dass wir uns niemals anlügen werden. Unsere Ehrlichkeit war die eine gemeinsame Sache, die echt war.«

»Du warst verliebt in Scott, aber du hast Ed geheiratet.« Auch wenn sie sich selbst nie für besonders romantisch gehalten hatte, schnitt der Gedanke ihr ins Herz.

»Das Leben stellt einen manchmal vor schwierige Entscheidungen, Mama.«

Mama.

Nancy spürte, wie sich ein Kloß in ihrem Hals bildete. Sie hatte dieses Wort nur ein paarmal gehört, als Lauren noch sehr jung war. Als Kleinkind war sie fröhlich und quirlig gewesen. *Guck mal, Mama.*

Wann hatte sie das verloren?

»Ich wünschte, du hättest dich mir anvertraut.«

»Ich habe mit niemandem gesprochen. Nicht einmal mit Jenna. Der einzige Mensch, dem ich jemals alles in meinem Leben erzählt habe, war Scott.« Sie maß einen neuen Faden ab. »Du fragst dich vermutlich, warum ich mich in ihn verliebt habe.«

»Das frage ich mich nicht.« Zumindest das war einfach zu beantworten. »Scott ist schwierig, aber die Art, wie er sich durch seine schreckliche Kindheit gekämpft hat, um der Mann zu werden, der er ist …« Sie hielt inne. »Da ist Stärke. So viel Kraft. Und Redlichkeit. Vielleicht hast du in ihm etwas gespürt, das du bei deinem Vater vermisst hast.«

»Viele der Leute hier standen Scott argwöhnisch gegenüber.«

»Die Menschen, das hast du früh im Leben erfahren, sind voller Schwächen. Scott hielt sich nicht an die Regeln. Er passt sich nicht immer an, und statt das Fremde zu umarmen, sind viele Leute argwöhnisch.«

»Du nicht.« Lauren stach die Nadel in den Stoff und legte ihn beiseite. »Ihr wurdet Freunde, nachdem er dich an jenem Abend mit dem Boot hinüberfuhr? Hat er mit dir gesprochen?«

»Ich bin nicht sicher, ob ich das Freundschaft nennen würde, was uns verbindet.« Wie sollte sie es nennen? Sie dachte an die Mitglieder ihres Buchclubs. Sie dachte an Alice. »Auf der anderen Seite war er da, wenn ich ihn brauchte, und er hat mich niemals enttäuscht. Wenn das keine Freundschaft ist, weiß ich nicht, was es sonst sein soll. Wir trafen uns von Zeit zu Zeit. Wenn er auf der Insel war, arbeitete er für mich an dem Haus. Er kann vieles. Ich vertraue ihm, was ich nicht von allen Menschen sagen kann, die in der Vergangenheit hier waren. Ich weiß, er wollte es nicht glauben, aber er wäre ein guter Vater gewesen.«

»Das dachte ich auch.« Lauren schwieg einen Augenblick. »Mack hat großes Vertrauen zu ihm.«

Nancy verbarg ihre Überraschung. »Hat sie dir das erzählt?«

»Er hat es mir erzählt. Sie spricht nur wenig mit mir, auch wenn sie mir jetzt wenigstens erzählt, wo sie hingeht.«

Nancy wollte helfen, doch sie hatte Angst, etwas Falsches zu sagen, was diese neue, zarte Beziehung gefährden könnte.

»Wie geht es dir damit, dass sie Scott sieht?«

»Ich bin nicht sicher.« Lauren erhob sich und ging zum Fenster. »Zuerst war ich verletzt, dass sie mit ihm spricht und nicht mit mir, aber jetzt bin ich dankbar, dass sie überhaupt mit jemandem redet. Ich möchte nicht, dass sie mit alldem allein ist. Ich vermisse unsere Gespräche. Zu Hause haben wir immer an der Kücheninsel gesessen und erzählt, während wir etwas aßen. Ich vermisse es zu wissen, was in ihrem Leben los ist. Ich vermisse das Lachen und die Nähe.«

»Das werdet ihr wiederbekommen.«

»Werden wir das?«

»Ich weiß es. Und falls du in der Zwischenzeit jemanden brauchst, der dir zuhört – ich bin da.«

Lauren sah sie an, und Überraschung lag in ihrer Miene. »Danke, Mom. Und wie ist es mit dir? Wir demontieren dein altes Leben, und du wirfst Sachen weg, von denen du dachtest, du würdest sie für immer behalten. Wie fühlt sich das an?«

Wie fühlte es sich an?

Nancy sah sich in ihrem verwandelten Gartenzimmer um.

Hier würde sie ihren Buchclub versammeln, entschied sie, zumindest bis sie im Sommer ausziehen würden. Normalerweise trafen sie sich in der Küche, doch dieses Zimmer war hell und luftig. Jetzt, da es wärmer war, würden sie die Fenster öffnen und die Seeluft hereinlassen können. Es würde ein prächtiger Raum sein, um Freunde zu treffen und guten Wein und gute Gespräche zu genießen. »Es fühlt sich großartig an. Ich komme mir wie ein Teenager vor. Und das habe ich alles dir und Jenna zu verdanken. Das Haus hat ein ganz anderes Flair.«

»Ein Teenager zu sein ist nicht so toll, wie manche meinen, Grams.« Mack kam ins Zimmer, mit dem Laptop unter dem Arm und dem Handy in der Hand. »Das heißt nicht nur, sorglos auf der Straße rumzutanzen, weißt du. Wenn ihr fünf Minuten Zeit hättet, würde ich euch gern etwas zeigen.« Ihr Schritt war beschwingt, und in ihren Augen lag eine Begeisterung, die zuvor nicht da gewesen war.

Das war das erste Mal, dass Mack nach der Schule nicht direkt in ihr Zimmer ging.

Fortschritt? Nancy blickte zu ihrer Tochter und bemerkte die Anspannung in ihrem schmalen Körper. Offenbar war sie nicht die Einzige, die Angst davor hatte, etwas Falsches zu sagen oder zu tun.

Nancy vermutete, dass Lauren so sehr damit beschäftigt war, vorsichtig zu sein, dass sie nicht mehr wusste, wie sie reagieren sollte. Laut Jenna war Lauren so abenteuerlustig gewesen, dass es ihre jüngste Tochter manchmal nervös gemacht hatte. Was war mit jener Lauren geschehen?

Das Leben hatte sie verändert, doch Veränderungen können verschiedene Richtungen einschlagen.

Wenn Lauren einst abenteuerlustig gewesen war, konnte sie es wieder sein.

»Ich würde die Website gerne sehen«, sagte Nancy. »Solange du nicht erwartest, dass ich die Technologie verstehe. Du weißt, dass ich nicht einmal den Drucker bedienen kann.«

»Dass er nicht funktioniert hat, lag daran, dass er nicht mit dem Wi-Fi verbunden war, Grams. Das habe ich repariert. Drücke auf *Print*, und es sollte klappen.« Mack tippte etwas auf der Tastatur und reichte ihr dann den Laptop. »Was meint ihr?« Ihr Ton war beiläufig, doch Nancy konnte spüren, wie ihre Enkelin vor Erwartung und Stolz glühte.

Sie ließ sich aufs Sofa sinken, das Lauren in blassblauen Streifen neu bezogen hatte, und balancierte den Laptop auf den Knien. Was sie sah, verschlug ihr den Atem. Dort auf dem Bildschirm war ihr geliebtes Haus. Ein Blumenmeer in Pink und Violett hob sich von den weißen Holzschindeln ab. *Kapitänshaus* stand in fetten Buchstaben darüber. »Oh Mack …« Erinnerungen stiegen in ihr auf und schnürten ihr die Kehle zu. »Wo hast du dieses Foto gefunden?«

»Es ist eines von Mom, das sie vor langer Zeit gemacht hat. Es ist gut, oder? Ich habe es mit Photoshop bearbeitet.«

»Photoshop?«

Mack grinste. »Das ist ein Computerprogramm, mit dem man Bilder manipulieren kann. Einer der Jungs im Programmierkurs hat mir ein paar Tricks gezeigt. Ich könnte deinen Kopf auf ein Einhorn montieren, wenn du das möchtest.«

Nancy lachte. »Vielleicht ein andermal.« Sie wandte sich wieder dem Bildschirm zu. Allein das Bild würde genug Aufmerksamkeit erregen. Die Leute würden sich verlieben, so wie sie es einst getan hatte. Man verlor sein Herz an dieses Haus. Wie konnte jemand, der es so sah, nicht verstehen, warum es ihr so schwergefallen wäre, es aufzugeben? »Der Himmel ist so blau. Die Farben sind so intensiv.«

Mack zuckte die Achseln. »Ich habe ein paar Filter eingesetzt, um die Farben ein bisschen kräftiger zu machen.«

»Sehr schlau. Lauren, willst du das mal sehen? Das Haus sieht traumhaft aus.«

Lauren schaute ihr über die Schulter »Oh Mack! Das ist wie eine Postkarte.« Sie beugte sich vor und drückte auf eine Taste. »Das ist unglaublich. Das hast du gemacht?«

»Ja.« Mit einem Schulterzucken tat Mack, als ob es eine Kleinigkeit gewesen sei, obwohl alle wussten, dass es etwas sehr Großes war.

»Fantastisch.« Nancy gab ihren Teil zum Lob dazu. »Ich würde es auf der Stelle mieten. Diese Bilder sind wunderbar. Du hast ein gutes Auge. Kein Zweifel, du bist eine Stewart.« Ihr wurde klar, dass Mack ebenfalls künstlerisches Talent besaß. In jeder Generation zeigte es sich auf unterschiedliche Weise.

»Ich bin zur Hälfte eine Rhodes, Grams.«

»Ja.« Nancy sah sie an und lächelte. »Ja, das bist du, Liebling. Hast du ihm das hier gezeigt?«

»Er hat mir dabei geholfen.« Sie sah vorsichtig zu ihrer Mutter. »Er kennt sich ein bisschen mit Computern aus. Ich wollte seine Meinung.«

Nancy fühlte mit ihrer Tochter. Wie auch immer sie selbst zu Scott stand, er hatte ihre Tochter im Stich gelassen, als sie schwanger war.

Würde sie für Scott anders empfinden, wenn sie es gewusst hätte?

Vielleicht nicht. In jener Hurrikan-Nacht war sie verzweifelt genug gewesen, um den Teufel persönlich um Hilfe zu bitten. Aber das bedeutete nicht, dass sie nicht verstehen konnte, wie schwierig diese ganze Situation für Lauren sein musste.

Nancy ließ einen Finger über der Tastatur schweben. »Ich möchte auf *Zimmer* klicken. Lösche ich dann das ganze Ding?«

Mack lachte. »Nein.«

Nancy klickte. *»Meeresbrandung?«*

»Ich habe den Zimmern Namen gegeben. Um sie irgendwie persönlicher zu machen. Aber ihr könnt sie ändern. Bei den meisten Sites werden die Zimmer nur *Premium* genannt, das ist langweilig.«

»Das ist in der Tat langweilig, und ich liebe *Meeresbrandung*.« Nancy griff nach ihrer Brille und sah auf den Bildschirm. »Oh, du hast Meeres-Begriffe genommen. Die Anker-Suite. Ist das das große Schlafzimmer? Was für eine clevere Idee. Und du hast Bilder gemacht, auf denen die Zimmer wirklich fabelhaft aussehen.«

»Das war nicht schwer. Die Zimmer sehen großartig aus, seit ihr sie renoviert habt, aber das ist auch keine Überraschung, weil Mom gut darin ist.«

Nancy sah, dass Lauren angesichts des unerwarteten Lobes und der Warmherzigkeit errötete.

»Danke, Mack.«

Nancy erkundete den Rest der Website, dann gab sie ihrer Enkelin den Laptop zurück. »Das ist hervorragend. Ich bin beeindruckt.«

»Ich habe auch einen Facebook-Account eingerichtet«, sagte Mack. »Wir werden Bilder von Tante Jennas tollem Essen zeigen, weil es nichts Besseres gibt als einen Haufen Kekse, damit ein Ort heimelig wirkt und man dort hinwill. Und ich zeige den Blick vom Garten hinunter zum Meer. Ich werde noch ein paar Videos von verschiedenen Plätzen auf der Insel hinzufügen.«

»Das klingt gut. Solange du nicht erwartest, dass ich die Site aktualisiere. Ich bin zu alt für Facebook.«

»Ich glaube nicht, dass du das bist, aber eins nach dem anderen. Und wir haben auch einen Instagram-Account. Ich habe schon ein paar Schnappschüsse gepostet.«

»Ich weiß nicht, was das ist.«

»Das ist eine App, Grams.« Mack zog ihr Handy aus der Tasche und zeigte sie ihr.

Da war jemand genauso begeistert wie sie, dachte Nancy. Das Haus entwickelte sich zu einer Familien-Obsession.

»Jetzt, da es fast fertig ist, könntest du ein paar Fotos von diesem Zimmer mit reinstellen.« Mack stand auf und schoss mit ihrem

Handy ein paar Bilder. »Dieses Zimmer ist einfach besonders. Wenn wir hier wohnen blieben, wäre ich versucht, es niemals zu verlassen.«

Lauren hatte die alten Rattanmöbel fortgegeben und sie durch tiefe, dick gepolsterte Sofas ersetzt, die sie in einem kleinen Luxushotel gefunden hatte, das schließen musste. Die Bezüge hatten Flecken gehabt, doch sie hatte sie ersetzt und dabei bis tief in die Nacht gearbeitet.

Den Teppichboden, der schon bessere Zeiten gesehen hatte, hatte sie rausgerissen und die Dielen abgeschliffen, bis sie in einem erdigen Ton schimmerten. In einem Trödelladen hatte sie dann einen Teppich gefunden.

Schalen mit Muscheln und eine Fülle von Pflanzen brachten den Zauber der sie umgebenden Natur ins Innere des Hauses.

Nancy hätte nie gedacht, dass sich ihr Zuhause so beruhigend anfühlen konnte.

Lauren war offensichtlich nicht zufrieden.

»Diese Wand braucht noch etwas.« Ihre Tochter starrte angestrengt auf den freien Raum an einer der Wände. »Ich weiß nicht, was. Es muss groß sein.«

Mack überprüfte die Fotos, die sie gemacht hatte. »Wie wäre es mit einem Foto?«

Lauren dachte nach. »Vielleicht.«

Nancy starrte ebenfalls auf die Wand.

Warum nicht?

»Dieses Bild, das ich immer im Flur hatte, würde dort zur Geltung kommen.«

In ihrem Bauch bildete sich ein unangenehmes Gefühl. Würde sie dieses Bild ohne Traurigkeit ansehen können? Würde dieser kleine Tropfen Gift aus der Vergangenheit alles andere verderben?

Aber es war zu spät, ihre Meinung zu ändern, weil Lauren nickte.

»Wenn ich die Farben richtig in Erinnerung habe, würde es perfekt passen. Lass es uns versuchen.«

»Dann hole ich es jetzt.« Nancy, die sich wünschte, sie hätte es niemals vorgeschlagen, ging aus dem Zimmer, sodass ihr der Blick entging, den ihre Tochter und ihre Enkelin tauschten.

»Das war ziemlich gut, Mom«, murmelte Mack, die zur Tür sah und darauf wartete, dass ihre Großmutter zurückkam. »Meinst du, sie holt es?«

»Das hoffe ich wirklich, denn das Bild würde hier perfekt aussehen.«

»Weißt du, warum sie es abgenommen hat?«

Lauren zögerte. »Ich müsste raten.«

Mack zuckte mit den Schultern. »Na los.«

»Alles, was Grams malte, war normalerweise hell und freundlich, und plötzlich änderte sich das.«

Mack runzelte die Stirn. »Du meinst, das geschah, als sie herausfand, dass Gramps eine …« Sie brach ab und errötete. »Dass er Affären hatte? Ich kann es kaum aussprechen, das ist so ekelhaft.«

»Das *ist* ekelhaft«, sagte Lauren ruhig, »und ja, ich glaube, dass es so war.«

»Männer«, sagte Mack altklug, und Lauren nickte.

»Absolut.«

Ohne jedes Wissen von dem Gespräch, das in ihrer Abwesenheit stattgefunden hatte, holte Nancy das Bild, das sie in einem der Zimmer ganz hinten in einem Schrank verstaut hatte.

Sie hatte es dorthin gebracht, weil sie seinen Anblick nicht länger ertragen konnte. Weil es nicht zu ihrer Stimmung passte und sie an eine Zeit in ihrem Leben erinnerte, als sie glücklich und voller Hoffnung gewesen war. Eine Zeit, bevor die dunklen Wolken auftauchten.

Das Bild hatte sie vom Flur aus verspottet. *So war das Leben früher.*

Aber warum sollte das Leben nicht wieder so werden?

Als Lauren es an die Wand hängte, konnte Nancy sofort sehen, wie gut es passte. Und wie anders es hier in diesem sonnigen Zimmer aussah.

Das Bild brachte das Meer in den Raum.

Mack stellte sich neben sie. »Wie viel ist es wert?«

»Mack!« Lauren warf Nancy einen entschuldigenden Blick zu, doch Nancy schüttelte den Kopf.

»Das ist eine gute Frage, doch ich kenne die Antwort nicht. Vor ein paar Jahren wäre es vermutlich eine irrsinnig hohe Summe gewesen.« Sie hatte sich nie richtig daran gewöhnt, dass die Leute bereit waren, Zehntausende Dollar für eines ihrer Bilder zu bezahlen. »Jetzt? Ich weiß nicht. Der Geschmack ändert sich. Die Mode ändert sich. Der Markt ändert sich.« Nicht, dass sie je für den Markt gemalt hätte. Sie hatte sie für sich gemalt.

»Wenn du es nicht gerne ansiehst, Grams, könntest du es verkaufen und dir von dem Geld etwas anschaffen, das du wirklich gerne haben möchtest.«

Nancy legte den Arm um ihre Enkelin. »Das«, sagte sie, »ist eine hervorragende Idee. Doch das Merkwürdige ist, dass ich es nicht hasse. Das habe ich zwar, doch jetzt, glaube ich, mag ich es. Was meinst du, Lauren?«

»Ich finde, es sieht hier gut aus, vorausgesetzt, du bist glücklich damit, dass es an der Wand hängt.«

Mack trat näher an das Bild heran. »Warum hast du das hier nie verkauft, Grams?«

»Dein Großvater nahm mir das Versprechen ab, es niemals zu verkaufen.«

Natürlich hatte er seinerseits eine Menge Versprechen nicht eingehalten. *In guten wie in schlechten Zeiten*. Er hatte dafür gesorgt, dass es schlechte waren. *Allen anderen zu entsagen* – allein bei dem Gedanken hätte sie am liebsten gelacht.

Mack runzelte die Stirn. »Warum war ihm ausgerechnet dieses wichtig?«

»Ich habe es am Tag unserer Verlobung gemalt. Er wollte es als Erinnerung.« Doch wollte sie es auch?

»Fühlst du dich damit unwohl, Mom?« Lauren hatte die Fenster geputzt, und Nancy konnte den Garten und dahinter das Meer sehen.

Ben war gerade im Garten, seine vertraute Figur bückte sich und richtete sich dann wieder auf, während er in ihren Beeten arbeitete. Obwohl er die meiste körperliche Arbeit übernahm, stammten die Ideen von ihr. Sie bildeten ein perfektes Team.

Ein perfektes Team.

Sie sah, wie sich seine Muskeln anspannten, als er den Fuß auf den Spaten setzte und ihn tief in den Boden hineintrieb. Seine Schultern waren breit, und die körperliche Arbeit hielt ihn fit. Wie hatte sie das zuvor nie bemerken können?

Etwas breitete sich ganz langsam in ihr aus, ein Gefühl, das ihr so lange unvertraut war, dass sie es nicht sofort identifizieren konnte. Die Erkenntnis, dass es sexuelle Anziehung war, traf sie wie ein Stromschlag.

Sie war zu alt, um solche Gefühle zu haben, oder? Sie hatte angenommen, dass diese Zeiten längst vorbei waren.

In all den Jahren ihrer Ehe war sie niemals fremdgegangen. Und sie war zu verletzt gewesen von dieser einen Beziehung, um eine weitere überhaupt nur in Erwägung zu ziehen.

»Geht es dir gut, Grams?« Mack sah sie besorgt an. »Du bist ganz rot im Gesicht. Bist du krank?«

Nancy richtete den Blick auf ihre Enkelin und dann auf das Bild. Wenn sie ihre Gedanken lesen könnten, wären sie schockiert. Sie war selbst schockiert. Und wer weiß, was der arme Ben sagen würde. Sie würde in Zukunft in seiner Gegenwart besonders vorsichtig sein. Nancy mochte sich nicht ausmalen, wie peinlich es wäre, wenn er erriet, dass sie ziemlich unanständige Gedanken hatte.

»Ist es das Bild, das dich aufregt?« Lauren sah betroffen aus. »Wenn du es nicht magst, können wir es verkaufen.«

Nancy starrte auf das Bild und erinnerte sich an all das, was sie damals empfunden hatte.

Sie war so verliebt gewesen.

Das Leben hatte vor ihnen gelegen, so einladend wie eine Sommerwiese. Sie war begeistert gewesen von der scheinbar endlosen Vielfalt an Möglichkeiten, von dem Gedanken, ein Leben mit Tom zu teilen.

Mit den Jahren hatte sie sich gefragt, ob sie sich die Gefühle, die sie an jenem Tag in ihm sah, eingebildet hatte.

Hatte er sie je geliebt? War sie je genug gewesen?

Doch jetzt hatte sie erkannt, dass für Tom niemand je hätte genug sein können.

Das Glück, an das sie sich erinnerte, war echt gewesen, dessen war sie sicher, und was war falsch daran, sich an glücklichere Zeiten zu erinnern?

Als sie aus dem Fenster blickte, sah sie, wie Ben in die Hocke ging, um etwas in dem Beet zu pflanzen, das er umgegraben hatte.

Er war so vorsichtig, behandelte jede Pflanze, als wäre sie aus Glas.

Bens Frau war ungefähr zu der Zeit gestorben, als sie Tom verloren hatte. Hatte er sich seitdem mit jemandem getroffen? Hatte er so wie sie diesen Teil seines Lebens auf Eis gelegt?

Vielleicht würde sie ihn zum Essen einladen. Als Freund. Natürlich würde sie darauf achten, dass er nicht erfuhr, dass sie Gefühle für ihn hegte, die darüber hinausgingen. Diese waren ihr Geheimnis und würden es immer bleiben.

Die Aussicht erfreute sie.

Sie hatte gedacht, dass ihre besten Jahre vorbei waren, doch jetzt fragte sie sich, ob sie vielleicht gerade erst begannen.

»Ich will es nicht verkaufen«, sagte sie. »Es kann ruhig hier an der Wand hängen bleiben.«

27. Kapitel

Jenna

Hoffnung: der Wunsch und die Erwartung, dass Dinge in der Zukunft gut laufen

»Ich gehe heute früh in die Schule und werde spät zu Hause sein, weil ich zum Haus hinüberfahre, um Mom bei ein paar letzten Dingen zu helfen. Lauren ist im Segelhaus.« Jenna zog sich die Schuhe an. »Wie sieht dein Tag aus? Viel zu tun?«

»Ja.« Greg saß an der Kücheninsel und trank Kaffee.

Er sah erschöpft aus. Unter seinen Augen hatte er dunkle Schatten, und er saß zusammengesunken da, als lastete ein schweres Gewicht auf ihm.

»Du warst früh auf.« Sie war ebenfalls eher als sonst aufgewacht und hatte nach ihm getastet, um zu kuscheln, doch seine Seite des Bettes war leer und kalt gewesen.

Es war ein paar Wochen her, dass sie das letzte Mal miteinander geschlafen hatten. Sie hatte Hemmungen gehabt, es vorzuschlagen, falls er dann dachte, dass sie nur versuchte, ein Baby zu bekommen.

»Wir werden heute mit dem letzten Schlafzimmer fertig. Das Haus sieht großartig aus. Du solltest es dir anschauen. Komm doch heute Abend mit. Das wird bestimmt toll.« Es war eine Weile her, dass sie zuletzt Spaß hatten, dachte sie. Dass sie gelacht hatten. Wie war das passiert? Früher hatten sie die ganze Zeit gelacht.

Sie waren Jenna und Greg.

Er sah nicht von seinem Kaffee auf. »Nicht heute Abend.«

»Bist du sicher? Es wird auch nicht unangenehm. Endlich arbeiten wir alle als Familie zusammen statt gegeneinander. Ich dachte, wir könnten irgendwann Lauren und Scott zum Essen einladen.

Oder meinst du, das wäre taktlos?« Sie griff nach ihrer Tasche und wünschte, er würde etwas sagen. »Ich bin mir nicht sicher, ob sich zwischen ihnen etwas entwickelt oder nicht. Ich weiß, dass da etwas ist, aber ich kann nicht einschätzen, ob sie vorhaben, daraus mehr zu machen. Was meinst du?«

»Ich weiß nicht.«

Die Aussage war so lächerlich, dass sie beinahe schmunzelte. »Du weißt es immer. Du verstehst immer, was in den Beziehungen anderer Menschen geschieht.«

Greg lächelte nicht. »Vielleicht habe ich die Beziehungen anderer Menschen satt. Vielleicht möchte ich mich zur Abwechslung mal um meine eigene kümmern.«

Sie war von seinem Tonfall ebenso überrascht wie von seinen Worten.

So kannte sie ihn nicht. Es fühlte sich an, als lebte sie mit einem Fremden zusammen.

Während sich die Beziehung zu ihrer Familie verbesserte, schien ihre Ehe mit Greg immer schlechter zu laufen. »Was soll das heißen?«

»Nichts. Vergiss es.«

»Wie sollte ich einen solchen Kommentar vergessen?« Ein unangenehmes Gefühl stieg in ihr auf. Panik? »Geht es hier immer noch darum, dass ich dir nicht von meinem Dad erzählt habe?« Sie fühlte sich schuldig deswegen, doch wo war die Vorschrift, dass jemand alles erzählen musste?

»Ich schätze, das ist ein Teil davon.« Er massierte sich mit beiden Händen die Schläfen. »Ich bin müde, Jenna. Ich kann das jetzt nicht. Ich muss los.«

»Aber wir reden gerade und …«

»Ich will nicht reden.«

Er ließ sie zappeln wie einen Fisch im flachen Wasser. »Aber du sagst immer, dass man die meisten Probleme lösen kann, indem man darüber redet.«

»Ja, nun, es stellt sich heraus, dass das nicht so einfach ist, wie es klingt.« Er nahm seine Jacke und seine Autoschlüssel und schlug die Tür hinter sich zu.

Jenna zuckte zusammen.

Sie starrte auf die verschlossene Tür und spürte, wie sich ein Knoten in ihrem Magen bildete.

Er hatte das Haus ohne einen Abschiedskuss verlassen. Er küsste sie immer, bevor er aus dem Haus ging. Immer.

Aber nicht heute.

Wenn irgendwas in ihrem Leben schieflief, redete sie mit Greg, doch dieses Mal war Greg selbst das Problem. Mit wem konnte sie darüber sprechen?

Das hier war zu persönlich, um es irgendjemandem zu erzählen. Sie hatte es nicht einmal Lauren gegenüber erwähnt, obwohl sie sich in den letzten paar Wochen fast täglich gesehen hatten. Es fühlte sich illoyal an. Außerdem schien es ihrer Schwester ein bisschen besser zu gehen, und Jenna wollte ihr nicht noch ein neues Problem aufbürden.

Vielleicht sollte sie Greg ein paar Stunden geben, um sich zu beruhigen, und ihn dann anrufen.

Wenn sie ihm von den Neuigkeiten berichtete, die sie in sich trug, würde er vielleicht so begeistert sein, dass alles vergeben und vergessen war.

Es war Anfang Mai, und die Morgen waren heller und freundlicher. Sie fuhr mit offenem Fenster, damit sie das Meer riechen konnte.

Trotz ihres Unbehagens wegen der Situation mit Greg tanzte die Fröhlichkeit in ihr.

Sie war zu spät.

Nicht zu spät für die Schule. Die andere Art von zu spät. Die Art, bei der ihr Herz höherschlug und sie in Läden die Babysachen anschaute. Die Art, an der alle äußeren Anschläge auf ihre Fröhlichkeit abprallten. Nichts konnte ihre Stimmung jetzt beeinträchtigen. Nichts.

Sie versuchte, nicht zu begeistert zu sein, doch sie war nicht nur ein oder zwei Tage zu spät.

Sie war fünf Tage überfällig. *Fünf Tage*.

Sie hob die Hand und betastete ihre Brüste. Bildete sie es sich ein, oder waren sie ein bisschen empfindlicher als sonst?

Der Gedanke, vielleicht schwanger zu sein, erfüllte sie und gab ihr das Gefühl, wie ein Luftballon zu schweben. Wenn sie wirklich recht hatte, würde sie bald genauso geformt sein wie ein Luftballon. Das war ihr egal. Sie würde sich nicht beschweren, wenn sie Dehnungsstreifen bekam. Sie war viel zu dankbar, schwanger zu sein. Und wenn sie neun Monate lang ausschließlich kotzen und schlafen konnte, würde sie sich dennoch nicht beklagen.

Ein Baby.

Was auch immer zwischen ihr und Greg nicht stimmte, sie war sicher, dass es alles wieder in Ordnung käme, sobald sie ihm die Neuigkeit überbrachte. Er würde genauso begeistert sein wie sie. Sie hatte bereits nachgerechnet, und der Stichtag für ihr Baby war der 21. Januar, also würde es mitten im kalten Winter zur Welt kommen. Andererseits konnte sie es sich dann im Cottage gemütlich machen und sich darauf konzentrieren, Mutter zu sein.

Unten in ihrer Tasche steckte ein Schwangerschaftstest, aber bisher hatte sie der Versuchung widerstanden, ihn zu verwenden. Sie hatte eine Großpackung übers Internet gekauft, um dem Inseltratsch kein Futter zu liefern, doch ständig welche zu benutzen, kostete sie ein kleines Vermögen. Bei diesem Tempo kosteten sie die Tests mehr als die gesamte Collegezeit des Kindes, weshalb sie diesmal gewartet hatte, bis sie sicher war.

In dem Bewusstsein, dass ein Lächeln auf ihrem Gesicht lag, parkte sie auf dem Schulparkplatz.

Sie war versucht, Greg anzurufen und es ihm zu sagen, doch sie hatte so lange darauf gewartet, dass sie die Neuigkeit auf möglichst aufregende Weise verkünden wollte, und auf einem Schulparkplatz zu stehen erfüllte diese Voraussetzung nicht.

Vielleicht würde sie ein Stofftier in seine Müslischale legen und schauen, ob er es erriet.

Oder vielleicht wäre ein romantisches Dinner das Beste.

Wir werden eine Familie sein.

Das Lächeln blieb auf ihrem Gesicht, als sie die Schule betrat.

Nichts, nicht einmal die angespannte Situation mit Greg konnte ihr Glück beeinträchtigen.

»Guten Morgen, Mrs. Sullivan.« Ihre Klasse begrüßte sie im Chor, als sie den Raum betrat, und sie dachte daran, wie weit sie seit jenem ersten Schultag gekommen waren.

Tansy Wilkins meldete sich.

»Ja, Tansy?«

»Sie lächeln, Mrs. Sullivan. Hat Ihnen jemand einen Witz erzählt?«

»Niemand hat mir einen Witz erzählt. Ich bin glücklich, das ist alles.«

Sie gab ihnen eine Aufgabe, wobei ein Teil von ihr mit sich beschäftigt blieb.

Junge oder Mädchen?

Sie hatten nicht einmal einen Namen ausgesucht.

Vielleicht wäre das eine nette Idee – ein Buch mit Kindernamen in seine Müslischüssel zu legen. Ihr gefiel Darcy für ein Mädchen. Darcy Sullivan. Das klang nett. Und vielleicht Adam für einen Jungen. Hatte es je einen Adam in der Familie gegeben?

Sie schwebte durch den Tag und räumte gerade das Klassenzimmer hinter den Kindern auf, als sie den Entschluss fasste.

Sie würde den Test machen. Gleich hier. Gleich jetzt.

Impuls: der plötzliche Wunsch, etwas zu tun.

Sie ging zu den Toiletten und schloss sich in einer Kabine ein.

Der Test lag seit Wochen unten in ihrer Tasche.

Sie riss die Verpackung auf und hielt dann nervös inne, als könne das Hinauszögern das Ergebnis beeinflussen. Als hätte die Natur nicht bereits entschieden.

Ein paar Minuten später hatte sie die Antwort.

Sie blieb für geschlagene zehn Minuten in der Kabine. Während dieser Zeit kamen zwei Frauen und gingen wieder, doch Jenna blieb still. Sie hielt die Schultern gegen die kalte Fliesenwand gepresst und kniff die Augen zu, um die Verzweiflung niederzukämpfen. Sie wusste, dass sie die Kabine verlassen und zu ihrem Wagen gehen musste, doch sie befürchtete, jemand würde mit ihr sprechen wollen, und sie wusste, dass sie das nicht schaffen würde. Sie war nicht sicher, ob sie überhaupt bis zu ihrem Wagen kommen würde, ohne zusammenzubrechen.

Warum hatte sie den Test hier gemacht?

Warum hatte sie nicht gewartet, bis sie zu Hause war?

Weil sie wirklich gedacht hatte, dass dieses Mal …

Sie hielt sich die Hand vor den Mund, um die Gefühle zurückzuhalten, die aus ihr herauszuplatzen drohten.

Sie würde keine Mutter sein. Nicht dieses Mal und vermutlich niemals. Sie würde niemals ein Kind auf die Welt bringen, es füttern, es trösten, wenn es gefallen war, sich Teenagerkummer anhören, bei der Hochzeit dabei sein …

Trauer erfüllte sie, der raue Schmerz des Verlusts war so heftig, dass sie kaum atmen konnte.

Sie tastete nach ihrem Handy, weil sie Greg anrufen wollte, doch dann erinnerte sie sich an die zugeworfene Tür.

Wenn es gute Neuigkeiten wären, hätte sie angerufen, doch wie konnte sie ihm jetzt das hier mitteilen?

Das wünschte er sich als Letztes, dass sie ihm wieder ihr Baby-Elend klagte. Ihre Beziehung fühlte sich im Moment zu zerbrechlich an, um dieser Extra-Last standzuhalten.

Sie steckte das Handy zurück in die Tasche und fühlte sich leer und allein.

Sie musste aus dieser Kabine raus, bevor irgendjemand anfing, Fragen zu stellen, doch wo konnte sie hin?

Nicht zum Kapitänshaus und nicht nach Hause, weil Greg dort sein konnte. Sie war noch nicht bereit, mit jemandem zu reden.

Der Strand.

Sie konnte auf dem Sand laufen, die Meeresluft atmen und so viel weinen, wie sie wollte. Wenn sie sich ausgeweint hatte, wäre sie wieder in der Lage, Leuten gegenüberzutreten.

Überzeugt, dass sie sich genug gefasst hatte, um aus der Tür zu treten, verließ sie die Toilette und lief direkt in Heather Summer hinein, die Direktorin.

»Jenna! Ich habe Sie gesucht. Ich wollte mit Ihnen über die Sommervorführung sprechen.«

Jenna wusste, dass alle Emotionen aus ihr heraussprudeln würden, wenn sie den Mund öffnete.

Sie brauchte Zeit für sich.

»Ich habe einen Termin.« Sie presste die Lüge durch ihre zugeschnürte Kehle. »Können wir später in der Woche sprechen?«

»Sicher.« Heather musterte sie eingehend. »Ist alles in Ordnung?«

»Alles in Ordnung.«

Zwei Lügen in rascher Folge.

Sie vereinbarten einen Termin, den Jenna sofort wieder vergaß, als sie zu ihrem Wagen stolperte.

Sie würde nur zehn Minuten bis zum Strand brauchen.

Doch das Glück war nicht auf ihrer Seite.

Als sie ihren Wagen erreichte, sah sie, wie Andrea Corren gerade Daisy im Wagen anschnallte.

»Jenna!« Lächelnd und mit rotem Gesicht stieg sie aus dem Wagen. »Ich wollte Sie auf den neuesten Stand bringen. Und ich wollte Ihnen danken, dass Sie mir vor ein paar Monaten zugehört haben.«

Nicht jetzt, nicht jetzt.

»Kein Problem.«

»Die Dinge sind jetzt viel besser.«

»Schön, das zu hören.« Jenna fummelte mit ihrem Schlüssel herum und ließ ihn fallen. *Verdammt. Verdammt.*

Andrea schloss die Wagentür und senkte die Stimme, damit Daisy sie nicht hören konnte. »Todd und ich – nun, wir versuchen es wieder. Er sagte, es sei ein Fehler gewesen. Er beteuert, es täte ihm leid, und ich glaube ihm.«

Jenna fragte sich, wie oft ihr Vater das wohl zu ihrer Mutter gesagt hatte. »Freut mich, dass es sich geklärt hat.« Ihre Hand umschloss die Schlüssel, und sie packte sie so fest, dass sie Abdrücke in ihrer Handfläche hinterließen.

»Da ist noch etwas ...« Andrea beugte sich weiter vor. »Ich habe es noch niemandem gesagt, aber ich bin schwanger.«

Jenna spürte, wie die Welt um sie herum ganz langsam verblasste. Ein Summen klang in ihren Ohren. »Was?«

»Schwanger. Ich schätze, es muss beim Versöhnungssex gewesen sein.« Andrea wurde purpurrot im Gesicht. »Aber ich bin glücklich. Ich denke, das wird ein neuer Anfang sein. Und den brauchen wir.«

Bestürzt: von etwas sehr überrascht und verstört zu sein.

Es gelang ihr, sich ein paar Worte abzupressen. *Erfreulich. Glückwunsch.*

Andrea sah sie sonderbar an. »Geht es Ihnen gut?«

»Ich habe etwas gegessen«, sagte Jenna. »Schlechte Meeresfrüchte, schätze ich. Ich muss los.«

Sie stieg in ihren Wagen und fuhr zur Ausfahrt, wo sie bremste, um eine Mutter mit ihrem Kleinkind über die Straße zu lassen.

Jenna starrte auf die blonden Locken und das Lächeln, auf das pummelige Händchen, das die Mutter festhielt.

Ihr Kind hätte vermutlich die gleichen Locken gehabt und vielleicht Sommersprossen.

Nur dass da kein Kind war und vielleicht auch niemals sein würde.

Die Leere in ihr war wie ein riesiger Krater, an dessen Kante sie entlangbalancierte in dem Bemühen, nicht hineinzufallen.

Heiße Tränen stiegen ihr in die Augen, und sie blinzelte mehrmals, um ihre Konzentration auf die Straße zu zwingen. Ein paar Minuten und sie würde ihren Gefühlen freien Lauf lassen können. Nur noch ein paar Minuten.

Doch die Tränen wollten nicht so lange warten. Das Blinzeln brachte nur eine Sekunde freie Sicht, bis alles durch die nächsten Tränen wieder verschwamm.

Sie wusste, sie sollte besser anhalten, doch es gab keine geeignete Stelle, und ihr Ziel war nur fünf Minuten entfernt.

Halb blind schätzte sie die letzte Kurve falsch ein.

Sie drehte wild am Lenkrad, um gegenzusteuern, doch die Reifen gerieten auf weichen Grund, und sie knallte hart in den Graben, wo der Wagen kippte. Sie schrie, weil sie wusste, dass dies das Ende war. Ihr Airbag öffnete sich und traf sie an der Wange, sodass ihr Kopf gegen das Seitenfenster geschleudert wurde, dann hörte sie ein knirschendes Geräusch, bis der Wagen schließlich auf dem Dach liegen blieb.

Der Sicherheitsgurt hielt sie dort gefangen, mit dem Kopf nach unten, während sie versuchte herauszufinden, ob sie tot oder lebendig war. Ihr Kopf pochte, und sie sah alles wie durch einen Schleier.

Während sie mit der einen Hand noch immer das Lenkrad umklammerte, versuchte sie mit der anderen, die Wagentür zu öffnen, doch diese hatte sich bei dem Aufprall verklemmt und gab nicht nach.

Sie war eingeschlossen.

Panik erfasste sie. Was jetzt? Fingen Autos im wahren Leben auch so leicht Feuer wie in den Filmen? Würde sie bei lebendigem Leib verbrennen?

Ihre Überlebensinstinkte wurden wach, und irgendwie gelang es ihr, den Sicherheitsgurt zu lösen, sodass sie wie ein plumper Sack auf dem Rücken landete. Der Schmerz ließ sie laut aufschreien, und in diesem Moment dachte sie nur daran, welch eine Erleichterung es war, dass sie kein Kind in sich trug.

Andererseits, wenn sie schwanger gewesen wäre, befände sie sich jetzt nicht in dieser Situation.

Sie säße lächelnd zu Hause und würde darauf warten, Greg die Neuigkeit mitzuteilen.

Greg.

Er würde ungefähr jetzt nach Hause fahren, sich aber keine Sorgen um sie machen, weil sie ihm ja gesagt hatte, dass sie später käme. Niemand wusste, wo sie war.

Sie spürte, wie ihr etwas Warmes über die Wange lief, und begriff, dass sie blutete. Ihr war schwindlig und übel.

Sie musste ihre Tasche finden.

Sie wischte sich das Blut mit der Hand weg und zwang sich, ruhig zu bleiben, während sie sich im Wagen umsah. Sie musste irgendwo sein. Roch sie Benzin oder bildete sie sich das ein? *Oh Gott, oh Gott.* Sie fand ihre Tasche halb versteckt unter der Decke, die immer auf dem Rücksitz lag.

Sie zog die Handtasche zu sich, öffnete sie mit zitternden Fingern und holte ihr Handy heraus.

Bitte lass mich Empfang haben.

Bitte lass den Wagen kein Feuer fangen.

Dankbar, dass das Handy noch funktionierte, wählte sie den Notruf und danach noch eine Nummer.

Der Moment, als sie die Stimme ihrer Mutter hörte, fühlte sich an, wie nach Hause zu kommen.

Sie hatte einen Kloß im Hals, Tränen stiegen in ihre Augen, und plötzlich war sie wieder ein Kind.

»Mom.« Sie brachte die Worte kaum heraus. »Hilf mir.«

28. Kapitel

Lauren

Testen: ernsthafter Belastung aussetzen

»Lauren?« Scotts Stimme kam aus der Küche, in der er die ganze Woche gearbeitet hatte. »Ich muss dir etwas zeigen.«

Lauren strich weiter die Wand. Sie hatte die Arbeit am Segelhaus hinausgeschoben, weil sie gehofft hatte, dass Scott fertig wäre, bevor sie mit der Umgestaltung begann, doch am Ende hatte sie keine Wahl gehabt. Das Kapitänshaus war fast bereit zur Vermietung, und sie mussten irgendwo wohnen. Falls sie nicht zwischen Wänden mit abblätternder Farbe hausen wollten, musste sie sich an die Arbeit machen.

Sie hatte oben mit dem Atelier ihrer Mutter angefangen, ein Stockwerk entfernt von Scott. Nicht dass es einen großen Unterschied machte, sie war sich seiner Anwesenheit permanent bewusst. Das Wissen, dass er nur eine Treppe von ihr entfernt war, ließ ihre Haut prickeln und ihr Herz schneller schlagen. Und jedes Mal, wenn sie diese feurige Welle von Begehren spürte, fühlte sie sich zugleich schuldig.

Um nicht an ihn denken zu müssen, konzentrierte sie sich auf ihre Arbeit.

Ihr Plan für das Segelhaus sah vor, es einfach zu halten, im Einklang mit seiner Lage am Strand.

Sie hatte ein modisches Grau für die Wände erwogen, sich schließlich aber für ein weiches Weiß entschieden, das die Intensität des Strandlichts reflektierte. Die breiten Holzdielen auf dem Boden hatte sie ebenfalls weiß gestrichen, und in einem Trödelladen hatte sie bereits einen blau-weiß gestreiften Teppich gefunden. Das Zimmer wirkte beruhigend. Entspannend.

»Lauren?«

Sie schloss die Augen. Dieses Haus würde nie entspannend sein, solange Scott darin werkelte, und doch ertappte sie sich dabei, dass sie den Moment fürchtete, wenn er fertig war, weil er dann fort wäre.

»Ich bin in einer Minute da. Wenn ich jetzt aufhöre, habe ich Streifen.«

»Ist das die Entschuldigung von heute?« Seine Stimme klang diesmal näher, und sie blickte über die Schulter.

»Wie bitte?«

Er lehnte am Türrahmen. Seine Augen waren wachsam, doch um seinen Mund spielte ein Lächeln, das ihr zeigte, dass er genau wusste, wie sie sich fühlte.

Er behauptete, nicht gut mit zwischenmenschlicher Nähe umgehen zu können, und doch war jeder Blick und jedes Wort zwischen ihnen aufgeladen mit Bedeutung.

»Ich habe hier zwei Wochen lang gearbeitet, bevor du überhaupt aufgetaucht bist.«

Sie legte den Pinsel ab. »Ich hatte zu tun …«

»Und als du dann hier warst, hast du dafür gesorgt, dass wir niemals in dem gleichen Raum sind.«

»Wir arbeiten an unterschiedlichen Sachen. Du machst die Küche.« Und die Küche war der kleinste Raum im Haus, was ein weiterer Grund war, warum sie sie gemieden hatte.

In dem Spiegel, den sie an einer Wand aufgehängt hatte, erhaschte sie einen kurzen Blick auf sich. Statt ihre ältesten Sachen anzuziehen, hatte sie eine Jeans gewählt, die ihre Hüften zur Geltung brachte, und eine gut geschnittene Bluse, die in der Taille ein bisschen zwickte. Der gesunde Menschenverstand mochte sie verlassen haben, doch die Eitelkeit offenbar nicht.

»Habe ich dir das angetan?« Seine Stimme war rau. »Ist es meine Schuld?«

»Was?«

»Dass du so vorsichtig und verhalten bist und es nicht länger wagst, du selbst zu sein.«

Sie wollte dieses Gespräch nicht führen. »Das hier bin ich. Niemand von uns ist mit fünfunddreißig der gleiche Mensch wie mit achtzehn.«

»Ich glaube schon, dass du der gleiche Mensch bist, doch du hast diese Persönlichkeit lange nicht mehr rausgelassen.«

Hatte er recht? Es gab Tage, an denen sie sich nicht mehr erinnern konnte, wer sie damals gewesen war.

»Das Leben verändert uns alle, Scott. Als du und ich den Sommer miteinander verbracht haben, war ich ein Teenager. Nun bin ich eine Mutter und Ehe…« Sie hatte Ehefrau sagen wollen und begriff dann, dass sie keine Ehefrau mehr war. Sie war eine Witwe.

Wie sehr sie dieses Wort hasste.

»Wann bist du das letzte Mal von der Jaws Bridge gesprungen?«

Die Frage brachte sie zum Lachen. »Es ist über zwanzig Jahre her, dass ich meine Schwester zu dieser Sache überredet habe.«

»Lass es uns tun.«

»Du machst Witze.«

»Ich meine es ernst.« Er kam auf sie zu, und sie spürte, wie sich ihr Puls erhöhte.

»Scott, ich springe nicht von der Jaws Bridge. Ich bin fünfunddreißig Jahre alt und habe gerade meinen Mann verloren. Kannst du dir vorstellen, was die Leute sagen würden?«

»Früher hat es dich nie gekümmert, was die Leute dachten.«

»Das Leben erscheint einem deutlich einfacher mit achtzehn.«

»Wenn schon nicht die Brücke, dann komm mit mir segeln.«

»Ich werde auch nicht mit dir segeln gehen.«

»Warum nicht?«

Weil sie einen Weg gefunden hatte, ohne ihn zu leben. Und sie wusste nicht, wie sie ihn zurück in ihr Leben lassen konnte, ohne dass alles plötzlich instabil wurde.

»Ich habe ein Haus einzurichten, ein Kind zu erziehen …«

»Ein Leben zu leben.«

Sie straffte die Schultern. »Das ist jetzt mein Leben.«

»Bei dir klingt es wie eine Strafe.«

Es gab Tage, an denen fühlte es sich an wie eine Strafe. Tage, an denen sie sich aus dem Bett quälte und sich von einer Arbeit zur nächsten zwang. Sie hatte irgendwo gelesen, dass das Gehirn aufhörte, ständig nachzudenken, wenn man ihm Aufgaben stellte. Sie hatte sich eine Menge Aufgaben gestellt. Es gab Tage, an denen sie sich wie ein Roboter vorkam.

Es schien eine Ewigkeit her zu sein, dass sie sich wie ein Mensch gefühlt hatte. Eine Ewigkeit, dass sie umarmt und gehalten wurde. Es waren nicht nur Eds Arme, die sie vermisste. Sie vermisste die von Mack. Sie vermisste das gemeinsame Lachen und die Verbundenheit zwischen ihnen beiden.

Ihr Verhältnis hatte sich zwar ein bisschen gebessert, doch es war noch weit von der Freundschaft entfernt, die sie früher einmal geführt hatten. Und selbst Laurens enge Beziehung zu Jenna und die neue Vertrautheit mit ihrer Mutter füllten die Lücke nicht.

Sie schlief die Nächte kaum durch und war dauernd müde. Wenn sie erwachte, gingen ihr Zahlen durch den Kopf, und sie fragte sich, ob sie für sich und Mack genug verdienen würde. Im Winter schrumpfte die Bevölkerungszahl der Insel, und zugleich nahmen auch die Beschäftigungsmöglichkeiten ab.

In den einsamen Momenten, wenn sie im Dunkeln lag, hatte Lauren überlegt, in eine Stadt zu ziehen, vielleicht Boston oder sogar New York, doch auf der anderen Seite würden ihre Lebenshaltungskosten steigen, und es würde bedeuten, Mack wieder zu entwurzeln. Ihre Tochter brauchte Stabilität.

»Das Leben kann hart sein«, sagte sie. »Du weißt das besser als jeder andere.«

Sie dachte an ihre Mutter, die mit einem Mann zusammengelebt hatte, der fremdgegangen war, an ihre Schwester, die kein Baby haben konnte, an ihre Tochter, die einen Vater verloren hatte, und an Gwen, die einen Sohn verloren hatte.

Lauren hatte ihr zweimal geschrieben, aber keine Antwort erhalten.

Warum sie das verletzte, wusste sie nicht. Es war ja nicht so, dass sie und Gwen sich nahegestanden hätten, als Ed noch lebte.

Sie fühlte sich gekränkt, doch vor allem fühlte sie sich allein. Allein mit der Sehnsucht nach jemandem, der sie verstand und der sie liebte. Jemandem, dem sie sich anvertrauen konnte.

Was es gefährlich machte, in Scotts Nähe zu sein.

Sehnsüchtig betrachtete sie seine breiten Schultern und die muskulösen Arme. Es wäre so leicht, in diese Arme zu fallen und sich einen Moment anzulehnen. Sie wollte nicht, dass er ihr Leben in Ordnung brachte, sie wollte nur ein bisschen von seiner Kraft tanken, um es selbst in die richtige Bahn lenken zu können. Es war die Nähe, die sie vermisste.

»Du hast dich so sehr verändert. Es tut mir leid.« Seine Stimme klang erstickt. »Ich habe nicht nur uns zerstört, ich habe dich zerstört.«

Ihr Herz zog sich zusammen. »Das ist nicht wahr.«

»Ist es nicht? Du packst das Leben so fest an, dass es dir auf keinen Fall entkommen kann. Du hast Angst, die Zügel locker zu lassen.«

»Das letzte Mal, als ich die Zügel locker ließ, war ich hinterher schwanger.« Sie war auch verliebt gewesen, und das war schlimmer. Sie wollte dort nicht wieder hin. Liebe war die abenteuerlichste Sache gewesen, die sie je erlebt hatte, und zugleich die erschreckendste.

»Das war auch meine Schuld.«

»Niemand hatte Schuld. Es war ein Unfall. Das passiert.« Die Farbe trocknete am Pinsel fest. »Du sagst, ich hätte mich verändert, aber geht es beim Erwachsenwerden nicht genau darum? Dass man aus den Fehlern lernt? Bessere Entscheidungen trifft?«

»Du warst früher glücklich. Du hast die ganze Zeit gelacht. Ich habe nie jemanden getroffen, der so viel lachte wie du.«

»Mein Glück steht momentan nicht an erster Stelle. Ich muss an Mack denken und an meine Mutter. Sie verdient ein bisschen Glück nach allem, was sie dank meines Vaters durchmachen musste. Und meine Schwester …« Sie wusste, dass Jenna litt, und sie fühlte sich hilflos. »Du würdest es nicht verstehen. Du bist nie lange genug an einem Ort geblieben, um Verantwortung zu übernehmen und Verpflichtungen einzugehen.« Sie begriff, wie das klang, und fühlte sich sofort schuldig. Er konnte nichts dafür, dass seine Kindheit wie ein schlechtes Puzzle gewesen war. Eine Reihe nicht zueinanderpassender Teile. »Ich meinte das als Feststellung, nicht als Kritik. Ich weiß, wie hart es für dich war.« Sie wusste, dass die wiederkehrende Zurückweisung ihm allmählich den Glauben genommen hatte, er könnte jemals geliebt werden. Und wie sollte es auch anders sein. Niemand hatte ihm zur Seite gestanden.

»Meine Kindheit hat mich viel über das Überleben gelehrt.«

Das war eine deprimierend trostlose Zusammenfassung.

Sollte es im Leben nicht um mehr gehen als um das bloße Überleben?

Er schwieg einen Moment, als wollte er noch etwas hinzufügen. Dann drehte er sich um. »Komm und sieh dir die Arbeitsfläche an.«

Arbeitsfläche?

Sie folgte ihm in die Küche, wobei sie wünschte, dass sie nicht so ein beengter Raum wäre, und sah, welchen Fortschritt er in den zwei Wochen erarbeitet hatte, in denen er hier war.

Scott hatte Wunder gewirkt. Weil Nancy den oberen Raum mit seinem natürlichen Licht für ihre Malerei auserkoren hatte, hatte sie sich damals nicht um die Küche gekümmert. Das war nie von Bedeutung gewesen, solange das Segelhaus als Atelier diente, doch sie waren sich einig gewesen, dass die Küche komplett renoviert werden musste, wenn sie hier wohnen wollten.

Scott hatte die alte Ausstattung herausgerissen und die billigen Schränke durch neue handbemalte ersetzt, die er selbst gebaut und eingepasst hatte. Die Oberflächen waren aus weißem Granit, und das Ergebnis sah edel und elegant aus.

»Du hast tolle Arbeit geleistet. Es ist wunderschön.« Sie fuhr mit der Hand über das Holz und bewunderte seine Fähigkeiten. »Vielleicht solltest du so etwas machen, statt auf der Werft zu arbeiten.« Er hatte ihr einmal von einer seiner Pflegefamilien erzählt, die ihn zurückgegeben hatte, weil sie nicht mit ihm fertigwurden. Sie stellte ihn sich als Kind vor, verängstigt und traumatisiert, wie er auf die nächste Zurückweisung wartete. »Willst du für dich nach einem anderen Haus suchen?«

»Im Moment nicht.«

Er stand direkt neben ihr, und sein Arm streifte ihren. Sie spürte seine Anspannung und ahnte, dass er eine fast schon übermenschliche Zurückhaltung aufbrachte. Seit Wochen umkreisten sie diese Anziehung zwischen ihnen, und es wurde immer schwerer, sie zu ignorieren.

Das war eindeutig zu lang. Sie begehrte ihn noch immer, und Begehren und Verleugnung zusammen ergaben eine spezielle Art von Qual.

Sie drehte den Kopf und begegnete seinem Blick. Ihr Herz schien auszusetzen, und ihr Magen zog sich zusammen. Sie fragte sich, was an ihm das Gefühl in ihr hervorrief, jeden Moment zu fallen.

Es lag eine solche Anspannung in der Luft, dass man sie förmlich greifen konnte.

Sie war nicht sicher, wer sich zuerst bewegte oder ob sie sich beide gleichzeitig bewegten. Sie wusste nur, dass sie in der einen Minute noch dagestanden und gegen ihre Gefühle angekämpft hatte und in der nächsten in seinen Armen lag.

Ihre Körper fanden zueinander, und seine Hände umfassten ihr Gesicht, als er sie mit wildem, ungezügeltem Verlangen küsste. Sie erwiderte den Kuss mit der gleichen Verzweiflung, und sie grub ihre Finger in seine muskulösen Schultern, um ihn noch enger an sich zu ziehen. Sie spürte die Kraft seiner Hände, die ihren Kopf hielten, die sinnliche Berührung seiner Zunge und den Druck, mit dem er seinen Körper gegen ihren presste. Er öffnete ihre Haarspange, und sie fühlte, wie ihr Haar sich aus dem Zopf löste und über ihre Schultern und ihren Rücken fiel.

Er fuhr mit den Fingern durch die seidigen Strähnen und murmelte etwas an ihren Lippen, doch sie verstand die Worte nicht genau.

Sie küssten sich mit unverfälschter, ungenierter Intensität, und sie spürte, wie Begehren durch ihren Körper flutete und alles in ihr weich werden ließ.

Ohne den Kuss zu unterbrechen, zog er an ihrem Shirt, während sie mit den Fingern über seine straffen Muskeln glitt, bis sie den Bund seiner Jeans erreicht hatte. Als sie seine Bauchmuskeln streifte, presste er sie mit dem Rücken gegen die Wand und lehnte seine Arme links und rechts von ihr dagegen. Sie war dankbar dafür, zwischen ihm und einer festen Oberfläche eingeschlossen zu sein, denn ihre Beine drohten unter ihr nachzugeben.

Sie nestelte an den Knöpfen seiner Jeans herum und fühlte die Länge seiner Erektion unter ihren Fingern, während er sie mit seinen Händen bedeckte, ehe sie sich ganz auszogen.

Als er seinen Mund von ihrem löste, protestierte sie.

»Bitte nicht …«

»In meiner Tasche …« Er küsste ihre Lippen und dann ihren Hals. »Kondom.«

Sie ließ ihn los, damit er es aus seiner Brieftasche holen konnte. Sie spürte die kühle Luft auf ihrer Haut und kurz darauf, wie seine Hand über ihren Oberschenkel fuhr und seine Finger langsam und kundig ihren vor Verlangen bebenden Körper erkundeten. Lauren schluchzte fast vor Erleichterung und vergrub ihr Gesicht an seinem Hals, als sie seinen Namen stöhnte. Seine Berührungen wurden intimer, und sie suchte mit ihren Lippen stürmisch und voller Sehnsucht seinen Mund, als er ihren empfindlichsten Punkt fand.

Schnell streifte er sich das Kondom über und hob sie dann in einer einzigen flüssigen Bewegung hoch. Während sie ihn leidenschaftlich küsste, schlang sie die Beine begehrend um seine Hüften und ergriff seine kräftigen Schultern, um sich abzustützen. In ihrem Kopf drehte sich alles, und sie hatte das Gefühl zu fallen, immer weiter zu fallen.

»Ich habe dich vermisst.« Er flüsterte die Worte wieder und wieder an ihren Lippen, *dich vermisst, dich vermisst,* und jedes Mal wurden sie von langsamen, sinnlichen Küssen begleitet, die ihre Lust ins Unermessliche steigerten.

Sie hatte ihn auch vermisst.

Die Welt um sie herum verblasste, und ihre Gedanken lösten sich auf, während sich ihr Herzschlag beschleunigte. Vergangenheit und Zukunft existierten nicht länger. Es gab nur diesen Augenblick und die schwindelerregende Erwartung, die sie erfüllte, als sie seine Erektion an ihrem Körper spürte. Mit seinen Händen umfasste er ihre Hüfte, und sein Atem strich warm über ihre Lippen, als er ihren Namen flüsterte, sanft und verführerisch. Mit einem behutsamen Stoß war er in ihr, und sie keuchte auf, als sie seinen köstlichen Druck, die Kraft, die berauschende Mischung aus weicher Haut und der Hitze ihrer Leidenschaft spürte. Er drang noch tiefer in sie und blieb dann für einen Moment ganz still, während er keuchend um Kontrolle rang. Sie umfasste seine Arme und fühlte die Anspannung der Muskeln.

»Ich will dich.« Sie flüsterte die Worte an seinem Ohr, an seiner Wange, an seinen erhitzten Lippen. »Ich will dich.«

Er hob den Kopf, und sie sah, dass seine Augen fast schwarz vor Begehren waren. Ohne ihren Blick loszulassen, bewegte er sich in einem langsamen, bedächtigen Rhythmus in ihr. Er baute die Spannung mit langen, mühelosen Stößen auf, die ihr Schauer der Lust durch den Körper jagten. Plötzlich war es nicht mehr genug. Sie brauchte mehr, mehr, doch er weigerte sich, den Rhythmus zu ändern. Jeder einzelne Stoß war so unerträglich langsam, dass sie sich fragte, ob er eigentlich wusste, was er ihr antat. Doch als sie das Funkeln in seinen Augen sah und das aufreizende Lächeln auf seinen Lippen, als er sie küsste, erkannte sie, dass er genau wusste, was er tat.

Sie grub ihre Finger in seine Schultern, spürte sein Lächeln an ihrem Mund und schrie auf, als er plötzlich tief in sie stieß und sie die köstliche Reibung kaum noch ertragen konnte. Die Spannung baute sich immer höher und höher auf, bis sie endlich in einer Welle des Genusses zu einem Höhepunkt kam, der ihr einen Schluchzer der Erleichterung entriss. Das Beben ihres Körpers riss ihn mit sich, und sie spürte, wie er sich vor Lust krümmte, während er sie hielt und seinen Mund auf ihren presste, sodass jeder Teil von ihnen miteinander verbunden war. So ineinander verschlungen, fühlte sie jede Zuckung, jede Regung, jeden Herzschlag.

Keiner von ihnen sagte danach ein Wort.

Es gab nur seinen unregelmäßigen Atem, als er nach Luft rang, und das Pochen ihres Herzens.

Sie hatte keine Ahnung, wie viel Zeit verstrichen war, doch irgendwann ließ er sie sanft zu Boden gleiten, während seine Arme sie noch immer umfassten. Einen Moment stand sie unsicher da, den Kopf an seine Schulter gelehnt. Sie spürte die Wärme seiner Hand an ihrem Hinterkopf, den er umfasst hielt, und es fühlte sich gut an. So gut, dass sie sich nicht bewegen wollte, denn sobald sie aus dieser schützenden Hülle hinaustrat, müsste sie sich der Realität stellen.

»Scott …«

»Schsch …« Er legte seine Finger auf ihre Lippen. »Sag nichts.«

Sie legte eine Hand auf seine Wange und fühlte seine rauen Bartstoppeln unter ihrer Handfläche. Sein Blick traf ihren, und sie hoffte, dass er sie nicht fragen würde: *Was jetzt? Was bedeutet das?* Sie würde ihm keine Antwort geben können. Es gab so viele Gründe, warum sie das hier nicht hätten tun sollen.

»Wir können vergessen, dass dies hier geschehen ist«, wisperte sie. »Wir müssen es nie wieder erwähnen.«

»Was, wenn ich es nicht vergessen will?« Sein Mund war so dicht an ihrem, dass kein Atemzug sie trennte. »Ich werde dich nicht noch einmal verlieren, Laurie. Nicht noch einmal.«

»Oh, Scott …«

Er sollte solche Dinge nicht sagen. Er war der Praktische, und sie war die Träumerin. Was glaubte er denn, was zwischen ihnen passieren könnte? Sie konnte nicht zulassen, dass etwas geschah, denn sie wusste, dass jeder neue Riss, den er ihrem Herzen zufügte, eine Heilung unwahrscheinlicher machen würde.

Er umfasste ihr Gesicht. »Das hier ist nicht vorbei.«

Doch das musste es sein. Es war nicht einmal fünf Monate her, dass sie Ed verloren hatte.

Und hier war Scott. Scott, der sie im Stich gelassen hatte. Scott, der sie aller Wahrscheinlichkeit nach wieder im Stich lassen würde.

Was tat sie da nur?

Sie wusste, dass sie reden mussten, doch stattdessen küssten sie sich erneut, und seine Hände wanderten unter ihre Bluse, wo sie die empfindlichen Spitzen ihrer Brüste liebkosten. Sie waren ineinander verloren, abgeschlossen von der äußeren Welt, und wären es vielleicht auch geblieben, hätte das laute Klingeln von Laurens Handy sie nicht unterbrochen.

Scott zog sie enger an sich. »Lass es klingeln.«

»Es könnte Mack sein.«

Er gab sie sofort frei, und sie suchte nach ihrer Tasche. Wo war sie? Warum konnte sie keinen klaren Gedanken fassen?

Mit fahrigen, unruhigen Bewegungen suchte sie nach ihren Sachen. Benommen zog sie sich die Jeans an. Ihr zerzaustes Haar fiel ihr ins Gesicht, und sie warf es mit einer Kopfbewegung zurück, wobei sie sich fragte, wo wohl ihre Haarspange geblieben war.

Als sie ihre Handtasche gefunden hatte, war das Klingeln verstummt, doch dann begann es wieder, schrill und dringlich.

Sie holte das Handy aus der Tasche. »Es ist meine Mutter.«

Wenn es etwas gab, das jede sexuelle Anziehung garantiert zunichtemachte, dann war es ein Anruf der eigenen Mutter.

Sie meldete sich, erleichtert, dass es kein Videoanruf war. Ihre Mom hätte ihre erhitzten Wangen gesehen, und das hätte nach einer Erklärung verlangt, die sie nicht geben konnte. »Ist alles in Ordnung?«

Nach nur wenigen Worten erkannte sie, dass die Lage alles andere als in Ordnung war.

»Wie schlimm? Wie schlimm ist es?«

Sie beendete das Gespräch und suchte aufgeregt nach ihren Schuhen.

»Hier …« Scott hielt sie ihr hin. »Was ist passiert? Ist es Mack?« In seiner Stimme schwang tiefe Sorge mit, und Lauren schüttelte den Kopf.

»Jenna hatte einen Autounfall. Sie ist im Krankenhaus.«

In ihrem Kopf tauchten furchtbare Bilder von Jenna auf, wie sie aus einem Autowrack geschnitten wurde. Ihre Mutter hatte ihr nicht sagen können, wie schlimm es um sie stand.

Ihr Handy glitt ihr aus der Hand und fiel zu Boden. Ihre Schwester. Ihre Schwester war verletzt.

Sie dachte daran, wie Jenna bei allen Abenteuern, in die Lauren sie hineingezogen hatte, an ihrer Seite geblieben war. Jenna, die ihre Hand hielt. Jenna, die über sie gewacht hatte, als sie von der Jaws Bridge gesprungen war. Jenna, die nach Eds Tod nach London geflogen war. »Ich muss zu ihr.«

Scott hob das Handy auf und steckte es in ihre Tasche.

Erst jetzt fragte Lauren sich, warum Nancy sie angerufen hatte und nicht Greg. Vermutlich tigerte Greg auf dem Krankenhausflur auf und ab, während Jenna operiert wurde. »Ich muss gehen.« Sie versuchte erneute, ihre Bluse zuzuknöpfen, doch ihre Finger glitten immer wieder ab. »Verdammt … ich habe einen Knopf verloren.«

Scott half ihr. »Steck die Bluse in deine Jeans, und man sieht es nicht.«

Sie versuchte, ihr Haar zu ordnen. »Ich sehe furchtbar aus.«

»Du hast den Raum gestrichen. Du siehst großartig aus.«

Sie war ziemlich sicher, dass sie aussah, als hätte sie gerade wilden Sex gehabt.

»Ich trage mein Haar nie offen, wenn ich streiche.«

Jenna brauchte sie nur anzusehen, und sie wüsste es.

Nur dass Jenna gerade operiert wurde.

Scott knöpfte sein eigenes Hemd zu und griff nach Jacke und Schlüsseln. »Ich fahre dich. Du bist aufgeregt, und ein Autounfall in der Familie ist genug für einen Tag.«

»Es geht mir gut.«

»Ich fahre dich.«

Sie zitterte. Sie wusste, dass sie jetzt nicht Auto fahren konnte. Die letzten Monate hatten sie all ihre Kraftreserven gekostet. Sie war mit allem fertiggeworden, was das Leben ihr zugemutet hatte, doch ihre Schwester zu verlieren wäre zu viel.

Der Raum begann sich um sie zu drehen, und sie spürte Scotts Hände auf ihren Schultern.

»Atme«, sagte er, und sie schloss die Augen.

»Wenn sie …«

»Das wird nicht geschehen.« Zügig und sicher führte er sie aus dem Segelhaus und zu seinem Pick-up. Er öffnete die Tür für sie, und sie schlüpfte auf den Sitz. Plötzlich war sie sich des feinen Schmerzes bewusst, der jeden Teil ihres Körpers ergriffen hatte.

»Ich fühle mich schuldig.« Wegen Ed oder wegen ihrer Schwester? Sie wusste es nicht.

»Das solltest du nicht.« Er ließ den Motor an und sah zu ihr. »Wir werden über das hier sprechen, aber nicht jetzt.«

»Scott …«

»Um es festzuhalten: Das hier ist nicht vorbei. Und ich bereue nicht, was wir getan haben.«

Bereute sie es?

Sie wusste es nicht. Sie wusste nur, dass ihr Leben ein kompliziertes Durcheinander war und dass sie es gerade noch viel komplizierter gemacht hatte.

29. Kapitel

Nancy

> *Mütterlich: Gefühle oder ein Verhalten, wie sie typisch für eine Mutter gegenüber ihrem Kind sind*

Zuvor an diesem Tag hatte Nancy die letzten Kisten in den Kofferraum ihres Wagens verfrachtet und war damit zum Wohltätigkeitsladen gefahren.

Sie fand Susan im Hinterzimmer, wo sie eine weitere Fuhre Spenden sortierte.

»Hier sind noch ein paar für dich.« Nancy stellte die Kisten neben die Tür und widerstand der Versuchung, dagegenzutreten.

»Gute Güte, Nancy.« Susan zählte die Kisten. »Räumst du dein ganzes Leben aus?«

»So in der Art.«

Susan öffnete die erste Kiste. »Oh, Nancy – das sind Toms Sachen.«

»Das sind sie. Siebenundzwanzig Kisten voller Krempel.«

Susan sah in die Kiste darunter und presste die Hand aufs Herz. »Du gibst seine geliebten Golfschläger fort? Ist das ein Irrtum?«

Als ob Toms Habseligkeiten rein zufällig so wohlgeordnet in die Kisten gefallen wären.

»Kein Irrtum«, sagte Nancy. Der Irrtum hatte darin bestanden, so lange an ihnen zu hängen. Oder vielleicht war es ein Irrtum gewesen, ihm nicht mit einem seiner geliebten Golfschläger einen überzuziehen, nachdem er die erste Affäre gestanden hatte.

»Bist du sicher? Ich weiß, wie heikel er mit seinen Trophäen war. Er hatte wirklich Talent für den Sport.«

Ja, er war wirklich gut gewesen im Einlochen.

Nancy gab ein sehr undamenhaftes Schnauben von sich, das sie rasch in ein Husten verwandelte.

Susan blickte sie nervös an. »Du hast mir mal erzählt, dass er dir nicht mal erlaubt hat, sie abzustauben.«

»Und das war eine Erleichterung, denn ich war nie eine besonders gute Hausfrau.«

»Es muss dir das Herz brechen, sie fortzugeben.«

»Tut es nicht. Ich hätte es schon vor langer Zeit machen sollen.« Tom hatte viel zu lange einen Platz in ihrem Leben eingenommen. Sie hätte diesen Gedanken fast ausgesprochen, entschied dann aber, dass manche Dinge besser ungesagt blieben. Nicht weil es ein Geheimnis war, sondern weil jeder sein Mitgefühl bekunden würde, wenn sie anfing, darüber zu reden. Sie würden erwarten, dass sie davon erzählte, und das Letzte, was sie wollte, war, über Tom zu reden. Er hatte genug ihrer Zeit und ihrer Energie verschwendet.

Siehst du das, Tom?

Ich lebe mein Leben ohne dich, und es fühlt sich gut an.

Susan zog ein gestärktes Leinentischtuch aus der Kiste. »Wusstest du, dass das hier mit dabei ist? Gehörte das nicht deiner Großmutter?«

»Ja, aber sie ist seit mehr als vierzig Jahren tot. Ich kann mir nicht vorstellen, dass sie noch eine Verwendung dafür hat.«

»Willst du es nicht als Erinnerung behalten?«

»Ich trage alle Erinnerungen, die ich brauche, sicher in mir verschlossen, vielen Dank.«

Und nicht alle davon waren gut.

Nancy war ihrer Großmutter dankbar gewesen. Schließlich hatte sie sie aufgezogen, nachdem sie ihre Eltern verlor. Vielleicht hatte sie sie auf eine gewisse Weise sogar geliebt. Doch war sie eine gütige Frau gewesen? Liebevoll? Nein, das war sie bestimmt nicht.

Machte ein hartes Leben einen notwendigerweise zu einer harten Frau?

Nancy war nicht sicher, aber sie hoffte, dass dem nicht so war.

Susan legte das Tischtuch sorgfältig zusammen. »Ich habe gehört, du und Lauren habt das Kapitänshaus renoviert.«

»Das stimmt. Es ist umwerfend. Meine Tochter ist unglaublich talentiert. Sie wird ihr eigenes Inneneinrichtungsgeschäft eröffnen. Wir machen das gemeinsam.« Stolz erfüllte sie und vertrieb alle Gedanken an Tom. »Sie hat eine große Zukunft vor sich.«

»Es muss trotzdem merkwürdig sein, andere Menschen in dein Zuhause zu lassen. Das muss sich anfühlen, als gehörte es dir nicht mehr.«

»Es gehört mir noch immer, und ich habe die albernen Rechnungen, um es zu beweisen.« Nancy wünschte allmählich, sie hätte sich einen anderen Ort gesucht, um die Äußerlichkeiten ihres Lebens loszuwerden. Ihr war nicht klar gewesen, dass jede Kiste eine Erklärung erforderte.

Mack hatte ihr erzählt, dass man sich selbst auf dem Handy anrufen konnte.

Sie wünschte, sie hätte besser aufgepasst.

Sie tastete gerade nach dem Handy in ihrer Hosentasche und versuchte, sich zu erinnern, wie man es zum Klingeln brachte, als es plötzlich von allein zu klingeln begann.

Nancy war so überrascht, dass sie es in der Tasche beinahe wieder losließ. Hatte sie das getan?

Vielleicht besaß sie mehr technisches Verständnis, als sie dachte.

Sie holte es aus der Handtasche und sah Jennas Namen auf dem Display.

Gott sei Dank! Vielleicht hatte ihre Tochter telepathische Kräfte.

»Entschuldige, Susan …« Sie versuchte, einen bedauernden Tonfall aufzusetzen. »Es ist meine Tochter. Ich muss da drangehen. Es könnte ein Notfall sein.«

Einen tatsächlichen Notfall hatte sie allerdings am wenigsten erwartet, sodass ihr Herz beinahe stehen blieb, als sie Jennas erstickte, verängstigte Stimme hörte. »Was, Liebes? Ich kann dich nicht verstehen – du sprichst undeutlich, oder vielleicht ist der Empfang schlecht …« Sie bemerkte, dass Susan, die immer noch eine Kiste in der Hand hielt, begierig zuhörte. Nancy ging zur Ladentür und wünschte sich innerlich, dass die Menschen sich mehr um ihre eigenen Angelegenheiten kümmerten. »Jenna?«

Schließlich konnte sie sie verstehen, und ihr wurde eiskalt.

»Ich bin auf dem Weg.«

»Du fährst?« Susan blickte sie verwirrt an. »Aber wir müssen noch all diese Kisten durchsehen. Was, wenn hier etwas drin ist, dass du nicht weggeben möchtest?«

»Nimm, was dir gefällt, und wirf den Rest weg. Es sind nur Dinge, und wem liegt schon etwas an Dingen? Es sind Menschen, die zählen.« Nancy war schon halb zur Tür raus. »Meine Tochter braucht mich.«

Meine Tochter braucht mich.

Als Lauren am Hafen zusammengebrochen war, hatte Nancy sich nicht rühren können, war erstarrt gewesen wegen ihrer vermeintlichen Unzulänglichkeit als Mutter. In der Vergangenheit schienen ihre Mädchen sie nie gebraucht zu haben, doch jetzt brauchten sie sie.

Sie eilte zum Wagen, wobei sie zweimal von Bekannten angesprochen wurde.

»Ich kann jetzt nicht. Meine Tochter braucht mich.«

Ich komme, Jenna, ich komme.

Sie fuhr so schnell, wie es eben noch sicher war, wobei sie halb hoffte, dass man sie anhielt und sie um eine Polizei-Eskorte bitten konnte. Doch niemand stoppte sie, bis sie parkte und wie ein Hurrikan in das Krankenhaus stürmte. »Ich suche nach Jenna Stewart. Ich meine Sullivan.«

Erst als die Frau hinter dem Tresen sie erschrocken ansah, wurde ihr bewusst, wie zerzaust sie aussah.

Die Schränke auszumisten und die letzten Kisten ins Auto zu laden war harte Arbeit gewesen. Ihr Rock war voller Staub, und sie wusste, dass sie vermutlich noch Schmutzspuren auf ihren Wangen hatte.

Sie scherte sich nicht darum. Nur ihre Tochter war wichtig.

»Jenna Sullivan. Sie wurde vor ein paar Minuten hergebracht. Ein Autounfall.« Das Wort ließ ihren Mund ganz trocken werden. Sie wusste, dass es lange dauern würde, bis sie den Moment vergessen könnte, in dem sie ans Telefon gegangen war und Jennas bebende Stimme gehört hatte.

Mom, hilf mir.

Wann hatte Jenna sie je um ihre Hilfe gebeten?

»Die Ärzte sind jetzt bei ihr. Wenn Sie sich setzen möchten, werden wir …«

»Ich möchte mich nicht setzen. Ich muss meine Tochter sehen.« Sie fühlte sich wie eine Löwin, die bereit war, ihre Krallen auszufahren, wenn es sein musste. Sie kannte die Menschen gut genug, um zu wissen, dass Aggression ihr nicht helfen würde, weshalb sie ihre Stimme freundlich, aber bestimmt hielt. Wenn die Frau nicht erkannte, dass Nancy es ernst meinte, brauchte sie einen Sehtest.

»Sobald sie untersucht wurde, können Sie …«

»Jetzt«, sagte Nancy. »Ich möchte sie jetzt sehen. Es ist wichtig, dass sie Familie bei sich hat.«

Ihre Tochter hatte sie um Hilfe gebeten, und auf keinen Fall würde sie sie im Stich lassen. Dieses Mal nicht.

Nie wieder.

Die Frau hinter dem Tresen musterte sie misstrauisch und fragte sich offenbar, ob sie das Sicherheitspersonal rufen sollte. Den Blick auf Nancy gerichtet, griff sie zum Telefon, und kurz darauf erschien eine Krankenschwester.

»Sie sind Jennas Mutter? Ich bin froh, dass Sie hier sind. Sie fragt nach Ihnen. Sie ist sehr durcheinander. Sie haben ein paar Minuten mit ihr, bevor wir sie in den OP bringen.«

Nancy drehte sich der Magen um. »Sie muss operiert werden?«

»Ihr Blutdruck ist niedrig, und unsere Aufnahmen zeigen, dass sie innere Blutungen im Bauchraum hat. Wir glauben, dass ihre Milz verletzt sein könnte. Das ist nichts Ungewöhnliches nach einem stumpfen Trauma wie bei einem Autounfall.«

Das waren nicht die Neuigkeiten, die Nancy erhofft hatte, und ihre Beine zitterten, als sie der Krankenschwester in die Notaufnahme folgte. Die Milz war wichtig, oder? Hatte sie nicht irgendwas mit dem Schutz vor Infektionen zu tun? Mack hätte die Antwort sofort auf ihrem Handy gefunden, doch Nancy war ein Dinosaurier und musste sich auf ihr begrenztes Erinnerungsvermögen verlassen.

Jenna lag auf einer Trage, mit einer Infusion am Arm und einem Verband um den Kopf. Auf ihrer Wange hatte sie eine dunkelviolette Prellung, und ihre Augen waren rot vom Weinen. Als sie Nancy erblickte, liefen ihr noch mehr Tränen über die Wangen. »Mom? Ich bin so froh, dass du gekommen bist. Geh nicht fort, ja? Versprich mir, dass du mich nicht allein lässt.«

Nancy trat vor und verbarg ihren Schock.

»Ich bin hier, Liebling. Ich werde dich nicht allein lassen.« Sie umarmte ihre Tochter so vorsichtig wie möglich und hoffte, dass sie damit nichts schlimmer machte. »Ganz ruhig. Alles wird gut.«

»Alles ist furchtbar«, schluchzte Jenna, während Nancy sie hin- und herwiegte und sie beruhigte.

»Ich weiß, dass du Angst hast, aber die Ärzte hier sind wunderbar. Sie bringen dich wieder in Ordnung.«

Bitte lass sie es wieder in Ordnung bringen, bitte lass sie es wieder in Ordnung bringen.

»Es ist nicht nur der Unfall. Das ist nur noch eine Sache mehr auf dem ganzen Haufen von Sachen, die sie nicht in Ordnung bringen können.« Jenna schluchzte stärker, und die Krankenschwester, die den Blutdruck überwachte, blickte stirnrunzelnd auf.

Nancy ignorierte sie. »Was meinst du? Was können sie nicht in Ordnung bringen?«

»Das Baby.« Jennas Worte kamen nur stoßweise und erstickt heraus. »Sie können … das Baby … nicht … in Ordnung bringen.«

Nancy strich mit dem Daumen Tränen von Jennas Wangen. »Du bist schwanger? Hast du es den Ärzten gesagt?«

Jenna schüttelte den Kopf. Ihr Gesicht war vom Weinen ganz aufgequollen. »Ich bin nicht schwanger. Ich bin nie schwanger.« Sie würgte die Worte heraus. »Ich werde nie schwanger sein.«

Nancy war irritiert. Ihre Tochter war schwer verwundet, blutete und sollte gleich operiert werden, und alles, was sie beschäftigte, war der Umstand, dass sie nicht schwanger war? Warum sollte das ihr wichtigster Gedanke sein? Außer …

»Versucht ihr es schon lange?«

Jenna klammerte sich an sie. »Es fühlt sich nach einer Ewigkeit an.«

»Ach, Liebling.« Nancy strich Jenna das Haar aus dem Gesicht und versuchte dabei, das Blut zu ignorieren, das ihr Angst machte. Schädel bluteten viel. Das war eines der wenigen Dinge, die sie aus der Zeit erinnerte, als die Mädchen klein waren und sich ständig verletzten. »Diese Dinge können eine Weile dauern.«

»Wir versuchen es schon eine ganze Weile, Mom.«

Das »Mom« raubte ihr beinahe die Fassung, und auch die Tatsache, dass Jenna ihr dies zum ersten Mal erzählte.

Nancy fühlte sich hilflos, erschüttert von dem Schmerz, der in Wellen aus Jenna herausbrach.

Woran lag es, dass man den Schmerz seines Kindes intensiver fühlte als den eigenen? Sie konnte alles ertragen, was ihr selbst zustieß, doch sie konnte es nicht ertragen, dass ihren Mädchen etwas widerfuhr.

Was konnte sie sagen, das hilfreich wäre?

Sie wollte das hier auf gar keinen Fall vermasseln, doch sie hatten nur wenige Minuten, bis Jenna in den OP gebracht wurde. Das war wohl kaum der ideale Zeitpunkt für dieses Gespräch.

»Es hat zwei Jahre gedauert, bis ich mit Lauren schwanger wurde.«

Jenna schniefte. »Wirklich?«

»Ja. Die Natur hat ihre Launen, so viel ist sicher. Was sagt Greg? Habt ihr zwei mit einem Arzt gesprochen?«

»Er will nicht. Er sagt, ich müsste mich entspannen.«

Ach, du dummer Mann. »Hast du ihn angerufen?«

Jenna vergrub ihr Gesicht an Nancys Schulter. »Noch nicht. Wir kommen gerade nicht so gut miteinander aus.«

Nancy strich ihrer Tochter sanft über den Rücken und verbarg ihre Überraschung. Sie entschied, dass dies einer dieser Momente war, in denen sie besser zuhörte als redete. Und sie würde auf keinen Fall eine Meinung äußern, wie ihre Großmutter es getan hätte.

Nun, Nancy, natürlich ist es deine eigene Schuld …

Es ist natürlich deine Sache, Nancy, aber wenn ich du wäre …

»Erzähl mir, was heute passiert ist.«

»Ich war fünf Tage überfällig, und ich war noch nie fünf Tage überfällig«, schluchzte Jenna abgehackt. »Ich war sicher, dass ich schwanger bin, also habe ich bei der Arbeit einen Test gemacht. Ich wollte nicht warten. Und ich dachte, es könnte die Dinge mit Greg in Ordnung bringen.«

»Und der Test war negativ.« Nancy stellte sich Jenna auf der kalten, unpersönlichen Schultoilette vor. Sie wünschte, sie hätte Taschentücher in ihrer Tasche. »Kein Wunder, dass du aufgewühlt warst.«

»Das ist nicht alles.« Jennas Atem ging stoßweise, während sie ihrer Mutter alles erzählte.

Nancy hielt sie dicht an sich gedrückt und hörte zu. Bei Jennas Beschreibung des Autounfalls versuchte sie, keine Regung zu zeigen. Sie würde nicht darüber nachdenken, was hätte passieren können.

Es war schlimm, das anzuhören, doch am allerschlimmsten war Jennas Leid, dass sie nicht schwanger wurde.

»Ich will Mutter werden. Das ist alles, was ich möchte. Und es wird nie geschehen …«

Voller Angst, dass so viel Aufregung die Blutung verstärken könnte, hielt Nancy Jennas bebenden Körper fest. »Das weißt du nicht, Liebes. Wir sollten Greg anrufen. Er muss wissen, dass du hier bist. Er würde es wissen wollen.«

Eine Frau tauchte neben ihnen auf. »Mrs. Stewart? Ich bin Gail Johnson, die Chirurgin. Wir müssen Jenna direkt zum OP bringen. Wir bereiten sie jetzt darauf vor.«

Jennas Augen füllten sich mit Tränen. »Kann ich bitte noch eine Minute mehr mit meiner Mom haben?«

Die Ärztin lächelte. »Sicher. Wir sind noch nicht ganz bereit für Sie. Aber es wird sich nur noch um wenige Minuten handeln.« Sie stellte die Infusion neu ein und entfernte sich, um ihnen Privatsphäre zu lassen.

Nancy versuchte, die Sterilität ihrer Umgebung auszublenden. »Soll ich Greg für dich anrufen?« Es schien kaum möglich, dass Jenna und Greg Probleme hatten. Sie waren unzertrennlich, waren es immer gewesen.

»Diese ganze Baby-Sache – und was mit Dad passiert ist …« Jenna wischte sich übers Gesicht. »Greg ist seitdem merkwürdig. Ich denke allmählich, dass er Kinder doch nicht so sehr möchte wie ich.«

»Vielleicht fällt es ihm auch schwer, damit umzugehen.«

»Greg weiß mehr darüber, wie man mit Problemen umgeht, als irgendjemand anders.«

»Es ist ein Unterschied, ob man mit den Problemen anderer Menschen oder mit den eigenen umgeht.« Sie trat zurück, als die

OP-Assistentin hereinkam, um Jenna in den OP zu schieben. »Soll ich ihn anrufen?«

Jenna zögerte und nickte dann. »Wirst du hier sein, wenn ich aufwache?«

»Ja.«

»Versprichst du es? Du gehst nicht weg?«

»Ich verspreche, dass ich nirgendwohin gehe.« Nancy tätschelte Jennas Hand. »Es wird alles gut. Alles.«

Sie hoffte, dass sie recht behielt. Sie war sich dessen sicher, als keine fünfzehn Minuten später Greg eintraf und sie sein Gesicht sah.

Er war aschfahl, die Sorge um seine Frau war ihm anzusehen.

»Wo ist sie? Wie geht es ihr?« Greg, der normalerweise ruhig und gefasst war, wirkte völlig außer sich.

»Sie wird gerade operiert.«

Er ließ sich schwer auf den nächsten Stuhl sacken. »Sie sagten, sie hätte den Unfall auf der Strandstraße gehabt. Weshalb war sie dort?«

Sollte sie es ihm sagen? Nein. Es war nicht an ihr, das zu tun. »Du kannst sie fragen, sobald sie nach der Operation wach wird.«

»Warum hat sie mich nicht angerufen?«

Weil ein Mädchen manchmal seine Mutter braucht.

»Du wirst bald mit ihr sprechen können.«

»Ist sie … wird sie …« Er fuhr sich nervös übers Gesicht, und Nancy setzte sich neben ihn.

Welche Probleme ihre Tochter und ihr Mann auch haben mochten, sie würden mit der Zeit gelöst werden.

»Sie meinen, dass sie ganz gesund wird. Die Ärzte sagen, sie würden ihre Milz nur im Notfall entfernen, weil sie das sehr anfällig für Infektionen machen würde. Sie werden sie nähen.« Nancy zögerte. »Sie hat sich den Kopf gestoßen bei dem Aufprall. Sie hat Prellungen im Gesicht. Du solltest besser darauf vorbereitet sein. Der Anblick ist ein bisschen schockierend.« Sollte sie das Baby-Gespräch erwähnen? Nein. Der arme Mann hatte im Moment genug zu verdauen.

Greg saß mit den Ellbogen auf seinen Knien da und stützte den Kopf in die Hände. »Sie hätte umkommen können. Oh Gott, es tut mir leid. Ich habe nicht nachgedacht …« Er sah sie zerknirscht an, und sie wusste, dass er an einen anderen Autounfall dachte. Einen, bei dem die Insassen nicht davongekommen waren.

»Es ist in Ordnung.«

»Es ist nicht in Ordnung. Es war falsch, das zu sagen.«

»Du musst nicht immer das Richtige sagen, Greg.« Sie hatte nie darüber nachgedacht, doch jetzt begriff sie, welch ein Druck das sein musste, wenn man glaubte, dass alle von einem die perfekten Worte erwarteten, um emotionale Wunden zu heilen.

Es musste anstrengend sein. Ein zusätzlicher Druck in einem Leben, das ohnehin schon voller Druck war.

Sie legte ihm die Hand auf die Schulter. »Du verbringst deine Tage damit, die Gefühle anderer Menschen zu sortieren. Sieh zu, dass du deine eigenen nicht vernachlässigst.«

In dem Moment tauchte Lauren auf, atemlos und zerzaust. Nancy registrierte, dass Scott bei ihr war.

Sie stand auf. »Jenna wird froh sein, dass du hier bist.«

»Ich bin sofort losgefahren, als ich deinen Anruf erhalten habe.« Laurens Jeans war mit Farbe bekleckert. »Wie geht es ihr?«

Nancy fragte sich, warum ihre Tochter eine Designerjeans trug, um ein Haus zu streichen, und bemerkte dann, wie Scott schützend neben ihr stand.

Interessant.

»Sie wird gerade operiert.« Nancy sah, wie Scott als Geste der Unterstützung eine Hand auf Laurens Rücken legte, und sie wurde von einer Welle mütterlicher Sorge erfasst. Sie liebte Scott, und sie bewunderte, was er mit seinem Leben angestellt hatte, doch würde er ihrer Tochter ein zweites Mal wehtun? Wie genau war ihre Beziehung zueinander? Lauren war verletzlich. Zu verletzlich, um einen zweiten Schlag zu verkraften.

Nancy setzte sich wieder auf einen der harten Plastikstühle und ermahnte sich selbst, dass ihre Rolle nicht darin bestand, Entscheidungen für ihre Töchter zu treffen, sondern ihre Entscheidungen zu unterstützen.

Was auch immer geschah, sie würde für sie da sein. Das war die Rolle einer Mutter, oder? Und wenn ihr das selbst sauer aufstieß, dann war das ihr Problem.

Seite an Seite saßen sie da und tranken schlechten Kaffee aus Wegwerfbechern.

Da lag etwas in der sterilen Krankenhausatmosphäre, das eine üble Situation noch hundertmal schlimmer wirken ließ, dachte Nancy.

Greg sah verhärmt aus und konnte kaum den Kaffeebecher halten, den Lauren ihm in die Hand gedrückt hatte. Jedes Mal, wenn jemand im Kittel vorbeiging, sprang er auf, das Gesicht schneeweiß.

Als die Ärztin endlich mit Neuigkeiten kam, war Nancy ebenso nervös wie Greg.

»Mr. Sullivan?« Gail Johnson, die Chirurgin, trat auf sie zu, und sofort war Greg wieder auf den Beinen.

»Gibt es etwas Neues? Ist sie …« Er schluckte, und Nancy legte ihm die Hand auf den Arm.

»Jenna geht es gut«, sagte die Ärztin. »Wie Sie wissen, hatte sie einen kleinen Riss in der Milz …«

»Mussten Sie sie entfernen?«

»Wir versuchen alles, um das nicht tun zu müssen. In Jennas Fall konnten wir den Riss nähen. Wir werden sie für ein paar Tage beobachten müssen und werden dann ein Kontroll-CT machen, aber wir sind optimistisch, dass es keine längerfristigen Probleme geben wird.«

Greg sackte auf den nächstbesten Stuhl, als hätte ihm jemand die Beine weggezogen. Er stützte seine Ellbogen auf die Oberschenkel, und er vergrub sein Gesicht in den Händen.

Nancy legte ihm eine Hand auf die Schulter. »Sie wird wieder ganz gesund, Greg.« Er war ein guter Mann, dachte sie. *So ein guter Mann.*

Greg atmete zitternd durch. »Ich möchte sie sehen.«

Die Chirurgin runzelte die Stirn. »Sie ist gerade erst aus der Narkose erwacht. Sie sollten warten, bis …«

»Jetzt«, sagte Greg heiser. »Bitte.«

Die Ärztin zögerte, doch dann sah sie etwas in Gregs Miene und nickte. »Sie können sie kurz sehen. Aber nur Sie. Kommen Sie mit.«

Als Greg der Ärztin folgte, fiel Nancy ein, dass sie heute eine Verabredung mit Ben hatte, um über den Garten zu reden.

Er würde sich fragen, wo sie blieb.

Sollte sie ihn anrufen? Nein, sie war bereits so spät dran, dass es kaum einen Unterschied machte. Und Ben würde es verstehen. Er war geduldig und uneigennützig. In jeder Beziehung anders als Tom.

Sie blieben alle, bis das medizinische Personal nachgab und ihnen erlaubte, Jenna zu besuchen. Sie war auf eine Station verlegt worden und lag in einem hellen, sonnigen Raum mit Fenstern, von denen aus man über Felder und Bäume sah.

Greg saß an ihrer Seite und hielt ihre Hand.

Nancy dachte, dass die Chancen der Krankenschwester, ihn zu einer baldigen Heimfahrt zu bewegen, wohl bei null lagen.

Jenna hatte die Augen geschlossen, öffnete sie aber, als sie die Schritte hörte. Ihre Augen leuchteten, als sie ihre Schwester und ihre Mutter erblickte.

»Hi.« Ihre Stimme war ein Krächzen, und Greg drückte ihre Hand fester.

»Nicht sprechen. Du sollst dich ausruhen.«

»Wir wollten dich kurz sehen.« Nancy beugte sich hinunter, um sie zu küssen. »Wie fühlst du dich?«

»Super«, krächzte Jenna. »Es ging noch nie besser.«

Lauren trat vor und küsste sie ebenfalls. »Wenn du das nächste Mal Ärger haben willst«, sagte sie, »ruf mich an. Ich bin die Anführerin, nicht du.«

Jenna lächelte schwach. »Es war nicht wirklich geplant.«

Nancy sah den Blick, den sie tauschten.

Gott sei Dank hatten ihre Töchter immer einander.

Sie gab Lauren ein Zeichen, die daraufhin zustimmend nickte.

»Ihr geht?« Jenna streckte die Hand nach ihnen aus. Ihr Gesicht war blass, und der Bluterguss hatte sich über ihrem Wangenknochen ausgebreitet.

»Ich werde morgen zurück sein.« Eine gute Mutter, dachte Nancy, sollte wissen, wann sie bleiben und wann sie gehen sollte. »Ich bringe was zu essen mit. Was sie dir hier geben, wird dich vergiften.«

Greg stand ebenfalls auf. »Danke, Nancy.« Er umarmte sie. Nancy konnte sich nicht erinnern, dass er das jemals zuvor getan hatte.

Er und Jenna hatten Gesprächsbedarf. Sie brauchten sie nicht.

Zusammen mit Scott und Lauren ging sie zurück zum Wagen. Nun, da die schlimmste Angst vorüber war, fühlte sie sich erschöpft und ausgelaugt. »Wie geht es mit dem Segelhaus voran?« Sie suchte ein möglichst unverfängliches Gesprächsthema. »Wann kann ich es sehen?«

»Nicht, bevor es fertig ist.« Lauren wirkte verlegen. »Scott hat großartige Arbeit geleistet.«

»Da bin ich sicher.« Nancy musterte die glühenden Wangen ihrer Tochter und lächelte beinahe.

Was auch immer die Zukunft brachte, ihr gefiel die Vorstellung, dass jemand anderes eine romantische Begegnung im Segelhaus hatte. Es könnte sie davon abhalten, immer an Tom zu denken, wenn sie es betrat.

Lauren legte Nancy die Hand auf den Arm. »Es wird sich anders anfühlen, Mom, das verspreche ich.«

Nancy war gerührt von dem Feingefühl ihrer Tochter. »Ich freue mich darauf, es anzusehen.«

Hörst du das, Tom? Wir haben dich aus dem Haus vertrieben. Ich baue mir ein neues Leben auf, und deine notorische Treulosigkeit wird mich nicht davon abhalten.

»Deine ganzen Kunstutensilien sind sicher verstaut, aber alles andere aus den Schränken habe ich in Kartons gepackt. Du wirst sie irgendwann durchsortieren und entscheiden müssen, was du behalten willst.«

»Ich will nichts davon behalten.«

Lauren sah sie zweifelnd an. »Willst du sie nicht zumindest einmal durchsehen?«

Sie hatten den Parkplatz erreicht, und Nancy sah Scotts Pick-up auf der anderen Seite.

»Ich möchte einen Neustart.« Sie griff nach ihren Schlüsseln. »Seit ich die befreienden Eigenschaften des Ausräumens entdeckt habe, finde ich es überraschend therapeutisch.«

Lauren grinste. »Wer bist du, und was hast du mit meiner Mutter gemacht?«

»Deine alte Mutter ist vergraben unter all dem Müll, den sie jahrzehntelang aufbewahrt hat. Deine neue Mutter wird zum Kapitänshaus zurückfahren und im Garten ackern, bis es dunkel ist. Ich muss einiges anpflanzen. Ben hat versprochen, heute Abend dort zu arbeiten, und ich will ihm helfen. Wir werden dem Ganzen ein letztes Glanzlicht aufsetzen. Fahrt vorsichtig.«

Ein paar Stunden später richtete sich Nancy auf, worauf ihr Rücken sich protestierend meldete. Sie hatte hart gearbeitet, doch Arbeit war die einzige Methode, die sie kannte, um mit Anspannung und Angst umzugehen, und sie fühlte sich noch immer angespannt und ängstlich wegen Jenna. Hatte ihre Tochter mit Greg gesprochen?

Sie verzog das Gesicht und rieb sich die Lendenwirbelsäule.

Ben neben ihr stach den Spaten in den Boden, um die letzte der Stauden einzupflanzen, die sie gekauft hatten.

Er blickte zu ihr hinüber. »Du solltest eine Pause einlegen.«

»Wir haben immer noch viel zu tun.« Es war überraschend gesellig, gemeinsam im Garten zu arbeiten, während die späte Abendsonne ihre letzten Strahlen aussandte.

Ben schob sich seinen Hut aus dem Gesicht. »Sie wird wieder gesund werden, Nancy.«

»Das hoffe ich.« Sie würde niemals beschreiben können, wie es sich anfühlte, diesen Anruf von ihrer Tochter zu erhalten, zu wissen, dass sie gefangen gewesen war in dem Wagen. In diesem Moment war nichts anderes in ihrem Leben wichtig gewesen. Nicht das Haus, nicht ihre finanzielle Lage. Nicht einmal Tom. »Woher wusstest du, dass ich an sie denke?«

»Du hast in der letzten Stunde zweimal im Krankenhaus angerufen.« Seine Augen waren sanft, und Nancy bemerkte, wie beruhigend es auf sie wirkte, mit ihm zusammen zu sein.

»Ich schätze, ich bin ein bisschen überängstlich.« Sie zog die Gartenhandschuhe aus. »Ich war keine gute Mutter, Ben. Ich muss darüber nicht sprechen, und du sollst jetzt nicht all die Gründe aufzählen, warum ich unrecht habe. Ich weiß, dass es stimmt. Ich versuche, es jetzt wiedergutzumachen.«

Ben legte ihr eine Hand auf die Schulter. »Ich bin froh, dass du deine Mädchen hast.«

Nancy war ebenfalls froh. Sie hatte Glück.

Die Mädchen waren die eine Sache, die sie und Tom gemeinsam gut hinbekommen hatten. Vielleicht auch die einzige.

Sie wandte sich wieder dem Garten zu. »Wir haben diesen Ort ganz schön verändert. Das Haus und den Garten. Es sieht gut aus.«

»Gut? Es ist spektakulär. Dein Garten ist wunderschön.« Ben nahm den Hut ab und wischte sich über die Brauen. »Ein Kunstwerk.«

Ein Kunstwerk.

Nancy begriff, dass es genau das war. Sie hatte aufgehört zu malen, doch statt Öl und Leinwand hatte sie Blumen und Pflanzen benutzt, um große Farbfelder zu erschaffen, die jeder Passant bewundernd betrachtete.

Ihr Garten war ein lebendes, atmendes Kunstwerk.

»Du hast recht«, sagte sie. »Das ist er.« Es gab mehr als nur einen Weg, etwas zu erschaffen, das das Auge erfreute. »Ich möchte gern das Gleiche mit dem Garten beim Segelhaus machen. Würdest du mir helfen?«

»Du weißt, dass ich das werde.«

»Wir müssen damit anfangen, diese verdammte Heckenkirsche rauszureißen.«

»Beunruhigt es dich, für den Sommer umzuziehen?«

»Nein. Das Segelhaus liegt näher an Jenna. Ich werde vorbeischauen können, ohne im grässlichen Touristenverkehr steckenzubleiben.«

Er sah sie unverwandt an. »Du warst so lange nicht mehr dort, dass ich dachte, du würdest es nicht mögen.«

»Lauren hat es neu gestaltet. Ich bin ziemlich sicher, dass ich den Ort nicht wiedererkennen werde.«

»Ich werde dich vermissen.«

Sein Kommentar verwirrte sie. »Ich ziehe doch nur ein paar Meilen fort.«

»Ich werde es vermissen, mit dir in diesem Garten zu arbeiten.« Sie hatten vereinbart, dass er sich im Sommer weiterhin um den Garten kümmern würde. Weil der Küstengarten ein wichtiger Teil des Hauses war, hatte Nancy das als notwendige Ausgabe erachtet.

»Wird es dir zu viel, dich allein darum zu kümmern?«

Obwohl Ben schon jenseits der sechzig war, hatte er eine schlanke Figur und war fit. Ihr wäre nicht für einen Moment der Gedanke gekommen, dass er es körperlich nicht mehr schaffen könnte. Falls das so sein sollte, hätte sie ein Problem, denn ihre Finanzen würden keinen weiteren Gärtner erlauben. »Tu einfach, was du kannst, Ben.«

Seine Augen glühten. »Du meinst, ich bin dem Druck nicht gewachsen? Ich habe immer noch ein paar gute Jahre vor mir. Das ist nicht der Grund, warum ich dich vermissen werde, Nancy.«

»Oh! Na, aber was …« Sie brach ab, weil sie sich erinnerte, was sie an jenem Tag empfunden hatte, als sie aus dem Fenster sah. »Aber – Ben Winter, baggerst du mich an?«

»Ich bin nicht sicher, wie man es nennt, wenn man jenseits der sechzig ist, aber ja, ich baggere dich an. Warum so überrascht?«

Nancy ließ fast die Pflanze fallen, die sie in der Hand hielt.

Ihr Mund bewegte sich, doch kein Laut kam heraus. Ben war vierzig Jahre mit derselben Frau verheiratet gewesen. Lucille war vor fünf Jahren gestorben, und jetzt wohnte er allein in einem der kleineren Häuser in der Main Street. Sie wusste, dass viele Frauen auf der Insel an ihm interessiert waren. Dagegen hatte sie jedoch nie bemerkt, dass er an einer von ihnen Interesse zeigte. Nancy vermutete, dass er seinen Schmerz mit Arbeit begrub, so wie sie es getan hatte.

Nicht in einer Million Jahren wäre es ihr eingefallen, dass seine Gefühle über Freundschaft hinausgehen könnten.

Er wartete, dass sie etwas sagte, doch sie wusste nicht, wie sie reagieren sollte. Sie umklammerte die Tomatenpflanze wie einen Rettungsring.

»Ich bin nicht unbedingt beziehungsfähig.«

»Das glaubst du nur, weil er dein Selbstvertrauen erschüttert hat.« Ben nahm den Spaten und rammte ihn so fest in den Boden, dass Nancy fast ein kleines Erdbeben erwartete.

»Hier geht es nicht um Selbstvertrauen. Ich bin zu alt und zynisch, um überhaupt an Liebe zu denken, Ben.«

»Dann lass uns uns nicht ineinander verlieben.« Er blinzelte ihr zu. »Wir können einfach Sex haben, bis unsere Knochen brechen.«

Sie lachte schallend auf. Sie konnte sich nicht erinnern, wann sie das letzte Mal so sehr gelacht hatte.

»Oh Ben …«

»Ich mache keine Witze, Nancy.«

»Na, das solltest du aber.« Sie war verlegen. Verlegen und geschmeichelt. Sex? Es war lächerlich, überhaupt daran zu denken. Aber seine Augen waren so blau. Und die Art, wie er sie ansah, entfachte in ihr den Wunsch, ihn ins Haus zu zerren und die Tür zu verschließen. »Stell dir vor, was die Leute sagen würden.«

»Ich gebe keinen Deut darauf, was irgendjemand sagt. Und du solltest das auch nicht tun. Das hier ist dein Leben, Nancy, nicht ihres. Du solltest es leben.«

Sie hatte das Gefühl, als balanciere sie am Rande von etwas unglaublich Aufregendem entlang. »Ich schätze unsere Freundschaft. Ich würde sie auf keinen Fall verlieren wollen.«

»Wer sagte etwas davon, sie zu verlieren? Nicht alle Beziehungen scheitern. Nicht alle Männer sind wie Tom.«

Irgendwie wusste er es, und sie stellte überrascht fest, dass es ihr nicht peinlich war. Ganz im Gegenteil, sie war erleichtert, dass sie keine Geheimnisse voreinander hatten. Geheimnisse, das hatte sie festgestellt, waren Ballast. Sie beanspruchten Platz im Inneren und zogen Staub an. Sie hielten einen davon ab, sich wirklich mit Menschen zu verbinden.

Sie musste etwas sagen. Aber was? Die Gefühle, die sie verspürte, waren ungewohnt, und sie wusste nicht, ob sie sie benennen konnte.

Ben wartete einen Moment und wandte sich dann ab. »Es wird dunkel. Wir sollten hier fertig werden.«

Sie spürte einen Anflug von Panik.

Er dachte, dass sie ihn zurückwies.

»Ben! Möchtest du …« Sie hielt inne. *Wie soll ich es ausdrücken?* »Möchtest du einen Drink? Das Haus ist leer.« Offensichtlich. Das wusste er bereits. *Ach, Nancy, du bist eine Närrin. Eine Närrin!*

»Bietest du mir wirklich einen Drink an?«

»Nein.«

Er lächelte und nahm ihr Gesicht zwischen seine Hände. »Du kannst sagen, was du denkst, Nancy. Du brauchst bei mir nicht nach den richtigen Worten zu suchen oder zu überlegen, was ich denke, und du musst auch keine Geheimnisse vor mir verbergen.«

Geheimnisse. Oh, wie sehr sie Geheimnisse hasste.

»Sind wir zu voreilig, Ben? Vielleicht sollten wir …«

Er küsste sie.

Sie hatte gedacht, dass dieser Teil ihres Lebens vorbei wäre. Doch Ben küsste sie auf eine Weise, die sie zweifeln ließ, ob sie jemals überhaupt so geküsst worden war. Seine Hände umfassten ihr Gesicht, während sein Mund sie sanft verführte, und es fühlte sich unbeschreiblich an. Es fühlte sich richtig an.

Ein warmes Lustgefühl breitete sich in ihrem Unterleib aus und erfasste ihre Glieder.

Ben Winter. Wie er mit ihren Lippen spielte. Sie fühlte sich merkwürdig verletzlich, und doch wusste sie zur gleichen Zeit, dass Ben ihr niemals wehtun würde.

Heiße Tränen stiegen in ihr auf. *Wer hätte das gedacht?*

In ihrem Alter, in dem sie sich innerlich bereits von diesem Aspekt ihres Lebens verabschiedet hatte.

Sie taumelte gegen ihn, doch er hielt sie fest – ein Felsen, an den sie sich anlehnen konnte.

Als er sie schließlich freigab, fühlte sie sich benommen und voller Verlangen. »Du willst nicht warten?«

»Das Gute am reifen Alter ist, dass man gelernt hat, dass es keinen Sinn hat, auf etwas zu warten, von dem man sowieso weiß, dass man es möchte.« Er nahm ihre Hand und führte sie zum Haus.

»Meine Tochter liegt im Krankenhaus …«

»Und sie ist in Sicherheit. Aber wenn du lieber warten möchtest …« Er hielt inne. Immer rücksichtvoll. Immer fürsorglich.

Ben.

»Nein.« Das Leben war kurz, und sie hatte schon lange genug gewartet.

Als die Sonne hinter dem Horizont verschwand, blickte sie zum Haus.

Das Licht spiegelte sich im Küchenfenster, und sie hörte die Schreie der Seemöwen.

»Es ist hübsch geworden, oder?« Ihrer Meinung nach hatte das Kapitänshaus nie besser ausgesehen. Wer hätte gedacht, dass ein Großreinemachen und etwas Liebe und Aufmerksamkeit einen solchen Unterschied machten? Es war, als hätte es seine Müdigkeit abgeschüttelt. »Es hat ein neues Leben bekommen.«

Hand in Hand mit Ben ging sie ins Haus und hoffte, dass es ihr genauso ergehen würde.

30. Kapitel

Jenna

Entschluss: Entschlossenheit, etwas zu tun oder nicht zu tun

»Kann ich dir etwas anderes holen?« Greg kreiste um sie herum wie eine Biene. »Mehr Suppe? Noch was zu trinken? Schmerztabletten?«

»Es geht mir gut.« Tatsächlich ging es ihr nicht gut. Sie fühlte sich erschöpft. Die Ärztin hatte gesagt, das sei normal, doch sie machte sich Sorgen, dass sie der Arbeit so lange fernblieb. Lindsay Hanks, eine der anderen Lehrerinnen, kümmerte sich um ihre Klasse, doch sie wusste, wie viel Stress das verursachte. »Vielleicht kann ich am Montag wieder zurück zur Arbeit.«

»Auf keinen Fall. Du wurdest operiert und hast fünf Tage im Krankenhaus verbracht. Ich habe heute Morgen Jed Andrews getroffen, als ich dein Rezept geholt habe, und er hat mir eine lebhafte Beschreibung davon geliefert, wie sie dich aus dem Wagen rausschneiden mussten. Du hättest umkommen können.«

»Bin ich aber nicht.«

Es klingelte an der Tür, und Greg stand auf.

Er kehrte mit einem Arm voller Blumen und einem Stapel Karten zurück.

Jenna öffnete sie eine nach der anderen, mit Tränen in den Augen.

Für Mrs. Sullivan. Sie sind die beste Lehrerin. Kommen Sie bald wieder.

Mrs. Sullivan, wir vermissen Sie. Miss Hanks schimpft viel mehr.

Mrs. Sullivan, tut mir leid, dass Ihr Auto kaputt ist.

Es gab Bilder, dick beklebt mit Glitzer, und sie sah sich jedes einzelne genau an, stellte sich vor, wie die Kinder ruhig dasaßen, mit konzentrierten Gesichtern, während sie Farbe verspritzten und Glitzer verteilten.

Eine Malstunde war nichts für Feiglinge. Sie machte sich innerlich eine Notiz, Lindsey Hanks zu danken.

»Sie lieben dich.« Greg schob die Karten vorsichtig zur Seite und setzte sich aufs Bett. »Ich habe Lindsay gestern im Laden gesehen, und sie sagte, sie machen dir ein Klassenvideo.«

»Ich liebe sie auch.«

Vielleicht wäre das genug, dachte sie. Sie konnte ihre Liebe den Kindern anderer Leute schenken. Die beste Lehrerin sein. Zumindest so, dass sie etwas bewirkte.

»Ich denke immer noch daran, wie du dich mit dem Wagen überschlagen hast.« Gregs Stimme war heiser. »Das bereitet mir Albträume.«

»Mir auch. Das war keiner meiner besten Momente. Ich wäre eine ganz miese Fluchtfahrerin.« Sie hatte versucht, einen Witz zu machen, doch er lachte nicht.

»Der Umstand, dass du deine Mom und nicht mich angerufen hast, war auch keiner meiner besten Momente.«

Sie hatte seine Gefühle verletzt. »Jeder möchte seine Mom bei sich haben, wenn er krank oder verletzt ist.«

»Du nicht. Du hattest niemals diese Art von Beziehung zu ihr.«

»Jetzt haben wir sie. Wir kommen gut miteinander aus.« Sie würde niemals das Gefühl beschreiben können, das sie erfasst hatte, als ihre Mutter in die Notaufnahme geeilt kam, um an ihrer Seite zu sein. Diese Geste der Liebe und Unterstützung war alles, was sie gebraucht hatte.

»Vor ein paar Monaten hättest du mich angerufen, als du den Test gemacht hast. Du hättest mit mir geredet, statt auf der Strandstraße an irgendeinen einsamen Ort zu fahren, wo du allein leiden kannst.« Er war blass. »Diesen Anruf von deiner Mutter zu bekommen war schlimm, doch dich in dem Krankenhaushemd zu sehen mit all den Schläuchen und Ärzten um dich herum war der schlimmste Moment meines Lebens.«

»Ich wollte dich anrufen und dir die gute Neuigkeit meiner Schwangerschaft mitteilen, aber als es dann keine war …« Ihre Stimme bebte. »Es tut mir leid. Ich hätte anrufen sollen, aber du warst so wütend auf mich.«

»Ich war nicht wütend auf dich. Ich war wütend auf mich.«

»Du warst sauer, dass ich dir nicht erzählt habe, dass wir meinen Dad beobachtet haben, als ich klein war. Und du warst es leid, dass ich so fixiert darauf war, ein Baby zu bekommen. Und das werfe ich dir nicht vor.«

»So war es nicht, Jenna.«

Sie war erschöpft. Zu müde für das Gespräch, von dem sie wusste, dass sie es führen sollten. »Es spielt keine Rolle.«

»Es spielt eine Rolle. Ich war verletzt, dass du mir das von deinem Dad nicht erzählt hast, das ist wahr. Das war solch eine große Sache für dich und deine Schwester. Ich konnte nicht verstehen, wie du mir das vorenthalten konntest. Nicht …« Er legte ihr einen Finger auf die Lippen, als sie etwas sagen wollte. »Lass mich ausreden. Ich hatte Angst, dass das, was dir geschehen ist, etwas damit zu tun hat, warum du mich als Mann gewählt hast.«

»Das hat es.« Sie bemerkte, wie sich seine Miene verzog, und nahm seine Hand. »Bitte, hör zu! Ich habe meinen Dad geliebt, aber ich habe ihm nach jener Nacht nie getraut. Auch wenn ich nicht wusste, dass er andere Affären hatte, ahnte ein Teil von mir, dass er es wieder tun könnte. Ich wollte das nicht. Ich wollte, dass er ein Mann war, dem ich vertrauen konnte. Du warst dieser Mann.«

»Du bist immer nur mit mir zusammen gewesen.« Er nahm ihr Kinn und hob es ein wenig an. »War das so, weil du zu viel Angst hattest, deine Flügel auszubreiten?«

»Der Grund, warum ich nur mit dir zusammen gewesen bin, ist der, dass du der einzige Mann bist, den ich je wollte. Ich war mit dir zusammen, weil ich dich geliebt habe. Und ich bin heute mit dir zusammen, weil ich dich liebe. Ich wusste immer, dass du ganz anders als mein Vater bist.«

Er senkte den Kopf und küsste sie. »Es tut mir leid. Es tut mir leid, dass ich dir das Gefühl gegeben habe, du könntest nicht mit mir sprechen.« Er sagte es zwischen Küssen. »Ich möchte, dass du dich nie wieder so fühlen musst. Es gibt nichts, worüber wir nicht sprechen können.«

»Ich weiß.« Sie schlang die Arme um seinen Hals. »Und ich werde aufhören, so langweilig und so stark darauf fixiert zu sein, schwanger zu werden.« Irgendwie musste sie das schaffen. Sie wusste, dass sie niemals vergessen würde, wie niedergeschlagen sie sich gefühlt hatte, als sie das Testergebnis sah. »Ich weiß, dass du dir ein Baby nicht ebenso sehr wünschst wie ich …«

»Das ist nicht wahr.« Greg nahm ihre Hand und verschlang seine Finger mit ihren. »Ich wünsche mir ebenso sehnlich ein Baby wie du.«

»So wirkt es aber nicht.«

Er blickte hinunter auf ihre verschlungenen Hände. »Verstehst du es nicht?« Seine Stimme war heiser. »Ich liebe dich auch. Ich habe dich bereits geliebt, bevor ich überhaupt alt genug war, um zu verstehen, was das Wort bedeutet. Ich wollte immer nur, dass du glücklich bist, Jenna. Ich möchte dich glücklich machen. Aber ich kann dir das, was du dir am sehnlichsten wünschst, nicht geben. Was meinst du, wie ich mich damit fühle?«

Sie starrte ihn an.

Es war ihr nie in den Sinn gekommen, dass er so denken könnte.

»Du hast gesagt, du hättest es satt, Sex wegen eines Babys zu haben.«

»Weil ich mich immer, wenn wir Sex haben und kein Baby machen, wie ein Versager fühle. Es ist schwer, etwas weiterzuversuchen, wenn man immer versagt.«

Jenna spürte, wie ihr heiße Tränen in die Augen stiegen. »Es ist nicht deine Schuld. Es ist kein Versagen.«

»Für mich fühlt es sich so an. Und ich gehe nicht gut damit um.« Er lächelte schwach. »Ich bin daran gewöhnt, Klassenbester zu sein, erinnerst du dich? Ich muss in allem gewinnen. Selbst in meinem Job muss ich der Beste sein.« In seiner Stimme lag eine Selbstironie, die sie zuvor noch nie gehört hatte. Greg war ein Gewinner. Ein Sonnyboy.

»Du bist gut in dem, was du tust, Greg. Du bewirkst sehr viel für das Leben vieler Menschen.«

»Ich kann gut mit den Problemen anderer Menschen umgehen, aber mit meinen eigenen nicht, wie es scheint. Bei meiner Frau, die der wichtigste Mensch in meinem Leben ist, versage ich. Die Wahrheit ist …« Er hielt inne. »Ich habe entdeckt, dass ich bei allen anderen abgeklärt sein kann, nur nicht, wenn es um mich geht. Jedes Mal, wenn du einen negativen Test hast, fahre ich ins Fitnessstudio und lasse es an dem Sandsack aus.«

»Wirklich?«

»Wirklich. Das ist meine Art von Therapie. Das Fitnessstudio musste ihn im letzten Jahr zweimal ersetzen.«

Sie hatte keine Ahnung gehabt. »Warum hast du bislang nichts gesagt?«

»Weil ich dein Felsen sein wollte. Stark. Ich dachte, wenn du wüsstest, wie schlecht ich mich fühle, würde dich das noch mehr runterziehen.«

»Ach Greg …« Sie hatte seine Antworten immer hingenommen, obwohl sie hätte nachhaken müssen. Aber weil es sich um Greg handelte und er so gut darin war, seine Gefühle zu artikulieren, war ihr nicht in den Sinn gekommen, dass es Dinge gab, über die er nicht sprach. »Immer wenn ich dich gefragt habe, wie es dir damit geht, hast du gesagt, alles wäre in Ordnung.«

»Ich habe gelogen. Es spielt jetzt keine Rolle mehr. Das ist die Vergangenheit, und wir sollten uns auf die Zukunft konzentrieren. Auf das, was als Nächstes kommt.« Er hob ihre Hand und küsste die Handfläche. »Wenn du das nächste Mal einen Test machst, möchte ich das erfahren. Wir machen ihn gemeinsam.«

»Ich bin nicht sicher, ob ich je wieder einen Test mache. Die Wucht, mit der man von einem Hochgefühl in die tiefste Verzweiflung fällt, könnte mich noch einmal umhauen.«

»Ich liebe dich.« Er ließ ihre Hand los und schloss sie fest in seine Arme. »Du bist meine Liebe und mein Leben. Ich liebe dich so sehr, und ich wünschte, ich könnte das hier in Ordnung bringen.«

Es war solch eine unbeschreibliche Erleichterung, in einer engen Umarmung gehalten zu werden. Solch eine Erleichterung, sich ihm wieder nahe zu fühlen. Es fühlte sich richtig und selbstverständlich an.

»Du bist auch mein Leben. Wir haben Glück, dass wir einander haben.« Sie nestelte an den Knöpfen seines Hemdes. »Ich habe dich vermisst, als ich im Krankenhaus war. Komm ins Bett.«

Er stöhnte, als sie sich quälend langsam von seinem Hals zu seinem Mund hinaufküsste. »Jenna, wir dürfen nicht. Du bist müde und hast Schmerzen.«

»Deshalb wirst du besonders sanft sein müssen.«

»Auf keinen Fall.« Er hielt ihre Hände fest. »Es ist zu früh. Wenn mich deine Ärztin fragt, warum die Naht aufgeplatzt ist, will ich nicht schuld sein.«

Sie grinste. »Du bist eine Spaßbremse, Greg Sullivan.«

»Erhol dich noch ein paar Tage, und dann zeige ich dir, wer hier eine Spaßbremse ist.«

Glück: Freude zu fühlen oder auszudrücken.

Jenna und Greg.

Sie würden es schaffen. Irgendwie, auf irgendeine Weise würden sie es schaffen.

Er löste sich langsam von ihr. »Wir werden einen Arzt konsultieren. Mit jemandem sprechen. Es tut mir leid, dass ich dem vorher nicht zugestimmt habe.«

Es klingelte an der Tür, und Greg hob die Brauen. »Bist du jetzt froh, dass wir beide nicht nackt sind?«

»Ehrlich gesagt, nein. Aber da wir beide anständig bekleidet sind, kannst du genauso gut öffnen.«

Widerstrebend stand er auf. »Falls es eine weitere Karten- und Pralinenlieferung ist, müssen wir bald umziehen.«

Aber es waren keine Pralinen.

Sie hörte Stimmen und Gelächter, und kurz darauf kamen Nancy, Lauren und Mack in ihr Schlafzimmer.

Lauren trug ihr Haar offen. Sie wirkte jünger und entspannter. Sie hielt einen riesigen Blumenstrauß, und Nancy hatte einen Umschlag in der Hand.

»Wunderschöne Blumen«, sagte Jenna. »Aber ihr solltet euer weniges Geld nicht dafür ausgeben. Ich habe noch den letzten Strauß von euch.«

»Diese sind aus dem Garten von Mrs. Hill.«

Jenna sah sie verwundert an. »Ihr habt doch nicht …«

»Dieses Mal nicht«, lachte Lauren. »Ben arbeitet für sie, und er hat sie mit ihrer Erlaubnis gepflückt, weil wir ja wissen, wie sehr du Blumen liebst. Jeder fragt nach dir. Jeder Einkauf im Laden dauert jetzt fünfmal so lang.« Sie blickte zu den Karten auf dem Tisch und dann zurück zu ihrer Schwester. »Wie geht es dir? Du hast ein bisschen mehr Farbe.«

»Es geht mir besser, danke.« Viel besser seit ihrem Gespräch mit Greg.

Sie hatte immer noch keine Ahnung, was sie unternehmen würden, um schwanger zu werden, aber zumindest sprachen sie wieder miteinander.

Greg räumte einen Stapel Bücher von einem Stuhl. »Setzt euch, wo ihr Platz findet. Ich mache etwas zu trinken.«

Nancy gab Jenna den Umschlag. »Das hier soll etwas sein, worauf du dich freuen kannst, wenn es dir besser geht.«

Jenna öffnete ihn und bestaunte die neue Erfahrung, ihre ganze Familie in ihrem Schlafzimmer versammelt zu sehen. »Das Seasalt Spa?« Sie musterte die geprägte Karte mit ihrem eleganten, silbernen Aufdruck. »Ist das dieser neue Laden in der Nähe von Chilmark?«

»Ja, und wir gehen zusammen hin, alle vier. Das haben wir verdient nach all der Arbeit in den letzten paar Monaten. Maniküre, Pediküre – eine Runderneuerung.« Nancy ließ es klingen, als wäre das etwas, was sie täglich machte, doch Jenna konnte sich nicht erinnern, wann ihre Mutter jemals so etwas für sich selbst getan hätte.

»Wir können uns das nicht leisten!«

»Ich habe ein Bild verkauft«, sagte Nancy. »Was mich überrascht hat, um ehrlich zu sein.«

»Mich hat es nicht überrascht.« Lauren beugte sich vor und zupfte Jennas Kissen zurecht. »Kann ich dir was bringen?«

»Nein, mir geht's gut, danke. Hört auf, so einen Wirbel zu machen.« Aber es fühlte sich schön an, von Menschen umgeben zu sein, denen sie am Herzen lag. »Welches Bild hast du verkauft?«

»Das stürmische, düstere Seestück, das früher im großen Schlafzimmer hing.«

»Ich weiß, welches du meinst.« Jenna legte die Gutscheine in ihren Schoß. »Das Bild hat mir immer Angst gemacht. Es ist so … pessimistisch.«

»Ja, aber zu unserem Glück verkauft sich Pessimismus derzeit gut, und wenn Menschen eine düstere Aussicht an ihrer Wand haben wollen – warum sollten wir ihnen widersprechen?«

Jenna strich über den Gutschein in ihrem Schoß. »Wenn du Geld verdient hast, solltest du es sparen. Du wirst es brauchen, um dich durch den Winter im Kapitänshaus zu bringen.«

»Manche Dinge sind wichtiger als Ersparnisse. Wir hatten alle bislang ein hartes Jahr. Es ist an der Zeit, dass wir als Familie ein bisschen Spaß haben. Wir verdienen etwas Freude.«

Wann hatten sie zuletzt Spaß miteinander gehabt?

Jenna konnte sich nicht erinnern.

»Willst du wieder anfangen zu malen, wo du jetzt weißt, dass es einen Markt für deine Arbeit gibt?«

»Ich genieße es, auf unterschiedliche Weise Kunst zu erschaffen, besonders im Garten. Ben und ich haben einige aufregende Ideen, wie wir das Grundstück vom Segelhaus umgestalten. Aber Priorität hat unser neues Einrichtungsgeschäft, Coastal Chic. Lauren hat morgen einen Termin bei der Bank, um über einen Kredit zu sprechen, und dann geht es los. Ich werde ihr helfen! Es ist aufregend, ein neues Ventil für Kreativität zu entdecken. Mack kann uns aushelfen, wenn sie nicht in der Schule ist. Hat Jenna schon die Visitenkarte gesehen? Lauren, hast du eine dabei?«

Jenna setzte sich ein bisschen höher in ihrem Bett auf. Sie konnte sich nicht erinnern, wann sie ihre Mutter das letzte Mal so lebendig erlebt hatte. Sie fragte sich, ob sie als Einzige bemerkt hatte, dass Bens Name öfter in ihren Gesprächen auftauchte. »Du hast eine Visitenkarte?«

Lauren suchte in ihrer Handtasche und holte eine hervor. »Mack hat sie erstellt. Sie hat das Logo und alles entworfen.«

Jenna nahm die Karte. »Coastal Chic«, las sie vor. »Ich liebe es. Und das silberne Muschel-Logo ist perfekt. Stilvoll. Ich würde dich sofort engagieren.«

Mack wurde rot vor Freude. »Mir gefällt es zu programmieren, aber ich mag auch das Designen.«

»Weshalb die Website für das Kapitänshaus so gut aussieht«, sagte Nancy. »Hast du das Design für die Seiten gesehen, die du geschrieben hast, Jenna? Mack hat es geschafft, einen Walfänger als Hintergrund für den Text einzubauen. Es sieht fantastisch aus. Vielleicht könnten wir auch eine Vermietungsagentur gründen.«

Lauren sah beunruhigt aus. »Eins nach dem anderen, Mom.«

Doch Jenna war erleichtert, die Aufregung auf dem Gesicht ihrer Mutter zu sehen. »Ich sehe mir die Website später an.«

»Was ist das hier?« Nancy nahm die Zeichnungen, die neben Jennas Bett lagen.

»Die hier?« Jenna wünschte, sie hätte sie versteckt. »Das sind meine kläglichen Zeichenversuche. Ich habe kein Talent.«

Nancy setzte sich auf die Bettkante und betrachtete die Blätter. »Ist das ein Schwein?«

»Es ist eine Ziege. Siehst du, was ich meine? Ich sollte es lassen.« Sie griff nach den Seiten, doch Nancy hielt sie außerhalb ihrer Reichweite, während sie sie durchblätterte.

»*Abenteuer mit meiner Schwester*. Du hast eine von deinen Geschichten aufgeschrieben?«

Jenna spürte, wie sie rot wurde. »Ich schreibe ein paar von ihnen auf. Einige Eltern von den Schülern meiner Klasse wollten sie ihren Kindern vorlesen. Ich weiß noch nicht, was ich damit machen soll.«

Mack sah Nancy über die Schulter. »Meine Lieblingsgeschichte war die, in der die beiden Schwestern die Ballettstunde aufmischen.« Sie nahm ihrer Großmutter die Blätter ab, zog die Schuhe aus und lümmelte sich neben Jenna auf das Bett. »Deine Geschichten sind großartig. Erinnerst du dich an Fred und Alfred? Fred und Alfred waren zum Totlachen. Und der Dinosaurier, der so wählerisch beim Essen war. Wirst du sie alle aufschreiben?«

»Ich weiß nicht, ich habe noch nicht darüber nachgedacht.«

»Du solltest es tun.« Lauren setzte sich neben sie, und Jenna rutschte vorsichtig zur Seite, um ihr Platz zu machen.

Ihre ganze Familie schien jetzt auf dem Bett versammelt zu sein, rahmte sie ein wie Buchdeckel die Seiten.

Greg kam zurück ins Zimmer, und sie fing seinen Blick auf.

Bei seinem besorgten Stirnrunzeln wurde ihr warm ums Herz. »Mom will versuchen, meine schrecklichen Zeichnungen zu retten. Oder vielleicht wäre es einfacher, wenn ich die Ziege in der Geschichte zum Schwein mache.«

»Du hast Talent. Das habe ich immer gesagt.« Er stellte einen Becher Tee auf den Nachttisch neben ihr.

»Das hat sie.« Nancy las über Macks Schulter mit. »Warum hat dich niemand von uns zuvor ermutigt, sie niederzuschreiben? Sie sind mitreißend, lustig, gefühlvoll. Du schaffst es, dass der Leser mit diesen Mädchen mitfühlt.«

Jenna spürte, wie sie errötete. »Danke, Mom. Nur schade, dass ich einfach nicht zeichnen kann.«

»Du musst nicht beides können.« Nancy nahm Mack die Seiten ab. »Sie können dich mit einem Illustrator oder einer Illustratorin zusammenbringen.«

»Sie?«

»Ein Verlag.«

»Du glaubst, jemand würde meine Geschichten veröffentlichen wollen?«

»Das tue ich. Ich weiß, dass es jede Menge Kinder da draußen gibt, die sie gerne lesen würden.« Nancy blätterte die Seiten um und griff nach einem Bleistift. »Ich habe auch noch nie eine Ziege gezeichnet.« Sie skizzierte rasch mit leicht zusammengekniffenen Augen und lockerer, entspannter Hand. Dann lachte sie. »Deine mag wie ein Schwein aussehen, aber meine wie ein Einhorn.«

Mack beugte sich über ihre Schulter und musterte sie aus jedem Winkel. »Sie ist nicht völlig daneben, Grams.«

»Danke, Liebes. Du bist so freundlich.«

Mack grinste. »Wir sind jetzt immer ehrlich, erinnerst du dich?«

»Das tue ich. Und ich schätze es. Außerdem stimme ich dir zu. Ich glaube nicht, dass ich das Buch deiner Tante illustrieren werde, aber lass mich darüber nachdenken. Es ist eine andere Kunstform. Es ist nicht damit getan, eine überzeugende Ziege zu zeichnen. Es geht darum, die Bewegung zu vermitteln, ihren Schelm, die Abenteuerlust. Die beiden Mädchen bringen sich in Schwierigkeiten und finden dann wieder heraus. Immer gemeinsam. Diese Nähe muss sich auf den Seiten zeigen.« Sie musterte Jenna und dann Lauren. »War das Mrs. Fallowfields Ziege?«

Jenna sank ins Kissen, und Lauren riss unschuldig die Augen auf.

»Wir haben keine Ahnung, was du meinst, Mom.«

Nancy schüttelte den Kopf. »Ich werde nicht einmal fragen, wie viele von diesen Geschichten wahr sind. Lasst uns stattdessen zu unseren Plänen für unseren Tag im Spa zurückkehren, das ist sicherer. Gib uns Bescheid, wenn du dich kräftiger fühlst, und dann mache ich einen Termin.«

Greg löste sich von der Wand, an die er sich gelehnt hatte. »Jenna muss die Dinge noch eine Zeit lang ruhig angehen.«

»Greg, der Drache.« Lauren lächelte anerkennend. »Der Beschützer meiner Schwester.«

»Bittet mich nicht, einen Drachen zu zeichnen«, sagte Jenna.

Schmerz pochte in ihrer Seite, und sie verlagerte leicht ihr Gewicht, um es sich bequemer zu machen.

Greg sah sie besorgt an. »Möchtest du Tabletten?«

»Nein, aber danke.« Sie liebte es, dass er so fürsorglich war. Für eine kurze Zeit hatten sie diese Nähe verloren, und nun war sie wieder da. Liebe konnte hitzig und leidenschaftlich sein, aber sie konnte auch wärmend und tröstlich sein, als ob man es sich mit einem Becher heißer Schokolade vor dem Kamin gemütlich machte.

Sie blickte zu ihrer Schwester. »Wann zieht ihr denn ins Segelhaus?«

»Nächste Woche. Es braucht noch Zeit, bis der Farbgeruch verflogen ist.«

»Ich kann kaum glauben, dass wir schon Mitte Mai haben.« Der Gedanke, dass sie dort wohnen würden, fühlte sich fremd an. »Wird es dir dort gut gehen, Mom?«

»Ja. Am Abend vor unserem Umzug veranstalte ich zum letzten Mal meinen Buchclub im Kapitänshaus. Danach wird jemand anderes Gastgeber sein müssen, wenn wir die Gruppe fortsetzen wollen.« Nancy erhob sich und ging zum Fenster. »Ich war viel zu lange für die Kanapees und die Gespräche verantwortlich.« Sie blickte hinunter in Jennas Garten.

»Du wirst Alice als Nachbarin vermissen. Sie ist dir so eine gute Freundin. Aber es ist ja nicht so, als ob du die Insel verlassen würdest«, sagte Jenna. »Es wird eine große Veränderung für dich, Mom.«

Würde diese Veränderung vielleicht zu viel sein? Zu schwer?

Nancy wandte sich um. »Manchmal sind Veränderungen gut. Raus mit dem Alten und rein mit dem Neuen – das ist mein Motto.«

Jenna blieb der Mund offen stehen. »Das war noch nie dein Motto! Du sagst immer: ›Lass es uns erst mal aufheben. Man weiß nie, wann man es gebrauchen kann.‹«

»Ich habe es nie gemocht, Dinge wegzuwerfen, aber wie sich herausstellt, habe ich ein Händchen dafür. Ich kann rücksichtslos sein, wenn ich es sein muss.«

Jenna tauschte einen Blick mit Lauren. »Ich glaube, ich habe mir meinen Kopf vielleicht stärker angeschlagen als gedacht. Ich könnte schwören, dass Mom gesagt hat, dass sie gerne Dinge wegwirft.«

Lauren streckte die Beine aus und legte sich neben Jenna. »Ich vermute, *sie* hat sich den Kopf angestoßen, und niemand von uns hat es mitbekommen. Ich möchte dich nicht beunruhigen, aber sie hat den gesamten Inhalt von Dads Hobbyraum zum Wohltätigkeitsladen gebracht.«

Jenna wollte am liebsten jubeln.

Sie blickte zu Greg. »Liebling, kannst du uns weniger qualifizierten Sterblichen erklären, was da mit meiner Mutter geschieht?«

»Keine Ahnung. Ich habe es aufgegeben, den Experten für eure Gefühlslagen zu spielen. Und wenn ihr euren Tag im Spa plant, werde ich mehr Kaffee brauchen.« Er küsste Jenna und ging hinaus in die Küche.

Jenna sah ihm nach. Dann fing sie den Blick ihrer Mutter auf. Sie dachte an das Gespräch im Krankenhaus und wie ihre Mutter ihr zugehört hatte. »Bevor du irgendwas sagst, ich weiß, dass ich mich glücklich schätzen kann, ihn zu haben.«

»Ich wollte sagen, dass er sich glücklich schätzen kann, dich zu haben«, sagte Nancy. »Jetzt aber zum Spa-Tag. Was genau machen sie bei einer Gesichtsbehandlung? Das ist nicht Botox, oder? Ich glaube nicht, dass ich Botox möchte. Ich möchte mein Gesicht bewegen können.«

31. Kapitel

Nancy

Beichten: jemandem ein Geheimnis oder eine persönliche Angelegenheit anvertrauen

Am Abend vor ihrem Auszug aus dem Kapitänshaus hielt Nancy ihr letztes Treffen mit dem Buchclub ab.

Ob er weiterhin bestehen würde, lag nun in der Hand anderer Menschen, dachte sie, während sie im Gartenzimmer alles vorbereitete. Sie liebte den Garten im Mai noch mehr als sonst, und dieses Zimmer bot den besten Blick auf die Blumenpracht.

Ab nächster Woche würde das Haus die Sommerunterkunft der Familie Brown sein, die in Manhattan an der Upper East Side wohnte. Die Browns hatten es für den ganzen Sommer gemietet, vom Memorial Day bis zum Labor Day, zu einem Preis, der Nancy nach Luft schnappen ließ. Sie hätte es niemals geglaubt, wäre das Geld nicht schon auf ihrem Konto gewesen.

Lauren hatte die Verhandlungen geführt. Wenn es nach Nancy gegangen wäre, hätte sie einen niedrigeren Preis verlangt, doch Lauren hatte den Markt gründlich studiert.

»Das überrascht mich nicht«, sagte Jenna, als Nancy ihr gegenüber Laurens Verkaufstalent erwähnte. »Du hättest erleben sollen, wie überzeugend sie war, wenn sie mich zu etwas bringen wollte, was wir nicht tun sollten.«

Jetzt war der Deal abgeschlossen, und dies würde bis zum Winter ihre letzte Nacht in dem Haus sein.

Nancy erkundete vorsichtig ihr eigenes emotionales Befinden, suchte nach Schwachstellen. War da Traurigkeit? Nein. Sie fühlte nichts. Kein Bedauern. Keine Schuld, dass sie ihre Vorfahren im Stich ließ.

Stattdessen verspürte sie Stolz auf das, was sie erreicht hatten, und nicht nur, weil sie es mit einem solch dürftigen Budget geschafft hatten. Was sie wirklich mit Stolz erfüllte, war die Teamarbeit. Sie hatten ihre Fähigkeiten kombiniert. Wer hätte gedacht, dass sie in ihrem Alter mit ihrer Tochter ein Geschäft eröffnen würde? Das war etwas, was sie nicht erwartet hatte, und sie war so aufgeregt.

Lauren Stewart. Nancy Stewart.

Coastal Chic.

Das Gartenzimmer bot ein perfektes Beispiel jenes Designstils, der hoffentlich zu ihrem Markenzeichen wurde, und jetzt war es bereit für ihre Gruppe. Drei Flaschen Weißwein standen im Kühlschrank, und Jenna bereitete in der Küche Kanapees vor, während Mack am Küchentisch an ihrem Laptop arbeitete.

Nancy schüttelte ein paar Kissen auf und entschied, dass sie nichts davon erzählen würde, dass sie das Buch des heutigen Abends nur zur Hälfte gelesen hatte. Es war nicht ihre Wahl gewesen, und sie hatte sofort gewusst, dass sie es hassen würde. Das Buch war auf allen Bestsellerlisten, doch sie hatte es wegen des Themas gemieden. Als sie sich gezwungen sah, an einer Diskussion darüber teilzunehmen, entschied sie, zumindest ein paar Kapitel zu lesen. Die Lektüre hatte in ihr genau wie erwartet ein Gefühl des Unbehagens und des Unglücks hinterlassen. Es ging um den Niedergang einer Ehe, und sie fühlte stark mit der Heldin mit. Das Buch weckte beim Lesen zu viele Erinnerungen an das wirkliche Leben, um unterhaltsam zu sein, auch wenn sie das in der Buchgruppe niemals zugeben würde, da keine der Frauen etwas von ihrem wahren Leben mit Tom wusste.

Heute würde sie die anderen reden lassen.

Mary Beth erschien zuerst, bewaffnet mit einer Flasche Wein und einem Notizblock, dessen Seiten mit ihrer ausladenden Handschrift bedeckt waren. »Ich war nicht sicher bei diesem Buch …« Sie ließ ihre Tasche zu Boden fallen, legte ihren Notizblock auf den Tisch und gab Nancy den Wein.

Nancy wollte gerade zustimmen, da kamen ihre anderen Freundinnen ins Zimmer.

»Deine Tochter hat uns reingelassen. Lauren.« Sophie küsste Nancy und dann Mary Beth. »Sie hat sich nicht verändert, seit sie achtzehn war.«

Nancy vermutete, dass ihre Tochter sich sehr verändert hatte. Als Witwe neigte man dazu – erst recht, wenn es ungelöste Probleme gab.

Einer der Gründe, warum sie so wütend gewesen war, dass Tom in diesem Auto starb, bestand darin, dass es sie der Möglichkeit beraubt hatte, ihm zu sagen, was sie von seinem Lügen und Betrügen hielt.

In letzter Zeit hatte sie sein Grab ein paarmal besucht und ihm gesagt, was sie von ihm hielt, auch wenn sie sich vorher zumindest versichert hatte, dass niemand in Hörweite war. Sie fand die Erfahrung therapeutisch. Vielleicht lag es daran, dass er nicht länger mit Lügen und Ausflüchten reagieren konnte. Sie kam zu Wort, und er musste dort liegen und zuhören.

»Ich gestehe, ich mochte das Buch nicht.« Margie wählte einen Sessel am Fenster. »Die Heldin war einfach ein Fußabtreter.«

Sie war selbst ein Fußabtreter gewesen, begriff Nancy. Sie hatte Tom erlaubt, sich so zu verhalten, wie er sich verhielt. Sie hatte ihm die Macht dazu gegeben.

»Da stimme ich zu.« Sophie nahm das Glas Wein entgegen, das Nancy ihr reichte. »Sie hätte ihn rauswerfen und das Schloss austauschen sollen.«

Ja, das wäre ein guter Plan gewesen.

Nancy stellte sich vor, wie sie es tat. Vielleicht hätte sie ihn statt mit einem Fußtritt mit einem seiner kostbaren Golfschläger rausjagen sollen.

Tschüss, Tom. Ein schönes Leben noch.

Jenna kam mit den Kanapees herein. Die Wunde an ihrem Kopf war noch zu erahnen, wenn man genau hinsah, doch ansonsten schien sie wieder die Alte zu sein.

Begleitet von genießerischen Ahs und Ohs aus der Runde, stellte sie die Teller auf einen Beistelltisch.

»Also seht euch das an …« Mary Beth beugte sich vor, um die Kanapees näher in Augenschein zu nehmen. »Das ist Kunst auf dem Teller. Wie gelingt es dir, dass das Gebäck wie Muscheln aussieht?«

»Betriebsgeheimnis.« Jenna reichte Servietten herum. Nancy nahm sich ein Kanapee und stimmte zu, dass dieses Essen tatsächlich wahre Kunst auf dem Teller war.

Sie hatte immer gedacht, dass Jenna zu hundert Prozent nach Tom kam, doch jetzt erkannte sie, dass sie damit falschgelegen hatte. Sie hatte seine Wärme geerbt, das stimmte, doch auch Nancys Kreativität und ihren Sinn für das Visuelle.

Warum hatte sie so lange gebraucht, um ihre Tochter wirklich kennenzulernen? Das bittere Bedauern über die Vergangenheit wurde gelindert durch den Balsam der Gegenwart und der Zukunft.

Es war niemals zu spät, voranzuschreiten.

Sie dachte an Ben und lächelte. Es war eindeutig nie zu spät.

»Ich stimme dir bezüglich der Heldin nicht zu.« Angela nahm sich ein Muschelgebäck. »Sie versuchte, ihre Tochter zu beschützen. Und jemanden hinauszuwerfen ist nicht die einzige vernünftige Reaktion auf Untreue. Sie liebte ihn, also hat sie ihm vergeben. Man braucht Vergebung in der Ehe. Dass sie vergeben kann, macht sie nicht zu einem Fußabtreter.«

Mary Beth verzog das Gesicht. »Man braucht auch Respekt. Wo ist der? Er hat gefehlt. Und wo wir schon bei Dingen sind, die fehlen: Wo ist Alice?«

»Sie konnte nicht.« Nancy betrachtete den Teller mit Kanapees. Schinken oder Shrimps?

»Alice hat noch nie den Buchclub verpasst. Ist sie krank?«

Nancy entschied sich für Shrimps. »Ich glaube nicht.«

Mary Beth suchte in ihrer Tasche nach ihrer Lesebrille. »Vielleicht hat sie sich schlecht gefühlt, weil sie das Buch nicht gelesen hat.«

Margie schüttelte den Kopf. »Was hat das damit zu tun? Alice kommt wegen des Klatsches und der Gesellschaft.«

Nancy war ziemlich sicher, dass der Grund für Alices' Abwesenheit darin bestand, dass sie das Buch tatsächlich gelesen hatte.

Sie fing Laurens verwirrten Blick auf, doch zu dem Thema wurde nichts mehr gesagt, bis alle gegangen waren und die vier Stewart-Frauen aufräumten.

Macks Beitrag zum Aufräumen bestand darin, die restlichen Kanapees aufzuessen. »Sie halten sich nicht«, murmelte sie mit vollem Mund und wischte sich ein paar Krümel aus dem Mundwinkel.

Jenna nahm ihr den Teller ab. »Mit dir im Haus halten sie sich nicht, das ist sicher.«

»Ich bin ein hungriger Teenager.« Mack griff sich das letzte Kanapee, und Nancy brachte die leeren Teller in die Küche.

»Was ist los mit Alice, Mom?« Lauren nahm ihr die Teller ab und räumte sie in den Geschirrspüler. »Sollten wir sie anrufen? Hinübergehen und nachsehen, ob alles in Ordnung ist?«

»Nein. Tut das nicht.«

»Weißt du, was los ist?«

Wie sollte sie darauf antworten?

Am einfachsten war es, das nicht zu tun.

»Ich muss weiter aufräumen …« Sie drehte sich um und wollte aus der Küche gehen, doch Lauren hielt sie am Arm zurück.

»Bist du sauer? Ist etwas passiert?«

»Nein. Nicht so, wie du glaubst. Ich darf nicht …« Nancy hielt inne. Sie war hin- und hergerissen zwischen der Loyalität zu einer alten Freundschaft und der Sorge um ihre Mädchen. »Das ist etwas, das ich nicht mit euch besprechen kann. Es wäre nicht fair.«

»Fair?« Jenna stand im Türrahmen. »Fair dir gegenüber oder uns gegenüber?«

Lauren runzelte die Stirn. »Oder fair Alice gegenüber?«

Nancy gab nach. »Es ist kompliziert.«

»Also weißt du, warum Alice heute Abend nicht hier war?«

»Ja, ich glaube schon.« Nancy nahm ein Tuch und fing an, die Arbeitsflächen abzuwischen.

»Hör auf mit dem Putzen.« Lauren nahm ihr das Tuch ab und legte es weg.

»Wir haben uns geschworen, keine weiteren Geheimnisse voreinander zu haben«, sagte Jenna. »Was auch immer dich beschäftigt, wir werden damit zurechtkommen. Und wir werden es Alice gegenüber nicht erwähnen, wenn dir das Sorgen bereitet. Warum ist sie heute Abend nicht gekommen? Hat es etwas damit zu tun, dass du das Kapitänshaus verlässt?«

»Nein. Ich bin sicher, dass es daran liegt, dass ihr das Buch nicht gefiel.«

»Woher weißt du, dass es ihr nicht gefiel?«

Ach, Alice, Alice. »Weil es in dem Buch um Untreue ging.«

Jenna öffnete den Kühlschrank und verstaute eine halb leere Flasche Wein. »Was hat das mit Alice zu tun?«

Alles.

Und es drohte, sie zu überwältigen. Das Gefühl, die Unentschiedenheit, der Schmerz, es schien zu viel, um es im Zaum zu halten.

»Ich glaube, sie fand das Thema unangenehm.«

»Hat Alice ein Problem mit Untreue?«

»Nicht unbedingt.« Nancy griff wieder nach dem Tuch und knetete es in ihren Händen. »Alice hatte eine Affäre mit Tom. Ich vermute, sie war diejenige, die ihr in jener Nacht im Segelhaus gesehen habt.«

32. Kapitel

Lauren

Rückschlag: etwas, das Fortschritte aufhält, verhindert oder zurückwirft

Lauren verließ die Bank und hielt den Kopf gesenkt. Sie war dankbar, dass ihr die gleißende Sonne einen Vorwand lieferte, eine Sonnenbrille aufzusetzen. Solange sie niemand ansprach, wäre alles in Ordnung. Sie musste nur einen Fuß vor den anderen setzen und zurück zu ihrem Wagen gehen. Weitermachen. Es war ja nicht so, als ob sie keine Übung darin hätte. War das nicht das, was sie in den letzten Monaten getan hatte?

Noch dreißig Schritte bis zum Wagen, das war alles.

»Lauren!«

Die Stimme erklang hinter ihr. Sie wollte sie ignorieren, doch die Höflichkeit verbot es, also hielt sie an und drehte sich um. Sie war froh, dass ihre Augen hinter der Brille verborgen waren.

»Alice. Wie geht es dir?« Sie war nicht in der Stimmung, mit jemandem zu reden. Und insbesondere mit Alice wollte sie nicht sprechen.

Nach der Enthüllung ihrer Mutter hatte sie keine Ahnung, was sie zu ihr sagen sollte.

Du warst die beste Freundin meiner Mutter.

Doch sie verstand das Schuldgefühl, das ihre Mutter verspürte, weil sie es ihnen erzählt hatte. Und auch Nancys Anliegen, dass es Laurens und Jennas Verhältnis zu Alice nicht beeinträchtigen sollte. Also strengte sie sich an, sich normal zu verhalten.

»Ihr seid aus dem Kapitänshaus ausgezogen«, sagte Alice.

»Vor ein paar Wochen.« Es war bereits Juni. Wie konnte das sein?

»Deine Mom muss so beschäftigt gewesen sein, dass sie vergessen hat, sich richtig zu verabschieden.«

Lauren hielt es für wahrscheinlicher, dass ihre Mutter noch nicht entschieden hatte, wie sie mit der Situation umgehen sollte.

Wie konnte man auch mit einer solchen Situation umgehen?

»Sie ist nur ein paar Meilen weggezogen«, sagte sie. »Es ist ja nicht so, als ob sie die Insel verlassen hätte.«

»Es muss schwer für euch sein, so beengt zu wohnen, nachdem ihr so viel Platz hattet.«

»Ist es nicht«, entgegnete Lauren. »Wir genießen es, so nah am Strand zu sein.«

Sie war überrascht gewesen, wie wohl sich Nancy im Segelhaus zu fühlen schien. Ihre Mutter hatte in den letzten Wochen eine Art Verwandlung durchgemacht. Ihre Ausräumwut hatte sich bis auf ihren Kleiderschrank erstreckt, und sie hatte all die düsteren Sachen, die sie in den letzten zehn Jahren getragen hatte, hinausgeworfen. In einem Aufbewahrungsbeutel hatte sie Kleidung entdeckt, die sie vor Jahren auf Europareisen gekauft und zu ihren Ausstellungseröffnungen und Städtetouren getragen hatte. Ihr alter Look wurde ihr neuer Look. Statt Grau und Schwarz trug sie jetzt Weiß und kombinierte es mit fließenden Schals in hellen Farbtönen. Da war eine Pucci-Seidenbluse, die sie in Florenz erstanden hatte, und eine Chanel-Jacke aus Paris. Auffällige Silberreife zierten ihre Handgelenke, und Lauren hatte bemerkt, dass sie angefangen hatte, einen Hauch Make-up aufzulegen.

»Du siehst wie eine Künstlerin aus«, hatte Jenna gesagt, als sie und Greg zum ersten Mal abends zum Essen kamen. »Ich hoffe, du wirst das nicht tragen, wenn du jemandes Haus streichst. Das schreit nach Ärger. Wenn du mir nicht glaubst, musst du *Meine Schwester und ihre Abenteuer mit Farbe* lesen.«

Lauren und Jenna waren sich beide einig, dass zwischen Nancy und Ben irgendetwas lief.

Die beiden standen oft im Garten des Segelhauses und steckten die Köpfe zusammen, wenn sie sich eine Pflanze genauer ansahen.

Nancy hatte die Kommentare ihrer Töchter zu ihrer veränderten Erscheinung mit einem Lachen abgetan.

»Ich habe mich entschieden, dass ich meinen Look erneuern muss, wenn ich mit meiner Tochter ein Geschäft eröffne.«

Wenn ich mit meiner Tochter ein Geschäft eröffne.

Lauren blinzelte. »Ich muss gehen, Alice.«

»Ich komme bald vorbei.« In Alices Stimme schwang ein bisschen Verzweiflung mit. »Sag Nancy, dass sie sich melden soll. Ich werde es vermissen, mich durch die Lücke im Zaun zu quetschen. Wir tun das, seit wir vier Jahre alt waren.«

»Ich weiß.«

Jahre der Freundschaft. Ein Verrat.

Lauren hatte keine Ahnung, was sie an der Stelle ihrer Mutter getan hätte oder ob sie in der Lage gewesen wäre, dieses Geheimnis so viele Jahre für sich zu behalten.

Nancy hatte ihnen erzählt, dass sie es schon lange Zeit vermutet hatte, aber bis zu jenem Tag, an dem sie und Alice zum Segelhaus gingen, nicht sicher gewesen war.

»Aus diesem Grund habe ich sie mitgenommen«, gestand Nancy, als sie eines Abends alle beim Wein zusammensaßen. »Ich wollte ihre Reaktion sehen. Ich musste es genau wissen.«

Und jetzt wusste sie es.

»Ich habe gehört, du eröffnest jetzt dein eigenes Geschäft.« Alice hatte es nicht eilig, Lauren gehen zu lassen.

»Ja. Das ist alles sehr aufregend.« *Und frustrierend. Und unmöglich.* Warum hatte sie geglaubt, dass ihr irgendjemand einen Kredit geben würde? Sie war ein großes Risiko.

»Von Mary Beth habe ich gehört, dass du sogar eine erste Klientin hast.«

»Ja.«

Miranda Hillyard, eine Rechtsanwältin aus Boston, die vor ein paar Jahren für immer nach Martha's Vineyard gezogen war und derzeit ein Acht-Millionen-Haus mit Meerblick in der Nähe von Chilmark renovierte. Sie war zufällig mit ihrem Hund am Strandweg spazieren gegangen, als Lauren dort Paletten anstrich, die sie als Nachttische verwenden wollte.

Miranda war stehen geblieben und mit ihr ins Gespräch gekommen. Nach wenigen Minuten hatte Lauren sie im Segelhaus herumgeführt. Miranda hatte ihr viele Fragen gestellt, und als Lauren später ihren Namen in einer Suchmaschine eingab, sah sie, dass Miranda als ausgezeichnete Anwältin bekannt war, die nie einen Fall verlor. Es war leicht zu verstehen, warum. Sie war absolut überzeugend, und als sie bat, das Kapitänshaus besichtigen zu dürfen, willigte Lauren ein. Sie war stolz auf das, was sie hier erreicht hatten, auch wenn sie die Einzelheiten ihres schmalen Budgets für sich behielt. Zwar hatte sich herausgestellt, dass sie die Königin des Recyclings war, aber das bedeutete nicht, dass sie das bei jedem Auftrag machen wollte.

Endlich, nachdem Lauren bereits ihre Fingernägel heruntergekaut hatte, rief die Frau an und bat Lauren, zu ihr zu kommen, sich das Haus anzusehen und eine Meinung abzugeben.

Lauren verbrachte einen halben Tag mit ihr, ging von Zimmer zu Zimmer durch das Haus, sog Mirandas Vorstellungen auf und übersetzte sie in Ideen. Es war aufregend, über die Einrichtung nachzudenken, ohne vorher überlegen zu müssen, ob man sie sich leisten konnte. Miranda war reich und hatte große Pläne.

Als Lauren ging, hatte sie ihre erste Klientin und ein Riesenproblem.

Der Hillyard-Auftrag versprach, groß zu werden, und Lauren hatte kein Kapital, um ihr neues Geschäft zu gründen.

Ihre Mutter konnte nichts beisteuern, weil sie das Geld aus der Miete für das Kapitänshaus brauchte, um durch den Winter zu kommen.

Wenn Miranda nahbarer gewesen wäre, hätte Lauren es mit ihr besprechen können, doch die Anwältin war so entsetzlich kompetent, dass Lauren nicht zeigen wollte, was für ein schreckliches Chaos ihr eigenes Leben darstellte.

Sie hatte bis in die Nacht an Businessplänen gearbeitet, und Mack hatte ihr geholfen, ein professionell aussehendes Dokument zu erstellen. Doch es hatte nicht gereicht, um die Bank zu überzeugen. Ihre Kreditanfrage wurde abgelehnt. Auch wenn sie tief enttäuscht war, konnte sie ihnen schwerlich einen Vorwurf machen. Sie hatte keine Sicherheiten und keine Geschäftserfahrung. Angesichts der Umstände hätte sie vermutlich auch kein Geld an sich selbst verliehen. Die Bank hatte ihr vorgeschlagen, Lauren solle ihre Mutter fragen, ob diese ihr das Geld entweder leihen oder als Bürge fungieren würde, doch Lauren wusste, dass beides keine Option darstellte.

Sie würde Miranda zurückrufen und sagen, dass sie den Auftrag nicht übernehmen konnte.

Das war ein Anruf, den sie in vielerlei Hinsicht befürchtete.

»Ich sollte gehen, Alice.« Sie drehte sich um und unterdrückte die Gefühle, die ihr Selbstbewusstsein ernsthaft bedrohten.

Die Sonne schien heiß auf sie herab, und in den Straßen war spürbar mehr los. Die Insel roch nach Sommer. Der schwere Duft von bunten Blumen vermischte sich mit dem Geruch von Sonnencreme. Sommer auf Martha's Vineyard bedeutete das Kreischen von glücklichen Kindern, Erdbeeren, die auf dem Markt wie Edelsteine aufgehäuft wurden, das langsame Tröpfeln von Eis, das in der Sonne schmolz. Sommer bedeutete erfrischende Bäder im Meer und barfuß am Strand entlangzulaufen, während einem der Wind das Gesicht kühlte. Sommer bedeutete, auf der Hafenmauer zu sitzen und Hummerscheren zu essen, während einem die Butter das Kinn hinunterlief.

Es lag ein Summen in der Luft und eine Energie, die es im Winter nicht gab. Die Einwohnerzahl explodierte, und die Menschen bewegten sich in einem gemächlichen Sommertempo. Die Einheimischen murrten und beklagten sich, und einige wünschten sich insgeheim, dass die Saison vorüber wäre, doch Lauren wünschte das nicht.

Das Kapitänshaus war den ganzen Sommer über bis zum Labor Day vermietet, und die Summe, die sie dadurch einnahmen, würde es ihrer Mutter ermöglichen, den Winter über dortzubleiben.

Das Haus würde nicht verkauft werden. Es blieb noch immer der Stewart-Wohnsitz, so wie es das seit zwei Jahrhunderten war.

Wären nicht das Gespräch bei der Bank und der gestrige Anruf aus London gewesen, würde sie mit Hoffnung in die Zukunft sehen.

Was sollte sie tun, wenn sie ihr Unternehmen nicht starten konnte?

Weil die dunkle Sonnenbrille und die aufsteigenden Tränen ihr die Sicht nahmen, lief sie in jemanden hinein.

Kräftige Hände packten ihre Schultern, um sie festzuhalten, und sie murmelte eine Entschuldigung.

Statt sie loszulassen, packten die Hände sie fester.

»Warum die Eile?«

Scott.

Von allen Menschen, denen sie jetzt gerade nicht begegnen wollte, stand er wohl ganz oben auf der Liste.

»Tut mir leid. Ich habe nicht geschaut, wo ich hinlaufe.«

Seit jenem Tag im Segelhaus war sie ihm gezielt ausgewichen, hatte ihre Besuche so geplant, dass sie nie allein waren. Immer wenn sie an diesen Nachmittag in der Küche dachte, verspürte sie Reue, und das nicht nur, weil sie wilden, ungehemmten Sex gehabt hatte, während ihre Schwester kopfüber in einem Autowrack gefangen war. Dadurch dass sie es sich selbst gestattet hatte, Scott wieder näherzukommen, hatte sie eine Tür geöffnet, die nur schwer wieder zu verschließen war. Die Einsicht, dass sie ihn so sehr begehrte, war ebenso frustrierend wie verunsichernd. Es war nicht nur der falsche Zeitpunkt, er war auch die falsche Person. Sie war klug genug, um zu wissen, dass Scott eine Wirkung auf sie hatte wie kein anderer Mann. Das hatte sich nicht geändert. Und Scott selbst hatte sich ebenso wenig geändert – sie würde es sich nicht erlauben, etwas anderes zu glauben.

»Wie geht es Jenna?«

»Gut, danke. Fast wieder die Alte.«

»Und du?« Seine Stimme war leise und intim und rief Erinnerungen in ihr wach, die sie nicht im Kopf haben wollte.

»Mir geht es auch gut. Wir sind in das Segelhaus gezogen. Die Küche ist großartig. Die Oberflächen sind …« Sie schnappte nach Luft, als er ihr vorsichtig die Sonnenbrille abnahm. »Was machst du da?« Sie griff danach, doch er hielt sie außer ihrer Reichweite, während er die andere Hand um ihre Wange legte.

Er blickte auf sie hinunter und musterte mit forschendem Blick ihr Gesicht. »Was ist passiert?«

»Nichts. Kann ich meine Brille zurückhaben?«

»Nicht, bis du mir erzählst, warum du so aufgewühlt bist.«

Sie war sich ihrer geröteten Augen bewusst und auch des Stroms an Menschen, die an ihnen vorübergingen. »Scott, bitte – wir sind an einem öffentlichen Ort.«

»Dann gehen wir irgendwohin, wo es weniger öffentlich ist. Ich parke gegenüber auf der Straße.« Er setzte ihr die Sonnenbrille wieder auf und nahm ihre Hand. »Komm mit.«

»Die Leute werden reden.«

»Ja, sie haben die Tendenz, das zu tun. Das bedeutet nicht, dass du zuhören musst.« Er umfasste ihre Hand fester und führte sie zu seinem Pick-up.

Zu niedergeschlagen, um zu widersprechen, stieg sie ein.

Sie würde klarkommen. Das hier war ein Rückschlag, das war alles, und sie war zur Expertin für den Umgang mit Rückschlägen geworden. Hinfallen, wieder aufstehen. Sie hoffte, dass ihre Beinmuskeln kräftig genug dafür waren.

Sie hörte ein Hecheln hinter sich und drehte sich um. Captain wedelte so stürmisch mit dem Schwanz, dass er gegen den Rücksitz schlug.

Es war unmöglich, nicht zu lächeln. »Dein Hund ist hinreißend.«

»Ja, er ist eine treue Seele.« Scott setzte sich auf den Fahrersitz und fuhr los. »Niemand kann ihm widerstehen.«

Und sie hatte Scott nie widerstehen können.

Sie hätte nicht zu ihm in den Wagen steigen sollen. Es war ein Fehler gewesen, doch jetzt war es zu spät, das zu ändern.

Egal, wie schlecht sie sich fühlte, sie würde sich nicht aus einem fahrenden Wagen stürzen.

Sie fand ein Taschentuch und putzte sich die Nase. »Ich war dumm.«

»Das bezweifle ich.« Er fuhr stadtauswärts. »Erzähl erst mal, warum du so fein gemacht bist mit deinen schicken Londoner Klamotten.«

»Ich hatte einen Termin bei der Bank.«

Er runzelte die Stirn. »Und sie haben dich zum Weinen gebracht?«

»Ich habe nicht geweint.«

»Du konntest nicht sehen, wo du hinläufst.«

»Ich war in Gedanken verloren, das war alles.«

Er sagte nichts mehr, bis sie die Werft erreichten.

Scott parkte den Wagen und stellte den Motor ab. »Erzähl mir, was dich beschäftigt. Ich möchte es wissen.«

Sie erinnerte sich an das erste Mal, als sie sich ihm anvertraut hatte und wie er sich ruhig und aufmerksam alles angehört hatte, was sie sagte. Niemand hatte ihr je zuvor auf diese Weise zugehört. Und sie erinnerte sich an das erste Mal, dass er sie geküsst hatte. Es war, als hätte jemand ein Feuerwerk in ihr entfacht. Dieses Gefühl hatte all ihre Zweifel ausgelöscht, ihre Blockaden und Hemmungen.

Sie sah zum Wasser hinüber, beobachtete, wie die Menschen kamen und gingen. »Da ist viel los. Mir war nicht klar, dass das Unternehmen so sehr gewachsen ist.«

»Erzähl mir, was bei der Bank passiert ist.«

»Sie wollen mir keinen Kredit geben. Ohne den Kredit kann ich mein Unternehmen nicht starten, und das ist frustrierend, weil meine erste Kundin bereits wartet. Kennst du Miranda Hillyard? Sie möchte, dass ich an ihrem Strandhaus arbeite.«

»Ich kenne das Haus. Das wäre ein ziemlich großes Projekt.«

»Jenseits meiner kühnsten Träume. Unglücklicherweise fand die Bank meine Träume ein bisschen zu kühn.«

Scott tippte mit den Fingerspitzen auf das Lenkrad. »Hast du ihnen gesagt, dass du bereits eine Kundin hast?«

»Ja, aber ich habe keine Geschäftserfahrung und keine Sicherheiten. Ich kann ihnen nicht ernsthaft einen Vorwurf machen. Ich würde mir auch kein Geld leihen. Mir tut es für die anderen genauso leid wie für mich. Wir haben alle etwas beigesteuert, und Mom wollte mir beim Design helfen. Sie freut sich darauf. In den letzten Monaten hatten wir alle ein gemeinsames Ziel. Und das Beste ist, dass es etwas war, was ich schon immer tun wollte.« Sie versuchte, es zu erklären. »Ed war immer derjenige, der das Geld verdiente, und ich blieb zu Hause mit Mack. Aber ich habe jetzt den Punkt erreicht, wo ich bereit bin, zu arbeiten und etwas für mich selbst zu tun. Endlich hatte ich die Qualifikation bekommen, die ich brauchte, und es fühlte sich wie ein Neustart an. Ich hatte schon Pläne gemacht, wie ich in London mein eigenes Geschäft starten würde.«

»Du hattest immer ein Hochglanzmagazin bei dir, das meist mit Markierungen übersät war, um zu zeigen, was du anders machen würdest.«

Sie war überrascht. »Das weißt du noch?«

»Ich erinnere mich noch an alles.«

Genau wie sie.

»Ed starb, und der anschließende Neustart stellte sich als etwas heraus, das ich nicht geplant hatte. Und dann schien es, als könnte ich diesen Traum dennoch umsetzen. Das macht es fast noch schwieriger, damit umzugehen, weil er in der letzten Minute zerplatzt ist.« Beschämt schloss sie die Augen. »Es tut mir leid.«

»Warum? Wenn das Leben schwer ist, halten einen manchmal nur Träume aufrecht, und deine wurden gerade zerschmettert. Du hast das Recht, enttäuscht und wütend zu sein.«

Genauso fühlte sie sich. Zerschmettert. Erst durch den Anruf von James und dann durch den Termin bei der Bank. »Das Leben läuft nicht so, wie man es plant, oder?«

»Selten, aber in diesem Fall könnte es das. Wie viel brauchst du?«

»Wie bitte?«

»Geld. Wie viel?«

Sie hatte so oft hin und her gerechnet, dass sie die Summe nicht nachzuschauen brauchte. Und dann begriff sie, dass er die Frage nicht aus Interesse stellte. »Ich will dein Geld nicht, Scott.«

»Warum nicht?«

»Weil ich das hier allein schaffen muss.«

»Du willst dir das Leben so schwer wie möglich machen, oder? Wenn du kopfüber in eine Pfütze fällst, atmest du dann extra ein?«

»Ich kann dein Geld nicht nehmen. Und du solltest es nicht anbieten. Ich bin ein Risiko. Wenn du mir nicht glaubst, frag die Bank.«

»Bei der Bank muss man bestimmte Kriterien erfüllen. Bei mir nicht. Du hast Talente und Fähigkeiten, die gefragt sein werden. So wie ich es sehe, ist es ein Investment.«

»Erzähl mir nichts von Investments. Es waren Eds Investment-Geschäfte, die mich in diesen Schlamassel gebracht haben.« Sie holte noch ein Taschentuch aus ihrer Tasche und putzte ihre Nase. »Gestern bekam ich einen Anruf von Eds Nachlassverwalter. Er ist ein Freund.«

»Und?«

»Es ist alles abgewickelt. Das Haus gehört wieder der Bank, die Autos den Leasingfirmen, und die Möbel sind verkauft.« Manchmal fühlte es sich so surreal an, als ob das jemand anderem geschähe. »Es ist, als hätte dieses Leben in London nie existiert.«

Scott legte seine Hand auf ihre. »Das ist hart.«

»Ich wusste, dass es geschehen würde, deswegen verstehe ich nicht, warum dieser Anruf so ein schlechtes Gefühl in mir hinterlassen hat. Ich nehme an, das war eine deutliche Erinnerung an die Realität.« Sie sollte ihre Hand vermutlich fortziehen, doch sie brachte es nicht über sich. »Und eine Erinnerung, dass ich dumm war. Ich habe Ed vertraut. Ich hätte mir den finanziellen Aspekt unseres Lebens genauer ansehen müssen.«

»Es ist nicht dumm, jemandem zu vertrauen, den du liebst, Laurie.«

»Was habe ich getan, dass er glaubte, er könne es mir nicht erzählen? Wir hätten ein Team sein sollen.« Sie schniefte. »Ich kann nicht glauben, dass ich hier mit dir meine Ehe erörtere. Macht es dir nichts aus, über Ed zu sprechen?«

Er antwortete nicht gleich. »Ehrlich? Am liebsten möchte ich etwas kaputt schlagen.«

Sie lachte schockiert auf. »Es tut mir leid. Ich höre auf.«

»Nein. Abgesehen von dem, was wir waren, waren wir auch immer Freunde. Ich hoffe, wir sind es immer noch. Du hast mir von deiner finanziellen Lage erzählt.«

»Es könnte noch schlimmer sein. James sagte, wir seien knapp an der Privatinsolvenz vorbeigeschrammt. Wir besaßen ein paar Kunstwerke, die sich auf einer Auktion gut verkauft haben. Deshalb bekomme ich sogar Geld. Eine Summe von genau tausendsechshundertfünfundfünfzig Dollar. Wenn ich Jenna den Flug zurückgezahlt habe, können Mack und ich uns vermutlich noch ein kleines Eis leisten.«

Scott umfasste ihre Hand und drückte sie. »Kein Wunder, dass du aufgewühlt bist.«

Sie lächelte mit feuchten Augen. »Immerhin bin ich nicht pleite, oder? Trotzdem hat es nicht gereicht, damit die Bank an mich glaubt.«

»Ich habe Geld, Laurie, und ich glaube an dich.«

»Ach Scott …« Ihr Herz zog sich zusammen. »Nicht.«

»Was nicht?«

»Ich möchte kein Mitleid.«

»Ich habe kein Mitleid. Ich habe Geld, das ich dir geben möchte.«

Sie putzte sich wieder die Nase. »Ich kann dein Geld nicht nehmen, Scott. Und du solltest es nicht anbieten.«

»Es ist meine Entscheidung, wie ich es ausgebe.«

»Ich meine es in deinem Interesse. Du wirst jeden Cent brauchen, wenn du dich das nächste Mal entscheidest, wieder ins Blaue zu segeln.«

»Du glaubst immer noch, dass ich ins Blaue segeln werde?« Er zog seine Hand zurück. »Du siehst, was du sehen willst. Ich habe dich verletzt, und du kannst nichts anderes sehen.«

Sie wandte den Kopf. »Was soll das heißen?«

»Sechzehn Jahre sind eine lange Zeit. Menschen verändern sich. Ich habe mich verändert.«

»Aber du wolltest keine Verantwortung. Wolltest du nie.«

Er atmete ganz ruhig ein. »Was glaubst du, woher ich das Kapital habe, um ein Angebot für das Kapitänshaus abzugeben? Du hast mich nicht gefragt, wo das Geld herkommt.«

»Kapital?« Sie schluckte. »Ich ging davon aus, dass du einen großen Kredit aufnehmen würdest. Hilft Charlie dir? Ich bin sicher, er ist ein großzügiger Chef.«

Er fuhr sich übers Kinn und warf ihr einen verärgerten Blick zu. »Charlie ist nicht der Chef, Laurie, ich bin das.«

Sie starrte ihn entgeistert an. »Ich verstehe nicht.«

»Ich bin der Chef. Mir gehört die Werft. Joshua hat sie mir vor langer Zeit verkauft.«

»Dir gehört sie? Aber was ist mit Charlie?«

»Charlie wollte die Verantwortung nicht.«

»Aber du auch nicht.« Sie war verwirrt. Nichts davon ergab einen Sinn.

Er presste die Kiefer zusammen. »Du hast keine Ahnung, was ich will. Du hast mich nicht gefragt.«

»Aber wenn das stimmt, warum hast du nicht schon vorher etwas gesagt?«

»Ich weiß nicht. Ich finde es nicht leicht, über diese Dinge zu sprechen. Ich schätze, ich habe gehofft, dass du es selber siehst.«

Sie war blind gewesen. Mit sich selbst beschäftigt. »Du bist um die Welt gesegelt …«

»Du bist gegangen«, sagte er ausdruckslos. »Es schien mir damals die beste Option.«

Sie konnte kaum atmen. »Willst du sagen, du bist wegen mir um die Welt gesegelt?«

»Hier zu sein ohne dich machte mich verrückt. Und Segeln war immer meine Art, den Problemen zu entfliehen.« Er lächelte freudlos. »Nur dass ich in diesem Fall selbst das Problem war, sodass ich es mit mir nahm. Vielleicht hätte ich mich über Bord stürzen sollen.«

Sie lachte nicht. Wie hatte sie es so falsch verstehen können? »Also bist du zurückgekommen?«

»Keine Wurzeln zu haben schien nicht zu funktionieren, also habe ich etwas anderes ausprobiert. Mein Kompromiss bestand darin, auf dem Boot zu wohnen. Ich schlief auf dem Wasser und arbeitete an Land. Alles, womit ich mich auskannte, waren Boote, also nahm ich an, dass ich damit arbeiten sollte. Joshua ließ mich die Werft nutzen, und ich baute eine Rennjacht. Sie war schnell. Ich verkaufte sie an einen Kerl aus Kalifornien, der mehr Geld als Grips hatte. Dann baute ich noch eine. Wenn ich nichts zu tun hatte, half ich ihm in der Werft. Und dann hatte Joshua seinen ersten Schlaganfall. Charlie verbrachte die meiste Zeit bei seiner Mutter oder im Krankenhaus. Ich übernahm die Werft, bis Joshua wieder auf den Beinen war, doch als es ihm wieder gut ging, entschied er, dass es vorbei war. Er bat mich, sie zu übernehmen.«

Sie war verblüfft. Wie hatte sie das nicht wissen können? »Das Geschäft läuft gut?«

»Ja. Wir haben Arbeitsboote, Lastwagen und ein paar hydraulische Anhänger. Wir haben Kunden auf dem Festland und auf der Insel. Es ist nicht leicht, geeignetes Personal zu finden und zu halten, doch wir haben es geschafft. Und da ich auf dem Wasser lebe, sind meine Ausgaben niedrig. Also, ich wiederhole es: Lass mich dir das Geld geben. Du hast die letzten sechzehn Jahre unsere Tochter ohne meine Hilfe aufgezogen.«

Unsere Tochter.

»Du hast dich der Verantwortung nicht gestellt.«

»Ich hätte es tun sollen.« Seine Stimme war rau. »Ich hatte nie Schwierigkeiten, Beziehungen zu beenden, Lauren. Darin war ich gut. Ich habe es auch nie bereut. Bis ich dich verlassen habe.«

Sie spürte, wie sich ein Kloß in ihrem Hals bildete. »Scott …«

»Ich kann nicht wiedergutmachen, was geschehen ist, aber jetzt kann ich diese Sache in Ordnung bringen. Sag Ja, Laurie. Du bist klug. Kluge Menschen wissen, wann man Hilfe akzeptieren sollte.« Er atmete tief durch. »Nimm das Geld.«

»Ich … kann nicht. Es fühlt sich nicht richtig an.«

Er fluchte unterdrückt. »Du warst wütend auf mich, weil ich mich der Herausforderung nicht gestellt habe, und das kann ich dir nicht übel nehmen. Doch jetzt stelle ich mich, und du lässt mich nicht. Ich hätte das vor Jahren tun sollen, ich weiß. An jenem Tag am Strand, als du mir sagtest, du wärst schwanger, hätte ich dich küssen und dir einen Ring überstreifen sollen, so wie er das getan hat. Ich hätte derjenige sein sollen, der dir Sicherheit und Geborgenheit gibt. Ich hätte für dich da sein sollen, aber ich war es nicht, und ich muss mit diesem Wissen leben, dass ich völlig versagt habe. Und ich habe den Preis für diese Entscheidung bezahlt, sobald ich an dich und Ed gedacht habe. Wie du mit Ed lachst.« Seine Stimme klang erstickt, und er ballte die Hand zur Faust. »Wie du Geheimnisse mit Ed teilst. Wie er sich um unsere Tochter kümmert.« Es klang, als zermahle er Glas zwischen den Zähnen. »Ich habe gelernt, damit zu leben, aber ich kann nicht mit dem Wissen leben, dass du jetzt Schwierigkeiten hast und mich dir nicht helfen lässt.«

»Du hast an mich und Ed gedacht?«

»Jeden verdammten Tag.« Er wandte sich ihr zu. »Du denkst, ich bin ins Blaue hinausgesegelt und habe dich vergessen? Egal, wo ich war, du warst immer bei mir, zusammen mit dem Wissen, dass ich die wichtigste Entscheidung meines Lebens versaut habe.«

Sie konnte kaum atmen. »Scott …«

Er streckte die Hand nach ihr aus und umfasste ihren Hinterkopf. »Nichts kann mein Schuldgefühl ausradieren, dass ich damals nicht für dich da war, aber lass mich jetzt zumindest dies für dich tun.« In seinem Ton schwang tiefer Schmerz mit, und sie blickte in seine Augen, emotional ebenso erschüttert wie er.

Das Leben mit Ed war einfach und leicht gewesen. Wenn sie ihre Ehe mit einem Wort hätte beschreiben müssen, würde sie »zufrieden« sagen. Da gab es nicht diese wild schwankenden Gefühle, die sie in Scotts Nähe empfand. Nicht diese Hochs, aber auch nicht diese Tiefs.

»Das wusste ich nicht«, sagte sie. »Ich ging davon aus …«

»Du gingst davon aus, dass ich der gleiche Mensch bin, der ich vor sechzehn Jahren war, aber ich kann dir versichern, dass es einen ganz schön aufrüttelt, wenn man die wichtigste Entscheidung seines Lebens versaut hat.«

»Ich habe dich geliebt.« Die Worte konnten noch nicht einmal ansatzweise die Tiefe und Intensität ihrer Gefühle beschreiben.

Er lehnte seine Stirn an ihre. »Ich habe dich auch geliebt. Ich habe dich so sehr geliebt, dass ich nicht wusste, wohin mit all diesen Gefühlen.«

Ihre Wangen waren feucht vor Tränen. »Ich habe immer gehofft, du würdest eines Tages aufwachen und feststellen, dass du einen großartigen Vater abgeben wirst. Besser als die meisten, weil du so viele schlechte Elternbeispiele erlebt hast. Ich hielt am Hafen nach dir Ausschau in der Hoffnung, dein Boot zu sehen. In der Hoffnung, dass du deine Meinung geändert hättest.«

Ein langes Schweigen entstand.

Sie hörte ihn atmen und sah die Unentschlossenheit in seinen Augen.

»Scott?«

Er löste sich plötzlich von ihr und lehnte seinen Kopf gegen den Sitz. »Das hatte ich, aber da war es zu spät. Du warst bereits mit Ed zusammen.«

»Was meinst du?«

»Zwei Wochen nachdem du mir erzähltest, dass du schwanger seist, kam ich zurück. Ich wollte mit dir sprechen, ob wir einen Weg finden könnten, es hinzubekommen, auch wenn ich nicht weiß, was zum Teufel ich mir da vorgestellt hatte. Vater zu sein ist ja nicht etwas, was man ausprobiert und zurückgibt, wenn es nicht passt.«

»Du bist zurückgekommen, aber du hast mich nicht gesucht?«

»Doch, das habe ich.« Seine Stimme klang erstickt. »Du warst mit Ed am Strand.«

Sie versuchte, sich zu erinnern, doch diese ersten Tage, nachdem Scott sie verlassen hatte, waren nur verschwommen. Was hatte er gesehen? Was hatte er gedacht? »Warum bist du nicht zu mir gekommen und hast mit mir geredet?«

»Weil ihr zwei Händchen gehalten habt und jemand in der Nähe sagte, ob das nicht romantisch sei, weil es doch alles so schnell gegangen wäre. Als ich herausgefunden hatte, was ich wollte, war es offenbar zu spät.«

Lauren spürte, wie Verzweiflung in ihr hochstieg. Sie hatte mit Ed weniger Händchen gehalten, als sich vielmehr an ihm festgeklammert. Sie hatte das Gefühl gehabt unterzugehen, und er war der einzige solide Halt in Reichweite gewesen. »Also hast du aufgrund dieses einen Eindrucks entschieden, mich nicht einmal wissen zu lassen, dass du dich anders entschieden hast?«

»Du hattest bereits eingewilligt, Ed zu heiraten. Ich ging davon aus, dass du in ihn verliebt warst.«

»Ich war in dich verliebt. Wie konntest du glauben, dass sich das geändert hatte?«

Er starrte vor sich hin. »Ich schätze, ich war daran gewöhnt, dass Menschen mich verlassen. Mich nicht wollen. Wie meine leibliche Mutter und all die Pflegefamilien, bei denen ich gelebt habe. Mein ganzes Leben traf ich immer nur Menschen, die es sich mit mir anders überlegten. Ich wusste nicht, was Beständigkeit ist. Ich wusste nicht, was Verpflichtung ist. Ich wusste nur, dass es viel einfacher ist fortzugehen, als zu bleiben. Als ich sah, dass du weitergezogen warst, war das wohl auf gewisse Art und Weise das, was ich erwartet hatte.«

Sie hob die Hand zum Hals und rang nach Atem. *Er war zurückgekommen. Er hatte es sich anders überlegt.* »Ich war nicht weitergezogen. Ich war hier.«

»Mit ihm. Und das war eine gute Entscheidung. Vermutlich war es das Beste, dass du mich damals nicht gesehen hast.« Er legte die Hand aufs Lenkrad und umklammerte es fest, obwohl sie nirgendwohin fuhren. »Wenn du mich an jenem Tag gesehen hättest, hättest du Ed vielleicht verlassen, und das wäre die falsche Entscheidung gewesen.«

»Wie kannst du das sagen?«

»Weil du Sicherheit gebraucht hast. Du hattest sie verdient. Und du hättest eine sichere Sache für ein großes Risiko aufgegeben.«

Sie bemerkte die Anspannung in seinen Schultern.

»Du warst kein großes Risiko. Wir hätten …«

»Nein.« Er presste die Fingerspitzen gegen seine Stirn und schüttelte den Kopf. »Lass uns aufhören. Wir werden niemals erfahren, wie das ausgegangen wäre, und es macht keinen Sinn, darüber zu spekulieren. Wenn ich geblieben wäre, hätte ich es dennoch vermasseln können. Mack hatte Stabilität. Die hast du ihr gegeben. Wir werden das akzeptieren und weitermachen. Ich möchte dir Geld leihen. Ich möchte, dass du es nimmst.«

Wie konnte sie Nein sagen? Wie konnte sie es ablehnen, wenn so viel Gefühl in dieser Geste lag?

»Ich nehme es.« Sie presste die Worte hervor. »Danke.«

»Da ist noch etwas, das ich möchte.«

Ihr Herz schlug höher. »Scott …«

»Nicht das.« Sein Blick wanderte zu ihrem Mund. »Zumindest nicht jetzt. Ich möchte ein Teil von Macks Leben sein. Ich möchte eine feste Rolle in ihrem Leben spielen. Ich möchte sie mit dir teilen. Ich möchte für die guten und die schlechten Momente da sein.«

Sie brachte ein Lachen heraus. »Bist du sicher? Bereite dich darauf vor, dass dir regelmäßig das Herz rausgerissen wird.«

Ein Schatten huschte über sein Gesicht. »Darin habe ich Übung.«

»Wir müssen mit ihr darüber sprechen …«

»Könnten wir das gemeinsam tun?« Er klang unsicher, und sie spürte, wie sich ihr Herz wieder zusammenzog.

Er hatte nur Zurückweisung erfahren.

»Was ist nur mit deinen Plänen geschehen, um die Welt zu segeln und es zu genießen, keine Bindungen und Verpflichtungen zu haben?«

»Manche Bindungen sind gut.«

Meinte er das ernst? Und würde er es auch in einer Woche oder einem Monat noch ernst meinen?

Sie ignorierte die Fragen in ihrem Kopf und beugte sich vor, um ihn zu umarmen. »Ich wusste nicht, dass du damals zurückgekommen bist. Ich kann den Gedanken kaum ertragen, dass du dachtest, ich würde dich zurückweisen.« Sie vergrub ihr Gesicht an seiner Schulter, und er fluchte unterdrückt.

»Nicht weinen.« Er nahm ihr Gesicht in seine Hände. »Ich hasse es, wenn du weinst.«

»Ich kann den Gedanken nicht ertragen, wie du dich selbst mit Vorstellungen von mir und Ed gequält hast.«

»Ich bin froh, dass ihr eine gute Beziehung hattet. Eine gute Ehe. Ich meine das ernst. Ich wollte nur das Beste für dich. Das hast du verdient. Das verdienst du noch immer.«

Seine Großzügigkeit rührte sie. »Ich habe ihn geliebt, aber ich habe auch dich geliebt.«

»Ich weiß.« Er wischte ihr mit den Daumen die Tränen fort. »Ich wünschte, all dies wäre nicht geschehen.«

Das wünschte Lauren sich auch, aber natürlich wäre sie nicht hier, mit Scott, wenn es nicht geschehen wäre. Sie war so verwirrt, dass es schmerzte.

Er neigte den Kopf und küsste sie. Was als sanfter, erkundender Kuss begann, wurde bald hitziger und fordernder. Lauren vergaß die Umgebung um sie herum. Es gab nur noch das wilde Pochen ihres Herzens und die Hitze seines Mundes auf dem ihren. Es war ein Kuss voller Reue, Hoffnung, Liebe und Versprechen.

Mitgerissen von ihren Gefühlen, schlang sie die Arme um seinen Hals und drückte sich enger an ihn.

Sie waren so vertieft ineinander, dass keiner von ihnen hörte, wie sich die Wagentür öffnete.

Durch einen Nebel schwindelerregenden Begehrens hörte Lauren Macks schrille und schockierte Stimme.

»Mom? Scott?«

Erschrocken machte Lauren sich von Scott los und drehte sich zu ihrer Tochter um.

Wie konnte sie überhaupt hier sein? Warum war sie nicht in der Schule? Wie lange saßen sie und Scott hier schon im Wagen und redeten?

»Du …« Mack würgte das Wort hervor. »Ed ist gerade erst gestorben, Mom. Du hast Ed geliebt. Wie kannst du einen anderen Mann küssen? Das ist widerlich. Und du auch …« Sie starrte Scott wütend an. »Ich habe dir vertraut! Ich habe dich gemocht! Und die ganze Zeit hast du mich benutzt, um dich wieder an meine Mom heranzumachen. Ich hasse dich. Ich hasse dich wirklich.« Sie drehte sich um, stolperte über ihr Fahrrad und wäre fast gefallen. Sie brauchte zwei Anläufe, doch dann schwang sie sich auf das Rad und fuhr so schnell wie möglich davon.

Lauren spürte plötzlich eine starke Übelkeit. Endlich hatte ihre Beziehung nach so vielen schwierigen Monaten eine neue Phase erreicht. Und es war eine gute Phase gewesen.

Und jetzt das!

Scott sah bleich und erschüttert aus. »Sie hasst mich.«

»Sie hasst dich nicht«, sagte Lauren. Eine schreckliche Schwere senkte sich über sie.

»Du hast sie gehört. Sie sagte …«

»Das ist eine Teenager-Sache.«

»Hassen?«

»Worte wie Steine zu benutzen.«

»Sie sagte, ich hätte sie benutzt, um mich an dich heranzumachen. Was du und ich haben – das ist völlig getrennt davon. Ich wollte, dass sie mir vertraut. Ich wollte, dass sie mich mag. Nicht wegen dir, sondern weil sie meine Tochter ist.«

»Ich weiß. Du darfst das, was sie gesagt hat, nicht überbewerten.«

»Was? Wie?« Über seinen Brauen schimmerte etwas Schweiß. »Das ist eine furchtbare Anschuldigung, und sie hat unrecht.«

»Teenager sagen solche Dinge manchmal. ›Ich hasse dich. Niemand liebt mich. Ich hasse mein Leben.‹ Sie hasst dich nicht. Darum geht es hier nicht.«

Er fuhr sich mit der Hand übers Gesicht. »Wie gehst du damit um?«

»Ich liege nachts voller Sorgen wach. Lange nachdem sie es schon vergessen hat, mache ich mir noch Gedanken darüber.«

Scott schüttelte ungläubig den Kopf. »Was sollen wir tun? Ich muss ihr sagen, dass sie unrecht hat.«

»Lass mich zuerst mit ihr sprechen.« Lauren schnallte sich mit zitternden Händen an. »Kannst du mich nach Hause fahren?«

»Sollten wir nicht gemeinsam mit ihr sprechen?«

»Scott, sie hat gesehen, wie ich dich geküsst habe. Zusammen mit ihr zu sprechen wäre das Schlimmste, was wir jetzt tun können. Sie fühlt sich verletzt und einsam. Als hätte ich sie verraten. Und Ed.«

Er begegnete ihrem Blick. »Ich war derjenige, der dich geküsst hat.«

»Das macht keinen Unterschied.«

»Was wirst du ihr sagen? Du kannst ihr nicht sagen, dass da nichts zwischen uns ist, Laurie, denn das wäre nicht wahr.«

»Sie ist noch nicht bereit für die Vorstellung, dass ich mich in eine neue Beziehung stürze. Und ich bin auch noch nicht dafür bereit!« Was hatte sie sich gedacht?

»Das hier ist keine neue Beziehung. Ich bin ihr Vater, Lauren. Es kann sie kaum überraschen, dass wir Gefühle füreinander haben.«

Welche Gefühle hatte sie selbst? Lauren wusste es nicht. »Was wir fühlen, spielt keine Rolle. Sie ist nicht in der Lage, damit umzugehen.«

»Warte …« Seine Stimme klang heiser. »Willst du damit sagen, du wirst nie eine andere Beziehung haben, solange das deine Tochter verstört?«

»Mit der Zeit vielleicht, eines Tages …« Sie stockte. »Ich weiß es nicht. Ich weiß nicht, was ich sagen soll. Ich fühle mich schuldig und verwirrt und im Moment wie ein sehr schlechter Mensch. Ich kann dich nicht wiedersehen, Scott. Ich meine, sicher, wir werden uns begegnen – dies ist eine kleine Insel. Aber ich darf nicht … wir sollten nicht … nicht so …«

Die Vorstellung, eine neue Beziehung zu führen, hatte es nicht einmal auf die Liste all der Dinge geschafft, über die Lauren in den letzten sechs Monaten nachgedacht hatte. Doch Scott hatte recht. Diese Beziehung war nicht neu. Die Gefühle waren tief verborgen gewesen, hatten dort geschlummert, doch sie waren noch immer da. Es gab eine tiefe, nicht zu erschütternde Verbindung zwischen ihnen, die sie unmöglich ignorieren konnte.

Lauren hatte befürchtet, dass sie sich wieder in ihn verlieben könnte, doch sie begriff nun, dass sie sich niemals entliebt hatte.

Sie wusste genau, wie ihre Gefühle aussahen, und diese Realität erfüllte sie mit Verzweiflung.

Offenbar ging es ihm ebenso. »Also war's das? Das war's?«

Sie bebte am ganzen Körper.

»Ich schätze, ja.« Sie hatte ihn schon einmal gehen lassen, und das war schwer gewesen. Wie viel schwerer würde es diesmal sein? »Das muss es.«

33. Kapitel

Mack

Zerknirscht: voller Schuld oder Bedauern, reumütig

Mack ließ ihr Fahrrad im Garten des Segelhauses fallen und rannte durchs Haus bis in ihr Zimmer, wo sie die Tür hinter sich zuknallte.

Sie warf sich aufs Bett und schluchzte.

Sie weinte so sehr, dass sie nicht hörte, wie sich die Tür öffnete, doch sie spürte, wie sich ihre Großmutter neben sie setzte.

»Geh weg«, schluchzte Mack. »Ich will allein sein.«

»Willst du das wirklich? Ich hasse es, allein zu sein, wenn ich traurig bin. Jedes Mal, wenn ich von einer neuen Affäre deines Großvaters erfuhr, schloss ich mich ein, obwohl ich eigentlich nur jemanden gebraucht hätte, der mich liebte und dem ich mein Leid klagen konnte.«

»Niemand liebt mich.« Mack schluchzte in ihr Kissen. »Ich bedeute niemandem etwas. Ich will zu Ed. Ich wünschte, Ed wäre nicht gestorben.«

»Ach, Liebling …«

Mack spürte, wie ihre Großmutter ihr über den Kopf strich. Ein Teil von ihr wollte sie fortstoßen, doch ein anderer Teil wollte sich in ihre Arme werfen und festgehalten werden.

»Ich wünschte, wir wären niemals hierhergekommen. Ich möchte mein altes Leben zurück.«

»Veränderung ist immer schwer, vor allem, wenn es nicht deine Wahl war. Willst du mir erzählen, was passiert ist?«

Mack stellte fest, dass sie das tatsächlich wollte. Abgehackt und stockend brach aus ihr heraus, wie sie Scott nach der Schule hatte besuchen wollen und was sie gesehen hatte.

Sie war davon ausgegangen, ihren eigenen Schock in der Miene ihrer Großmutter wiederzufinden, doch Nancy reagierte nicht so, wie sie es erwartet hatte.

»Du hast gesehen, wie sie sich küssten?«

»Es war mehr als ein Kuss. Es war wie einer dieser Filmküsse, bei dem die Menschen so verzweifelt aussehen. Küss oder stirb, so in der Art.« Sie wischte sich die Tränen fort und ging in Verteidigungsstellung. »Du siehst aus, als würde es dich freuen. Wie kannst du dich darüber freuen?« Ihre Stimme wurde schriller. »Keiner versteht mich. Ich hasse alle. Ich hasse meine Mom, ich hasse Scott, und am meisten von allem hasse ich mein blödes Leben.«

Statt auf diese dramatische Verkündung zu reagieren, klopfte Nancy neben sich auf das Bett.

»Setz dich hin. Es ist an der Zeit, dass du und ich miteinander sprechen.«

»Wir sprechen doch.«

»Nein. Du schluchzt in ein Kissen und führst ein Teenager-Drama auf. Aber ich habe keine Ahnung, wie man mit Teenager-Dramen umgeht, weil ich diesen Teil der Elternschaft ausgelassen habe. Also behandele ich dich wie eine Erwachsene. Du hast doch gesagt, du möchtest wie eine Erwachsene behandelt werden, oder?«

Hatte sie das wirklich gesagt?

Gerade jetzt wünschte sie, sie wäre wieder im Kindergarten und würde gleich von ihrer Mutter abgeholt werden.

Mack setzte sich auf. Erwachsen. Richtig. Sie fühlte sich nicht so, aber sie konnte vermutlich so tun. »Worüber willst du sprechen?«

Sie bemerkte, dass ihre Großmutter einen weiteren ihrer leuchtend bunten Schals trug. Dieser war ein Wirbel aus Türkis und Grün. Mack war es nicht gewöhnt, sie so glamourös zu sehen. Alles und jeder um sie herum veränderte sich.

»Warum fangen wir nicht damit an, dass du mir erzählst, warum es dich so wütend macht, deine Mom und Scott zusammen zu sehen?«

War das nicht offensichtlich? »Dad ist gerade gestorben! Ich meine Ed. Ed ist gestorben. Mom sollte ihn lieben, und jetzt küsst sie einen anderen Typen …«

»Sie hat Scott geküsst.«

»Sicher, Scott, aber …«

»Scott, der übrigens dein Vater ist. Ein Mann, den sie auch sehr geliebt hat.«

»Man kann nicht zwei Menschen gleichzeitig lieben! So funktioniert das nicht.«

»Willkommen im Erwachsenenleben.« Nancys Stimme war voller Mitgefühl. »Es ist chaotisch, kompliziert, die Teile passen nicht zusammen, und das Gesamtbild sieht selten so aus, wie du das möchtest. Das nennt man das wirkliche Leben.«

»Das wirkliche Leben nervt.« *Oh ja, sehr erwachsen, Mack.*

»Das tut es ziemlich oft. Und zu anderen Zeiten ist es wunderbar. Licht und Schatten, wie eines meiner Bilder. Magst du Scott nicht?«

Mack schniefte. »Natürlich mag ich ihn. Er ist cool. Und er ist ein toller Zuhörer, aber das heißt nicht, dass ich möchte, dass er und Mom … du weißt schon.« Sie konnte sich nicht überwinden, es auszusprechen. Sie konnte nicht einschätzen, was es für sie bedeuten würde. In dem Wagen hatte jedenfalls keiner von beiden an sie gedacht, das war sicher. »Ich hätte gern, dass das Leben mal für fünf Minuten so bleibt, wie es ist. Ist das so schwer zu verstehen?«

»Nein. Ich verstehe, wie du dich fühlst, aber hast du daran gedacht, wie deine Mutter sich fühlen mag?«

»Womit?«

»Mit dem Leben. Deine Mutter ist in den letzten Monaten durch die Hölle und zurück gegangen. Der Mann, mit dem sie mehr als sechzehn Jahre verbracht und den sie sehr geliebt hat …« Nancy hob warnend die Hand, als Mack etwas einwerfen wollte. »Ja, den sie sehr geliebt hat, dieser Mann ist gestorben. Das ist tragisch und schwierig, und die ganze Sache wurde noch schwieriger durch das Chaos, das er hinterlassen hat. Deine Mutter hatte keinen Puffer, der sie vor diesem Schlag schützte. Sie ist der Angst und den Sorgen ganz allein ausgeliefert, muss daneben mit deinem und ihrem Kummer umgehen. Sie macht sich Sorgen, wie sie für euch beide den Lebensunterhalt aufbringen soll, wie sie dir ein gutes Leben bieten kann, wie sie die Dinge so in Ordnung bringen kann, dass ich das Kapitänshaus nicht verkaufen muss. Sie ist konzentriert auf ihr eigenes Überleben und darauf, eine Mutter, Tochter und Schwester zu sein. Es ist an der Zeit, dass sie auch daran denkt, eine Frau zu sein.«

»Das verstehe ich, aber es ist so, als hätte sie Ed vergessen.« Die Angst machte Mack trotzig. Sie hatte ihn nicht vergessen. Sie dachte die ganze Zeit an ihn. Sie trug sein Foto mit sich herum, auch wenn sie das niemandem erzählte. Was würde passieren, wenn ihre Mom einen anderen Mann liebte? Wo wäre dann Macks Platz? Hätte sie überhaupt einen? Sie hatte keine Ahnung, und das machte ihr Angst. »Es ist, als hätte er nicht existiert.«

»Sie hat ihn nicht vergessen. Sie versucht, einen Weg zu finden, ohne ihn zu leben. Ed ist tot.« Nancy sagte es sanft. »Und egal, wie sehr wir uns wünschen, die Dinge wären anders, er kommt nicht zurück. Wenn jemand tot ist, ist er tot. Du kannst sechs Wochen warten, sechs Monate oder sechs Jahre, aber das wird nichts daran ändern. Deine Mom kann Jahre ihres Lebens eingesperrt in einer Spirale der Trauer verbringen und zurückschauen, so wie ich es tat, oder sie kann diese Erinnerungen in ein neues Leben mitnehmen. Ich hoffe, dass sie genau das tun wird – und zwar je früher, desto besser, wenn es nach mir ginge. Sie ist mein Kind. Niemand möchte, dass sein Kind unglücklich ist. Das ist der Grund, warum sie dich immer an die erste Stelle setzt. Wenn du eines Tages selbst ein Kind hast, wirst du das verstehen.«

»Als ich sie zusammen gesehen habe, schien sie nicht an mich zu denken.« Mack wusste, dass sie bockig und egoistisch klang, und schämte sich dafür. »Es tut mir leid. Ich weiß nicht, was mit mir los ist. Diese Erwachsenensache ist nicht so einfach, wie sie aussieht.«

Nancy lächelte. »Ich vermute, dass deine Mutter für diese kurze Zeit nicht an dich gedacht hat, aber das heißt nicht, dass sie dich nicht sehr liebt. Sie wird immer deine Mutter sein. Nichts wird daran etwas ändern.«

»Ich werde nicht aufhören, über Ed zu sprechen. Ich werde nicht so tun, als hätte er nicht existiert.«

»Natürlich wirst du das nicht. Du kannst jederzeit mit mir über Ed sprechen. Die ganze Zeit, wenn du das möchtest. Und ich bin sicher, dass das auch für deine Mom gilt. Sie versucht nicht, ihn zu vergessen. Sie versucht nicht, dich auszuschließen. Sie versucht, einen Weg zu finden, um weiterzuleben, und das ist gesund. Sie verdient es, glücklich zu sein. Du willst doch nicht, dass sie traurig ist, oder?«

»Nein.« Mack fühlte sich kleiner als eine Ameise. Natürlich wollte sie nicht, dass ihre Mom traurig war. Aber sie wollte auch nicht, dass ihr Leben schon wieder durch eine große Veränderung erschüttert wurde. »Ich … ich hatte das Gefühl, als würde ich meine Mom auch verlieren.«

»Ach, Mack.« Ihre Großmutter schloss sie in ihre Arme. »Ich weiß nicht, was deine Mutter für Scott empfindet, aber ich weiß, was sie für dich empfindet. Sie liebt dich, und nichts kann daran etwas ändern. Und was Scott angeht: Lass uns einen Moment annehmen, dass sie ihn liebt – vielleicht hat sie nie aufgehört, ihn zu lieben. Aber das nimmt nichts von dem weg, was sie für Ed empfunden hat. Es gibt unterschiedliche Lieben, und nicht jede Ehe sieht wie die andere aus, aber das bedeutet nicht, dass sie nicht echt sind.«

Mack fand es verwirrend. Beängstigend. »Ich bin nicht sicher, ob ich damit umgehen kann.«

»Das wirst du. Menschen sind zu so viel mehr fähig, als sie glauben. Es ist möglich, Beziehungen wiederaufleben zu lassen, die du für verloren hieltest, ein neues Leben aufzubauen, wenn das alte zerstört worden ist, neue Gewohnheiten anzunehmen und alte abzulegen.« Sie löste sich von Mack. »Es ist möglich, einer Freundin eine schmerzhafte Verletzung zu verzeihen.«

In Mack regte sich wieder ein Schuldgefühl, weil sie nur an sich selbst gedacht hatte. »Was wirst du deswegen tun?« Sie wischte sich mit dem Ärmel über die Augen. »Wirst du Alice in den Hintern treten?«

Ihre Großmutter bewegte sich leicht. »Was meinst du, was ich tun soll?«

Mack war überrascht. Niemand fragte sie je um Rat. Niemand bat sie um ihre Meinung. Sie dachte lange darüber nach, bevor sie antwortete.

»Ich schätze, es kommt darauf an. Ich meine, Alice war deine beste Freundin, was den Verrat irgendwie noch schlimmer macht …«

»Das ist genau der Punkt.«

Mack spürte, wie ihr Selbstvertrauen wuchs. »Aber es klingt auch so, als ob Gramps ein …« Sie verzog das Gesicht. »Ehrlich gesagt, würde es dir was ausmachen, wenn wir an diesen Teil nicht denken?«

»Überhaupt nicht. Ich denke auch lieber nicht daran, aber du hast recht. Er war ein … er hatte eine Art, die Menschen um sich herum zu blenden.«

»Ich weiß.« Mack zog die Beine unter sich und lehnte sich gegen die Kissen. »Wenn er im Zimmer war, hat man irgendwie nur ihn wahrgenommen.«

»Ja. Alice hatte ihren Mann verloren. Es war tragisch. Sie war allein und verletzlich. Ich vermute zu ihren Gunsten, dass es weniger eine Affäre als ein Moment der Unzurechnungsfähigkeit war. Aber es kommt ein Punkt, an dem man eine Entscheidung treffen muss. Man kann Ärger und Schmerz mit sich herumtragen und beides anheizen, um es am Leben zu halten, oder man kann sich entscheiden, die Dinge loszulassen und etwas Neues aufzubauen.«

»Ist es das, was du mit Gramps getan hast? Ich meine, du hast ihn aus deinem Leben gefegt wie Wollmäuse.«

»Genau das. Und ich habe Dinge gesagt, die ich vor Jahren hätte sagen sollen. Unglücklicherweise war er zu tot, um sie zu hören. Aber jetzt ist das erledigt.« Sie brach in Lachen aus, und Mack sah sie nervös an.

»Geht es dir gut, Grams?«

»Es war niemals besser. Durch das Gespräch mit dir habe ich erkannt, dass ich das alles wirklich hinter mir gelassen habe. Vielleicht war es das ganze Ausräumen. Vielleicht war es das Beschimpfen.«

»Vielleicht war es Ben.« Mack sah, wie ihre Großmutter rot wurde.

»Ben?«

»Komm schon, Grams. Ich weiß, dass du in ihn verknallt bist. Und er in dich.« Sie stupste ihre Großmutter in die Seite. »Du solltest dein Gesicht sehen. Du bist rot geworden.«

Nancy legte die Hände auf ihre heißen Wangen. »Es ist Jahre her, dass ich rot geworden bin.« Sie warf Mack einen schelmischen Blick zu. »Und Jahre, dass ich andere Dinge getan habe.«

Mack verspürte einen Anflug von Panik.

Necken war eine Sache, aber das hier … »Ist in Ordnung«, sagte sie. »Ich brauche keine Einzelheiten.«

»Gut, ich habe nämlich nicht vor, dir irgendwelche Einzelheiten zu erzählen.« Ihre Großmutter wirkte fast ausgelassen, und Mack entschied, dass es eindeutig Zeit war, das Gesprächsthema von Ben abzulenken.

»Was wirst du wegen Alice unternehmen?«

»Ich werde mit ihr sprechen. Es ist an der Zeit, dass wir ehrlich zueinander sind. Geheimnisse sind wie Mauern. Sie verhindern, dass man sich näherkommt. Wenn unsere Freundschaft andauern und etwas Wertvolles sein soll, müssen wir diese Mauern einreißen.«

Mack verzog das Gesicht. »Das wird peinlich.«

»Das Leben ist voller peinlicher Momente, aber diese Geschichte mit Alice ist wie ein Steinchen im Schuh. Ich kann weiterlaufen, aber ich weiß, dass es da ist. Wir kommen nur mühsam voran, solange es nicht draußen ist, also werde ich mich darum kümmern. Ich hoffe, wir können neu anfangen. Das ist alles, was man tun kann, oder? Aufgeben oder neu anfangen, und wir Stewarts sind nicht gut im Aufgeben.«

»Das ist mutig. Und großmütig.« Mack hatte das Gefühl, dass noch etwas gesagt werden müsste. Etwas Erwachsenes, das dieses Gesprächs würdig war. »Ich schätze, Liebe ist kompliziert.« Sie konnte sich das nicht einmal vorstellen, aber da offenbar so viele Erwachsene verrückte Entscheidungen trafen, musste sie wohl glauben, dass es stimmte.

»Sie ist kompliziert.«

Mack entspannte sich. Es war gut zu wissen, dass sie in der Welt der Erwachsenengespräche keine komplette Versagerin war. »Aber sie muss es wert sein, sonst würden die Menschen damit nicht weitermachen, oder?«

»Ich denke schon.«

Mack fragte sich, ob ihre Großmutter Ben liebte. »Glaubst du, dass Mom Scott liebt?«

»Warum fragst du sie nicht?«

»Weil das auch peinlich wäre. Außerdem habe ich es vermutlich schon vermasselt.« Jetzt, da der Schock verblasst war, wünschte Mack, sie könnte die Zeit zurückdrehen und anders reagieren. Warum platzten ihre Gefühle nur immer aus ihr heraus? Sie wünschte, es gäbe einen Pause-Schalter, den sie betätigen konnte, um sich Zeit zum Nachdenken zu verschaffen, bevor sie reagierte. »Scott ist vermutlich erleichtert, dass er keine Verantwortung für mich hat. So wie ich ihn angeschrien habe, plant er wahrscheinlich schon seine nächste Weltumsegelung, um von mir wegzukommen.«

Obwohl er ihr biologischer Vater war, war er in keiner Weise an sie gebunden, oder?

Er war schon einmal fortgegangen. Er könnte wieder fortgehen.

Und nachdem sie so gemein gewesen war, würde er es vermutlich tun.

Sie dachte an die Segelstunden und an Captain und den Spaß, den sie beim Aushelfen in der Werft gehabt hatte. Sie dachte daran, wie Scott sie ermutigt hatte, über Ed zu sprechen, obwohl es schwer für ihn gewesen sein musste, und wie geduldig er mit ihr gewesen war.

Ihr Herzschlag beschleunigte sich.

Tränen stiegen ihr in die Augen. »Sie wird ihm sagen, dass sie nicht zusammen sein können wegen mir, oder?«

»Möchtest du das denn?«

»Nein! Ich weiß nicht. Ich weiß nicht, was ich will. Es ist ja nicht meine Entscheidung.« Sie wollte Ed nicht vergessen, aber sie wollte auch nicht, dass Scott aus ihrem Leben verschwand.

»Da irrst du dich. Es ist deine Entscheidung. Und du hast gute Entscheidungen getroffen, seit du hier bist. Du hast dich in einer neuen Schule eingelebt und hast Gelegenheiten ergriffen, die sich dir boten. Du bist dem Programmierkurs beigetreten. Dadurch hast du Freunde gefunden, eine neue Leidenschaft, vielleicht sogar eine zukünftige Karriere.«

So hatte sie noch nie darüber nachgedacht.

»Ich schätze, manche Dinge haben sich ganz gut entwickelt.«

»Wie wäre es, wenn ich uns eine Limonade einschenke?« Nancy streckte die Hand aus und zog Mack auf die Füße. »Wir können uns in den Garten setzen.«

Mack saß mit köstlicher Limonade und einem von Jennas Keksen im Garten, als ihre Mutter nach Hause kam.

Sofort kehrte das Schuldgefühl zurück.

Ihre Großmutter hatte mit einer Sache recht: Ihre Mom war immer für sie da. Egal, wie sehr Mack schrie oder mit dem Fuß aufstampfte oder gemeine Dinge sagte – ihre Mom unterstützte sie immer.

Mack bemerkte, dass sie ihren »Londoner Look« trug. Gut geschnittene Hose, eine Seidenbluse und eine einfache goldene Kette dazu. Mack erkannte, dass die Kette ein Weihnachtsgeschenk von Ed gewesen war.

Sie erinnerte sich an die Worte ihrer Großmutter, wie schwer es für ihre Mutter seit Eds Tod gewesen sei.

»Hi, Mom.« Sie sah die Ängstlichkeit in den Augen ihrer Mutter und fühlte sich schuldig, weil sie wusste, dass sie dafür verantwortlich war.

»Hi, Liebling.«

Der Kosename brach ihr fast das Herz. »Grams hat Limonade selbst gemacht. Möchtest du eine? Im Kühlschrank ist noch mehr.« Sie würde sich bessern, versprach sie sich selbst. Sie würde aufhören, immer nur an sich zu denken. Sie wollte damit beginnen, indem sie sich entschuldigte, aber sie wusste nicht, wo sie anfangen sollte. »Ich hole dir eine.«

»Ich hole sie«, sagte Nancy. »Aber erzähl mir erst, wie dein Termin bei der Bank war.« Sie stand auf und deutete auf ihren Stuhl. »Setz dich. Du siehst erschöpft aus.«

»Das Gespräch mit der Bank lief nicht so gut«, sagte Lauren, und Mack bemerkte, dass die Mascara ihrer Mom verschmiert war.

»Sie haben Nein gesagt?«

»Oh, diese dummen Menschen.« Nancy klang verärgert. »Wie lange leben die Stewarts schon auf dieser Insel? Ich würde sie am liebsten anrufen und ihnen die Meinung sagen.«

»Lass es. Es ist nicht nötig.«

Mack fragte sich, wie ihre Mutter das überhaupt nur denken konnte. »Ohne das Geld kannst du dein Geschäft nicht eröffnen. Und dieses Geschäft ist dein Traum.« Plötzlich bedeutete es ihr sehr viel, dass ihre Mutter auch einen Traum hatte. »Vielleicht sollten wir Tante Jenna anrufen. Vier Köpfe leisten zusammen gute Arbeit, oder? Wir müssen einen anderen Weg finden.«

»Es gibt einen anderen Weg. Scott will uns das Geld leihen.« Sie sah Mack vorsichtig, sogar ein bisschen nervös an. »Es ist seine Art, sich einzubringen und zu helfen.«

Nancy nickte zustimmend. »Ich hoffe, du hast Ja gesagt.«

Lauren antwortete nicht sofort. »Macht es dir was aus, wenn ich eine Minute mit Mack spreche?«

Mack sank das Herz in die Hosen. Ihre Mom würde ihr eine Predigt halten, und das hatte sie verdient. Würde sie ihr eröffnen, dass Scott so entsetzt war von ihrem kindischen Ausbruch, dass er zu den Bahamas segelte?

»Ich hole die Limonade«, sagte Nancy, und Mack wartete unglücklich, bis ihre Großmutter im Segelhaus verschwunden war.

Ihre Mutter drehte den Ring an ihrem Finger. Eds Ring.

»Mack, da ist etwas, das ich …«

»Ich zuerst.« Mack platzte mit den Worten heraus. »Es tut mir leid. Das alles tut mir leid. Dass ich dich angeschrien habe. Dass ich Scott angeschrien habe. Dass ich mich wie ein verzogenes Gör aufgeführt habe, während du so viele Probleme hast, dass ich so schwierig war und so gemein zu dir …« Vereinzelte Tränen fielen, und bald war es ein Sturzbach. Sie schluchzte und schluckte, schmeckte Salz auf den Lippen und der Zunge, und dann umarmte ihre Mutter sie fest und wiegte sie hin und her, wie sie das getan hatte, als sie noch ein Kind gewesen war.

»Weine nicht, Liebling, weine nicht.«

Die Liebe in ihrer Stimme ließ Mack noch mehr weinen.

Wie konnte ihre Mutter ihr nur so leicht vergeben?

»Ich war schrecklich, und du vergibst mir immer und bist da für mich und versuchst zu helfen, und ich bin so ein schlechter Mensch.«

»Du bist kein schlechter Mensch. Und nicht du bist schrecklich, sondern die Situation.« Lauren strich ihr das feuchte Haar aus dem Gesicht und küsste sie auf die Stirn. »Du bist ein guter Mensch, und du musst mit mehr Dingen fertigwerden, als es jemand sollte.«

»Aber du musst auch mit all diesen Dingen zurechtkommen, und auch noch mit mir, und ich habe es nur schlimmer statt besser gemacht.« Mack würgte an ihren Tränen, schnappte zwischen den Schluchzern nach Luft und sog den Blumenduft ihrer Mutter und die Seeluft ein. Es gab nichts auf der Welt, was so gut roch wie ihre Mutter. Sie roch nach zu Hause und Sicherheit. Sie roch nach Liebe.

»Oh, Mack, dank dir ist alles besser. Alles. Wenn du nicht wärst, wüsste ich nicht, wie ich hätte weitermachen sollen.«

Mack klammerte sich an ihre Mutter. »Wie kannst du so etwas sagen nach dem, was ich vorhin Schreckliches gesagt habe?«

»Du warst aufgebracht. Verständlicherweise. Und es tut mir leid, dass du das gesehen hast, denn das solltest du nicht.«

Mack fiel auf, dass ihre Mutter nicht sagte, dass ihr der Kuss mit Scott leidtäte.

Sie löste sich und atmete bebend ein. »Ist er fort?«

»Fort?«

»Scott. Er packt jetzt vermutlich das Boot, damit er und Captain irgendwohin segeln können, wo es keine Teenager gibt.«

»Möchtest du, dass er das tut?«

»Nein.« Mack rieb sich das Gesicht. »Ich mag ihn, aber ich bin sicher, dass er mich nun hasst. Er denkt vermutlich, dass es damals das Richtige war, vor meiner Geburt zu gehen.«

»Das denkt er nicht, und dass Scott damals gegangen ist, hatte nichts mit dir zu tun. Er war nie Teil einer Familie, so wie wir sie haben. Er weiß nicht, wie es ist, Menschen an seiner Seite zu haben, egal, was passiert. Wie es ist, man selber zu sein und Fehler zu machen und zu wissen, dass man dennoch geliebt wird. Er hatte furchtbare Angst.«

Mack konnte sich nicht vorstellen, dass Scott vor irgendwas Angst hatte. »Er ist sehr stark. Er kann hundert Liegestütze machen, ohne zu schwitzen. Und er hat diese ruhige Art, die einen aufmerksam macht. Cal in der Werft hat mir erzählt, dass er einmal einen Streit beendet hat, indem er einfach nur in die Bar gegangen ist. Er hat kein Wort gesagt, doch sie haben ihn alle angesehen und wichen dann zurück. Das kann ich verstehen. Aber ich kann mir nicht vorstellen, dass er Angst vor etwas haben soll.«

»Es gibt verschiedene Ängste. Scott hat befürchtet, mich zu enttäuschen und auch dich zu enttäuschen, aber am meisten Angst hatte er, dass er sich selbst enttäuscht und herausfindet, dass er nicht der Mensch sein kann, der er so gern sein wollte.«

»Das ist verrückt. Scott ist toll. Er ist so ruhig.«

»Er war nicht ruhig, nachdem du ihn angeschrien hast. Er hat sich Sorgen gemacht, dass er es vermasselt und dich von sich gestoßen hätte.«

Mack schniefte. »Er denkt, dass er mich von sich gestoßen hätte?«

»Ja, insofern glaube ich nicht, dass du ihn so leicht abschütteln kannst. Er tut alles, um es dieses Mal richtig zu machen.«

Die Erleichterung war gewaltig. »Es tut mir leid, Mom. Ich hätte mehr an dich denken sollen. Ich hätte dir Tee ans Bett bringen sollen und so etwas.«

Lauren lachte. »Nein, bitte nicht das!«

Mack machte sich los und grinste unter Tränen. »Was stimmt denn mit meinem Tee nicht?«

»Du machst schrecklichen Tee.«

»Manchmal koche ich das Wasser und vergesse es dann, sodass es nicht mehr heiß ist, wenn ich den Tee aufgieße, aber ich würde das nicht schrecklich nennen.«

»Es ist schrecklich. Allein bei dem Gedanken dreht sich mir der Magen um.« Lauren beugte sich vor und umarmte sie noch einmal. Mack schloss die Augen.

»Mom?«

»Mmmm?«

»Wenn du und Scott – na ja, du weißt schon. Ich meine, das ist in Ordnung.«

»Wir sind gar nichts. Ich war aufgewühlt wegen dieses Termins bei der Bank und anderen Dingen, und Scott ist ein guter Zuhörer. Und irgendwie haben sich die Dinge …« Sie stockte. »Glaub mir, Mack, nichts von dem, was du denkst, habe ich nicht auch schon gedacht. Es ist zu früh, alles falsch. Wie kann ich das Ed antun? Es ist nicht fair dir gegenüber.«

Ihre Großmutter hatte recht. Ihre Mom dachte an jeden außer an sich selbst. »Was ist mit dir?«

»Was soll mit mir sein?«

»Du denkst an Ed, und du denkst an mich – aber was ist mit dem, was du möchtest? Du bist auch wichtig. Was du möchtest, spielt eine Rolle.« Mack spürte, wie ihr die Röte in die Wangen stieg. »Du hast ein Recht darauf, glücklich zu sein, Mom. Ich möchte, dass du glücklich bist, und Ed hätte das auch gewollt.« Und sie würde einen Weg finden, wie sie diesen Pause-Schalter bei ihren Gefühlen betätigen konnte. »Und wo wir schon beim Thema sind … Als ich gesagt habe, dass Ed nicht mein Dad sei – ich meinte das nicht so. Er war ganz und gar mein Dad. Er hat mich jeden Sonnabend zu den Schwimmstunden gefahren, und das muss ziemlich langweilig gewesen sein.« Sie war erleichtert, ihre Mutter lächeln zu sehen.

»Er hat dich geliebt. Er hätte alles für dich getan. Du warst das Kind, das er immer wollte.« Lauren stockte kurz. »Ed konnte keine eigenen Kinder haben, Mack, und er hat sie sich sehr gewünscht. Er hat sich dich gewünscht.«

Mack war überrascht und traurig zugleich. »Er konnte keine haben? Deshalb habe ich nie einen kleinen Bruder oder eine kleine Schwester bekommen?«

»So ist es.« Ihre Mutter rieb ihr sanft über den Arm. »Aber das spielte keine Rolle, weil wir dich hatten. Für Ed warst du in jeder Beziehung seine Tochter.«

Mack hatte das Gefühl, als wäre ihr ein Kloß im Hals stecken geblieben. »Es wäre gut gewesen, das zu wissen, dann hätte ich eine bessere Tochter sein können.« Sie fühlte sich schlecht bei dem Gedanken an all die Male, die sie keinesfalls perfekt gewesen war.

»Ach, Liebling, du warst du, und er hat dich geliebt. Er hätte dich nicht anders haben wollen.«

Mack spürte, wie ihre Augen wieder brannten. »Ich wünschte jetzt, ich hätte ihm an seinem Geburtstag Frühstück gemacht. Es war schwer, mit mir zusammenzuleben«, murmelte sie. »Glaubst du, es war meine Schuld, dass er einen Herzanfall bekam?«

»Was? Nein!« Ihre Mutter klang entsetzt. »Glaubst du das etwa?«

»Manchmal.« Mack zuckte verlegen mit den Schultern. Ihre Gedanken waren neuerdings so chaotisch, dass sie sie nicht sortieren konnte.

»Ed hatte einen Herzfehler. Eine defekte Herzklappe. Das hat die Untersuchung ergeben. Nichts, was du gesagt oder getan hast, hatte irgendeinen Einfluss auf das, was geschah. Der Arzt sagte, er sei eine tickende Zeitbombe gewesen.« Ihr Griff um Macks Hand hatte sich verstärkt. »Wenn jemand stirbt, geben wir uns manchmal selbst die Schuld. Wir versuchen, einen Grund zu finden, aber nicht alles hat einen Grund. Ich habe mir auch Vorwürfe gemacht.«

»Du?«

»Ja. Dass ich nicht darauf bestanden habe, dass er zum Arzt geht, obwohl er sich doch die ganze Zeit müde fühlte. Ich hätte den Termin selber machen sollen.«

»Dad war unverbesserlich, was Ärzte angeht.« Sie tauschten einen Blick des Einverständnisses.

»Das war er wirklich.«

»Ich wünschte jetzt, ich hätte gleich mit euch gesprochen, als ich meine Geburtsurkunde fand.«

»Wir hätten sie dir nicht vorenthalten sollen.«

Mack dachte an das, was Nancy darüber gesagt hatte, dass man seine Kinder nie unglücklich sehen wollte. Das konnte sie verstehen. Und auch wenn sie einwenden konnte, dass es die falsche Entscheidung gewesen war, konnte sie doch nichts gegen das Gefühl einwenden, das hinter der Entscheidung steckte. Liebe. Wer konnte dagegen etwas sagen? »Ihr habt versucht, mich zu beschützen. Das verstehe ich. Ihr wolltet, dass ich mich sicher fühle. Ich schätze, Entscheidungen sind nicht immer nur schwarz und weiß.« Es fühlte sich wie eine Offenbarung an. Vielleicht war es gar nicht so schlimm, dass sie noch nicht wusste, was sie mit ihrem Leben anstellen wollte. Vielleicht war es unrealistisch, dass die Antwort in ihrem Kopf aufploppen müsste. Und vielleicht war sie kein so schlechter Mensch, wie sie dachte.

Lauren seufzte. »Ich habe Ed sehr geliebt. Ich möchte, dass du das weißt. Wir hatten eine gute Ehe, und ich habe keinerlei Zweifel, dass wir zusammengeblieben wären, wenn er nicht gestorben wäre. Aber ich habe auch Scott geliebt. Ich liebte ihn auf eine Weise, die ich nicht für möglich hielt. Ich liebte ihn so sehr, dass ich nicht einmal wütend sein konnte, dass er uns nicht zusammen sehen konnte.

Ich verstand ihn. Ich verstand, warum. Aber ich wollte auch das Beste für dich. Ich wollte, dass du ein stabiles Zuhause hast und geliebt wirst. Nach dem, was ich mit meinem eigenen Vater erlebt habe, wollte ich, dass deiner zuverlässig sein würde.«

Doch er ist nicht zuverlässig gewesen, dachte Mack. Letztendlich hatte Ed ihre Mutter im Stich gelassen.

»Musste alles in London verkauft werden?«

»Ja. James hat gestern Abend angerufen. Alles ist endgültig abgeschlossen.«

Mack fragte sich, ob das ein weiterer Grund dafür war, dass ihre Mutter so aufgewühlt wirkte. »Also ist das Haus und alles fort?«

»Alles.«

»Das ist echt scheiße.«

Ihre Mutter lächelte müde. »Ja, auch wenn ein Teil von mir sich freut, dass es vorbei ist. Die ganze Sache hing bedrohlich über mir.«

Mack war betroffen. Sie hatte keine Ahnung gehabt, dass ihre Mom überhaupt daran gedacht hatte. »Du musst dich schrecklich fühlen. Was ist mit Nana? Hat sie sich gemeldet?«

»Nein. Ich denke, sie ist immer noch sehr wütend auf mich. Und verletzt.«

»Aber Ed wusste alles, und Ed hat dich geliebt. Ich meine, sie hätte *ihm* Vorwürfe machen können, dass er ein Geheimnis hatte. Doch warum dir?«

»Sie trauert. Ich hoffe, dass sie mit der Zeit ein bisschen nachgiebiger wird. Das alles ist für jeden schwer.«

»Meinst du, ich sollte ihr schreiben?«

»Möchtest du das?«

Mack dachte darüber nach. »Ich denke, ja. Ich glaube, Dad hätte es sich von mir gewünscht.«

»Das glaube ich auch. Ich gebe dir ihre Adresse.«

»Sie war so gemein zu dir, und du hast alles verloren.«

»Nicht alles. Ich habe dich und Tante Jenna und Grams. Ich habe diesen Ort, diese Insel. Ich habe noch immer Hoffnungen und Träume.«

Und Scott, dachte Mack. Sie hatten noch Scott.

Mack dachte über das Leben nach, das sie hier führten. Sie dachte daran, wie sie morgens zum Meeresrauschen und dem Gesang der Vögel aufwachte. »Ich schätze, unser Leben hier ist nicht so schlecht.« Bevor man in London mit dem Fahrrad losfuhr, schrieb man am besten einen Abschiedsbrief, aber hier konnte sie überallhin fahren, und das gab ihr ein Gefühl der Freiheit. »Mom?«

»Ja, Liebes.«

»Ich glaube, Grams könnte in Ben verliebt sein.« Sie sah ihre Mutter lächeln.

»Ich hoffe, du hast recht.«

»Es würde dir nichts ausmachen?«

»Dass meine Mutter endlich ihr Glück findet? Ich glaube, es wäre großartig, meinst du nicht? Sie haben sich oft gesehen, das ist wahr. Ich frage mich …«

»Nein!« Mack hob warnend ihre Hand. »Sprich nicht davon, ich bitte dich.«

»Du hast recht. Man sollte nie daran denken, ob die eigenen Eltern noch Sex haben.«

»Und für mich sind es Großeltern, also genug gesagt.« Mack schüttelte sich. »Hauptsache, ich laufe ihm nicht über den Weg, wenn ich nachts ins Badezimmer gehe.«

In dem Moment erschien Nancy mit einem Krug Limonade in der Hand. »Also nimmst du Scotts Angebot an?«

Lauren hielt ihr ein Glas hin, und ihre Mutter schenkte ein. »Geld von ihm zu leihen verknüpft ihn mit unserem Leben.«

»Das ist gut, oder? Es wird ihn davon abhalten, einfach fortzusegeln, wenn ich etwas Falsches sage und ihn ärgere.« Mack errötete, als ihre Mutter sie ansah. »Außerdem ist er sowieso schon in unserem Leben.«

»Er möchte mehr dazugehören. Er würde dich gern öfter sehen.«

»Nach dem, was ich vorhin gesagt habe?«

»Ja. Was meinst du?«

Mack stellte sich vor, wie das aussehen könnte, und entschied, dass es ihr gefiel. »Ich denke, das würde funktionieren. Vielleicht könnten wir drei zusammen segeln gehen. Wenn du damit klarkommst.«

»Sie kommt damit klar.« Nancy füllte Macks Glas auf. »Und du nimmst das Darlehen. Auf Coastal Chic und die Zukunft. Und da wir von der Zukunft sprechen: Ich habe auch Neuigkeiten.«

»Was für Neuigkeiten?«

»Ich habe entschieden, das Kapitänshaus doch zu verkaufen.«

Mack sah, wie erstaunt ihre Mutter dreinblickte.

»Du verkaufst an Scott?«

»Ich habe es ihm angeboten, doch er hat jetzt andere Pläne, sodass ich mit einem Maklerbüro sprechen werde. Nach all unserer harten Arbeit möchte es vielleicht jemand als Ferienhaus kaufen. Ich wollte erst mit dir sprechen. Jenna habe ich es heute Morgen gesagt, als wir die Website überarbeitet haben.«

»Warum sollte Scott es nicht wollen?« Mack nippte an ihrer Limonade. »Oder vielleicht kann er es nicht kaufen und dir gleichzeitig Geld leihen.«

»Bist du sicher, Mom?«, fragte Lauren. »Nach all den Jahren des Kampfes, um es in der Familie zu halten.«

»Genau. Ich bin es leid, zu kämpfen. Wo steht es geschrieben, dass das Leben ein Kampf sein muss? Ich möchte ein friedlicheres Leben, und ich möchte in meinem Leben nur die Dinge, die ich mir wünsche. Nicht die, die ich aus Verpflichtung anderen gegenüber oder wegen irgendeines lachhaften Verantwortungsbewusstseins behalte. Das Haus ist zu groß für mich. Es passt nicht zu dieser neuen Phase meines Lebens. Ich werde hier im Segelhaus wohnen. Ben wird mir helfen, einen Garten zu gestalten, der Inselgespräch sein wird.«

Ben.

Mack fing den Blick ihrer Mutter auf.

Es war schwer, sich vorzustellen, dass sich Menschen im Alter ihrer Großmutter verliebten, aber es geschah vermutlich, oder?

Hatten Menschen in diesem Alter noch Sex, oder hielten sie einfach nur Händchen?

Mit purpurrotem Gesicht trank sie ihre Limonade.

Erwachsen zu sein war eine Sache, aber manche Gedanken verboten sich einfach.

34. Kapitel

Jenna

Akzeptanz: eine Einstellung oder ein Gefühl, dass man eine schwierige Situation nicht ändern kann und sich daran gewöhnen muss

»Wir waren beim Arzt.« Jenna presste die Handflächen auf den Boden und fragte sich, warum sie zugestimmt hatte, zum Yoga zu gehen. »Sollte ich dir das überhaupt erzählen, während ich den herabschauenden Hund mache?«

Ungelenk: sich unbeholfen bewegen.

Lauren blickte zu ihr. »Du sollst gar nicht reden«, flüsterte sie. »Du sollst dich entspannen.«

»Reden entspannt mich. Sie wollte alles über unser Sexualleben wissen. Das war ein bisschen schräg.« Sie hörte auf zu reden, als die Yoga-Trainerin hinter ihnen auftauchte.

»Die Hände fest in den Boden drücken. Gleichmäßig atmen.«

Jennas Beine fingen an, sich zu verkrampfen.

Egal, wie sehr sie sich konzentrierte, sie schien immer eine halbe Bewegung hinter den anderen herzuhinken. Sie war nur hier, weil sie Greg versprochen hatte, es zu versuchen, und weil sie gerne Zeit mit ihrer Schwester verbrachte.

Als die Trainerin wieder nach vorne ging, wandte Lauren den Kopf. »Hast du abgenommen?«

Jenna musterte ihr Spiegelbild in dem riesigen Spiegel. »Habe ich.«

»Diät?«

»Nein. Ich habe mit dem Frustessen aufgehört.« Sie grinste anzüglich. »Ich tröste mich jetzt anders.«

»Schsch!« Die Frau, die ihnen am nächsten war, warf ihnen einen vernichtenden Blick zu, und Lauren erhob sich elegant aus der Position, die sie gehalten hatte.

»Lass uns gehen.«

»Gehen?« Jenna richtete sich deutlich weniger elegant auf. »Wohin?«

»Wir hauen hier ab.« Lauren nahm ihre Matte, warf der Trainerin einen entschuldigen Blick zu und ging Richtung Ausgang.

Hin- und hergerissen zwischen Beschämung und Erleichterung, packte Jenna ihre Sachen und schlich sich hinter ihrer Schwester aus dem Raum. »Ich kann kaum glauben, dass du das tust. Du liebst Yoga.«

»Aber du hasst es, und das Leben ist zu kurz, um es mit etwas zu verbringen, das man hasst. Ich konnte den Ausdruck auf deinem Gesicht nicht ertragen. Es soll ja keine Folter sein.«

Jenna schob ihre Tasche über die Schulter. »Einen Moment hast du dort wirklich wie meine Schwester geklungen. Willst du nackt baden gehen? Oder wir könnten uns bei den Erdbeeren in Mrs. Maxwells Garten bedienen.«

»Dräng mich nicht. Wir müssen hier einen Schritt nach dem anderen machen.« Lauren löste das Band ihres Pferdeschwanzes und schüttelte ihr Haar. »Lass uns am Strand spazieren gehen. Du kannst mir von eurem Termin erzählen.«

»Da gibt es nichts zu erzählen. Sie werden zuerst ein paar einfache Tests machen, also wird es noch eine Weile dauern, bevor wir irgendwelche Entscheidungen treffen müssen. Aber ich bin froh, dass wir endlich hingegangen sind.« Sie fühlte sich jetzt weniger hilflos. Als ob sie etwas dagegen unternahmen. »Greg ist gut damit umgegangen.«

»Wenn Greg mit solchen Dingen nicht umgehen kann, gibt es für den Rest von uns auch keine Hoffnung mehr.«

»Es ist anders, wenn es das eigene Problem ist.« Sie verstand das jetzt. »Es ist persönlich. Man kann nicht neutral sein, wenn es persönlich ist. Ich habe versprochen, mich mehr zu entspannen und zum Yoga zu gehen, aber Yoga hilft mir nicht beim Entspannen.«

»Aber ein Eis am Strand tut das, also lass uns welches holen.« Lauren hakte sich bei Jenna ein, und gemeinsam gingen sie zum Parkplatz.

Jenna dachte an die vielen Male, die sie als Kind so gegangen waren. »Danke, dass du mir zur Flucht verholfen hast. Falls du jemals ins Gefängnis musst, grabe ich einen Tunnel und hole dich raus, versprochen.«

»Du wärst vermutlich der Grund, warum ich dort überhaupt lande.«

Jenna stupste ihre Schwester am Arm. »Hey, du bist die Anführerin, nicht ich.«

»Wenn ich mich jemals im Gefängnis wiederfinden sollte, wäre es sicherlich deinetwegen, weil ich dich decken würde. Aber mach dir keine Sorgen. Egal, was sie mir antun, ich würde dich nie verraten.«

Beide kicherten. »Sie würden einen Weg finden, dich zum Sprechen zu bringen. Sie würden dir ein Paar tolle Schuhe unter die Nase halten, und schon würdest du schreien: *Ja, sie ist schuldig, und jetzt gebt mir diese Jimmy Choos.*«

»Ich würde dich nicht für tolle Schuhe verraten. So billig bin ich nicht zu haben.«

»Lippenstift?«

»Auf keinen Fall.«

»Gesalzenes Karamelleis?«

»Das ist nicht fair.« Lauren stoppte abrupt. »Dem kann niemand widerstehen.«

»Also wenn ich an der Kante einer Klippe stände und einen Becher mit gesalzenem Karamelleis in der Hand hätte, und du könntest uns nicht beide retten, würdest du das Eis nehmen?«

»Ich würde dich stoßen, um mir das Eis zu schnappen.«

»Wie konnte ich nur dich als Schwester bekommen?«

Lauren grinste. »Ich schätze, du hattest Glück. Aber jetzt muss ich an gesalzenes Karamelleis denken. Wo ist die nächste Quelle?«

»Wir holen welches auf dem Weg zum Strand. Aber musst du nicht zurück, um Zeit mit Mack zu verbringen?«

»Sie ist mit Scott segeln.«

»Wieder?« Jenna ließ Laurens Arm los und bückte sich, um ihren Laufschuh zuzubinden. »Ist das jetzt etwas Regelmäßiges?«

»Ja. Wie sich herausstellt, ist sie ziemlich gut darin. Sie hat Scotts Gefühl für das Wasser geerbt. Und sie hilft ihm auch in der Werft.«

»Und was ist mit dir? Triffst du dich mit ihm?«

»Er hat mir Geld geliehen, also fühle ich mich natürlich verpflichtet, ihn auf dem Laufenden mit meinem Unternehmen zu halten.«

»Das habe ich nicht gemeint. Ich wollte wissen: Trefft ihr euch? Wie: Habt ihr wilden, atemlosen Sex?«

»Natürlich nicht.« Lauren wandte sich ab und ging zum Wagen.

»Warte!« Jenna lief ihr hinterher. »Warum ›natürlich nicht‹?«

»Es ist erst sechs Monate her, dass ich Ed verloren habe.«

Jenna blieb abrupt stehen. »Lauren Stewart, was soll dieser Mist?«

»Ich bin keine Stew…«

»Du hast mit mir eine langweilige Yoga-Stunde abgebrochen und gedroht, mich von einer Klippe zu stoßen. Du bist eindeutig eine Stewart. Ich möchte wissen, warum meine draufgängerische, abenteuerlustige Schwester, die im Grunde schon ihr ganzes Leben den gleichen Mann liebt, nicht bei jeder erdenklichen Gelegenheit Sex mit ihm hat.«

Lauren verdrehte die Augen. »Wenn du noch ein bisschen lauter sprechen würdest, könnten sie dich vielleicht auch in Nantucket hören. Dann müsste ich keine öffentliche Bekanntmachung dorthin schicken. Du solltest vor allem den Teil mit dem Sex bei jeder erdenklichen Gelegenheit erwähnen.«

»Wie lange willst du warten? Ed würde nicht wollen, dass du wartest, das kann ich dir sagen.«

»Es liegt nicht nur daran, dass ich mich schuldig fühle wegen Ed, da ist auch noch Mack, an die ich denken muss.«

Ausflüchte machen: eine direkte Antwort oder klare Entscheidung vermeiden.

»Mack macht sich großartig. Ihr geht es besser als dir. Also sag mir die Wahrheit. Welchen wahren Grund verschweigst du mir? Denn ich bin sicher, dass dies deine Entscheidung und nicht die von Scott ist.«

Sie hatten den Wagen erreicht, und Lauren hielt an.

»Ich schätze, ich habe Angst.«

»Wovor?« Für einen Moment konnte Jenna kaum atmen. Dies war ihre Schwester. Ihre Schwester, die sich früher nie vor irgendetwas gefürchtet hatte. »Angst, dass du ihn verlieren könntest, wie du Ed verloren hast?«

»Nein. Na ja, vielleicht ein bisschen …« Lauren biss sich auf die Lippen. »Es ist eher, dass ich Angst habe, mich wieder so in ihn zu verlieben. Oder vielleicht war ich immer in ihn verliebt und habe Angst, dass ich, wenn ich es zugebe, nicht mit den Konsequenzen umgehen kann.«

Jenna zögerte. »Du denkst, er könnte wieder fortgehen wie beim ersten Mal?«

Sie sah den Schmerz in den Augen ihrer Schwester und fragte sich, ob es falsch war, die Beziehung zu unterstützen. Was, wenn Lauren und Scott ein Paar wurden und er sie wieder im Stich ließ?

Lauren lächelte schwach. »Ich schätze, das gehört dazu. Ich habe alles an emotionalen Schlägen erfahren, was ich im Moment verkraften kann. Oh …« Sie hielt inne, als Jenna die Arme um sie schlang. »Wofür ist das?«

»Für Liebe. Für Schutz. Für Mut.« Jenna hielt ihre Schwester eng umschlungen. Bei der Liebe ging es immer um ein Risiko, oder? Und einige Risiken waren es wert, eingegangen zu werden. »Erinnerst du dich, wie du mich zu all diesen Abenteuern gedrängt hast, als wir klein waren? Ich hatte entsetzliche Angst! Ich habe immer versucht, dich davon abzuhalten, aber wenn das nicht funktionierte, habe ich trotzdem mitgemacht. Und das tat ich, weil es meine Aufgabe war, auf dich aufzupassen, so wie du auf mich aufgepasst hast. Egal, in welchen Schwierigkeiten du stecktest, ich war für dich da und bin es heute noch. Ich weiß nicht, was die Zukunft bringt. Niemand von uns weiß das. Aber ich werde die ganze Zeit für dich da sein. Das hat sich nicht geändert. Das Einzige, was dieses Mal anders ist, ist die Tatsache, dass ich dich dazu dränge, das Risiko einzugehen. Du hältst dich selbst von der einen Sache zurück, die dich glücklich machen wird, Lauren.« *Und wenn Scott Lauren wieder wehtun sollte, würde sie ihn mit bloßen Händen umbringen.*

»Ich denke darüber nach.«

»Du wirst mehr tun, als darüber nachzudenken.« Jenna stupste sie in Richtung des Wagens. »Geh, bevor diese grimmige Yoga-Trainerin mit der unglaublich nervigen Stimme kommt und uns zurückholt. Angesichts meiner Erfolgsbilanz hinterm Steuer gibst lieber du die Fluchtfahrerin.«

35. Kapitel

Lauren

> *Evolution: allmähliche Entwicklung einer Situation oder Sache über einen bestimmten Zeitraum*

Der Juni ging in den Juli über, ein Monat, der Menschenmengen mit sich brachte. Die Insel zog von Künstlern über Schriftstellern bis zu Präsidenten einfach jeden an. Manche kamen, um Zeit in den Cafés, Restaurants und Galerien von Edgartown zu verbringen, andere kamen wegen der Landschaft und der Strände.

Lauren schlief nachts bei offenem Fenster, umhüllt von dem Geräusch der Brandung und mit einem kühlen salzigen Lufthauch auf ihrem Gesicht.

Der Schmerz und die Traurigkeit kamen und gingen wie die Gezeiten.

In der einen Minute ging es ihr gut, und in der nächsten bekam sie kaum Luft, doch irgendwie zwang sie sich weiterzumachen.

Vormittags konzentrierte sie sich auf Coastal Chic. Dank des Darlehens von Scott hatte sie ein paar Kunden annehmen können, und bislang lief es gut.

Sie hatte genug, um es bis in den Winter zu schaffen.

Die Arbeit war großartig. Ihre Mutter war glücklich. Und auch Mack ging es gut.

Lauren war die Einzige, die zu kämpfen schien.

Sie vermisste Ed. Sie vermisste Scott. Dann fühlte sie sich schuldig, weil sie an Scott dachte, obwohl sie noch immer um Ed trauerte.

Ihr Hirn schien wie ein Karussell zu sein, und sie hatte keine Ahnung, wie sie es anhalten konnte.

»Mom?«

Lauren blickte von ihrem Laptop auf, als sie Macks Stimme hörte. »Ich bin oben.« Da ihre Mutter es nicht länger als Atelier nutzte, war es jetzt Laurens Büro. Sie hoffte noch immer, dass ihre Mutter irgendwann wieder Leinwände bemalte, doch im Moment steckte sie all ihre künstlerische und kreative Energie in die Inneneinrichtung von Häusern und die Gestaltung von Gärten.

Lauren blickte auf die blauen und violetten Hortensien in dem hübschen Bauernkrug, den sie im Wohltätigkeitsladen gefunden hatte, als sie ihrer Mutter half, ihr Leben auszumisten.

Sie hörte Macks Schritte auf der Treppe, und kurz darauf stand sie im Türrahmen. Ihr Haar, in dem die pinken Strähnen längst verschwunden waren, war zerzaust und von der Sonne gebleicht.

»Bist du beschäftigt?« Sie war außer Atem. »Kannst du kommen?«

Lauren war sofort auf den Füßen. »Ist irgendwas passiert?«

»Alles in Ordnung. Scott will uns zum Segeln mitnehmen. Da ist etwas Wichtiges, was er uns beiden sagen will.«

Ihr Herz machte einen Satz wie ein Schiff in einem Sturm. Er ging fort. Was sonst konnte er ihnen beiden sagen wollen? Seit ihre Mutter erzählt hatte, dass er das Kapitänshaus nicht länger kaufen wollte, hatte sie auf diesen Moment gewartet. Wenn er sie beide auf dem Boot haben wollte, um ihnen etwas zu sagen, dann wollte er sie vermutlich daran erinnern, was für eine Wasserratte er war. Wie sehr er das Meer zum Leben brauchte.

Konnte sie ein zweites Mal Verständnis dafür aufbringen, ausgerechnet jetzt, wo Mack eine Beziehung zu ihm aufgebaut hatte?

»Er will jetzt sofort mit uns sprechen?« Er hatte sie beim Wort genommen und ihr Raum gegeben, auch wenn es sich bei jedem Aufeinandertreffen so anfühlte, als würde die Welt um sie herum verschwinden.

»Ja. Wir wollten hinausfahren, doch er sagte, er möchte dich dabeihaben. Er hat mich hergefahren. Er wartet draußen im Pick-up.«

Lauren griff nach ihren Schlüsseln und dem Handy und ermahnte sich innerlich, dass sie bisher mit allem fertiggeworden war, was das Leben ihr zugemutet hatte, und dass sie auch hiermit fertigwerden würde. Was auch immer es war. *Bitte lass Scott nicht fortgehen.* »Ich schicke Grams eine Nachricht, damit sie weiß, dass wir beide heute Abend später kommen.«

»Wo ist Grams?«

»Bei Alice.«

»Wieder?« Mack hob die Brauen. »Wie läuft es?«

»Sie haben sich ein paarmal getroffen. Ich glaube, es läuft ganz gut. Ich habe nicht nach Einzelheiten gefragt. Grams wird es mir erzählen, wenn ihr danach ist.«

»Dann sind sie wieder beste Freundinnen?«

»So weit würde ich nicht gehen, aber es besteht Hoffnung.« Und Hoffnung, dachte Lauren, hielt einen am Leben. Hoffnung, dass die Dinge besser wurden, dass die Traurigkeit verging, dass man wieder das Leben und die Liebe fühlte. *Hoffnung, dass die wenigen zarten Fäden dieses neuen Lebens nicht zerschnitten wurden, bevor sie stärker wurden.* Sie nahm sich einen Pullover und Sonnenschutz. »Lass uns gehen.«

»Was hättest du an Grams Stelle getan?«

»Ich weiß nicht.« Lauren schloss die Tür des Segelhauses ab. »Ich glaube nicht, dass irgendjemand von uns wirklich weiß, was er getan hätte, bis er nicht tatsächlich in der Situation des anderen steckt. Es ist ziemlich leicht, von außen zu urteilen, aber nicht so leicht, wenn es dein eigenes Leben ist.«

Sie wusste, dass viele Menschen Scott verurteilt hätten, weil er seine Vaterschaft nicht übernehmen wollte, doch sie hatte es verstanden. Sie hatte ihn verstanden. Das war einer der Gründe, warum sie die Identität des Vaters ihres Babys nicht hatte preisgeben wollen. Sie hatte ihn vor den Verurteilungen und den Spekulationen, die es sicher nach sich gezogen hätte, schützen wollen.

Aber was, wenn er jetzt fortging? Wie würde sie dieses Mal reagieren?

Er hatte das Herz ihrer Tochter gewonnen. Würde sie ihm vergeben können, wenn er es brach?

Mack wartete, während Lauren die Schlüssel in ihrer Handtasche verstaute. »Ich weiß, dass sie den Freundinnen-Kodex gebrochen hat, aber irgendwie mag ich Alice.«

»Ich auch. Und deine Großmutter tut es ebenso. Das macht es so schwer.«

Sie gingen zusammen zur Straße, und Mack sprang in den Pick-up.

Lauren folgte etwas langsamer und registrierte, wie Scott an Macks Baseball-Cap tippte und sie aufzog. Sie diskutierten den ganzen Weg zum Hafen darüber, ob ihr erlaubt werden sollte, mit dem Boot allein hinauszufahren, und ob er sich einen weiteren Hund als Gesellschaft für Captain anschaffen sollte.

»Ein Welpe wäre gut.«

Scott blickte skeptisch. »Wirst du die Verantwortung für diesen Welpen übernehmen?«

Lauren ertappte sich dabei, dass sie alles, was er sagte, analysierte. Würde er solche Witze machen, wenn er daran dachte, fortzugehen? Mack hatte viel Zeit mit ihm verbracht und sogar ein- oder zweimal auf dem Boot übernachtet.

Lauren hatte dabei ein komisches Gefühl gehabt, wofür sie sich selbst hasste, denn sie wusste, wie sehr Mack das Wasser liebte. Und es war offensichtlich, dass sie auch Scott liebte. Und das war gut, oder? Sie konnte ihrer Tochter nicht vorwerfen, dass sie Zeit mit ihm verbringen wollte, und Scott ebenfalls nicht, dass er Zeit mit seiner Tochter verbringen wollte. Sie war erfreut. Warum also fühlte sie sich auch ein bisschen schlecht?

Lag es daran, dass ein Teil von ihr sich immer sorgte, Scott könnte entscheiden, dass er genug von allem hatte, und einfach fortgehen? Oder verwandelte sie sich in eine dieser Mütter, die es nicht ertragen konnten, dass ihre Kinder sie verließen?

Scott parkte und drehte sich zu ihr um. »Du bist so still. Ist alles in Ordnung?«

»Alles ist gut.« Abgesehen von der Tatsache, dass sie es satthatte, traurig zu sein. Und ängstlich. Traurig und ängstlich. Das war eine fatale Kombination.

Den Blick noch immer auf sie gerichtet, streckte Scott die Hand aus und strich Captain über den Kopf. »Du hattest in letzter Zeit viel zu tun. Ich habe dich kaum gesehen. Wie läuft das Geschäft?«

»Gut.« Sie versuchte, nicht auf diese Finger zu sehen. Sie versuchte, nicht an diesen Abend in der Küche im Segelhaus zu den-

ken. »Wir haben mehr Arbeit, als wir im Moment bewältigen können, eingeschlossen einer Kundin, die ihr Apartment in Manhattan von uns begutachten lassen möchte. Das ist alles sehr aufregend.«
Manhattan. Sie würde am Wochenende hinfahren. Mack war bei Nancy in guten Händen, sodass sie, wenn nötig, länger bleiben konnte.

Aus irgendeinem Grund, den sie nicht verstand, entfachte der Gedanke keine Begeisterung in ihr.

Mack verzog das Gesicht. »Funktioniert Coastal Chic überhaupt in Manhattan? Ich meine Muscheln und Central Park? Ich glaube nicht.«

Lauren lächelte. »Ich denke, wir können unser Design erweitern, wenn es nötig ist. Vielleicht könnte Coastal Chic für eine Zeit zu City Chic werden.«

Scott ließ seine Hand auf Captains Kopf liegen. »Dann ziehst du nach New York? Als Teenager wolltest du genau das.«

»Umziehen?« Mack wirkte entsetzt. »Mom?«

»Wir ziehen nirgendwohin«, sagte Lauren. »Wenn wir den Auftrag in New York annehmen, würde ich eine Möglichkeit finden zu pendeln. Auf keinen Fall ziehen wir um. Wir sind jetzt hier, und wir bleiben hier.« Und sie liebte es. Die Insel. Die Menschen. Das Meer. Wie hatte sie so lange ohne das alles leben können?

»Gut.« Mack öffnete die Wagentür. »Denn im Moment habe ich Veränderungen satt. Ich möchte hierbleiben, mit Grams Tee trinken, zu viele von Tante Jennas Keksen essen, deine Website aktualisieren, einen Roboter programmieren, meine Freunde treffen, mit Scott segeln gehen.« Sie pfiff nach Captain und sprang aus dem Wagen.

Lauren wollte ihr folgen, als Scott nach ihrer Hand griff.

»Was ist los?«

»Nichts. Ich freue mich auf unsere Segeltour. Wo fahren wir hin?«

Er sah sie forschend an und ließ ihre Hand los. »Du wirst es sehen.«

Ohne mehr zu verraten, lud er die Kühltasche in das Boot, und sie kletterten alle an Bord, samt Hund.

Mack bewegte sich auf dem Boot voller Selbstvertrauen und folgte Scotts Anweisungen.

An der Art, wie sie zusammenarbeiteten, konnte man erkennen, dass sie das schon oft gemacht hatten.

»Hey, Mom, hast du gewusst, dass man um Martha's Vineyard herumsegeln kann?« Mack befestigte das Seil. »Es sind vierundfünfzig Komma sieben Seemeilen. Scott sagt, wir können das nächsten Sommer machen.«

»Das ist toll.«

Also hatte er vor, nächsten Sommer hier zu sein. Doch was war mit dem langen Winter dazwischen?

Sie versuchte, nicht daran zu denken. Im Augenblick wirkte ihre Tochter glücklich, und das war gut.

Gut für sie und für Scott. Er brauchte das. Es würde ihm guttun, ein Verantwortungsgefühl für jemanden zu entwickeln. Er hatte das bislang in seinem Leben nicht erfahren.

Als sie an der Küste entlangsegelten, bot sich ihnen die Aussicht auf Klippen, Landzungen, offenes Wasser, Leuchttürme und Strandhäuser, von denen einige so groß wie ein Hotel waren. Normalerweise hätte Lauren den Blick geliebt, doch heute war sie mit anderen Gedanken beschäftigt.

Scott steuerte das Boot in eine Bucht, und Lauren erkannte sofort den Strand.

Mit ungläubigem Blick schaute sie ihn an.

Scott lächelte. »Erinnerst du dich an den Ort?«

Natürlich erinnerte sie sich an den Ort. Dies war ihr Strand.

Der Strand, den sie als ihren eigenen betrachtet hatten.

Das Haus war damals unbewohnt gewesen, und sie hatten sich an den Strand geschlichen und geredet, gelacht und sich im Mondschein geliebt. Alles, was sie über Scott wusste, hatte sie hier auf diesem Streifen goldenen Sand erfahren. Und er hatte alles über sie erfahren.

Wenn ein Ort Geheimnisse bewahren konnte, dann kannte dieser Strand alle ihre Geheimnisse.

Sie sehnte sich nach diesen sorglosen Nächten zurück. Sie sehnte sich danach, wieder diese Frau zu sein. Sie sehnte sich nach ihm.

»Tolles Haus.« Mack verrenkte sich den Hals, um es besser sehen zu können. »Da sind Balkone vor den oberen Zimmern, und es hat eine Treppe hinunter zum Strand. Wie cool ist das denn? Ist das ein Ferienhaus? Wem gehört es?«

»Im Moment niemandem«, sagte Scott. »Es steht zum Verkauf.«

Lauren versuchte, nicht daran zu denken, wie ein Haufen Fremder an ihrem Strand entlangging und auf ihre Erinnerungen trampelte. »Ich habe diesen Ort immer geliebt.« Sie sah zum Haus, bemerkte aber, dass Scotts Blick auf ihr ruhte.

»Ich weiß.«

Sie drehte sich zu ihm um und sah alle ihre Erinnerungen in seinen Augen.

»Wie könnte man ihn nicht lieben? Das ist ein hübsches Haus. Tatsächlich absolut perfekt.« Mack starrte es träumerisch an. »Ich frage mich, was für ein Mensch es kaufen wird.«

Scotts Augen ruhten weiter auf Laurens Gesicht. »Ein Kerl, der das Meer liebt, aber der entschieden hat, dass es an der Zeit ist, in der Nähe des Wassers und nicht auf dem Wasser zu leben. Ein Kerl, der Platz braucht, weil er im Moment zwar nur zusammen mit seinem Hund lebt, aber beide hoffen, dass sich das ändert.« Er hielt inne und ließ Laurens überraschte Miene auf sich wirken. »Ein Kerl, der einmal in seinem Leben einen großen Fehler begangen hat und der an zweite Chancen glaubt.«

Lauren spürte, wie ihr Herz kurz aussetzte. »Du hast dieses Haus gekauft?«

»Noch nicht. Ich wollte erst deine Meinung hören. Es ist wichtig, dass du es auch liebst. Deshalb habe ich dich heute hierhergebracht. Um zu sehen, ob dies der richtige Ort für dich ist. Er liegt dicht am Haus deiner Schwester, und es ist nicht weit zum Segelhaus.« Er strich ihr eine Haarsträhne hinters Ohr. »Was denkst du?«

Was dachte sie?

»Ich dachte … Ich dachte …« Sie sah in seine Augen und dann auf seinen Mund. Sie wünschte, sie könnte bis in sein Herz sehen. »Ich dachte, du wolltest mir sagen, dass du das alles nicht mehr könntest und für den Winter fortsegeln würdest. Ich dachte, du würdest wieder fortgehen.«

Ihre Knie zitterten, und sie umklammerte seine Arme, um sich festzuhalten.

Scott lachte rau auf und zog sie an sich, wobei er Mack ignorierte.

»Ich gehe nicht von dir fort.« Er hielt sie fest an sich gepresst, küsste erst ihren Kopf, dann ihre Wange und schließlich ihren Mund. »Nie wieder.« Er flüsterte das Versprechen an ihren Lippen. »Nie wieder. Nicht, bis du mich fortschickst, und vermutlich auch dann nicht.«

Sie spürte, wie sie unter seinen Händen und unter seinem Mund zum Leben erwachte. Gegenwart und Vergangenheit verschmolzen ineinander, und ihre Angst fiel von ihr ab.

»Hallo! Hier ist ein Teenager anwesend.« Macks Stimme durchschnitt den rauschhaften Moment. »Peinliche Zuneigungsbekundungen in der Öffentlichkeit werden missbilligt. Du solltest warten, bis ich weg bin, um meine Mom zu küssen.«

Scott hob den Kopf. »Du bist keine Öffentlichkeit.« Während er Lauren mit einem Arm umfasst hielt, streckte er den anderen nach Mack aus. »Du bist meine Tochter. Und ich habe vor, deine Mutter oft zu küssen, also solltest du dich daran gewöhnen.«

Mack murmelte etwas vom Segelhaus und ihrer Großmutter, doch Lauren sah, wie ihre Augen feucht wurden, und nach einem Moment des Zögerns schlüpfte sie in die Umarmung, die Scott anbot.

»Also bedeutet das, du willst bei uns bleiben?«

Lauren hörte die Unsicherheit, die sich hinter dem beiläufigen Ton verbarg, und ihr brach fast das Herz. Eines Tages würde Mack vielleicht aufhören zu glauben, dass sie alles verlieren würde, was sie liebte.

Scott hörte die Unsicherheit offenbar auch, denn er nickte bekräftigend.

»Ich bleibe.«

»Bist du sicher? Ich meine, du weißt nicht, wie nervig ich sein kann. Du könntest deine Meinung ändern, wenn wir uns das erste Mal streiten.«

Scotts Augen leuchteten. »Ich glaube, damit komme ich klar.«

»Das ist gut zu wissen, denn ich könnte einigen meiner Freunde erzählt haben, dass du mein Dad bist, und deshalb wäre es peinlich, wenn du jetzt weggingst.«

Scott drückte sie enger an sich, und Mack wurde rot vor Freude.

So standen sie zu dritt da, fühlten, wie sich das Boot auf dem Wasser sanft bewegte, und schauten ans Ufer.

Mack brach das Schweigen zuerst. »Fragst du uns, ob wir mit dir dort wohnen wollen?«

»Ich hoffe, dass ihr das eines Tages wollt, aber ich weiß, dass es noch zu früh ist und ihr vielleicht lieber noch ein bisschen warten wollt. Das Haus wird hier sein, wenn ihr so weit seid. Und ich werde auch hier sein. Ob ihr eine Woche, ein Jahr oder zehn Jahre braucht, ich werde hier sein.«

Lauren spürte die Kraft seines Arms um ihre Schultern.

Sie hatte nicht um das Ende ihrer Ehe gebeten, doch sie hatte dennoch ein Ende gefunden, und dass sie sich entschieden hatte weiterzuleben, machte sie nicht zu einem schlechten Menschen. Ed hätte gewollt, dass sie glücklich war.

Scott hatte recht, dass sie Zeit brauchten, doch sie glaubte nicht, dass es viel Zeit sein würde. Zeit, hatte sie gelernt, war etwas Kostbares. Man sollte sie nutzen.

Mack knuffte Scott in die Seite. »Kann ich dich Dad nennen, oder ist das komisch?«

»Du kannst mich nennen, wie du willst.«

»Cool. Und wenn wir einziehen, bekomme ich dann einen Welpen?«

»Sie gibt nie auf, oder?« Scott sah Lauren an. In ihrem Kopf drehte sich alles, und sie wusste nicht, ob sie weinen oder lachen sollte.

»Sie gibt nie auf. Willkommen in der Elternschaft. Das ist eine Art Erosion. Mit der Zeit wirst du ähnlich wie die Steine am Stand abgeschliffen.«

Scott zuckte zusammen. »Klingt hart. Du wirst mir deine Geheimnisse verraten müssen.«

»Das Geheimnis«, sagte Mack hilfsbereit, »liegt darin, zu allem Ja zu sagen. Das macht das Leben einfacher. ›Ja, Mack, natürlich kannst du bis spät in die Nacht fortbleiben und trinken und Drogen nehmen. Viel Spaß. Du möchtest ein Auto? Ja, Mack. Welche Marke, welches Modell? Ein neuer Laptop? Tolle Idee.‹ Siehst du. Es ist einfach. Wenn ich dich etwas frage, lautet die Antwort Ja.«

»Ich glaube, das nennt man eher Einschleimen.« Scott lächelte, und sie sahen zu, wie Mack auf die andere Seite des Boots ging, um Captain davon abzuhalten, ins Wasser zu springen.

Als Mack außer Hörweite war, wandte er sich Lauren zu. »Und was ist mit dir?« Seine Stimme war sanft und nur für sie bestimmt. »Vielleicht ist es der falsche Zeitpunkt für dich, es zu hören, aber ich liebe dich, Laurie.«

Es war nie der falsche Zeitpunkt, diese Worte zu hören.

»Ich liebe dich auch.« Sie spürte, wie er seine Arme enger um sie schloss.

»Wir machen es in dem Tempo, das du möchtest, aber eines Tages, an irgendeinem Punkt in der Zukunft, werde ich dir eine Frage stellen. Glaubst du, dass deine Antwort Ja lauten wird?«

»Du wirst mich fragen, ob ich einen Welpen haben will?«

Er lachte, und sie lachte ebenfalls und legte den Kopf an seine Brust.

Sie würde heilen. Vielleicht nicht sofort, aber mit der Zeit würde sich ihr Herz wieder zusammensetzen.

Ihr altes Leben war vorbei, aber da war ein neues, das auf sie wartete. Sie musste nur diesen einen Schritt gehen …

36. Kapitel

Schwestern

Bindung: eine Kraft oder ein Gefühl, das Menschen vereint

»Ich kann nicht glauben, dass wir das hier machen.«

»Ich dachte, du wolltest, dass ich abenteuerlustiger bin. Mehr wie mein altes Ich.« Sie packte die Hand ihrer Schwester und zog sie zum Geländer.

»Du willst, dass ich auch springe? Auf keinen Fall. Ich bin diejenige, die am Ufer bleibt, bereit, dich zu retten. Ich bin dein Rettungsring.«

»Nicht dieses Mal. Dieses Mal springen wir gemeinsam.«

»Wer wird uns retten, wenn wir beide in Schwierigkeiten geraten?«

»Wir retten einander.« Sie kletterte über das Geländer und hielt das Gleichgewicht, bereit, zu springen. Es war eine Inseltradition, doch eine, der sie seit Jahren nicht gefolgt war.

Sie erinnerte sich an all die Male, die sie losgesprungen war, ohne überhaupt daran zu denken, was sie unten erwartete. Mit der Naivität der Jugend hatte sie nicht an all die Dinge gedacht, die schiefgehen konnten. Wenn man jung war, hielt man sich für unverwundbar.

War sie zu alt hierfür?

Nein. Man war nie zu alt, um zu springen, erst recht, wenn man jemanden an seiner Seite hatte, dem man vertraute.

*Ihre Schwester kletterte über das Geländer und hielt sich krampfhaft fest. »*Der weiße Hai *ist nur ein Film, oder?« Sie starrte hinunter in das Wasser. »Es ist nie wirklich passiert.«*

»Wenn ein Hai auftaucht, verspreche ich, ihn abzulenken.«

»Was willst du tun? Ihn mit gesalzenem Karamelleis anlocken?«

»Wer sagt etwas von Eis. Wenn ich zwischen dir und gesalzenem Karamelleis wählen muss, bekommt der Hai dich.«

»Großartig. Von allen Schwestern, die ich haben könnte, bekomme ich ausgerechnet dich.«

»Das war dein Glückstag.«

»Sehe ich nicht so. Ich kann nicht glauben, dass ich das hier wirklich tue. Heißt das, du wirst mich wie früher bei jeder Gelegenheit in Ärger hineinziehen?«

»Nein, aber gelegentlich kann das vorkommen.« Sie verspürte einen Anflug von Schuldgefühlen. »Du musst nicht springen, wenn du nicht möchtest.« Sie fühlte, wie sich die Hand ihrer Schwester fester um ihre schloss.

»Ich gehe dahin, wo du hingehst. Wir sind Schwestern. Schwestern halten immer zusammen. Ich habe dir ein Versprechen gegeben.«

Die meisten Menschen hätten kein solches Versprechen gegeben, dachte Lauren. Deshalb hatte sie Glück, eine Schwester wie Jenna zu haben.

»Wenn ich mir eine Schwester hätte aussuchen können, ich hätte dich gewählt. Wir springen bei drei. Eins, zwei …«

– ENDE –

Danksagung

Dieses Buch war ein Aufbruch für mich. Größer im Umfang, mit mehr Charakteren, mehr Breite und Tiefe. Ich hätte es vermutlich nicht geschrieben, wären da nicht die Ermutigung meiner wunderbaren Agentin Susan Ginsburg und die Unterstützung von Dianne Moggy, Susan Swinwood und Lisa Milton gewesen. Ich bin dankbar für das Vertrauen, das sie während meiner ganzen Karriere in mich gesetzt haben, und für ihre einsichtigen Anmerkungen, als dieses Buch entstand.

Die Menschen gehen oft davon aus, dass ein Buch, auch wenn es sich um ein fiktionales Werk handelt, auf irgendeine Weise autobiografisch ist. Doch einer der großen Vorteile an der Schriftstellerei besteht darin, dass man sich Familien und Probleme ausdenken kann, die ganz anders sind als die eigenen. Glücklicherweise ist meine Familie viel weniger kompliziert als die Familien, über die ich schreibe. Sie gibt mir wenig Futter für eine pikante Geschichte, aber sie versorgt mich mit endloser Liebe und Unterstützung, und dafür bin ich zutiefst dankbar.

Ein Buch zu schreiben ist erst der Anfang, und es ist den gemeinsamen Anstrengungen so vieler fleißiger Menschen in den Verlagen zu verdanken, dass jedes Buch eine Leserschaft findet. An jeden bei HQN in den USA und HQ Stories in Großbritannien: Danke für alles, was ihr tut.

Ein besonderer Dank geht an meine wunderbare Lektorin Flo Nicoll für ihr Verständnis und ihre Geduld, mehrere Entwürfe zu lesen. Ohne ihre außergewöhnlichen Fähigkeiten würde es dieses Buch nicht geben. Wir arbeiten seit fünf Jahren zusammen, und ich bin sehr froh darüber. Eine bessere Lektorin kann niemand haben.

Danke auch an meine nicht schreibenden Freundinnen und Freunde, die mir zuhören, wenn ich von nicht existierenden Personen rede, und die geduldig Lunch- und Kaffee-Verabredungen umplanen, wenn ich einen Abgabetermin habe.

An meine Schriftsteller-Freundinnen, insbesondere Nicola Cornick, Jill Shalvis und RaeAnne Thayne: Ohne euren Beifall, euer Verständnis und euren Humor würde ich vermutlich gar nichts schreiben. Mit euch in meinem Leben ist das Schreiben niemals ein einsamer Beruf.

Nicht zuletzt danke ich meinen Leserinnen, von denen mich viele durch all die verschiedenen Phasen meiner Schriftstellerkarriere begleitet haben. So viele von euch nehmen sich die Zeit, mir Feedback zu geben oder Rezensionen zu schreiben, und ich bin unendlich dankbar dafür. Ohne euch würde ich diesem Beruf nicht nachgehen, also danke, dass ihr mir geholfen habt, meinen Traum wahr werden zu lassen. Ich hoffe, ihr habt viel Spaß mit diesem Buch.

Snow-Crystal-Trilogie

Entdecken Sie die Vielfalt von Sarah Morgan

Sarah Morgan
Winterzauber wider Willen
€ 9,99, Taschenbuch
ISBN 978-3-95649-076-7

Dezember und Kayla Green hat nur einen Weihnachtswunsch: dass das »Fest der Liebe« möglichst schnell vorbeigeht! Da kommt der PR-Expertin der Auftrag von Jackson O'Neil sehr gelegen. Als der Hotelier sie bittet, die Feiertage im Snow Crystal zu verbringen und dort eine Kampagne für das Skiresort seiner Familie zu entwickeln, kann Kayla nicht Nein sagen. Immerhin ist Jackson ein attraktiver Auftraggeber!

Sarah Morgan
Sommerzauber wider Willen
€ 9,99, Taschenbuch
ISBN 978-3-95649-177-1

Lieber würde Sean O'Neil sich freiwillig selbst den Blinddarm rausnehmen! Keine zehn Pferde bringen den ehrgeizigen Chirurgen normalerweise in die Einöde in den Bergen. Doch wegen eines Notfalls hat er zugestimmt, im Hotel seiner Familie mit anzupacken. Dort erwarten ihn jede Menge Erinnerungen ... und die französische Küchenchefin Élise Philippe. Ihre Lippen sind noch immer so süß und zart ...

Sarah Morgan
Weihnachtszauber wider Willen
€ 9,99, Taschenbuch
ISBN 978-3-95649-244-0

Als Skifahrer war er unschlagbar – aber als Dad ist Tyler O'Neil weit von einer Goldmedaille entfernt. Um seiner 13-jährigen Tochter zu beweisen, wie sehr er sie liebt, will er ihr das schönste Weihnachtsfest aller Zeiten in Snow Crystal bereiten. Wer könnte ihm besser beibringen, was zum Fest der Liebe gehört, als seine alte Schulfreundin Brenna, die die weihnachtlichen Bräuche perfekt zu beherrschen scheint ...

www.mira-taschenbuch.de

Manhattan-Serie 1-3

Sarah Morgan

Sarah Morgan
Schlaflos in Manhattan
€ 9,99, Taschenbuch
ISBN 978-3-95649-607-3

Nette Freunde, ein riesiges Apartment, ein toller Job. Die Liste der Dinge, die eine Frau in New York erreicht haben sollte, hat Paige in allen Punkten abge- hakt. Bis sie plötzlich von der Karriereleiter stürzt. Auf einmal ist der beste Freund ihres Bruders der Einzige, der ihr Leben wieder in Ordnung bringen kann. Je mehr Zeit sie mit Jake verbringt, desto klarer wird ihr, was noch fehlt: die perfekte Liebesgeschichte ...

Sarah Morgan
Ein Sommergarten in Manhattan
€ 9,99, Taschenbuch
ISBN 978-3-95649-670-7

Pflanzen sind Frankie die liebsten Lebewesen. In New York verschönert sie als Event-Floristin die Feste der Reichen und Schönen mit kostbaren Gestecken. Doch ihre wahre Liebe gilt den Dachgärten der Stadt. Als der attraktive Bruder ihrer besten Freundin sie für ein exklusives Gartenprojekt einspannen will, stimmt sie zu – ohne zu wissen, dass es ihre Gefühle bald auf eine harte Probe stellen wird ...

Sarah Morgan
Lichterzauber in Manhattan
€ 9,99, Taschenbuch
ISBN 978-3-95649-671-4

Eva ist eine hoffnungslose Romantikerin. Kein Wunder, dass sie Weihnachten in New York liebt wie kein anderes Fest im Jahr. Um ihr Konto aufzustocken, tritt die Food-Bloggerin eine Stelle bei dem Starautor Lucas Blade an. Womit sie nicht gerechnet hat: Der grimmige Brite kann die Feiertage nicht ausstehen. Mit Tannenschmuck und Plätzchenduft will Eva ein Wunder an ihm wirken ...

www.mira-taschenbuch.de

Manhattan-Serie 4-6

Sarah Morgan

Sarah Morgan
Verliebt bis über beide Herzen
€ 9,99, Taschenbuch
ISBN 978-3-95649-778-0

Ganz New York verehrt Molly als Ratgeberin in Liebesfragen. Nur hält sie sich selbst nie an das, was sie anderen empfiehlt. Wozu auch? Ihre große Liebe hat sie bereits gefunden. Er ist treu, sportlich, und seine dunklen Augen sind von betörender Schönheit: ihr Dalmatinerhund Valentine. Doch als sie im Central Park den zynischen Scheidungsanwalt Daniel trifft, bringt er ihre Expertise ganz schön durcheinander.

Sarah Morgan
Verliebt bis in die Fingerspitzen
€ 9,99, Taschenbuch
ISBN 978-3-95649-785-8

Eines hat Hundesitterin Fliss schon als Kind gelernt: Zeig niemandem, wie verletzbar du bist. Als sie erfährt, dass ihr Ex Seth als Arzt in der örtlichen Tierklinik anfängt, brennen Erinnerungen wie die Sonne auf ihrer Haut: die zärtlichen Stunden am Strand, der Geruch des Meeres. Prompt flüchtet sie aus New York in die Hamptons. Doch dort trifft sie ausgerechnet auf Seth. Verwirrt schlüpft sie in die Rolle ihrer Zwillingsschwester ...

Sarah Morgan
Verliebt für eine Weihnachtsnacht
€ 9,99, Taschenbuch
ISBN 978-3-95649-786-5

Als Harriet die Hundesitterin ihren neusten Klienten kennenlernt, gerät sie mächtig ins Stottern: Viele Frauen würden dem attraktiven Arzt Ethan wohl nach der Pfeife tanzen, aber an der Erziehung des unbändigen Spaniels Madi scheitert er kläglich. Um dem Hundbzu helfen, bleibt Harriet nichts anderes übrig, als den Winter in seinem Apartment in Manhattan zu verbringen – und sich Hals über Kopf in Ethan zu verlieben.

www.mira-taschenbuch.de